BASTEI
LÜBBE

Taschenbücher von PIERS ANTHONY
im BASTEI-LÜBBE-PROGRAMM

Die Saga vom magischen Land Xanth
20 156 Chamäleon-Zauber
20 158 Zauber-Suche
20 160 Zauber-Schloß (Juli 91)
20 162 Zentauren-Fahrt (August 91)
20 164 Elfen-Jagd (September 91)
20 166 Nacht-Mähre (Oktober 91)
20 168 Drachen-Mädchen (November 91)
20 094 Ritter-Geist
20 106 Turm-Fräulein
20 120 Helden-Maus
20 139 Himmels-Taler
20 154 Welten-Reise

Die Inkarnation der Unsterblichkeit
22 098 Reiter auf dem schwarzen Pferd
22 104 Der Sand der Zeit
24 102 Des Schicksals dünner Faden
24 114 Das Schwert in meiner Hand
24 119 Sing ein Lied für Satan

24 046 Omnivor
24 067 Orn
22 080 Ox

Die Titanen-Trilogie
24 084 Zeit der Kämpfer

Die Saga vom magischen Land

XANTH

PIERS ANTHONY

ZAUBER-SCHLOSS

Fantasy-Roman

Ins Deutsche übertragen
von Ralph Tegtmeier

BASTEI
LÜBBE

BASTEI-LÜBBE-TASCHENBUCH
Fantasy
Band 20160

Erste Auflage: Juli 1991
Zweite Auflage: Dezember 1993

Deutsche Lizenzausgabe 1991
Bastei-Verlag Gustav H. Lübbe GmbH & Co.,
Bergisch Gladbach
Originaltitel: Castle Roogna
Titelillustration: Don Maitz
Umschlaggestaltung: Quadro Grafik, Bensberg
Satz: KCS GmbH, 2110 Buchholz/Hamburg
Druck und Verarbeitung: Brodard & Taupin,
La Flèche, Frankreich
Printed in France
ISBN 3-404-20160-4

Der Preis dieses Bandes versteht sich
einschließlich der gesetzlichen Mehrwertsteuer.

1 Gute Magier, 2 Schloß Roogna, 3 Nördliches Dorf, 4 Baum, 5 Insel der Illusionen, 6 Tränensee, 7 Ogersee, 8 Magischer Staub, 9 Unbekannt, 10 Zentaureninsel, 11 Istmus, 12 Drachen, 13 Kobolde, 14 Greife, 15 Vögel, 16 Ogre Fen-Ogre, 17 Luft, 18 Erde, 19 Feuer, 20 Wasser, 21 Leere.

16
21
20
15
19
18
14
17
13
3
4
12
5
1
6
2
8
7
9
10

1
Der Oger

Millie das Gespenst war sehr schön. Natürlich war sie gar kein Gespenst mehr, sondern Millie die Kinderschwester. Sie war nicht besonders helle und auch nicht mehr gerade jung. Nach ihrer eigenen Rechnung war sie neunundzwanzig Jahre alt, andere jedoch hatten ihr Alter mit achthundertneunundzwanzig Jahren beziffert; so war sie also das älteste Wesen auf Schloß Roogna. Vor acht Jahrhunderten war sie als siebzehnjähriges Mädchen verhext worden. Damals war Schloß Roogna noch jung gewesen. Als Dor geboren wurde, hatte man sie wieder zum Leben erweckt. In der Zeit dazwischen war sie ein Gespenst gewesen, etwas, wovon nie jemand mehr absah. Wozu auch? Allen Berichten zufolge war sie ja auch ein äußerst attraktives Gespenst gewesen.

Ja, sie hatte das allerliebste Haar: Wie Klatschmohnseide floß es an ihr herunter bis zu ihren Kniekehlen. Und das, was dazwischen lag, war . . . war . . . wie konnte es nur geschehen, daß Dor das vorher noch nie bemerkt hatte? Millie war all diese Jahre sein Kindermädchen gewesen, sie hatte sich um ihn gekümmert, wenn seine Eltern zu tun hatten, und das war ziemlich oft.

O ja, dafür hatte er durchaus Verständnis. Er hatte den anderen erzählt, daß der König seinen Eltern Bink und Chamäleon vertraute, und jeder, dem der König vertraute, war ziemlich beschäftigt, denn die Aufträge des Königs durften schließlich nicht irgendeinem Niemand anvertraut werden, dafür waren sie zu wichtig. Das stimmte ja auch alles. Aber Dor wußte auch, daß seine Eltern all diese wichtigen Missionen nicht unbedingt anzunehmen brauchten, die sie durch ganz Xanth und sogar noch über dessen Grenzen hinaus reisen ließen. Es gefiel ihnen einfach, zu reisen und fern von zu Hause zu sein. Im Augenblick waren sie wieder einmal weit weg, in Mundania, und nach Mundania reiste niemand zum Vergnügen. Der Grund für ihre Reise war er selbst, war sein Talent.

Dor konnte sich noch gut daran erinnern, wie er vor mehreren Jahren mit dem Doppelbett gesprochen hatte, in dem Bink und Chamäleon schliefen. Er hatte es gefragt, was in der Nacht so alles geschehen sei, nur so, aus reiner Neugier, und es hatte geantwortet . . . na ja, es hatte geantwortet, daß es ziemlich interessant gewesen wäre, besonders weil Chamäleon in ihrer schönen Phase war, in der sie viel schöner und dümmer als Millie das Gespenst war, was doch einiges hieß. Doch seine Mutter hatte einen Teil des Gesprächs belauscht und seinem Vater davon berichtet. Daraufhin wurde es Dor untersagt, das Schlafzimmer zu betreten. Bink hatte es ihm sorgfältig erklärt: Es hatte nichts damit zu tun, daß seine Eltern ihn etwa nicht liebten, nein, sie waren nur etwas nervös wegen des ›Eindringens in ihre Privatsphäre‹, wie sie es nannten. Deshalb neigten sie jetzt dazu, die interessantesten Dinge woanders zu tun, nicht zu Hause. Und Dor hatte gelernt, nicht herumzuschnüffeln. Jedenfalls nicht dann, wenn irgend jemand, der etwas zu sagen hatte, ihn dabei hätte erwischen können.

Millie hatte sich dann um ihn gekümmert. Sie besaß keine Privatgeheimnisse. Na ja, es gefiel ihr zwar nicht, wenn er sich mit der Toilette unterhielt, obwohl das doch nur ein Topf war, der jeden Tag im hinteren Garten ausgekippt wurde, wo Dungkäfer das Zeug dann magisch in Rosen verwandelten, die wunderschön dufteten. Mit Rosen konnte Dor nicht reden, weil die lebendig waren. Er konnte sich zwar mit einer abgestorbenen Rose unterhalten, aber die konnte ihm dann auch nur erzählen, was sie nach dem Abgeschnittenwerden erlebt hatte, und das war nicht eben viel. Und Millie mochte es auch nicht, wenn er Jonathan veralberte. Aber davon abgesehen war sie ganz vernünftig, und er mochte sie auch. Doch ihre Figur hatte er eigentlich doch nie zuvor richtig beachtet.

Millie glich sehr stark einer Nymphe, überall war sie weiblich gerundet und weich und so, und ihre Haut war so rein und glatt wie ein Milchkrautstrauch kurz vorm Melken. Meistens trug sie ein leichtes Kleid aus Gaze, das ihr ein ätherisches Aussehen verlieh, was wiederum an ihr Gespensterdasein erinnerte, ohne dabei jedoch die aufregend sanften Rundungen zu verbergen. Ihre Stimme war so sanft wie der Ruf eines Gespenstes, und doch war sie klüger als eine Nymphe und stofflicher als ein Gespenst. Sie hatte —

»Herrje, was male ich mir da nur aus?« fragte Dor laut.

»Woher soll ich das wissen?« erwiderte der Küchentisch gereizt. Er war aus knorrigem alten Eichenholz gezimmert und meistens ziemlich schlecht gelaunt.

Millie drehte sich um und lächelte mechanisch. Sie hatte am Spülbecken gestanden und Teller gewaschen. Sie behauptete, daß es weniger Mühe machte, sie mit der Hand zu waschen, als den Reinigungszauber zu suchen, und wahrscheinlich stimmte das in ihrem Fall auch. Der Zauber war in Pulverform und wurde in einer Schachtel geliefert, die der Zauberer im Palast eigens dafür konstruiert hatte. Doch am Pulver fehlte es immer. Es gab kaum etwas Ärgerlicheres, als über den ganzen Hof hinter davonlaufendem Pulver herzujagen. Also schrubbte und spülte sie die Teller lieber selbst. »Hast du noch Hunger, Dor?«

»Nein«, sagte er verlegen. Er hatte zwar Hunger, aber nicht auf Essen. Wenn man das überhaupt Hunger nennen konnte.

Plötzlich klopfte es zögernd und etwas gedämpft-schwammig an der Tür. Millie blickte hinüber und sagte fröhlich: »Das wird wohl Jonathan sein.«

Jonathan, der Zombie. Dor machte eine Grimasse. Nicht daß er irgend etwas gegen Zombies gehabt hätte, aber es gefiel ihm nicht, wenn sie ins Haus kamen. Sie ließen dauernd verfaulende Fleisch- und Körperteile herabfallen, die eigentlich zu ihnen gehörten, und sie waren auch nicht eben ein betörender Anblick. »Ach, was findest du nur an diesem Knochengerippe?« fragte Dor, machte einen Buckel und verzog die Lippen, um einen Zombie nachzuäffen.

»Aber Dor, das ist gar nicht nett! Jonathan ist ein alter Freund von mir. Ich kenne ihn schon seit Jahrhunderten.«

Das war keine Übertreibung! Die Zombies hatten die Umgebung von Schloß Roogna schon genausolange heimgesucht wie die Gespenster. Da war es doch klar, daß sich beide Arten von Mißgestalten kennengelernt hatten . . .

Aber Millie war doch jetzt eine lebendige, ganze, greifbare Frau! Äußerst greifbar, dachte Dor, während er ihr dabei zusah, wie sie trippelnd zur Hintertür der Küche ging. Und Jonathan war dagegen ein schrecklicher wiederbelebter Mann. Ein wandelnder Leichnam. Wie konnte sie ihm nur Beachtung schenken?

»Die Schöne und das Ungeheuer«, brummte er zornig. Frustriert und wütend stelzte Dor aus der Küche in das Hauptzimmer der Hütte. Der Boden bestand aus glatter, harter Rinde, die spiegelblank poliert worden war. Die Wände waren gelbweiß. Er hieb mit der Faust gegen eine davon, doch die protestierte sofort: »He, hör auf damit! Du machst mich noch kaputt! Ich bin schließlich nur aus Käse, mußt du wissen!«

Das wußte Dor.

Das Haus bestand aus einem großen, ausgehöhlten Hüttenkäse, der schon lange hart und fest geworden war. Als er wuchs, da war er noch lebendig gewesen. Doch als Haus war er nun tot, deshalb konnte Dor auch mit ihm reden. Nicht daß er besonders viel zu berichten gehabt hätte . . .

Dor stürmte zur Eingangstür hinaus. »Wage es ja nicht, mich zuzuknallen!« warnte sie, aber er schlug sie trotzdem zu und hörte noch, wie sie hinter ihm stöhnend bebte. Diese Tür wollte schon immer etwas Besseres sein als Käse.

Draußen war es düster. Er hätte es eigentlich wissen müssen: Jonathan zog es vor, an düsteren Tagen auf Besuch zu kommen, denn da trocknete sein chronisch faulendes Fleisch nicht so schnell aus. Es sah sogar nach Regen aus.

»Pinkelt bloß nicht auf mich herab!« brüllte Dor den Wolken am Himmel im gleichen Tonfall zu, wie ihn die Tür ihm entgegengebracht hatte. Die nächste Wolke kicherte bösartig. Es klang wie ein Donnerschlag.

»Dor! Warte!« rief eine leise Stimme. Es war Grundy der Golem, der eigentlich gar kein Golem mehr war, aber was machte das schon für einen Unterschied! Er war Dors Freiluftgefährte und war immer begierig darauf, Dor bei seinen Wanderungen durch den Wald zu begleiten. Dors Eltern hatten wirklich dafür Sorge getragen, daß er immer unter Bewachung stand — durch Leute wie Millie, die keine peinlichen Geheimnisse hatten, und Leute wie Grundy, denen es egal war, wenn sie welche haben sollten. Grundy wäre sogar ausgesprochen stolz darauf, etwas Peinliches an sich zu haben.

Das brachte Dor auf einen anderen Gedanken. Es waren ja nicht nur Bink und Chamäleon — niemand auf Schloß Roogna legte besonderen Wert auf einen engeren Kontakt mit Dor. Wegen all dieser Sachen, die da so passierten und die von den Möbeln wahrgenommen wurden. Weil Dor eben mit den Möbeln reden konnte. Für ihn besaßen Wände Ohren und Fußböden Augen. Was war nur los mit den Leuten? Schämten sie sich denn für alles, was sie taten? Nur König Trent wirkte völlig unbefangen in seiner Gegenwart. Aber der König konnte ja wohl kaum seine ganze Zeit damit verbringen, sich mit einem Jungen abzugeben.

Grundy war ihm nachgelaufen. »Dor, das ist aber ein schlechter Tag, um auf Forschungsreise zu gehen!« warnte er. »Dieser Sturm da meint es ernst!«

Dor blickte mißmutig zu der Wolke empor. »Wasch dir erst mal selbst den Kopf!« schrie er ihr zu. »Du bist keine Donnerwolke, du bist eine Knalltüte!«

Als Antwort regnete ein Schauer gelber Hagelkörner auf ihn herab, und er mußte sich wie ein Zombie zusammenkrümmen und sein Gesicht mit dem Arm bedecken, bis es vorüber war.

»Sei doch wenigstens ein bißchen vernünftig, Dor«, drängte Grundy ihn. »Leg dich bloß nicht mit diesem Sturm an. Der spült uns glatt weg!«

Zögernd gab Dor den Argumenten der Vernunft nach. »Wir stellen uns unter. Aber nicht zu Hause, da ist der Zombie.«

»Möchte mal wissen, was Millie nur an ihm findet«, meinte Grundy.

»Das habe ich sie auch gefragt —« Jetzt fing es an zu regnen. Sie rannten unter einen Schirmbaum, dessen weite, dünne Krone sich eben ausbreitete, um den Regen abzufangen. Schirmbäume zogen trockenen Boden vor, deshalb schirmten sie sich gegen Regen ab. Wenn die Sonne schien, dann falteten sie sich zusammen, um die Strahlen nicht abzuhalten. Es gab auch Sonnenschirmbäume, die sich genau andersrum verhielten: Die spannten sich auf, wenn die Sonne schien, und blieben zusammengefaltet, wenn es regnete. Wenn die beiden nebeneinander Wurzeln faßten, dann gab es meistens echte Probleme in der Wildnis.

Unter dem Baum hatten bereits zwei größere Jungen, die Söhne der Palastwachen, Schutz gesucht. »He!« rief einer von ihnen. »Ist das nicht der Blödmann, der sich mit Stühlen unterhält?«

»Such dir deinen eigenen Baum, Quatschkopf«, befahl der andere Junge. Er hatte herabhängende Schultern und ein spitzes Kinn.

»Hör mal zu, Pferdemaul!« fauchte Grundy. »Dieser Baum gehört euch nicht! Bei einem Gewitter teilen sich alle die Schirmbäume.«

»Nicht mit Stuhlquasslern, du Zwerg!«

»Er ist ein Magier!« erwiderte Grundy empört. »Er spricht mit allem, was tot ist. Das kann sonst niemand. Das hat noch nie jemand in der ganzen Geschichte Xanths gekonnt, und es wird auch nie wieder einer können!«

»Laß nur, Grundy«, murmelte Dor. Der Golem hatte eine spitze Zunge, die sie beide noch in Schwierigkeiten bringen könnte. »Wir suchen uns einen anderen Baum.«

»Siehst du?« fragte Pferdemaul triumphierend. »Der kleine

Stinker weiß schon, wo er sich eine Harke fangen kann!« Er lachte.

Plötzlich hörten sie hinter sich eine Explosion. Erschreckt zuckten Dor und Grundy zusammen, doch dann fiel ihnen ein, daß dies ja Pferdemauls Talent war: Donnerschläge zu projizieren. Die beiden älteren Jungen grölten vor Lachen.

Dor kam unter dem Schirm hervor und trat fast auf eine Schlange. Er wich zurück, doch da löste sich die Schlange auch schon in eine dünne Rauchwolke auf. Das war das magische Talent des anderen Jungen: Er konnte kleine, harmlose Reptilien hervorzaubern. Die beiden lachten ununterbrochen und so heftig, daß sie sich am Stamm des Schirmbaums abstützen mußten.

Dor und Grundy liefen auf einen anderen Baum zu, von einem erneuten Donnerschlag verfolgt. Dor unterdrückte seine Wut. Es gefiel ihm gar nicht, so behandelt zu werden, doch gegen die beiden stärkeren Jungen war er machtlos. Sein Vater Bink war ein muskulöser Mann, der jeder Rauferei gewachsen war, aber Dor kam mehr nach seiner Mutter: er war klein und schmächtig. Wie gerne er doch so gewesen wäre wie sein Vater!

Der Regen wurde immer heftiger, und schon bald waren sie durchnäßt. »Warum läßt du dir das nur gefallen?« fragte Grundy. »Du bist doch ein Magier!«

»Ein Magier des Sprechens«, erwiderte Dor. »Das will unter Jungen nicht viel heißen.«

»Das will eine ganze Menge heißen!« rief Grundy. Seine kleinen Beine platschten durch die sich langsam bildenden Pfützen. Gedankenverloren beugte Dor sich hinunter, um ihn aufzuheben. Der kleine Golem war nur wenige Zoll groß. »Du könntest dich mit ihren Kleidern unterhalten, ihre ganzen Geheimnisse herausfinden, sie damit erpressen —«

»Nein!«

»Du bist einfach viel zu moralisch, Dor!« maulte Grundy. »Macht bekommt nur, wer skrupellos ist. Wenn dein Vater nur skrupellos gewesen wäre, dann wäre er sogar König geworden.«

»Er wollte aber gar nicht König werden.«

»Das tut nichts zur Sache. König zu sein ist keine Frage des Wollens, sondern des Talents. Nur ein richtiger Magier kann König werden.«

»Und das ist König Trent auch. Ein guter König. Mein Vater sagt, daß es Xanth viel besser geht, seitdem der Magier Trent alles in die Hand genommen hat. Früher herrschten nur Anarchie und Chaos und böse Magie, außer in der Nähe der Dörfer.«

»Dein Vater sieht eben bei jedem nur die guten Seiten. Er ist einfach zu gutmütig. Du bist ihm einfach zu ähnlich!«

Dor lächelte. »Oh, danke schön, Grundy.«

»Das war kein Kompliment!«

»Ich weiß — für dich nicht.«

Grundy zögerte. »Manchmal habe ich das unheimliche Gefühl, daß du gar nicht so naiv bist, wie du zu sein scheinst. Wer weiß, vielleicht nagen ja auch in deinem Herzen kleine Wut- und Eifersuchtswürmer, genauso wie bei allen anderen auch.«

»Das tun sie auch. Als der Zombi heute Millie besuchen kam —« Er beendete seinen Satz nicht.

»Aha! Du nimmst Millie also inzwischen wahr! Langsam wirst du erwachsen.«

Dor wirbelte zu ihm herum — und der Golem wirbelte ebenfalls herum, da er ja in seiner Hand war. »Was willst du damit sagen?«

»Nur daß Männer an Frauen eben Dinge wahrnehmen, die Jungen nicht bemerken. Weißt du denn nicht, was Millie für ein Talent hat?«

»Nein. Was denn?«

»Sex-Appeal.«

»Ich dachte, das hätten alle Frauen.«

»Manche Frauen *wünschten* sich, welchen zu haben. Millies ist magischer Art. Jeder Mann in ihrer Nähe kommt auf dumme Gedanken.«

Das leuchtete Dor nicht ein. »Mein Vater aber nicht.«

»Dein Vater geht ihr auch sorgfältig aus dem Weg. Hast du geglaubt, daß das nur ein Zufall wäre?«

Dor hatte angenommen, daß es sein eigenes Talent gewesen sei, das Bink so häufig von seinem Heim fernhielt. Der Gedanke, daß er sich geirrt haben könnte, war ausgesprochen verlockend. »Und was ist mit dem König?«

»Der hat eben eine eiserne Selbstbeherrschung. Aber du kannst darauf wetten, daß er auch solche Gedanken hat, wenn ihn keiner dabei sieht. Ist dir mal aufgefallen, wie scharf die Königin auf ihn aufpaßt, wenn Millie dabei ist?«

Dor hatte immer geglaubt, daß die Königin *ihn* mißmutig angesehen hatte, als Millie ihn als Kind in den Palast mitgebracht hatte. Jetzt war er verunsichert, deshalb wollte er sich lieber auf keine weiteren Diskussionen einlassen. Der Golem wußte immer jede Menge Tratsch, den die Erwachsenen sehr genossen, auch wenn die Behauptungen nicht immer besonders zuverlässig sein mochten. Manchmal konnten Erwachsene ganz schön blöd sein.

Sie kamen an einen Pavillon im Obstgarten von Schloß Roogna. Dort stand ein Trockenstein, der für eben solche Gelegenheiten aufgestellt worden war. Als sie sich ihm näherten, strahlte er eine angenehme Wärme aus, die sofort ihre Kleidung zu trocknen begann. Es gab wohl kaum etwas Wohltuenderes als einen Trockenstein, nachdem man durchgefroren und durchnäßt war! »Ich danke dir für deine Dienste, Trockner«, sagte Dor zu ihm.

»Gehört zu meinem Job«, erwiderte der Stein. »Mein Vetter, der Schleifstein, der muß wirklich schuften wie bekloppt! Die ganzen Messer, die alle geschliffen werden müssen! Haha!«

»Haha«, stimmte Dor ihm in mildem Ton zu und tätschelte ihn. Das Problem bei unbelebten Dingen war immer, daß sie zwar nicht besonders schlau waren, sich aber dafür hielten.

Aus dem Obstgarten erschien eine weitere Gestalt, die einen Strauß Schokoladenkirschen in der Hand hielt. »Ach nee!« rief sie, als sie Dor erkannte. »Wenn das nicht der Dodo Dor ist, der leblose Schnüffler!«

»Wer reißt denn da nur das Maul so auf!« konterte Grundy. »Wenn das nicht die Wütende Irene ist, die Palastgöre!«

»Für dich bin ich immer noch *Prinzessin* Irene«, fauchte das

Mädchen. »Schließlich ist der König mein Vater, falls du das vergessen haben solltest.«

»Na ja, König wirst du jedenfalls nie werden«, meinte Grundy.

»Nur weil Frauen nicht den Thron besteigen dürfen, Golem! Aber wenn ich ein Mann wäre —«

»Dann würdest du trotzdem nicht König werden, denn du hast keine Magie vom Kaliber eines Magiers.«

»Aber wohl!« schrie sie wütend.

»Klebefinger vielleicht?« höhnte Grundy.

»Das sind grüne Finger!« schrie sie, außer sich vor Wut. »Ich kann jede Pflanze wachsen lassen. Und zwar schnell. Und gesund.«

Dor hatte sich zunächst herausgehalten, aber nun zwang sein Gerechtigkeitssinn ihn dazu, etwas zu sagen.

»Das ist doch wirklich ein beeindruckendes magisches Talent.«

»Halt dich da raus, Dodo!« blaffte die. »Was verstehst du denn schon davon!«

Dor spreizte die Hände. Wie kam es nur immer, daß er in Streitgespräche verwickelt wurde, die er doch gerade hatte vermeiden wollen? »Nichts. Ich kann nichts zum Wachsen bringen.«

»Das wirst du schon noch, wenn du erst mal ein Mann geworden bist«, brummte Grundy.

Doch Irene war immer noch in Rage. »Und wieso nennen dich alle einen Magier, während ich nur —«

»Eine verzogene Göre bin«, beendete Grundy ihren Satz.

Irene brach in Tränen aus. Sie war ein ganz hübsches Kind mit grünen Augen und einer grünlichen Haartönung, die beide zu ihrem Talent paßten. Aber ihre Finger waren ganz normal fleischfarben. Sie war noch ein Mädchen und ein Jahr jünger als Dor, also durfte sie weinen, wann immer sie wollte. Aber es störte ihn doch. Er wollte mit ihr auf gutem Fuß stehen, aber irgendwie gelang es ihm nie. »Ich hasse dich!« kreischte sie ihn an.

Verblüfft konnte Dor nur fragen: »Aber warum denn?«

»Weil du . . . K-König werden wirst! Und wenn ich K-Königin werden will, dann muß ich . . . dann muß ich . . .«

»Ihn heiraten«, fuhr Grundy fort. »Du solltest wirklich endlich einmal lernen, wie man seine Sätze zu Ende führt.«

»Arrgh!« schrie sie, und es klang wirklich so, als würde sie sich gleich übergeben. Sie blickte sich mit wirrem Blick um und entdeckte eine winzige Pflanze am Rande des Pavillons. »Wachse!« bellte sie sie an und zeigte auf sie.

Die Pflanze gehorchte ihrem magischen Talent und wuchs. Es war ein Schattenboxer, an dessen drahtigen Stengeln kleine Boxhandschuhe wuchsen. Die Boxhandschuhe ballten sich zu Fäusten und schlugen auf die Schatten ein, die von den fernen Blitzen am Himmel geworfen wurden. Kurz darauf war der Boxer mehrere Fuß groß, und die Handschuhe hatten die Größe von menschlichen Fäusten. Sie hämmerten auf die undeutlichen Schatten im Inneren des Pavillons ein. Dor wich zurück, denn er wußte, daß die Hiebe ganz schön kräftig waren.

Von seiner Bewegung auf ihn aufmerksam gemacht, sprang die Pflanze auf seinen dunkleren Schatten zu, der sich von den anderen deutlich abhob. Jetzt waren die Handschuhe schon größer als menschliche Fäuste, und ihre Stengel waren auch dicker als Handgelenke. Es gab ein Dutzend davon, und einige von ihnen verteilten Hiebe, während andere sich für den nächsten Schlag zusammenzogen und der Pflanze ihr Gleichgewicht verliehen. Irene sah mit hämischem Grinsen zu.

»Womit habe ich das nur verdient?« fragte Dor mißmutig. Er wollte nicht aus dem Pavillon fliehen. Das Gewitter war heftiger geworden, und auf das Dach prasselte der gelbe Regen. Das Geräusch war entnervend, denn es waren viel zu viele Hagelkörner darunter, und es sah ganz danach aus, als würden sich die Tornadogeister hier gleich sehr wohl fühlen.

»Na ja, ganz genau weiß ich das auch nicht«, erwiderte der Pavillon. »Aber ich habe mal mit angehört, wie die Königin mit einem Gespenst gesprochen hat, als sie sich bei einem kleinen Schauer hier untergestellt haben, und da hat sie gesagt, daß Bink ihr schon immer ein Ärgernis gewesen wäre und daß nun Binks Sohn ein Ärgernis für ihre Tochter darstellte. Sie sagte, daß sie etwas dagegen unternehmen würde, wenn da nicht der König wäre.«

»Aber ich habe ihnen doch nie etwas getan!« verteidigte sich Dor.

»O doch«, meinte Grundy. »Du bist als ganzer Magier zur Welt gekommen. Das können sie nun einmal nicht verkraften.«

Jetzt hatten die Boxhandschuhe ihn eingekeilt, so daß er am äußersten Rand des Pavillons stand. »Wie komme ich nur aus dieser Lage wieder raus?«

»Zünde ein Licht an«, meinte der Pavillon. »Schattenboxer können Licht nicht ausstehen.«

»Aber ich habe kein Licht, das ich anzünden könnte!« Einer der Handschuhe streifte ihn an der Brust, doch als er ihm auswich, strömte plötzlich das Wasser seinen Rücken hinab. Das hier war gelber Regen. Ob der wohl auch gelbe Streifen hinterließ?

»Dann suchst du wohl besser das Weite«, schlug der Pavillon vor.

»Genau, Dodo!« stimmte Irene ihm zu. Da sie die Pflanze verzaubert hatte, tat sie ihr auch nichts zuleide. »Lauf nur raus und laß dir von einem riesigen Hagelkorn den Schädel einschlagen. Etwas Eis würde deinem Gehirn nur guttun.«

Drei weitere Boxhandschuhe prügelten auf ihn ein. Dor rannte in den Regen hinaus. Sofort war er wieder durchnäßt, doch zum Glück waren die Hagelkörner klein und leicht und etwas matschig. Irenes höhnisches Gelächter hallte hinter ihm her.

Die starken Windstöße knufften ihn unbarmherzig, und am Himmel leuchteten immer wieder die Blitze auf. Dor wußte, daß er in diesem Sturm nichts draußen zu suchen hatte, aber er weigerte sich, nach Hause zurückzugehen. Er lief in den Dschungel hinein.

»Kehr um!« schrie Grundy ihm ins Ohr. Der Golem klammerte sich an seiner Schulter fest. »Stell dich unter!«

Es war wirklich ein sehr guter Rat. Wenn sie zu nahe einschlugen, dann konnten die Lichtbolzen ganz schönen Schaden anrichten. Wenn sie erst einmal einige Stunden auf dem Boden gelegen und sich abgekühlt hatten, so daß sie nicht mehr ganz so grell waren, dann konnte man sie einsammeln und dazu verwenden, Wände und andere Dinge miteinander zu verbolzen. Aber ein frischer Blitz konnte einen Menschen mühelos durchbohren.

Trotzdem rannte Dor weiter. Die Frustration und die Verwirrung in seinem Inneren waren größer als das Chaos draußen.

Er war noch nicht verwirrt genug, um den offensichtlichen Gefahren der Wildnis direkt in die Arme zu laufen. Die unmittelbare Umgebung von Schloß Roogna war verzaubert worden, damit sie für die Bewohner und ihre Freunde sicher war, aber den tiefen Dschungel konnte man nicht sicher machen, da hätte man ihn eher noch ausrotten können. Kein Zauber konnte einen Gewirrbaum lange zähmen oder einen Drachen einschüchtern. Statt dessen hatte man bestimmte Pfade magisch geschützt, und man tat gut daran, nicht von ihnen abzuweichen.

Ein Blitz zuckte an ihm vorbei und fuhr in den Stamm eines dicken Eichelbaums. Der Bolzen zitterte silbrig. Er war zwar nur klein, besaß aber doch schon drei ganz schön scharfe Kanten. Wenn er ihn erwischt hätte, dann hätte er Dor erschlagen können. Der Baumstamm knisterte vor Hitze.

Das war aber knapp gewesen! Dor lief auf den nächsten verzauberten Pfad zu. Dieser Weg führte nach Süden. Hier würde ihn kein Blitz mehr treffen. Er wußte, daß der Pfad schließlich zum Dorf des Magischen Staubes führte, wo die Trolle herrschten, aber so weit war er noch niemals fortgegangen. Diesmal . . . na ja, er lief unentwegt weiter, obwohl er schon stark keuchte. Doch die Bewegung ließ ihn wenigstens nicht frieren.

»Gut, daß ich bei dir bin«, sagte Grundy ihm ins Ohr. »Da ist hier in diesem Gebiet wenigstens einer bei Sinnen.«

Dor mußte lachen, und seine Laune besserte sich etwas. »Wenigstens ein halber Jemand«, erwiderte er. Auch das Gewitter ließ jetzt nach, wie um seiner Stimmung zu entsprechen. Bei der Art, wie er mit dem Unbelebten verkehrte, war das durchaus möglich. Er verlangsamte sein Tempo, schritt aber, immer noch keuchend, weiter gen Süden. Wie wünschte er sich doch einen großen, starken Körper voller Muskeln, der laufen konnte, ohne zu japsen; einen, der den Schattenboxern die Boxhandschuhe hätte wegschlagen können! Natürlich war er noch nicht ausgewachsen, aber er wußte schon, daß er nicht gerade ein Riese werden würde.

»Ich kann mich noch an ein Gewitter erinnern, das wir auf diesem Pfad erlebt haben«, bemerkte Grundy. »Das war kurz bevor du geboren wurdest. Dein Vater Bink, Chester der Zentaur und Crombie der Soldat in einer Greifsgestalt — der König hat ihn für die Suche verwandelt, mußt du wissen —, und der Gute Magier Humfrey . . .«

»Der Gute Magier Humfrey?« fragte Dor. »Mit dem bist du gereist? Der verläßt doch niemals sein Schloß!«

»Dein Vater wollte den Ursprung der Magie suchen, da ist Humfrey natürlich mitgekommen. Der alte Gnom war ja schon immer Feuer und Flamme, wenn es etwas zu erfahren gab. War auch ganz gut so, er hat mir schließlich gezeigt, wie man wirklich wird. Er hat die Gorgone getroffen. Du hättest mal sehen sollen, was für einen Satz die gemacht hat, als sie merkte, daß er der erste Mensch war, mit dem sie sich unterhalten konnte, ohne daß er sofort zu Stein wurde. Jedenfalls war dieser Sturm so heftig, daß er einige der Sterne vom Himmel gespült hat. Sie sind auf den Pfützen herumgetrieben.«

»Hör auf, Grundy!« rief Dor lachend. »Ich glaube ja an Magie wie jeder vernünftige Mensch sonst auch, aber ein Narr bin ich trotzdem nicht! Sterne können nicht auf dem Wasser treiben. Sie würden in wenigen Sekunden ausgelöscht.«

»Sind sie vielleicht auch. Ich bin damals auf einem fliegenden Fisch geritten, da konnte ich sie nicht so genau erkennen. Aber das war wirklich ein irrsinniger Sturm!«

Dor spürte, wie der Boden bebte. Das war kein Donner! Er blieb stehen. »Was ist das denn?«

»Klingt wie ein aufstampfender Riese, wenn du mich fragst«, meinte Grundy. Doch das war nur geraten. Sein Talent bestand im Übersetzen, er konnte alles deuten, was irgendein Wesen sagte, aber Fußstampfen war keine Sprache. »Oder noch schlimmer. Es könnte . . .«

Plötzlich erblickten sie eine drohende Gestalt in der Dunkelheit. »Ein Oger!« schrie Dor entsetzt. »Direkt auf dem Pfad! Wie kann der Zauber da nur versagt haben? Wir sollen auf diesen Wegen doch sicher sein . . .«

Der Oger stampfte auf sie zu. Er war zweimal so groß und so breit wie Dor, und sein riesiges Maul war aufgeklappt, so daß man die Zahnlücken sehen konnte. Er stieß ein schreckliches Stöhnen aus, das sich wie das Schnauben eines hungrigen Drachen anhörte.

»Wie steht es, kleiner Mann? Packste mal mit an?« sagte Grundy.

»Was?« fragte Dor erschreckt.

»Das hat er gesagt. Ich habe es nur übersetzt.«

Ach so, natürlich. »Nein! Ich packe nichts an, ich brauche meine Hände noch! Er darf sie nicht auffressen!« Allerdings wußte er auch nicht, wie man den menschenfressenden Riesen daran hindern sollte, eben das aufzufressen, wonach ihm gerade der Sinn stehen mochte. Schließlich waren Oger gewaltige Knochenmalmer.

Der Riese grollte erneut. »Ich eß keine Welpen, will nur, daß mir helfen«, übersetzte Grundy. Dann machte er beinahe einen Salto. »Knacks!« rief er. »Der vegetarische Oger!«

»Warum will er dann meine Hand fressen?« wollte Dor wissen.

Das Ungeheuer lächelte wie eine Vulkanspalte. Zischend entwich der dunstige Atem. »Frecher kleiner Dreikäsehoch, kaum größer als ein Steppke noch!«

»Das bin ich«, stimmte Grundy zu, indem er auf seine eigene Übersetzung Antwort gab. »Nett, dich wiederzusehen, Knacks! Wie geht's der Gattin mit ihrem Haargestrüpp und der Matschhaut, die jeden Zombie beglückt?«

»Ist treu wie je, verläßt mich nie«, erwiderte der Oger. Inzwischen konnte Dor ihn einigermaßen verstehen. Das Ding sprach zwar seine Sprache, aber mit einem unmöglichen Akzent, so daß man große Schwierigkeiten hatte, die Worte voneinander zu unterscheiden. »War'n ordentlich wach, machten kleinen Krach.«

Dor war sich mittlerweile sicher, daß der Wegzauber doch nicht versagt hatte. Dieser Oger war harmlos . . . na ja, *kein* Oger war harmlos, aber es war kein mordendes Ungeheuer, deshalb durfte er auch unter die Menschen gelassen werden.

»Einen *kleinen* Krach?«

»Krach Babyoger, fast wie du, jetzt isser fort und wir buhu!«

»Du hast dein Baby zermalmt?« fragte Dor entsetzt. Vielleicht war der Pfadzauber ja doch defekt.

»Dodo! Krach ist der Name seines Babys«, erklärte Grundy. »Alle Oger haben beschreibende Namen.«

»Aber warum ist Krach denn dann weg?« fragte Dor beunruhigt. »Trollfrauen fressen ja ihre Männer, vielleicht fressen Oger dann ja auch . . .«

»Krach im Niesel davongeschwirrt, wir ihn jetzt suchen, weil Baby sonst friert.«

Dann war dieser Sturm für einen Oger also nichts als ein kleiner Nieselregen gewesen? Na ja, das leuchtete wohl ein. Wahrscheinlich benutzte Knacks ja auch Blitzbolzen als Zahnstocher. »Wir helfen dir dein Baby suchen«, sagte Dor und klammerte sich an diese konstruktive Aufgabe. Es gab doch nichts, was die Gemüter mehr aufheiterte als eine kleine Suche! Knacks' Suche war also gescheitert, deshalb bat er jetzt um Hilfe. So etwas hatten bisher nur wenige Menschen erleben dürfen! »Grundy kann alle lebenden Dinge befragen, weil er ihre Sprache kann, und ich frage die toten Sachen. Den finden wir in null Komma nichts.«

Knacks seufzte erleichtert und pustete Dor dabei fast um. Eilig liefen sie zu der Stelle, wo man den Kleinen zuletzt gesehen hatte. Krach hatte ganz harmlos Nägel gekaut, um seine tägliche Eisenration aufzunehmen, erklärte Knacks, doch dann mußte er einfach fortgewandert sein.

»Ist der kleine Oger hier vorbeigekommen?« fragte Dor einen Felsen.

»Ja«, erwiderte der Felsen. »Und er ist auf den Baum dort zugegangen.«

»Warum sagst du nicht einfach dem Boden, er soll dir ›heiß‹ oder ›kalt‹ sagen?« fragte Grundy.

»Der Boden ist kein Einzelwesen«, antwortete Dor. »Er ist nur ein Teil des ganzen Landes Xanth. Ich bezweifle, daß er mir überhaupt zuhören würde. Außerdem ist ein großer Teil davon ja auch lebendig, die Wurzeln, die Käfer, die Keime, magische Wesen. Die verhauen einem die ganze Verständigung.«

»Da ist eine steinerne Bodenwelle«, sagte Grundy. »Die könntest du fragen.«

Eine gute Idee. »Sag mir ›heiß‹ oder ›kalt‹, während ich suche«, sagte Dor zu ihr und ging auf den Baum zu. Knacks folgte so leise, wie er nur konnte, damit das Beben des Bodens nicht die Stimme des Felsens übertönte. »Warm . . . warm . . . kühl . . . warm«, rief die Bodenwelle und lenkte Dor in die richtige Richtung. Plötzlich begriff Dor, daß er wirklich ein Magier war. Niemand sonst hätte eine solche Suche vollbringen können. Irenes Pflanzenwachstumstalent war zwar mächtig, aber nicht so vielseitig wie seines. Ihre grünen Finger waren ausschließlich von botanischem Nutzen. Um Xanth regieren zu können, mußte ein König dazu in der Lage sein, sich auch durchzusetzen, so wie der Magier Trent. Trent konnte jeden Gegner in eine Kröte verwandeln, und das wußte auch jeder in Xanth. Doch der Magier Trent war auch klug, er setzte sein Talent nur dazu ein, um seinen Verstand und seine Willenskraft zu unterstützen und ihnen Nachdruck zu verleihen. Was hätte ein Mädchen wie Irene tun sollen, wenn sie jemals den Thron bestiegen hätte? Die Pfade mit Schattenboxerpflanzen absichern? Dors Talent war viel wirkungsvoller. Er konnte sämtliche Geheimnisse herausbekommen, die ein Lebewesen haben mochte, außer solchen, die niemals vor einem unbelebten Gegenstand preisgegeben worden waren. Wissen war die Wurzel der Macht. Der Gute Magier Humfrey wußte das. Er —

»Da ist ein Gewirrbaum!« zischte Grundy ihm ins Ohr.

Dor richtete seine Aufmerksamkeit sofort wieder auf den Boden. Gut, daß der Golem bei ihm geblieben war, anstatt auf eigene Faust Lebewesen zu befragen. Dor hatte blindlings auf die Anweisungen der Bodenwelle reagiert und stand nun direkt vor einem mittelgroßen Gewirrbaum. Deshalb war Grundy wohl auch bei ihm geblieben; denn er wußte, daß Dor öfter unachtsam war. Wenn der kleine Krach hier hineingegangen sein sollte —

»Ich könnte ihn zwar fragen«, sagte Grundy, »aber der Baum würde wahrscheinlich lügen, wenn er mich überhaupt beachtet. Pflanzen sind ja auch nicht besonders gesprächig.«

Knacks kam näher. »Grrauuuh!« brüllte er und stocherte mit einem keulenähnlichen Finger in den herabhängenden Tentakeln herum. Diese Botschaft bedurfte keiner Übersetzung.

Der Gewirrbaum gab ein gemüsiges Angstpiepsen von sich und warf seine Tentakel peitschend zurück.

Verblüfft trat Dor vor. »Warm«, sagte die Bodenwelle. Nervös trat Dor in den Kreis, der gewöhnlicherweise von dem Gewirrbaum bewacht wurde. »Kalt«, sagte der Fels.

Also war der kleine Oger dem Baum nur um ein Haar ausgewichen und weitergegangen. Welch ein Glück — für den Bengel wie für den Baum! Doch nun führte die Spur in eine Erdritze, wo Nickelfüßler hausten. Nickelfüßler konnten jedem Lebewesen kleine Fleischringe aus dem Leib saugen, sogar Ogern. Doch die Spur führte daran vorbei.

Endlich war die Bodenwelle zu Ende, doch es gab jede Menge vereinzelte Felsen in der Gegend, die es genausogut taten. Sie wanderten immer weiter, vorbei an einer wahren Sammlung der gängigsten Schrecken im Lande Xanth: an einem Nadelkaktus, einem Harpyiennest, einem Giftbach, einer menschenfressenden Würgepflanze — zum Glück war Krach ja kein Mensch, sondern ein Oger; vor Wut war sie purpurn angelaufen — und auch vorbei an einem Stück Speergrasrasen, dessen Speerspitzen böse funkelten. Und so weiter und so weiter. Krach war in keine Falle gelaufen, bis der Kleine schließlich zum Horst eines Flugdrachen gekommen war.

Dor blieb entsetzt stehen. Diesmal bestand kein Zweifel: An einem solchen Horst ging niemand in solch dichter Entfernung vorbei, ohne dafür einen schlimmen Preis zu zahlen. Drachen waren die Herrscher des Dschungels. Es gab zwar einige Ungeheuer, die es mit ihnen durchaus aufnehmen konnten, aber alles in allem beherrschten die Drachen die Wildnis genauso, wie der Mensch die gezähmte Natur beherrschte.

Sie hörten, wie sich die Drachenjungen mit irgendeinem armen Beutetier die Zeit vertrieben, indem sie fröhlich jeden möglichen Fluchtweg versengten. Drachenjunge mußten viel üben, bis sie richtig Feuer speien konnten, ohne daneben zu zielen. Ein unbewegliches Ziel taugte nur wenig dafür, irgendwann mußten sie sich an lebenden Zielen versuchen, um ihre Reflexe und ihr Zielvermögen zu schulen.

»Ist Krach . . . dort?« fragte Dor und bangte vor der Antwort.

»Heiß«, meinte der nächstgelegene Stein warmherzig. Knacks zog eine Grimasse, und diesmal hätte wohl nicht einmal ein weiblicher Oger an seinem Zorn gezweifelt. Er stampfte zum Tatort hinüber. Der Boden bebte unter seinen Tritten, aber der Drachenhorst schien stabil zu sein.

Der Eingang des Horstes bestand aus einer schmalen Ritze, durch die nur der schmale Körper eines kleinen Drachen schlüpfen konnte. Knacks legte die Hände beiderseits an die Wände und riß den Fels mit einem gewaltigen Ruck auseinander, daß die Steine splitterten. Nun paßte auch ein Oger hindurch. Die Drachen waren jetzt schutzlos in ihrem altmodischen Nest aus Diamanten und anderen hitzebeständigen Edelsteinen. Feuerspeiende Drachen hatten meistens das Problem, daß gewöhnliches Nestmaterial in der Regel verbrannte oder zerschmolz, deshalb waren Diamanten auch die besten Freunde eines Drachen.

Ein kleiner Oger, der nicht größer war als Dor selbst, stand dort, von drei geflügelten Drachenjungen in die Ecke gedrängt, während die Drachenmutter sie gutmütig anfunkelte. Der kleine Oger war stabil gebaut und hätte es wohl mit einem einzelnen Drachen seiner Größe bequem aufnehmen können. Aber zu dritt machten sie ihm doch die Hölle heiß. Überall waren Brandflecken zu sehen, obwohl der Oger noch unverletzt zu sein schien. Drachen liebten es, mit ihrer Mahlzeit zu spielen, bevor sie sie richtig rösteten.

Knacks knurrte nicht einmal. Er beugte sich nur vor und sah die Drachenmutter an — da senkte sich ihr Dampf auch schon wie kalter Nebel wieder zu Boden. Denn Knacks war mindestens genausogroß wie sie, und es wäre ein müßiges Unterfangen gewesen, zuerst das Verhältnis von Kraft zu Masse bei einem Oger durchzukalkulieren. Er war einfach eine Nummer zu groß für sie, nicht einmal mit einem Bauch voll Brennstoff. Also rührte sie keinen einzigen Muskel mehr und blieb wie versteinert liegen, als habe sie sich im Ausgucken mit einer Gorgone geübt.

Krach ging auf eines der Drachenjungen zu. »Jetzt zwick ich dir dein Schwänzchen, du kleines Drachenwänzchen!« rief er fröhlich. Er hob das Junge am Schwanz hoch, wirbelte es herum und schleuderte es achtlos gegen die freie Wand.

Der zweite kleine Drache sperrte das Maul auf und stieß eine kleine Feuersäule aus. Krach atmete mit einer solchen Heftigkeit aus, daß die Flammen wieder ins Maul zurückfuhren und der kleine Drache einen Hustenanfall bekam.

Der dritte kleine Drache, der alles andere als feige war, stürzte sich mit gespreizten Klauen auf Krach. Der hob eine Faust und fing den Drachen damit ab, wobei sein Kopf und sein Schwanz dabei heftig gegeneinander schlugen. Betäubt stürzte er auf das Diamantenlager.

Selbst der kleinste Oger konnte es mit einem gleich schweren Drachen aufnehmen, wenn es ein fairer Kampf war. Dor hatte das vorher nie glauben wollen, er hatte gedacht, das seien bloße Ammenmärchen.

»Jetzt ist's Spiel vorbei, nach Hause mit uns zwei«, sagte Knacks, packte seinen Sohn am Kragen und hob ihn aus dem Nest. Mit seiner anderen Faust hieb er mit derartiger Wucht auf den Horst, daß die Diamanten mit einem Ruck wie eine Wolke emporstoben und sich scheppernd im Gelände verteilten. Die Drachenmutter zuckte zusammen. Das gab noch ein ganz schön lästiges Aufräumen! Ohne sie noch eines Blickes zu würdigen, stampften sie davon.

Bis auf Grundy, der es sich nicht nehmen ließ, das letzte Wort zu haben. »Gut, daß du dem Kleinen nichts getan hast«, rief er der Drachenmutter zu. »Sonst hätte Knacks böse werden können. Ich glaube nicht, daß es dir sehr zugesagt hätte, wenn Knacks böse geworden wäre!«

Zum Glück war Knacks jetzt wieder gut gelaunt. »Du geholfen mir; was kann ich tun dafür?« wollte er von Dor wissen.

Verlegen murmelte Dor: »Gern geschehen. Wir müssen jetzt nach Hause.« Knacks dachte nach. Er war zwar riesig groß, aber nicht besonders klug, deshalb dauerte es eine Weile. Dann wandte er sich an Grundy: »Golem sag mir an: Was braucht der kleine Mann?«

»Och, Dor braucht eigentlich keine große Hilfe«, meinte Grundy. »Er ist ein Magier.«

Knacks warf sich bedrohlich in die Brust. »Werde wütend sehr, wenn ich nicht Wahrheit hör!«

Eingeschüchtert erwiderte Grundy hastig: »Na ja, die Jungen am Schloß Roogna necken Dor schon ein bißchen arg. Er ist nicht so groß und stark wie die großen Jungen, aber er besitzt mehr Magie als sie, deshalb —«

Knacks winkte ungeduldig ab. Er hob Dor sanft in seine riesige Hand — zum Glück nicht am Kragen! — und trug ihn in nördlicher Richtung über den Pfad. Er hatte einen solchen Schritt drauf, daß sie schon kurz danach vor Schloß Roogna standen. Er setzte Dor ab und blieb schweigend stehen, während der Junge mit dem Golem weiterging.

»Danke fürs Mitnehmen«, sagte Dor mit schwacher Stimme. Er war wirklich heilfroh, daß dieses Ungeheuer ein Vegetarier war.

Knacks antwortete nicht. Er stand vorgekauert da und glich einem ausgebrannten Knorrbohlenbaum.

Mit unsicheren Schritten ging Dor nach Hause. Unterwegs kam er an dem Schirmbaum vorbei. Zufällig standen die beiden Raufbolde immer noch dort. Als sie Dor erblickten, hüpften sie fast vor Freude und kamen streitlustig auf ihn zugelaufen, um ihm den Weg zu versperren. »Der kleine Schnüffler ist wieder da!« rief Pferdemaul. »Was will er eigentlich auf einem Weg, der nur für richtige Leute gedacht ist?«

»Das würde ich nicht tun«, meinte Grundy warnend.

Als Antwort erschien eine kleine Schlange auf seinem Kopf. Hinter Dor knallte wieder eine Explosion. Die beiden Jungen lachten derb.

Da erbebte die Erde. Die beiden Raufbolde blickten sich erschreckt um, als fürchteten sie eine Lawine aus dem Nichts. Dann zitterte der Boden aufs neue, so daß Dor sich vor Zähneklappern fast auf die Zunge biß. Der Oger kam mit Volldampf auf sie zu.

Als er das Ungeheuer auf sich zukommen sah, klappte Pferdemauls Unterkiefer herunter. Er war viel zu erschrocken, um zu fliehen. Der andere Junge versuchte, davonzulaufen, doch die Erde bebte jetzt so stark, daß er niederstürzte und mit dem Gesicht nach unten liegenblieb. Plötzlich erschienen mehrere kleine Schlangen, zappelten nervös und verschwanden wieder. Das war also auch keine große Hilfe. Wenn es noch weitere Donnerschläge gegeben haben mochte, so waren sie im Getöse des nahenden Ogers jedenfalls nicht zu hören.

Knacks beugte sich über die kleine Gruppe. Neben ihm sah der schmale Metallstamm eines Eisenholzbaums geradezu zwergenhaft aus. »Dor war nett zu mir!« dröhnte er deutlich hörbar, und der Schirmbaum zerfiel, von den Schallwellen getroffen, in tausend Stücke. »Dor mein Freund, hört ihr?« Der Wegboden zeigte schon erste Risse, und irgendwo in der Nähe krachte ein schwerer Ast auf den Waldboden herab. »Wer den auslacht da, der macht mich wütend, klar?« Und er wirbelte mit seiner keulenartigen Faust dicht über Pferdemauls Kopf im Kreis hinweg, daß schon der Luftzug das Haar des Jungen zu Berge stehen ließ. Jedenfalls nahm Dor an, daß es am Wind liegen mußte; allerdings sah der Junge auch reichlich verstört aus.

Die Faust des Ogers donnerte in den Stamm des Eisenholzbaums. Sie hörten ein ohrenbetäubendes Scheppern, dann fiel ein rohrförmiges Stück aus der Rinde und krachte mit solcher Wucht zu Boden, daß die Erde aufs neue erzitterte. Eisenholz war wirklich ein sehr massives Material! Vom Stamm rauchte ein beißender Dampf empor; sein oberer Teil glühte weiß, und ein weiterer Teil war dort geschmolzen, wo ihn die Faust des Riesen berührt hatte.

Knacks suchte sich einen scharfkantigen Eisensplitter hervor, stocherte sich damit in den Zähnen herum und machte wieder kehrt. Dabei zogen seine monströsen, hornhautbeschichteten

Zehen eine Furche in den Weg. Donnernd stampfte er wieder gen Süden und summte dabei ein fröhliches Lied vom Blutvergießen. Im Palast zerbarst klirrend eine Fensterscheibe.

Pferdemaul starrte den Eisenstumpen an. Dann flatterte sein Blick kurz zu Dor herüber und dann wieder zu dem dampfenden Metall. Dann fiel er in Ohnmacht.

»Ich glaube, in Zukunft werden die Jungs dich ein bißchen weniger aufziehen«, meinte Grundy ernst.

2
Der Wandteppich

Man zog Dor nicht mehr sonderlich auf. Niemand wollte es sich mit seinem Freund verderben. Aber das beruhigte ihn nicht sonderlich. Das Necken hatte ihn weniger geärgert als Grundy. Dor hatte schon immer gewußt, daß er seine überlegene Magie dazu einsetzen könnte, die anderen in ihre Schranken zu weisen, wenn es einmal wirklich nötig sein sollte. Was ihn bekümmerte, das war seine allgemeine Isoliertheit und die neue Art, wie er Millie das Gespenst nun wahrnahm. Was war da doch für ein Unterschied zwischen einer Göre wie Irene und einer Frau wie Millie! Und doch war es Irene, mit der Dor zurechtzukommen hatte, das erwartete man von ihm. Es war einfach ungerecht.

Er mußte sich mit irgend jemandem aussprechen. Seine Eltern waren zwar prinzipiell ansprechbar, aber Chamäleon schwankte so sehr, was Aussehen und Intellekt anging, daß er sich nie sicher war, wie er sich ihr nähern sollte; und Bink hatte möglicherweise kein großes Verständnis für sein Problem. Davon abgesehen waren sie im Augenblick ohnehin im Dienste des Königs unterwegs in Mundania. Das Land Xanth war eifrig damit beschäftigt, diplomatische Beziehungen mit Mundania aufzunehmen, und da man jahrhundertelang nicht gerade gut miteinander ausgekommen war, war das eine ziemlich heikle Angelegenheit, die äußerstes Fingerspitzengefühl erforderte. Deshalb waren Dors Eltern also nicht da. Grundy war jederzeit zu einem Gespräch bereit, aber der ehemalige Golem neigte dazu, etwas kaltschnäuzig mit den Problemen anderer Leute umzuspringen. Wie, zum Beispiel, Irene ›Stinkfinger‹ zu nennen. Dor konnte es ihr nicht verübeln, daß sie wütend reagiert hatte, so unangenehm es für ihn persönlich auch gewesen war. Grundy machte sich durchaus etwas aus anderen, auf diese Weise war er schließlich auch zu einem echten, lebendigen Wesen geworden, aber verstehen konnte er diese Probleme nicht wirklich. Außerdem kannte er Dor viel zu gut. Dors Großvater Roland, dessen Talent im Betäuben bestand — er konnte Leute augenblicklich dazu bringen, wie gelähmt stehenzubleiben —, war ein guter Gesprächspartner, aber der war zu Hause im Norddorf, gut zwei Tagesreisen jenseits der Spalte.

Es gab nur einen, der menschlich, fähig, reif, diskret, ein Mann und ihm magisch ebenbürtig war — der König. Er wußte, daß der König ein vielbeschäftigter Mann war. Die Handelsabkommen mit Mundania wurden offenbar immer komplizierter, und außerdem gab es natürlich auch noch genügend interne Probleme. Doch König Trent hatte immer Zeit für Dor. Vielleicht war das auch einer der Gründe für Irenes Feindseligkeit, die sich hintenherum auf verschiedenen Wegen auch auf die Königin und das Palastpersonal übertragen hatte. Irene unterhielt sich weniger häufig mit ihrem Vater als Dor. Deshalb versuchte Dor auch, sein Privileg als Magier nicht zu mißbrauchen. Aber jetzt mußte er einfach hingehen.

Er hob Grundy auf und marschierte zum Palast. Der Palast war in Wirklichkeit Schloß Roogna. Viele Jahre lang war es ein Schloß gewesen, aber kein Palast, verlassen und verwahrlost, doch das hatte König Trent alles geändert. Nun war es der Sitz der Regierung von Xanth, wie es auch früher der Fall gewesen war.

Crombie der Soldat stand an der Zugbrücke auf Wachtposten. Das hatte vor allem den Sinn, Besucher darauf aufmerksam zu machen, daß sie sich vom Graben fernhalten sollten, denn die Ungeheuer im Schloßgraben waren nicht zahm. Man hätte eigentlich meinen sollen, daß das offensichtlich genug wäre, aber alle paar Monate wanderte irgendein Narr zu dicht an den Graben oder versuchte, im schlammigen Wasser zu baden oder gar eines der Ungeheuer zu füttern. Das hatte auch immer Erfolg: entweder holte sich das Ungeheuer den ganzen Mann oder aber wenigstens eine Hand.

Crombie war im Stehen eingeschlafen. Grundy nutzte die günstige Gelegenheit, ein paar Witze auf Kosten des Soldaten zu reißen. »He, du da, Vogelschnabel! Wie geht's der Stinkmieze?«

Als eines von Crombies Augen sich öffnete, änderte Grundy hurtig seine Begrüßungsformel. »Hallo, wackerer Soldat, wie geht's der werten Gemahlin?«

Nun rollte Crombie vielsagend mit beiden Augen. »Juwel geht es gut, sie sieht wunderbar aus und duftet wie eine Rose. Ich glaube allerdings, daß sie wohl etwas zu matt ist, um heute zu arbeiten. Ich hatte Wochenendausgang.«

Deshalb war der Soldat also so müde! Crombies Frau lebte in unterirdischen Höhlen südlich vom Dorf des Magischen Staubes. Das war eine weite Reise bis dorthin. Aber das hatte Crombie damit gar nicht sagen wollen. Er hatte sich vom königlichen Reisezauberer in die Höhlen projizieren lassen, und nachdem sein Urlaub beendet war, hatte er sich wieder zurückholen lassen. Vom Reisen war er also nicht so müde.

»Ein Soldat weiß doch wirklich, wie man seinen Mann zu stehen hat!« meinte Grundy mit einem Grinsen, von dem er glaubte, daß Dor es nicht verstehen würde. Dor verstand es zwar doch mehr oder weniger, verstand aber nicht, was daran wohl komisch sein mochte.

»Ganz genau!« stimmte Crombie lebhaft zu. »Man kann sagen, was man will: Meine Frau ist ein Juwel von einer Nymphe, da laß ich alles andere für stehen und liegen.«

Auch das war zweideutig. Nymphen waren weibliche Wesen mit Idealfigur, die jedoch nur geringe geistige Gaben besaßen. Sie waren hauptsächlich dazu gut, männlichen Vergnügungsgelüsten zu dienen. Es war merkwürdig, daß Crombie eine von ihnen geheiratet hatte. Aber er hatte unter einem Heiratsomen gestanden, und man sagte, daß Juwel eine ganz besondere Nymphe sei, die ungewöhnlich klug war und eine ganz besondere Aufgabe habe. Dor hatte seinen Vater einmal wegen Juwel ausfragen wollen, doch Bink hatte nur ausweichend geantwortet. Das war auch mit ein Grund, weshalb Dor seinen Vater nicht wegen Millie befragen wollte. Millie war manchmal sehr nymphenhaft, und ausweichende Antworten waren sehr beunruhigend. War da vielleicht etwas gewesen, zwischen —? Nein, unmöglich. Solche Informationen konnte man unbelebten Objekten außerdem nicht entlocken, da sie die Gefühle der Lebenden nicht verstanden. Sie waren völlig objektiv. Meistens.

»Nehmt euch vor den Grabenungeheuern in acht!« warnte Crombie sie pflichtbewußt. »Sie sind nicht gezähmt.« Dann senkten sich seine Augenlider wieder. Er war wieder eingeschlafen.

»Ich würde mir zu gern einmal in einem magischen Spiegel ansehen, wie er seinen Mann steht«, bemerkte Grundy. »Aber das Glas würde bestimmt davon Sprünge kriegen.«

Sie schritten auf den Palast zu. Plötzlich stellte sich ein dreiköpfiger Wolf vor ihnen in den Weg und knurrte bösartig. Dor blieb stehen. »Ist der echt?« fragte er den Boden murmelnd.

»Nein«, antwortete der Boden leise.

Erleichtert schritt Dor auf den Wolf zu — und durch ihn hindurch. Das Ungeheuer war eine bloße Illusion, ein Machwerk der Königin. Sie hatte etwas gegen seine Gegenwart, und ihre Trugbilder wirkten so echt, daß man sie von wirklichen Wesen und Gegenständen nur dadurch unterscheiden konnte, daß man sie berührte. Aber das war wiederum nicht eben ungefährlich, wenn es sich mal *nicht* um eine Illusion handelte. Doch seine Magie hatte die ihre unwirksam gemacht, wie das meistens der Fall war. Lange konnte sie ihn nie täuschen. »Zauberinnen sollten sich nicht mit Magiern messen wollen«, sagte Grundy herablassend, und der Wolf knurrte zornig, bevor er verschwand.

Statt dessen erschien nun ein Abbild der Königin selbst, in

vollem Ornat mit Robe und Krone. Wenn Gäste da waren, verschönte sie immer ihr Aussehen. In Wirklichkeit war sie etwas plump und untersetzt. »Mein Mann ist zur Zeit beschäftigt«, sagte sie mit übertriebener Förmlichkeit. »Seid so gut, oben im Salon zu warten.« Dann fügte sie leise hinzu: »Am besten, ihr wartet im Schloßgraben!«

Die Königin machte keinen Hehl aus ihrer Abneigung gegen Dor, aber sie würde es nicht wagen, gegen die Interessen des Königs zu verstoßen. Sie würde Dor Bescheid geben, wenn der König frei war. »Danke, Euer Hoheit«, erwiderte Dor genauso förmlich und begab sich in den Salon.

Im Salon hing ein riesiger Wandteppich. Früher war das einmal ein Schlafgemach gewesen. Dors Vater hatte erzählt, daß er darin geschlafen hatte, bevor Schloß Roogna renoviert worden war. Dor selbst hatte ebenfalls einmal darin geschlafen, als er noch wesentlich jünger gewesen war. Er erinnerte sich noch daran, wie sehr ihn dieser Wandbehang fasziniert hatte. Inzwischen hatte man das Bett durch ein Sofa ersetzt, doch der Gobelin war noch genauso interessant wie früher.

Es waren Szenen aus der Vergangenheit von Schloß Roogna darauf gestickt und gewoben, aus der Zeit vor achthundert Jahren. Auf einem Teil war das Schloß zu sehen, wie es von einer Herde Zentauren gebaut wurde; dann gab es auch Bilder aus der tiefen Wildnis Xanths: der schreckliche Spaltendrache, Dörfer, die von Pfahlzäunen geschützt wurden — solche Umfriedungen gab es heutzutage nicht mehr — und andere Schlösser. Damals gab es viel mehr Schlösser als heute.

Je länger Dor hineinblickte, um so mehr sah er auch, denn die Figuren bewegten sich, wenn man ihnen zusah. Da alles mehr oder weniger in echten Proportionen abgebildet war, waren die Menschen recht winzig; er hätte sie mit der Spitze seines kleinen Fingers zudecken können. Doch alle Einzelheiten wirkten echt. Wenn man lange genug zusah, dann konnte man das ganze Leben dieser Leute mitbekommen. Natürlich lebten sie ihr Leben im gleichen Tempo wie alle anderen auch, deshalb hatte Dor noch nie ein ganzes Leben beobachten können. Bis das soweit war, würde er ein alter Mann sein. Außerdem mußte der Vorgang natürlich auch eine vernünftige Begrenzung haben, denn sonst wäre der Wandteppich schon längst bei der Gegenwart angelangt. Diese Magie hatte also auch Gesetze, über die sich Dor noch nicht völlig im klaren war. Er mußte einfach nehmen, was sich ihm bot. In der Zwischenzeit arbeiteten die Wandteppichgestalten, schliefen, kämpften miteinander und liebten sich, alles en miniature.

In Dors Gedächtnis stiegen die Erinnerungen empor. Was hatte er doch vor Jahren hier für Abenteuer miterlebt, als er wie gebannt auf das Bild gestarrt hatte! Schwertkämpfer und Drachen und schöne Frauen und Magie aller Art, immer und immer weiter! Doch alles in verblüffender Stille. Ohne Worte wirkten viele der Handlungen sinnlos. Warum bekämpfte dieser Ritter diesen Drachen und ließ jenen dort in Frieden? Warum küßte die Kammerzofe diesen Höfling und nicht den anderen, der doch viel besser aussah? Wer war für diese Behexung verantwortlich? Und warum war dieser Zentaur nach seinem Treffen mit seiner Jungstute so wütend? Es gab so viel auf einmal zu sehen, daß es schwierig war, ein durchgehendes Schema des Ablaufs zu erkennen.

Er hatte Millie gefragt, und sie hatte ihm bereitwillig die Geschichte ihrer aufregenden Jugend vor der Erbauung von Schloß Roogna erzählt. Doch wenn ihre Berichte auch zusammenhängender waren als all diese Bilder auf dem Wandteppich, so waren sie auf der anderen Seite aber auch ausgesuchter und thematisch beschränkter. Millie fand keinen Gefallen an herzerfrischenden Geschichten von blutigen Kämpfen, tödlichen Gefahren oder leidenschaftlicher Liebe. Sie zog Episoden schlichter Freuden und Beschreibungen häuslichen Glücks vor. So etwas konnte mit der Zeit auch langweilig werden.

Außerdem erzählte sie nie etwa über die Zeit, nachdem sie ihre heimische Umfriedung verlassen hatte. Nichts über ihr Leben und ihre Lieben, nichts darüber, wie sie zum Gespenst geworden war. Und sie mochte auch nicht erzählen, wie sie Jonathan den Zombie kennengelernt hatte, obwohl das im Laufe der achthundertjährigen Vereinsamung auf Schloß Roogna doch auch auf ganz natürliche Weise geschehen sein konnte. Dor überlegte, ob ihm Zombies ebenfalls gutaussehend vorkommen würden, wenn er einmal achthundert Jahre als Gespenst verlebt haben sollte. Er bezweifelte es. Auf jeden Fall war sein Wissensdurst nicht gelöscht worden, deshalb hatte er das Fragen nach einer Weile aufgegeben.

Warum hatte er eigentlich nicht den Wandteppich selbst gefragt? Dor erinnerte sich nicht mehr, also tat er es nun: »Erkläre mir doch bitte, was es mit deinen Bildern auf sich hat.«

»Das kann ich nicht«, erwiderte der Wandteppich. »Sie sind so bunt und verschieden wie das Leben selbst und lassen sich von meinesgleichen nicht deuten.« Da hatte man es wieder. Wenn es darum ging, die ihm gestellte Aufgabe zu erfüllen, da war der Teppich auf peinliche Sorgfalt bedacht; aber wenn man ihn einfach als Teppich befragte, dann stellte sich heraus, daß ihm die Fähigkeit fehlte, seine eigenen Bilder zu begreifen. Er konnte von ihm zwar erfahren, ob sich während der letzten Stunde eine Fliege auf ihm niedergelassen hatte, aber nichts über das Ziel, das ein seit achthundert Jahren toter Magier im Sinn hatte, als er ihn schuf.

Während er die Bilder betrachtete, erwachte sein altes Interesse an Geschichte wieder. Was war das für eine Welt gewesen, damals, während der berühmten Vierten Welle der menschlichen Besiedelung Xanths! Damals war das ganze Leben noch ein einziges Abenteuer gewesen und nicht solch eine Langeweile wie heute.

Da erschien ein riesiger Frosch. »Der König wird Sie jetzt empfangen, Meister Do-oo-or«, krächzt er. Natürlich war das wieder eines der Trugbilder der Königin, die ständig mit ihrer Vielseitigkeit prahlte.

»Danke schön, Froschgesicht«, erwiderte Grundy. Er hatte ein Gespür dafür, wie man eine Beleidigung anbringen konnte, ohne dafür bezahlen zu müssen. »Heute schon ein paar fette Fliegen mit deinem großen Maul gefangen?« Der Frosch plusterte sich wütend auf, konnte jedoch nichts erwidern, ohne aus der Rolle zu fallen — beziehungsweise zu hüpfen. Die Königin liebte es nicht, wenn man ihre eigenen Illusionen als unecht entlarvte. »Wie geht's denn der geschätzten Krötenmama?« fragte der Golem munter. »Hat sie sich endlich ihre rosa Warzen gewaschen . . .?«

Der Frosch explodierte. »Na ja, kein Grund, deswegen gleich in die Luft zu gehen«, tadelte Grundy den sich auflösenden Dampf. »Wollte doch nur freundlich sein, du Froschhirn.« Dor mußte mit übermenschlicher Anstrengung sein Lachen unterdrücken. Es konnte sein, daß die Königin sie noch beobachtete, vielleicht in der Gestalt einer Siehmichnicht-Mücke oder so. Es kam vor, daß Grundy wegen seines bissigen, losen Mundwerks in Schwierigkeiten kam und Dor ebenfalls, aber es war die Sache wert.

Die Bibliothek des Königs war auf dem gleichen Flur, nur wenige Türen weiter. Dort fand man den König immer, wenn ihn nicht dringende Geschäfte davon abhielten, und manchmal sogar dann noch. Es war zwar nicht allgemein bekannt, aber Dor hatte es von den Möbeln erfahren, daß die Königin manchmal auf Geheiß des Königs ein Trugbild von ihm schuf, um irgendeinen untergeordneten Beamten empfangen zu können, wenn ihn wichtigere Dinge woanders festhielten. Aber mit Dor tat der König das nie.

Dor schritt direkt auf die Bibliothek zu. Im Gang sah er ein Gespenst entlanghuschen. Millie war nur eines von einem halben Dutzend Gespenstern gewesen und das einzige, das wieder zum Leben erweckt worden war. Die anderen spukten noch immer umher. Dor mochte sie. Sie waren freundlich, aber ziemlich scheu und ließen sich leicht erschrecken. Er war sicher, daß jedes von ihnen eine eigene Geschichte zu erzählen gehabt hätte, doch wie Millie waren auch sie äußerst zurückhaltend, wenn es um sie selbst ging.

Er klopfte an die Tür. »Komm herein, Dor«, antwortete die Stimme des Königs sofort. Er schien immer zu wissen, wenn es Dor war, der klopfte, auch wenn die Königin ihn nicht angemeldet hatte.

Dor trat ein. Plötzlich war er verlegen. »Ich . . . äh . . . wenn Ihr nicht zu beschäftigt seid —«

König Trent lächelte. »Ich bin beschäftigt, Dor. Aber deine Angelegenheit ist wichtig.«

Plötzlich schien das gar nicht mehr zu stimmen. Der König war ein gesetzter, ergrauter Mann, der alt genug war, um Dors Großvater sein zu können, aber er sah immer noch sehr gut aus. Er trug eine bequeme Robe, die etwas ausgebleicht und fadenscheinig war; er verließ sich auf die Königin, ihn in die passenden Trugbilder zu hüllen, also brauchte er gar keine wirkliche Kleidung. Im Augenblick wirkte er sehr entspannt und zwanglos, und Dor wußte, daß er auf diese Weise dafür sorgen wollte, daß Dor sich genauso fühlte. »Ich . . . äh . . . ich kann ja auch ein anderes Mal wiederkommen . . .«

König Trent runzelte die Stirn. »Damit ich mich mit dem nächsten Vertragszusatz herumquälen muß? Meine Augen sind jetzt schon müde!« Eine verirrte Blauflaschenfliege summte um seinen Kopf herum, und der König verwandelte sie gedankenverloren in einen kleinen Blauflaschenbaum, der aus einer Schreibtischritze emporwuchs. »Komm, Magier, laß uns ein wenig plaudern. Wie geht's denn so?«

»Na ja, wir sind eben einem großen Frosch begegnet —« fing Grundy an, doch als der König ihn anblickte, verstummte er sofort.

»Äh, eigentlich wie immer«, sagte Dor. Der König wollte ihm den Weg bahnen. Warum ging er nicht darauf ein und sprach aus, was ihm auf dem Herzen lag?

»Ist euer Hüttenkäse noch intakt?«

»O ja, dem Haus geht's gut. Gibt allerdings einen Haufen freche Antworten.« Was für eine geistlose Antwort!

»Ich habe gehört, daß du dich mit Knacks dem Oger angefreundet hast.«

Wußte der König eigentlich *alles?* »Ja, ich habe ihm geholfen, Krach, sein Kind, wiederzufinden.«

»Aber meine Tochter Irene mag dich nicht.«

»Nicht besonders.« Dor wünschte, er wäre zu Hause geblieben. »Aber sie . . .« Dor fehlte es an Worten für ein höfliches Kompliment. Irene war ein hübsches Mädchen, aber das wußte ihr Vater sicherlich auch schon. Sie ließ Pflanzen wachsen . . . aber sie hätte ein mächtigeres Talent haben sollen. »Sie —«

»Sie ist noch jung. Allerdings sind auch reifere Frauen häufig noch rätselhaft. Manchmal scheinen sie sich über Nacht in völlig andere Wesen zu verwandeln.«

Grundy lachte. »Das kann man wohl sagen! Dor hat sich in Millie das Gespenst verguckt!«

»Halt's Maul!« rief Dor, außer sich vor Wut und Scham.

»Eine außergewöhnliche Frau«, meinte der König und tat so, als habe er Dors Äußerung überhört. »Achthundert Jahre lang ein Gespenst, und plötzlich wieder in der Gegenwart zum Leben erweckt. Ihr Talent macht sie für eine gewöhnliche Tätigkeit im Palast ungeeignet, aber als Kindermädchen in eurer Hütte hat sie doch gute Arbeit geleistet. Jetzt wirst du erwachsen und mußt damit anfangen, dich auf die Pflichten eines Erwachsenen vorzubereiten.«

»Erwachsen?« fragte Dor immer noch verschämt. Nicht der Königinnen-Frosch hatte das Maul zu weit aufgerissen, sondern Grundy!

»Du bist der Thronfolger Xanths. Mach dir wegen meiner Tochter keine Sorgen. Sie ist keine Magierin und kann das Amt nicht übernehmen, es sei denn, es steht kein Magier zur Vergügung. Und auch dann geht das nur als Übergangslösung, bis ein Magier erscheint. Damit wird die Kontinuität der Regierung gewahrt. Sollte ich im Laufe des kommenden Jahrzehnts von der Bildfläche verschwinden, dann wirst du die Geschäfte übernehmen müssen. Da ist es besser, wenn du schon darauf vorbereitet bist.«

Plötzlich wirkte die ganze Gegenwart geradezu erdrückend wirklich. »Aber ich kann doch nicht . . . ich bin doch nicht . . .«

»Du hast die erforderliche Magie, Dor. Was dir fehlt, das ist die Erfahrung und das Durchsetzungsvermögen, um sie richtig anzuwenden. Es wäre sehr nachlässig von mir, wenn ich nicht dafür Sorge tragen würde, daß du diese Erfahrung sammelst.«

»Aber —«

»Kein Magier sollte eines Ogers bedürfen, um sich Respekt zu verschaffen. Du bist noch nicht abgehärtet genug, um dann gnadenlos zu sein, wenn es erforderlich ist.«

»Äh . . .« Dor wußte, daß er rot geworden war. Er hatte

eben einen mächtigen Nasenstüber bekommen, und er wußte, daß er gerechtfertigt war. Wenn ein Magier sich von jemandem wie Pferdemaul tyrannisieren ließ . . .

»Ich glaube, du brauchst eine Aufgabe, Dor. Eine Männeraufgabe. Eine, bei der du zeigen kannst, wie sehr du dem Amt gewachsen bist, das auf dich zukommt.«

Das Gespräch war ja völlig anders verlaufen als geplant! Jetzt sah es eher so aus, als habe der König seine Entscheidung gefällt und Dor herbeizitiert, um ihm seine Anweisungen zu geben, anstatt ihn einfach nur zu empfangen. »Ich . . . vielleicht.« Vielleicht? Ganz bestimmt sogar!

»Du achtest Millie«, sagte der König. »Aber du weißt auch, daß sie einer anderen Generation angehört und daß sie ein bestimmtes, unbefriedigtes Verlangen hat.«

»Jonathan«, erwiderte Dor. »Sie . . . sie liebt Jonathan den Zombie!« Er sagte es beinahe zornig.

»Dann bin ich der Meinung, daß das Schönste, was man für sie tun kann, darin besteht, eine Möglichkeit zu finden, Jonathan wieder zum vollständigen Leben zu erwecken. Vielleicht würde es dann auch offenbar, weshalb sie ihn so sehr liebt.«

»Aber —« Dor mußte verstummen. Er wußte, daß Grundys Bemerkungen nur den geringsten Teil des Spotts darstellten, der ihm sicher war, wenn er jemals ernsthaft behauptete, Millie gegenüber bestimmte Absichten zu haben. Sie war eine achthundert Jahre alte Frau, und er war nur ein Junge. Eine Möglichkeit, alle Gerüchte im Keim zu ersticken, bestand zweifellos darin, ihr das zu geben, wonach sie am meisten verlangte: Jonathan, und zwar einen lebendigen Jonathan. »Aber wie —?«

Der König spreizte die Hände. »Ich kenne die Antwort darauf nicht, Dor. Aber es könnte jemanden geben, der sie kennt.«

Es gab nur eine Person in ganz Xanth, die auf alles eine Antwort wußte: der Gute Magier Humfrey. Doch das war ein säuerlicher alter Mann, der für jede Antwort einen Jahresdienst forderte. Den Guten Magier Humfrey suchten nur Leute von beachtlicher Entschlossenheit und großem Beharrungsvermögen auf.

Plötzlich erkannte Dor, was König Trent ihm da für eine Herausforderung präsentiert hatte. Zunächst würde er seine vertraute Umgebung verlassen müssen, um durch die gefährliche Wildnis zum Schloß des Guten Magiers zu reisen. Dann würde er sich einen Zugang zum Schloß erkämpfen müssen. Dann einen Jahresdienst für die Antwort ableisten. Dann mit Hilfe der Antwort Jonathan zum Leben erwecken — und das alles in dem Bewußtsein, daß er sich auf diese Weise jeder Chance beraubte, Millie . . .

Sein Verstand empörte sich. Das war keine Aufgabe, das war eine Katastrophe!

»Normale Bürger brauchen sich nur um sich selbst zu sorgen«, fuhr Trent fort. »Aber ein Herrscher muß sich ebensosehr um das Wohl seiner Untertanen kümmern wie um sein eigenes. Er muß bereit sein, Opfer zu bringen, und manchmal auch sehr persönliche Opfer. Manchmal kann es sogar notwendig sein, daß er die Frau, die er liebt, verlieren muß und eine Frau heiratet, die er nicht liebt — zum Wohle des Reichs.«

Millie aufgeben, um Irene zu heiraten? Dor wollte protestieren, doch da wurde ihm klar, daß der König gar nicht von ihm gesprochen hatte, sondern von sich selbst. Trent hatte Frau und Kind in Mundania verloren und daraufhin die Zauberin Iris geheiratet, die er nie zu lieben vorgegeben hatte. Er hatte auch ein Kind mit ihr gezeugt — zum Wohle des Reichs. Trent verlangte nichts von seinen Untertanen, was er sich nicht auch selbst abverlangt hätte.

»Ich werde nie ein solcher Mann werden, wie Ihr es seid«, sagte Dor demütig.

Der König erhob sich und klopfte ihm so heftig auf die Schulter, daß Grundy beinahe heruntergefallen wäre. Trent mochte vielleicht alt sein, aber er war immer noch kräftig. »*Ich* bin auch nie der Mann gewesen, der ich bin«, erwiderte er. »Ein Mann ist nur das, was er zu sein scheint. In seinem Inneren mag es einen ganzen Haufen nagender Würmer des Zweifels, der Wut und der Trauer geben.« Er begleitete Dor mit Bestimmtheit zur Tür und blieb nachdenklich stehen. »Keine Herausforderung ist leicht. Ein Mann läßt sich nur nach dem messen, wie er sich einer Herausforderung stellt, wenn es nötig ist. Ich biete dir eine Herausforderung an, die eines Magiers und Königs würdig ist.«

Plötzlich stellte Dor fest, daß er im Korridor stand. Er war noch immer verwirrt. Selbst Grundy sagte nichts mehr.

Das Schloß des Guten Magiers Humfrey lag östlich von Schloß Roogna, zwar keinen Drachenflug weit, aber doch über eine Tagesreise durch die trügerische Wildnis entfernt, die für einen Jungen, der zu Fuß ging, voller Gefahren steckte. Zu Humfrey führten keine verzauberten Wege, denn der Magier verabscheute Gesellschaft. Die Pfade führten alle nur weg vom Schloß. Dor durfte sich auch nicht per Zauber sofort dorthin projizieren lassen; denn es ging immerhin um seine persönliche Aufgabe, um eine Herausforderung, die er allein bewältigen mußte.

Am Morgen machte er sich auf den Weg und setzte sein Talent ein, um wenigstens einen Teil der Probleme zu lösen. »Steine, gebt einen Warnpfiff ab, wenn ich mich irgend etwas nähern sollte, das für mich gefährlich ist. Und sagt mir den besten Weg zum Schloß des Guten Magiers.«

»Wir können dir wohl sagen, was gefährlich ist«, erwiderten die Felsen. Für ihn gab es kein steinernes Schweigen! »Aber wir wissen nicht, wo das Schloß des Guten Magiers liegt. Er hat überall kleine Vergessenszauber ausgestreut.«

Das hätte er sich eigentlich denken können. »Ich bin schon einmal dort gewesen«, sagte Grundy hilfsbereit. »Es liegt nicht sehr weit südlich von der Spalte. Halte dich in Richtung Norden bis zur Spalte, dann gen Osten und dann wieder nach Süden bis zum Schloß.«

»Und wenn ich mich verlaufe, wo komme ich dann hin?« fragte Dor mißmutig.

»Höchstwahrscheinlich in den Bauch eines Drachen.«

Dor hielt sich nordwärts und achtete sorgfältig auf die Pfiffe. Die meisten Bürger von Xanth wußten nichts von der Spalte; denn über ihr hing ein Unbekanntheitszauber, aber Dor hatte sein ganzes Leben in ihrer Nähe verbracht und sie mehrere Male aufgesucht. Von seinem Talent gewarnt, wich er allerlei Gefahren aus: Drachenspuren, Gewirrbäumen, ganzen Rudeln von Ameisenlöwen, Würgnesseln, Sägegras und vielen anderen mehr. Nur sein Vater Bink konnte die Wildnis ohne größere Sorge allein durchqueren, und vielleicht auch der König selbst. Trotzdem war Grundy nervös. »Wenn du nicht alt genug werden solltest, um einmal König zu werden, dann sitze ich tief in der Tinte«, meinte er nicht ohne Galgenhumor.

Als sie hungrig wurden, wiesen die Steine ihnen den Weg zum nächsten Brotlaibbaum, zu Limonadensträuchern und Kaugummibäumen. Dann ging es immer weiter. Langsam neigte sich der Tag seinem Ende zu.

»He!« sagte Grundy plötzlich. »Von Humfreys Schloß zur Spalte führen doch mehrere Einbahnpfade. Da werden wir doch bestimmt auf einen davon stoßen! Die Steine werden wissen, wo ein solcher Pfad verläuft, denn sie werden gesehen haben, wie Leute dort entlanggegangen sind. Die Vergessenszauber beziehen sich schließlich nur auf den Standort des Schlosses, nicht auf einzelne Leute. Auf diese Weise können wir sie umgehen.«

»Stimmt!« meinte Dor. »Steine, habt ihr solche Reisende gesehen?«

»Nein!« erwiderten die Steine im Chor. Doch Dor fragte immer wieder nach, während sie weiterschritten, und endlich stießen sie auf Steine, die tatsächlich Reisende bemerkt hatten. Nach einigem Hin und Her gelang es ihm, einen der gesuchten Pfade ausfindig zu machen, und er machte einen Schritt in Richtung Spalte: Plötzlich lag er vor ihnen, ein Pfad, der auf eine Brücke führte, die über der Spalte hing. Doch als er sich wieder umdrehte, war nur der Dschungel zu sehen. Wirklich faszinierende Magie, diese Pfade!

»Vielleicht, wenn du rückwärts gehst . . .« schlug Grundy vor.

»Aber dann stolpere ich doch über alles mögliche!«

»Na gut, dann gehst du vorwärts, und ich schaue nach hinten, um den Pfad im Auge zu halten.«

Sie versuchten es, und es klappte. Die Steine gaben ihnen die ungefähre Richtung an, und Grundy warnte ihn, wann immer er zur einen oder anderen Seite abzuweichen drohte. Sie kamen gut voran; denn der Pfad war natürlich verzaubert, so daß sie in seiner Nähe keine ernsthaften Gefahren zu fürchten brauchten. Doch sie hatten eine ganze Weile gebraucht, um ihn ausfindig zu machen, und so kam es, daß sie bei Einbruch der Dunkelheit noch immer mitten in der Wildnis waren. Zum Glück entdeckten sie einen Kissenbaum und bereiteten sich aus bunten Kissen ein Lager. Sie stellten sprühende Ungezieferbomben auf, die sie von einem Ungezieferbombenstrauch abgepflückt hatten. Vor Regen brauchten sie sich nicht zu fürchten. Dor befragte eine vorüberziehende Wolke, und die versicherte ihm, daß die Wolken sich heute nacht alle ausruhten, um sich auf einen Wolkenbruch in zwei Tagen vorzubereiten.

Am Morgen frühstückten sie Jungenmädchenbeeren, deren Samen wie kleine Jungen waren und ein wenig zu scharf schmeckten, während die Geleemädchen eine Spur zu süß waren, so daß man beide auf einmal essen mußte, um sie wirklich genießen zu können. Sie spülten die Beeren mit dem Saft angestochener Kaffeebohnen hinunter und machten sich wieder auf den Weg. Dor fühlte sich ein wenig steif, denn solche langen Wanderungen war er nicht gewöhnt. »Merkwürdig!« meinte Grundy. »Ich fühle mich prächtig!« Aber er hatte den größten Teil der Reise ja auch auf Dors Schulter verbracht.

Als sie sich dem Schloß des Magiers näherten, wies ihnen eine weitere freundliche Wolke den Weg. Humfrey hatte entweder vergessen, auch über die Wolken Vergessenszauber zu verhängen, oder er hatte dies für unpraktisch erachtet, weil Wolken ja ständig umherzogen. Jedenfalls war Dor froh, daß er es im Augenblick mit gutmütigen Schäfchenwolken zu tun hatte, anstatt mit den übelgelaunten Gewitterwolken. Gegen Mitte des Vormittags waren sie am Ziel.

Das Schloß war klein, aber hübsch. Es besaß runde Türme, die über die Befestigungsmauern emporragten, und einen gepflegten blauen Schloßgraben. Im Graben schwamm ein Triton; das war ein stattlicher Mann mit einem Fischschwanz, der einen bösartig aussehenden Dreizack in einer Hand hielt. Er blickte die Eindringlinge finster an.

»Ich glaube, wir haben unser erstes Hindernis vor uns«, meinte Grundy. »Dieser Meermann wird uns wohl nicht durchlassen.«

»Wie bist du denn daran vorbeigekommen, als du hierhergekommen bist?« fragte Dor.

»Das war vor einem guten Dutzend Jahren! Inzwischen hat sich alles verändert. Ich bin an einem fleischfressenden Seetang vorbeigeschlichen, eine rutschige Glaswand emporgeklettert und habe drinnen einen Schwertschlucker überlisten müssen.«

»Einen Schwertschlucker? Wie hat der dir denn etwas anhaben können?«

»Er hat gerülpst.«

Dor dachte darüber nach und mußte grinsen. Doch der Golem hatte recht: Vergangene Erfahrungen halfen einem hier nicht weiter. Jedenfalls nicht, solange der Gute Magier seine Verteidigungssysteme ständig wechselte.

Er berührte das Wasser mit einer Fußspitze. Sofort schwamm der Triton mit erhobenem Dreizack auf ihn zu. »Es ist nur fair, Eindringling, wenn ich dich warne und dir sage, daß ich fünf Kerben an meinem Speer habe!«

Dor zog den Fuß zurück. »Wie kommen wir an diesem Ungeheuer vorbei?« fragte er und starrte dabei konzentriert den Graben an.

»Das darf ich dir leider nicht sagen«, erwiderte das Wasser entschuldigend. »Der alte Gnom hat gegen alles Zauber verhängt.«

»Das sieht ihm ähnlich«, brummte Grundy. »Einen Gnom kann man in seinem eigenen Heim wohl kaum übergnomen!«

»Aber es gibt einen Weg!« sagte Dor. »Wir müssen ihn nur finden. Das ist ein Teil der Herausforderung.«

»Während der Magier sich drinnen kaputtlacht und zusieht, ob wir es schaffen oder aufgespießt werden. Der hat doch soviel Humor wie ein Gewirrbaum!«

Dor tat so, als wolle er in das Wasser hineinspringen. Der Triton hob wieder seinen Dreizack. Sein Arm war sehr muskulös, und als er seinen Oberkörper weit aus dem Wasser emporbäumte, glitzerte seine Waffe im Sonnenlicht. Dor wich wieder zurück.

»Vielleicht gibt es ja unter dem Graben einen Tunnel«, schlug Grundy vor.

Sie schritten den Graben ab. An einer Stelle entdeckten sie ein Metallschild mit der Aufschrift: UNBEFUGTES BETRETEN VERBOTEN.

»Ich weiß nicht, was das heißt«, meinte Dor.

»Das kann ich dir übersetzen«, erwiderte Grundy. »Es heißt: Bleibt draußen!«

»Ob es wohl noch eine Bedeutung haben mag?« fragte Dor nachdenklich.

»Warum sollte Humfrey hier ein Schild aufstellen, wenn es doch keinen Eingang zu geben scheint? Warum schreibt er in einer Sprache, die nur ein Golem versteht? Das ergibt doch keinen Sinn — was bedeutet, daß es vermutlich sehr viel Sinn ergibt, wenn man es richtig deutet.«

»Ich weiß nicht, warum du über so ein blödes Schild nachdenkst, wenn du dir doch eigentlich Gedanken darüber machen solltest, wie du den Graben überqueren kannst.«

»Wenn es nun aber einen Tunnel geben sollte, den der Magier benutzen kann, ohne in seine eigenen Fallen zu laufen«, fuhr Dor fort, »dann muß er eine Stelle markieren. Natürlich möchte er nicht gerade, daß andere sie auch benutzen, ohne Erlaubnis zu haben. Vielleicht hat er sie also mit einem Abhaltezauber getarnt. So wie dieser hier.«

»Weißt du, ich glaube fast, daß du doch etwas Verstand hast«, gestand der Golem. »Aber dann brauchst du einen Gegenzauber, um die Stelle zu passieren, und den darf sie dir nicht verraten.«

»Aber es ist doch nur ein Stein. Der ist nicht allzu schlau. Wir könnten ihn vielleicht überlisten.«

»Ich weiß, was du meinst. Versuchen wir es mal mit einem Dialog?« Es war ein Spiel, das sie schon öfter gespielt hatten.

Dor nickte lächelnd. Sie traten an das Schild. »Guten Morgen, Schild«, begrüßte Dor es.

»Von wegen, für dich nicht!« erwiderte das Schild. »Gar nichts werd' ich dir verraten.«

»Das liegt doch bloß daran, daß du auch gar nichts weißt«, sagte Grundy laut. Er hatte einen wunderbar abfälligen Ton in der Stimme.

»Ich soll nichts wissen?«

»Mein Freund hier behauptet, daß du überhaupt keine Geheimnisse hast, die du verraten könntest«, sagte Dor.

»Dein Freund ist ein Blödian.«

»Das Schild meint, du wärst ein Blödian«, sagte Dor zu Grundy.

»Ach ja? Na, dieses Schild ist jedenfalls ein Dämlack.«

»Bin ich nicht!« erwiderte das Schild wütend. »Er ist der Dämlack.« Die Gefühlsvielfalt von Gegenständen hielt sich meistens in engen Grenzen. »Mein Geheimnis kennt er jedenfalls nicht.«

»Was denn für ein Geheimnis, Dodo?« wollte Grundy in noch abfälligerem Ton als zuvor wissen.

»Meine Geheimkammer, *das* Geheimnis! Das kennt er nämlich nicht, oder?«

»Das gibt's doch gar nicht!« rief Grundy höhnisch. »Das erfindest du doch bloß, damit wir dich nicht für den Blechschädel halten, der du wirklich bist!«

»Ach ja? Na, dann guck dir mal das hier an, du Blödian!« Das Schild schwang beiseite und gab eine Kammer frei, in der ein kleiner Kasten lag.

Dor langte hinein und holte den Kasten hervor, bevor das Schild seinen Fehler begriffen hatte. »Was haben wir denn da?« fragte er fröhlich.

»Gib mir das wieder!« heulte das Schild auf. »Das gehört mir! Mir allein!«

Dor musterte die Schachtel. Auf ihrer Oberseite war ein Knopf zu sehen, neben dem die Worte standen: NICHT DRÜCKEN. Er drückte darauf.

Der Deckel sprang auf, und ein schlangenähnliches Wesen schnellte hervor. Erschrocken ließ Dor den Kasten fallen. »HAHAHAHAHA!« dröhnte es.

Das Schlangending fiel auf den Boden. Es hatte seine Energie verbraucht. »Jack, stets zu Diensten«, sagte es. »Jack, das

Schachtelmännchen. Ihr seht wirklich ganz schön dämlich aus.«

»Ein Golem!« sagte Grundy. »Hätte ich mir ja gleich denken können. Golems sind wirklich unerträglich.«

»Du mußt es ja wissen, Holzkopf!« erwiderte Jack. Er griff in eine Schlangentasche und holte eine schimmernde Scheibe hervor. »Hier ist ein Fleißkärtchen, zur Feier der Gelegenheit.« Er reichte ihm den Knopf, und Dor nahm ihn entgegen. Er war beidseitig beschriftet. Auf der einen Seite stand UNBEFUGT, auf der anderen BEFUGT.

Dor lachte reumütig. »Da bin ich wohl reingelegt worden! Das ist die Strafe, wenn man den Weg des geringsten Widerstands sucht.«

Er drückte den runden Knopf an sein Hemd, wo er magisch anhaftete. Von außen war jetzt das Wort BEFUGT zu lesen. Dann hob er Jack auf, legte ihn wieder in den Kasten zurück, schloß den Deckel und setzte den Kasten wieder in die Kammer. Dann klappte er das Schild wieder davor. »Gut gemacht, Schild.«

»Klar doch«, antwortete das Schild besänftigt.

Dann widmeten sie sich wieder dem Graben. »Diese Ablenkung hat mich auf etwas gebracht«, meinte Dor. »Wenn wir von einem Köder in die Irre geleitet werden können, dann —«

»Ich weiß nicht, worauf du hinaus willst«, sagte Grundy. »Dieser Triton dort kennt sein Ziel!«

»Dieser Triton *meint*, daß er sein Ziel kennt. Paß mal auf.« Und Dor kniete sich neben dem Wasser nieder. »Ich gehe jede Wette mit dir ein, daß du meine Stimme nicht nachahmen kannst, Wasser!«

»Ach ja?« fragte das Wasser. Es klang genau wie Dor.

»He, das ist ja gar nicht schlecht für einen Anfänger. Aber du kannst es bestimmt nicht an mehr als einer Stelle gleichzeitig!«

»Denkste!« erwiderte das Wasser von zwei Stellen zur gleichen Zeit.

»Du bist ja noch viel besser, als ich dachte!« gestand Dor kleinlaut. »Aber die wirkliche Herausforderung würde doch darin bestehen, es so gut zu machen, daß ein Dritter nicht unterscheiden kann, wer von uns beiden wer ist. Ich glaube zum Beispiel nicht, daß du diesen Triton dort täuschen könntest.«

»Diesen Naßnacken?« fragte das Wasser. »Um was willst du wetten, du Blödmann?«

Dor dachte nach. »Na ja, ich habe nichts, was dir wirklich wertvoll wäre. Aber — ja, das ist es! Du kannst nicht mit anderen Leuten reden, aber du mußt ihnen irgendwie zeigen, wie mächtig du bist. Das könntest du mit diesem Knopf tun.« Er zeigte dem Wasser den Knopf mit der Aufschrift UNBEFUGT/BEFUGT. »Siehst du, hier steht, was du mit Eindringlingen machen kannst. Du kannst es gefährlich und drohend auf deiner Oberfläche schwimmen lassen.«

»Abgemacht!« sagte das Wasser begierig. »Du versteckst dich, und wenn der alte Dreispitz meiner Stimme folgt statt dir, dann kriege ich den Preis!«

»Einverstanden«, sagte Dor. »Es würde mir zwar wirklich leid tun, einen solch wertvollen Gegenstand verlieren zu müssen, aber ich glaube ja auch nicht, daß du gewinnen wirst. Du lenkst ihn ab, und ich verstecke mich unter deiner Oberfläche. Wenn er mich nicht findet, bevor ich ertrunken bin, dann gehört der Knopf dir.«

»He, da ist aber ein logischer Fehler drin!« maulte Grundy. »Wenn du nämlich ertrinken solltest, dann —«

»Heda, Fischschwanz!« rief eine Stimme am anderen Ende des Grabens. »Ich bin der Trollo aus dem Dschungel!«

Der Triton, der das Gespräch von weitem teilnahmslos beobachtet hatte, drehte sich abrupt um.

»Wie? Noch einer?«

Dor schlüpfte ins Wasser, atmete kurz ein und tauchte unter. Er schwamm mit kräftigen Zügen, ohne von einem Dreizack getroffen zu werden. Als seine Lungen zu schmerzen begannen, spürte er auch schon die Innenwand des Grabens und tauchte wieder auf.

Er keuchte schwer, und Grundy, der sich an seiner Schulter festgeklammert hatte, tat das gleiche. Der Triton jagte noch immer hin und her, von den Stimmen angelockt. »Hier drüben, du Haischnauze! Nicht hier, du Meerding. Bist du etwa blind, Fischgesicht?«

Dor kletterte an Land. »In Sicherheit!« rief er. »Du hast gewonnen, Graben, hier ist der Preis. Es tut mir zwar in der Seele weh, mich davon trennen zu müssen, aber du hast es mir ja wirklich gegeben.« Dann warf er den Knopf ins Wasser.

»Das tu ich doch immer, Blödmann«, sagte das Wasser selbstzufrieden.

Die Stimmen hörten auf. Der Triton blickte sich um und entdeckte ihn erstaunt. »Wie hast du das denn geschafft? Ich hab' dich doch durch den ganzen Graben gehetzt!«

»Das hast du auch«, erwiderte Dor. »Ich bin immer noch ganz außer Atem.«

»Bist du vielleicht irgend so ein Magier, oder so was?«

»So könnte man es nennen.«

»Ach so.«

Der Triton schwamm wieder davon. Er tat so, als habe er das Interesse verloren.

Jetzt standen sie vor dem zweiten Hindernis. Zwischen dem Graben und der Schloßmauer befand sich ein schmaler Steinsteg, doch Dor entdeckte keinen erkennbaren Eingang. »So ist das immer«, meinte Grundy altklug. »Eine kahle Mauer. Ein unbelebtes Hindernis. Aber das Schlimmste ist immer drinnen.«

»Gut zu wissen«, entgegnete Dor. Er merkte, wie er fröstelte, und das lag nicht nur an seiner durchnäßten Kleidung. Langsam begriff er das wahre Ausmaß der Herausforderung, vor die König Trent ihn gestellt hatte. Auf jeder Stufe mußte er seine Fähigkeiten und sein Motiv aufs neue in Frage stellen: Waren Risiko und Anstrengung den Preis wirklich wert? Einer solchen Situation hatte er bisher noch nie gegenübergestanden. Da es hier haufenweise Gegenzauber gab, die den Gegenständen verwehrten, Informationen preiszugeben, war er dazu gezwungen, sein magisches Talent mit äußerster Schläue einzusetzen, so wie eben bei dem Graben. Vielleicht war das ja notwendig, um erwachsen zu werden, aber er hätte es doch vorgezogen, diesen Schritt in der Sicherheit seines Zuhauses zu tun. Er besaß weder die Kraft noch das Durchhaltevermögen eines Mannes und ganz bestimmt auch nicht dessen Mut. Aber jetzt stand er hier . . . und es war wohl angezeigt, weiterzugehen; denn der Triton würde ihn bestimmt nicht wieder umkehren lassen.

Die Kraft und das Durchhaltevermögen eines Mannes . . . Irgendwie war das doch ein verlockender Gedanke. Wenn er durch Magie größer und stärker als sein Vater werden könnte und auch noch lernte, wie man ein Schwert führte, damit er keines Ogers bedurfte, um sich Gehör zu verschaffen — ja dann! Dann gäbe es auch keine Probleme mehr für ihn. Dann würde er nicht mehr umherzuhuschen brauchen, um sich mit einem Trick an einem Triton vorbeizuschleichen oder mit Schildern zu diskutieren . . .

Aber das war doch nur närrisches Wunschdenken. Er würde niemals solch ein Mann sein, auch nicht, wenn er erwachsen war.

Sie schritten um das Schloß herum. In bestimmten Abständen waren kleine Nischen zu erkennen, in denen Pflanzen wuchsen. Doch das waren keine Pflanzen, denen man sich hätte nähern können: Stinkkraut, Stinktierkohl, giftiger Efeu, der prompt einen Gifttropfen auf ihn herabfallen ließ, dem er gerade noch rechtzeitig ausweichen konnte. Der Tropfen fiel auf die Steinkante und ätzte ein rauchendes Loch hinein. In einer weiteren Nische lauerte ein Nadelkaktus, eine der schlimmsten Pflanzen überhaupt. Dor rannte hastig an ihm vorbei, ehe das mißmutige Gemüse sich noch dazu entschloß, eine Nadelsalve auf ihn abzufeuern.

»Und du bist eine gläserne Wand emporgeklettert?« fragte Dor zweifelnd, während er den kahlen, glatten Stein betrachtete. Er war kein guter Kletterer, und hier gab es keinerlei Stufen, Griffe oder sonstige Hilfen.

»Damals war ich noch ein Golem, ein Konstrukt aus Bindfäden und Klebmasse. Es machte keinen Unterschied, ob ich abstürzte oder nicht, ich war nicht wirklich. Ich existierte nur, um Übersetzungen zu machen. Heute könnte ich weder die Glaswand noch diese Steinmauer erklimmen. Dazu habe ich viel zu viel Wirklichkeit zu verlieren.«

Zu viel Wirklichkeit zu verlieren. Das leuchtete ein. Als Dor darüber nachdachte, daß er sie vielleicht verlieren könnte, wurde seine Wirklichkeit ihm selbst auch immer lieber. Was wollte er mit dem Körper eines Helden und seiner Macht? Er war ein Magier, wahrscheinlich auch ein Thronfolger. Starke Männer gab es viele, Magier waren selten. Warum sollte man das alles aufs Spiel setzen — für einen Zombie!

Dann dachte er an die schöne Millie. Daran, ihr etwas Schönes anzutun, sie dankbar zu machen. Ach, welch Narretei! Aber es sah ganz danach aus, als sei er eben solch ein Narr. Vielleicht lag es auch am Erwachsenwerden. Ihr Talent des Sex-Appeals . . .

Dor klopfte gegen den Stein. Er war entmutigend massiv. Keine hohlen Stellen. Er suchte nach Ritzen. Nichts. »Es muß in einer der Nischen sein«, sagte er.

Sorgfältig suchten sie die Nischen ab. Nichts. Die widerwärtigen Pflanzen wuchsen aus steinernen Kübeln, die auf dem Festungswall standen. Unter ihrer Erde gab es keinen Geheimeingang.

Doch die Nische des Nadelkaktus schien tiefer zu sein als die anderen. Sie wölbte sich sogar in die Dunkelheit hinter dem Kaktus hinein. Ein Gang!

Jetzt mußte er nur noch herausfinden, wie er durch eine der tödlichsten Pflanzen in ganz Xanth hindurchgelangen konnte. Nadelkakteen neigten dazu, erst zu schießen und dann zu fragen. Selbst ein Gewirrbaum würde einem Nadler wohl den Platz räumen, wenn sie nebeneinander wuchsen. Chester der Zentaur, ein Freund von Dors Vater, hatte heute noch runde Narben an seinem prächtigen Rumpf, wo ihn ein Nadler einmal getroffen hatte.

Dor steckte vorsichtig den Kopf in die Öffnung. »Ich nehme an, dir ist wohl nicht danach, einen Reisenden vorbeizulassen, wie?« fragte er ohne jede große Hoffnung.

Eine Nadel schoß direkt auf sein Gesicht zu. Er zuckte zurück, und sie zischte an ihm vorbei, um im Graben zu landen. Der Triton stieß einen wütenden Schrei aus. Offenbar liebte er es nicht, wenn man sein Heim beschmutzte.

»Der Nadler meint nein«, übersetzte Grundy unaufgefordert.

»Darauf wäre ich auch gekommen.« Wie sollte er diese Hürde nur überwinden? Er konnte weder unter diesem Kaktus hindurchtauchen noch mit ihm vernünftig reden, noch ihm aus dem Weg gehen. In der engen Nische war ja kaum Platz genug, um sich an ihm vorbeizuquetschen.

»Vielleicht sollten wir ihn mit einer Seilschlinge fesseln und aus dem Weg zerren«, schlug Grundy zweifelnd vor.

»Wir haben kein Seil«, warf Dor ein. »Und nichts, woraus wir eins machen könnten.«

»Ich kenne jemanden, dessen Talent besteht darin, Seile aus Wasser zu machen«, sagte Grundy.

»Dann könnte der hier also vorbei. Aber wir nicht. Und selbst wenn wir ein Seil hätten, dann würden wir augenblicklich in Nadelkissen verwandelt, sobald der Kaktus im Freien wäre.«

»Es sei denn, wir könnten ihn in den Graben schmeißen.«

Dor mußte bei dem Gedanken lachen, doch dann wurde er wieder ernst. »Könnten wir nicht einen Schild machen?«

»Wir haben nichts, woraus wir einen machen können. Ist das gleiche Problem wie mit dem Seil. Diese Steinkante hier ist unfruchtbar. Wenn Kakteen nun kein Wasser mögen würden, dann könnten wir es vielleicht schöpfen und —«

»Sie können zwar ohne Wasser leben, aber mögen tun sie es doch, sogar sehr«, meinte Dor. »Sie stehen ja auch im Regen herum. Es macht ihnen gar nichts aus, es sei denn, es ist Überschwemmung. Wenn wir ihn also bespritzen, dann nützt das auch nicht viel. Außer . . .« Er dachte kurz nach. »Wenn wir hier eine ganze Menge Wasser hineinleiten könnten, so daß der Kaktus ausgeschwemmt wird, daß die Erde aus seinem Kübel gespült wird, die Wurzeln freigelegt werden . . .«

»Und wie?«

Dor seufzte.

»Nicht ohne einen Eimer. Wir sind eben nicht dazu in der Lage, es mit diesem Kaktus aufzunehmen.«

»Stimmt. Ein Feuerdrache könnte das. Diese Gewächse mögen kein Feuer, es sengt ihnen die Nadeln ab. Dann können sie nicht mehr kämpfen, bis neue nachgewachsen sind, und das braucht seine Zeit. Aber Feuer haben wir auch nicht.« Er schüttelte sich ein paar Tropfen vom Körper. »Manchmal wünschte ich mir, du hättest eine etwas stofflichere Magie, Dor. Wenn du einfach mit einem Fingerzeig lähmen oder verbrennen —«

»Dann hätte der Gute Magier eben andere Verteidigungsmechanismen für sein Schloß, gegen die solche Talente nutzlos wären. Magie allein reicht nicht, man muß auch dabei sein Gehirn anstrengen.«

»Wie soll ein Gehirn denn einen Nadler am Nadeln hindern?« wollte Grundy wissen. »Das Ding ist nicht intelligent, du kannst mit ihm keinen Handel abschließen.«

»Der Kaktus ist nicht intelligent«, wiederholte Dor, dem ein Gedanke gekommen war. »Also würde er möglicherweise auch nicht begreifen, was für uns offensichtlich wäre.«

»Wo immer du auch von reden magst, für mich ist es jedenfalls auch nicht offensichtlich«, sagte der Golem.

»Dein Talent ist doch das Übersetzen. Kannst du auch die Sprache eines Kaktus sprechen?«

»Natürlich. Aber was hat das mit —«

»Angenommen, wir würden ihm sagen, daß wir für ihn gefährlich sind? Daß wir Salamander wären, glühendheiße Salamander, die im Begriff sind, ihn niederzubrennen?«

»Das würde nicht funktionieren. Es würde ihn zwar erschrecken, aber daraufhin würde er nur eine Nadelsalve abfeuern, um den Salamander zu töten, bevor er ihm zu nahe kommt.«

»Hm, ja. Aber wie wäre es mit etwas, das zwar nicht bedrohlich wäre, aber immerhin doch noch gefährlich? Wie zum Beispiel ein Feuermensch, der auf Sparflamme ist?«

Grundy überlegte. »Das könnte vielleicht klappen. Aber wenn es nicht klappen sollte —«

»Dann ist es aus«, beendete Dor den Satz. »Dann sind wir Nadelkissen.«

Sie blickten gemeinsam zum Graben zurück. Der Triton sah ihnen aufmerksam zu. »Nadelkissen werden wir auf dieser Strecke auch«, meinte Grundy. »Ich wünschte wirklich, wir wären Helden und nicht ein Golem und ein Junge. Für so etwas wie das hier sind wir einfach nicht geschaffen.«

»Je länger wir hier herumstehehen, um so mehr fürchte ich mich«, stimmte Dor ihm zu. »Also bringen wir's hinter uns, bevor ich noch anfange zu heulen«, fügte er hinzu und wünschte sich sofort, daß er es vielleicht ein wenig anders ausgedrückt hätte.

Grundy blickte wieder zu dem Nadelkaktus hinüber. »Als ich noch ein richtiger Golem war, da konnte mir ein Nadler nichts antun. Ich war ja nicht wirklich. Ich besaß kein Schmerzempfinden. Aber jetzt . . . ich bin viel zu verängstigt, um noch zu wissen, was ich sagen soll.«

»Dann sage ich es. Schließlich ist es ja meine Aufgabe, meine Suche. Du brauchst dabei ja gar nicht mitzumachen. Ich weiß sowieso nicht, warum du hier dein Leben riskierst.«

»Weil es mir wichtig ist, was aus dir wird, du Doofkopp!«

Das stimmte wohl. »Also gut. Du brauchst nur zu übersetzen, was ich sage.« Dor atmete tief durch und schritt langsam auf das Ungeheuergemüse zu.

»Sag irgendwas! Sag irgendwas!« rief Grundy, als die Nadeln sich abschußbereit auf sie zu richten begannen.

»Ich bin ein Feuermensch«, sagte Dor mit unsicherer Stimme. »Ich . . . ich bin aus Feuer. Alles, was ich berühre, wird sofort versengt. Das hier ist mein Feuerhund, Grundy der Knurrer. Ich gehe gerade mit meinem heißen Hund spazieren, einfach mal hier vorbei, und kaue dabei auf einem Feuerkeks. Ich liebe Feuerkekse!«

Grundy gab eine Reihe von Krächzen und Pfiffen von sich, wie ein Windhauch, der über den aufgerichteten Nadelkaktus hinwegwehte. Der Nadler schien ihm aufmerksam zuzuhören. Sollte es wirklich klappen?

»Wir möchten nur mal eben vorbei«, fuhr Dor fort. »Wir wollen keinen Ärger. Wir brennen nicht gerne Nadeln ab, wenn es nicht unbedingt nötig ist, denn die qualmen so und blähen sich auf und stinken dann immer so fürchterlich.« Er sah, wie einige der Nadeln sich zusammenkrümmten, als wollten sie welken, als Grundy seine Behauptung übersetzte. »Wir haben überhaupt nichts gegen Kakteen, solange sie sich friedlich verhalten. Manche Kakteen sind ausgesprochen nett. Einige von Grundys besten Freunden sind Kakteen. Er liebt es . . .« Dor hielt inne. Was würde ein Feuerhund wohl mit einem netten Kaktus tun? Sein Geschäft an ihm verrichten, natürlich, mit einem Feuerstrahl. Nein, das konnte man hier wohl nicht gut ausmalen. »Äh, er liebt es, an ihren Blumen zu schnüffeln, während er vorbeitrabt. Wir werden nur dann wütend, wenn sich uns irgendwelche Nadeln in den Weg stellen sollten. Wenn wir wütend sind, dann werden wir fürchterlich heiß. Dann machen wir allen die Hölle heiß.« Er entschied, daß er es nicht übertreiben durfte, sonst würde er an Glaubwürdigkeit verlieren. »Aber im Augenblick sind wir nicht zu heiß, denn wir wissen ja, daß kein wirklich netter Kaktus versuchen würde, uns mit seinen Nadeln zu belästigen. Deshalb brauchen wir ja auch keine lästigen abzubrennen.«

Der Kaktus schien sich in sich selbst zurückzuziehen, um ihnen den Weg freizumachen, damit sie an ihm vorbei konnten, ohne ihn zu berühren. Sein Plan funktionierte also! »Hm, diese Feuerkekse sind aber wirklich lecker! Möchtest du vielleicht einen Keks, Kaktus?« Er steckte eine Hand aus.

Der Kaktus stieß einen schrillen Furchtpiepser aus, genau wie der Gewirrbaum, als Knacks der Oger ihn angeknurrt hatte. Die Nadeln wichen zurück. Da war Dor auch schon an ihm vorübergeschlüpft und trat in den Gang hinter der Nische. Doch er befand sich immer noch in Reichweite der Nadelgeschosse, deshalb redete er ununterbrochen weiter. Denn wenn das Ding erst einmal begriffen hatte, welcher List es zum Opfer gefallen war, dann würde es ein äußerst böser und wütender Kaktus sein.

»War wirklich nett, dich kennenzulernen, Kaktus. Du bist wirklich ein Spitzentyp! Nicht wie der eine, dem ich neulich mal begegnet bin, der versucht hat, mir ein paar Nadeln in den Rücken zu schießen. Ich fürchte, da habe ich ein wenig die Beherrschung verloren. Ich habe geradezu gekocht vor Wut, wie ein verwundeter Salamander. Da bin ich zurückgelaufen und habe den armen Kerl solange umarmt, bis alle seine

Nadeln verbrannt sind. Er hat immer noch Brandnarben, aber ich bin ja so froh, daß er es wahrscheinlich überleben wird. Zum Glück war es ein regnerischer Tag, da ist seine Außenhaut nur etwas verkocht, anstatt völlig zu verbrennen. Es tut mir wirklich leid, daß ich das getan habe. Ich glaube wirklich, diese Nadel in den Rücken war nur ein Versehen. Ist ihm wohl nur so rausgerutscht. Aber wenn ich erst einmal vor Wut koche, dann kann ich mich einfach nicht mehr beherrschen.«

Er schritt durch eine Biegung im Gang und verschwand aus der Reichweite des Nadlers. Dann lehnte er sich matt gegen die Wand.

Grundy hörte auf zu übersetzen. »Du bist der beste Lügner, der mir jemals begegnet ist«, sagte er bewundernd.

»Ich bin der verängstigtste Lügner, der dir jemals begegnet ist!«

»Na ja, schätze, auch das braucht Übung. Aber du hast dich wacker gehalten, ich kam ja kaum zum Atmen! Aber ich wußte auch, wenn ich auch nur einmal lache, dann sind wir geliefert.«

Dor dachte darüber nach. Er hatte sich seinen Sieg tatsächlich erlogen. War das so gedacht gewesen? Sollte es so sein? Er bezweifelte es. Schweigend faßte er den Vorsatz: keine Lügen mehr. Nicht, wenn sie nicht unvermeidbar waren. Wenn man eine Sache nicht mit ehrlichen Mitteln erringen konnte, dann war sie aller Wahrscheinlichkeit nach sowieso wertlos.

»Ich war mir ja noch nie so bewußt, was für ein Feigling ich eigentlich bin«, sagte Dor und wechselte das Thema geringfügig. »Ich werde wohl nie erwachsen werden.«

»Ich bin auch ein Feigling«, tröstete ihn Grundy. »Ich hatte noch nie so viel Angst, seit ich wirklich geworden bin.«

»Und jetzt haben wir noch ein Hindernis vor uns — das schlimmste von allen. Ich wünschte, ich wäre so groß wie ein Mann und genauso mutig!«

»Ich auch«, meinte der Golem.

Am Ende des Ganges befand sich eine gewöhnliche Tür mit einem gewöhnlichen Riegel. »Los geht's, ob wir bereit sind oder nicht«, brummte Dor.

»Du bist nicht bereit«, erwiderte die Tür.

Dor beachtete sie nicht weiter. Er schob den Riegel beiseite. Sie blickten in einen kleinen Raum, dessen Wände mit Paradiesvogelfedern geschmückt waren. Vor ihnen stand eine Frau von vollkommener Schönheit und sah sie an. Sie trug ein Kleid mit tiefem Ausschnitt, juwelenbesetzte Sandalen, ein weites Tuch und eine importierte mundanische Brille. »Willkommen, meine Gäste«, hauchte sie mit einem solchen Wogen, daß Dors Blick sich unwillkürlich auf ihr Kleid heftete, dort, wo es am weitesten ausgeschnitten, aber auch am prallsten gefüllt war.

»Äh . . . danke«, sagte Dor verblüfft. Das hier sollte die schlimmste Gefahr von allen sein? Er brauchte gar nicht die Augen eines Erwachsenen, um zu sehen, daß es eine Gefahr war, der nur wenige Männer aus dem Weg gehen würden.

»Sie hat so etwas an sich . . . mir gefällt das nicht«, flüsterte Grundy ihm ins Ohr. »Ich kenne sie von irgendwoher . . .«

»Laßt mich euch einmal ansehen«, sagte die Frau und legte die Hand an ihre Brille. Dors Blick wanderte von ihrem Busen in ihr Gesicht empor. Ihre Haare unter dem Tuch begannen sich zu bewegen, als seien sie eigenständige Lebewesen.

Grundys Körper versteifte sich. »Schließ die Augen!« rief er. »Jetzt erkenne ich sie. Diese Schlangenlocken — das ist die Gorgone!«

Dors Augenlider klappten herunter. Er lief weiter und versuchte, aus dem Raum zu kommen, bevor irgendein Unfall ihn doch dazu brachte, sie anzusehen. Er wußte, was es mit der Gorgone auf sich hatte: Ihr Blick verwandelte die Menschen zu Stein, wenn sie ihn erwiderten.

Er stolperte blindlings über eine Stufe und stürzte zu Boden. Er warf die Arme vors Gesicht, um es zu schützen, behielt seine Augen jedoch geschlossen.

Da hörte er, wie sich ihm rauschende Kleider näherten. »Steh auf, junger Mann«, sagte die Gorgone. Ihre Stimme war trügerisch sanft.

»Nein!« rief Dor. »Ich will nicht versteinert werden!«

»Du wirst auch nicht versteinert. Die Hindernisse sind überwunden, du hast dir deinen Weg ins Schloß des Guten Magiers Humfrey gebahnt. Niemand wird dir hier etwas zuleide tun.«

»Hau ab!« rief er. »Ich schau dich nicht an.«

Sie seufzte. Es klang sehr weiblich. »Golem, dann schau du mich an. Dann kannst du deinen Freund beruhigen.«

»Ich will aber auch nicht versteinern!« protestierte Grundy. »Es hat mich viel zu viel Mühe gekostet, wirklich zu werden, als daß ich es jetzt einfach wegwerfen will! Ich habe doch gesehen, was aus den ganzen Männern geworden ist, die deine Schwester, die Sirene, auf deine Insel gelockt hat.«

»Du hast aber auch gesehen, wie der Gute Magier mich außer Gefecht gesetzt hat. Es gibt keine Bedrohung mehr.«

»Das stimmt! Er . . . aber woher soll ich denn wissen, ob dieser Zauber immer noch wirkt? Schließlich ist das schon so lange her . . .«

»Nimm diesen Spiegel und schau mich erst darin an«, sagte sie. »Dann wirst du es schon wissen.«

»Ich kann aber keinen großen Spiegel halten! Ich bin doch nur ein paar Zoll groß, nur ein . . . ach, was soll's! Dor, ich werde sie einfach angucken. Wenn ich zu Stein werde, dann weißt du, daß man ihr nicht trauen darf.«

»Grundy, nicht —«

»Hab' schon«, meldete der Golem erleichtert. »Alles in Ordnung, Dor, du kannst hinsehen.«

Dor biß die Zähne zusammen und öffnete blinzelnd ein Auge. Er sah den erhellten Raum und einen Fuß der Gorgone. Es war ein sehr schöner Fuß, mit leuchtend bemalten Fußnägeln und einem wunderbaren Unterschenkel. Seltsam, daß er früher nie auf Schenkel geachtet hatte! Er kletterte auf alle viere und ließ seinen Blick vorsichtig die atemberaubend wohlgeformten Beine emporgleiten, bis der Saum des Kleides ihn aufhielt. Es war ein schönes Kleid, halbdurchsichtig genug, um den weiteren Verlauf der Beine erkennen zu lassen — doch genug davon! Er zwang sich dazu, zu ihrem Kopf hochzublicken.

Ihr nunmehr gelöstes Haar bestand aus einer Unmenge zappelnder kleiner Schlangen. Sie waren auf anziehende Weise entsetzlich. Aber das Gesicht — da war ja gar nichts! Nur eine Leere, als bestünde der Kopf aus einer hohlen Kugel, deren Vorderteil abgenommen worden war.

»Aber . . . aber ich habe doch gerade noch Ihr Gesicht gesehen, alles, bis auf die Augen —«

»Du hast diese Maske gesehen«, sagte sie und hielt sie hoch. »Und die dunklen Brillengläser. Du hättest nie in mein wirkliches Gesicht blicken können.«

So sah es wohl aus. »Aber warum —«

»Um dich abzuschrecken — wenn dir der notwendige Mut fehlen sollte, den du brauchst, um zum Guten Magier vorzudringen.«

»Ich hab' doch einfach die Augen zugemacht und bin davongelaufen«, meinte Dor.

»Aber nach vorne, nicht zurück.«

Das stimmte. Selbst in seinem Entsetzen hatte er seine Suche nicht aufgegeben. Oder war er einfach nur in die Richtung losgerannt, die zufällig vor ihm gelegen hatte? Dor war sich da nicht so sicher.

Er blickte die Gorgone erneut an. Wenn man sich erst einmal an ihr fehlendes Gesicht gewöhnt hatte, dann war sie eigentlich recht attraktiv. »Aber Sie . . . was macht eine Gorgone denn hier?«

»Ich leiste mein Jahr Arbeit ab und warte auf meine Antwort.«

Dor schüttelte den Kopf, wie um seine Verwirrung loszuwerden. »Sagen Sie . . . wenn ich so frei sein darf . . . was war denn Ihre Frage?«

»Ich habe den Guten Magier gefragt, ob er mich heiraten würde.«

Dor schluckte schwer. »Er . . . er hat Sie gezwungen . . . dafür zu bezahlen?«

»O ja. Er berechnet immer einen Jahresdienst oder eben den Gegenwert davon. Deshalb gibt es hier im Schloß auch so viel Magie. Er ist schon seit ungefähr einem Jahrhundert im Geschäft.«

»Das weiß ich doch alles! Aber das war doch etwas anderes —«

Sie schien hinter ihrer Unsichtbarkeit zu lächeln. »Er macht keinerlei Ausnahmen, höchstens auf direkten Befehl des Königs hin. Mir macht das nichts aus. Ich wußte ja, was mich hier erwartete. Bald ist das Jahr vorbei, und ich erhalte meine Antwort.«

Grundy schüttelte seinen kleinen Kopf. »Ich hab' ja schon immer gewußt, daß der alte Gnom nicht ganz dicht ist. Aber das hier . . . der ist doch völlig plemplem!«

»Ganz und gar nicht«, entgegnete die Gorgone. »Wenn ich erst einmal alles Erforderliche gelernt habe, dann könnte ich ihm wirklich eine gute Ehefrau sein. Er mag ja sehr alt sein, aber tot ist er keineswegs, und er braucht —«

»Ich meine, dich ein Jahr lang schuften zu lassen. Warum heiratet er dich denn nicht einfach? Dann hat er doch ein ganzes Leben lang was von dir.«

»Willst du etwa, daß ich ihm eine zweite Frage stelle und noch ein weiteres Jahr für die Antwort arbeiten muß?« fragte sie.

»Äh, nein, ich war bloß neugierig. Ich verstehe den Guten Magier einfach nicht.«

»Das tut keiner«, meinte sie etwas wehmütig, und Dor merkte, daß ihm dieses gesichtlose, wohlgeformte weibliche Wesen sympathisch zu werden begann. »Aber langsam gewöhne ich mich an ihn. Das ist eine gute Frage, die du da gestellt hast. Ich werde darüber nachdenken müssen, und vielleicht komme ich ja auch von selbst auf die Antwort. Wenn er meine Dienste haben will, warum läßt er sich auf dieses eine Jahr ein, wenn er sie doch uneingeschränkt haben könnte? Und wenn er sie nicht will, warum läßt er mich dann nicht draußen den Graben bewachen, wo er mich nicht jeden Tag zu sehen braucht? Es muß doch einen Grund dafür geben.« Sie kratzte sich am Kopf, und einige Schlangen begannen, warnend zu zischen.

»Warum willst du ihn überhaupt heiraten?« fragte Grundy. »Er ist doch so ein gnomiger alter Gnom, nicht eben ein Ausstellungsstück für eine Frau, schon gar nicht für eine so schöne.«

»Wer hat denn gesagt, daß ich ihn heiraten will?«

Grundy schaltete sehr spät, was bei ihm äußerst selten vorkam. »Du hast doch ausdrücklich . . . deine Frage —«

»Die dient nur zur Information, Golem. Wenn ich erst einmal weiß, ob er mich heiraten würde, dann kann ich mich auch entscheiden, ob ich es tun soll oder nicht. Es ist eine sehr schwierige Entscheidung.«

»Einverstanden«, sagte Grundy. »König Trent muß wohl Ähnliches durchgemacht haben, bevor er Königin Iris heiratete.«

»Lieben Sie ihn?« fragte Dor.

»Ach, ich glaube schon. Siehst du, er ist der erste Mann, der sich je mit mir beschäftigt hat, ohne . . . na ja, du weißt schon.« Sie deutete mit dem Kopf in eine Ecke. Dort war eine männliche Gestalt zu sehen, die aus Marmor gehauen war.

»Soll das heißen, daß —« fragte Dor aufgeschreckt.

»Nein, ich bin wirklich eine Statue«, antwortete ihm der Stein. »Ein echtes Kunstwerk.«

»Humfrey erlaubt mir keine Versteinerungen«, sagte die Gorgone. »Nicht einmal zur Erinnerung an alte Zeiten. Ich soll hier nur die Dummen ausfindig machen oder die Hasenfüße verjagen. Der Magier antwortet keinen Feiglingen.«

»Dann wird er mir auch nicht antworten«, sagte Dor traurig. »Ich hatte solche Angst —«

»Nein, das ist keine Feigheit. Außer sich vor Angst zu sein und trotzdem weiterzugehen, um zu tun, was getan werden muß — das ist Tapferkeit. Wer nie Angst hat, der ist ein Narr, und wer sich von ihr beherrschen läßt, der ist ein Feigling. Du bist weder das eine noch das andere. Und das gilt auch für dich, Golem. Du hast deinen Freund nicht im Stich gelassen und warst sogar bereit, deinen kostbaren fleischlichen Körper zu riskieren, um ihm zu helfen. Ich glaube schon, daß der Magier euch Antwort geben wird.«

Dor dachte darüber nach. »Besonders tapfer komme ich mir eigentlich nicht vor«, meinte er schließlich. »Alles, was ich getan habe, war, mein Gesicht zu verstecken.«

»Ich gebe zu, es wäre etwas eindrucksvoller gewesen, wenn du die Augen geschlossen und mit mir blind gefochten hättest«, sagte sie. »Oder wenn du einen Spiegel genommen hättest. Wir halten immer mehrere bereit für die Leute, die geistesgegenwärtig genug sind, um die Situation auf diese Weise zu bewältigen. Aber du bist ja noch ein Junge. Die Regeln sind nicht allzu streng.«

»Hmpf, ja«, stimmte Dor ihr zu. Erfreut war er aber nicht gerade.

»Du hättest mich mal sehen sollen, als ich hierher kam«, sagte sie warmherzig. »Ich hatte solche Angst, daß ich mein Gesicht versteckt habe, genau wie du.«

»Wenn du dein Gesicht nicht versteckt hättest, dann hättest du doch jeden zu Stein verwandelt«, warf Grundy ein.

»Ja, das auch.«

»Sag mal«, meinte Grundy, »du hast den Guten Gnom doch schon vor zwölf Jahren kennengelernt. Ich war damals auch dabei, weißt du noch? Wie kommt es, daß du deine Frage erst jetzt stellst?«

»Ich habe meine Insel in der Zeit der Fehlenden Magie verlassen«, sagte sie offen. »Plötzlich gab es in ganz Xanth keinerlei Magie mehr, und die magischen Dinge starben entweder, oder sie wurden mundanisch, und alle alten Zauber hörten auf zu wirken. Ich weiß zwar nicht, warum dem so war —«

»Ich weiß es«, sagte Grundy. »Aber ich darf es nicht verraten. Ich darf nur sagen, daß es nicht wieder vorkommen wird.«

»Alle meine früheren Versteinerungen sind wieder zum Leben erwacht. Da waren ein paar ziemliche Haudegen drunter, weißt du, Trolle und so. Da habe ich es mit der Angst bekommen und bin geflohen. Ich fürchtete, sie könnten mir etwas antun.«

»Das war auch eine sehr vernünftige Befürchtung«, erwiderte Grundy. »Als sie dich nicht erwischen konnten, da sind sie in das Dorf des Magischen Staubes zurückgekehrt, wo die meisten ja auch herkamen. Ich nehme an, daß sie noch immer dort sind. In dem Dorf gab es einen ganzen Haufen äußerst bereitwilliger Frauen, nachdem ihre ganzen Männer so lange weg gewesen waren.«

»Aber als die Magie wiederkehrte, da war der Zauber des Magiers, den er über mein Gesicht verhängt hatte, verschwunden. Das war einer von diesen Einmalzaubern, die nur so lange funktionieren, bis sie unterbrochen werden. Es gibt sehr viele solcher Zauber, meine gehören auch dazu. Also hatte ich mein Gesicht wieder, und . . . na, ihr wißt schon.«

Dor wußte, was sie meinte, sie hatte wieder damit angefangen, Statuen zu machen.

»Inzwischen wußte ich, was los war«, fuhr sie fort. »Ich war ziemlich naiv gewesen, so abgeschieden auf meiner einsamen Insel, aber langsam lernte ich dazu. Ich wollte nicht wirklich so sein. Da erinnerte ich mich an das, was Humfrey über Mundania gesagt hatte, wo die Magie nicht wirkt — auf diesem Land muß wirklich ein mächtiger Abwehrzauber liegen! —, also bin ich dorthin gegangen. Und er hat recht gehabt. Ich war ein ganz gewöhnliches Mädchen dort. Ich hatte geglaubt, daß ich es niemals fertigbringen würde, Xanth zu verlassen, doch die Zeit der Fehlenden Magie hat mir gezeigt, daß das vielleicht doch möglich war. Und als ich es dann versuchte, da klappte es auch. Es war ziemlich seltsam und recht lustig, nicht annähernd so schlimm, wie ich es mir vorgestellt hatte. Die Leute haben mich akzeptiert, und die Männer — wißt ihr eigentlich, daß ich in Xanth vorher noch nie einen Mann geküßt hatte?«

Dor war zu verschämt, um zu antworten. Er hatte noch nie eine andere Frau geküßt als seine Mutter, und die zählte nicht. Er dachte kurz an Millie. Wenn —

»Doch nach einer Weile begann ich, Xanth zu vermissen«, fuhr die Gorgone fort. »Die Magie, die eigentümlichen Wesen — könnt ihr euch vorstellen, daß ich sogar die Gewirrbäume vermißt habe? Wenn man in die Magie hineingeboren wird, dann kann man sie nicht einfach beiseite schieben, sie ist ein Teil von einem selbst. Ich mußte einfach zurück. Aber das bedeutete . . . ihr wißt schon, noch mehr Statuen. Also bin ich zu Humfreys Schloß gewandert. Inzwischen wußte ich, daß er der Gute Magier war, das hat er mir vorher nie verraten, und daß er gar nicht so unzugänglich war, wie er immer tat. Da bin ich nervös geworden wie ein kleines Mädchen. Ich wußte: Wenn ich jemals in Xanth mit einem Mann zusammensein wollte, ich meine so von Mann zu Frau, dann mußte es einer sein wie er. Einer, der die Macht hatte, mein Talent zu neutralisieren. Und je länger ich darüber nachdachte . . . tja, und jetzt bin ich eben hier.«

»Hattest du keine Schwierigkeiten, ins Schloß einzudringen?«

»O doch! Es war fürchterlich. Da war so ein Nebelhorn, das den Graben bewachte. Ich hatte ein kleines Boot am Ufer gefunden, und jedesmal, wenn ich versuchte, den Graben zu überqueren, da hat das Horn derartige Nebelschwaden ausgestoßen, daß ich die Hand nicht vor Augen sehen konnte und auch nichts mehr hörte. Und das Boot ist immer wieder umgekehrt und hat am Ufer angelegt. Es war eben ein magisches Boot, man mußte es entweder lenken, oder es kehrte zurück zur Anlegestelle. Ich war über und über mit Nebel bedeckt, und mein Haar hat ganz furchtbar gezischt. Solche Sachen mag es nämlich gar nicht.«

Wenn man sich erst einmal daran gewöhnt hatte, dann wirkte das Schlangenhaar ganz apart. »Wie haben Sie den Graben denn dann überquert?«

»Ich bin schließlich schlau geworden. Ich habe das Boot direkt auf das Nebelhorn zu gelenkt, egal wie dicht der Nebel wurde. Es war, als wollte man durch einen Wasserfall schwimmen! Als ich das Horn erreichte, da war ich schon drüben.«

»Hoppla, der Gnom kommt«, sagte Grundy plötzlich.

»Oh, ich muß wieder an die Arbeit!« sagte die Gorgone und trippelte eilig hinaus. »Ich war gerade beim Waschen, als ihr kamt. Er verbraucht ja so viele Socken!« Dann war sie verschwunden.

»Gnome haben wirklich große, schmutzige Füße«, bemerkte Grundy.

»So ähnlich wie Kobolde.«

Der Gute Magier Humfrey trat ein. Er sah wirklich aus wie ein Gnom, alt und knorrig und klein. Seine Füße waren groß und nackt und — ja, tatsächlich, schmutzig. »Im ganzen Schloß gibt es kein einziges sauberes Paar Socken mehr!« grollte er. »Mädchen, hast du die Wäsche immer noch nicht gewaschen? Ich hab' doch schon vor einer Stunde danach gerufen!«

»Äh . . . Guter Magier —« fing Dor an und machte einen Schritt auf ihn zu.

»Es ist ja nicht so, als wäre es so furchtbar kompliziert, Socken zu waschen«, fuhr Humfrey gereizt fort. »Ich habe ihr schließlich den Waschzauber erklärt.« Er blickte sich um. »Wo steckt das Mädchen denn? Bildet die sich etwa ein, daß das ganze Land Xanth versteinert ist und nur darauf wartet, daß sie sich herbequemt?«

»Äh, Guter Magier Humfrey«, versuchte Dor es aufs neue. »Ich bin gekommen, um Sie —«

»Nicht eine Minute halte ich es noch ohne meine Socken aus!« sagte Humfrey und setzte sich auf eine Stufe. »Ich bin schließlich kein barfüßiger Junge mehr, und selbst als ich noch einer war, habe ich immer Schuhe getragen. Ich habe hier neulich mal aus Versehen Juckpulver verschüttet, und das ist mir zwischen die Zehen geraten. Wenn dieses dämliche Mädchen nicht bald —«

»He, alter Gnom!« krakelte Grundy ohrenbetäubend.

Humfrey blickte ihn kühl an. »Ach, hallo Grundy! Was machst du denn hier? Habe ich dir nicht erklärt, wie man wirklich wird?«

»Ich *bin* wirklich, Gnom«, erwiderte Grundy. »Ich spreche nur deine Sprache, wie es meinem Talent entspricht. Ich bin mit meinem Freund Dor gekommen, um ihm zu zeigen, wie man die Aufmerksamkeit eines Magiers erringt.«

»Dor braucht keine Aufmerksamkeit eines Magiers. Er ist selbst ein Magier. Was er braucht, das ist eine Aufgabe, eine Suche. Er sollte mal ausziehen, um das Geheimnis zu entschleiern, wie man Zombies wieder menschlich macht. Damit tut er Millie dem Gespenst einen großen Gefallen. Außerdem bin ich nicht richtig angezogen für einen Empfang. Meine Socken —«

»Zum Teufel mit deinen Socken!« rief Grundy. »Der Junge ist den ganzen Weg hierher gewandert, um hinter dieses Geheimnis zu kommen, und du mußt ihm eine Antwort geben.«

»Zum Teufel mit meinen Socken? Nicht bevor sie gewaschen sind! Ich will nicht mit schmutzigen Socken erwischt werden!«

»Also gut, Gnom, ich hol' dir deine Socken«, sagte Grundy. »Bleib du hier auf der Treppe und unterhalte dich mal mit Dor, in Ordnung?« Er sprang hinunter und eilte aus dem Raum.

»Äh . . . es tut mir leid —« stammelte Dor.

»Grundy hat wirklich eine ganze Weile gebraucht, um zu kapieren, worum es geht. Aber Golems haben ja auch nur eine sehr begrenzte Denkfähigkeit. Jetzt, wo er uns verlassen hat, kann ich mich endlich als Privatmann äußern.«

»Oh, Grundy stört mich nicht —«

»Dor, es ist ja so, daß du dazu bestimmt bist, der nächste König von Xanth zu werden. Nun könnte ich dir für meine Antwort ja den üblichen Preis abfordern, aber das wäre wohl nicht besonders höflich, besonders falls du König werden solltest, bevor ich sterbe. Meinen Informationen zufolge wird das aber der Fall sein. Natürlich kann man sich über die Zukunft nie ganz sicher sein. Die Zukunftsgeschichtsschreibung ist beinahe genauso unzuverlässig wie die Texte über die Vergangenheit. Aber warum sollte man solch ein Risiko eingehen? Das wäre ziemlich dumm. Du bist ein voller Magier, deine Macht ist genauso groß wie meine und von ähnlicher Art. Irgendwann wirst du einmal genausoviel wissen wie ich. Es ist wichtig, daß man mit Magierkollegen auf gleicher Stufe verkehrt. Außerdem könnte es sein, daß es auf irgendeine Weise eine Gefahr für deinen Vater Bink sein könnte, wenn du in diesem Stadium einen Jahresdienst bei mir ableistest. Dein Vater hängt sehr an dir, und es wäre nicht auszudenken, wohin das führen könnte. Ich erinnere mich noch, wie ich einmal versucht habe, sein Talent zu entdecken. Da ist der unsichtbare Riese hier vorbeigestampft. Sein Tritt war noch schlimmer als der eines Ogers und hätte fast das Schloß zum Einsturz gebracht. Aber das steht auf einem ganz anderen Blatt. In diesem Fall kann ich dir sowieso nicht die vollständige Antwort geben, denn die Quellen sind da etwas zweideutig. Es scheint, daß es sich dabei um das Geschäftsgeheimnis eines anderen Magiers handelt. Bist du bereit, ein Geschäft mit mir zu machen?«

»Ich . . . öh . . .« Dor war zwar nicht sonderlich begeistert, aber überwältigt. Zukunftsgeschichte? Königswürde in vorhersehbarer Zukunft? Ein geheimnisvolles Talent seines Vaters? Noch ein Magier?

»Also gut. Was du brauchst, das ist das Elixier der Wiederherstellung. Was ich brauche, das sind historische Informationen über eine gefährlich unklare, aber äußerst wichtige Welle in der Geschichte Xanths. Das Elixier gleicht dem Heilelixier, das heute ja ziemlich weit verbreitet ist, aber es ist besonders auf Zombies zugeschnitten. Nur der Zombiemeister der Vierten Welle kennt seine Formel. Wenn ich es dir ermögliche, mit ihm zu reden, wirst du mir dann über alle deine Abenteuer in dieser Zeit berichten?«

»Die . . . die Vierte Welle? Aber —«

»Abgemacht!« sagte Humfrey. »Dann unterschreibe diese Vollmacht hier, dann kann ich meinen Geschichtstext an den Zauber koppeln.« Er schob Dor eine Feder und ein bedrucktes Pergament hin, und Dor unterschrieb wie im Traum. »Macht wirklich Freude, mal mit einem vernünftigen Magier Geschäfte zu machen. Ah, da sind ja auch endlich meine Socken! Wurde aber auch Zeit!« Der Golem war wieder aufgetaucht und schien unter seiner Last beinahe zusammenzubrechen.

Humfrey beugte sich vor und quetschte seine großen Füße in die Socken. Es war kein Wunder, daß sie immer so schnell schmutzig wurden, dachte Dor. Der Magier wusch sich ja vorher nicht einmal die Füße! »Das Problem mit der Vierten Welle menschlicher Eroberung Xanths liegt darin, daß sie vor etwa achthundert Jahren stattgefunden hat. Ich nehme doch an, daß du mit der Geschichte Xanths vertraut bist? Haben dir die Zentaurenlehrer alles beigebracht? Schön. Dann brauche ich dir ja nicht noch einmal zu erzählen, wie die Leute in brutalen Eroberungswellen hier eingefallen sind und alles vernichtet, gebrandschatzt und vergewaltigt haben, bis es zerschlagen war. Danach hatten sie nichts Besseres zu tun, als sich niederzulassen und zuzusehen, wie ihre Kinder Magie entwickelten, worauf dann eine neue barbarische Eroberungswelle eindrang und sie wiederum totschlug. Auf diese Weise konnte eine Welle mehrere Generationen lang dauern. Die wagemutigste dieser Wellen — warum sie das war, wollen wir jetzt nicht erörtern — war die Vierte Welle. Damals lebten die größten aller damaligen Magier: König Roogna, der Schloß Roogna erbaut hat; sein Erzfeind und Tischgenosse, der Magier Murphy, und der Zombiemeister, den du befragen sollst. Außerdem noch ein kleineres Talent, wie zum Beispiel die Neo-Zauberin Vadne. Wie du dem Zombiemeister die Formel entlocken kannst, weiß ich nicht. Er war ein ziemlicher Eigenbrötler, nicht so ein sozialer Typ wie ich.«

Grundy schnaubte höhnisch.

»Danke«, sagte Humfrey. Er schien Beleidigungen zu genießen. »Setz dich, Dor . . . hier ist es gut.« Dor, der viel zu verwirrt war, um etwas einzuwenden, setzte sich auf den verzierten Teppich, auf dem er bisher gestanden hatte. Grundy tat das gleiche. Der Teppich fühlte sich äußerst flauschig und bequem an. »Aber das Hauptproblem besteht im Zeitrahmen. Der Zombiemeister kann nicht zu dir kommen, also mußt du ihn aufsuchen. Und das geht nur über den Wandbehang.«

»Über den Wandbehang?« fragte Dor erstaunt. »Den Wandteppich auf Schloß Roogna?«

»Eben dieser. Ich werde dir einen Zauber geben, mit dessen Hilfe du in ihn eindringen kannst. Natürlich nicht körperlich, dein Körper ist viel zu groß im Vergleichsmaßstab. Der Zauber kann einen zwar ganz gut angleichen, aber trotzdem bist du hundertmal zu groß. Also wirst du den Körper eines der Spieler beleben, die darauf bereits abgebildet sind. Dazu müssen wir uns irgendwie um deinen jetzigen Körper kümmern . . . ah, ich weiß schon: die Hirnkoralle! Ich schulde ihr noch einen Gefallen oder sie mir — aber das macht ja auch keinen Unterschied. Die Koralle wollte schon immer mal die Sterblichkeit schmecken. Sie wird deinen Körper während deiner Abwesenheit am Leben erhalten, es wird also niemand davon erfahren. Natürlich muß der Golem deine Tarnung unterstützen.«

»Das tue ich ja schon die ganze Zeit«, meinte Grundy selbstgefällig.

»Der Teppich wird dich gleich zur Koralle bringen und dann zum Wandbehang. Mach dir keine Sorgen, ich habe ihn entsprechend vorprogrammiert. Hier, es ist besser, ihr nehmt für unterwegs etwas zu essen mit. Gorgone!«

Die Gorgone stürzte mit drei Flaschen in der Hand ins Zimmer. »Du hast dir die Füße nicht gewaschen!« rief sie schockiert.

Humfrey nahm ihr eine weiße Flasche aus der Hand. »Ich habe sie das Zeug schon vorher vorbereiten lassen. Wenn es dir also den Magen umdrehen sollte, dann gib ihr die Schuld und nicht mir.« Er kicherte beinahe, als er Dor den verkorkten Behälter reichte. »Grundy, du übernimmst besser den Zauber. Paß auf ihn auf und merk dir: Der gelbe führt ihn in den Wandteppich, der grüne bringt die Koralle in seinen Körper. Verwechsle sie bloß nicht!« Er reichte dem Golem zwei winzige farbige Päckchen. »Oder war es etwa doch andersrum? Na ja, dann mal ab mit euch. Ich kann nicht den ganzen Tag vertrödeln.« Er klatschte in die Hände — und der Teppich schwebte empor.

Zu überrascht, um zu protestieren, klammerte Dor sich an seiner Kante fest. »Und sauber sind deine Füße auch nicht!« hörte er die Gorgone wütend zu Humfrey sagen, während der Teppich im Raum umherschwebte und sich orientierte. »Aber ich habe zwei Trockenreinigungszauber mitgebracht, einen für jeden Fuß, also —«

Den Rest hörte Dor nicht mehr. Der Teppich segelte aus dem Raum, durchquerte mehrere Kammern, flog eine schier endlose Wendeltreppe empor und schoß schließlich aus einem hochgelegenen Turmfenster hinaus, dessen Kanten beinahe Dors Knöchel zerfetzt hätten. Plötzlich schwebten sie weit über dem Boden, und schon bald war das Schloß des Magiers nur noch ein kleiner Punkt in der Ferne.

»He, ich glaube, ich habe Höhenangst!« rief Dor und wandte seinen Blick ab.

»Unsinn!« erwiderte Grundy. »Bis hier oben hast du es doch auch prima geschafft, nicht wahr? Was willst du auch sonst tun? Runterspringen?«

»Neiiin!« rief Dor entsetzt. »Aber es könnte durchaus sein, daß ich heimlich, still und leise herunterplumpse.«

»Was du brauchst, das ist eine ordentliche Mahlzeit, die deinen Magen beruhigt während des langweiligen Flugs«, meinte Grundy. »Ich werde mal eben diese weiße Flasche aufmachen und —«

»Ich habe keinen Hunger! Ich glaube, ich bin flugkrank!«

Der Golem zerrte an dem Korken, und plötzlich sprang er hinaus. Aus dem Flaschenhals strömte feiner Dampf, wirbelte kurz umher und verdichtete sich zu zwei schönen belegten Brötchen, einem randvollen Glas Milch und einem Petersilienstrauß. Dor mußte alles sofort grabschen, damit es nicht vom Wind davongeweht wurde.

»Das nenne ich wirklich stilvolles Reisen«, sagte Grundy und biß mit seinen winzigen Zähnen in die Petersilie. »Trink deine Milch, Dor.«

»Du hörst dich genauso an wie Millie.« Aber Dor nippte trotzdem an seiner Milch. Sie schmeckte köstlich. Offenbar war sie frisch vom Strauch, und das Milchkraut mußte wohl in schokoladenhaltigem Boden gewachsen sein.

»Ich habe gehört, daß man in Mundania die Milch aus Tieren quetscht«, warf Grundy ein. Dors Magen drehte sich bei diesem Gedanken um. In Mundania lebten wirklich nur Barbaren!

Dann biß er in eines der Brötchen, da ihm nur die Wahl blieb, es entweder aufzuessen oder es in den Händen zu halten. Mit seinen Händen wollte er sich aber lieber an dem Teppich festhalten. Es war mit Klemmfitüre und Zwiebeln belegt, sein Lieblingsessen. Offenbar hatte der Magier sich erst über seinen Geschmack erkundigt, bevor Dor im Schloß eingetroffen war. Das zweite war ein rotes Kartoffelsuppenbrötchen, etwas matschig, aber ganz lecker. Die Gorgone schien vom Kochen etwas zu verstehen.

Dor dachte über die verkehrte Situation nach, die dazu geführt hatte, daß ein solch machtvolles Wesen wie die Gorgone nun im Schloß des Magiers als Dienstmädchen arbeitete, während sie darauf wartete zu erfahren, ob Humfrey sie heiraten wollte. Aber war das nicht andererseits das Los der meisten Frauen? Vielleicht wollte der Magier ihr ja nur zeigen, was sie im Falle einer Ehe erwartete. Das konnte vielleicht wichtiger sein als eine eigentliche Antwort. Oder war das schon ein Teil der Antwort? Der Gute Magier war ja recht eigen, aber gleichzeitig hatte er die Lage sofort und auf sehr geheimnisvolle Weise durchschaut. Er hatte offensichtlich alles über Dor gewußt, und doch hatte er ihn erst mühselig ins Schloß eindringen lassen. Wirklich eine merkwürdige Art von Sachverstand!

Der Teppich senkte sich schräg nach vorne, und Dor bekam wieder einen Schwindelanfall. Und doch rutschte er nicht vor, der Teppich schien ihn fest, aber sanft am Platz zu halten. Wie wunderbar war doch die Magie!

Nun flog der Teppich eine Kurve, wie um zu landen, setzte jedoch nicht zur Landung an, sondern jagte mit schreckenerregender Geschwindigkeit auf eine tiefe Erdritze zu. »Wo fliegen wir hin?« rief Dor beunruhigt.

»Direkt ins Gebiß eines Gewirrbaums!« antwortete Grundy. »Er ist ziemlich groß.« Er zeigte nach vorne und wirkte ausnahmsweise einmal nicht besonders von sich eingenommen.

»Stimmt!« meinte der Teppich und beschleunigte weiter.

Es war wirklich ein sehr großer Gewirrbaum, so groß, daß ihn nicht einmal ein Oger hätte einschüchtern können. Sein Stamm wuchs aus der Schlucht empor, während seine Tentakel über ihren Rand hingen.

Der Teppich flog erneut eine Kurve, beschleunigte wieder und raste über die Baumkrone hinweg. Hungrig griffen die Tentakel empor. »Ist dieser Teppich verrückt geworden?« fragte Dor. »Niemand legt sich mit einem so großen Gewirrbaum an!«

»Och, eine große Sphinx könnte es mit ihm wohl aufnehmen«, meinte Grundy. »Oder der alte unsichtbare Riese. Oder ein Drachenhahn.«

Der Teppich schwenkte zurück und jagte wieder auf die Baumkrone zu. Diesmal waren die Tentakel vorbereitet: Sie erhoben sich wie eine riesige grüne Masse, um ihn abzufangen.

»O je!« rief Grundy und bedeckte die Augen. »Warum bin ich nur jemals wirklich geworden?«

Doch der Teppich stürzte an den Tentakeln vorbei, geradewegs am nackten Stamm des gereizten Greifers hinunter auf den Boden — wo sich eine kleine Öffnung befand, die von einer Wurzel offengehalten wurde. In dieses Loch fiel der Teppich hinab.

Tiefer, immer tiefer — plötzlich waren es nicht mehr die Schrecken der Höhe, sondern die der Tiefen, mit denen sie zu kämpfen hatten! Dor kauerte sich zusammen und wartete darauf, jeden Augenblick an einer Wand zu zerschellen. Doch der Teppich schien seine haarsträubende Flugroute gut zu kennen, denn er streifte kein einziges Mal die Wände.

Endlich erblickten sie etwas Licht. Die Wände leuchteten verhalten, doch nun sahen sie erst recht, wie verschlungen dieser Ort war: Höhle folgte auf Höhle, und in alle Richtungen führten Gänge ab. Doch der Teppich jagte unbeirrt auf festem Kurs ins tiefste Innere von Xanth, in seine Eingeweide hinunter.

Eingeweide. Dor wünschte, daß er nicht an dieses Wort gedacht hätte. Ihm war übel. Dieser wahnwitzige Flug —

Abrupt bremste der Teppich am Ufer eines düsteren unterirdischen Sees. In dieser matten Beleuchtung glühte das Wasser selbst schwach und offenbarte schlammige Tiefen, bei deren Anblick sich Geist und Haare zu sträuben begannen. Der Teppich setzte auf dem Boden der Höhle auf und erschlaffte. »Da sind wir wohl am Ziel«, meinte Grundy.

»Aber hier ist doch nichts!« Nichts Lebendiges, meinte er.

Ich bin hier, dachte irgend etwas in seinem Kopf. *Ich bin die Hirnkoralle — hier unten, außerhalb deiner Sichtweite, unter dem Wasser des Sees. Du trägst das Zeichen des Guten Magiers und wirst von seinem Golem begleitet. Seid ihr gekommen, um seine Schuld bei mir abzutragen?*

»Ich bin mein eigener Golem!« empörte sich Grundy. »Und außerdem bin ich gar kein Golem mehr. Ich bin wirklich!«

»Er hat gesagt, daß du in *seiner* Schuld stündest«, antwortete Dor der Hirnkoralle nervös. Das hier war ein ungemütlicher Ort, und die geistige Stimme besaß eine beunruhigende Macht. Es wirkte sehr fremdartig. Es war ein Wesen mit einer Magie vom Format eines Magiers, aber es war überhaupt nicht menschlich. »Meine ich.«

Das ist dasselbe, dachte die Stimme. Vielleicht war es ja auch der Gedanke, der sprach. *Was bringt ihr mir für ein Angebot?*

»Du . . . würdest du meinen Körper bewohnen, während mein Geist abwesend ist . . . ich . . . ich weiß ja, es ist kein besonders aufregender Körper, nur ein jugendlicher —«

Abgemacht! erwiderte die Koralle. *Macht euch an eure Zauber. Ich werde da sein.*

»Äh, danke schön. Ich —«

Ich danke dir. Ich lebe schon seit tausend Jahren und lagere Sterbliche in meinem erhaltenden See, ohne jemals selbst die Erfahrung der Sterblichkeit machen zu können. Jetzt kann ich das endlich, auch wenn es nur vorübergehend ist.

»Äh, ja, so ist das wohl. Dir ist doch wohl klar, daß ich danach meinen Körper wiederhaben will —«

Natürlich. Diese Zauber sind immer begrenzt. In spätestens vierzehn Tagen hebt er sich von selbst auf. Das genügt.

Begrenzt? Das wußte Dor ja noch gar nicht. Wie gut, daß der Gute Magier ihn angefertigt hatte. Wenn Dor das allein versucht hätte, dann hätte es sein können, daß er für alle Zeiten in dem Wandteppich gefangen blieb. Die besten Zauber waren immer narrensicher.

Der Teppich hob ohne jede weitere Vorwarnung ab. »Auf Wiedersehen, Koralle!« rief Dor, doch er erhielt keine Antwort. Entweder konnte die Koralle sich nur auf geringe Entfernungen unterhalten, oder sie beachtete ihn nicht mehr. Vielleicht hatte sie auch etwas gegen Höflichkeitsfloskeln.

Der Rückflug glich dem Hinflug, doch jetzt fühlte Dor sich schon wesentlich sicherer, und auch sein Magen bäumte sich kaum noch auf. Er vertraute nun der Planung des Guten Magiers und dem Sachverstand des Teppichs. Als sie aus der Erdritze auf den Gewirrbaum zuschossen, zuckte er nicht einmal mehr sonderlich zusammen, obwohl ihm schon mulmig wurde, als sich die Tentakel des Baums zusammenkrümmten. Der Teppich wich der Umarmung einfach aus und jagte am Boden der Schlucht davon. Als sie außer Reichweite des Baumes waren, sausten sie wieder in den Himmel empor. Nach der finsteren Höhle wirkte die Nachmittagssonne grell und blendend.

Jetzt nahmen sie Kurs nach Norden. Dor blickte hinab und versuchte, das Dorf des Magischen Staubes ausfindig zu machen, aber er konnte nichts als Urwald erkennen. Dann war auch schon — viel zu schnell — Schloß Roogna in Sicht. Der

Teppich machte einen Schlenker, um sich zu orientieren, dann senkte er sich und flog durch ein Fenster, jagte durch den Gang und flog in das Zimmer, in dem der Wandteppich hing.

»Hier ist der erste Zauber!« rief Grundy und hob das gelbe Päckchen.

»Nein, warte!« rief Dor, der sich plötzlich vor der Größe und Reichweite seines Unterfangens fürchtete. Er hatte geglaubt, daß er nur ein Geheimnis der Gegenwartswelt hatte entdecken sollen, und nun erwies sich seine Aufgabe als viel schwieriger. In dieses Bild wirklich hineinzugehen — »Ich brauche noch etwas Zeit, ich muß erstmal meine Beine strecken, ich muß —« Er mußte sich doch erst einmal entscheiden, ob er dieser Herausforderung gewachsen war. Vielleicht —

Doch Grundy hatte die Verpackung bereits aufgerissen. Gelber Dampf trat hervor, verteilte sich in der Luft und bildete eine kleine Wolke.

»Ich weiß doch noch nicht einmal, welchen Körper im Wandteppich ich —«

Da umhüllte ihn auch schon der sich ausdehnende Nebel. Dor merkte, wie er schwankte und fiel, ohne zu fallen. Einen Augenblick lang sah er seinen Körper, wie er dort dumm herumstand, mit zerzaustem Haar und aufgesperrtem Mund. Dann kam auch schon der riesige Wandbehang auf ihn zu und wurde immer größer. Ein Insekt krabbelte darauf herum, dann war auch das verschwunden. Dor erblickte einen Teil des gewobenen Dschungels, in dem ein muskulöser Mann stand und mit erhobenem riesigen Schwert gegen etwas —

3
Hüpfer

Dor stand kampfbereit da, die Klinge seines treuen Schwerts entblößt. Die Kobolde wichen furchtsam zurück, bevor er sie genau betrachten konnte. Er hatte noch nie zuvor echte Kobolde gesehen. Es waren kleine, verwachsene und häßliche Gestalten mit übergroßen Köpfen und ebenso unproportionierten Händen und Füßen.

Kobolde? Aber natürlich hatte er sie noch nie gesehen. Seit Jahrhunderten hatten sie sich nur noch selten bei Tageslicht an die Oberfläche gewagt! Sie hielten sich in den unterirdischen Höhlen versteckt und scheuten das Licht.

Oh — das hier war ja gar nicht mehr die Gegenwart! Das hier war der Wandteppich, der die Welt darstellte, wie sie vor achthundert Jahren gewesen war. Also konnte es hier auch noch Kobolde geben, freche, trotzige Kobolde, die sich nicht vom Licht der Sonne einschüchtern ließen.

Aber was war dann mit ihm selbst? Was für einen Körper — ach ja, der riesige kräftige junge Mann. Dor hatte noch nie zuvor über soviel körperliche Kraft auf einmal verfügen können. Das massive Schwert fühlte sich in seinen Händen äußerst leicht an, obwohl er doch wußte, daß er es mit seinem normalen Körper nur mit Mühe beidhändig hätte schwingen können. Das hier war genau die Art von Körper, von dem er immer geträumt hatte!

Irgend etwas stach ihn am Kopf. Dor klatschte mit der Hand danach und war kurze Zeit wie betäubt, doch er erwischte es nicht. Es hatte sich allerdings wie eine Laus oder wie ein Floh angefühlt. Er hatte keine Antiflohzauber dabei. Schon machten sich also die Nachteile des primitiven Lebens bemerkbar.

Der Urwald war nicht weit entfernt. Die grobblättrigen Bäume bildeten eine undurchdringlich wirkende, massive grüne Wand. Es waren weniger magische Pflanzen zu sehen, als er sie gewöhnt war. Diese hier glichen eher mundanischen Bäumen. Was ja auch einleuchtete: In dieser Zeit hatte sich die Natur Xanths noch nicht so weit von Mundania fortentwickelt. Evolution — der Zentaurenlehrer hatte ihn darin unterrichtet, wie sich magische Lebewesen zu noch magischeren Lebewesen entwickelt hatten, um bessere Überlebenschancen zu haben.

Als er sich umdrehte, erblickte er etwas im Augenwinkel. Dor wirbelte herum — und merkte, daß es nicht sein Schwert gewesen war, das die Kobolde verjagt hatte. Hinter ihm stand eine riesige Spinne — so groß wie ein Mensch.

Dor dachte nicht länger an all die lauernden Kobolde. Er hob das große Schwert und stellte fest, daß er es mit geübter Leichtigkeit handhabte. Er besaß jetzt den durchtrainierten Körper eines Kriegers, dessen Muskelkraft noch durch Erfahrung und Geschicklichkeit ergänzt wurde. Das war auch ganz gut so, denn Dor selbst war kein Schwertkämpfer. Hätte sein Körper nicht ausgezeichnete Reflexe gehabt, er hätte sich womöglich selbst zerstückelt.

Die Spinne reagierte ähnlich. Sie hatte zwar kein Schwert bei sich, aber das brauchte sie wohl auch kaum. Sie besaß acht haarige Beine und zwei riesige grüne Augen — nein, vier Augen, zwei große und zwei kleine — nein, es waren mindestens sechs, die überall auf ihrem Kopf verteilt waren. In ihrer Schlundöffnung waren zwei einwärts gekehrte Fangzähne zu erkennen, und daneben ragten zwei Maulbeine heraus. Das

Geschöpf ließ an Schrecklichkeit wirklich nichts zu wünschen übrig. Und jetzt schickte es sich an, sich auf Dor zu stürzen.

Außerdem schnatterte sie klickend auf ihn ein, was sehr bedrohlich klang. Grundy der Golem hätte alles sofort übersetzen können, aber der war jetzt ungefähr achthundert Jahre weit weg. Die beiden größeren Vorderbeine der Spinne waren aufgerichtet, und wenn sie auch weder Finger noch Krallen hatten, wirkten sie dennoch beeindruckend. Und diese Kinnbacken dahinter, und diese Augen — Dor machte eine Finte mit dem Schwert, die ihn selbst überraschte. Sein Körper ließ nun seine Erfahrenheit spielen. Das Ungeheuer wich zurück und klickte wütend. »Was versucht das Ding nur zu sagen?« fragte Dor sich nervös. Er war sich seiner Sache gar nicht sicher, trotz seiner jetzigen Größe und Kraft.

Das Schwert dachte, daß er es angeredet hatte. »Ich kann Kampfsprache verstehen. Das Ungeheuer sagt, daß es nicht wirklich kämpfen möchte, aber es hat noch nie etwas so Schreckliches gesehen wie dich. Es fragt sich, ob du wohl eßbar bist.«

»Etwas so Schreckliches wie mich!« rief Dor ungläubig. »Ist das Ungeheuer denn verrückt?«

»Das kann ich nicht beurteilen«, meinte das Schwert. »Ich kann nur Kampfverhalten verstehen. Dieses Wesen wirkt zwar etwas desorientiert, aber durchaus schlagkräftig. Was mich angeht, so könntest du ganz genauso verrückt sein.«

»Ich bin ein zwölfjähriger Junge aus einer Zeit, die achthundert Jahre in der Zukunft liegt — oder von außerhalb dieses Wandteppichs, was immer einleuchtender erscheinen mag.«

»Jetzt haben sich meine Zweifel gelegt, du bist ganz bestimmt verrückt.«

»Hör mal, jetzt bist du in meiner Hand«, erwiderte Dor gereizt. »Du wirst tun, was ich dir sage!«

»Selbstverständlich. Schwerter waren schon immer die besten Diener verrückter Männer.«

Die Monsterspinne hatte bisher noch nicht angegriffen. Sie schien abgelenkt zu sein. Es war schwer zu sagen, was sie wohl ablenken mochte, da sie mit ihren Augen in so viele Richtungen auf einmal schaute. Vielleicht versuchte sie auch nur, das Gespräch mit dem Schwert zu verstehen. Dor wiederum versuchte festzustellen, wo sie wohl hinblicken mochte — und sah, wie die Kobolde zurückkehrten.

Kobolde waren zweifellos Feinde. Niemand wußte so richtig, was mit ihnen geschehen war, aber es gab Vermutungen, daß sie nach jahrhundertelangen Kriegen, die sie wegen ihres unversöhnlichen Hasses gegen die Menschen geführt hatten, endlich unter die Erde verjagt worden waren. Legenden zufolge hatten sich die Kobolde früher einmal mit den Menschen gut vertragen, sie waren sogar entfernt mit ihnen verwandt. Aber irgend etwas war da vorgefallen —

»Das ist nichts«, meinte Dor. »Wenn ich gegen die Spinne kämpfe, dann werden mich die Kobolde von hinten angreifen. Aber wenn ich ihr den Rücken zukehre, dann wird sie mich auffressen. Oder irgend so was.«

»Dann töte erst das Ungeheuer und kämpfe danach gegen die Kobolde«, sagte das Schwert. »Stirb in ruhmvollem Kampf. Das ist der Weg des Kriegers.«

»Ich bin kein Krieger!« rief Dor, der jetzt sehr verängstigt war.

Er hatte nicht daran gedacht, daß die Welt des Wandteppichs eine unmittelbare Bedrohung für ihn darstellen könnte. Doch jetzt war er mitten drin, die Welt wirkte äußerst echt, und er hatte keine Lust zu überprüfen, ob er hier sterben konnte oder nicht. Vielleicht würde sein Tod ihn ja unverrichteterdinge wieder in seinen Körper zurückschleudern, den Zauber aufheben. Vielleicht wäre es aber auch viel endgültiger . . .

»Bis vor wenigen Minuten warst du aber noch ein Krieger«, sagte das Schwert. »Zugegeben, ein ziemlich blöder Krieger, der sich von einer bunten Bande von Kobolden in einen Hinterhalt hat locken lassen, aber immerhin ein Krieger. Im Krieg war Klugheit ja noch nie gefragt. Sie ist eher ein Hindernis. Und jetzt plötzlich bist du fürchterlich verzagt und redest sogar mit mir. Das hast du auch noch nie getan.«

»Das ist mein Talent. Ich kann mit unbelebten Gegenständen reden.«

»Das klingt wie eine Beleidigung«, sagte das Schwert und funkelte gefährlich.

»Nein, ganz und gar nicht«, sagte Dor hastig. Er konnte es jetzt wirklich nicht gebrauchen, daß sein eigenes Schwert auf ihn wütend wurde!

»Ich bin der einzige, der das Privileg hat, mit Schwertern reden zu dürfen. Alle anderen Leute müssen mit anderen Leuten reden.«

»Oh«, sagte das Schwert besänftigt. »Das ist ja wirklich eine ungewöhnliche Ehre. Warum hast du es denn vorher nie getan?«

Dor zuckte mit den Schultern. Er hatte keine Lust, sich wieder auf eine Diskussion über seinen Geisteszustand einzulassen. »Vielleicht habe ich mich einfach nie würdig genug gefühlt.«

»Das wird's sein«, pflichtete das Schwert ihm bei. »Dann laß uns jetzt das Ungeheuer töten.«

»Nein. Wenn es immer noch nicht angegriffen hat, dann glaube ich ihm, wenn es sagt, daß es nicht kämpfen will. Mein Vater sagt immer, daß es immer besser ist, sich mit anderen anzufreunden, wenn es geht. Er hat sich sogar mal mit einem Drachen angefreundet.«

»Du vergißt, daß ich das Schwert deines Vaters war, bevor du mich geerbt hast. Das hat er niemals gesagt. Er hat gesagt: ›Friß, sauf und jag den Maiden nach, denn morgen werden wir aufgespießt.‹ Dann hat ihn der Ehemann einer Maid erwischt, als er sich vollgefressen und -gesoffen hatte, und hat ihn aufgespießt.«

Mundanier waren wirklich brutale Menschen, das hatte Dor schon vorher gewußt. Deshalb schockierte ihn diese Nachricht über die Familie seines Vaters auch nicht sonderlich. Aber trotzdem wirkte alles jetzt viel hautnäher. »Was das Anfreunden mit Drachen angeht — das Wort Drache kann auch als umgangssprachliche Bezeichnung für eine zänkische Frau gedeutet werden.«

Das Schwert lachte. »Oh, das ist aber raff*iiiiiert!* Und völlig verrückt. Du hast recht, das hätte auch von deinem alten Herrn stammen können. Sich mit einem Drachen anfreunden!«

Dor entschloß sich, ein Risiko einzugehen. Wenn das Schwert auch manches von dem, was das Ungeheuer sagte, übersetzen konnte, so konnte es doch nicht das, was Dor sagte, in Spinnenungeheuer-Sprache übersetzen, denn das war nicht sein Talent. Es war eine einseitige Sache, aber trotzdem müßte es eigentlich möglich sein, zu einer Verständigung zu kommen, wenn er sich nur genügend anstrengte. »Ich werde jetzt ein Friedensangebot machen, und zwar mit einer Geste«, sagte er zu dem Schwert.

»Ein Friedensangebot! Dein Vater würde sich in seinem fuseldurchtränkten Grab umdrehen!«

»Du übersetzt einfach nur, was die Spinne mir antwortet.«

»Ich verstehe nur Kampfsprache, nicht diesen verweichlichten Friedenskram«, erwiderte das Schwert voller Waffenstolz. »Wenn das Ungeheuer nicht kämpfen will, dann habe ich auch kein Interesse mehr.«

»Dann werde ich dich wegtun.« Dor suchte die Schwertscheide. Er faßte an seine Hüfte, doch dort war keine zu finden. »Äh . . . wo gehörst du eigentlich hin?«

Das Schwert sagte etwas Unverständliches.

»Wohin?« wiederholte Dor stirnrunzelnd.

»In meine Scheide, du Idiot!« sagte das Schwert schneidend.

»Wo zum Teufel ist denn die Scheide? Ich finde sie nicht.«

»Kannst du dich denn eigentlich an *überhaupt* nichts mehr erinnern? Sie hängt auf deinem großen dämlichen Rücken, wo sie auch hingehört!«

Dor tastete mit der Linken seinen Rücken ab. Dort war die Scheide, festgezurrt, so daß sie von seiner rechten Hinterbacke zu seiner linken Schulter reichte. Er hob das Schwert und manövrierte die Spitze in die Öffnung hinein. Das war offensichtlich eine Kunst für sich, die er nicht beherrschte. Hätte er seinen Körper von allein handeln lassen, dann wäre das wohl kein Problem gewesen. So aber stellte er sich gegen seine eigenen Reflexe, indem er das Schwert kurz vor einem Kampf wegsteckte. »Manno*mann!*« brummte das Schwert angewidert.

Doch als Dor sich wieder entspannt hatte und seinen eigenen Gedanken nachhing, übernahm sein Körper wieder das Kommando, und das Schwert glitt endlich in seine Scheide, wo es sicher verstaut blieb.

»Jetzt du, Scheide«, sagte Dor. »Du müßtest doch etwas vom Frieden verstehen. Zumindest etwas von Pakten.«

»Ja«, erwiderte die Scheide. »Ich verstehe die Sprache des Verhandelns aus einer Position der Stärke heraus, des ehrenvollen Friedens.«

Dor breitete die Arme vor dem Spinnenungeheuer aus, das die ganze Zeit wie festgefroren dagestanden hatte, während die Kobolde näherkamen und eine Falle vermuteten. Dor versuchte, Frieden vorzuschlagen. Das Ungeheuer breitete seine Vorderbeine aus und schnatterte. Dahinter tauchte plötzlich das mißtrauische Gesicht eines Kobolds auf. Offenbar waren die Kobolde nicht mit der Spinne verbündet und verstanden sie genausowenig wie Dor auch.

»Sie sagt, sie hat sich gefragt, wann du wohl angreifen würdest«, sagte die Scheide. »Einen Augenblick lang hat sie gedacht, daß du Frieden wolltest, aber jetzt willst du sie offensichtlich mit deinen Greifern beißen oder zerdrücken oder zu Tode stechen.«

Hastig verschränkte Dor wieder seine Arme.

Die Spinne schnatterte. »Aha«, sagte die Scheide. »Jetzt weiß sie, daß sie dich überrumpelt hat. Nun kauerst du dich vor Entsetzen zusammen. Sie kann dich jetzt ohne jeden Widerstand verspeisen.«

Jetzt verwandelte sich Dors Verlegenheit in Zorn. »Jetzt hör mir mal gut zu, Ungeheuer!« bellte er und schüttelte seine linke Faust vor dem haarigen grünen Gesicht des Wesens. »Ich will nicht unbedingt gegen dich kämpfen, aber wenn du mich dazu zwingst —«

Erneutes Schnattern. »Endlich!« sagte die Scheide. »Du hast dich dafür entschieden, ihr auf gleicher Stufe entgegenzukommen, sagt sie, weder drohend noch verzagt. Sie ist fremd hier und bereit, einen Pakt mit dir zu schließen.«

Erstaunt und zufrieden blieb Dor so stehen, wie er gerade war. Die Spinne schob ihr linkes Vorderbein vor. Dor rührte sich nicht, um nicht wieder mißverstanden zu werden. Langsam hob sich das segmentierte Bein, bis die faustähnliche Spitze Dors Faust berührte. »Pakt«, sagte die Scheide.

»Pakt«, stimmte Dor erleichtert zu. Plötzlich sah das Ungeheuer gar nicht mehr so scheußlich aus. Sein grüner Pelz sah auf seine Weise sogar ausgesprochen elegant aus, und seine Augen glühten wie makellose Juwelen. Der obere Teil seines Leibes war buntgefleckt, so daß er von oben einem lächelnden menschlichen Antlitz ähnelte: zwei runde schwarze Pelzaugen, ein weißer Pelzmund, ein dichter schwarzer Schnurrbart und eine zartgrüne Gesichtsfarbe. Vielleicht diente dieses Gesichtsbild dazu, Raubtiere abzuschrecken, obwohl Dor sich fragen mußte, welches Wesen es wohl auf eine Spinne dieser Größe abgesehen haben könnte. Die acht Beine waren grau, die beiden Fänge orangebraun, und einige der Augen waren von langen Haarbüscheln umrahmt. Eigentlich war es ein recht hübsches Geschöpf, wenn auch sehr furchteinflößend.

Plötzlich griffen die lauernden Kobolde im Rudel an. Dors Körper reagierte. Er wirbelte herum, zog sein Schwert und hieb auf den nächsten Gegner ein. »Ich dürste nach deinem schwarzen Blut, du Gezücht der Dunkelheit!« rief das Schwert in einem fröhlichen Singsang. »Komm und laß mich dein verfaultes Fleisch kosten!«

Die Kobolde ließen sich davon kaum beeindrucken. Zwei von ihnen stürzten auf Dor zu. Sie waren nur halb so groß wie er, und ihre unproportionierten, übergroßen Extremitäten ließen sie wie grausame Karikaturen des Guten Magiers Humfrey aussehen. Doch dort, wo der Magier lediglich verdrießlich aussah, sahen sie bösartig aus. In ihren mißgestalteten Gesichtern funkelte eine unglaubliche Gemeinheit. Ihre Körper waren dünn wie Krautstengel und bucklig. Sie waren primitiv bewaffnet mit Steinen, Holzsplittern und kleinen, dornigen Ästen.

»Zurück!« schrie Dor und schwang sein hungriges, durstiges Schwert. »Ich will euch nicht weh tun!« Aber gefühlsmäßig wollte er ihnen doch weh tun: Ohne ersichtlichen Grund durchflutete ihn plötzlich ein gewaltiger Haß. Er haßte eben einfach Kobolde. Vielleicht eignete das jedem Menschen, diese Abscheu vor den Karikaturen des Menschen. Etwas völlig

Fremdes wie die Spinne konnte man ja noch dulden, aber etwas, das so aussah wie ein verzerrter Mensch —

Dann sprang er in die Luft. Ein dritter Kobold hatte sich seitlich an ihn herangeschlichen und ihn in den Oberschenkel gebissen. Es tat entsetzlich weh. Dor verpaßte ihm einen Faustschlag auf den Kopf — das tat ja noch mehr weh! Der Kopf des Kobolds war hart wie Stein. Dor versuchte, mit der Linken das Geschöpf am Arm zu packen und fortzuschleudern, doch es klammerte sich zäh an ihn fest, brachte ihn fast aus dem Gleichgewicht und fuhr fort, an ihm zu nagen. Inzwischen kamen die anderen näher, blickten mit runden, glänzenden Augen die glitzernde Klinge an und versuchten, ungeschoren an ihr vorbeizukommen. Dahinter tauchten immer mehr Kobolde auf.

Da schob sich ein haariges Bein zwischen den Kobold und Dors Bein und drückte seitlich nach außen. Der Kobold wurde wutheulend fortgerissen.

Dor drehte sich um — und blickte geradewegs in ein Auge des Spinnenungeheuers. Er sah seine eigene Spiegelung: ein großes flaches, bärtiges Männergesicht, völlig anders als sein eigenes, selbst wenn man die Verzerrung der Linse mitberücksichtigt. »Äh . . . danke«, sagte er.

Da sprangen ihn die beiden vordersten Kobolde an. Ihre kleinen, knorrigen Beine besaßen eine enorme Sprungkraft, vielleicht auch deswegen, weil ihre Körper so klein und leicht waren. Sie zielten direkt auf seinen Kopf.

Der mächtige Arm des Körpers holte aus, und das Schwert zog sirrend seine gekrümmte Bahn. Plötzlich gab es einen schrecklichen Ruck, wie wenn man mit einem Stock ein paar Pflanzenstengel durchschlug — und die beiden Kobolde fielen in vier Stücken zu Boden.

Hatte er das wirklich getan? Dor blickte das dunkelrote Blut an und sah, wie es sich schwarz verfärbte, als es sich auf dem Boden ausbreitete. Diese Kobolde waren mausetot, und er war ein Schlächter. Ihm wurde übel . . .

Die Spinne schnatterte. Dor blickte zu ihr hinüber und sah, wie sich vier Kobolde an vier ihrer Beine klammerten, während die anderen versuchten, ihren Leib anzugreifen. Die Spinne streckte ihre Beine aus und bäumte ihren kugelförmigen Leib auf, um außer Reichweite zu kommen, aber das Gewicht der Angreifer machte sich deutlich bemerkbar. Ihr Unterleib war ungeschützt. Selbst kleine spitze Steine konnten ihn mühelos durchlöchern.

Dor richtete sein Schwert auf den nächsten Kobold und stieß es mit aller Gewalt vor. Die Klinge durchbohrte den mageren Körper und drang neben dem Fuß der Spinne ins Erdreich ein. Nicht daß die Spinne Füße im üblichen Sinne gehabt hätte, ihre Beine endeten lediglich in kleinen runden Knubbeln ohne Zehen.

»Tu das nicht!« rief das Schwert. »Erde stumpft meine Schneide ab!«

Dor zog es wieder hervor. Der durchbohrte Kobold hing noch immer an der Klinge. »Gaaaaah!« schrie er mit hervortretenden Augen und zappelte mit Armen und Beinen. Das kleine Ungeheuer konnte nicht einmal sauber sterben, es mußte alles so widerlich und abstoßend wie möglich machen.

Dor hob einen bestiefelten Fuß, setzte ihn dem Kobold ins verzerrte Gesicht und streifte ihn ab. Als das Ding zusammenbrach, spritzte Blut über seine Klinge.

Dann durchbohrte Dor einen zweiten Kobold. Diesmal achtete er darauf, die Schneide nicht abzustumpfen, und streifte die Überreste des Wesens rascher und geschickter ab. In seinem Hinterkopf gab es etwas, das sich die ganze Zeit die Seele aus dem Leib kotzte, aber Dor blockte es ab und ging systematisch seinem Handwerk nach.

Die Spinne griff mit einem langen Vorderbein hinter ihn. Ein Kobold schrie auf. Er hatte schon fast Dors Rücken erreicht. Dor reagierte kaum. Er durchbohrte den dritten Kobold, zog sein Schwert wieder hervor und machte den vierten nieder. Langsam wurde er immer geschickter.

Mit einemmal waren die Kobolde verschwunden. Ein Dutzend von ihnen lag tot am Boden, die anderen waren geflohen. Dor hatte sechs von ihnen getötet, also mußte es die Spinne ihm gleichgetan haben. Sie waren gute Kampfgenossen!

Jetzt erst spürte Dor die Nachwirkungen dessen, was geschehen war. In seinem Hinterkopf brachen die Dämme, und er mußte sich übergeben. Er spie das Kartoffelsuppenbrötchen wieder aus, das er achthundert Jahre entfernt gegessen hatte. Jedenfalls sah es aus wie Kartoffelsuppe, eher als wie Koboldeingeweide. Es war ihm egal. Humanoide Wesen zu töten —

Die Spinne schnatterte. Dor brauchte keinen Übersetzer. »Ich bin das Blutvergießen nicht gewöhnt«, sagte er und unterdrückte einen neuen Würgereiz. »Wenn sie doch nur nicht angegriffen hätten! Ich wollte das nicht!« Er spürte, wie ihm die Tränen kamen. Er hatte einmal von Mädchen gehört, die ihrer Jungfräulichkeit nachtrauerten. Jetzt konnte er nachempfinden, wie das wohl sein mochte. Er hatte sich selbst verteidigt, er hatte es tun müssen, aber dabei hatte er auch etwas verloren, das er niemals wiedererlangen würde. Er hatte das Blut von menschenähnlichen Wesen vergossen. Wie sollte er jemals wieder diesen Fleck von seiner Seele waschen?

Die Spinne schien ihn zu verstehen. Sie krabbelte auf einen der Kobolde zu und biß in ihn hinein. Doch sofort hob sie wieder den Kopf und spuckte sein Blut aus. Wieder brauchte Dor keinen Übersetzer dafür: Der Kobold schmeckte scheußlich!

Es war jetzt nicht mehr rückgängig zu machen, seine Unschuld war verloren. Sein Körper hatte so gekämpft, wie er es gewohnt gewesen war. Als der Ekel sich langsam gelegt hatte, begriff Dor, wie knapp er und das Spinnenungeheuer dem Verderben entronnen waren. Hätten sie sich nicht verbündet, dann wären sie beide den wilden Kobolden zum Opfer gefallen.

Warum hatten die Kobolde nur angegriffen? Dor fand keine Erklärung dafür, außer daß er und die Spinne eben einfach dagewesen waren und angreifbar ausgesehen hatten. Wenn Kobolde meinten, daß sie siegen würden, dann griffen sie eben an, so einfach war das wohl. Vielleicht waren sie auch hungrig gewesen, und Dor und die Spinne waren ihnen als eine leichtere Beute erschienen als alles andere. Jedenfalls hatten die Kobolde angefangen, und Dor sagte sich selbst, daß er sich nicht allein schuldig zu fühlen brauchte. Er hatte den Kobolden nur das angetan, was sie ihm zugedacht hatten.

Und doch blieb da ein grimmiger Ekel vor sich selbst übrig, ein Entsetzen über die Entdeckung, daß er des Tötens fähig war. Sein neuer, kräftiger Körper war nur der Ausführungsmechanismus gewesen, doch der Wille dahinter war sein eigener. Die Schuld daran konnte er niemandem sonst zuweisen.

Wenn das zum Erwachsenwerden gehörte, dann gefiel ihm das ganz und gar nicht.

Er widmete sich wieder der Spinne. Gehörte dieses Wesen zum Dschungel? Das war unwahrscheinlich. Die Scheide hatte gesagt, daß die Spinne hier fremd sei, und sie wäre doch bestimmt keinen Kobolden zum Opfer gefallen, wenn sie sich hier ausgekannt hätte. Da wäre sie wohl eher in ihrem sicheren Spinnennetz geblieben, hoch oben in einem Baum. Dor hatte auf dem Wandteppich keinerlei Riesenspinnen gesehen. Ja, dann war sie vielleicht auch fremd hier, genau wie er. Auf jeden Fall war sie ein nützlicher Verbündeter. Wenn er doch nur mit ihr reden könnte!

Na ja, wenn er sich ein entsprechendes Vorgehen ausdachte, dann konnte er schon mit ihr reden. Wenn er irgendeinen Gegenstand ausfindig machte, der Spinnen verstand, nicht nur Kampfgebrüll oder die Sprache von Verhandlungen-aus-einer-Position-der-Stärke-heraus. Irgendein Stein aus einem Gebiet, wo Spinnen umherwanderten, vielleicht, oder —

»Ich hab's!« rief er.

»Was hast du?« erwiderte das Schwert aufgeschreckt. »Wirst du mich jetzt endlich sauber machen, damit ich nicht anfange zu rosten?«

»Äh . . . ja, natürlich«, sagte Dor verlegen. Zu seiner Zeit waren Schwerter ausnahmslos mit Rostschutzzaubern versehen, aber jetzt lebte er ja in einer rückständigen Epoche. Er wischte die Klinge mit dem frischesten Gras sauber, das er nur finden konnte. Dann steckte er es wieder in seine Scheide, schritt zu dem nächstgelegenen Baum und musterte sorgfältig seine Rinde.

Die Spinne war damit beschäftigt, sich zu reinigen. Sie leckte sich das Blut von den Beinen, um wieder ein glänzendes Fell zu bekommen. Eines ihrer Augen — sie hatte acht, nicht nur sechs davon — beobachtete Dor. Da ihre Augen in alle Richtungen blickten, brauchte sie sich dafür nicht umzudrehen, aber Dor war sich sicher, daß eines der Augen auf ihn gerichtet war.

»Aha!« rief Dor. Er hatte ein Spinnengewebe entdeckt.

»Sprichst du mit mir?« fragt es.

»In der Tat, das tue ich! Du stammst doch von einer Spinne, nicht wahr? Du kannst doch Spinnensprache verstehen?«

»Das will ich meinen! Ich bin von einer wunderbaren Gestreiften Gartenspinne hergestellt worden, der schönsten Arachnide, die du je gesehen hast, am ganzen Leib schwarz und orange gestreift, mit wunderschönen langen Beinen! Du hättest mal sehen sollen, wie sie einen Mosquito eingefangen hat! Aber sie ist von einem gemeinen alten Mückenjägervogel erwischt worden. Ich weiß auch nicht, warum, Mücken gibt es schließlich genug —«

»Ja, sehr traurig«, meinte Dor. »Und jetzt nehme ich dich mit. Darf ich dich an meiner Schulter befestigen? Ich möchte, daß du etwas Spinnensprache für mich übersetzt.«

»Hm, na ja, eigentlich ist meine Terminplanung —«

Dor richtete einen drohenden Finger auf das Netz. ». . . ganz flexibel«, fuhr es hastig fort. »Genaugenommen habe ich im Augenblick überhaupt nichts zu tun. Wenn du mich abhebst, dann paß auf, daß du mein Muster nicht zerstörst. Meine Herrin hat sich solche Mühe damit gegeben —«

Dor hob es behutsam auf seine Schulter und befestigte es, ohne das Muster zu zerstören. Nur ein paar kleine Fäden mußten dran glauben. Dann kehrte er zu dem Spinnenungeheuer zurück. »Junge, die ist aber groß!« meinte das Netz. »Ich wußte gar nicht, daß diese Art so groß werden kann.«

»Sag etwas zu mir«, sagte Dor der Spinne. »Ich werde dir so mit Ja oder Nein antworten, daß du es verstehst.«

Die Spinne schnatterte. »Ich wünschte, ich wüßte, was du von mir willst, Fremder«, übersetzte das Netz. Das war ja fast wie mit Grundy dem Golem! Aber Grundy konnte in beide Richtungen übersetzen . . . Na ja, dann mal los. Er war schließlich ein menschliches Wesen, wenn auch ein junges und unerfahrenes, und es würde ihm schon irgendwie gelingen, dieses Problem zu lösen.

Dor hob die Faust zur Spinnengeste des Grußes Gleichrangiger. Vielleicht konnte er diesem Zeichen die Bedeutung ›Zustimmung‹ geben und die ausgebreiteten Arme das Gegenteil bedeuten lassen.

»Du willst den Pakt erneuern?« fragte die Spinne. »Das ist doch gar nicht nötig . . . aber du bist ja ein fremdes Wesen, da kannst du das vielleicht nicht wissen —«

Dor breitete die Arme aus. Die Spinne wich verschreckt zurück. »Du willst den Pakt aufkündigen? Das ist aber nicht —«

Verwirrt senkte Dor die Arme. Das hatte also nicht geklappt! Wie konnte er mit der Spinne reden, wenn die alles auf ihre Weise deutete?

»Ich frage mich, ob dir irgend etwas fehlt?« schnatterte die Spinne. »Du hast ja gut gekämpft, aber jetzt scheinst du ratlos zu sein. Verwundet bist du anscheinend nicht. Ich habe gesehen, wie du deine letzte Mahlzeit erbrochen hast. Hast du wieder Hunger? Wann hast du denn deine letzte wirklich saftige Fliege gegessen?«

Dor breitete die Arme verneinend aus, und wieder zuckte die Spinne zusammen. »Sieht fast so aus, als würdest du auf irgendeine Weise auf das antworten, was ich sage —«

Erfreut hob Dor die Faust.

Verblüfft musterte die Spinne ihn mit ihren größten, grünsten Augen. »Dann verstehst du mich tatsächlich?«

Dor hob erneut die Faust.

»Laß uns das mal klarstellen«, schnatterte die Spinne aufgeregt. »Ich bin gar nicht auf den Gedanken gekommen, daß du ein denkendes Lebewesen sein könntest. Das wäre ja auch wirklich zu viel verlangt gewesen, besonders bei einem nichtarachniden Ungeheuer. Aber an den Pakt hast du dich doch gehalten. Schön. Wenn du verstehen solltest, was ich sage, dann hebe deine Vorderbeine.«

Dors Arme schossen empor.

»Faszinierend!« schnatterte die Spinne. »Da habe ich wohl eine nichtarachnide Intelligenz entdeckt! Dann nimm jetzt mal ein Bein herunter.«

Dor ließ den linken Arm herabsinken. Es funktionierte also!

Nun hatten sie eine Grundlage und machten weiter. Im Laufe der nächsten Stunde lehrte Dor die Spinne — oder entlockte die Spinne ihm, wie man es sehen wollte — die menschlichen Worte für ›Ja-Gut‹, ›Nein-Schlecht‹, ›Gefahr‹, ›Nahrung‹ und ›Ausruhen‹. Und Dor erfuhr — oder die Spinne lehrte ihn — das folgende:

Sie — oder besser: er — war ein erwachsenes Männchen mittleren Alters. Sein Name lautete Phidippus Variegatus, kurz ›Hüpfer‹. Er war eine Springspinne aus der Familie der Salticiden, des schönsten und hochentwickeltsten Spinnenclans, wenn es auch nicht der größte oder zahlreichste war. Zugegeben, andere Clans hatten darüber möglicherweise etwas andere Auffassungen. Seine Art lag weder faul in Netzen herum, um sich auf hineinfliegende Fliegen zu stürzen, noch legte sie sich in den Hinterhalt, um ihrer Beute aufzulauern. Seine Art zog wagemutig bei Tage aus — obwohl er auch bei Nacht vorzüglich sehen konnte, daß dies auch richtig begriffen wurde! —, um Insekten zu jagen und sie mit kühnen Sprüngen anzugreifen. Das war ja nun wirklich die ehrenvollste Weise, an seine Beute zu kommen, nicht wahr?

Hüpfer hatte gerade eine besonders lecker aussehende Fliege verfolgt, die sich auf den Wandteppich gesetzt hatte, als etwas sehr Merkwürdiges passiert war und er sich — hier wiedergefunden hatte. Er war zu verwirrt gewesen, um zu springen, weil doch da dieses — man mochte diese Beschreibung verzeihen, aber jetzt war Offenheit doch angezeigt — bizarre vierbeinige Wesen aufgetaucht war und die angreifenden Koboldmücken. Doch jetzt hatte Hüpfer sich wieder gefangen — und wußte nicht, wohin er sich begeben sollte. Dieses Land war ihm fremd, die Bäume waren geschrumpft, die Lebewesen waren alle schrecklich fremdartig, und es schien keine weiteren Vertreter seiner Art hier zu geben. Wie konnte er nun nach Hause finden?

Dor begriff, was vorgefallen war, konnte es jedoch nicht verständlich machen. Die kleine Spinne war gerade über den Wandteppich gestelzt, als der Zauber des Guten Magiers Humfrey seine Wirkung entfaltet hatte, und so war sie zusammen mit Dor in die Welt des Wandbehangs befördert worden. Da sie sich nur am Rande des Zaubers aufgehalten hatte, war sie nur teilweise verwandelt worden. Anstatt im gleichen Maßstab mit den Gestalten auf dem Gobelin verkleinert zu werden und den Körper einer Spinne im Teppich zu übernehmen, hatte sie ihren ursprünglichen Körper beibehalten und war nur unwesentlich geschrumpft. Deshalb war Hüpfer nun hier im Wandteppich ein menschengroßer Riese. Wäre Dor auf ähnliche Weise in den Teppich befördert worden, dann wäre er so groß wie mehrere Berge auf einmal gewesen.

Die einzige Möglichkeit für Hüpfer, in seine eigene Welt heimzukehren, bestand darin, bei Dor zu bleiben, wenn er wieder heimkehrte. Jedenfalls nahm Dor das an. Es konnte ja auch möglich sein, daß der Zauber alles wieder zurückholte, was er in den Wandteppich getan hatte, aber das wäre ein Risiko. Folglich war es besser, sie blieben zusammen und kehrten mehr oder weniger als Einheit in ihre eigene Welt zurück. Dor konnte zwar nicht alle Einzelheiten erklären, vor allem, da sie ihm selbst auch nicht richtig klar waren, aber die Spinne war nicht dumm. Hüpfer stimmte zu: Sie würden zusammenbleiben.

Jetzt waren sie beide hungrig. Das schwarze Fleisch der Kobolde war ungenießbar, und Dor konnte keine der vertrauten Pflanzen aus seiner eigenen Epoche ausmachen: keine Geleefaßbäume, kein fliegendes Obst, keine Wasserkastanien oder Pastetenpilze und ganz bestimmt keine Rieseninsekten, von denen Hüpfer sich hätte ernähren können. Was sollten sie nun tun?

Da hatte Dor eine Idee. »Gibt es hier irgendwelche käferähnliche Lebewesen in der Nähe?« fragte er das Netz. »Du weißt schon, diese großen sechsbeinigen Tiere mit segmentierten Gliedmaßen, Fühlern, Kneifern und so weiter?«

»Eine Stunde Vogelflug von hier gibt es Krabbenapfelbäume«, sagte das Netz. »Ich habe gehört, wie die Vögel herumkeiften, weil sie dort gezwickt worden waren.«

Eine Stunde Vogelflug bedeutete etwa sechs Stunden Fußmarsch, je nach Vogelart und Geländebeschaffenheit. »Gibt es nichts Näheres?«

»Ich habe hier in der Nähe ein paar Baumhummer gesehen. Aber das sind ziemlich übelgelaunte Burschen.«

»Das ist dann wohl genau das Richtige. Ich hätte ein schlechtes Gewissen, wenn ich mich über gutgelaunte hermachen würde.« Dor stellte sich vor Hüpfer auf. »Nahrung«, sagte er und zeigte auf den nächsten Baum.

Hüpfer war erfreut. Es war zwar nicht so, daß seine Augen zu glänzen begannen, aber er richtete sich deutlich erkennbar auf. »Das werde ich überprüfen.« Mit erstaunlicher Schnelligkeit eilte er zu dem Baum.

»Äh, ist der auch sicher?«

»Natürlich nicht. Da oben gibt es alle möglichen insektenvertilgenden Vögel und wahrscheinlich auch ein paar vögelvertilgende Insekten.«

Oh! Aber Vögel waren nur für spinnengroße Spinnen gefährlich, bei Hüpfer war das etwas anderes. Trotzdem, es war besser, kein Risiko einzugehen. »Gefahr«, sagte Dor.

Hüpfer machte ein klickendes Geräusch mit seinen Fangzähnen. »Das ganze Leben ist eine einzige Gefahr. Der Hunger ist auch eine Gefahr. In großen Höhen fühle ich mich wie zu Hause.« Dann fuhr er fort, mit bewundernswerter Geschicklichkeit den Baum emporzuklettern. Seine acht Beine waren dabei wirklich hilfreich. Dor hatte immer geglaubt, daß zweibeinige Wesen besser dran seien, aber nun mußte er doch noch ein zweites oder viertes Mal darüber nachdenken. *Er* konnte jedenfalls nicht so schnell einen Baum erklimmen!

Kurz darauf hörte er Hüpfers beunruhigtes Schnattern durchs Blattwerk. »Es sei denn, es gibt hier oben Gottesanbeterinnen?«

»Eine Gottes-was?« fragte Dor das Netz leise.

»An-be-terin. Die betet um Beute.«

»Hm. Und was ist das?«

»Ein insektenvertilgendes Insekt. Größer als die meisten Spinnen.«

Aha. »Nichts von deiner Größe«, rief Dor Hüpfer zu und hoffte, daß er ihn verstand. Dann wartete er unruhig am Stamm. Gottesanbeterinnen nicht, nein, aber wäre ein Dampfdrache nicht genauso schlimm? Er kannte die große Spinne zwar erst seit kurzem, aber er fühlte sich für Hüpfer doch in gewisser Weise verantwortlich. Schließlich war es Dors Schuld, daß Hüpfer jetzt überhaupt in dieser Lage war. Und dennoch — wenn Hüpfer nicht auch vom Strudel des Zaubers erfaßt worden wäre, was wäre dann aus Dor geworden, nichtsahnend umringt von einem Rudel von Kobolden? Gemeinsam hatten sie die Gefahr meistern können, während Dor allein — er erschauerte bei dem Gedanken. Er schuldete Hüpfer bereits eine ganze Menge, dabei hatte sein Abenteuer im Wandteppich gerade erst begonnen!

Plötzlich kam etwas von oben auf sein Gesicht zu. Dor zuckte erschrocken zusammen, griff an seine Seite, um sein Schwert zu ziehen — und fand es natürlich nicht. Da sah er, daß das Ding ein Baumhummer war, der an einem Faden herunterschwebte. Nur daß Hummer keine Fäden benutzten! Nein, dieser hier war gefesselt und hilflos, seine blattgrünen Scheren waren dicht an seinen rindenbraunen Körper gepreßt, und er hing mit dem Kopf nach unten. Es war ein Gefangener der großen Spinne!

Beinahe hätte der Hummer Dor leid getan, denn er lebte noch und wehrte sich verzweifelt gegen seine Spinnwebenfesseln. Doch er erinnerte sich daran, wie er einmal einen Butternußbaum hochgeklettert war, um etwas Butter zu holen, und ein Hummer ihn gezwackt hatte. Dieser hier richtete gerade seine bösartigen Antennen auf ihn.

Dann wurden noch ein zweiter und ein dritter Hummer an Fäden heruntergelassen, um wenige Fuß über dem Boden in der Luft hängenzubleiben. Schließlich kletterte Hüpfer wieder herunter. »Ich habe den Rest aufgegessen«, schnatterte er. »Sind zwar nicht ganz so saftig wie Fliegen, aber trotzdem ausgezeichnet. Die hier hebe ich mir für später auf. Meinen Dank für deine rechtzeitige Mitteilung, Dor-Mensch.«

»Ja«, sagte Dor und benutzte das beste Wort, das ihm zur Verfügung stand, um positiv zu antworten. Er war froh, daß er Hüpfer hatte behilflich sein können, aber damit war es noch nicht getan. Seine Verantwortlichkeit würde erst dann ein Ende finden, nachdem er Hüpfer wieder in seine eigene Welt zurückgebracht hatte.

Jetzt war Dor an der Reihe, sich etwas zu essen zu suchen. Er befragte das Netz, doch das hatte fast nur Dinge gesehen, die sich bewegten, während Dor seßhafte Nahrung vorzog. Also fragte er einige Steine und Holzstöcke, bis er einen Maisbreibaum entdeckte, an dem einige reife Kolben hingen. Das war zwar nicht gerade üppig, aber damit würde er schon eine Weile zurechtkommen. Es gab also magische Pflanzen hier, sie waren nur seltener und versteckter als zu seiner Zeit, so daß er sie umständlich suchen mußte.

Inzwischen war es schon später Nachmittag. Auf dem Boden zu übernachten war bestimmt nicht ratsam, denn dann könnten entweder die Kobolde zurückkehren oder andere Gefahren auftauchen. Wenn dies hier Dors Welt gewesen wäre, dann wären sie mittlerweile mindestens einem halben Dutzend schlimmer Gefahren ausgesetzt gewesen sowie mehreren Ärgernissen und einigen Lästigkeiten. Aber vielleicht hatte das Koboldrudel ja auch die örtlichen Ungeheuer ausgerottet, um sich die Konkurrenz vom Hals zu schaffen. »Ausruhen«, sagte Dor und zeigte auf die untergehende Sonne.

Hüpfer verstand, was er meinte. »Ich kann zwar im Dunkeln gut sehen, aber für Dor-Mensch ist es vielleicht gefährlich. Die Bäume sind auch nicht sicher, da oben gibt es noch andere Dinge als Vögel, das habe ich vorhin gesehen. Ein Ding sah aus wie ein Vogel, hatte aber ein Menschengesicht und einen schlimmen Körpergeruch —«

»Eine Harpyie!« rief Dor. »Gesicht und Busen einer Frau, Körper eines Vogels — scheußlich sind die!« Er wußte natürlich, daß Hüpfer ihm nicht gänzlich würde folgen können, aber er würde in etwa begreifen, daß er ihm zustimmte.

»Deshalb sollten wir in der Luft schlafen«, schloß Hüpfer. »Ich werde dich an einem Faden von einem Ast herabhängen lassen, dann kannst du die Nacht in Sicherheit verbringen.«

Das gefiel Dor auch nicht gerade, aber erstens konnte er seinen Einwänden keinen überzeugenden Ausdruck verleihen, und zweitens hatte er keinen Gegenvorschlag anzubieten. An einem

Faden zu hängen, gefesselt wie einer von diesen lebenden Hummern —

Voller Befürchtungen, von denen er hoffte, daß die Spinne sie nicht bemerken würde, ließ er sich in mehrere Fäden einwickeln. Hüpfer zog das Material aus seinen Spinndrüsen, die sich an seinem Hinterteil befanden. Während er ihn verzurrte, gab er fröhlich Erklärungen ab, die wesentlich detaillierter waren, als es Dor lieb war. »Meine Seide ist eine Flüssigkeit, die sich beim Austritt zu festen Fäden verhärtet. Mit meinen sechs Spinndrüsen kann ich damit alle Muster, Stärken und Qualitäten herstellen, die ich benötige. In deinem Fall verwende ich Einzelfäden für die Hängematte und ein mehrfasriges Kabel für das Haltetau. Jetzt warte erst mal, bis ich die beiden miteinander verbunden habe.«

In diesem Zustand blieb Dor gar nicht viel anderes übrig, als zu warten. Diese Seide war wirklich kräftig!

Hüpfer kletterte in der Luft empor. Als er Dors Erstaunen bemerkte, gab er schnatternd eine Erklärung ab. »Mein Zugseil. Ich habe es hängenlassen, als ich die Hummer eingefangen habe. Ohne unsere Zugseile könnten wir Spinnen nicht überleben. Sie sorgen immer dafür, daß wir nicht herunterfallen. Manchmal haben meine Nestgefährten und ich ein Zugseilrennen veranstaltet, damals, als ich noch jung war. Da sind wir aus großen Höhen hinuntergesprungen, um zu sehen, wer am dichtesten über der Erde hängenblieb, ohne —« Er war nun nicht mehr zu erkennen.

»Nestgefährten?« fragte Dor, hauptsächlich, damit die Spinne weiterschnatterte und er wußte, wo sie war.

»Meine Verwandten, die aus dem gleichen Eiersack ausgebrütet wurden«, erwiderte Hüpfer von oben herab. »Wir waren mehrere hundert. Wir haben unsere erste Haut abgeworfen und sind dann in die Außenwelt hinausgetreten, um uns dann zu trennen und für uns selbst zu sorgen. Ist das bei euch denn nicht so?«

»Nein«, gab Dor zu. »Ich bin Einzelkind.«

»Mein Beileid! Hat denn irgendein Ungeheuer die anderen alle aufgefressen, bevor sie fliehen konnten?«

»Äh, eigentlich nicht. Meine Eltern sorgen gut für mich, wenn sie zu Hause sind.«

»Dein Herr und deine Herrin bleiben zusammen? Ich fürchte, ich verstehe nicht richtig.«

»Na ja, äh —«

»Faszinierender Gedanke, daß man mit seinem Partner nach der Fortpflanzung zusammenbleiben könnte! Vielleicht sollte ich nach meiner Rückkehr mal nach meiner Partnerin sehen, nur um mal nachzuschauen, wie sie mit dem Eiersack zurechtkommt. Wäre mir gar nicht lieb, wenn meine Spinnchen zu früh ausschlüpften.« Dann wurde Dor plötzlich hochgerissen. Hüpfer holte ihn ein wie einen Hummer!

Und doch war es auf merkwürdige Weise sogar bequem. Hüpfer hatte ihn nicht gefesselt, sondern seine Fäden so geschickt gesponnen, daß Dor gut getragen wurde, ohne eingeengt zu sein. Die meisten Fäden waren unsichtbar, es sei denn, man wußte, wo man hinsehen mußte. Die Spinne war wirklich ein Fachmann auf diesem Gebiet!

Es fiel ihm nicht schwer, sich in seiner Hängematte auszuruhen, sich zu entspannen, und geborgen fühlte er sich auch. Kurz darauf glitt Hüpfer neben ihn, und gemeinsam hingen sie in der Luft, während die Nacht anbrach, geschützt vor den Gefahren von Erde und Baum.

Dor zuckte zusammen. Er kratzte sich. Irgend etwas krabbelte in seinem Haar herum. Das war wieder der Floh, wahrscheinlich derselbe, der ihn schon bei seiner Ankunft gebissen hatte. Er überlegte, ob er der Spinne davon berichten sollte, denn die würde doch bestimmt etwas vom Flohjagen verstehen, aber dann fragte er sich besorgt, ob er dabei nicht vielleicht ein Ohr einbüßen könnte. Hüpfers Fänge waren wirklich scharf! Nein, das wollte er lieber selbst erledigen. Wenn ihn das Biest noch einmal beißen sollte, dann würde er —

Als Dor aufwachte, strömte das Licht durch das Astwerk. Er fühlte sich etwas steif, denn er war es nicht gewohnt, in aufrechter Lage zu schlafen. Sein Schwertarm tat ihm etwas weh, und sein Magen grollte ein wenig, doch er hatte einen gesunden Körper und fand das alles nicht weiter schlimm, sondern nur leicht unangenehm.

Hüpfer rührte sich. Er ließ sich zu Boden gleiten, um dort zu erkunden, ob alles in Ordnung sei, dann kletterte er wieder hoch, um Dor hinunterzulassen. Als Dors Fuß den Boden berührte, bewegte die Spinne ihre Beine geschickt um ihn herum und zog das Netz ab. Dor war wieder frei.

Plötzlich verspürte er ein unaufschiebbares natürliches Bedürfnis und verschwand hinter einem Busch. In der Luft zu hängen war ja ganz nett, aber in gewisser Weise auch sehr einschränkend! Er fragte sich, ob sich echte Helden jemals mit solchen Problemen abgeben mußten. In den Heldensagen seiner Zeit war davon jedenfalls nie die Rede.

Als Dor zurückkam, schnatterte Hüpfer ihn an, doch er verstand kein Wort. Was war mit seinem Übersetzer passiert?

Kurz darauf hatte er es: Die große Spinne hatte das Netz versehentlich mitentfernt. Das war ein naheliegender Fehler. Dor entdeckte ein Stück von Hüpfers eigener Seide und legte es auf seine Schulter. »Übersetze!« befahl er ihm.

». . . Mission, während meine nur darin besteht, in meine normale Welt zurückzukehren«, sagte Hüpfer gerade. »Also ist es meine Pflicht, dich bei der Durchführung deines Auftrags zu unterstützen, damit wir gemeinsam zurückkehren können.«

»Ja«, stimmte Dor ihm zu.

»Es hat offensichtlich etwas mit Magie zu tun. Irgendein Zauber hat mich in deine Welt verschlagen, obwohl du auch nicht besonders vertraut mit ihr zu sein scheinst. Also muß es ein fremdartiger Aspekt deiner Welt sein. Du bist hier, um irgend etwas zu erreichen, danach wird man dich aus deiner Verzauberung entlassen. Wenn wir also zusammenbleiben —«

»Ja!« stimmte Dor zu. Hüpfer war wirklich eine schlaue Spinne! Er mußte sich während der Nacht Gedanken gemacht haben.

»Also ist es das beste, du siehst zu, daß du deinen Auftrag so schnell wie möglich durchführst«, schloß Hüpfer. »Wenn du mir zeigst, in welche Richtung du reisen mußt —«

»Zum Zombiemeister«, erwiderte Dor, aber das war natürlich nicht deutlich genug. Er hatte auch keinerlei Vorstellungen, wo der Zombiemeister zu finden sein mochte. Das führte zu einer etwas konfusen Diskussion. Schließlich fragte Dor einige der örtlichen Gegenstände. Den Zombiemeister kannten sie zwar nicht, aber von König Roogna hatten sie schon gehört. Offenbar war hier eine Abteilung von König Roognas Armee vorbeigekommen.

»König Roogna, natürlich!« rief Dor. »Der wird es wissen! Der wird alles wissen! Ich sollte zuerst mit ihm reden. Er wird mir sagen, wo ich den Zombiemeister finde.«

Das war also nun beschlossene Sache. Dor ließ sich von der Landschaft die ungefähre Richtung mitteilen, dann machten sie sich auf den Weg zu Schloß Roogna. Im Hinterkopf grübelte Dor darüber nach, daß er sich in der Welt des Wandteppichs befand und daß sich der ganze Wandvorhang wiederum im Inneren von Schloß Roogna befand. Trotzdem mußten sie offenbar erst noch viele Tage reisen, bevor sie am Ziel wären. Irgendwie leuchtete das schon ein, davon war er überzeugt. Es leuchtete so sehr ein, wie es die ganze Magie tat.

Langsam gewöhnte er sich an diesen neuen Urwald. Genauer gesagt, an diesen alten Urwald. Viele der Bäume waren riesig und hatten ein enormes Blattwerk, aber nur sehr wenig Magie. Offenbar brauchte die Magie länger, sich in Gewächsen zu entwickeln als in tierischem Leben. Es gab Schweißmücken und Blauflaschenfliegen, deren Flaschenkörper die Sonnenstrahlen brachen, doch nicht einmal diese kleineren Wesen näherten sich Hüpfer zu sehr. Das war einer der Vorteile, mit einer Spinne zusammen zu reisen.

»Nein!« rief Dor plötzlich. »Gefahr!« Er zeigte voraus. »Du läufst ja direkt in einen Gewirrbaum hinein!«

Hüpfer blieb stehen. »Droht irgendeine Gefahr? Ich kann nur einen Haufen Lianen sehen.«

Dor begriff, daß in der normalen, kleinen Welt der Spinne wohl keine Gewirrbäume vorkamen. Es gab zwar Gewirrbäume, die auch Greifer genannt wurden, aber mit solch kleinen Wesen wie Spinnen würden die sich wohl kaum abgeben.

Außerdem war es auch möglich, daß Hüpfer sein ganzes Leben im Wandteppichzimmer von Schloß Roogna verbracht hatte, so daß er den Gefahren des Dschungels noch nie begegnet war, ganz unabhängig von ihrer Größe. Aber er schien Bäume zu kennen, also mußte er doch einige Zeit im Freien verbracht haben.

»Ich werd's dir zeigen«, sagte Dor. Er hob einen großen Stock auf und warf ihn gegen den Baum. Die Tentakel des Greifers ergriffen ihn noch im Flug und zerfetzten ihn in Stücke.

»Jetzt verstehe ich, was du meinst«, sagte Hüpfer. »Ich glaube, ich bin in meiner Jugend einmal auf dem Blattwerk eines solchen Baums herumspaziert, aber er hat mich nicht weiter beachtet. Jetzt, da ich seinem Größenmaßstab entspreche, sieht das natürlich anders aus. Ich bin froh, daß ich bei dir bin, auch wenn du so merkwürdig aussiehst.«

Was ja ein ganz nettes Kompliment war. Dor musterte den Greifer aus sicherer Entfernung. Er hatte ihn beinahe zu spät erkannt, weil er einer anderen Untergruppe angehörte als jene, mit denen er vertraut war. Er wirkte grobschlächtiger, eher wie ein mundanischer Baum, seine Tentakel waren mit dünner Rinde bedeckt, und unter seinem Blattwerk gab es weder einen einladenden Rasen noch duftete es dort süßlich. Im Laufe der Jahrhunderte waren die Gewirrbäume offenbar raffinierter geworden, weil ihre Beute auch immer mehr Vorsicht walten ließ. Wer an das Endprodukt gewöhnt war, für den war die gröbere Version nur schwer zu erkennen. Er mußte also vorsichtiger werden. In diesem Dschungel gab es zwar weniger Magie, aber das, was es hier gab, war für Hüpfer und ihn nicht minder gefährlich.

Sie setzten ihren Weg fort. Das Land Xanth war eine Halbinsel, die mit Mundania durch einen schmalen, gebirgigen Isthmus im äußersten Nordwesten verbunden war. Dors Körper schien einem Mundanier zu gehören, der diesen Isthmus erst kürzlich überquert hatte. Vielleicht war er deswegen beinahe zu einer leichten Beute für die Kobolde geworden. Es dauerte seine Zeit, bis man mit allen Gefahren Xanths vertraut war, und manche Leute lernten es ihr Leben lang nicht. Ein Mundanier mußte jede Menge falsche Reflexe haben und schnell zugrunde gehen. Deshalb fielen die Mundanier vielleicht auch immer in ganzen Wellen ein; da waren sie geschützter.

Nun waren sie dabei, sich in südlicher Richtung auf die Mitte Xanths zuzubewegen, auf Schloß Roogna zu. Dor wußte noch nicht, wie sie die große Spalte überqueren sollten, die Xanth entzweiteilte. Zu seiner Zeit war die Nordwildnis nicht ganz so gefährlich wie die Südwildnis, und da es hier und jetzt weniger Magie oder, genauer, weniger entwickelte Magie gab, machte er sich keine allzu großen Sorgen, was diese Seite der Spalte anging. Aber das Land Xanth hatte seine ureigenste Art, Leute in die Irre zu führen, deshalb blieb er wachsam.

Schloß Roogna. Er fragte sich, ob es dort wohl auch einen Wandteppich gab. Was würde der wohl zeigen? Die Ereignisse einer Zeit, die weitere achthundert Jahre zurücklag? Oder die Gegenwart? Zeigte er dann wohl an, wie er sich dem Schloß näherte? Ein faszinierender Gedanke!

Hüpfer blieb stehen und hob seine beiden Vorderbeine, die anscheinend am empfindlichsten auf alles Neue reagierten. Dor hatte keine Ohren an der Spinne feststellen können. War es etwa möglich, mit den Beinen zu hören? »Etwas Seltsames«, schnatterte Hüpfer.

Da sich die Spinne inzwischen an die seltsame Umgebung gewöhnt zu haben schien, mußte sie nun wirklich etwas sehr Seltsames wahrgenommen haben. Dor spähte nach vorne und erblickte ein Wesen, das entfernt an einen kleinen Drachen erinnerte, aber augenscheinlich kein Drache war. Und doch glich es einem Drachen, schien mit ihm verwandt zu sein. Es besaß einen unregelmäßig gewundenen Körper, kleine Flügel, die fluguntauglich zu sein schienen, Krallen, einen Schwanz und einen Echsenkopf, aber ohne die großen Zähne und die züngelnden Flammen eines echten Drachen. Alles in allem wirkte es nicht besonders furchteinflößend.

»Ich glaube, wir können es getrost umgehen«, meinte Dor. Im Westen lag ein Sumpfgebiet, aus dem es übelriechend emporgluckerte, und im Osten befand sich ein Dickicht aus glitzernden, dornigen Brombeersträuchern, also mußten sie das Revier dieses Geschöpfs durchqueren. »Wir suchen ja keinen Ärger, und vielleicht geht es ihm genauso.« Da er wußte, daß Hüpfer diese ganzen Ausführungen wohl kaum verstehen konnte, ergriff Dor die Initiative und machte einen Ausfall nach rechts, um das Ungeheuer in sicherem Abstand zu umgehen, ohne sich dem blubbernden Sumpf zu weit zu nähern.

Doch das Wesen reckte eines seiner Beine so enorm weit vor, daß es Dor den Weg versperrte. »Ihr dürft hier nicht vorbei«, sagte es schnarrend. »Das ist meine Domäne, mein Revier, mein Gebiet. Hier herrsche ich.«

Wenigstens konnte es sprechen. »Wir wollen keinen Ärger mit dir«, sagte Dor, der sich an das Protokoll der Erwachsenen erinnerte, das für solche Fälle galt. »Wenn du uns vorüberziehen läßt, dann werden wir dir auch nichts tun.«

»Wenn ihr vorüberzieht, dann behaltet ihr die Oberhand«, sagte das Ungeheuer. »Ich bin Gerrymander. Ich behalte stets die Oberhand durch meinen Gestaltwandel.«

Dor kannte ein solches Wesen nicht aus seiner Zeit. Das hier mußte eine Sackgasse der Evolution gewesen sein. Gerrymander — die dadurch die Oberhand behielten, daß sie ihre Gestalt wechselten, um anderen den Weg zu versperren? Das war aber eine merkwürdige Definition des Oberhandbehaltens!

»Ich will dir nicht schaden, Gerrymander«, sagte Dor und legte die Hand an den Griff seines Schwertes. Er befürchtete, daß es so aussehen könnte, als wollte er sich an der Schulter kratzen, und wünschte, sein Körper hätte sich ein etwas üblicheres Waffengehänge ausgesucht, aber das ließ sich jetzt auch nicht mehr ändern. »Aber wir müssen vorbei.«

Gerrymander veränderte seine Gestalt. Er zog sie am Bein entlang und stand dann wieder so vor Dor, wie dieser ihn zuerst erblickt hatte. »Das werdet ihr nicht. Ich halte dieses Amt auf ewige Zeiten inne, gleichgültig, was andere brauchen oder wünschen.«

Das Ding stellte sich also offen seiner Herausforderung. Dor fühlte sich eingeschüchtert. Er war zwar im Besitz eines kräftigen erwachsenen Männerkörpers, aber im Grunde seines Herzens war er noch immer ein Junge, und Kämpfen und Raufen hatten ihm noch nie gelegen. Diese Kobolde, diese schreckliche Weise, wie sie gestorben waren — nein, nicht noch einmal! »Dann muß ich dir eben auf einem anderen Weg ausweichen.« Er wich zurück.

»Das werdet ihr nicht«, wiederholte Gerrymander. »Niemand beseitigt mich mit ehrlichen Mitteln!« Sein Hals streckte sich hüpfend, bis sein Kopf sich hinter Dor befand. Jetzt war er halb eingekreist.

Plötzlich brachte ihn die Furcht dazu, das zu tun, was ihm seine Vorsätze verwehrt hatten. Mit der geübten Schnelligkeit seines Kriegerkörpers zog Dor sein Schwert und richtete die Spitze direkt auf die Herzgegend des Ungeheuers. »Geh mir aus dem Weg!«

Als Antwort streckte sich mit einemmal der linke Flügel des Wesens, ebenfalls mit ruckenden Bewegungen, und bildete eine weitere unförmige Grenze zu Dors anderer Seite. »Ich umzingele dich, ich isoliere deinen Einfluß«, sagte Gerrymander. »Du besitzt keine Macht mehr, deine Graswurzeln verhutzeln, deine Vorsätze schwinden. Deine Kraft wird mir gehören.«

Dor spürte tatsächlich schon, wie er auf unheimliche Weise schwächer wurde, als würde seinem Körper die Lebens- und Willenskraft entzogen. Er war entsetzt und reagierte mit Gewalt: Mit aller Macht hieb er mit dem Schwert auf den Hals des Ungeheuers ein und schlug es mühelos entzwei.

Doch es floß kein Blut. »Ich habe es nicht nötig, unzerteilt zu bleiben«, schrie Gerrymander, aus dessen abgeschlagenem Kopf kleine Beine wuchsen, während sich seine Ohren in die Länge zogen und zu Gliedmaßen wurden. »Ich habe es nicht nötig, vernünftig zu sein. Ich kann jede Gestalt annehmen und jede Zahl, zu jeder Zeit. Ich bin ein Meister der Gestalt und der Zahl. Ich halte so viel Gebiet in Schach, wie es nötig ist, um meine Macht zu erhalten. Dabei ist es unwichtig, wo ich stehen mag.«

Wieder schlug Dor mit dem Schwert auf ihn ein und hieb ihm einen Körperteil ab, doch das Ding starb nicht und gab auch nicht auf. Dor zerteilte es in ein halbes Dutzend unblutiger Stücke, und doch hielt es ihn umzingelt. Ein Arm wurde zu einem Oberkörper, die Finger seiner Hände dehnten sich zu neuen Armen und Beinen aus, aus einem Bein wuchsen weitere Beine und ein Schwanz, während am ursprünglichen Schwanz ein neuer Kopf wuchs. »Ich füge zusammen, ich teile, ich siege!« rief der ursprüngliche Kopf, während die Segmente näherkamen.

»Hilfe! Hüpfer!« rief Dor völlig verzweifelt.

»Hier bin ich, mein Freund«, schnatterte die Spinne. »Stecke deine Klinge weg, damit du mich nicht verletzt, dann werde ich dir helfen.«

Dor gehorchte. Er bebte am ganzen Leib vor Furcht und Scham. Wie hatte er nur auf den Gedanken kommen können, daß es genügte, den Körper eines Helden zu besitzen, um auch ein Held zu sein?

Hüpfer machte einen atemberaubenden Satz über Gerrymander hinweg und landete neben Dor. »Ich werde dieses Wesen einspinnen, bis es sich nicht mehr rühren kann«, schnatterte die Spinne.

Hastig zog Hüpfer einige lange Seidenfäden aus seinen vielseitigen Spinndrüsen. Er warf eine Schlaufe über Gerrymanders Schwanzteil und steckte ihn mit einigen klebrigen Stücken fest. Dann umspann er ein weiteres Teil, zog beide zusammen und machte ein Paket daraus. Mit unglaublicher Schnelligkeit und Geschicklichkeit umwickelte er weitere Teile und zurrte sie aneinander fest. Er zwang Gerrymander dazu, wieder seine ursprüngliche Größe anzunehmen.

Als die Teile sich berührten, verschmolzen sie miteinander und wurden wieder zu einem einzigen Wesen. Die überflüssigen Arme, Beine, Köpfe und Schwänze verschwanden wieder. Gerrymander wurde wieder zusammengesetzt, aber das war noch nicht genug.

»Ich umringe, ich wähle aus, ich überwältige!« schrie das Ungeheuer, und sein Schwanz dehnte sich wieder, um den Platz einzunehmen, der eben noch von einem seiner Teile beherrscht worden war. Das konnten Hüpfers Fäden nicht verhindern. Sie hielten das Geschöpf beisammen, aber sie konnten es nicht unterbinden, daß es sich zwischen den Maschen hindurch wieder ausdehnte. Die Spinne hatte lediglich Dors Zerstückelung wieder rückgängig gemacht, aber das eigentliche Talent des Ungeheuers blieb davon unberührt.

»Ich fürchte, daß ich genauso überwältigt worden bin wie du«, schnatterte die Spinne. »Komm, mein Freund, wir ziehen uns zurück, um nachzudenken.«

Hüpfer legte eine Schlinge um Dor und sprang dreißig Fuß in die Luft, um sich am Ast eines mundanischen Baums festzuklammern. Dann holte er die Leine ein und zog Dor langsam empor.

Gerrymander stieß einen Schrei der Verzweiflung aus. »Oh, sie entkommen mir!« Er versuchte, Dors Beine zu ergreifen.

Dor zog hastig die Füße ein. Das Wesen richtete sich auf und dehnte sich, um ihn zu verfolgen, dann ergriff es ihn. Dor zog erneut sein Schwert und schlug die bizarre Greifhand ab. Sie stürzte zu Boden und verschmolz sofort wieder mit dem restlichen Körper. Es mochte dem Ding vielleicht nicht weh tun, zerstückelt zu werden, aber ohne Stütze war es ihm unmöglich, weit empor zu ragen. »Aaaaah!« heulte es mutlos. »Ich bin ausgetrickst worden!«

»Wir mußten einfach nur über ihn hinwegspringen«, rief Dor plötzlich. »So wie es uns gerade den Weg versperrte, ohne die Gesetze der Bewegung zu kennen, so hätten wir ohne diese Gesetze an ihm vorbei gekonnt. Sobald wir das geschafft haben, haben wir auch schon gewonnen. *So* kämpfst du also, Gerrymander!«

Tatsächlich schrumpfte das besiegte Ungeheuer nun schnell zu seiner kleineren, ursprünglichen Form zusammen. Seine Macht existierte nur so lange, wie es sich einer Herausforderung zu stellen hatte. Ganz nach seiner eigenen Definition.

»Diese Welt ist seltsam«, schnatterte Hüpfer.

Dor schüttelte nur den Kopf. Er war der gleichen Meinung.

Hüpfer ließ Dor hinter Gerrymander herab, und gemeinsam setzten sie ihre Wanderung fort. Jetzt wußte Dor, woher die Spinne ihren Namen erhalten hatte. Noch nie hatte er eine derartige Sprungkraft gesehen! Er hatte immer gedacht, daß alle Spinnen Netze spännen, aber das tat Hüpfer nicht, obwohl er gewiß dazu in der Lage gewesen wäre. Es war gefährlich, merkte Dor, Wesen zu vereinfacht zu betrachten, dazu besaßen sie eine viel zu große Vielfalt.

Inzwischen hatten sie sich dem Gebiet angepaßt und kamen schnell voran. Die meisten wilden Tiere fürchteten sich vor Hüpfer und gingen ihm aus dem Weg. Er sah viel wilder aus, als er in Wirklichkeit war, und schien völlig fremdartig zu sein, was jedoch nicht stimmte: Er war nur ein wenig groß geraten.

Als die Nacht einbrach, hatten sie nach Dors Schätzung wohl den größten Teil des nördlichen Xanth durchquert. Sie hätten noch schneller gehen können, aber sie mußten unterwegs öfter anhalten, um sich Nahrung zu beschaffen. Er erinnerte sich daran, daß es in der Nähe ein Waldstück mit Schlafbäumen gab. Das war kein guter Ort, um dort zu übernachten, da es hätte sein können, daß der Schlafende nie mehr die Lust verspürte, wieder aufzuwachen. Deshalb übernachteten sie auf seinen Vorschlag hin abseits vom Hauptwald, von einem Krabbenapfelbaum herabhängend. Ein nahegelegener Bach versorgte Dor mit Trinkwasser, während die Krabben des Baumes für Hüpfer einen kleineren Festschmaus darstellten.

Am nächsten Morgen eilten sie hastig durch das friedliche Waldstück, ohne auch nur eine einzige Pause zu machen. Dor merkte, wie ihn die Lethargie zu überwältigen drohte, aber auch diese Bäume hatten ihre Magie noch nicht so stark entwickelt wie in späteren Zeiten, deshalb gelang es ihm, sie abzuwehren. Hüpfer, dem ihre Wirkung nicht vertraut war, wurde etwas träge, aber Dor trieb ihn immer wieder an, bis sie das Waldstück hinter sich gebracht hatten.

Endlich kamen sie am Rand der Spalte an. Die Spalte war an dieser Stelle tausend Schritte breit und ebenso tief. »Auf den Karten meiner Zeit erscheint die Spalte nicht«, erklärte Dor, »weil ein Vergessenszauber über ihr ruht. Aber die meisten von uns auf Schloß Roogna sind immun dagegen geworden, deshalb können wir uns auch daran erinnern. Ich weiß nicht, wie wir auf die andere Seite kommen können, wenn wir nicht eine Wand hinunter- und die andere hochklettern. Das dürfte für dich wohl keine Schwierigkeit darstellen, aber ich bin kein so guter Kletterer wie du und bekomme leicht Höhenangst.«

Während ihrer Reise hatten sie sich viel unterhalten, und Hüpfer hatte bereits eine ganze Menge verschiedener Vokabeln aus Dors Wortschatz aufgeschnappt. Inzwischen konnte er ungefähr verstehen, was Dor sagte. »Ich glaube schon, daß wir auf die andere Seite kommen, wenn es sein muß«, schnatterte er. »Aber das ist ziemlich riskant.«

»Ja, wegen des Spaltendrachen«, erinnerte sich Dor.

»Gefahr?«

»Große Gefahr, am Boden des Abgrunds. Drache — wie Gerrymander, nur noch schlimmer. Zähne.«

»Können wir über ihn hinweg springen?«

»Der Drache würde . . . seine Zähne . . . das ist einfach zu riskant«, sagte Dor frustriert. Er konnte sich nicht mehr erinnern, ob der Drache ein Feuerspeier oder ein Dampfdrache war, aber so oder so wollte er es nicht riskieren. Niemand, der bei klarem Verstand war, und auch nur wenige, die es nicht waren, ließe sich mit einem ausgewachsenen Drachen ein!

»Wir brauchen aber nicht in die Spalte hinein«, schnatterte Hüpfer. »Ich denke an Ballonflug.«

»Ballonflug?«

»Auf einem Flugseil über den Abgrund schweben. Hier herrscht Auftrieb, ich glaube, die Bedingungen sind ganz günstig, besonders mitten am Tag, wenn die warme Luft aufsteigt. Aber da sind immer noch Gefahren.«

»Gefahren«, wiederholte Dor, den der ganze Plan verblüffte. »Auf Seide fliegen?«

»Wenn die Windrichtung sich ändern sollte oder wenn ein Sturm aufkäme —«

Je mehr Dor darüber nachdachte, um so weniger gefiel ihm der Gedanke. Und doch hatte er keine bessere Alternative anzubieten. Er wollte weder in die Spalte hinabsteigen noch um sie herum gehen. Er hatte nur zwei Wochen, um seinen Auftrag im Wandteppich durchzuführen, und zwei Tage hatte er bereits aufgebraucht. Wenn sie die Spalte umrundeten, dann würde dabei möglicherweise die gesamte restliche Zeit draufgehen. Er mußte so schnell wie möglich zu Schloß Roogna. »Ich glaube, wir versuchen es besser mit dem Ballonflug«, sagte er zögernd.

Hüpfer stellte sich an den Rand der Spalte und zog etwas Seide hervor. Doch er band sie nicht fest, sondern ließ sie vom Wind emportragen. Bald wickelte sie sich immer schneller ab. Ihr Ende wurde nach oben getrieben wie ein magischer Stoffdrache. Dor konnte nur wenige Fuß davon sehen, danach war die Seide in der Luft unsichtbar, so sehr er sich auch anstrengen mochte, sie zu erkennen. Er verstand nicht, wie dieser Faden irgend etwas über den Abgrund tragen sollte.

»Ist fast fertig«, schnatterte Hüpfer. »Ich werde es an dir befestigen, Freund, bevor es mich fortreißt.« Tatsächlich hatte die Spinne bereits Mühe, sich am Boden festzuklammern. »Komm doch bitte näher.«

Dor trat näher, und mit geschickten Bewegungen seiner Vorderbeine stellte Hüpfer eine Hängematte her, die ihn tragen sollte. Da kam auch schon ein starker Windstoß, und Dor wurde emporgerissen und über die Spalte geweht.

Viel zu erstaunt, um sich zu rühren oder gar zu schreien, starrte Dor in die fürchterliche Tiefe hinab. Er rutschte ein wenig an seinem Haltestrick hinab, als der Drache einen neuen Kurs einschlug, und dachte schon, daß er direkt in die Spalte hineinstürzen würde, doch da wehte ihn der Auftrieb wieder empor. Die beiden Wände der Schlucht waren so geneigt, daß die Öffnung sich nach unten keilförmig verjüngte. Im Osten warf die Sonne ihre Strahlen auf die zerklüfteten Vorsprünge, aber tief unten blieb es dunkel. Nein, da wollte er bestimmt nicht hin!

Als er wieder emporgetragen worden war, ließ der Wind etwas nach, trug ihn zwar höher, trieb ihn aber auch westwärts die Spalte entlang. Er kam nicht richtig auf die andere Seite. Hüpfer stand noch immer an der Kante und spann eine eigene Halteleine, aber das brauchte Zeit, und er trieb immer weiter von ihm ab. Was, wenn sie voneinander getrennt würden?

Dor kannte Hüpfer jetzt erst zwei Tage, aber inzwischen war er schon auf ihn angewiesen. Es hatte nicht nur damit zu tun, daß Hüpfer ihm Gesellschaft leistete oder gut zu kämpfen wußte oder daß er einige sehr nützliche Kniffe mit seiner Seide vollführen konnte — so wie etwa der Ballonflug —, sondern es lag wohl in erster Linie daran, daß Hüpfer ein Erwachsener war. Dor besaß jetzt zwar auch den Körper eines Erwachsenen, hatte aber weder seine Selbstsicherheit noch sein Urteilsvermögen. Wenn er auf sich allein gestellt war, dann fühlte er sich unsicher, wenn auch manchmal völlig grundlos.

Hüpfer dagegen schätzte jede Situation kühl ein und reagierte mit präziser Vernünftigkeit. Er konnte zwar auch Fehler begehen, aber sie warfen ihn nicht gleich um. Er war ein stabilisierender Einfluß, den Dor auch brauchte. Er hatte es bisher noch nicht begriffen, und das war auch ein Teil seines Problems. Er war nicht sehr gewandt darin, unmittelbar vor einer Krise seine eigenen Motive zu analysieren. Er brauchte die Gesellschaft eines Wesens, das ihn verstand, das sich auf seine Fehler im voraus einstellen konnte, ohne ihn dadurch in Verlegenheit zu bringen. Eben jemanden wie Hüpfer.

Er spürte einen Schmerz auf der Kopfhaut und hieb mit der Handfläche darauf. Dieser verdammte Floh!

Der Wind wurde jetzt immer stärker. Dor segelte schneller und höher, und seine bösen Vorahnungen verstärkten sich in gleichem Maße. Es sah nicht so aus, als würde er überhaupt jemals irgendwo landen, ganz bestimmt aber nicht auf der anderen Seite der Spalte. Es konnte sein, daß er bis zum Meer abgetrieben und dort von Seeungeheuern verschlungen oder auch kläglich ertrinken würde. Oder er könnte immer mehr Auftrieb bekommen und höhersteigen, bis er schließlich verhungert war. Und was noch schlimmer war: Er könnte in Mundania wieder aufsetzen. Warum hatte Hüpfer nicht an so etwas gedacht?

Die Antwort darauf lautete: Das hatte er ja. Die Spinne hatte ihn vor den Gefahren gewarnt. Und Dor war bereit gewesen, dieses Risiko einzugehen. Jetzt bezahlte er für diese Entscheidung.

Plötzlich erblickte er einen kleinen Fleck in den Wolken. Ein Insekt — nein, ein Vogel — nein, eine Harpyie — nein, ein Drache — nein, dazu war es zu groß. Ein Rokh — es mußte ein

Vogel Rokh sein, das größte aller geflügelten Wesen. Doch als es näher kam, da sah er, daß es für einen Rokh wohl doch zu klein war, obwohl es wirklich ziemlich groß war. Es war ein Vogel mit buntem, aber geschmacklosem Gefieder: Die Flügel wiesen rote, blaue und gelbe Flecken auf, der braune Schwanz war weiß gesprenkelt, und der Leib schimmerte in verschiedenen Grüntönen. Der Kopf war schwarz, eines der Augen war weiß umrandet, und am grauen Schnabel waren zwei purpurne Federn zu sehen. Alles in allem also ein kitschiges Durcheinander. Der Vogel flog auf ihn zu und schielte Dor mit einem Auge an. Das war wieder eine Gefahr, an die er noch gar nicht gedacht hatte: von einem fliegenden Wesen angegriffen zu werden. Er griff nach seinem Schwert, hielt sich aber wieder zurück, weil er daran denken mußte, daß er eventuell sein Halteseil zerschneiden und in den Abgrund stürzen könnte. Er hatte schon Glück gehabt, daß er nicht sein Seil zerteilt hatte, als er vor Gerrymander geflohen war, aber das war auch in einer viel geringeren Höhe gewesen. Aber wenn er sich nicht wehrte, dann würde der Vogel ihn womöglich auffressen. Er sah zwar nicht aus wie ein Raubvogel, dazu stimmte die Form des Schnabels nicht, eher wie ein Aasfresser. Aber wie er ihn so anschielte —

»Hurrraah!« schrie der Vogel. Er stürzte vor, streckte seine großen, handähnlichen Füße aus und griff Dor aus der Luft. »Hurrraah! Hurrraah!« Dann flog er mit kräftigen Flügelschlägen in Richtung Süden und nahm Dor mit.

Das war zwar die Richtung, in die er gewollt hatte, aber nicht gerade die wünschenswerte Beförderungsart. Als Beute eines monströsen Schreihalses von einem Vogel! Jetzt war er froh, daß Hüpfer nicht bei ihm war, denn der hätte sich niemals gegen ein solch großes Wesen wehren können und wäre ihm auch zum Opfer gefallen. Ein großer Vogel war schließlich die größte Gefahr für eine große Spinne!

Jetzt, da sein Schicksal besiegelt schien, merkte Dor, daß er sich viel weniger fürchtete, als er erwartet hatte. Er stand kurz davor, verspeist zu werden, und das, was ihm am meisten durch den Kopf ging, war Erleichterung darüber, daß sein Freund diesem Schicksal entgangen war. War das etwa ein Zeichen dafür, daß er erwachsen wurde? Schade, daß er das nicht bis zu Ende würde erleben können!

Natürlich würde Hüpfer in der Welt des Wandteppichs hängenbleiben, wenn Dors Zauber ihn nicht befreite, es sei denn, der Zauber brachte automatisch alles wieder zurück, was hier nicht hingehörte. Wie zum Beispiel eine lebende Spinne und die verdauten Überreste eines — aber immerhin, es war ja nicht sein Körper, der dann aufgefressen werden würde. Vielleicht würde es zu einem Kompromiß kommen, so daß sein Geist nur halbtot wäre und er als Zombie zurückkehrte. Dann könnte er durch die trübe Landschaft ziehen und mit Jonathan gespenstische Geschichten austauschen. Yecch!

»Hurraah!« schrie der Vogel wieder und flog auf einen mundanisch aussehenden Baum mit weit ausholender Krone zu. Kurz darauf setzte er in einem gewaltigen Nest auf und ließ Dor in seine Mitte plumpsen.

Das Nest war einfach unglaublich. Es war aus allen möglichen und unmöglichen Materialien hergestellt worden: Bindfäden, Blättern, Rinden, Schlangenhäuten, Seetang, menschlichen Kleidern, Federn, Silberdraht — Dors Vater hatte einmal von einer Silbereiche irgendwo im Dschungel gesprochen; der Vogel mußte diesen Baum wohl entdeckt haben —, Drachenschuppen, ein versteinertes Käsebrötchen, Haarsträhnen vom Schwanz einer Harpyie — Harpyien besaßen haarige Federn oder fedrige Haare —, einen Tentakel eines Gewirrbaums, Glassplitter, zusammengeknüpfte Muscheln, ein Amulett, das aus der Mähne eines Zentauren gefertigt worden war, mehrere getrocknete Würmer und ein Mischmasch von weiteren Dingen, die nicht so ohne weiteres zu bestimmen waren.

Doch was im Nest war, war noch viel erstaunlicher. Natürlich gab es Eier, aber es waren nicht die Eier dieses Vogels, denn sie wiesen sämtliche Farben, Größen und Formen auf. Runde Eier, ovale Eier, Eieruhreier; grüne, purpurne, getupfte Eier; ein Ei, das so groß war wie Dors Kopf, und ein anderes, das kaum größer war als sein kleinster Fingernagel. Mindestens eins davon war ein Stopfei aus Alabaster. Es gab auch eine Menge verschiedener Nüsse und Beeren und Schrauben. Es gab tote Fische und lebende Drähte und goldene Schlüssel und messinggebundene Bücher und Tannenzapfen und Eiskremhörnchen. Da lagen eine marmorne Statue eines geflügelten Pferdes und Murmeln aus dem Horn eines Einhorns. Es gab eine Eieruhr mit einer Viertelstunde darin und drei miteinander verbundene Ringe aus Eis. Einen verschmutzten Sonnenstrahl und einen polierten Werwolfköttel. Fünf Golfbälle. Und Dor.

»Hurraah!« schrie der Vogel freudig und flatterte derart mit den Flügeln, daß es im Nest einen kleinen Wirbelsturm gab und Papierfetzen, Blätter und Federn umherflogen. Dann flog er davon. Dieser Vogel liebte es offenbar, Dinge zu sammeln. Dor war ein Teil seiner Sammlung geworden. War er wohl der erste Mensch, der auf diese Weise ins Nest gefunden hatte? Es waren keine anderen zu sehen. Oder waren sie aufgefressen worden? Nein, es lagen auch keine menschlichen Knochen herum. Nicht, daß das sonderlich viel heißen mußte. Es hätte ja auch sein können, daß der Vogel die Knochen samt dem Fleisch verdaut hatte. Wahrscheinlich war er für würdig befunden worden, Eingang in die Sammlung zu finden, weil er ausgesehen hatte wie ein fliegender Mensch, und das war etwas sehr Seltenes.

Dor bahnte sich zwischen dem ganzen Plunder den Weg zum Rand des Nestes, damit er hinunterblicken konnte. Doch er sah nichts als ein Blättermeer. Er war sich jedoch sicher, daß er hoch oben im Baum war. Hinunterzuspringen wäre der reinste Selbstmord. Ob er hinunterklettern konnte? Der Ast, auf dem das Nest ruhte, war glatt, rund und feucht. Das Nest fand nur deswegen darauf Halt, weil er sich an seinem Ende gabelte. Dor war sicher, daß er beim Versuch, hinunterzusteigen, herabstürzen würde. Er war eben kein guter Kletterer.

Er wußte, daß er sich bald entscheiden mußte, noch bevor der Hurra-Vogel zurückkehrte, aber er war wie gelähmt, weil er nicht genau wußte, was er tun sollte. Springen bedeutete Fallen und sicheren Tod; Klettern bedeutete Fallen und sicheren Tod. Hierbleiben bedeutete — gefressen zu werden? »Ich weiß nicht, was ich tun soll!« rief er, den Tränen nah.

»Das ist doch ganz einfach«, sagte die Einhornfigur. »Mach ein Seil aus Teilen des Hurra-Nests und laß dich daran hinunter.«

»Aus *meinen* Teilen nicht!« protestierte das Nest.

Dor ergriff ein Stück Kordel und riß es aus dem Nest. Es zerriß ohne große Anstrengung. Er versuchte es mit ein paar Halmen — mit gleichem Ergebnis. Auch der Stoff war brüchig. Er versuchte es mit dem Silberdraht, aber der war so fein, daß er ihm in die Hand schnitt. »Du hast recht, Nest«, sagte er. »Aus deinen Teilen nicht.« Er blickte sich jedoch weiterhin um. »Irgendwelche anderen Vorschläge, Dinge?«

»Ich bin ein magischer Ring«, sagte ein goldener Kreis. »Lege mich an und wünsch dir was, wünsch dir was, wünsch dir einfach irgendwas. Ich bin allmächtig.«

Wie war er dann hier oben gelandet? Aber er konnte es sich nicht leisten, wählerisch zu sein. Dor schob ihn auf seinen kleinen Finger. »Ich wünsche mir, auf dem Boden in Sicherheit zu sein.«

Nichts geschah. »Dieser Ring ist ein Lügner«, meinte der Werwolfköttel knurrend.

»Bin ich nicht!« rief der Ring. »Es dauert nur ein bißchen. Nur ein bißchen Geduld. Vertrau mir. Ich bin aus der Übung, das ist alles.«

Diese Behauptung erntete ein abfälliges Gelächter bei den anderen Gegenständen im Nest. Dor schob einige Dinge beiseite und legte sich hin, um nachzudenken, doch sein Verstand ließ ihn im Stich.

Dann schob sich ein haariges Bein über den Nestrand. Ihm folgte ein weiteres und schließlich ein Paar riesiger grüner Augen, die von einigen kleineren Augen umrahmt waren. »Hüpfer!« rief Dor erfreut. »Wie hast du mich denn gefunden?«

»Ich habe dich gar nicht suchen müssen«, schnatterte die Spinne und hievte ihren schönen Leib ins Nest. Noch nie war Dor dieses bunte Pelzgesicht schöner vorgekommen.

»Ich hatte eine Zugleine an dir befestigt, eine reine Routinesache. Als der Hurra-Vogel dich entführt hat, da bin ich mitgezogen worden, allerdings in einem solchen Abstand, daß ich so gut wie unsichtbar gewesen sein muß. Allerdings habe ich mich zunächst einmal im Baum verfangen, aber dann brauchte ich nur noch der Leine zu folgen.«

»Das ist ja großartig! Ich hatte schon befürchtet, daß ich dich nie wiedersehen würde!«

»Du vergißt, daß ich deine Magie brauche, um wieder aus dieser Welt zu entkommen.« In Wirklichkeit war ihr Gespräch nicht ganz so ausführlich, weil Hüpfer immer noch eine ganze Menge menschlicher Wörter nicht kannte und verstand, aber im nachhinein wirkte es doch wie eine ganz gewöhnliche Unterhaltung. »Gehen wir?«

»Ja.«

Hüpfer befestigte eine neue Leine an Dor und wollte ihn gerade durch das Blattwerk hinunterlassen, als sie das Rauschen der großen Schwingen hörten. Der Hurra-Vogel kehrte zurück!

Hüpfer sprang aus dem Nest und war verschwunden. Dor war zunächst zutiefst erschrocken, doch dann fiel ihm wieder ein, daß Spinnen niemals stürzten, da ihre Zugseile sie davor bewahrten. Dor hätte zwar ebenso springen können, aber war sich nicht ganz sicher, ob sein Seil bereits ausreichend befestigt war.

Vielleicht war er auch nur zu verängstigt gewesen, um rechtzeitig zu handeln, dachte er wütend.

Das kitschige Gefieder des Hurra-Vogels überschattete das Nest, und plötzlich fiel etwas herab. »Hurraaah!« Dann war der Vogel auch schon wieder weg, um seiner unersättlichen Sammelwut zu frönen.

Das Ding, das hinabgefallen war, bewegte sich. Es zuckte mit seinen Gliedmaßen und einem Haarschleier. Schließlich hatte es sich wieder gesammelt und setzte sich auf.

Dor starrte es verblüfft an.

Es war eine Frau. Eine junge, hübsche, mädchenhafte Maid.

4
Die Ungeheuer

Als der große Vogel verschwunden war, kletterte Hüpfer wieder ins Nest zurück. Das Mädchen erblickte ihn und stieß einen Schrei aus. Ihr Haar wirbelte umher, und sie strampelte heftig. Sie war ein gesundes, kräftiges junges Ding mit einer durchdringenden Stimme, wunderschönen blonden Locken und sagenhaft wohlgeformten Beinen.

»Ist schon in Ordnung!« rief Dor, der auch nicht so genau wußte, ob er mehr an die Situation dachte, die alles andere als in Ordnung war, oder an ihre nackten Beine, die dagegen mehr als nur in Ordnung waren.

Dieser Körper, den er gerade besaß, achtete wirklich auf solche Dinge. »Er ist ein Freund! Lock nicht wieder den Hurra-Vogel an!«

Das Mädchen drehte sich ruckartig zu ihm um. Dor schien sie fast ebensosehr zu erschrecken wie die riesige Spinne. »Wer bist du? Woher willst du das wissen?«

»Ich heiße Dor«, sagte er schlicht. Vielleicht würde er ja eines Jahres einmal lernen, wie man sich einer Dame mit Flair vorzustellen hatte. »Die Spinne ist mein Begleiter.«

Mißtrauisch musterte sie Hüpfer. »Pfui, wie häßlich! Ich

habe noch nie solch ein Ungeheuer gesehen. Ich glaube, da lasse ich mich doch lieber von dem Vogel fressen. Den kenne ich wenigstens.«

»Hüpfer ist nicht häßlich! Er frißt keine Leute auf. Sie schmecken nicht.«

Wieder drehte sie sich abrupt zu ihm um, und wieder wehte ihr Haar dabei in einer goldenen Spirale herum. Plötzlich kam sie ihm bekannt vor. Aber er war sich doch sicher, ihr noch nie zuvor begegnet zu sein; hier in der Vergangenheit hatte er doch noch gar keine Mädchen kennengelernt! »Woher weiß er das denn?«

»Wir sind von einem Rudel Kobolde angegriffen worden. Er hat einen davon probiert.«

»Kobolde! Das sind doch gar keine echten Leute! Natürlich schmecken die nicht!«

»Woher weißt du das denn?« konterte Dor.

»Es ist doch logisch, daß eine süße Maid wie ich besser schmeckt als so ein schmieriger alter Kobold!«

Diese Logik konnte Dor kaum widerlegen. Jedenfalls würde er lieber ihr einen Kuß geben als einem Kobold, soviel stand immerhin fest.

Also so was! Was hatte ihm denn nun diesen Gedanken eingegeben?

»Ich kann eurer Unterhaltung nicht ganz folgen«, sagte Hüpfer. »Aber ich glaube, daß das Weibchen deiner Rasse mir nicht traut.«

»Alle Neune, Monster!« stimmte sie ihm zu.

»Äh, an dich muß man sich auch erst ein bißchen gewöhnen«, meinte Dor. »Du . . . äh . . . für sie siehst du genauso seltsam aus wie sie für dich.«

Hüpfer war bestürzt. »*So* schlimm kann es doch auch nicht sein!«

»Na ja, vielleicht habe ich es ein wenig überspitzt formuliert.« War er jetzt nur diplomatisch, oder sagte er die Wahrheit?

»Das Ding redet ja!« rief das Mädchen. »Nur, daß es seine Stimme auf deine Schulter wirft.«

»Ja ja, das ist schwer zu erklären —«

»Wie dem auch sein mag«, warf Hüpfer ein, »es ist wohl besser, wenn wir dieses Nest möglichst bald verlassen.«

»Warum kommt seine Stimme denn von deiner Schulter?« beharrte das Mädchen. Offensichtlich besaß sie eine lebhafte Neugier.

»Ich habe ein Dolmetschernetz gemacht«, sagte Dor. »Hüpfers Stimme ist das Geschnatter. Du könntest wenigstens hallo zu ihm sagen.«

»Oh.« Sie lehnte sich vor, und Dor bekam seinen ersten bewußten Einblick in ein prall gefülltes Mieder. Wie gelähmt blieb er stocksteif stehen. »Hallo, Hüpfer-Monster«, sagte sie zu dem Netz.

»Mannomann!« sagte das Netz. »Sagenhaft, diese —«

»Du brauchst nicht mit dem Netz zu reden«, sagte Dor hastig, obwohl es ihm leid tat, ihr ihre Illusion zu nehmen. Jetzt würde sie sich nicht mehr zu ihm vorbeugen. In seinem Hinterkopf bewegte ihn die Frage, warum ein Spinnennetz wohl eine solche Bemerkung machte, wo doch ein solcher Anblick für Spinnen kaum von Interesse sein dürfte.

». . . gelbe Seide«, beendete das Netz seinen Satz noch, während Dor seinem schamlosen Gedanken nachhing. Oh — ja, natürlich. Spinnen interessierten sich für Seide, und gefärbte Seide war für sie bestimmt etwas Neues.

»Das ist Haar, nicht Seide«, murmelte er. Dann sagte er mit lauterer Stimme, an das Mädchen gewandt: »Hüpfer versteht dich auch ohne das Netz.«

»Was nun unsere Flucht aus dem Nest angeht —« schnatterte Hüpfer.

»Ja! Kannst du noch ein Zugseil für sie machen?«

»Wird sofort erledigt.« Hüpfer krabbelte auf das Mädchen zu.

»Iiiiiiih!« schrie sie und warf mit ihrer Seide um sich. »Das haarige Ungeheuer wird mich auffressen!«

»Sei still!« bellte Dor, der nun langsam trotz ihrer Reize die Geduld verlor. Entweder besaß sein Körper einen sehr sonderbaren Geschmack, oder es war ihm in seinem bisherigen Leben eine ganze Dimension verlorengegangen! »Du lockst nur den Hurra-Vogel wieder an!«

Zögernd beruhigte sie sich. »Ich laß das Ding nicht an mich heran.«

Mit der Spinne reden tat sie, aber mit ihr zusammenarbeiten wollte sie nicht. Sie wirkte beinahe so kindisch wie Dor selbst. »Ich kann dich nicht nach unten tragen«, sagte er ihr. »Ich bin nur —« Er unterbrach seinen eigenen Satz. Er war ja gar kein zwölfjähriger Junge mehr, was seinen Körper anging, sondern ein kräftiger Mann. »Na ja, vielleicht kann ich es doch. Hüpfer, wird das Seil uns beide halten?«

»Zweifellos. Ich muß nur ein stärkeres Kabel herstellen«, schnatterte die Spinne, deren Spinndrüsen bereits auf vollen Touren arbeiteten. Wenige Augenblicke später hatte er ein neues Haltenetz für Dor gemacht, das ein stärkeres Seil besaß als das alte.

Inzwischen blickte sich das Mädchen mit unverkennbarer weiblicher Neugier im Nest um. »Oh, Juwelen!« rief sie und klatschte aufgeregt in ihre hübschen kleinen Hände.

»Was für welche?« fragte Dor und überlegte, ob sie damit später Nahrungsmittel oder Unterkunft bezahlen könnten. In Xanth galten Juwelen zwar nicht annähernd so viel wie in Mundania, aber es gab trotzdem noch eine Menge Leute, die sie mochten.

»Wir sind Zuchtperlen«, sagten mehrere Stimmen im Chor. »Äußerst kultiviert und wohlerzogen. Unser Stammbaum führt zurück bis zum Kaiser aller Austern. Wir sind die Aristokraten unter den Juwelen.«

»Oh, euch nehme ich!« rief das Mädchen, das sich offenbar überhaupt nicht darüber wunderte, daß die Perlen sprechen konnten. Sie hob sie mit beiden Händen auf und füllte ihre Schürzentaschen damit.

Da hörten sie, wie der Hurra-Vogel zurückkehrte. Dor legte seinen linken Arm um die schlanke weiche Hüfte des Mädchens und hob sie mühelos hoch. Was für Kräfte sein Körper doch besaß! Aber vielleicht lag das ja auch weniger an seiner Muskelfülle, als daran, daß sie so leicht war. Sie fühlte sich federweich an, obwohl ihr Fleisch fest war. Diese Art von Mädchen mußten irgendeine besondere Magie besitzen, die sie füllig und doch leicht machte, dachte er.

Er sprang über den Rand des Nestes und verließ sich darauf, daß Hüpfers Seil schon verhindern würde, daß sie hinabstürzten. Das Mädchen schrie, strampelte mit den Beinen und warf ihm ihre Haarmähne ins Gesicht. »Ruhe!« sagte er durch einen Mundvoll goldener Locken und drückte sie fester an sich, damit sie sich nicht freistrampeln konnte. Im Augenblick fühlte er sich gar nicht heldenhaft.

Als sie sich am Seil stabilisiert hatten, kam Hüpfer mit elegantem Schwung zu ihnen hinuntergeglitten. »Ich habe einen Flaschenzug konstruiert«, schnatterte er. »Mein Gewicht balanciert das eure aus. Aber ihr beide seid zusammen schwerer als ich, deshalb muß ich mich auf die Reibung verlassen, um das Falltempo zu bremsen.«

Dor konnte dem nicht gänzlich folgen. Aber wenn die Magie namens Reibung sie sicher hinunterbrachte, dann sollte es ihm recht sein. Sie glitten in einem schnellen, aber durchaus nicht beängstigenden Tempo hinab, und das war schon befriedigend genug. Die Äste des riesigen Baums glitten endlos an ihnen vorbei, während das Blattwerk sie vor dem Nest versteckte.

Plötzlich fiel ein gewaltiger Schatten auf sie herab. Es war der Hurra-Vogel, der über ihnen kreiste und seine geflohenen Kunstwerke zu erspähen versuchte. Es würde nur noch einen Augenblick dauern, bis er sie ausfindig gemacht haben würde, denn sie hingen in einem schräg von oben einfallenden Sonnenstrahl.

Dor versuchte, mit der Rechten sein Schwert zu ziehen, doch das war schwierig, da er mit seinem linken Arm das Mädchen umklammert hielt. So leicht sie eigentlich auch war — jetzt wurde sie von Minute zu Minute schwerer. Wieder fürchtete er, mit der hervorgleitenden Klinge das Seil zu durchtrennen, von dem ihr Leben abhing.

»Rührt euch nicht!« sagte Hüpfer schnatternd. »Es ist viel schwieriger, ein unbewegliches Ziel auszumachen.«

Dor ließ den Schwertgriff wieder los. Doch sie brachten es

nicht fertig, regungslos in der Luft zu hängen. Dor und das Mädchen wogen zuviel; sie sanken weiter hinab, während die Spinne von der Magie des Flaschenzugs emporgezogen wurde. Hüpfer packte mit mehreren Beinen einen Ast, nestelte daran herum und rannte den Ast entlang auf den Baumstamm zu. Dor und das Mädchen wurden gebremst, und Dor begriff, daß Hüpfer sein Seil am Ast befestigt hatte, um den Fall aufzuhalten.

Nun hingen Dor und das verschreckte Mädchen wie eine ideale Beute für den Hurra-Vogel mitten in der Luft. Sie krümmte und wand sich und strampelte erfolglos mit den Beinen. Trotz seiner mächtigen Sehnen und Muskeln begann sein Arm langsam zu ermüden. Mädchen konnten manchmal wirklich lästig sein.

Der Hurra-Vogel bemerkte die Bewegung. »Hurrraahh!« krächzte er und stieß hinab.

Da kam eine grüngraubraune Gestalt von der Seite auf sie zugeschossen. Sie schien ein bärtiges Gesicht zu haben. Das Mädchen stieß einen ohrenbetäubenden Schrei aus, wirbelte mit den Armen und rammte Dor ihren hübschen Ellenbogen in die Nase. Beinahe hätte er sie fallengelassen. Doch die Gestalt hatte sie inzwischen erreicht und stieß sie mit aller Wucht beiseite, so daß sie gegen einen dichtbeblätterten Ast stießen. Der Hurra-Vogel verfehlte sie und konnte gerade noch rechtzeitig ausweichen, um seinen Schnabel nicht in den Baumstamm zu rammen.

»Ich will versuchen, ihn abzulenken«, schnatterte Hüpfer, denn natürlich war er es gewesen, der sie gerettet hatte. Dor hatte sein buntes Unterleibsgesicht erblickt. »Ich habe euch an diesen Ast festgebunden. Wenn ihr euch still verhaltet, dann wird euch der Vogel vielleicht nicht sehen.«

Keine besonders gute Chance! Das Mädchen zog die Luft ein und wollte eben ihren hübschen Mund öffnen, um erneut zu schreien, doch Dor legte seine große häßliche rechte Hand darauf, um sie daran zu hindern. »Ruhe!«

»Mmmph mmmph, du Mmmph!« mmmphte sie, während eines ihrer Augen wütend funkelte und das andere ihn schreckerfüllt anblickte. Er hoffte, daß sie nicht wirklich all die unmaidenhaften Dinge sagte, die er befürchtete; das würde ihrem Eindruck schaden.

»Na, wenn du dich vorhin bereiterklärt hättest, ein eigenes Zugseil zu nehmen, dann würden wir jetzt nicht in der Klemme stecken!« flüsterte Dor. Aber er wußte, daß das ungerecht war. Der Hurra-Vogel war einfach zu früh zurückgekehrt.

»Komm doch und fang mich, Spatzenhirn!« schnatterte Hüpfer von einem anderen Ast. Natürlich kam die Übersetzung von Dors Schulter, aber die Spinne wedelte mit ihren Vorderbeinen, und das erregte die Aufmerksamkeit des Hurra-Vogels. Er stürzte auf den Ast — und die Spinne sprang zwanzig Fuß weiter auf einen anderen Ast. Sie schnatterte laut. Dor wußte, daß der Vogel Hüpfers eigentliche Worte nicht verstehen konnte, aber ihr Ton war ganz unmißverständlich.

Aber warum sollten Vögel nicht auch Spinnensprache verstehen? Die beiden Arten hatten schließlich oft genug miteinander zu tun. Was nur einmal mehr zeigte, wie mutig Hüpfer war, denn das, was er am meisten fürchtete, waren Vögel. Um seinen Freund und eine Fremde zu retten, bot sich die Spinne seinem eigenen Alptraum von einer Gefahr als Lockmittel an.

»Das kannst du aber besser, Krächzkopf!« schnatterte Hüpfer. Dann machte er einen weiteren Satz, während der Vogel sich in der Luft überschlug. Der Hurra-Vogel war äußerst wendig für seine Größe.

Nach mehreren erfolglosen Versuchen begriff der Vogel, daß Hüpfer zu schnell war, um sich fangen zu lassen. Das war auch ganz gut so, denn die Übersetzungen der Beleidigungen der Spinne ließen die zierlichen Ohrmuscheln des Mädchens inzwischen erröten. Der Hurra-Vogel blickte umher und hielt nach weiterer Beute Ausschau. Zum Glück brauchten sie sich nur still zu verhalten.

Dor versuchte, seinen ermüdenden Arm zu bewegen, und veränderte seinen Griff. Das Mädchen rutschte ein Stück hinab, und ihre Brust wurde etwas gequetscht. Sie schrie auf, fast ohne vorher einzuatmen, und brachte ihn damit aus der Fassung.

O nein! Dor hatte beim Versuch, sich mit der Rechten zusätzlich am Ast festzuklammern, ihren Mund freigegeben. Was für ein dämlicher Fehler! Der Hurra-Vogel reagierte sofort, als er den Schrei hörte, und jagte direkt auf sie herab. Hüpfer befand sich hinter seinem Rücken und konnte ihn deshalb auch nicht ablenken. Der Hurra-Vogel hatte ein Gespür für leichte Beute.

Dor hatte einen verzweifelten Einfall. Er durchsuchte hastig die Taschen des Mädchens mit seiner Rechten. Sie schrie auf, als würde man sie belästigen, was ja nicht ganz falsch war, doch schließlich hatte er die Zuchtperlen aus dem Nest gefunden. »Worüber ärgerst du dich am liebsten?« fragte er und warf die erste Perle in die Luft.

»Da bin ich ganz neutral«, erwiderte die Perle. »Aber ich *hasse* Leute, die mich von Ästen schmeißen!« Sie fiel hinunter und war nicht mehr zu sehen — doch der Hurra-Vogel, der ihre Stimme gehört hatte, flog hinter ihr her.

Hüpfer kam auf sie zu, halb sprang er, halb schwang er sich herüber. »Ausgezeichnete List!« schnatterte er. »Wirf die nächste zur Seite, dann lasse ich euch leise zu Boden gleiten.«

»In Ordnung!« sagte Dor. Er blickte das Mädchen an. »Und wage es bloß nicht, zu schreien!« warnte er sie.

Sie holte Luft, um zu schreien.

»Sonst kitzle ich dich!« drohte er.

Das genügte. Eingeschüchtert atmete sie wieder aus. Sie reichte ihm sogar eine Perle aus der Brusttasche ihrer Schürze, damit er sie nicht selbst hervorzukramen brauchte. Das war fast kooperativer, als ihm lieb war . . .

»Und worüber ärgerst du dich gerne?« fragte er die Perle und warf sie beiseite.

»Ich hasse unkultivierte Leute, die keine kultivierten Perlen zu schätzen wissen!« schrie sie.

Sie hörten ein »Hurraahh!« in der Ferne, als der Vogel ihr nachflog. Der wußte kultivierte Perlen aber nicht zu schätzen!

Als sie am Boden angekommen waren, da waren ihnen die Perlen beinahe ausgegangen — aber außer Gefahr waren sie nun auch. Sie hatten den Vogel abgehängt. Dor sammelte ein paar Stöcke ein, für den Fall, daß der Hurra-Vogel wiederkehrte, dann machten sie sich zu dritt eilig auf den Weg.

»Siehst du!« rief der Ring an Dors Finger. »Ich habe dir deinen Wunsch erfüllt. Jetzt bist du sicher unten angekommen!«

»Dagegen läßt sich wohl kaum etwas einwenden«, mußte Dor zugeben. Aber innerlich bewahrte er sich einen gesunden Zweifel.

Dor schätzte, daß sie nun ziemlich nahe an Schloß Roogna sein mußten, da der Hurra-Vogel sie in die richtige Richtung getragen hatte, aber der Tag ging seiner Neige entgegen, und er wollte nichts überstürzen, damit sie nicht wieder in eine Falle liefen. Also machten sie sich auf die Suche nach etwas Eßbarem und entdeckten ein paar Lakritzsträucher, eine Apfelkiefer und ein paar Eisteeblätter. Hüpfer nibbelte an einem Stück Lakritz, behauptete aber, daß ihm Schalentiere besser schmeckten. Das Mädchen hatte die Spinne endlich als Begleiter akzeptiert und ließ es sogar zu, daß Hüpfer sie zur Nacht vertäute. Sie fürchtete sich vor Käfern und Erdtieren, gab sie geziert zu, und im Augenblick war sie auch nicht gerade wild auf Vögel, die in Bäumen hausten.

So hingen die drei bequem an seidenen Fäden, geschützt vor den Beutejägern von oben wie von unten. Das Spinnendasein hatte auch seine Vorteile, mußte Dor einräumen.

Hüpfer schwieg schon bald. Zweifellos war er eingeschlafen und erholte sich von seinen beachtlichen Anstrengungen. Doch Dor und das Mädchen unterhielten sich noch eine Weile miteinander, allerdings mit leiser Stimme, um keine ungewünschte und/oder gefährliche Aufmerksamkeit zu erregen.

»Woher kommst du?« wollte sie wissen. »Wohin gehst du?«

Dor antwortete ihr so knapp wie möglich, wobei er die Einzelheiten über sein Alter und über das Verhältnis von seiner Welt zu ihrer ausließ. Er erzählte ihr, daß er aus einem fremden Land gekommen sei, das diesem hier zwar ähnelte, jedoch sehr weit davon entfernt sei, und daß er den Zombiemeister suche, der ihm ein Elixier bereiten solle, um einem Freund von ihm, Dor, zu helfen. Er erzählte, daß Hüpfer aus demselben Land stamme und sein treuer Freund sei. »Schließlich wären wir ohne Hüpfer nie aus dem Nest des Hurra-Vogels entkommen.«

Ihre eigene Geschichte war ebenfalls sehr schlicht. »Ich bin ein Mädchen von knappen siebzehn Lenzen, aus dem Westdorf an der schönen Meeresküste, wo die Hypno-Kürbisse wachsen. Ich reise in die neue Hauptstadt, um dort mein Glück zu machen. Aber als ich einen hohen Felsgrat überquerte, um den Tigerlilien auszuweichen, denn die finden ja großen Geschmack an süßen jungen Dingern, diese Lilien des Tales, da hat mich der Hurra-Vogel erspäht. Und obwohl ich geschrien und getreten und mein Haar umhergeworfen habe, wie eine Maid das zu tun hat . . . na ja, den Rest kennst du ja.«

»Wir können dir dabei helfen, zum Schloß Roogna zu gelangen, denn wir wollen ja auch dorthin«, erwiderte Dor. Das war vermutlich kein besonders merkwürdiger Zufall, denn schließlich war das Schloß der gesellschaftliche und magische Mittelpunkt Xanths. Wahrscheinlich begab sich jeder, der überhaupt irgend etwas darstellte, zum Schloß Roogna.

Sie klatschte in der ihr eigenen mädchenhaften Art in die Hände und zappelte mit der verlockenden weiblichen Anmut, die ihr ebenfalls zu eigen war, in ihrem Netz. »Ach ja, wirklich? Das wäre ja wunderbar!«

Dor war ebenfalls erfreut. Sie war wirklich eine entzückende Begleiterin. »Aber was hast du auf Schloß Roogna vor?« fragte er.

»Ich hoffe, daß ich dort als Kammerzofe eingestellt werde, damit ich dort völlig unvermutet einem schmucken höfischen Kavalier begegne, der sich unsterblich in mich verliebt und mich dort herausholt; dann will ich immer glücklich in seinem prunkvollen Haus leben, wo ich doch nur erwartet hatte, bis zum Ende meiner Tage mein Leben als Kammerzofe zu fristen.«

Trotz seiner Jugend war es Dor klar, daß das eine wohl recht vereinfachende Darstellung und Hoffnung war. Warum sollte ein Höfling eine gewöhnliche Kammerzofe zur Frau nehmen? Aber er war gescheit genug, ihr ihre Illusionen nicht zu nehmen. Statt dessen fiel ihm eine Frage ein, die er bisher völlig übersehen hatte, wahrscheinlich weil er zu sehr mit ihren anderen Eigenschaften beschäftigt war. Mit den Eigenschaften nämlich, mit denen sie so unverhohlen und freizügig umherwarf und -strampelte. »Wie heißt du eigentlich?«

»Oh!« Sie lachte melodisch und zappelte kurz in ihrem Netz. »Habe ich dir das noch gar nicht gesagt? Ich heiße Millie.«

Wie betäubt hing Dor in den Seilen. Natürlich! Er hätte sie eigentlich erkennen müssen! Zwölf Jahre jünger — achthundertzwölf Jahre jünger! — als zu der Zeit, als er sie kennengelernt hatte, jung und unerfahren und hoffnungsfroh, und vor allem unschuldig. Ohne die grimmige Erfahrung eines achthundertjährigen Gespensterdaseins, ein naives hübsches Mädchen, das kaum älter war als er selbst.

Kaum älter? Fünf Jahre immerhin — und das waren fünf sehr schwerwiegende Jahre. Sie war bereits jeder Zoll eine Frau, während er nur ein Junge von — »Ich wünschte, ich wäre ein Mann!« murmelte er.

»Gebongt!« rief der Ring an seinem Finger. »Ich ernenne dich hiermit zum Mann!«

»Was?« fragte Millie sanft.

Natürlich erkannte sie ihn nicht. Er befand sich nicht nur in einem fremden Körper, er würde auch erst in achthundert Jahren anfangen zu existieren. »Äh, ich wünschte mir gerade nur —«

»Ja?« fragte der Ring dienstbeflissen.

Dor stieß seinen Kopf gegen die Seile. »Daß ich diesen verdammten Floh loswerden könnte und etwas Schlaf finde!« sagte er.

»Moment mal!« protestierte der Ring. »Ich kann zwar alles, aber du willst ja gleich zwei Dinge auf einmal!«

»Etwas Schlaf reicht mir schon«, meinte Dor.

Kurz darauf schlief er auch ein. Er träumte davon, vor einem riesigen, buntgeschmückten Gummiballbusch zu stehen und entsetzlich gerne einen Gummiball zu bekommen, besonders den schönen goldenen dort vorne, doch von einem magischen Fluch, der möglicherweise die Früchte vor fremdem Zugriff schützen sollte, daran gehindert zu werden. Das Problem bestand nicht nur in der Tatsache, daß er nicht wußte, wie er einen Gummiball pflücken sollte, ohne den Fluch auf sich zu laden, sondern der Busch befand sich dazu noch im Hof eines anderen Hauses, so daß er nicht wußte, ob er überhaupt ein Recht dazu hatte, etwas davon abzupflücken. Es war ein hoher Busch, dessen verführerische Früchte gerade noch außerhalb seiner gewöhnlichen Reichweite hingen. Doch er ruhte auf magischen Stelzen, die sehr hoch und sehr stark waren, so daß er jetzt hoch genug stand, um diese entzückende goldene Kugel mit Leichtigkeit ergreifen zu können. Wenn er sich doch nur trauen könnte! Wenn er das doch nur sollte!

Darüber hinaus hatte er als Kind Gummibälle gar nicht so besonders gern gemocht. Er hatte zwar gesehen, daß andere sie mochten, aber das hatte er nie verstehen können. Und jetzt wollte er tatsächlich selbst unbedingt einen haben — und mißtraute diesem Gesinnungswandel.

Dor erwachte zuckend. Hüpfer hing neben ihm und musterte ihn besorgt aus mehreren Augen gleichzeitig. »Geht's dir nicht gut, Freund Dor-Mensch?« fragte er schnatternd.

»Ich . . . nur ein Nachtmahr«, erwiderte Dor unsicher.

»Ist das eine Krankheit?«

»Es gibt magische Pferde, halb Illusion, die Leute nachts jagen und sie erschrecken«, erklärte Dor. »Wenn jemand nachts also etwas Schreckliches erlebt, dann nennt er es einen Nacht-Hengst, eine Nacht-Mähre oder einfach einen Nachtmahr.«

»Ah, sehr anschaulich«, meinte Hüpfer, nachdem er verstanden hatte.

»Du hast also von einem solchen Pferd geträumt. Von einer Mähre — einem weiblichen Pferd also.«

»Ja. Ein Pferd . . . ein Pferd einer anderen Farbe. Ich . . . ich wollte so gern auf dieser Mähre reiten, aber ich war mir nicht sicher, daß ich mich auf diesem goldenen Sattel halten könnte . . . ach, ich weiß selbst nicht, was ich eigentlich sagen will!«

Hüpfer dachte nach. »Sei mir bitte nicht böse, Freund. Ich verstehe weder deine Sprache noch dein Wesen besonders gut. Bist du vielleicht ein Jugendlicher? Ein junges Wesen?«

»Ja«, erwiderte Dor gepreßt. Die Spinne schien ihn recht gut zu verstehen.

»Eines, das das normale Paarungsalter deiner Art noch nicht erreicht hat?«

»Ja.«

»Und dieses schlafende weibliche Mitglied deiner Art, die mit der goldenen Seide — ist die in einem reiferen Alter?«

»Ich . . . ja.«

»Ich glaube, dein Problem ist ganz natürlicher Art. Du brauchst lediglich zu warten, bis du reif geworden bist, dann wirst du unter keiner solchen Verwirrung mehr zu leiden haben.«

»Aber angenommen . . . angenommen, sie gehört einem anderen . . . ?«

»Es gibt in diesen Dingen nicht so etwas wie Besitz«, versicherte Hüpfer. »Sie wird dir schon anzeigen, ob sie dich für geeignet hält.«

»Geeignet wozu?«

Hüpfer gab ein kicherndes Schnattern von sich. »Das wird zu gegebener Zeit schon noch deutlich werden.«

»Du klingst wie König Trent!« meinte Dor vorwurfsvoll.

»Der wohl vermutlich ein reiferer Vertreter eurer Art ist . . . vielleicht in mittleren Jahren.«

Das war genau getroffen!

Trotz seiner Verwirrung und Enttäuschung war Dor froh, einen solchen Begleiter zu haben. Die äußere Form war doch so gut wie unwichtig.

Millie rührte sich, und Dor hatte plötzlich das dringende Bedürfnis, das Gespräch zu beenden. Es dämmerte sowieso gerade. Es war an der Zeit, etwas zu essen und sich wieder auf den Weg zu Schloß Roogna zu machen.

Dor ließ sich von den örtlichen Stöcken und Steinen den Weg angeben, und gemeinsam schritten sie weiter. Doch diesmal kamen sie an einen großen Fluß. Dor konnte sich nicht an einen solchen Fluß erinnern, aber schließlich konnte sein Bett sich in achthundert Jahren verlagert haben; und es war auch durchaus möglich, daß er den Fluß auf den verzauberten Wegen sowieso nicht wahrgenommen hätte. Das Wasser gab ihm eine eindeutige Antwort, als er es befragte. Das Schloß lag jenseits des anderen Ufers, und es gab keinerlei bequeme Möglichkeit, den Fluß zu überqueren.

»Ich wünschte, ich wüßte, wie man diesen Fluß vernünftig überqueren könnte«, meinte Dor.

»Ich sorge schon dafür«, erwiderte der Ring an seinem Finger. »Laß mir nur ein bißchen Zeit. Letzte Nacht habe ich dich schließlich auch einschlafen lassen, nicht wahr? Du mußt nur etwas Geduld haben, weißt du!«

»Ich weiß«, sagte Dor mit einem halbherzigen Lächeln.

»Gnom ist schließlich auch nicht an einem Tag erbaut worden.«

»Ich könnte uns per Ballon hinüberbringen«, schlug Hüpfer vor.

»Das letzte Mal, als wir Ballon gefahren sind, hat der Hurra-Vogel uns erwischt«, sagte Dor. »Und wenn er das nicht getan hätte, dann wären wir vermutlich einfach aus Xanth hinausgetrieben worden. Das will ich nicht noch mal riskieren.«

»Beim Ballonfahren hängt man stark von der Gnade der Winde ab«, gab die Spinne zu. »Ich hatte ja ursprünglich vorgehabt, eine Ankerleine am Boden zu befestigen, damit wir nicht zu weit abgetrieben werden konnten. Aber ich muß zugeben, daß ich auch nicht mit dem großen Vogel gerechnet habe. Ich hatte irgendwie geglaubt, daß kein anderes Wesen genauso vergrößert worden wäre wie ich. Im nachhinein muß ich zugeben, daß das unklug von mir war. Ballonfahren ist wohl mehr etwas für Notfälle.«

»In meinem Dorf benutzen wir Boote, um Wasser zu überqueren«, meinte Millie. »Mit Zaubern, die die Wasserungeheuer abhalten.«

»Weißt du denn, wie man ein Boot macht?« schnatterte die Spinne. Die Frage war zwar an Millie gerichtet, aber das Netz auf Dors Schulter übersetzte sie trotzdem. Unbelebte Gegenstände neigten immer dazu, etwas mehr Entgegenkommen zu zeigen, wenn sie erst einmal eine Weile mit ihm zusammen gewesen waren.

»Nein«, sagte sie. »Ich bin schließlich eine Maid.«

Taten Maiden denn überhaupt nichts Nützliches? Vielleicht wollte sie ja auch nur damit ausdrücken, daß sie sich mit Männersachen nicht so gut auskannte. »Kennst du denn irgendwelche Zauber gegen Wasserungeheuer?« fragte Dor sie.

»Nein, die kann nur unser Dorf-Ungeheuerzauberer. Das ist sein Talent.«

Dor wechselte Blicke mit mehreren von Hüpfers Augen. Das Mädchen war zwar nett, aber eine allzugroße Hilfe stellte sie nicht gerade dar.

»Ich kann mir vorstellen, daß dein Schwert Wasserraubtieren eine Menge Mut nehmen dürfte«, schnatterte Hüpfer. »Ich könnte ihre Gliedmaßen mit Seide umspinnen und fesseln, dann sind sie wehrlos gegen deine scharfe Klinge.«

Dor war zwar nicht sonderlich erpicht darauf, sich mit Wasserungeheuern herumschlagen zu müssen, aber er mußte zugeben, daß der Vorschlag der Spinne vernünftig war. »Bis auf das Boot. Das brauchen wir trotzdem«, wandte er — beinahe erleichtert — ein.

»Ich glaube, ich könnte ein Gefährt aus Seide machen«, schnatterte Hüpfer. »Manchmal kann ich nämlich sogar auf dem Wasser laufen, wenn die Oberfläche ruhig ist. Ich könnte das Boot auf die andere Seite ziehen.«

»Warum gehst du nicht einfach ans andere Ufer und spannst eines deiner Seile?« fragte Millie. »Dann könntest du uns hinüberziehen, genau wie du uns letzte Nacht den Baum emporgezogen hast.«

»Ausgezeichneter Plan!« stimmte die Spinne ihr zu. »Wenn ich nur unbemerkt auf die andere Seite kommen könnte —«

»Vielleicht sollten wir irgendeine Ablenkung schaffen«, schlug Dor vor. »Damit man dich nicht bemerkt.«

Sie besprachen alle Einzelheiten, dann machten sie sich ans Werk. Sie sammelten zahlreiche Stöcke und Steine ein, mit denen Dor sich unterhalten konnte, um eine Ablenkung zu schaffen; dann entdeckten sie auch noch ein paar Stinkkäfer, die, so hofften sie, eine weitere Ablenkung darstellen würden. Wenn man sie sanft anfaßte, dann rochen Stinkkäfer gar nicht so schlimm, aber wenn man sie mißhandelte, dann zerplatzten sie vor Gestank. Hüpfer knüpfte mehrere starke Seile aus Seide, befestigte eins davon an einem überhängenden Baum und ließ ihnen die anderen als Wurfseile zurück.

Als alles bereit war, machte sich Hüpfer auf den Weg übers Wasser. Seine acht Füße drückten die Oberfläche zwar ein, brachen aber nicht durch. Er war sogar sehr schnell und schlitterte geradezu über das Wasser. Doch nur zu bald zeigten sich hinter ihm einige Wellenkämme. Eine große häßliche Schnauze durchbrach die Wasseroberfläche: ein schlangenartiges Flußungeheuer. Sie konnten lediglich einen Teil des Kopfes erkennen, doch der war riesig. Da wäre kein kleines Boot vor geschützt gewesen — und Hüpfer war es auch nicht. Das hier war genau die Sorte Ungeheuer, wie man sie für den Dienst in Burg- und Schloßgräben begehrte.

»He, Schnauznase!« rief Dor. Er sah, wie sich am Kopf des Ungeheuers ein Ohr verstellte, doch sein glasiges Auge blieb immer noch auf die Spinne gerichtet. Man mußte es noch stärker ablenken, und zwar schnell!

Dor nahm einen Stock auf. »Stock, ich gehe jede Wette mit dir ein, daß du es nicht fertigbringst, dieses Ungeheuer da genug zu beleidigen, daß es hinter dir herjagt!« Beleidigungen schienen wirklich großartige Werkzeuge zu sein, um ein Wesen zum Reagieren zu bewegen.

»Ach ja?« erwiderte der Stock. »Dann versuch's doch mal, Schmutzgesicht!«

Dor blickte ins Wasser und sah sein Spiegelbild. Tatsächlich, sein Gesicht war schmutzverschmiert. Aber das mußte jetzt warten. »Hol ihn dir!« rief er und warf den Stock auf das Ungeheuer zu.

Der Stock platschte direkt hinter seinem Kopf ins Wasser, es war ein fast perfekter Wurf gewesen. Mit seinem eigenen Körper hätte Dor das nie vollbringen können! Das Ungeheuer wirbelte herum, da es offenbar einen Angriff von hinten befürchtete. »Schau sich doch nur mal einer diese Rotzschnauze an!« rief der Stock, während er vom Wasser auf und ab bewegt wurde. Es hieß allgemein, daß Wasserungeheuer sehr empfindlich waren, was ihre gräßlich wilden Gesichter betraf. »Wenn ich eine solche Fresse hätte, ich würde mich im Grünschlamm versteckt halten!«

Das Ungeheuer hob seinen Kopf. »Honk!« sagte es wütend. Es beherrschte die menschliche Sprache zwar nicht, konnte sie aber offensichtlich ausreichend gut verstehen. Die meisten Ungeheuer, die auf eine Anstellung im Grabendienst hofften, achteten darauf, daß sie die Sprache ihrer Arbeitgeber verstanden.

»Es wäre besser, wenn du deine Posaune mal ausschnaubst, sonst erstickst du womöglich noch daran«, sagte der Stock, der sich für seine Aufgabe zu erwärmen begann. »Ich habe noch nie so einen Lärm gehört, seit diese eine Bullenkröte gegen meinen Baum geprallt ist und sich das Hirn aus dem Kopf geschlagen hat.«

Das Ungeheuer schnappte nach dem Stock. Die Ablenkung funktionierte tatsächlich! Doch schon erblickte Dor weitere Wellenkämme, die auf Hüpfer zukamen. Die Spinne bewegte sich zwar sehr schnell, aber nicht schnell genug, um diesen Wesen zun entkommen. Es war Zeit für den nächsten Schlag.

Dor packte das Seil, das an dem Baum befestigt war, schwang sich hoch und über das Wasser hinaus. »Hurraaa!« rief er.

Aus dem Wasser stießen Köpfe hervor und blickten ihn an. Es waren zähnefletschende Auswüchse auf sehnigen Hälsen. »Mich kriegt ihr nicht, ihr Dämlacke!« rief er.

Einige der Ungeheuer waren durchaus dazu bereit, es mit ihm zu versuchen. Als die Köpfe vorstießen, begann das Wasser zu schäumen.

Hastig beeilte Dor sich, wieder an Land zu kommen. »Wie viele Ungeheuer *sind* hier bloß?« fragte er erstaunt.

»Immer eins mehr, als dir guttut«, meinte das Wasser. »Das ist die übliche Vorgehensweise.«

Das ergab magischen Sinn. Zu dumm, daß er nicht schon vorher daran gedacht hatte, bevor Hüpfer sich dieser Gefahr ausgesetzt hatte. Aber wie sollte er die denn nur alle ablenken?

Er mußte es versuchen, sonst würden sie Hüpfer erwischen.

Es war ja nicht so, als wäre er ein Feld-Wald-und-Wiesen-Reisender — immerhin war er ein Magier.

Dor hob einen Stinkkäfer auf, rollte ihn zu einem Ball zusammen und warf ihn, so weit er konnte, der dahinschlitternden Spinne nach. Hüpfer hatte inzwischen den halben Weg hinter sich gebracht und war ganz gut im Rennen. Der Käfer, der sich über diese Behandlung maßlos ärgerte, prallte hinter der Spinne auf dem Wasser auf und entfaltete seinen Gestank. Dor konnte ihn zwar auf diese Entfernung nicht riechen, aber er hörte, wie die Ungeheuer, die sich in der Nähe des Käfers befunden hatten, anfingen zu husten und sich zurückzuziehen. Dor warf noch drei weitere Käfer hinterher, um sicherzugehen, dann war Hüpfer auch schon außer Reichweite.

Millie tat das ihre. Sie lief am Ufer entlang, wedelte mit den Händen und rief den Ungeheuern etwas zu. Ihr Körper spannte sich gerade an den Stellen am meisten, die einem Ungeheuer als die leckersten vorkommen mußten. Selbst Dor gelüstete es ein wenig danach, einmal zuzubeißen. Oder etwas Ähnliches. Das Problem bestand darin, daß die Ungeheuer viel zu gut reagierten. »Zurück, Millie!« rief Dor. »Die haben lange Hälse!«

Die hatten sie wirklich. Eines der Ungeheuer schoß mit gebleckten Zähnen geifernd vor. Seine grausamen Augen funkelten böse.

Millie, die plötzlich merkte, in welcher Gefahr sie war, stand wie steifgefroren da. Wie, gar kein Gestrampel und Geschrei? fragte sich Dor. Vielleicht lag es ja daran, daß sie das auf gewisse Weise ja auch vorher schon getan hätte, so daß es keinen offensichtlichen Unterschied gemacht hätte. Dor griff hastig über seine Schulter, um das Schwert zu zücken, während er auf das Ungeheuer zustürmte. Er riß am Knauf — der schnellte aus seiner Hand, und die Klinge fiel zu Boden. »O *nein!«* stöhnte das Schwert. Dor stand nun mit eindrucksvoll erhobener Schwerthand vor dem Ungeheuer — doch seine Hand war leer.

Das Ungeheuer bäumte sich auf vor Vergnügen, dann begann es zu kichern. Verlegen bückte sich Dor, um die Waffe wieder aufzuheben — doch da tauchte die zähnebleckende Schnauze kurz unter, um ihm den Garaus zu machen.

Dor sprang auf, spreizte die Beine und verpaßte dem Ungeheuer mit der Linken einen Fausthieb aufs Ohr. Dann duckte er sich, wirbelte herum und brachte sein Schwert in Anschlag. Er stieß nicht zu, sondern hielt die Spitze an eines der glitzernden Augen.

»Ich verschone dich, obwohl du mich nicht verschont hättest«, sagte er. »Nimmst du das als ein Zeichen von Schwäche?«

Das Auge starrte die Schwertspitze an. Der Kopf des Ungeheuers bewegte sich verneinend von Seite zu Seite, während es zurückglitt. Dor trat vor und hielt dabei die Klinge auf das Auge gerichtet. Kurz darauf verschwand der Kopf in den Fluten.

Die anderen Ungeheuer, die zugesehen hatten, wagten sich nicht weiter vor. Sie glaubten wohl, daß Dor irgendeine sehr mächtige Art von Magie besitzen mußte. Und Dor begriff die Wahrheit, um die sein Körper schon die ganze Zeit gewußt hatte: Wenn man den Anführer hatte, dann hatte man auch die Gefolgschaft.

»He, das ist ja die tapferste Tat, die ich je gesehen habe!« rief Millie und klatschte wieder in die Hände. Das tat sie in letzter Zeit ziemlich häufig, und es erzeugte stets höchst interessante Wellenbewegungen an ihrem Oberkörper — und doch hatte Dor das in seiner eigenen Welt noch nie bei ihr beobachtet. Was hatte sich nur so geändert?

Achthundert Jahre Halb-Leben — das war es, was sie verändert hatte. Der größte Teil ihres mädchenhaften Bebens war ihr durch diese Tragödie genommen worden. Aber — was noch viel naheliegender war: Was hatte sich nur in ihm selbst verändert? Er hätte doch normalerweise niemals den Mut gehabt, sich einem ausgewachsenen Flußungeheuer zu stellen, ganz zu schweigen davon, es in die Flucht zu jagen. Vielleicht war das sein Körper, der die Sache wieder übernommen hatte und auf einstudierte Weise reagierte, so daß er ein Ungeheuer derart einzuschüchtern vermocht hatte, daß er ein ganzes Rudel davon auf einmal hatte in die Flucht schlagen können.

Was war dieser Körper wohl für ein Mensch gewesen, bevor Dor eingetroffen war? Wohin war er gegangen? Würde er zurückkehren, wenn Dor wieder in seiner eigenen Welt war? Er hatte geglaubt, daß sein Körper dumm sei, doch nun sah es so aus, als habe er dafür aber auch einiges an Entschädigung zu bieten. Vielleicht hatte sein Körper sich nie allzu viele Gedanken über bevorstehende Gefahren zu machen brauchen. Er war schließlich jeder Gefahr von vornherein gewachsen. Wenn Dor nicht dagewesen wäre, um die ganze Angelegenheit durcheinanderzubringen, dann wäre dieser Körper wohl sogar allein mit der Koboldmeute fertig geworden.

Der Floh biß ihn direkt über dem rechten Ohr. Fast hätte Dor sich beim Versuch, ihn mit seiner Schwerthand zu erwischen, den Kopf abgeschlagen. Da konnte er sich einem riesigen Ungeheuer stellen, aber einen winzigen Floh wurde er nicht los! Irgendwann mußte er sich doch einmal auf die Suche nach einer flohabwehrenden Pflanze machen.

»Schau mal, die Spinne hat es geschafft!« rief Millie.

Tatsächlich.

Schließlich hatten ihre Ablenkungsmanöver ihren Zweck doch noch erfüllt. Vielleicht war ja wirklich ein Ungeheuer mehr da gewesen, als es Dor gutgetan hätte — aber er war schließlich nicht allein gewesen.

Erleichtert schritt Dor zu dem Baum, an dem das Seil befestigt war. Es spannte sich bereits und erhob sich auf dem Wasser, während Hüpfer am anderen Ende zerrte. Die Spinne konnte eine ganze Menge Kraft aufbringen, wenn sie ihre acht Beine als Stützen benutzte. Schon bald spannte sich das Seil über den Fluß, von Baum zu Baum, und hing nur in der Mitte geringfügig durch, soweit Dor das überblicken konnte. Verglichen mit Hüpfers gewöhnlichen Leinen war dieses Seil ziemlich dick, und doch verloren sich auch seine Umrisse schnell in der Ferne, so daß es nur schwer auszumachen war.

»Jetzt können wir uns an unseren Händen hinüberhangeln«, sagte Dor.

Doch dann fragte er sich: Können wir das wirklich?

»Du vielleicht«, erwiderte Millie. »Du bist ein großer, starker tapferer Mann. Aber ich bin nur eine schüchterne, schwache kleine Maid. Ich könnte niemals —«

Wenn sie wüßte, wer Dor in Wirklichkeit war! »Also schön, dann werde ich dich eben tragen.« Dor hob sie auf, setzte sie in den Baum am Ende des Seils und machte einen Klimmzug mit seinen mächtigen Sehnen. Er setzte die Stiefel auf das Seil, fand sein Gleichgewicht und hob Millie auf die Arme.

»Was hast du vor?« rief sie bestürzt. Sie begann mit den Beinen zu strampeln. Wieder merkte Dor, wie zierlich ihre Füße waren und wie allerliebst sie zu strampeln wußten. Tritte zu verteilen war eine Kunst, und die beherrschte sie. Die Beine mußten dabei in den Knien einknicken, und die Füße mußten gerade so schnell schwingen, daß die Beine noch deutlich zu erkennen waren. »Du kannst doch unmöglich das Gleichgewicht halten.«

»Ach ja?« fragte er. »Na, dann werden wir wohl in den Fluß fallen und müssen doch noch schwimmen.« Er machte einen ausbalancierenden Schritt nach vorne.

»Bist du verrückt?« fragte sie entsetzt. Und bei sich wiederholte er: *Bin ich verrückt?* Er wußte doch, daß eine solche Balance ein Ding der Unmöglichkeit war, wenn man nicht magisch unterstützt wurde — und doch war sein Körper gerade dabei, das glatte Gegenteil zu beweisen.

Was besaß dieser barbarische Körper doch nur für einen Gleichgewichtssinn! Kein Wunder, daß die mundanischen Wellen Xanth immer wieder erobert hatten, trotz all der magischen Kräfte, die sich ihnen entgegenzustellen versucht hatten.

Millie hörte mit dem Strampeln auf, weil sie fürchtete, daß er sein Gleichgewicht verlieren könnte. Dor staunte über sich selbst, während er das Seil entlangschritt. Wenn er die Fähigkeiten seines Körpers bereits vorher richtig einzuschätzen gewußt hätte, dann hätte er sich viel weniger vor großen Höhen gefürchtet. Er stellte fest, daß ein großer Teil seiner Sorgen nicht angeboren, sondern ein Produkt seiner körperlichen Schwäche waren. Wenn er Vertrauen hatte, dann verschwand auch die Furcht. In diesem Sinne machte ihn der Körper eines Mannes also auch geistig zu einem solchen.

Dann gab es wieder Ärger. Aus dem Wald flatterten große, häßliche Gestalten herbei, um über den Fluß zu schweben. Sie waren zu massig für Vögel, sie hatten mannsgroße Köpfe.

Es dauerte nicht lange, da hatte der bizarre Schwarm die beiden Gestalten auf dem Seil entdeckt. »Hiii!« rief eine von ihnen, dann stürzten sie sich bereits auf Dor.

»Harpyien!« rief Millie. »Jetzt sind wir erledigt!«

Dor wollte sein Schwert ergreifen, doch das konnte er nicht, da er das Mädchen in seinen Armen trug. Die Flußungeheuer hielten sich in einem sicheren Abstand. Sie waren zu vorsichtig, sich diesem überragenden Mann zu nähern, solange er auf beiden Beinen stand, aber es konnte durchaus sein, daß sie es sich noch einmal anders überlegten, wenn er ins Wasser stürzen sollte — und das würde bald der Fall sein, wenn er nach seinem Schwert greifen, Millie fallenlassen und das Gleichgewicht verlieren sollte. Er war hilflos.

Die Harpyien wagten sich immer näher an sie heran, und ihre schmutzigen Flügel verbreiteten beim Flattern einen üblen Geruch. Das waren wirklich schmutzige Vögel! Es waren fettige Flugwesen mit Frauenköpfen und -brüsten. Es waren keine hübschen Gesichter und Brüste wie die von Millie, sie hatten vielmehr einen hexenhaften Gesichtsausdruck und bizarre Zitzen. Ihre Stimmen waren heiser und rauh, und an ihren Vogelbeinen befanden sich große, häßliche Krallen.

»Was für ein Fang, Schwestern!« kreischte die Anführerin der Harpyien. »Holt sie euch! Holt sie euch!«

Der Schwarm stürzte kreischend hinab, und ein halbes Dutzend der stinkenden Wesen griff mit ihren Klauen nach Millie. Die schrie lauthals, strampelte und warf ihre Haarsträhnen umher, doch wie üblich ohne jeden Erfolg. Sie wurde aus Dors Griff gerissen und in den Himmel emporgehoben.

Dann stürzten sich etwa zehn weitere Harpyien auf Dor selbst. Ihre Klauen krallten sich um seine Vorder- und Oberarme, um seine Unter- und Oberschenkel, in sein Haar und in seinen Gürtel. Die Krallen waren gerundet und besaßen keine scharfen Schneidekanten, deshalb taten sie ihm auch nicht allzusehr weh, solange er nicht in Kontakt mit ihren Spitzen geriet. Sie umschlangen ihn vielmehr wie Fesseln. Die schmierigen Flügel flatterten kraftvoll, und er wurde in ihrer stinkenden Mitte emporgetragen.

Sie trugen ihn über das Wasser und hinauf in Höhe der Baumkronen, so daß sein herabhängendes Hinterteil beinahe die Wipfel streifte. Sie trugen ihn weiter durch den Wald, bis sie an eine Bodenspalte kamen, wo sie hinunterflatterten. Das war nicht die Spalte, sie war viel kleiner, eher wie die Ritze, in die er auf dem fliegenden Teppich eingedrungen war. Konnte das vielleicht dieselbe Ritze sein?

Nein, das war nicht der richtige Ort, und die Landschaft sah auch ganz anders aus. In den klippenähnlichen Wänden befanden sich schmutzige Löcher: Höhlen, die von den Harpyien gegraben worden waren, um dort ihre Nester zu bauen. Sie trugen ihn zu der größten Höhle und ließen ihn dort unsanft auf den schmierigen Boden hinabplumpsen.

Dor stand auf und wischte sich den Schmutz vom Leib. Millie war nicht hier, sie mußten sie in eine andere Höhle gebracht haben. Wenn es keine Verbindungsgänge gab, was allerdings ziemlich unwahrscheinlich war, da diese Wesen besser fliegen als gehen konnten, dann war er nicht dazu in der Lage, sie zu Fuß zu erreichen. Er besaß zwar noch immer sein Schwert, aber er konnte nicht darauf hoffen, daß es ihm gelingen würde, sämtliche Harpyien in dieser heruntergekommenen Harpyienstadt zu töten. Sie würden ihn schließlich doch überwältigen. Entweder wußten sie das und ließen ihm deswegen höhnisch seine Waffe, oder sie hatten einfach die mundanische Scheide auf seinem Rücken nicht erkannt. Das kam ihm wahrscheinlicher vor. Jetzt wußte er plötzlich diese Art der Befestigung zu schätzen! Es wäre töricht, wenn er den Besitz seiner Waffe durch ein verfrühtes Handeln offenbarte. Er würde abwarten müssen, bis er wußte, was sie von ihm wollten. Und wenn sie aus ihm nicht gerade ein Schnellgericht machen wollten, dann würde er erst dann kämpfen, wenn es sich nicht mehr vermeiden ließ.

Mit dem Heldentum war das so eine Sache: Die Gefahren waren überlebensgroß und die Düsterkeit noch viel düsterer als sonst. In seinem wirklichen Leben wäre er niemals in eine solche Lage gekommen!

Die Harpyien flatterten wieder davon und ließen eine besonders häßliche Alte bei ihm. »Mmh, wie knusprig du doch bist!« keckerte sie, und ihr strähniges, seilartiges Haar wirbelte wild herum, als sie ihren Kopf senkte wie ein pickendes Huhn. Vielleicht waren das ja auch Federn an ihrem Kopf, unter dem ganzen Dreck war das schwer auszumachen. »Gute Zähne, gute Muskeln, gutes Aussehen — ja, du bist genau der Richtige.«

»Der Richtige wofür?« fragte Dor kampflustiger, als er eigentlich war. Er hatte Angst.

»Für mein Küken«, gluckste die alte Henne. »Die Himmlische Helene, Königin der Harpyien. Wir brauchen immer abwechselnd einen Mann und einen Geier pro Generation.«

»Was habt ihr mit . . . dem Mädchen gemacht?« Dor war entschlossen, ihren Namen nicht preiszugeben, damit diese verdreckten Ungeheuer nicht annahmen, daß sie einander nahestünden. Dann könnten sie ihn nämlich zu etwas zwingen, indem sie sie folterten. Er wußte, daß Ungeheuer zu so etwas fähig waren. Das lag schließlich in der Natur von Ungeheuern.

Er hatte völlig recht gehabt. »Sie wird fürs Abendessen über einem Dungfeuer gekocht werden«, kreischte der verschlagene alte Vogel genüßlich. »Sie ist ja wirklich ein Leckerchen! Es sei denn, du tust, was wir von dir verlangen.«

»Aber ihr habt mir doch noch gar nicht gesagt, was ihr von mir verlangt!«

»Ach nein?« Der schmierige Vogel legte den Kopf schief und schielte ihn heimtückisch an. »Versuchst du vielleicht, Unschuld vorzutäuschen? Damit wirst du nicht weit kommen, mein hübsches Böcklein! Ab mit dir ins Nest!« Und sie breitete ihre widerlichen Schwingen aus und kam auf ihn zu. Wieder schlug ihm ihr Gestank entgegen, und er wich zurück — da stolperte er in eine Höhlenabzweigung. Also gab es hier doch Verbindungsgänge! Dieser hier war zu niedrig, um darin aufrecht stehen zu können, er war mehr fürs Kauern geeignet. Also lief er geduckt um eine Biegung, und der Tunnel öffnete sich in eine recht große Kammer, deren hohe Kuppeldecke es ihm gestattete, sich wieder aufzurichten.

Da sah er noch eine Harpyie — aber was für ein Unterschied das doch war! Diese hier war ein junger Vogel, dessen Gefieder metallisch glänzte. Er hatte glitzernde Messingkrallen, das Gesicht und die Brüste eines schönen Mädchens — und sie war sauber! Ihr Haar war sorgfältig gebürstet und üppig. Wenn es darin überhaupt Federn geben sollte, dann waren sie sehr seidig. Sie war die schönste Harpyie, die Dor jemals gesehen oder sich auch nur vorgestellt hatte.

»Du bist also der Mann, den Mama für mich ausgesucht hat«, murmelte Helene Harpyie. Ihre Stimme klang schwül und keineswegs kreischend.

Dor blickte sich um. Bis auf ein Nest in ihrer Mitte war die Höhle kahl. Das Nest bestand aus flauschigen Daunen, so daß es so aussah wie ein magisches Schaumbad. Am Ende der Kammer befand sich eine Schlucht — ein steiler Abgrund von etwa zweihundert Fuß Tiefe. Selbst wenn er den überwinden könnte, wie sollte er nur Millie retten? Man konnte ja wohl kaum eine steile Felswand erklimmen, während man aufstampfte und schrie.

»Ich glaube, das wird mir Spaß machen«, murmelte Helene. »Als Mama sagte, daß sie mir einen Mann besorgen würde, da hatte ich so meine Zweifel, aber ich wußte ja auch nicht, was für einen tollen Mann sie im Sinn hatte. Ich bin ja so froh, daß ich nicht zur Geiergeneration gehöre wie Mama.«

»Geiergeneration?« fragte Dor und blickte sich nach einer anderen Fluchtmöglichkeit um. Wenn er vielleicht durch einen Gang entkommen und Millie ausfindig machen könnte —

»Wir sind halb menschlich und halb geierisch«, erklärte sie. »Da unsere Art keine männlichen Wesen hervorbringt, müssen wir uns immer abwechseln.«

Dor hatte gar nicht gewußt, daß es keine männlichen Harpyien gab. Irgendwie hatte er immer geglaubt, daß es welche gebe, aber er war der Sache nie nachgegangen. Er hatte immer nur weibliche Exemplare gesehen und angenommen, daß die Männchen sich ziemlich absonderten und die Weibchen auf

Beutejagd schickten. Na ja, jedenfalls hatte er jetzt erst mal andere Sorgen.

Da hatte er einen Einfall. »Nest, wie kommt man hier am besten wieder raus?«

»Indem du der Harpyie zu Diensten bist«, antwortete das Nest, dessen Daunen beim Sprechen sanft wogten. Sie waren pastellfarben — wirklich sehr hübsch. »Sie töten ihre Begatter nur selten, wenn sie nicht gerade ziemlich hungrig sind.«

»Ich weiß ja nicht einmal, was die Harpyie von mir will!« wandte Dor ein.

»Komm her«, flötete die Harpyie. »Ich werde dir schon zeigen, was ich von dir will, du köstlicher Brocken von einem Mann.«

»Ich wünschte, ich wäre woanders«, murmelte Dor.

»Ich arbeite immer noch an der Flußüberquerung«, beschwerte sich der Ring an seinem Finger.

»Was ist das denn?« fragte Helene und faltete ihre hübschen Flügel ein wenig auseinander. Ihre Daunenfedern waren so weiß wie ihre Brüste und wahrscheinlich auch genauso weich.

»Ein magischer Ring. Er erfüllt einem Wünsche«, sagte Dor und hoffte dabei, daß das keine allzugroße Übertreibung war. An sich hatte er den Ring bisher noch nicht beim Versagen ertappt. Er war sich lediglich nicht sicher, daß seine Erfolge ein Ergebnis seiner Magie waren.

»Ach ja? So einen habe ich schon immer gewollt.«

Dor zog den Ring ab. »Du kannst ihn ruhig haben. Ich möchte nur Millie retten.« Hoppla — jetzt hatte er ihren Namen doch verraten!

Helene grabschte nach dem Ring. Harpyien konnten sehr gut grabschen. »Du bist doch kein Spion der Kobolde, oder? Wir führen Krieg gegen die Kobolde.«

Das hatte Dor nicht gewußt. »Ich . . . wir haben eine Reihe von Kobolden getötet. Eine Bande von ihnen hat uns angegriffen.«

»Gut. Die Kobolde sind unsere Todfeinde.«

Jetzt war Dors Neugier erwacht. »Warum denn? Ihr seid doch alle Ungeheuer. Ich hätte gedacht, daß ihr gut miteinander auskommen müßtet.«

»Das sind wir auch mal, vor langer Zeit. Aber die Kobolde haben uns ziemlich schlimm reingelegt, deshalb führen wir jetzt auch Krieg gegen sie.«

Dor setzte sich auf die Kante des Nests. Es war genauso weich und flauschig, wie es aussah. »Das ist aber merkwürdig. Ich dachte immer, daß nur meine eigene Rasse Krieg führt.«

»Wir sind ja auch zur Hälfte von deiner Rasse«, erwiderte sie. Beim näheren Kennenlernen erwies sie sich als ziemlich nett. Sie duftete leicht nach Rosen. Offenbar waren nur die alten Harpyien so scheußlich. »Das sind eine ganze Menge anderer Wesen ja auch: Zentauren, Meermenschen, Faune, Werwölfe, Sphinxe und so — die haben alle die Kriegslust des Menschen geerbt. Am schlimmsten sind die Schein-Menschen, etwa die Trolle, die Oger, die Elfen, Riesen und Kobolde. Die haben alle ganze Armeen und ziehen in bestimmten Abständen auf Raubzüge aus. Wieviel besser wäre das doch, wenn wir Halbmenschen eure Intelligenz, Neugier und künstlerische Begabung geerbt hätten, ohne eure Barbarei.«

Was sie sagte, leuchtete immer mehr ein. »Wenn ihr unsere andere Hälfte geerbt hättet, dann hättet ihr jetzt vielleicht Geierköpfe und menschliche Unterleibe —«

Sie lachte melodisch. »Dann wäre die Paarung leichter! Aber ich hätte doch lieber die Intelligenz, trotz ihrer vielen Nachteile.«

»Was haben die Kobolde den Harpyien denn angetan?«

Sie seufzte schwer. Sie besaß einen höchst beeindruckenden menschlichen Teil, wie man beim Atmen merken konnte, und Dor war froh, daß es der obere Teil gewesen war, den sie geerbt hatte. »Das ist eine lange Geschichte, schmucker Mann. Komm, leg deinen Kopf in meine Flügel, dann werde ich dir das Gesicht putzen, während ich sie dir erzähle.«

Das klang recht harmlos. Er lehnte sich rücklings gegen ihre Schwingen und merkte, daß sie fest und glatt und doch etwas nachgiebig waren und leicht nach frischen Federn dufteten.

»Damals, vor langer Zeit, als Xanth noch jung war«, fing sie in melodischem Tonfall zu erzählen an, »und die Lebewesen die erste Entfaltung der Artenvielfalt erlebten und zu all den magischen Vermischungen gelangten, die wir heute kennen, damals fühlten wir Halbmenschen uns miteinander verwandt.« Sie leckte seine Wange sanft mit ihrer Zunge ab. Dor wollte schon protestieren, doch da begriff er, daß es das war, was sie mit ›Putzen‹ gemeint hatte. Nun ja, er hatte sich damit einverstanden erklärt, und außerdem war es gar nicht so unangenehm.

»Die Vollmenschen aus Mundania sind in wilden Wellen in unser Land eingedrungen, haben getötet und gebrandschatzt«, fuhr sie fort und nibbelte leicht an seinem Ohrläppchen. »Wir Halbmenschen mußten zueinander stehen, wenn wir überleben wollten. Die Kobolde lebten neben uns Harpyien und teilten mit uns oft dieselben Höhlen. Sie schliefen tagsüber und gingen nachts auf Beutezüge, während wir tagsüber jagten. Deshalb konnten unsere beiden Arten auch die gleichen Schlafunterkünfte benutzen. Doch als wir immer mehr wurden, wurde der Raum immer knapper und reichte nicht mehr aus.« Inzwischen war sie beim Putzen bis zu seinem Mund vorgestoßen. Ihre Lippen waren bemerkenswert sanft und angenehm, als sie seine eigenen streiften. Wenn er es nicht besser gewußt hätte, dann hätte er diese Geste für einen Kuß gehalten.

»Einige unserer Hennen mußten ausziehen und ihre Nester in Bäumen bauen«, fuhr sie fort und machte sich an seine andere Gesichtshälfte.

»Das gefiel ihnen mit der Zeit immer besser, und jetzt nisten sie immer noch in Bäumen. Aber die Kobolde fingen an, uns unseren Platz zu neiden, und dachten sich, daß sie mehr Raum für sich haben würden, wenn es weniger von uns gäbe. Also haben sie sich hinter unserem Rücken zusammengetan. Ihre Frauen, die damals zum Teil noch sehr ansprechend aussahen, haben unsere Männer fortgelockt und sie korrumpiert mit ihren . . . ihren —« Sie machte eine Pause und ihr Flügel erschauerte. Es fiel ihr offenbar nicht leicht, darüber zu reden. Für Dor war die Lage allerdings auch nicht sehr leicht, denn jetzt drückte ihre Brust gegen seine Wange, während sie versuchte, seine andere Halsseite zu erreichen. Irgendwie hatte er Schwierigkeiten, sich auf ihre Worte zu konzentrieren.

». . . mit ihren Armen und . . . Beinen«, brachte Helene

schließlich heraus. »Wir lebten noch nicht lange genug getrennt und abgesondert von den Menschen, als daß unsere Männer sich nicht an das erinnert hätten, was sie ›richtige Mädchen‹ nannten, und sie begehrten. Obwohl die meisten menschlichen und menschenähnlichen Frauen gar nichts mit Geierschweifen zu tun haben möchten. Als die Koboldddamen dann verfügbar wurden . . . ich würde sie eigentlich alles andere als Damen nennen, aber an sich darf ich solche Ausdrücke ja gar nicht kennen . . . als diese Wesen unsere Hähne anlockten . . . ach, Männer sind doch solch dumme Wesen!«

»Stimmt«, meinte Dor, der sich selbst ziemlich dumm vorkam, wie er da so zwischen Hals und Busen beinahe erdrückt wurde. Er war aber zu klug, um sich mit dem *wirklich* törichten Geschlecht auf eine Diskussion darüber einzulassen.

»Und so haben wir unsere Harpyienhähne verloren, und unsere Hennen wurden sauer. Deshalb stehen wir auch in dem etwas übertriebenen Ruf, ziemlich unhöflich zu den Leuten zu sein. Was soll man sich auch Mühe geben, wenn es sowieso keine Hähne mehr gibt, denen man gefallen kann?«

»Aber das war doch nur eine Generation lang!« warf Dor ein. »In der nächsten müssen doch neue Hähne ausgeschlüpft sein.«

»Nein, es gab keine Eier mehr . . . keine befruchteten. Es hatte ja noch nie besonders viele Hähne gegeben . . . auf fünf Weibchen kam etwa ein Männchen, und jetzt gab es überhaupt keine mehr. Unsere Hennen wurden alt und verbittert und unausgefüllt. Es gibt nichts Verbitterteres als eine alte Harpyie mit einem leeren Nest.«

»Ja, natürlich.« Sie schien mit dem Putzen endlich fertig zu sein. Er zweifelte nicht daran, daß sein Gesicht jetzt wohl vor Sauberkeit glänzte. »Aber warum sind die Harpyien denn dann nicht alle ausgestorben?«

»Wir Hennen mußten uns Männchen von anderen Arten suchen. Wir verabscheuen diese Notwendigkeit zwar, aber die einzige Alternative wäre das Aussterben. Da wir ursprünglich aus einer Kreuzung zwischen Menschen und Geiern entstanden sind — soweit ich darüber Bescheid weiß, muß das eine ganz hübsche Szene gewesen sein, damals, am Liebesquell —, mußten wir wieder darauf zurückgreifen, um unsere Art irgendwie zu erhalten. Aber das birgt einige Probleme. Die menschlichen Männer und die männlichen Geier paaren sich nicht gerne mit Harpyien, und wir können sie nicht immer an den Liebesquell locken, damit es doch passiert. Und wenn sie es tun, dann entspringt daraus immer ein weibliches Küken. Es sieht so aus, als könnte nur ein Harpyienhahn männliche Mitglieder unserer Rasse zeugen. Also sind wir zu einer Schar alter Hennen geworden.«

Das war vielleicht eine Geschichte! Dor hatte schon von den berüchtigten Liebesquellen gehört, aus denen viele verschiedene Wesen nichtsahnend tranken, um sich dann Hals über Kopf in das nächste Wesen anderen Geschlechts zu verlieben, dem sie begegneten. Ein erklecklicher Anteil der Bevölkerung Xanths verdankte seine Existenz solchen Quellen, die zu den seltsamsten Kreuzungen führten, die sich dann später eigenständig vermehrten. Zum Glück mußte das Liebeswasser frisch sein, sonst ließ seine Wirkung nach. Sonst hätten die Leute es pausenlos ihren Freunden und Bekannten heimlich in die Trinkbecher gemengt, um ihnen Streiche zu spielen. Aber er begriff nun, wie das zu einem Problem für die Harpyien hatte werden können, die schließlich nicht andauernd potentielle Paarungspartner zu den Quellen locken oder sie dazu zwingen konnten, daraus zu trinken.

Helene zitterte jetzt am ganzen Leib vor Wut, und ihre Stimme begann ein klein wenig wie die der alten Hennen zu klingen. »Das ist es, was diese verdammten Kobolde uns angetan haben. Deshalb hassen wir sie so und führen Krieg gegen sie. Wir wollen auch *ihre* Männer umbringen, wie sie es mit unseren getan haben. Wir werden so lange kämpfen, bis wir uns Genugtuung verschafft haben. Wir sind bereits dabei, unsere Armeen aufzustellen und unsere Verbündeten unter den Flügelwesen zusammenzuziehen, und wir werden fürchterliche Rache üben, indem wir das Volk der Kobolde von der Karte des schönen Landes Xanth ausradieren!«

Inzwischen hatte Dor einigermaßen begriffen, weshalb man ihn hierher entführt hatte. »Ich . . . äh . . . ich habe ja Verständnis für eure Lage. Aber ich kann euch nicht wirklich helfen. Ich bin viel zu jung, ich bin noch gar kein Mann.«

Sie wich zurück und verdrehte den Kopf, um ihn mit noch größeren Augen als zuvor anzusehen. »Du siehst aber durchaus wie ein Mann aus.«

»Ich bin ziemlich plötzlich groß geworden. In Wirklichkeit bin ich erst zwölf Jahre alt. Ich will nur meiner Freundin Millie helfen.« Sie dachte einen Augenblick über das Gesagte nach. »Zwölf Jahre alt. Das könnte rein juristisch betrachtet noch unter ›Verführung Minderjähriger‹ fallen. Also gut. Ich werde den Ring annehmen, anstelle des . . . dieser anderen Sache. Vielleicht kann er mir ja befruchtete Eier wünschen.«

»Das kann ich! Das kann ich!« rief der Ring eifrig.

»Ich wollte das eigentlich sowieso nicht«, meinte Helene, als sie den Ring an ihre größte Klaue schob. Bisher hatte sie ihn lediglich hochgehalten. »Mama hat darauf bestanden, das ist alles. Du kannst das Mädchen haben, obwohl ich nicht so recht weiß, was du in deinem Alter mit ihr anfangen willst. Sie befindet sich drei Höhlen weiter nach rechts.«

»Äh . . . danke«, sagte Dor. »Wird deine Mutter denn keine Einwände haben . . . ich meine, wenn ich einfach so hinausspaziere?«

»Nicht, wenn ich nicht krächze. Und wenn dein Ring wirklich funktioniert, dann werde ich auch nicht krächzen.«

»Aber dieser Ring braucht immer erst eine kleine Weile, selbst wenn —«

»Ach, geh nur. Merkst du denn nicht, daß ich dir einen Vorsprung geben will?«

Dor ging weiter. Er wußte nicht, wie lange sie Geduld mit dem Ring haben würde oder ob sie es sich nicht einfach anders überlegen würde. Natürlich war es durchaus möglich, daß der Ring wirklich das Geforderte hervorbrachte. Wie schön wäre das doch für die Harpyien, wenn er ihnen ein männliches Küken bescheren könnte! Doch bis dahin wollte er keine Zeit vergeuden.

Die alte Vettel musterte ihn zwar mißtrauisch, leistete ihm aber keinen Widerstand. Er zählte vier Unterhöhlen nach rechts, dann ging er hinein. Tatsächlich — da war Millie, zwar etwas zerzaust, aber unversehrt. »O Dor!« rief sie aus. »Ich wußte doch, daß du mich retten würdest!«

»Noch habe ich dich nicht gerettet«, ermahnte er sie. »Ich habe meinen Wunschring dafür eingetauscht, dich freizubekommen.«

»Dann verschwinden wir besser so schnell wie möglich! Dieser Ring brächte es doch nicht einmal fertig, sich aus einem Traum hinauszuwünschen.«

Warum sollte er auch? fragte er sich. Er musterte den Höhlenausgang. Dahinter lag ebenfalls ein steiler Abgrund. »Ich glaube nicht, daß wir einfach hinausspazieren können. Ich glaube kaum, daß es irgendwelche Ausgänge gibt, durch die man hinauskommt, ohne fliegen zu können. Deshalb machen sich die Harpyien ja auch keine Sorgen über unsere Flucht.«

»Sie . . . sie haben gedroht, mich zum Abendessen zu kochen. Ich würde lieber in den Abgrund springen, als —«

»Das haben sie nur gesagt, damit ich mitmache«, sagte Dor. Und doch hatte er das dumpfe Gefühl, daß das gar kein reiner Bluff gewesen war. Warum hätten sie es *ihr* erzählen sollen, wenn er doch gar nicht in der Nähe war, um es mitanzuhören? Die Harpyien waren wirklich keine netten Wesen.

»Um mitzumachen? Was wollten sie denn von dir?«

»Einen Dienst, den ich ihnen nicht erweisen konnte.« Obwohl sein Körper wohl doch — aber darum ging es gar nicht.

Millie blickte sein Gesicht an und rief: »Es ist ja sauber!«

»Ich . . . äh, ich hab's mir waschen lassen.«

Ihre Augen verengten sich. »Was diesen Dienst angeht . . . bist du *sicher* —?«

Diese verdammte weibliche Intuition! Dor kniete neben dem Ausgangsloch nieder und befingerte es. »Vielleicht gibt es ja irgendwelche Grifflöcher oder so was.«

Selbst wenn es welche gegeben hätte, dann hätte er immer noch beide Hände benutzen müssen. Er wäre nicht dazu in der

Lage gewesen, Millie mit einer Hand festzuhalten, und wenn sie es allein versuchen müßte, dann würde sie so lange schreien und strampeln und ihr Haar umherwerfen, bis sie in den sicheren Tod gefallen war. Sie war ja wirklich ein appetitliches Wesen, aber was Männersachen anging, da hatte sie nicht viel zu bieten.

Nicht daß er das noch von *sich* behaupten konnte, nach dieser Sitzung mit der Himmlischen Helene Harpyie . . .

Helene hatte gesagt, daß die Harpyien sich ihre Höhlen früher mit Kobolden geteilt hätten. Kobolde konnten nicht fliegen, und er bezweifelte, daß sie gut genug klettern konnten, um mit einer solchen Steilwand fertigzuwerden. Folglich mußte es irgendwelche Fußpfade geben. Vielleicht hatte man die ja auch zugebaut, nachdem die Kobolde vertrieben worden waren. »Wände, versteckt ihr irgendwelche Koboldgänge?«

»Ich nicht!« riefen die Wände im Chor.

»Wollt ihr damit sagen, daß die Kobolde diese Höhlen niemals benutzt haben?« fragte Dor enttäuscht. Hatte Helene ihn belogen — oder hatte sie von anderen Höhlen gesprochen, aus der Zeit, als die Harpyien hier noch nicht eingezogen waren?

»Stimmt nicht«, sagten die Wände. »Die Kobolde haben diese Höhlen ursprünglich ausgehöhlt und geweiht, bevor der Krieg ausbrach.«

»Wie sind die Kobolde denn hinein- und hinausgelangt?«

»Na, durch die Decken natürlich!«

Dor schlug sich mit der flachen Hand auf die Stirn. Natürlich! Ein Problem beim Ausfragen von unbelebten Dingen bestand darin, daß sie nicht viel Phantasie besaßen und dazu neigten, alles wörtlich zu nehmen. »Decke, versteckst du einen Koboldausgang?«

»Das tue ich«, sagte die Decke. »Du hättest dir eine Menge Ärger ersparen können, wenn du mich gleich gefragt hättest, anstatt diese dämlichen Wände.«

»Warum ist der Gang denn nicht zu sehen?«

»Die Harpyien haben ihn übertüncht, mit Schlamm und Kot. Das weiß doch jeder.«

»Deshalb stinkt es auch so!« rief Millie.

Dor zog sein Schwert. »Sagt mir, wo ich zustoßen muß, um den Gang freizulegen.«

»Genau hier«, sagte die Decke an einer Seite.

Dor grub seine Schwertspitze in die Stelle hinein und drehte die Klinge. Ein Brocken brauner Füllmasse fiel zu Boden. Er grub noch tiefer, und schon bald lag der Gang frei. Aus dem Loch strömte übelriechende Luft.

»Wieso riecht das hier so frisch?« kreischte eine Harpyienstimme in der Höhle.

»Frisch?« rief Dor, der das Gefühl hatte, beinahe zu ersticken. Er und Millie hatten sich einigermaßen an den Geruch der Höhlen gewöhnt, doch jetzt, da es einen Luftzug gab, konnte seine Nase den Unterschied nicht so scharf ausmachen. Aber vielleicht roch diese Brise für Harpyien ja unangenehm.

Die alte Henne erschien im Eingang. »Sie versuchen, sich durch das alte Koboldloch aus dem Staub zu machen!« kreischte sie. »Haltet sie auf!«

Dor trat ihr entgegen, um sie aufzuhalten, das Schwert auf sie gerichtet. Zu Fuß und ohne die Möglichkeit ihrer Flügelkräfte, war die Harpyie im Nachteil und mußte zurückweichen. »Kletter in das Loch hoch!« rief Dor Millie zu. »Flieh durch den Koboldgang!«

Millie starrte in das finstere Loch hinein. »Ich habe Angst!« rief sie. »Da könnte es Nickelfüßler geben!«

Das erschreckte ihn. Nickelfüßler waren heimtückische Insekten, fünfmal schlimmer als Tausendfüßler, deren Zangen aus Nickel bestanden. Sie griffen alles an, was sich im Dunkeln bewegte.

Jetzt drängten immer mehr Harpyien in die Höhle. Sie zollten Dors Klinge zwar Respekt, wichen aber auch nicht weiter zurück als nötig. Er konnte im engen Gang nicht weit ausholen, und außerdem wollte er eigentlich auch kein Blut vergießen. Schließlich waren es halbe Menschen, und Frauen zu töten war gar nicht schön.

Was sollte er nur tun? Vor ihm die drohenden Harpyien, hinter ihm die verzagte Millie, draußen vor der Höhle eine Steilwand — in dieser Lage konnte er niemanden damit übertölpeln, daß er Wände reden ließ. Er saß in der Klemme. Die schmutzigen Vögel konnte er wohl unbegrenzt lange aufhalten, aber entkommen konnte er nicht. Und wenn sie von der Steilwand aus einen Anflugversuch unternehmen sollten, dann würde es noch mehr Ärger geben, denn er konnte unmöglich beide Zugänge bewachen, und Millie war keine große Hilfe. Und irgendwann würden sie beide ermüden und hungrig werden und schlafen müssen. Dann waren sie wieder Gefangene.

»Millie, du mußt einfach diesen Koboldgang emporsteigen!« rief er.

»Das nützt nichts, das nützt nichts!« schrien die Harpyien krächzend.

»Wir wissen, wo er hinausführt, wir halten den Ausgang bewacht. Ihr könnt nicht entkommen!«

Warum sagten sie ihm das dann alles? Es wäre ja wohl einfacher gewesen, ihn am Ausgang des Koboldtunnels zu überfallen. Das mußte also ein Bluff sein.

Da stieß Millie einen Schrei aus. Dor blickte zu ihr hinüber — und sah, wie sich eine riesige, haarige Gestalt aus dem Loch hinabließ. Grüne Augen erwiderten seinen Blick. »Hüpfer!« Wie froh er doch war, die große Spinne wiederzusehen!

»Ich konnte meine Leinen nicht spannen«, schnatterte sie. »Die weiblichen Menschenvögel hätten mich an der Steilwand sofort gesehen. Also mußte ich diesen Weg nehmen.«

»Aber die Harpyien bewachen doch den Ausgang —«

»Das tun sie auch. Aber sie sind mir nicht gefolgt. Wegen der Nickelfüßler.«

»Aber du —«

»Nickelfüßler sind Kneifkäfer. Außerdem hatte ich sowieso Hunger. Sie haben köstlich geschmeckt.«

Natürlich mußte eine Spinne mit großen Käfern zurechtkommen! Aber Harpyien waren doch noch einige Nummern größer. »Wenn wir den Koboldtunnel nicht benutzen können —« begann Dor.

Hüpfer legte eine Leine um Millie und eine weitere um Dor. »Ich stelle ausreichend Seile her, damit ihr bis unten kommt, aber ihr müßt euch selbst hinunterlassen. Ich schlage vor, daß ihr dabei hin und her schaukelt, damit die Vögel euch nicht so leicht einfangen können.«

»Das kann ich nicht!« protestierte Millie. »Ich habe keine großen muskulösen Arme und solche Sachen!«

Dor blickte sie an. Teilweise hatte sie ja recht. Sie besaß wirklich kaum Armmuskeln, aber ›solche Sachen‹ hatte sie sehr wohl. »Ich werde dich wieder tragen.« Er zuckte warnend mit der Schwertspitze, um die Harpyien abzuschrecken.

»Du wirst beide Arme brauchen, um dich hinabzulassen«, warf Hüpfer ein. »Ich werde auf die andere Seite springen und ein Leitseil spannen. Auf diese Weise kannst du in der Mitte des Abgrunds Schwung nehmen, ohne an die Wände zu prallen. Aber dann hängst du auch mitten in der Luft.«

»Das läßt sich nicht ändern. Du mußt das Leitseil langsam lockern, damit wir hinunterhangeln können. Achte nur darauf, daß es richtig fest gespannt ist, wenn wir anfangen.«

»Ja, das geht, obwohl es ziemlich schwierig sein wird. Zu zweit wird euer Gewicht eine ganz schöne Spannung erzeugen.«

Dor stach nach einem hexenhaften Gesicht und sagte: »Millie kann dir zusehen und mir Bescheid sagen, wenn das Seil fertig ist. Wink du ihr dann von der anderen Seite zu.«

»Alles klar.« Hüpfer sprang zur Abgrundöffnung und verschwand. Die Harpyien stießen wilde Schreie aus. Sie waren noch nie einer derart großen Hüpfspinne begegnet und waren sowohl erstaunt als auch verängstigt.

»Er winkt!« rief Millie.

Das war aber schnell gegangen! Dor machte noch einen kurzen letzten Ausfall mit dem Schwert, wirbelte herum, packte Millie mit dem linken Arm und sprang über die Kante. Dann fiel ihm erst ein, daß er sein Schwert noch immer in der Rechten hielt. Er hatte vergessen, das Seil zu umklammern.

Sie stürzten dem Boden des Abgrunds entgegen. Millie kreischte und strampelte, und ihre Haarsträhnen peitschten Dor ins Gesicht.

Da spannte sich die Leine mit einem gewaltigen Ruck. Er brauchte sich gar nicht festzuhalten: Hüpfer hatte das Seil sowohl an seinem Körper wie auch an dem Leitseil befestigt.

Wieder einmal hatte die Umsicht der reifen, erwachsenen Spinne ihm das Leben gerettet.

Sie schwangen hinunter und über den Abgrund hinweg und hüpften dabei leicht auf und ab. Die Harpyien kreischten aufgeregt und flatterten umher, unternahmen jedoch nichts, da sie sein zuckendes Schwert erblickten.

In einem weiten Bogen segelten sie über den Abgrund und wären beinahe gegen die andere Wand geprallt. Hüpfer hatte das Seil zwar so kurz gehalten, daß sie nicht zerschellen konnten, aber Dor mußte sich doch einen Augenblick lang mit den Füßen abstemmen. Dann schwangen sie wieder zurück. So ging es eine Weile weiter, in immer kürzer werdenden Bögen. Schließlich ließ die Bewegung nach, und sie blieben auf halber Höhe über dem Boden des Abgrunds hängen.

Die Harpyien begannen, sich zu organisieren, um Dor und Millie wieder mit ihren Krallen zu packen, wie sie es schon einmal getan hatten. Doch diesmal hatte Dor sein Schwert gezückt und kampfbereit, und das machte den entscheidenden Unterschied. Er wedelte drohend mit der Waffe, und die Harpyien hielten sich gerade außer Reichweite, fluchten schauerlich und verloren zahlreiche Federn, wenn sie mit der Schwertspitze doch einmal in Berührung kamen. Weil sie alle umherflatterten, fiel es den Vögeln schwer, ständig auf gleicher Höhe mit ihm zu bleiben, aber aufgeben wollten sie dennoch nicht.

Auf der anderen Seite des Abgrunds gab Hüpfer mehr Leine, auf eine Weise, wie nur er es konnte, und sie senkten sich langsam. Die Harpyien wurden immer wütender. »Laßt sie nicht unten ankommen!« schrie eine. »Dort lauert der Feind!«

Das empfand Dor nicht gerade als beruhigend. Was nützte es ihm, wenn er der einen Gefahr entronnen war, nur um in eine neue zu geraten? Na ja, darüber konnte er sich immer noch Gedanken machen, wenn es soweit war. Wenigstens hatten die Harpyien nicht daran gedacht, das Leitseil, das über den Abgrund führte, zu durchtrennen. Oder sie hatten diesen Plan verworfen: Sie wollten Dor nicht töten, denn dann war er endgültig nutzlos für sie geworden. Und Millie würde wahrscheinlich auch nicht mehr besonders gut schmecken, wenn man sie erst vom Boden des Abgrundes abkratzen mußte — aber genug davon!

Jetzt näherten sie sich dem Boden der Schlucht. Er war schmal, felsig und gewunden, voller Löcher und Grate. Es schien keinen Ausgang zu geben, aber das war nicht sicher, da sie sich weit in beide Richtungen erstreckte.

Dank Hüpfers Manipulation der Seile schwangen sie nun die Schlucht entlang und nicht mehr von einer Seite zur anderen. Die Harpyien wurden immer verzweifelter. »Laßt sie nicht den Boden erreichen!« krächzte die älteste und häßlichste der Vetteln. »Schnappt sie euch! Packt sie! Hebt sie hoch! Laßt das Mädchen fallen, wenn es sein muß, die brauchen wir nicht wirklich, aber rettet den jungen Bock!«

Dor schwang sein Schwert immer heftiger, um sie in Schach zu halten. Er mußte aufpassen, daß er nicht sein eigenes Seil dabei durchtrennte. Von hinten packte eine Kralle in seine Schulter, und riesige, stinkende Flügel flatterten um seinen Kopf. Millie schrie laut auf und strampelte immer heftiger, und ihr Haar sah aus wie ein Goldschauer, als es im Sonnenlicht aufleuchtete. Doch all das nützte nichts. Dor zielte mit seinem Schwert nach oben und stieß mit aller Wucht hinter seinen Rücken. Die Spitze traf auf irgend etwas auf, dann erscholl ein ohrenbetäubender Schrei, der einen Augenblick lang sogar Millies Gegelle übertönte, und die Kralle ließ ihn wieder los. Als er sein Schwert wieder hervorzog, sah er, daß die Spitze blutig war. Er wirbelte es wieder im Kreis herum und rasierte den vor ihnen flatternden Harpyien einige Federn ab. Diese ganze Gewalttätigkeit verursachte ihm Übelkeit, genau wie damals bei den Kobolden, aber er hörte trotzdem nicht auf.

Plötzlich fiel die Leine scharf hinab. Millie gab ein echt klassisches *Iiiiiiihhh!* von sich — doch der Fall dauerte nur kurz. Dors Beine stemmten sich gekonnt mit gespannten Muskeln und Sehnen gegen den Boden und fingen so den Aufprall ab. Er hatte Millie immer noch bei sich. Nun setzte er sie sanft auf dem Boden ab. Ihr Kleid und ihr Leibchen waren auseinandergegangen. Dor starrte kurz darauf, ohne zu begreifen, daß es zwei verschiedene Kleidungsstücke waren, und sie stopfte sie hastig wieder zusammen. Immerhin hatte sie aufgehört zu schreien.

Eine grünliche Gestalt senkte sich neben sie. »Das mit dem Sturz tut mir leid«, sagte Hüpfer, »aber die Harpyien haben mich angegriffen, da mußte ich verschwinden.«

»Das ist schon in Ordnung«, sagte Dor. »Immerhin hast du uns aus den Harpyienhöhlen gebracht.«

Die Harpyien flatterten noch immer über ihnen umher, trauten sich jedoch nicht mehr, anzugreifen. Hüpfer hatte sich in einer Überraschungsaktion zwischen ihnen hinuntergelassen und sich mit seinem Zugseil in letzter Minute abgebremst. Diese Zugseile waren wirklich äußerst nützlich!

»Warum halten die Harpyien sich jetzt fern?«

Es war eine dumme Frage, die, wie viele andere, gar nicht wirklich so dumm war. Die Harpyien waren grob, häßlich, übelriechend — bis auf Helene —, aber besonders feige waren sie eigentlich nicht. Warum fürchteten sie sich also vor diesem steinigen Pfad?

»Eine von ihnen hat irgend etwas davon gesagt, daß hier unten der Feind lauern würde«, fiel es Dor wieder ein.

Millie schrie auf und zeigte nach vorn. Ein Haufen Kobolde kam die Schlucht entlang auf sie zugestürmt.

»Ich kann sie hinhalten«, sagte Dor und trat mit erhobenem Schwert vor.

Er wußte nicht, ob das ein Reflex seines Körpers oder seiner selbst war, aber es war eine nicht zu übersehende Tatsache, daß das Heldsein von seinem prächtigen Körper wesentlich begünstigt wurde. Er *wußte*, daß er mit den kleinen Kobolden fertigwerden konnte, deshalb konnte er es sich auch erlauben, tapfer zu sein. In seinem Zwölfjährigen-Körper hätte er durchaus gerechtfertigterweise gezögert — und wäre für einen Feigling gehalten worden.

»Ich führe uns hinaus«, schnatterte Hüpfer. »Vielleicht gibt es ja eine Steigung, die ihr mit Hilfe meiner Seile erklettern könnt. Ihr könnt mir den Rücken decken.«

Sie schritten in Richtung Osten, und Dor ging rückwärts, um die Kobolde abzuwehren, ohne den Anschluß an die anderen zu verlieren. Es war ganz offensichtlich, daß es in Richtung der Koboldhöhlen kein Entkommen gab.

»Es ist nur eine kleine Gruppe von ihnen«, kreischte eine der Harpyien. »Mit denen kommen wir schon zurecht! Löscht sie aus, Hennen!«

Plötzlich stürzten die Harpyien sich auf die Kobolde hinab. Sofort kam es zu einem Handgemenge, das von Kreischen, Geschrei, Ächzen und Wutgeheul begleitet wurde. Eine Wolke von Federn stob empor. Dor reckte den Hals, um erkennen zu können, was dort vor sich ging, aber der Staub wirbelte immer dichter und vernebelte ihm die Sicht. Sie schienen einen Nahkampf bis aufs Blut gegeneinander zu führen, und es ging alles andere als sanft vor sich

»Ärger von vorne!« schnatterte Hüpfer, und Millie schrie auf.

Dor blickte in die angezeigte Richtung: Von Westen her kamen weitere Kobolde auf sie zu. Es war eine noch größere Meute. Die Spinne stellte sich kampfbereit auf, obwohl sie mühelos die Wand hätte emporspringen und sich in Sicherheit bringen können. Doch Hüpfer wollte seine Freunde nicht im Stich lassen. Aber es nutzte nichts — die Horde überrannte ihn einfach. Millies gellender Schrei nützte ihr auch nichts mehr: Ein Dutzend Koboldhände griffen nach ihr. Dor wirbelte herum, um seinen Freunden beizustehen, doch er war bereits zu spät dran. An allen Ecken und Enden schwärmten nun Kobolde umher und ergriffen ihn. Er versuchte, Tritte zu verteilen, doch seine Beine ließen sich nicht mehr bewegen, weil sich zu viele Kobolde darangehängt hatten. Nun waren sie vom Feind gefangengenommen worden — einfach so!

Hilflos wurden sie von ihren Gegnern davongeschleppt. Plötzlich kamen sie an eine Höhlenöffnung in der Schluchtenwand, und die Koboldmeute eilte hinein. Drinnen war es dunkel und kühl. Dor hatte das Gefühl, daß sie nach unten getragen wurden, aber er war sich nicht sicher.

Endlich kamen sie in einen Raum, der von knisternden Fackeln erhellt wurde. Das erstaunte Dor; denn zu seiner Zeit fürchteten sich die Kobolde entsetzlich vor dem Feuer. Allerdings begaben sich die Kobolde seiner Zeit auch nicht tagsüber an die Erdoberfläche. Es gab ohnehin nur sehr wenige Kobolde an der Oberfläche von Xanth. Das war also wieder etwas, was sich in den acht Jahrhunderten verändert hatte.

An einer Seite der Kammer befand sich ein Thron, der aus einem großen Komplex von Stalagmiten zusammengesetzt war. Es sah so aus, als sei der Stein wie heißes Wachs verlaufen, habe Schichten und bunte Lagen aufgehäuft und dann zu dieser einzigartigen und doch auch schönen Masse verschmolzen. Darauf saß ein besonders wild aussehender Kobold, dessen knorrige Beine mit dem Stein beinahe eins geworden zu sein schienen.

»Nun, Eindringlinge!« rief der Koboldhäuptling zornig. »Was hat euch eigentlich glauben gemacht, ihr könntet ungestraft in unser Gebiet eindringen?«

Millie schrie leise vor sich hin und versuchte noch immer, heftig zu strampeln. Die scheckigen Koboldhände, die auf ihren Beinen ruhten, gefielen ihr ganz und gar nicht. Doch die Kobolde wirkten eher neugierig als feindselig. Hüpfer schnatterte unentwegt, aber Dor wußte, daß die Kobolde ihn nicht verstehen konnten. Also trat er vor und schüttelte die Kobolde ab, die ihn festgehalten hatten. »Wir wünschen nicht, bei Euch einzudringen, mein Herr«, sagte er. »Wir sind lediglich vor den Harpyien geflohen.« Er hatte zwar wenig Hoffnung, daß diese Ungeheuer Gnade walten lassen würden, aber er mußte es versuchen. Die struppigen Augenbrauen des Kobolds hoben sich. »Ihr, ein Mensch, nennt einen Kobold ›mein Herr‹?«

»Nun, wenn Ihr mir Euren richtigen Titel verratet, so werde ich ihn gerne benutzen«, erwiderte Dor nervös, obwohl er immerhin versuchte, einigermaßen kaltblütig zu wirken. Irgendwann während des Handgemenges war ihm das Schwert entrissen worden, und ohne die Waffe kam er sich nackt vor.

»Ich bin Unterführer Craven vom Schluchtenklan der Kobolde«, sagte der Häuptling. »Aber ›mein Herr‹ dürfte als Anrede vollauf genügen.«

Einige der Koboldwachen kicherten. Craven war es und nicht Dor, der auf diese höhnische Heiterkeit reagierte. »Ihr findet es spaßig, ›mein Herr‹ genannt zu werden?« fragte er die anderen wütend.

»Das ist ganz offensichtlich kein Heldenmensch, sondern ein Hochstapler, der weder etwas von Ehre noch vom Kämpfen versteht«, entgegnete einer von ihnen. »Sein ›mein Herr‹ ist so wertlos, daß es schon eine Beleidigung ist.«

»Ach ja?« rief Craven. »Das wollen wir doch mal überprüfen, Crool. Wirst du dich ihm im Ehrenkampf stellen?«

Crool musterte Dor etwas verblüfft. Doch jetzt war er es, der vom Klan ausgelacht wurde. »Ein einzelner Kobold stellt sich niemals gegen einen einzelnen Menschen, nicht einmal gegen einen Hochstapler. Das normale Verhältnis ist vier oder fünf zu eins.«

»Dann hole deine Gefolgsleute!« rief Craven. Er drehte sich zu den Wachen am anderen Ende der Höhle um. »Gebt diesem Menschen-Krieger sein Schwert zurück. Wir wollen feststellen, ob sein ›mein Herr‹ etwas wert ist oder nicht.«

Was war die Ehre doch für ein seltsames Ding!, mußte Dor denken. Jetzt zählte der Häuptling doch tatsächlich darauf, daß der Gefangene sich gegen seine Kobolde durchsetzte!

Zwei Kobolde eilten herbei und reichten Dor sein Schwert. Er war zwar froh, es wiederzubekommen, aber der bevorstehende Kampf behagte ihm gar nicht. Das Töten von Kobolden am Anfang seines Abenteuers hatte ihm alles andere als Spaß gemacht, und sein Unbehagen verstärkte sich noch, je mehr er sah, wie sehr diese Wesen seiner eigenen Rasse glichen. Sie sahen zwar anders aus, aber ihre Vorstellungen von Ehre waren die gleichen.

Die Kobolde ließen ihm jedoch keine Wahl. Sie machten einen Kreis in der Mitte der Höhle frei, und dann stürzten sich fünf Kobolde des Crool-Klans auf ihn. Sie waren mit kleinen Keulen und spitzen Steinsplittern bewaffnet und sahen sehr entschlossen aus. Offensichtlich hatten sie vor, ihm den Garaus zu machen, wenn sie dazu die Gelegenheit bekamen.

Dors Körper übernahm die Führung. Er trat den Angreifern mit wirbelndem Schwert entgegen. Die Kobolde wichen zur Seite aus. Dor schwang sich nach rechts und verpaßte einem der Kobolde einen solchen Tritt, daß das Geschöpf über den Boden schlitterte und auf eine Höhlenwand prallte und sein

Steinmesser in Stücke sprang. Dann wandte er sich zu den anderen um und schwang sein Schwert. Wieder stoben die Kobolde auseinander. Und noch ein Stoß, um den Kobold zu vertreiben, der sich von hinten anzuschleichen suchte — Dor fing die Keule mit seiner Klinge ab und verpaßte dem Kobold einen linken Haken. Er streifte den Angreifer am Kopf, der so hart wie Fels war, und warf ihn zurück.

Plötz stand Dor allein im Kreis. Er hatte die Bande besiegt, dank der Kraft und der Geschicklichkeit seines Körpers — und er hatte nicht einen Kobold dabei töten müssen. Jetzt fühlte er sich schon besser. Es machte die vier zwar nicht mehr lebendig, die er früher getötet hatte, aber es beruhigte sein Gewissen doch etwas.

Craven lächelte schräg. »Ist das nun ein angemessenes ›mein Herr‹ oder nicht?« fragte er rhetorisch. »Mensch, behalte du dein Schwert, du hast dir Respekt verschafft und deine Stellung klargestellt. Komm — du und deine Begleiter sollen meine Gäste sein.«

Hüpfer schnatterte: »Es sieht so aus, als legten Kobolde großen Wert darauf, daß man seine Stellung klarstellt«, übersetzte das Netz. »Du bist sehr schlau gewesen, diesen Titel zu verwenden.«

Dor war verlegen. »Ich dachte mir bloß, daß man das wohl zu einem Häuptling sagen müßte.«

»Sieht so aus, als hättest du recht gehabt.«

Aus der Gefangenschaft war nun durch das Wunder der Höflichkeit ein Besuch geworden. Der Koboldhäuptling gab ein üppiges Essen für sie, mit Höhlenläusen, kandierten Schnecken und ausgesuchten Tausendfüßlern. Hüpfer meinte, daß alles köstlich schmecke. Dor und Millie waren sich da nicht ganz so sicher.

»Dann habt ihr also gegen die widerlichen Harpyien gekämpft«, sagte Craven und machte Konversation, während er manierlich mit seinen gelben Zähnen mehrere Teile eines Tausendfüßlers auf einmal abriß und die Beine durch eine Zahnlücke ausspuckte. Zuerst war er Hüpfer ein wenig distanziert gegenübergetreten, doch nachdem er die Freßzangen der Spinne dabei beobachtet hatte, wie sie die Nahrung so zermalmten, wie es andere Geschöpfe mit ihren Kiefern taten, wirkte er ganz zufrieden. Das Zermalmen sah noch fürchterlicher aus als das der Kobolde, war also ein Beweis für noch bessere Tischsitten. Als die Spinne dann noch eine Verdauungsflüssigkeit ausschied, die die Delikatessen in einen Brei auflöste, und sie hinuntersaugte, klatschten die Kobolde begeistert Beifall. So hatten sie selbst noch nie essen können!

»Gut, daß wir euch gerettet haben«, sagte der Häuptling während einer Bewunderungspause. So sehr er es auch versuchen mochte, es gelang ihm nicht, seine Nahrung mit Speichel vor dem Hinunterschlingen zu verflüssigen.

»Ja«, stimmte Dor ihm zu.

Die Schnecken schmeckten gar nicht einmal so schlecht, ihr Fleisch war schwammig und saftig, und Millie hatte inzwischen sogar die Läuse genießen gelernt. Sie kaute sie gut durch und spuckte die dünnen Beine nach bester Koboldmanier aus, aber so, daß es irgendwie zierlich wirkte. Der ganze Bankettisch war mit Beinen übersät.

»Warum waren sie denn hinter euch her?« wollte Craven wissen. »Wir sind hervorgekommen, weil wir Lärm hörten, und dann haben wir euch mitgenommen, weil wir uns gedacht haben, daß jeder Feind der Harpyien unser Freund sein könnte.«

»Sie wollten . . .« Dor wußte nicht genau, wie er es ausdrücken sollte. »Sie wollten, daß ich etwas für die Himmlische Helene Harpyie tue.«

»Die *Himmlische* Helene?« fragte Millie mit mißtrauisch gefurchter Stirn.

Craven bekam einen solchen Lachanfall, daß er die Tausendfüßlerbeine gegen die Decke prustete. Die Koboldhöflinge applaudierten seiner Zielgenauigkeit. »Die Himmlische Helene! So stellen die das also an. Suchen sich Menschenmänner als Zuchthengste! Kein Wunder, daß du sie abgewehrt hast! Was für ein schlimmes Schicksal!«

»Ach, ich weiß gar nicht mal —« fing Dor an, doch dann sah er Millies Blick. Er wechselte das Thema. »Sie sagten, daß das alles nur an euch Kobolden läge. Daß ihr ihnen ihre Männer entführt hättet.«

»Wir haben uns nur für das gerächt, was sie uns angetan haben!« rief Craven. »Es gab mal eine Zeit, da haben wir gemeinsam dieselben Höhlen bewohnt, aber dann haben sie uns den Raum geneidet, also haben sie uns einen üblen Zauber angehext. Sie haben unseren Frauen die Augen so verdreht, daß sie die Reize unserer Männer nur noch verkehrt herum sehen konnten. So wurden die tapfersten, schönsten, klügsten Kobolde für sie etwas Verabscheuungswürdiges. Mit einer unfehlbaren Sicherheit wurden sie von den schwächsten, häßlichsten, dümmsten Feiglingen und Dieben unter uns angezogen, und mit denen haben sie sich dann auch gepaart. Auf diese Weise ist unsere ganze Rasse unaufhaltsam degeneriert. Wir waren einmal schöner als die Elfen, schlauer als die Gnome und kräftiger als die Trolle, und unser Ehrgefühl war ausgeprägter als das der Menschen. Und jetzt seht uns doch an — wir sind mißgestaltet und dumm und feige und verräterisch, so daß fünf von uns nicht einmal einen von euch wirklich bedrohen können. Die Harpyien haben uns diesen Zauber angehext, und nur sie können ihn wieder aufheben. Aber die widerlichen Vögel weigern sich, das zu tun. Also müssen wir Rache üben, wo wir nur können, solange wir in Xanth überhaupt noch irgend etwas zu sagen haben.«

Das war ja eine andere Seite der Medaille, von der die Harpyien Dor überhaupt nichts erzählt hatten! Dor verstand, daß Frieden zwischen den beiden Arten unmöglich war; denn der Schaden, der den Harpyien zugefügt worden war, ließ sich nicht wiedergutmachen. Es sei denn, daß es zu einer echten Paarung zwischen einem Menschen und einem Geier kam, aus dem ein Harpyien-Männchen hervorging — doch das konnte er sich kaum vorstellen. Also würde der Krieg zwischen Harpyien und Kobolden andauern, bis —

»Aber der Endsieg ist unser«, sagte Craven mit grimmiger Selbstzufriedenheit. »Die Klans der Kobolde werden bereits zusammengezogen, von unseren Brüdern in den tiefen Höhlen verstärkt, deren Zahl unendlich groß ist, und wir bekommen auch Unterstützung von unseren Verbündeten aus den verwandten Rassen. Wir werden die Harpyien und ihresgleichen endlich von der Karte Xanths ausradieren!«

Dor dachte daran, daß sich die Harpyien auch gerade zum Kampf sammelten. Das mußte eine Schlacht geben!

Man überließ den Ehrengästen eine wunderbar dunkle Höhle für die Nacht, in der kerngesunde Ratten die Nickelfüßler abwehrten, mit einem Loch in der Decke, durch die die dunkle Luft abzog. Sie waren wohl Gäste — aber ihre Gastgeber hatten eine Entschiedenheit an sich, die Dor beunruhigte und nachdenklich machte. Er erinnerte sich daran, daß Craven davon gesprochen hatte, daß die Kobolde zum Verrat neigten. Waren sie vielleicht so begierig darauf, ihre schäbigen Künste auszuüben, daß sie es vorzogen, ihre Gefangenen nicht sofort zu töten, sondern sie erst glauben zu machen, daß sie geehrte Gäste seien — die man dann heuchlerisch hintergehen konnte? Hatten die Kobolde wirklich vorgehabt, sie von den Harpyien zu befreien, oder mästeten sie sie lediglich, um dann mit ihnen einen Festschmaus zu veranstalten? Craven hatte ja durch seine eigene Aussage darauf hingewiesen, daß man ihm kaum trauen dürfte.

Dor wechselte Blicke mit Hüpfers größtem Auge. Sie sprachen nicht miteinander, weil es möglich war, daß die Kobolde sie durch Löcher in der Wand belauschten, aber es war offensichtlich, daß die Spinne ähnliche Bedenken hegte.

»Gib laute Schnarchgeräusche von dir«, murmelte Dor dem Boden zu, auf dem er lag. Der Boden gehorchte, und schon bald wurde alles vom vorgetäuschten Schnarchen, Stöhnen und Pfeifen vermeintlich Schlafender übertönt. In diesem Schutz beratschlagte Dor sich flüsternd mit seinen Freunden.

Mitten in der Nacht schickten sie sich dann an zu fliehen. Es war schwierig hier unten, die genaue Tageszeit zu ermitteln, aber Hüpfer besaß ein ausgezeichnetes Zeitgefühl. Die Kobolde waren sich über die gewaltigen Fähigkeiten der Spinne nicht im klaren gewesen, da Hüpfer sich ihnen zum Kampf entgegengestellt hatte, anstatt davonzuspringen. Deshalb hatte Craven auch nicht die Deckenausgänge bewachen lassen. Eigentlich waren die Kobolde wirklich ziemlich dumm, genau wie ihr Unterführer es gesagt hatte.

Hüpfer sprang an die Decke, krabbelte zum Lüftungsschacht hinüber und erkundete, wohin er führte. Bald war er wieder da, um Dor und Millie emporzuziehen. So leise wie möglich schritten sie durch den dunklen Schacht, während hinter ihnen das heisere Geschnarche immer leiser wurde, je weiter sie sich von ihm entfernten. Endlich kamen sie an die von Sternen beschienene Oberfläche.

Es war alles überraschend einfach gegangen. Dor wußte, daß sie es ohne Hüpfer niemals geschafft hätten. Hüpfer — mit seiner überragenden Nachtsicht, mit seinen seidenen Seilen und seiner Kletterfähigkeit. Die Spinne machte das Unmögliche möglich.

5
Das Schloß

Sie entdeckten einen sicheren Baum, von dem sie den Rest der Nacht über hängen konnten, und machten sich am nächsten Morgen wieder auf den Weg. Die Stöcke und Steine waren hilfreich wie gewöhnlich, und gegen Mittag entdeckten sie schließlich mühelos Schloß Roogna. Dor war zwar dazu in der Lage, die allgemeinen Landschaftsmerkmale wiederzuerkennen, aber die Vegetation sah völlig anders aus. Es gab keinen Obstgarten, sondern eine ganze Menge von Raubpflanzen. Und — das Schloß war erst halb fertig.

Dor hatte Schloß Roogna schon viele Male gesehen, aber in dieser veränderten Umgebung sah es wie ein völlig neues, unvertrautes Gebäude aus. Es war groß, das größte Schloß in ganz Xanth, und seine Außenmauern waren ebenfalls die größten und massivsten im ganzen Land. Es war ungefähr quadratisch, etwa einhundert mal einhundert Fuß, und die Mauern erhoben sich an die dreißig Fuß über den Graben. An ihren Ecken ragten vier hohe Türme empor, hinter denen das doppelt so hohe Schloß noch größer wirkte. Die Türme warfen lange Schatten auf die Schloßmauern, und in der Mitte jeder Schloßseite befand sich ein kleinerer Rundturm, der wiederum noch geheimnisvollere Schatten warf. Auf jedem der Rundtürme ragte eine massive Brustwehr weit empor. Es gab weder Fenster noch sonstige Öffnungen. Zu Dors Zeit hatte man zwar einige ausgebrochen, aber dies hier war eine abenteuerlichere Zeit, in der die Befestigungsanlagen so stark wie möglich bleiben mußten. Alles in allem war dies wohl das mächtigste und beeindruckendste Gebäude, das Dor sich jemals hätte vorstellen können.

Doch der Innenbau existierte noch so gut wie überhaupt nicht. In diesem Baustadium war der schöne Palastteil nichts als ein einfacher Schloßhof. Und an der Nordmauer fehlten die Gänge: die riesigen Steine bildeten eine stufenförmige Lücke in der Mauer, und der runde Stützturm war noch nicht fertiggebaut.

Eine Zentaurenherde arbeitete an diesem Teil des Gebäudes und bewegte die gewaltigen Steinklötze mit Hebebalken, dicken Seilen und schierer Kraft nach oben. Sie arbeiteten etwas weniger eifrig und gekonnt, als Dor es aufgrund der Kenntnis um die Zentauren seiner Zeit erwartet hätte. Sie sahen auch gröber und ungeschlachter aus, als seien die Menschen- und die Pferdegliedmaßen nur ungenügend zusammengefügt worden. Er wurde daran erinnert, daß sich in den acht Jahrhunderten nicht nur neue Arten entwickelt hatten, sondern daß die alten sich auch verfeinert hatten.

Dor schritt auf den Zentaurenaufseher zu, der draußen vor dem Graben neben einem groben Holzgerüst stand, das den nächsten Steinblock abstützte, der gerade hochgezogen werden sollte. Er schwitzte heftig beim Hin- und Hertraben, bellte der Flaschenzugmannschaft Befehle zu und versuchte, dafür zu sorgen, daß der Stein nach oben befördert wurde, ohne daß er dabei Löcher in die Mauer schlug. Um sein Hinterteil summten lästige Pferdebremsen — nicht die große Flügelpferdeart, sondern die kleinere Pferdestechart. Als Hüpfer sich näherte, flogen sie hastig davon, aber der Zentaur merkte es gar nicht.

»Äh, wo ist König Roogna?« fragte Dor, als der Zentaur eine Pause einlegte, um ihn gequält anzublicken.

»Such ihn doch selbst!« erwiderte das Wesen barsch. »Siehst du nicht, daß wir hier zu tun haben?«

Zu Dors Zeiten waren die Zentauren geradezu die Verkörperungen der Höflichkeit, wenn sie nicht gereizt wurden. Eine bemerkenswerte Ausnahme davon bildete allerdings ›Onkel Chester‹, der Vater von Dors Spielgefährtin Chet. Dieser Zentaurenaufseher erinnerte ihn an Chester, und auch die anderen Mitglieder der Herde glichen ihm sehr. Chester mußte ein Rückfall in diesen früheren Typus sein: mit häßlichem Gesicht, mißgelaunt und doch ein prachtvolles Wesen, wenn man erst einmal sein Vertrauen gewonnen hatte.

Dor zog sich mit seinen Gefährten zurück. Jetzt war offensichtlich nicht die geeignete Gelegenheit, die Zentauren mit Fragen zu belästigen. »Stein, wo ist König Roogna?« fragte Dor den Teil eines Steinblocks, der noch nicht über den Graben befördert worden war.

»Er residiert in einer Behelfshütte südlich von hier«, antwortete der Stein.

Das hatte Dor sich schon gedacht. An dem Schloß mußte noch sehr viel getan werden, bevor ein König darin einziehen konnte, obwohl der Innenhof im Falle eines Krieges bereits hinlänglichen Schutz bieten würde. Niemand würde hier gerne wohnen, solange die Zentauren dabei waren, massive Steinblöcke durch die Gegend zu hieven.

Sie schritten weiter in Richtung Süden. Dor war zwar versucht, einen kleinen Umweg zu der Stelle zu machen, an der sein Hüttenkäse zu seiner Zeit stand, ließ aber davon ab. Dort gab es jetzt bestimmt nicht das geringste zu sehen.

Sie kamen an eine Hütte, die aus einem großen Kürbis hergestellt worden war und in einem kleinen, aber schmucken Hof stand. Dort stand ein gediegener grauhaariger Mann in schmutzigen kurzen Hosen und musterte soeben einen Schokoladenkirschenbaum, während er an einer Frucht kaute. Das war offenbar der Gärtner, der die Ernte überprüfte. Der Mann grüßte sie, ohne darauf zu warten, daß sie sich vorstellten. »Willkommen, Reisende! Kommt und probiert eine Kirsche, solange es noch welche gibt.«

Sie blieben stehen. Dor pflückte eine Kirsche ab und stellte fest, daß sie ausgezeichnet schmeckte: In einer köstlichen

Schale aus süßer brauner Schokolade befand sich ein flüssiger Kern. Auch Millie genoß es. »Besser als die kandierten Höhlenläuse«, meinte sie. Hüpfer war zwar zu höflich, um das Angebot abzuschlagen, war aber offensichtlich anderer Meinung.

»Stell dir doch vor, es sei eine fette, aufgedunsene Zecke«, schlug Dor der Spinne leise vor. Hüpfer wedelte zustimmend mit einem seiner Vorderbeine.

»Na, dann wollen wir es noch mal versuchen«, sagte der Gärtner. »Mit diesem hier habe ich einige Schwierigkeiten.« Er konzentrierte sich auf den Baum.

Nichts geschah.

»Versuchen Sie vielleicht, einen Zauber zu verhängen?« fragte Dor und pflückte eine weitere Kirsche. »Um Dünger hinzuzufügen oder so?«

»Hm, nein. Die Zentauren bescheren uns jede Menge Dünger. Wenn man's genau nimmt, dann —« Die Augen des Mannes weiteten sich erstaunt. »Halten Sie diese Kirsche doch bitte einen Augenblick fest, mein Herr, wenn es Ihnen nichts ausmachen sollte. Beißen Sie aber nicht hinein.«

Dor unterbrach seine Bewegung, die Kirsche beinahe schon an den Lippen. Die erste hatte so gut geschmeckt, daß er etwas verärgert war, daß der Gärtner ihm die zweite so willkürlich verweigern wollte. Er besah sich die Frucht genauer. Sie besaß keine Schokoladenhülle und war hellrot und hart. »Tu ich nicht«, sagte er. »Das muß eine schlechte sein.« Er schnippte sie fort.

»Nicht —« rief der Mann, doch es war schon zu spät. »Das ist doch eine —«

Neben ihnen explodierte plötzlich etwas. Millie stieß einen Schrei aus. Der Knall war ohrenbetäubend, und sie wurden sofort von einer Hitzewelle überflutet. Alle vier stolperten sie zur Seite, fort von der Explosionsstelle. Endlich ließ das Beben nach. Dor blickte sich verwundert um. Er sah eine dünne Rauchwolke emporsteigen, merkte, daß er sein Schwert gezückt hatte, und steckte es verlegen wieder weg.

»Diese Kirschbombe, die Sie da geworfen haben«, sagte der Gärtner, »gut, daß Sie nicht hineingebissen haben!«

»Diese Kirsche . . . das war doch eine Schokoladenkirsche von diesem . . .« Dor blickte den Baum an. »He, das sind ja jetzt Kirschbomben geworden! Wie —?«

»Das muß König Roogna sein«, warf Millie ein. »Wir haben ihn nicht erkannt.«

Verblüfft reimte Dor sich alles zusammen. Er hatte sich König Roogna als einen Mann vorgestellt, der in etwa so war wie König Trent — geschniegelt, intelligent, mit beeindruckender Haltung, ein Mann, den niemand leichtfertig mißachten würde. Aber es war ja nur natürlich, daß die Legenden von acht Jahrhunderten den Magier mit einem überlebensgroßen Nimbus umgeben würden. In Xanth zählte nicht das Aussehen, sondern das magische Talent. Dieser dickliche, hemdsärmelige Mann, der so aussah wie ein Gärtner, mit seinem sanften Gehabe, seinem ergrauten, ausgedünnten Haar und seinen verschwitzten Achselhöhlen — das konnte also tatsächlich der König sein. »Dieser Baum . . . er hat ihn von einem Schokoladenkirschbaum in einen Kirschbombenbaum verwandelt . . . das war das magische Talent des Magierkönigs Roogna —«

»War?« fragte der König und hob eine etwas staubbeschmutzte Augenbraue.

Dor hatte gerade an die historische Gestalt denken müssen, die in der Welt des Wandteppichs natürlich ein Zeitgenosse war. »Ich . . . äh, es ist. Euer Majestät, ich —« Er begann mit einer Verneigung, besann sich dann eines anderen, fing an zu knien, hörte auch damit auf und merkte, wie er vor Verwirrung fast verging.

Der König legte ihm eine feste, freundliche Hand auf die Schulter. »Beruhigt Euch, Krieger. Wenn ich Wert auf einen Kniefall gelegt hätte, dann hätte ich das von Anfang an klargemacht. Mein Talent ist es, was mich zu etwas Besonderem macht, nicht mein Amt. Mein Amt ist im Augenblick sogar gefährdet. Meine Truppen haben im Augenblick alle Urlaub, weil wir noch keine Unterkünfte für sie haben, und der Bau meines Schlosses wird auch von tausend Schwierigkeiten heimgesucht. Deshalb stünde mir Hochmut nicht sonderlich an, selbst wenn ich dazu neigte.«

»Äh, sehr wohl, Euer Majestät«, murmelte Dor.

Der König betrachtete ihn genauer. »Ich nehme an, Sie sind aus Mundania, obwohl Sie über Xanth einiges Verhunztes zu wissen scheinen.« Dann blickte er Millie an. »Und die junge Dame sieht so aus, als käme sie vom Westdorf. Dort züchten sie manch hübsches Obst.« Er sah zu Hüpfer hinüber. »Und diese Person . . . mein Herr, ich glaube nicht, daß ich schon einmal einer Springspinne Ihrer Größe begegnet bin. Handelt es sich hier um einen Zauber?«

»Er hat mich ›mein Herr‹ genannt«, schnatterte Hüpfer. »Soll ein König so etwas?«

»Ein König«, erwiderte Roogna mit entschlossener Miene, »kann so ziemlich alles tun, was ihm beliebt. Am besten ist es, wenn er sich dazu entschließt, gut zu regieren. Ich stelle fest, daß Ihre Stimme von diesem Netz dort übersetzt wird.« Sein Gesichtsausdruck verhärtete sich, und nun wirkte es für Dor schon eher so, wie er sich einen König vorstellte. »Das interessiert mich. Da scheint ungewöhnliche Magie im Spiel zu sein.«

»Jawohl, Euer Majestät«, erwiderte Dor schnell. »Es handelt sich hier um eine ganz erhebliche Verzauberung, aber es ist schwer, es zu erklären.«

»Jede Magie ist schwer zu erklären«, meinte Roogna.

»Er kann Dinge zum Reden bringen«, sagte Millie hilfsbereit. »Stock und Stein brechen nicht sein Gebein, sondern sie reden mit ihm. Auch die Wände und das Wasser und solche Sachen. So haben wir hierhergefunden.«

»Ein mundanischer Magier?« fragte Roogna. »Das ist doch ein Widerspruch in sich!«

»Ich . . . äh . . . ich sagte ja, daß es schwer zu erklären sei, Euer Majestät«, sagte Dor verlegen.

Ein untersetzter, gedrungener Mann im gleichen Alter wie der König näherte sich mit schiefem Lächeln. »Kann es sein, daß ich etwas Interessantes rieche, Roogna?« fragte er.

»In der Tat, Murphy«, erwiderte der König. »Kommt, wir wollen uns etwas näher vorstellen. Ich bin der Magier Roogna, einstweiliger König. Mein magisches Talent besteht darin, lebendige Magie meinen Zwecken dienstbar zu machen.« Er blickte Dor bedeutungsvoll an.

»Ich . . . äh, ich bin Dor. Äh . . . der Magier Dor. Mein Talent besteht darin, daß ich mit unbelebter Materie kommunizieren kann.« Dann fügte er der Deutlichkeit halber hinzu: »Ich rede mit Dingen.«

Der König blickte auf Millie. »Ich bin Millie die Maid, ein unschuldiges Mädchen aus dem Dorf im Weststaket«, sagte sie. »Mein Talent ist —« Sie errötete verschämt, und ihr Talent wurde deutlich offenbar. »Sex-Appeal.«

Weiter im Kreis: »Ich bin Phidippus Variegatus von der Familie der Springspinnen«, schnatterte Hüpfer. »Mein Talent, wie das meiner ganzen Rasse, besteht im Spinnen von Seide.«

Schließlich war der Neuankömmling an der Reihe. »Und ich bin der Magier Murphy. Mein Talent besteht darin, Sachen schiefgehen zu lassen. Ich bin das größte Hindernis auf Roognas Weg zur Macht und sein Hauptrivale um die Herrschaft über Xanth.«

Dors Kieferlade klappte herunter. »Ihr seid der Feindmagier? Hier beim König?«

König Roogna lachte. »Wo wäre er auch besser aufgehoben? Es stimmt zwar, daß wir einander bekämpfen, aber das ist nur eine Frage der Politik. In der Regel üben Magier ihre Magie nicht unmittelbar gegeneinander aus. Wir ziehen es vor, unsere Macht etwas kultivierter unter Beweis zu stellen. In dieser Angelegenheit sind wir dabei, unsere Kräfte zu messen, und zwar folgendermaßen: Wenn ich Schloß Roogna fertigbaue, bevor das Jahr um ist, dann wird Murphy mir den Thron unangefochten überlassen. Scheitere ich, dann danke ich ab, und da es im Augenblick keinen anderen geeigneten Magier gibt, der das Amt übernehmen könnte, wird Murphy aus der darauffolgenden Anarchie vermutlich als Sieger hervorgehen. Bis dahin teilen wir uns kameradschaftlich unsere Stellung. Es ist ein ganz angenehmes Arrangement.«

»Aber —« Dor war entsetzt. »Ihr tut ja so, als wäre das Wohlergehen Xanths nur ein Spiel!«

Der König schüttelte ernst den Kopf. »Kein Spiel, Magier

Dor. Wir sind völlig ernsthaft bei der Sache. Aber wir genießen auch die Ehre und den Ruhm. Wenn einer von uns einen Krieg gewinnen kann, dann kann er es gewiß nach den Regeln menschlichen Verhaltens. Das ist zivilisierte Kriegführung.«

Hüpfer schnatterte: »Jetzt kommt aber eine unzivilisierte Kriegführung auf Euch zu«, übersetzte das Netz. »Die Harpyien und die Kobolde ziehen ihre Streitkräfte zusammen, um sich gegenseitig auszurotten.«

Murphy lächelt. »Spinne, Ihr verratet mein Geheimnis!«

»Wenn irgend etwas schiefgehen kann, dann wird es das auch«, sagte Dor. »Ihr meint, daß der Krieg zwischen den Ungeheuern Euer Werk ist?«

»Ganz und gar nicht, Magier«, widersprach der Feind. »Der Krieg der Ungeheuer hat seine Wurzeln lange vor unserer Zeit, und er wird uns zweifellos auch noch überdauern. Mein Talent kann nur dazu beitragen, daß er auf heftigste Weise zu einer Zeit ausbricht, die Roogna am wenigsten genehm ist.«

»Und wir brauchen wohl nicht erst zu raten, wo sich die beiden Armeen zufällig treffen werden«, rief König Roogna und blickte zu dem unfertigen Schloß hinüber.

»Es sollte eine Überraschung werden«, meinte Murphy etwas enttäuscht. »Das hätte Euch daran gehindert, Eure Truppen rechtzeitig zu mobilisieren, um das Schloß zu verteidigen. Wenn diese Besucher nicht gekommen wären, dann wäre wahrscheinlich alles ahnungslos geblieben.«

»Dann hat Ihr Talent diesmal *Sie* zur Strecke gebracht!« sagte Millie.

»Mein Talent ist nicht gegen den Einfluß anderer Magier gefeit«, sagte Murphy.

»Die Verästelungen der Auswirkung eines Magiertalents erstrecken sich viel weiter, als es auf den ersten Blick den Anschein haben mag. Wenn sich ein anderer Magier gegen mich stellen sollte, dann würde mein Talent das spüren, egal um was für ein Talent es sich bei der Gegenseite handeln mag. Und jetzt sieht es ganz so aus, als sei ein weiterer Magier auf die Bühne getreten. Man wird Zeit brauchen, um die Konsequenzen, die sich daraus ergeben, zu überdenken.«

Murphy musterte Dor mit beunruhigender Eindringlichkeit. »Mein Herr, ich würde Euch gerne näher kennenlernen. Würdet Ihr wohl so freundlich sein, meine Gastfreundschaft in Anspruch zu nehmen, solange Ihr hier zu bleiben wünscht, oder so lange, bis wir alle vor den tobenden Ungeheuern im Schloß Zuflucht suchen? Wir hatten gedacht, daß es gegenwärtig in Xanth keine unbekannten Magier gebe.«

»›Mein Herr‹?« schnatterte Hüpfer. Er hatte immer noch seine Schwierigkeiten mit diesem Titel, seit er einmal seine Wirkung hatte beobachten können.

»Aber Ihr seid doch der Feind!« protestierte Dor.

»Gehen Sie ruhig mit ihm«, meinte Roogna. »Im Augenblick kann ich leider keine drei Personen bei mir unterbringen, obwohl das Schloß ja bald fertig sein wird. Die Maid kann bei meiner Frau bleiben, und die Spinne ist vermutlich am glücklichsten, wenn sie von einem Baum herabhängen darf. Ich versichere Ihnen, daß Murphy Ihnen keinen Schaden zufügen wird, Dor. Den Spielregeln unseres Wettbewerbs zufolge ist es sein gutes Recht, sich genaue Kenntnis über die Bedeutungsschwere wichtiger Faktoren zu verschaffen, besonders wenn diese dazu dienen könnten, meine Position zu stärken. Ich darf dafür meinerseits seine Verbündeten unter die Lupe nehmen. Sie können mir und Ihren beiden Gefährten beim Abendessen Gesellschaft leisten.«

Etwas überrumpelt, folgte Dor Murphy. »Magier, ich verstehe diese Angelegenheit nicht. Ihr verhaltet Euch ja so, als seid Ihr und König Roogna Freunde!«

»Wir sind Gleichgestellte. Das ist zwar nicht dasselbe wie Freunde, aber es genügt. Es gibt sonst niemanden dieser Art außer dem Zombiemeister, und mit dem kann man auf dieser Grundlage nicht verkehren. Natürlich ist da noch die Neo-Zauberin Vadne, die mich unterstützt hätte, wenn ich bereitgewesen wäre, sie zu heiraten. Aber das habe ich abgelehnt, da hat sie sich dem König angeschlossen. Doch ist sie keine beherrschende Gestalt. Wenn wir also Gesellschaft gleichen Ranges wünschen, dann müssen wir miteinander vorliebnehmen. Und nun auch mit Ihnen, wie es scheint. Ich bin äußerst gespannt auf Euch, Dor.«

Das war alles sehr peinlich. »Ich stamme aus einem fernen Land.«

»Offensichtlich. Ich wußte gar nicht, daß es in Mundania überhaupt Magier gibt.«

»Na ja, ich bin ja auch nicht eigentlich aus Mundania.« Aber durfte er es wirklich wagen, mit der ganzen Wahrheit herauszurücken?

»Sagt es mir nicht, laßt mich raten! Nicht aus Mundania . . . also müßt Ihr irgendwo aus Xanth stammen. Nördlich der Spalte?«

»Ihr könnt Euch an die Spalte erinnern?«

»Sollte ich das nicht können?«

»Äh . . . ist schon in Ordnung. Ich . . . meine Leute haben manchmal Schwierigkeiten damit, sich an die Spalte zu erinnern.«

»Merkwürdig. Die Spalte ist doch etwas höchst Erinnerungswürdiges. Dann kommt Ihr also von südlich der Spalte?«

»Nicht direkt. Ich —«

»Dann schauen wir uns doch einmal Euer Talent an. Könnt Ihr dieses Juwel zum Reden bringen?« Murphy hielt einen glitzernden Smaragd empor.

»Was bist du für ein Stein?« fragte Dor das Juwel. »Was bist du wert? Was hast du für ein Geheimnis?«

»Ich bin aus Glas«, erwiderte das Juwel. »Unecht. Ich bin so gut wie gar nichts wert. Der Magier besitzt Dutzende wie mich, die er habgierigen Narren gibt, damit sie ihn unterstützen.«

Murphy hob erstaunt eine Augenbraue. »Aber Ihr seid offensichtlich echt, Dor! Es kann nur wenige Geheimnisse geben, die Euch verborgen bleiben. Wirklich ein bemerkenswertes Wissenstalent!«

»Ja.«

»Damit wird die Sache ja immer geheimnisvoller! Wie hätte sich ein ausgewachsener Magier von solchem Kaliber so lange versteckt halten können? Roogna und ich haben mal einen Zauberschnüffler an die Leine genommen und das Gebiet mit ihm abgesucht. Auf diese Weise ist auch der Standort des Schlosses bestimmt worden. Hier gibt es eine große Konzentration nützlicher Magie, und ihre Wirkung ist sehr stark. Wenn die Quelle der Magie sich nicht hier in der Nähe befinden sollte, dann kann sie jedenfalls nicht weit von hier entfernt sein. Wir haben also jede Menge Zauber gefunden, aber keine Magier. Und doch kommt erfahrungsgemäß große Magie nie aus dem Hinterland. Wie kann da ein mundanisch aussehender Mann mit Kriegerreflexen und einem solchen Talent plötzlich auftauchen? Das scheint fast unmöglich.«

Dor zuckte mit den Schultern.

»Ich glaube sogar, daß es wirklich unmöglich ist — oder daß es vielmehr das Resultat einer Magie ist, die sich unserem gegenwärtigen Verständnis entzieht. Irgendein besonderer Zauber —« Er brach mitten im Satz ab und hob seinen Zeigefinger. »Ein Anachronismus! Das wäre die Erklärung! Ihr stammt aus dem Lande Xanth — aber aus einer anderen Epoche!«

»Äh, ja«, sagte Dor. Murphy war wirklich kein Narr!

»Mit Sicherheit nicht aus der Vergangenheit, denn in der Geschichtsschreibung wird nirgendwo ein solches Talent erwähnt. Es könnte natürlich sein, daß viele alte Aufzeichnungen aufgrund der turbulenten Invasion durch die Wellen und ähnliche Einflüsse verlorengegangen sind. Aber trotzdem — im Laufe der Zeit verfeinern sich die Talente, und Eures ist sehr verfeinert. Also muß es die Zukunft sein. Welche Epoche?«

Vor diesem klugen Mann konnte man die Wahrheit nicht geheimhalten! »Achthundert Jahre später«, gestand Dor.

Sie waren an Murphys Zelt angekommen. »Kommt herein, trinkt einen Schluck Zider mit mir . . . es ist ein besonders guter Süßapfelwein, frisch aus meinem eigenen Obstgarten. Und dann erzählt mir alles!«

»Aber ich bin doch nicht auf Eurer Seite!« platzte Dor heraus. »Ich will, daß König Roogna gewinnt!«

»Natürlich wollt Ihr das. Alle rechtschaffenen Leute tun das. Zum Glück für mich gibt es mindestens genauso viele Unrechtschaffene wie Rechtschaffene. Aber Ihr werdet doch wohl einsehen, daß Unwissenheit meinen Zielen dient und nicht den seinen. Nur eine säuberliche Auflistung aller Tatsachen kann zu einem stabilen Königreich führen.«

»Warum wollt Ihr dann diese Information haben? Wollt Ihr mir vielleicht etwas antun?« Dors Hand berührte den Knauf seines Schwertes.

»Magier tun anderen Magiern nichts«, erinnerte ihn Murphy. »Nicht direkt jedenfalls. Ich will Euch persönlich nicht übel. Ich versuche vielmehr, zu einer Einschätzung zu kommen, was Eure Anwesenheit hier betrifft. Wenn noch ein weiterer Vollmagier in die Gleichung miteinbezogen werden muß, dann könnte das das Ergebnis unseres Wettbewerbs beeinflussen. Wenn Eure Kraft ausreichen sollte, die Waage zugunsten von Roogna ausschlagen zu lassen, und ich das nicht zunichte machen kann, dann müßte ich ihm den Thron ohne jedes weitere Getue abtreten, um uns allen viel Ärger zu ersparen. Deshalb sind Roogna und ich beide daran interessiert, frühzeitig und genau über Euch Bescheid zu wissen. Warum, glaubt Ihr, hat er Euch wohl mit mir geschickt?«

»Ihr seid die beiden merkwürdigsten Feinde, denen ich je begegnet bin! Ich kann den Windungen Eures Spiels nicht ganz folgen.«

»Wir halten uns lediglich an die Regeln. Ohne Regeln gibt es auch kein Spiel.« Murphy reichte ihm ein Glas Zider. »Erzählt mir die ganze Geschichte, Dor, dann werden wir zu einer Einschätzung kommen. Daraufhin steht es Euch frei, alles dem König zu erklären.«

Dor schien keine Wahl zu haben. Er wünschte, daß Hüpfer hier wäre, um ihm Rat zu spenden, oder Grundy der Golem; er hatte einfach nicht genug Vertrauen in seine eigene Urteilsfähigkeit. Und doch fühlte er sich bei der Wahrheit immer am wohlsten. Also erzählte er dem Feindmagier so viel, wie er nur zusammenbringen konnte: von seiner Suche nach einem Hilfsmittel, um einen Zombie wiederherzustellen, vom Abenteuer des Wandteppichs.

»Den Zombiemeister ausfindig zu machen ist nicht das Problem«, meinte Murphy, »bloß, ob er Euch helfen wird.«

»Aber nur er weiß, wie man Zombies wiederherstellen kann, nur er kennt das Geheimnis! Das ist doch der ganze Zweck meiner —«

»Er mag es vielleicht wissen«, sagte Murphy, »aber er wird es nicht verraten. Er tut nichts für andere Leute. Deshalb lebt er ja auch allein.«

»Ich muß ihn trotzdem fragen«, beharrte Dor. »Und was ist jetzt überhaupt mit Euch? Jetzt, da Ihr wißt, daß König Roogna das Schloß vollendet hat . . . ich meine, vollenden wird —«

»Das ist wirklich eine ziemlich schwerwiegende Sache. Aber es gibt da einige Punkte, die man berücksichtigen muß. Erstens könnte es ja sein, daß Ihr gar nicht die Wahrheit sagt.«

Dor ärgerte sich über diese Bemerkung, und seine Hand griff wie automatisch nach dem Schwert, um auf ihre Weise darauf zu reagieren.

Murphy hob ohne jede Beunruhigung seine Hand. »Ihr klingt so unsicher, und doch reagiert Euer Körper so aggressiv! Das würde sich natürlich mit Eurem Bericht decken. Zwingt mich nicht, meine Magie gegen Euch einzusetzen. Es würde Euch ein Unglück passieren, noch bevor Ihr das Schwert gezückt hättet. Ich habe Euch keinen Lügner genannt. Ich habe lediglich daran gedacht, daß man Euch vielleicht falsch informiert hat. Die Geschichtsschreibung ist berüchtigt deswegen. Das Schloß, das Ihr kennt, hätte ebensogut ein Jahrhundert später erbaut werden und aus politischen Gründen nach Roogna benannt werden können. Woher wollt Ihr wissen, daß dem nicht so war?«

Dor war verblüfft. Daran hatte er noch gar nicht gedacht.

»Aber es gibt auch noch andere Aspekte«, fuhr Murphy fort. »Angenommen, daß Eure Version der Geschichte stimmt, was ja durchaus der Fall sein könnte. Jetzt seid Ihr zurückgekehrt. Was könntet Ihr denn tun — außer Eure Geschichtsschreibung zu verändern? In dem Fall ist Eure Anwesenheit bestenfalls als neutral zu bewerten, schlimmstenfalls würdet Ihr den Ausgang des Wettbewerbs, der zwischen Roogna und Murphy stattfindet, umkehren. Also könnte es auch sein, daß Euer Ausflug mir gute Dienste erweist. Ich habe wirklich nicht vor, mich in Eure Angelegenheiten einzumischen! Ich glaube, daß es mein Talent gewesen ist, das Euch hierhergeholt hat, um Roogna zum Scheitern zu bringen.«

Wieder war Dor verwirrt. Er selbst sollte ein Helfershelfer

des Gegners sein? Und doch klang alles plötzlich so einleuchtend!

»Aber ich habe den Verdacht«, fuhr Murphy wieder fort, »daß Ihr nicht dazu in der Lage seid, die Geschichte in wesentlichen Punkten zu verändern. Für mich ist die Geschichte eine sehr vielgestaltige Angelegenheit. Sie beugt sich zwar bestimmten Befehlen, behauptet sich schließlich jedoch stets selbst, sobald der Druck wieder nachläßt. Ich bezweifle, daß irgend etwas, das Ihr hier tut, irgendeine Wirkung zeitigen wird, die nach Eurem Fortgang andauert. Aber es wird interessant sein, es zu beobachten.«

Dor schwieg. Dieser Magier hatte ihn gründlich und gekonnt neutralisiert, indem er nichts getan hatte, als zu reden. Das schlimmste war jedoch, daß Murphy möglicherweise recht behalten könnte. Je mehr Dor sich hier in der Welt des Wandteppichs einmischte, um so wahrscheinlicher war es, daß er König Roognas Chancen beeinträchtigte. Also würde er sich so neutral verhalten wie möglich, damit nicht vielleicht sogar seine Hilfestellung sich als verhängnisvoll herausstellen sollte.

Sie tranken ihren Zider aus und kehrten zum König zurück. »Dieser Mann ist tatsächlich ein Magier«, erklärte Murphy. »Aber ich meine, daß er für meine Ziele keine Gefahr darstellt, obwohl er sich auf Eure Seite zu schlagen wünscht. Er wird es so erklären, wie es ihm beliebt.«

Der König blickte Dor fragend an. »Es stimmt«, sagte Dor. »Er hat mir gezeigt, daß jede Hilfeleistung, die ich Euch erbringen könnte . . . das genaue Gegenteil bewirken könnte. Wir wissen das zwar nicht mit Sicherheit, aber es ist ein ziemliches Risiko. Also muß ich mich zu meinem Bedauern neutral verhalten.« Dor war selbst davon überrascht, wie erwachsen seine Erklärung klang. Vielleicht lag das ja an Murphys Einfluß.

»Also gut«, sagte der König. »Über Murphy läßt sich ja manches sagen, aber an seiner Integrität besteht nicht der geringste Zweifel, sie ist makellos. Da Sie mir schon nicht helfen können — kann ich Ihnen vielleicht behilflich sein?«

»Nur, indem Ihr mir sagt, wo ich den Zombiemeister finde.«

»Oh, von dem werden Sie nichts bekommen«, versicherte der König Dor. »Der hilft niemandem.«

»Das hat mir der Magier Murphy auch gesagt. Und doch ist es sehr wichtig, daß ich ihn spreche. Danach werde ich dieses Land wieder verlassen.«

»Dann warten Sie noch ein paar Tage, bis ich den jetzigen Bauabschnitt des Schlosses fertig habe. Dann kann ich einen Führer und Wächter entbehren, den ich Ihnen als Magier schuldig bin. Der Zombiemeister lebt östlich von hier, mitten im Herzen der Wildnis. Es ist schwierig, dort hinzugelangen.«

Diese Verzögerung war Dor äußerst unlieb, aber er kam zu der Überzeugung, daß es wohl das beste war, auf den Vorschlag einzugehen. Ein Führer und Wächter könnte von Nutzen sein.

Sie gesellten sich zu Millie und Hüpfer. »Der König hat mir eine Stellung gegeben!« rief Millie sofort, als sie sie sah, klatschte in die Hände und wirbelte ihr Haar in einem solch weiten Kreis umher, daß es für einen Augenblick ihr Gesicht verdeckte. »Sobald das Schloß fertig ist.«

»Wenn wir Zeit zum Warten haben«, schnatterte Hüpfer, »dann möchte ich mich für die Gastfreundschaft des Königs damit bedanken, daß ich ihm meine Dienste für die Dauer unseres Hierbleibens anbiete.«

»Äh —« fing Dor zu protestieren an, als er begriff, daß das, was auf ihn zutraf, auch für die Spinne gelten mußte.

»Das ist wirklich sehr freundlich von Ihnen«, sagte König Roogna herzlich. »Ihre junge Dame hat mir berichtet, daß Sie sehr gewandt darin sind, Dinge emporzuheben und herabzulassen. Im Augenblick benötigen wir eine solche Hilfe sehr dringend. Ruhen Sie sich heute nacht aus, morgen früh können Sie sich dann meiner kräftigen, ausdauernden Zentaurenmannschaft anschließen.«

Murphy blickte Dor bedeutungsvoll an. Der Feindmagier war es zufrieden, auf diese Weise seine Einschätzung der Lage überprüfen zu können. Und Dor — mußte auch zufrieden sein. Vielleicht hatte Murphy sich ja auch geirrt. Sie konnten es sich gar nicht leisten, davon auszugehen, daß er recht hatte, wenn das nicht der Fall sein sollte. Also verhielt Dor sich schweigend, um weder den König noch Hüpfer unnötig zu beunruhigen. Schweigend, aber keineswegs unbesorgt.

Der König speiste sie durchaus köstlich mit Pasteten von einem Pastetenbaum, den er zu diesem Zweck umfunktioniert hatte: Pizza, Hirtenkuchen-, Minz-, Käse- und Leberpasteten, die sie mit einem vorzüglichen Fruchtpunsch von einem Punschfruchtbaum hinunterspülten.

»In meinem Land«, bemerkte Dor, »ist der König ein Verwandler. Er verwandelt Lebewesen in andere Lebewesen. Er kann einen Menschen in einen Baum verwandeln oder einen Drachen in eine Kröte. Wie unterscheidet sich das von Eurem Talent, Euer Majestät?«

»Ein Verwandler«, murmelte König Roogna. »Das ist aber wirklich ein mächtiges Talent! Ich kann keinen Menschen in einen Baum verwandeln! Ich kann lediglich Ausformungen der Magie anderen Dingen nützlich machen — einen Schlafzauber zu einem Wahrheitszauber machen oder einen Schokoladenkirschbaum in einen Kirschbombenbaum umwandeln. Deshalb würde ich sagen, daß Ihr König mächtiger ist als ich.«

Dor war verlegen. »Es tut mir leid, Euer Majestät. Ich wollte damit nicht sagen, daß —«

»Das haben Sie auch nicht, Dor. Ich stehe mit Ihrem König nicht in einem Wettbewerb um unsere Stellung. Ich wetteifere auch nicht mit Ihnen. Wir Magier besitzen ja eine gewisse Kameradschaft untereinander, wie ich bereits erwähnte. Wir respektieren gegenseitig unsere Talente. Ich würde Ihren König gerne irgendwann einmal kennenlernen. Nachdem ich das Schloß vollendet habe.«

»Was genausogut nie sein könnte«, meinte Murphy.

»Mit *dem* da, mit dem stehe ich nun wirklich im Wettstreit«, sagte der König gutmütig und biß in eine frische Pastete. Dor sagte nichts, denn er hatte immer noch Schwierigkeiten, mit dieser Fassade freundschaftlichen Konkurrenzkampfes zurechtzukommen.

Am nächsten Morgen meldete Hüpfer sich bei der Bauarbeiterkolonne. Dor begleitete ihn, um zu übersetzen, da niemand sonst das Schnattern der Spinne verstehen konnte —

und weil er sich wegen Hüpfers möglicher Einflußnahme auf den Lauf der Geschichte Sorgen machte. Oder wegen seiner möglichen Nicht-Einflußnahme. Wenn irgend etwas, was Dor oder Hüpfer taten, über König Roognas Erfolg entscheiden konnte —

Dor schüttelte unsicher den Kopf. König Roogna war heute sehr damit beschäftigt, neue Zauber umzufunktionieren, um damit das Dach des Schlosses zu befestigen — sobald die Arbeiten hinlänglich fortgeschritten waren. Es schien so, als müsse die Magie direkt in das Schloß eingebaut werden, sonst würde sie nicht haltbar genug sein. Diese Sache mit dem Umwandeln und Anpassen von Zauber, wie etwa den eines Wasserdrachen, der das Wasser daran hinderte, seine Flammen zu löschen, und aus dem man ein wasserdichtes Dach machen konnte — nun, so etwas konnte ein Verwandler nicht! Also hatte König Roogna gar keinen Grund zur übertriebenen Bescheidenheit. Es war sehr schwierig, Talente miteinander zu vergleichen. Aber wenn Hüpfers Hilfeleistung nichts als Schaden anrichten sollte —

Sie kamen zu demselben Zentaurenaufseher, der sie am Tag zuvor schon abgewiesen hatte. Er schien den Bau der Nordmauer zu beaufsichtigen. Das Geschöpf trabte unablässig hin und her und schimpfte über die Lieferfristen der weiteren Steinblöcke. Offenbar hatten die Steinmetze ein paar Zauber verhunzt, und alle hinkten sie nun dem Zeitplan hinterher.

»König Roogna möchte, daß mein Freund Euch bei den Arbeiten behilflich ist«, sagte Dor. »Er kann Steine mit seinen Seidenseilen emporziehen oder auch steile Wände hochklettern, um —«

»Ein Riesenungeziefer?« fragte der Zentaur und peitschte mit seinem Schweif hin und her. »So einen wollen wir hier nicht!«

»Aber er will doch helfen!«

Jetzt kamen auch die anderen Zentauren herbei und drängten sich um sie. Sie waren ungemütlich groß. Ein Zentaur, der die Länge eines Menschen besaß, hatte in Wirklichkeit die sechsfache Masse, und diese hier waren etwas größer als Dor — der nun seinerseits für einen Menschen ziemlich groß war. »Mit

Käfern wollen wir nichts zu tun haben!« schrie einer der Zentauren. »Schafft das Vieh hier weg!«

Verblüfft drehte sich Dor zu Hüpfer um. »Ich . . . sie wollen nicht —«

»Ich verstehe schon«, schnatterte Hüpfer. »Ich bin nicht von ihrer Art.«

Dor musterte die Zentaurenversammlung. Offensichtlich waren sie froh über jeden Vorwand, ihre Arbeit niederlegen zu können. »Aber *ich* verstehe das nicht! Du kannst doch so viel —«

»Ist uns egal, und wenn er den großen grünen Mond vollscheißen kann!« rief einer. »Schaff ihn hier weg, bevor wir mit der Fliegenklatsche kommen!«

Dor wurde ärgerlich. »Ihr dürft nicht so mit ihm reden! Hüpfer ist keine Fliege, er *frißt* Fliegen! Er kann alle Pferdebremsen weghalten —«

»Ungezieferfreund!« bellte der Aufseher. »Du bist ja genauso schlimm wie der! Paß bloß auf, daß ich euch beide nicht in Grund und Boden stampfe!«

»Jau! Jau!« riefen die anderen Zentauren und stampften mit ihren Hufen auf den Boden.

Hüpfer schnatterte. »Diese Wesen sind feindselig. Wir werden gehen.« Er wandte sich ab und ging.

Dor folgte ihm, aber mit jedem Schritt wurde er wütender. »Sie haben kein Recht dazu! Der König braucht Hilfe!« Doch gleichzeitig mußte er sich fragen, ob das nicht vielleicht sogar besser so war. Wenn Hüpfer nicht mitmachen durfte, dann konnte Murphys Fluch auch nicht wirksam werden, oder? Sie würden also den Gang der Geschichte nicht verändern.

Bald standen sie wieder vor dem königlichen Zelt. Der König stand draußen neben einem Teich, in dem ein kleiner Wasserdrache gefangen war. Das Ding schnaubte wütend und peitschte das Wasser mit seinem Schwanz, doch Roogna schien sich deswegen keine Sorgen zu machen. »Kletter jetzt auf dieses Dachmaterial«, sagte er zu dem Drachen. »Nähe erleichtert die Anpassung.« Da erblickte er Dor und Hüpfer. »Probleme an der Baustelle?«

Dor versuchte, zivilisiert zu reagieren, aber er platzte fast vor Wut. »Die Zentauren wollen nicht, daß Hüpfer dort arbeitet! Sie sagen, er sei . . . anders!«

»Das stimmt ja auch«, schnatterte Hüpfer.

Bisher hatte König Roogna den Eindruck eines ausgeglichenen, harmlosen Mannes gemacht. Das änderte sich jetzt. Er richtete sich auf, und sein Kiefer verspannte sich. »Eine solche Einstellung werde ich in meinem Königreich nicht dulden!« Er schnippte mit den Fingern, und einen Augenblick später erschien ein Flugdrache: ein wunderschönes Geschöpf, das einen rostfreien Stahlpanzer, polierte Klauen und eine lange Schnauze besaß, mit deren Hilfe es auch auf größere Entfernung zielgenau Feuer speien konnte. »Drache, es scheint mir, daß meine Arbeitsmannschaft aufmüpfig wird. Hol deine Abordnung und —«

Hüpfer schnatterte heftig. »Nein, Euer Majestät!« übersetzte das Netz und zerfetzte sich fast selbst vor Anstrengung, die heftige Reaktion der Spinne wiederzugeben. »Verpaßt Euren Arbeitern keinen Denkzettel. Sie sind nicht unwissender als meine Rasse, und sie leisten nützliche, notwendige Arbeit. Es tut mir leid, daß ich Unannehmlichkeiten provoziert habe.«

»Unannehmlichkeiten? Indem Sie Ihre Hilfe angeboten haben?« Die Braue des Königs stand noch immer auf Sturm. »Dann muß ich ihnen wenigstens mit meiner Magie eine Lehre erteilen. Zentauren brauchen nicht unbedingt diese prächtigen Schweife, mit denen man Fliegen und Bremsen davonwedeln kann. Ich kann sie in Echsenschwänze umwandeln, mit denen man prächtig zwischen Felsspalten hindurchschlüpfen kann. Das wird ihrer verdammten Arroganz einen Dämpfer aufsetzen!«

»Nein!« Hüpfer protestierte noch immer. »Laßt es nicht zu, daß der Fluch Eure Urteilsfähigkeit beeinträchtigt.«

Roognas Augen weiteten sich. »Murphy! Natürlich haben Sie recht! Das ist sein Werk! Wenn Fremdenhaß ein Hemmnis darstellen kann, dann tut er es auch!«

Dor war ebenfalls überrascht. Das war es, ganz bestimmt! Der Magier Murphy hatte einen Fluch über den Bau des Schlosses verhängt, und Hüpfers Angebot hatte ihn ausgelöst. Die Zentauren traf gar keine wirkliche Schuld.

»Sie sind ein vernünftiges, großzügiges Wesen«, sagte der König zu Hüpfer. »Da Sie sich für die einsetzen, die Ihnen Unrecht tun, muß ich wohl auf Vergeltung verzichten. Ich bedaure die Notwendigkeit und das Unrecht, das Ihnen angetan wurde, aber es sieht ganz danach aus, als sei ich außerstande, Ihr freundliches Angebot der Hilfeleistung anzunehmen!« Mit einer gütigen, abwesend wirkenden Geste entließ er den Flugdrachen. »Die Zentauren sind Verbündete, nicht Diener. Sie arbeiten am Schloß, weil sie sich darauf am besten verstehen. Ich habe ihnen dafür ebenfalls verschiedene Gefallen getan. Ich bedaure, daß ich meine Selbstbeherrschung verloren habe. Bitte fühlen Sie sich hier wie zu Hause, bis ich Ihnen einen Begleiter zur Verfügung stellen kann. Bis dahin dürfen Sie mir gern Gesellschaft leisten und zusehen, wie ich arbeite. Ich hoffe allerdings, daß Sie meine Konzentration nicht durch närrische Fragen stören werden.«

Sie ließen sich nieder, um dem König bei der Arbeit zuzusehen. Dor war sehr neugierig auf den eigentlichen Vorgang magischer Anpassung. Gab der König lediglich Befehle, so wie Dor Gegenständen befahl, zu reden, oder war es eine stille Willensanstrengung? Doch kaum hatte Roogna den unwilligen Wasserdrachen endlich dort plaziert, wo er ihn hinhaben wollte, als ein kleines Nachrichtenteufelchen angelaufen kam. »König, Herr — an der Baustelle ist etwas schiefgelaufen! Auf den Steinblöcken liegt der falsche Zauber, jetzt stoßen sie sich gegenseitig ab, anstatt sich gegenseitig anzuziehen.«

»Der falsche Zauber!» brüllte der König zornig. »Ich habe diesen Zauber doch erst letzte Woche selbst angepaßt!« Es folgte eine kurze Auseinandersetzung, in deren Verlauf sich herausstellte, daß eine vollständige Reihe von Steinblöcken falsch ausgelegt worden war. Irgend jemand hatte diesen Fehler begangen, und man hatte ihn nicht mehr rechtzeitig entdeckt. Es waren gewaltige Blöcke, die jeder mehrere hundert Pfund wogen.

Roogna raufte sich sein schnell ergrauendes Haar. »Wieder

Murphys Fluch! Das kostet uns eine weitere Woche! Muß ich denn mit meinen eigenen gebrechlichen Händen jeden Stein einzeln auslegen? Sag ihnen, sie sollen die Reihe wieder herausreißen und durch die richtigen Steine ersetzen.«

Das Teufelchen huschte davon, und der König machte sich wieder an die Arbeit. Doch als er gerade mit seinem Zauber anfangen wollte, traf ein neues Teufelchen ein. »He, König — im Süden marschiert eine Koboldarmee heran!«

Grimmig fragte der König: »Wie ist die geschätzte Ankunftszeit?«

»GAZ null minus zehn Tage.«

»Das ist der eine Schuh!« brummte der König und ging wieder an die Arbeit. Der Wasserdrache war inzwischen natürlich wieder davongeschlichen und mußte erst mühsam wieder an seinen Platz gelockt werden. Murphys Fluch wirkte auch bei kleinen Dingen.

Kurz darauf erschien ein weiteres Teufelchen. »Roog, alter Junge — im Norden ballt sich ein ganzer Harpyienschwarm zusammen.«

»GAZ?«

»Zehn Tage.«

»Das ist der zweite Schuh«, sagte Roogna entmutigt. »Die beiden Streitkräfte werden hier aufeinanderstoßen, dank Murphy, und bis sie sich gegenseitig vernichtet haben, haben sie auch die ganze Gegend zerstört, und Schloß Roogna wird in Schutt und Asche liegen. Wenn wir doch wenigstens die Brustwehr rechtzeitig fertigbekommen — aber das ist jetzt hoffnungslos. Mein Feind hat eine bemerkenswert tüchtige Planung ins Spiel gebracht. Ich muß ihn dafür bewundern.«

»Er ist ein schlauer Mann«, meinte Dor. »Es muß doch irgendwie möglich sein, diese beiden Armeen abzulenken, wenn sie es nicht gerade auf das Schloß abgesehen haben sollten. Ich meine, wenn den Kobolden und Harpyien das Schloß völlig gleichgültig ist und sie nur zufällig hier miteinander kämpfen.« Er war beunruhigt. Es sah zwar nicht so aus, als habe seine Anwesenheit dieses Problem bewirkt, aber ganz sicher war er sich nicht dabei. Wenn seine Begegnungen mit den

Harpyien und Kobolden dazu geführt haben sollten, daß sie sich gegenseitig —

»Jeder direkte Versuch einer Ablenkung würde dazu führen, daß uns beide angreifen«, sagte Roogna. »Es sind äußerst widerspenstige Geschöpfe. Wir haben weder die Kampfmoral noch die Mittel, um auch nur eine dieser brutalen Horden abzuwehren. In Ihrer Welt mag der Mensch ja vielleicht das vorherrschende Geschöpf sein, aber hier hat sich das noch nicht durchgesetzt.«

»Wenn Ihr noch weitere Hilfstruppen anderer Wesen mobilisieren würdet —«

»Dann müßte ich meine Magie aufteilen, um sie dafür zu entlohnen — anstatt am Schloß zu arbeiten.«

»Eure Menschenarmee — könnt Ihr die nicht aus dem Urlaub zurückbeordern?«

»Murphys Fluch wirkt sich besonders stark bei organisierter Nachrichtenübermittlung aus. Ich bezweifle, daß wir die volle Truppenstärke zusammenbekämen, bevor die Ungeheuer einträfen. Und ich bin mir sicher, daß diese Männer ihr eigenes Zuhause vor den vordringenden Ungeheuern schützen müssen. Ich schätze, es wird besser sein, wir verteidigen das Schloß mit dem, was uns im Augenblick zur Verfügung steht. Das ist zwar nur eine schwache Chance, aber schlechter als die Alternative ist sie auch nicht. Ich fürchte, diesmal hat Murphy mich an die Wand gedrängt.«

»Vielleicht könnte ja ein anderer Magier behilflich sein —« Dor unterbrach sich, als ihm noch etwas einfiel.

»Der Zombiemeister! Würde seine Hilfe etwas ausmachen?«

Der König dachte nach.

»Ja, das würde sie wohl. Weil er eine erstrangige Bündelung magischer Kraft darstellt, mit allen ihren Verästelungen und Auswirkungen, und weil er ziemlich nahebei lebt, so daß man nicht erst durch die Spalte muß, um zu ihm zu gelangen. Und weil seine Zombies auch in großen Mengen die Festung ohne Nachschub halten könnten. Das wäre in einer solchen Lage eine geradezu ideale Armee. Schon die Verpflegung für meine eigene Armee während einer Belagerung sicherzustellen wäre ein gewaltiges Problem. Wir haben lediglich ausreichend Vorräte für unsere Werkmannschaften. Aber es nützt nichts, darauf zu spekulieren. Der Zombiemeister mischt sich nicht in politische Dinge ein.«

»Ich muß ihn doch sowieso aufsuchen«, rief Dor aufgeregt. »Ich könnte mit ihm reden, ihm erklären, was auf dem Spiel steht —«

Zum Teufel mit der Vorsicht!

Wenn der König ohne Dors Hilfe dabei war, zu verlieren, warum sollten sie da das Risiko nicht eingehen? Schaden konnte es doch wirklich nicht.

»Hüpfer könnte mitkommen, er kann vieles besser als ich. Schlimmstenfalls kann ich nur scheitern.«

Der König strich sich durch seinen Bart. »So ist das wohl. Ich glaube zwar, daß es ziemlich weithergeholt ist, aber wenn Sie dazu bereit sind . . . richten Sie dem Zombiemeister aus, daß ich willens wäre, eine angemessene Gegenleistung für seine Unterstützung zu erbringen.« Er hob einen Zeigefinger, und ein weiteres Teufelchen erschien. Dor fragte sich, wo diese Teufelchen sich wohl verstecken mochten, wenn sie nicht gebraucht wurden. Der König besaß doch eine Menge Diener, auch wenn er es nicht zeigte. Wie König Trent hielt er seine Macht bedeckt, solange es nicht nötig war, sie unter Beweis zu stellen. »Bestimme einen Begleiter und Führer für eine Reise zur Burg des Zombiemeisters. Der Magier Dor wird morgen in meiner Mission dorthin aufbrechen.«

Doch am nächsten Morgen hatten sie noch eine Begleiterin: Millie die Maid. »Da der Bau des Schlosses sich verzögert und das Personal während des Notstands evakuiert werden soll, habe ich noch keine Anstellung«, erklärte sie. »Vielleicht kann ich euch ja behilflich sein.«

In späteren Jahrhunderten würde sie ein trauriges Gespenst sein, den Zombie Jonathan kennenlernen und versuchen, ihn wiederherzustellen. Sie wußte noch nichts davon, aber Dor tat es. Wie hätte er es ihr abschlagen können, ihm bei dieser Mission zu helfen — wo es doch schließlich dabei um sie ging? Vielleicht konnte sie ja tatsächlich von Nutzen sein.

Warum freute er sich so über ihre Gesellschaft? Er wußte doch, daß er niemals . . . sie war nicht . . . sein Körper wußte Eigenschaften an ihr zu schätzen, die er selbst kaum wahrgenommen hatte, aber auf diese Weise würde sie niemals die Seine werden. Was sollte er sich da etwas vormachen? Das war doch nur töricht.

Und doch — wie froh er doch war, bei ihr zu sein, selbst für diese kurze Zeit!

6 Der Zombiemeister

Die Eskorte bestand aus einem Drachenpferd, das das Vorderteil eines Pferdes und das Hinterteil eines Drachen hatte. Der Führer war ein weiteres Teufelchen. »Na los, Sportsfreund, bringen wir's hinter uns«, rief das Teufelchen ungeduldig. Es war ein gutes Stück größer als Grundy der Golem, aber kleiner als ein Kobold und erinnerte Dor ein wenig an beide.

Auf dem Rücken des Drachenpferdes waren drei Sättel befestigt. Dor setzte sich auf einen, Millie auf einen anderen, und Hüpfer, der ja nicht sitzen konnte, klammerte sich am dritten fest. Das Teufelchen hockte sich auf den Kopf des Tiers und flüsterte ihm etwas in die Ohren.

Sofort setzten sie sich in Bewegung. Die Vorderhufe des Pferdes hämmerten mächtig auf den Boden, während seine Reptilienhinterbeine ihre Krallen ins Erdreich bohrten und vorwärts drückten. Das Ungeheuer galoppierte halb, halb glitt es mit Riesensprüngen voran. Millie stieß einen Schrei aus, und Dor wurde fast aus dem Sattel geworfen. Das Teufelchen kicherte teuflisch. Es hatte vorher gewußt, was passieren würde.

Hüpfer sprang über Dor hinweg und landete direkt hinter dem Mädchen. Mit einigen geschickten Bewegungen band er sie mit seidenen Fäden an den Sattel fest, so daß sie nicht mehr herunterfallen konnte. Dann tat er dasselbe mit Dor. Plötzlich war keine Rede mehr davon, zu Boden zu stürzen. »Bah! Du verdirbst einem ja die ganze Freude!« beschwerte sich das Teufelchen.

Der Drache bewegte sich immer schneller, und seine Schaukelbewegungen wurden gleichmäßiger. Dor schloß die Augen und stellte sich vor, in einem Boot auf den Wellen zu segeln. Hoch, runter, schwanken, hoch, runter, schwanken. Er fühlte sich plötzlich seekrank und mußte wieder die Augen öffnen.

Das Blattwerk jagte an ihnen vorüber. Dieses Tier war aber wirklich schnell! Es wand sich mühelos durch scheinbar undurchdringliches Gestrüpp, vermied Gewirrbäume und Ungeheuerwildgehege und verlangsamte sein Tempo selbst beim Überqueren ziemlich großer Erdspalten nur geringfügig. Das Teufelchen war ein abstoßendes kleines, menschenähnliches Dinglein, ein typischer Vertreter seiner Art, und verteilte seine Beleidigungen mit teuflischer Unparteilichkeit nach allen Seiten. Aber es kannte den Weg sehr gut und lenkte den Drachen höchst geschickt. Dor bewunderte Könnertum, wo immer es ihm begegnete.

Was allerdings nicht besagen wollte, daß die Reise völlig glatt verlief: Es gab Hügel und Täler und Serpentinen. Einmal platschte der Drache durch einen schlammigen Teich und schwamm mit kräftigen Zügen durch das Wasser, doch dabei wurden ihre Füße und Unterschenkel völlig durchnäßt. Ein anderes Mal kletterte er ein Steilufer hinauf und stieg beinahe senkrecht empor, bevor es unter ihm zusammenbrach. Dann stellte sich ihm ein Greif quäkend und kampflustig in den Weg. Der Drache wieherte drohend, schlug mit seinen Hufen aus — und der Greif entschied sich, doch lieber den Weg freizumachen.

Bald darauf näherten sie sich dem Gebiet des Zombiemeisters — und Dor merkte erstaunt, daß dies der gleiche Ort war, an dem der Gute Magier Humfrey achthundert Jahre später sein Schloß hatte. Aber das war vielleicht gar nicht so merkwürdig. Ein Ort, der für *einen* Magier geeignet war, mochte genausogut auch für einen anderen von Nutzen sein. Wenn Dor sich einmal ein Schloß bauen würde, dann würde er sich einen geeigneten Ort dafür aussuchen, und dabei würde er möglicherweise die gleichen Kriterien anlegen, wie es ein früherer Magier einmal getan haben mochte.

Doch der Zombiemeister hatte seine eigenen Verteidigungsmaßnahmen ergriffen, und diese erwiesen sich schon bald als genauso wirksam wie die des Magiers Humfrey. Plötzlich sprangen zwei Zombies vor dem Drachenpferd auf — und das furchtlose Geschöpf bäumte sich auf. Es wollte nicht mit dem verfaulenden Fleisch in Berührung kommen. Millie schrie auf, als sie die Zombies erblickte, und selbst das Teufelchen sah angewidert aus.

»Weiter gehen wir nicht«, erklärte es. »Niemand wird euch jetzt noch belästigen — außer Zombies. Wie ihr es schaffen wollt, hineinzugelangen, um mit ihrem Meister zu sprechen, weiß ich nicht. Und ich will es auch gar nicht wissen. Steigt ab und laßt uns nach Hause.«

Dor zuckte mit den Schultern. Da er sein ganzes Leben lang mit Jonathan konfrontiert worden war, erschienen Zombies ihm nicht mehr als besonders schrecklich. Er mochte sie zwar nicht, hatte aber auch keine Angst vor ihnen. »Schön. Sag dem König, daß wir mit dem Zombiemeister konferieren und daß wir ihm bald eine Nachricht senden werden.«

»Wer's glaubt«, brummte das Teufelchen, doch Dor tat so, als habe er die Bemerkung überhört.

Sie stiegen ab. Sofort merkte Dor, wie sich seine Beinmuskeln verkrampft hatten. Der Ritt hatte sie wirklich ganz schön mitgenommen! Millie stand ebenfalls o-beinig da und konnte nicht einmal ordentlich mit den Füßen aufstampfen und strampeln. Nur Hüpfer, der die ganze Zeit über auf dem Sattel gehockt hatte, ging es gut.

Das Drachenpferd wieherte, machte eine Kehrtwende und rutschte davon. Erde und Zweige prasselten auf sie ein, als es sich in Bewegung setzte. Es war wohl wirklich froh, von hier wegzukommen!

Dor streckte sich, so gut er konnte, und hinkte dann auf die

Zombiewächter zu. »Wir kommen im Auftrag des Königs Roogna. Bringt uns zu eurem Meister.«

Einer der Zombies öffnete seinen großen, bleichen Mund. »Knnnnrrr kmmmmt vrrrrrbjjjj!« sagte er und hauchte Dor dabei mit seinem stinkenden Atem an.

Dor konzentrierte sich auf die Worte, um sie zu verstehen. War es sein Talent, das hier wirkte? Diese Dinger waren tot, bestanden aber aus organischem Material. Holz war auch organisch, und mit dem konnte er reden, wenn es tot war. Verlieh der Zauber, der diese Ungeheuer belebte, ihnen genügend Pseudo-Leben, um seine Kommunikation mit unbelebten Dingen zu verhindern? Oder war er nur teilweise in Kraft? Wahrscheinlich traf letzteres zu: Er konnte zwar mit ihnen reden, aber nur unter Schwierigkeiten.

Hüpfer schnatterte. »Ich glaube, er hat gesagt: ›Keiner kommt vorbei‹«, übersetzte das Netz auf Dors Schulter.

Dor sah die Spinne erstaunt an. Waren sie bereits an einem Punkt angelangt, an dem Hüpfer Dors Sprache besser beherrschte als Dor selbst?

Hüpfer schnatterte nochmals. »Mach dir nichts draus. Alle deine Worte klingen merkwürdig und fremd für mich. Das hier ist lediglich eine andere Art des Fremdartigen.«

Dor lächelte. »Das leuchtet ein! Also gut, dann kannst du mir dabei behilflich sein, mit den Zombies zu reden.« Er drehte sich wieder zu den Wächtern um, die geschwiegen hatten wie ein Grab und eine Geduld zu haben schienen wie der Tod. Sie besaßen keinerlei Lebenstriebe, die sie zu irgend etwas drängten. »Sagt eurem Meister, daß er Besuch hat. Er muß uns empfangen.«

»Nnnneiiin«, beharrte der Zombie. »Keiinnnnrrr.«

»Dann müssen wir uns eben selbst vorstellen gehen.« Dor versuchte, an ihnen vorbeizugehen.

Der Zombie versperrte ihm mit einem schaurigen Arm den Weg. Daran hingen verfaulende Fleischfetzen, und an manchen Stellen blickte der weiße Knochen hervor. Millie schrie auf. In diesem Stadium ihres Lebens hatte sie für Zombies jedenfalls noch nicht besonders viel übrig! Aber ein jahrhundertelanges

Gespensterdasein mochte wohl dazu führen, daß man seine Meinung änderte, dachte Dor bei sich.

Dor griff nach seinem Schwert, doch Hüpfer war schneller als er und umgarnte die Zombies schnell mit seiner Seide. Kurz darauf waren sie beide gefesselt, und Dor sah ein, daß das wohl das beste Vorgehen war. Es war eine ziemlich umständliche Angelegenheit, Zombies auf andere Weise zu fällen, da sie schließlich nicht mehr sterben konnten. Man mußte sie in Stücke schneiden, und selbst dann kämpfte jeder Körperteil noch für sich allein weiter. Deshalb wären sie ja auch eine solch brauchbare Armee für König Roogna, wenn man das nur in die Wege leiten konnte. Die beiden hier waren jetzt jedenfalls wirkungsvoll außer Gefecht gesetzt, und zwar so, daß es den Zombiemeister nicht erzürnen würde.

Aber sie waren noch nicht weit auf die Burg zugegangen, die mitten im Wald auf einem Erdhügel stand (zu Dors Zeiten gab es weder diesen Hügel noch den Wald), als eine Zombieschlange sie angriff. Sie zischte und klapperte auf eine Weise, die nur schwach an eine lebende Schlange erinnerte, aber es bestand kein Zweifel daran, daß sie ihnen den Weg versperren wollte. Hüpfer setzte sie genauso außer Gefecht wie die anderen. Was hätten sie nur ohne die große Spinne getan!

Dann bedrohte sie ein Zombiegewirrbaum. Der war selbst für die Spinne zu groß: Er überragte sie ums Vierfache und besaß wohl an die hundert verfaulende Tentakel. Selbst wenn man ihn umspinnen könnte, dann wäre er immer noch stark genug gewesen, die Seidenfesseln zu sprengen. Deshalb bedrohte Dor ihn mit seiner funkelnden Klinge, während die anderen sich seitwärts an ihm vorbeischlichen. Selbst ein Zombiebaum sorgte sich um seine Extremitäten.

Auf diese Weise gelang es ihnen schließlich, bis zur Burg zu gelangen. Es war ebenfalls eine belebte Ruine. Von ihren Zinnen waren Steine herabgestürzt und hatten versteinerte Stützbalken freigelegt, und in den Fensteröffnungen hingen Stoffetzen. Es hatte hier einmal einen Graben gegeben, aber der war schon seit langem mit Abfall und Schutt angefüllt worden; das bißchen dicke Flüssigkeit, das noch verblieben war, stank auch entsprechend. Es gab sogar — ja, tatsächlich, ein Zombieschlammungeheuer, das sich im Morast suhlte. Seine verschleimten Augäpfel richteten sich so böse funkelnd auf sie, wie es in ihrem eingesunkenen Zustand nur möglich war.

Sie überquerten die brüchige Fallbrücke und klopften an das schiefe Tor. Splitter und Holzstückchen fielen ab, aber natürlich erhielten sie keine Antwort. Also zertrümmerte Dor das Tor vollends mit wenigen Schwerthieben, und sie schritten — nicht ohne Gewissensbisse — hinein.

»Haaallooo!« rief Dor, und seine Stimme hallte in den gruftähnlichen Hallen wider. »Zombiemeister! Wir sind hier im Auftrag des Königs!«

Ein Zombieoger erschien. Millie stieß einen spitzen Schrei aus und machte einen kleinen Satz rückwärts, wobei ihr die Haare fast senkrecht standen. Sie mußte auf ihre eigenen Füße getrampelt sein, weil sie vergessen hatte, daß sie immer noch auf ihnen stand. Hüpfer stützte sie mit einem Bein ab, damit sie nicht rücklings in den Graben fiel, wo das Grabenungeheuer gerade vergeblich versuchte zu sabbern.

»Fooooort! Doooooort!« dröhnte das Ungeheuer hohl, denn sein Brustkasten war völlig zerfressen. Dor erinnerte sich an Knacks den Oger und wich zurück. Auch ein Zombieoger war noch immer ein Oger.

»Wir müssen mit dem Zombiemeister reden«, sagte Millie, obwohl sie bleich vor Furcht war. Auf ihre gezierte Art war auch sie irgendwie mutig.

»Sooooo? Oooooh!« Der Oger schlurfte die Halle entlang, und sie folgten ihm.

Sie kamen in eine Kammer, die einer Krypta glich. Dort saß ein weiterer Zombie an einem Tisch, auf den er seine leichenhaften Hände gelegt hatte, und blickte auf. »Unter welchem Vorwand dringt ihr hier ein?« fragte er kalt.

»Wir wollen den Zombiemeister sprechen!« rief Dor. »Und jetzt scher dich aus dem Weg, du Knochenbündel, wenn du uns nicht helfen willst!«

Der Zombie starrte ihn düster an.

Er war ein ungewöhnlich gut erhaltenes Exemplar, etwas

fleckig, aber noch nicht verfault. »Ihr habt mit mir nichts zu schaffen. Ihr seid noch nicht tot.«

»Natürlich sind wir noch nicht —« Dor unterbrach sich selbst. Dieses ›noch nicht‹ brachte ihn etwas aus der Fassung.

Hüpfer schnatterte. »Dieser Mensch lebt. Er muß der —«

»Das ist der Zombiemeister persönlich!« setzte Millie entsetzt seinen Satz fort.

Dor seufzte. Jetzt hatte er schon wieder den gleichen Fehler begangen. Wann würde er endlich erwachsen werden und lernen, sich erst vom Stand der Dinge zu überzeugen, anstatt zu voreiligen Schlüssen zu gelangen? Erst König Roogna, den er für einen Gärtner gehalten hatte, und nun der Zombiemeister. Verlegen suchte er nach einer Entschuldigung. »Äh . . . «

»Weshalb suchen die Lebenden mich auf?« verlangte der Zombiemeister zu wissen.

»Äh, König Roogna braucht Eure Hilfe«, platzte Dor heraus. »Und ich brauche ein Elixir, um einen Zombie wieder zum Leben zu erwecken.«

»Ich kümmere mich nicht um Politik«, sagte der Zombiemeister. »Und ich habe auch kein Interesse daran, Zombies zum Leben zu erwecken. Das würde ja mein eigenes Talent untergraben.« Er machte eine eisige Geste, die anzeigen sollte, daß die Audienz beendet war, und drehte sich wieder zu seiner Arbeit um, die daraus zu bestehen schien, die Leiche eines Ameisenlöwen zu beleben.

»Jetzt hört mal zu —« fing Dor wütend an, doch der Zombieoger trat drohend vor und schüchterte ihn ein. Sein jetziger Körper war zwar stark und flink, aber trotzdem konnte er es darin nicht einmal mit dem kleinsten aller Oger aufnehmen. Ein einziger Hieb dieser gewaltigen Faust, und er —

Hüpfer schnatterte: »Ich glaube, unsere Mission ist gescheitert.«

Dor musterte den Oger noch einmal und erinnerte sich daran, wie Knacks mit einem achtlosen Hieb einen ganzen Eisenholzbaum gefällt hatte. Dieses Wesen war zwar wahrscheinlich nicht sonderlich gut in Form, da es ja tot war, aber einen Aluminiumbaum konnte es sicherlich immer noch zerschlagen. Das Fleisch eines Menschen war für den Oger jedenfalls mit Sicherheit kein Problem. Er konnte also nicht bleiben.

Dor drehte sich um. Er wußte, daß man einen Magier nicht zur Hilfeleistung zwingen konnte, er mußte seine Dienste freiwillig leisten. Der Zombiemeister war, ganz wie die anderen ihn bereits vorgewarnt hatten, einfach nicht ansprechbar.

Ein Held hätte jetzt irgendeinen Ausweg gefunden. Aber Dor war nur ein Junge von zwölf Jahren, in Begleitung einer riesigen Spinne und eines Mädchens, das ständig schrie und schon bald zu einem Geist werden würde. Hier gab es keinerlei Helden! Also mußte er die bittere Doppelniederlage einstecken. Es war die Bitterkeit des Erwachsenwerdens, des Verlustes der Illusionen.

Dor erwartete halb, daß die anderen protestieren würden, so wie es Grundy der Golem stets tat. Aber Millie war nur eine hilflose Maid ohne große Eigeninitiative, und Hüpfer gehörte nicht zu Dors Art. Die Spinne verstand menschliche Beweggründe nur sehr unvollkommen.

Sie schritten hinaus, und die Zombies belästigten sie nicht mehr. Dann gingen sie den Hügel hinunter. Das Drachenpferd war natürlich bereits fort. Sie hätten es warten lassen können, aber sie hatten nicht geglaubt, daß sie es schon so bald wieder benötigen würden. Wieder einmal hatte Dors mangelnde Umsicht sie in eine unangenehme Lage gebracht. Nicht, daß das jetzt noch einen allzugroßen Unterschied machte. Sie würden einfach zu Fuß zurückkehren müssen.

Sie ließen die beiden Zombiewächter wieder frei, die Hüpfer in Seide eingesponnen hatte. »War nicht persönlich gemeint«, sagte er. »Unsere Angelegenheit mit eurem Meister hat sich erledigt.«

Sie marschierten los. Wenn sie nicht gerade Schreie ausstieß oder mit den Beinen strampelte, bot Millie beim Marschieren einen sehr hübschen Anblick. Ihr Haar wehte nun ganz natürlich umher. Er gewöhnte sich langsam an sie, wie sie jetzt war, und er fand sie recht bezaubernd. Er hätte auch nichts dagegen — aber nein, das wäre unrecht. Er mußte sie vor den Gedanken schützen, die ihm sein mundanischer Körper eingab. Mundanier waren nicht sehr feinfühlig.

Plötzlich kamen sie an ein Lagerfeuer. Das war sehr seltsam, denn im Lande Xanth wurde Feuer nur sehr selten eingesetzt. Nur wenige Nahrungsmittel mußten gekocht werden, und man konnte Hitze viel leichter dadurch erzeugen, daß man etwas Feuerwasser auf alles goß, was erhitzt werden sollte. Doch das hier war ganz offensichtlich ein geplantes Feuer, dessen Holzscheite zu einem Kreis angeordnet waren. Die Flammen züngelten fröhlich in der Mitte empor. Hier mußte vor kurzem jemand gewesen sein. Er mußte sogar unmittelbar vor ihrer Ankunft das Weite gesucht haben.

»Bleibt stehen, wo ihr seid, Fremde!« rief ihnen eine Stimme aus dem Schatten zu. »Ich halte euch mit meinem Bogen bedeckt.«

Millie stieß einen Schrei aus. Dor griff erst nach seinem Schwert, doch dann ließ er es lieber sein. Es hatte keinen Zweck, seine erneute mangelnde Umsicht noch dadurch zu verschlimmern, daß er sich umbringen ließ. Hüpfer machte einen senkrechten Satz und verschwand im Blattwerk eines Baumes, der über ihnen emporragte.

Der Herausforderer trat hervor. Es war ein grobschlächtiger Mann von mundanischem Aussehen, und der Bogen war kein Bluff gewesen: Die Sehne war gespannt, und der eingelegte Pfeil war auf Dors Leib gerichtet. Dor hatte keinen Anlaß, am Können dieses Schützen zu zweifeln, da er ja seinen eigenen mundanischen Körper kannte. Es schien, als seien alle Mundanier die geborenen Krieger. Vielleicht war das der Ausgleich für ihren fatalen Mangel an magischen Fähigkeiten. Vielleicht fielen aber auch die sanftmütigen, friedliebenden Mundanier nicht in andere Länder ein.

»Wer zum Teufel seid ihr, daß ihr hier in meinem Lagerfeuer herumstochert?« fragte der Fiesling. »Und was ist mit diesem Scheusal, diesem haarigen Ding mit den Beinen?«

»Ich bin Dor und handele im Auftrag des Königs«, sagte Dor. Er sprach etwas herausfordernder, als er vorgehabt hatte, nachdem er doch seine Niederlagen hatte einstecken müssen. »Die anderen sind meine Begleiter. Wer seid Ihr, um mich derart anzusprechen?«

»Dann bist du also ein Xanthie!« rief der Mann abfällig. »Hättest mich beinahe reingelegt, du siehst aus wie ein Mensch. Wenn du versuchen solltest, deinen Zauberkram an mir auszuprobieren, dann geht's dir dreckig!«

Es war also tatsächlich ein Mundanier. Dor hatte noch nie einen lebenden Mundanier gesehen. »Dann besitzt Ihr kein magisches Talent?«

»Werd bloß nicht frech, du Kröte!« Der Mann musterte ihn eindringlich. »He, du bist ja sogar wie einer von uns gekleidet! Bist du vielleicht ein Deserteur?«

»Wünscht Ihr, mein Talent vorgeführt zu bekommen?« fragte Dor ruhig.

Der Mann dachte nach. »Hm, ja gleich. Aber keine faulen Tricks!« Er wandte den Kopf um und brüllte: »He, Joe! Komm und bewach die beiden hier mal!«

Joe trat hervor. Er war ebenfalls ein grobschlächtiger Mann, schmutzig und übelriechend. »Was ist denn hier für ein Aufruhr –« Er brach seinen Satz ab, schürzte die Lippen und stieß einen ungeschlachten Pfiff aus. »Guck sich einer dieses Liebchen an!«

Hoppla, dachte Dor. Millies Talent fing an, in Aktion zu treten.

Millie stieß einen Anstandsschrei aus und wich zurück. Joe machte einen drohenden Schritt nach vorne. »Junge, eine solche Nummer käme mir gerade recht!« Seine Hand langte vor und packte sie an ihrem schlanken Arm. Diesmal schrie Millie ernsthaft auf.

Dors Körper übernahm das Kommando. Mit der Linken packte er den Bogen des Mundaniers, während er mit der Rechten sein Schwert zog. Plötzlich sahen sich die Mundanier überrumpelt. »Laßt sie los!« brüllte Dor.

Millie drehte sich überrascht und dankbar zu ihm um. »Aber Dor — ich wußte ja gar nicht, daß du dir etwas aus mir machst!«

»Das wußte ich selbst nicht«, brummte er. Aber er wußte, daß das gelogen war. Er hatte sich eigentlich vorgenommen, nicht mehr zu lügen, aber in solchen Situationen log er geradezu instinktiv. Gehörte das wohl auch zum Erwachsenwerden — höflich lügen zu können? Er hatte sich schon immer etwas aus Millie gemacht, hatte es jedoch noch nie auszudrücken gewußt. Erst als sie bedroht wurde, hatte er so handeln können.

»Damit kommst du niemals durch!« sagte Joe wütend. »Wir haben hier überall Truppen, die nach Beute suchen.«

Dor sprach die Keule an, die vom Gürtel des Mannes herabhing. »Stimmt das, Keule?«

»Es stimmt«, sagte die Keule. »Das hier ist die Vorhut der fünften Mundanierwelle. Sie sind die Küste entlang an der Spalte vorbeimarschiert und dann ins Innenland vorgestoßen. Alles, was sie haben wollen, sind Reichtum, Frauen und ein leichtes Leben, und zwar in genau dieser Reihenfolge. Flieh, solange du noch kannst.«

Die Kieferlade des ersten Mundaniers klappte herunter. »Magie! Er besitzt tatsächlich magische Fähigkeiten!«

Dor wich zurück, Millie neben sich. Das war ein taktischer Fehler, denn sobald die beiden Mundanier außer Reichweite seines Schwertes waren, zogen sie ihre eigenen Waffen und brüllten: »Feind entkommt! Schneidet ihm den Weg ab!«

Eine Gestalt sprang von oben auf sie hinab: Hüpfer. Bevor sie wußten, wie ihnen geschah, hatte er sie schon fest verzurrt. Aber sie hatten bereits Alarm geschlagen, und sie hörten schon von allen Seiten das Getrappel herbeieilender Männer.

»Es ist wohl besser, wir verziehen uns nach oben«, meinte Hüpfer schnatternd. »Dort werden die Mundanier uns nicht verfolgen.«

»Aber sie könnten uns mit Pfeilen abschießen!« wandte Dor ein.

»Vielleicht sehen sie uns ja nicht.« Hüpfer befestigte Sicherheitsleinen an Dor und Millie, und zusammen kletterten sie einen Baumstamm empor.

Die Mundanier trafen ein. Diese fremden Menschen waren ja schlimmer als Kobolde! Dank seiner großen Muskelkraft kletterte Dor schnell empor, aber Millie war wesentlich langsamer. Sie würden sie mit Sicherheit erwischen. »Ich lenke sie ab!« schnatterte Hüpfer und ließ sich an seiner Zugleine herab.

Dor wartete, bis Millie ihn erreicht hatte, dann kletterte er wieder weiter. Als sie gerade in Deckung gegangen waren, stürzten sich die Mundanier auf den Baum. Hüpfer schnatterte sie an und schwang sich zu einem anderen Baum hinüber.

»Holt euch dieses Ungeziefer!« rief einer der Mundanier. Er sprang empor, konnte Hüpfer jedoch nicht erreichen, weil der schnell an seiner Leine emporkletterte. Jetzt hätte Hüpfer fliehen können, indem er sich weiter oben im Geäst versteckte, aber Dor war immer noch dabei, Millie mühsam emporzuzerren. Also ließ sich die heldenhafte Spinne wieder hinab und schnatterte auf eine Weise, die auch ohne Übersetzung sehr unmißverständlich herausfordernd und beleidigend war.

Wieder sprang einer der Mundanier empor — und verfehlte ihn erneut. Mundanier waren es nicht gewohnt, daß ein Gegner plötzlich nach oben entwich. Doch die Feinde waren in der Überzahl, die Spinne konnte nicht mehr entkommen. Einer der Mundanier war klug genug, Hüpfers Seil mit einem Schwerthieb zu durchtrennen. Hüpfer stürzte zu Boden, und die Männer warfen sich sofort auf ihn. An jedes seiner Beine hängte sich ein Gegner, so daß er hilflos war.

Menschen und Kobolde — waren sie wirklich so verschieden voneinander? Die Mundanier waren zwar größer, aber . . .

Dor wollte zurückklettern, um seinem Freund beizustehen, doch eines von Hüpfers acht Augen blickte ihn an. »Laß meine Anstrengung nicht vergeblich gewesen sein!« schnatterte er. Er wußte, daß niemand außer Dor ihn verstehen konnte. »Kehre zum Zombiemeister zurück, das ist der einzige Ort, wo du das Mädchen in Sicherheit bringen kannst.«

Daran hatte Dor noch gar nicht gedacht. Der Zombiemeister war zwar nicht eben freundlich, aber feindselig war er auch nicht allzusehr. Das war wirklich der beste Unterschlupf, bis die mundanische Horde vorbeigezogen war.

Er kletterte immer höher und spornte Millie an. Das letzte, was er von Hüpfer sah, war, daß die Männer seinen Leib mit brutalen Tritten traktierten. Sie versuchten nicht, ihn umzubringen, sie wollten, daß er bis zum Schluß noch leiden mußte. Weil Hüpfer sie daran gehindert hatte, das Mädchen einzufangen — und weil er anders war. Dor zuckte zusammen und spürte die Hiebe und Tritte in seinen eigenen Eingeweiden. Was würden sie seinem Freund wohl noch alles antun?

Hüpfer hatte ein ganzes Netzwerk von seidenen Seilen im oberen Geäst hinterlassen, an dem Dor und Millie sich orientieren und mit dessen Hilfe sie sich nun leicht von Baum zu Baum schwingen konnten. Es war erstaunlich, wieviel er in der kurzen Zeit geschafft und wie umsichtig er gehandelt hatte. Dor hatte keinen Augenblick geglaubt, daß sein Freund ihn im Stich lassen wollte, aber auf dieses Opfer war er auch nicht gefaßt gewesen. Er merkte, wie äußerst unmännliche Tränen in seinen Augen brannten, und fürchtete, daß Millie sie sehen könnte. Doch dann war es ihm egal. Hüpfer — Hüpfer derart in der Falle, vielleicht sogar schwer verwundet, und alles wegen Dors eigener Unachtsamkeit. —

Plötzlich hörten sie unter sich einen schrecklichen, schrillen Schnatterschrei. Es war ein Schrei entsetzlichen Schmerzes, der ihnen Schauer den Rücken herabjagte.

»Sie reißen ihm die Beine aus!« flüsterte Millie entsetzt. »Das machen die Mundanier mit Spinnen. Schmetterlingen zupfen sie die Flügel ab —«

Dor sah, daß ihr schönes Gesicht tränenüberströmt war. *Sie* schämte sich nicht zu weinen!

Dann verhärtete sich irgend etwas in seinem Inneren. »Komm weiter!« bellte er und schwang sich mit erhöhter Geschwindigkeit vorwärts.

»Ist es dir etwa egal, daß —« fragte sie weinend.

»Beeilung!«

Vorwurfsvoll folgte sie ihm. Dor kam sich vor wie ein Schurke, und er wußte, daß sie glaubte, daß es ihm nur um seine eigene Sicherheit ging, doch er vergeudete keine Zeit mit Erklärungen. Hüpfer hatte acht Beine. Die Mundanier würden einige Zeit brauchen, sie ihm alle auszureißen, und diese Zeit mußte er nutzen.

Kurz darauf kamen sie ans Ende von Hüpfers Seilen und sprangen hinab. Nun befanden sie sich am Fuß des Hügels, auf dem das Schloß des Zombiemeisters zu erkennen war. Ein

Zombie erhob sich, um sich ihnen in den Weg zu stellen, doch Dor schob ihn mit einer solchen Heftigkeit beiseite, daß er zu einem Haufen Hackfleisch und zersplitterter Knochen zusammensackte. Hastig zerrte er Millie hinter sich her.

Sie verschwendeten keine Zeit darauf, am schartigen Tor des Schlosses stehenzubleiben. Dor stürzte hinein. Der Zombieoger erhob sich. Dor parierte mit seiner Klinge, duckte sich unter seinen Armen vorbei und jagte durch die düstere Halle weiter. Endlich gelangte er zu der Kammer des Zombiemeisters, wo der Zombieameisenlöwe gerade die ersten Gehversuche machte.

»Magier!« schrie Dor. »Ihr müßt meinen Freund die Spinne retten! Die Mundanier reißen ihm gerade die Beine aus!«

Der Zombiemeister schüttelte seinen Kadaverkopf und winkte mit einer abgemagerten Hand ab. »Ich habe kein Interesse an —«

Dor wedelte drohend mit seinem Schwert. »Wenn Ihr ihm nicht auf der Stelle helft, bringe ich Euch sofort um!« Er war derart verzweifelt, daß er nicht einmal bluffte, obwohl er befürchtete, daß der Magier ihn in einen Zombie verwandeln könnte.

Da zeigte der Zombiemeister endlich eine Gemütsbewegung. »Du, ein Sterblicher, wagst es, einen Magier zu bedrohen?«

»Ich bin selbst ein Magier!« schrie Dor. »Aber selbst wenn ich keiner wäre, würde ich trotzdem alles tun, um meinen Freund zu retten, der sich für Millie und mich geopfert hat!«

Millie legte beruhigend ihre Hand auf Dors Arm. »Bitte«, sagte sie, »du kannst einem Magier nicht drohen. Laß mich das machen, Dor. Ich bin zwar kein Magier wie du, aber ich habe auch mein Talent.«

Dor hielt inne, und Millie schritt mit bemühtem Lächeln auf den Zombiemeister zu.

»Mein Herr, ich bin kein leichtes Mädchen und auch keine Zauberin, aber auch ich würde alles tun, um den tapferen Freund zu retten, dem wir unsere Sicherheit verdanken. Wenn Ihr Hüpfer die Spinne nur kenntet — bitte, mein Herr, wenn Ihr auch nur einen Funken Mitgefühl habt —«

Der Magier blickte sie zum erstenmal genauer an. Dor erinnerte sich an ihr Talent und wußte, wie es die Männer weichmachen konnte. Und der Zombiemeister war schließlich auch ein Mann und mußte es einfach spüren.

»Du . . . würdest bei mir verweilen?« fragte er ungläubig.

Dor gefiel dieses Wort *verweilen* überhaupt nicht.

Millie streckte dem Zombiemeister ihre Arme entgegen. »Rettet meinen Freund. Was aus mir dann wird, ist von keiner Bedeutung.«

Der Magier schien zu erschauern. »Maid, das gehört sich nicht«, sagte er. »Aber —« Er drehte sich zu seinem Oger um. »Ruf meine Streitmacht zusammen, Egor. Begleite diesen Mann und tu, was er verlangt. Rettet die Spinne.«

Dor machte kehrt und rannte durch die düsteren Hallen, aus dem Schloß heraus. Der Zombieoger folgte und rief den Dingern im Schloß zu: »Paarrrrrr kmmmmmmmmnnnnn!«

Aus den Nachbarräumen kamen Zombies hervor, die in ihrer Hast Eiter, Knochen und Zähne verloren. Sie schlossen sich dem Oger an: Menschen, Wölfe, Fledermäuse und andere Wesen, die schon zu verwest waren, als daß man sie noch hätte identifizieren können. Es war eine schaurige Prozession, die Dor den Hügel hinab folgte.

Die Sorge um seinen Freund beschleunigte seine Schritte, und irgendwie gelang es den Zombies, mitzuhalten. Doch noch im Laufen überlegte Dor, ob er Millie nicht einem ebenso schlimmen Schicksal überlassen hatte wie jenes, vor dem er Hüpfer bewahren wollte. Die Spinne hatte sich geopfert, um sie beide zu retten; Millie hatte sich geopfert, um die Spinne zu retten. Die volle Tragweite von Millies Talent war ihm bisher noch nie so deutlich gewesen, obwohl er langsam zu begreifen begann. Dazu gehörten Umarmungen und Küsse —

Sein Verstand setzte kurz aus. Den Zombiemeister küssen? Nun rannte er noch schneller.

Da waren die Mundanier! Das erste, was Dor sah, war Hüpfer: Die brutalen Männer hatten ihn an vier Beinen aufgehängt und ihm die anderen vier ausgerissen. Die Spinne lebte zwar noch, litt aber unter entsetzlichen Schmerzen.

Dor drehte durch. »Attacke!« schrie er, und da lag auch

schon das Schwert in seiner Hand. Wie von alleine senkte sich die Klinge in den Nacken des Mundaniers, der Hüpfer am nächsten stand und das Spinnenbein in der Hand hielt, das ihm als letztes ausgerissen worden war. Die scharfe Klinge durchschnitt das Fleisch mit verblüffender Leichtigkeit. Da fiel der Kopf des Mannes auch schon zu Boden. Dor starrte ihn einen Augenblick wie betäubt an, doch dann sah er wieder auf das abgerissene Spinnenbein und stürzte sich auf den nächsten Mundanier.

Inzwischen waren die Zombies zum Angriff übergegangen. Die Mundanier verfielen in Panik, als sie begriffen, mit welch entsetzlichen Wesen sie es plötzlich zu tun hatten. Dor hatte schon einmal gehört, daß die Mundanier ein ziemlich abergläubischer Haufen waren, und die Zombies konnten das gut ausnutzen. Die Männer stoben auseinander, und kurz darauf waren nur noch die Sieger da, drei Gefallene und Hüpfer.

Doch Dor konnte jetzt nicht entspannen. »Bringt die Spinne ins Schloß!« befahl er dem Oger. »Und zwar vorsichtig!« Er drehte sich zu den anderen Zombies um. »Sammelt die ausgerissenen Beine ein und nehmt sie mit.« Ob es wohl möglich war, sie in brauchbare Zombiebeine umzuwandeln und der Spinne wieder anzugliedern?

Der Oger hob den verstümmelten Körper auf, während die anderen Zombies die fehlenden Beine einsammelten und die toten Mundanier mitzerrten. Die Kraft dieser Zombies war verblüffend — aber vielleicht war es auch nur die reine Willensanstrengung. Grimmig schleppten sie ihre Trophäen zum Schloß zurück.

Millie stand im Eingang. Sie sah ganz in Ordnung aus, hatte noch alle Kleider an, und auch ihr Haar war unzerzaust. Dor hatte Schwierigkeiten, seine Frage zu formulieren. »Er . . . hat er —?«

»Der Zombiemeister war ein vollkommener Gentleman«, erwiderte sie fröhlich. »Wir haben uns einfach nur unterhalten. Er ist ein gebildeter Mann. Ich glaube, er ist recht einsam. Noch nie hat er Besuch erhalten.«

Wirklich kein Wunder! Dor richtete seine Aufmerksamkeit wieder auf Hüpfer. »Er lebt zwar, aber unter schrecklichen Schmerzen. Sie . . . sie haben ihm vier Beine ausgerissen!«

»Diese Barbaren! Wie können wir ihm helfen?«

Hüpfer rappelte sich zusammen, um leise zu schnattern. »Mir hilft nur die Zeit. Zeit, damit meine Glieder nachwachsen können. Einen Monat oder so.«

»Aber ich muß schon in wenigen Tagen zum König zurückkehren!« rief Dor. »Und in mein eigenes Land.«

»Geh ohne mich zurück. Vielleicht kann ich dem Zombiemeister irgendwelche Dienste erweisen, als Gegenleistung für seine Gastfreundschaft.«

»Aber ich muß doch den Zombiemeister mitbringen, um dem König zu helfen!« Doch das war auch eine Sackgasse, denn der Magier hatte sich ja schon geweigert, sich auf Politik einzulassen.

Der Zombiemeister war auch da, doch Dor hatte sein Kommen nicht bemerkt. »Warum haben die Männer die Spinne gequält?«

»Ich bin ein Fremder in dieser Welt«, schnatterte Hüpfer. »Ich bin zwar ein Wesen der Natur, aber in meiner Verzauberung in diesem Reich der Menschen bin ich ein Horrorwesen. Nur diese Freunde, die mich kennen —« Abrupt hörte er auf. Er hatte das Bewußtsein verloren.

»Ein Horrorwesen, und doch intelligent und tapfer«, murmelte der Zombiemeister nachdenklich. Er blickte auf. »Ich werde für dieses Wesen so lange sorgen, wie es meiner bedarf. Egor, trag ihn ins Gästezimmer.«

Der Oger nahm Hüpfer wieder auf und stampfte davon.

»Ich wünschte, man könnte ihn irgendwie schneller heilen«, sagte Dor. »Irgendein Medizinzauber, wie das Heilelixier —« Er schnippte mit den Fingern. »Ich hab's! Ich weiß, wo eine Heilquelle ist, eine Tagesreise von hier!«

Nun horchte der Magier auf. »Ein solches Elixier könnte ich für meine Kunst auch gebrauchen«, rief der Zombiemeister. »Ich helfe Euch, es zu holen, wenn Ihr das kostbare Naß mit mir teilt.«

»Es ist genug da«, willigte Dor ein. »Die Sache hat allerdings einen Haken: Man kann das Elixier nicht gegen die Interessen der Heilquelle anwenden, sonst verliert es seine Wirkung.«

»Eine gerechte Forderung.« Der Zombiemeister führte sie in einen Innenhof, wo ein monströser Zombievogel nistete.

Dor starrte ihn fassungslos an. Das war ja ein Rokh! Der größte aller Vögel, vom Talent dieses Magiers zu neuem Pseudo-Leben erweckt. Die gesamte Welt der Toten unterlag der Macht dieses Mannes!

»Trag diesen Mann dorthin, wo er hin will«, befahl der Zombiemeister dem Rokh. »Und bring ihn mit seiner Last sicher wieder zurück.«

»Äh, ich werde einen Krug brauchen oder so was . . .« warf Dor ein. Der Magier reichte ihm zwei Krüge, einen für jeden. Dor kletterte auf den stinkenden Rücken des Rokh, hielt sich an zwei verwesenden Federstummeln fest und vertäute die Krüge mit einem Stück von Hüpfers letztem Zugseil.

Der Rokh schwang seine monströsen Flügel, die den ganzen Hof umspannten und an beiden Seiten die Schloßmauern berührten. Schmierige Federn stoben davon, Fleischstückchen fielen herab, und das Knochengerüst des Vogels knarrte höchst bedenklich. Doch ein Rokh war ein immens kräftiger Vogel, und Dor war nicht so schwer, so daß selbst dieser wiederbelebte Leichnam noch stark genug für ihn war.

»Richtung Osten!« rief Dor.

Er hoffte, daß er das Gebiet aus der Luft hinreichend wiedererkennen würde, um den Ort zu finden. Er war nur einmal mit seinem Vater Bink an der Heilquelle gewesen, der das Elixier für irgendeinen obskuren Grund benötigt hatte, wie ihn Erwachsene haben. Bink hatte von seinen früheren Abenteuern an dem Born erzählt, und sie hatten auch einer Dryade, einer Waldnymphe, die in einem bestimmten Baum wohnte und einem hübschen Mädchen in Millies Alter glich, einen kurzen Besuch abgestattet. Sie hatte Dor den Kopf getätschelt und ihm alles Gute gewünscht. Ja, das war wirklich eine schöne Reise gewesen! Doch jetzt, hoch oben aus der Luft, konnte Dor die Dinge am Boden nicht befragen, wie sie zu dem Born finden konnten, und es waren auch keine Wolken da, die nahe genug gewesen wären, um sie zu befragen. Dabei schien sein Gedächtnis alles andere als unfehlbar zu sein.

Schließlich erspähte er einen Streifen besonders kraftstrotzenden Urwalds, der offenbar von dem fließenden Wasser der Quelle profitierte. »Dort unten!« rief er. »Oben an dem Strom.«

Der Zombierokh ließ sich wie ein Stein fallen, fing sich selbst wieder ab und setzte zum Gleitflug an. In seiner Schräglage streifte er einen Baum mit einer seiner großen Schwingen. Sofort knickte der Flügel ein, und der Rokh verlor die Kontrolle. Es war eine Bruchlandung, und Dor wurde von seinem Sitz geschleudert.

Zerschrammt, aber ansonsten unverletzt, stand er auf. Der Rokh war nur noch ein Wrack: Beide Flügel waren gebrochen, so daß das Wesen jetzt völlig flugunfähig war. Wie sollte er jetzt noch rechtzeitig zurückkehren, um Hüpfer zu heilen? Wenn er zu Fuß ging, würde er unter günstigsten Umständen mindestens einen Tag brauchen. Mit zwei schweren Krügen beladen, würde es noch länger dauern. Immer vorausgesetzt, daß er unterwegs nicht von einem Greifer, einem Drachen oder sonst einem Ungeheuer gepackt wurde . . .

Er versuchte sich zu orientieren. Den Quell hatten sie verfehlt, aber auf dem Hügel war ein stolzer Baum — und er erkannte ihn sogar! »Dryade!« rief er und rannte auf ihn zu. »Erinnerst du dich noch? Ich bin's, Dor!«

Keine Antwort. Plötzlich fiel ihm ein: Er lebte ja jetzt achthundert Jahre früher! Selbst wenn die Dryade hier schon leben sollte, würde sie ihn nicht in seinem gegenwärtigen Körper erkennen.

Enttäuscht stieg er wieder den Hügel hinab. Das war ja auch gar nicht derselbe Baum, denn der richtige Baum hatte etwas abseits von der Quelle gestanden und nicht direkt daneben. Seine Hoffnungen hatten ihm den Verstand verwirrt. Jetzt mußte er sich selbst aus dieser Patsche helfen, ohne die Hilfe der Dryade.

Na ja, aber nicht gänzlich ohne Hilfe. »Wie komme ich am besten hier raus?« fragte er den nächsten Stein.

»Flieg mit dem Rokhvogel heraus«, erwiderte der Stein.

»Aber die Flügel des Rokhs sind gebrochen!«

»Dann besprenkle sie gefälligst mit Elixier, du Idiot!«

Dor blieb wie angewurzelt stehen. Es war ja alles so offensichtlich! »Ich bin *wirklich* ein Idiot!« rief er.

»Sag ich doch«, meinte der Stein selbstzufrieden.

Dor rannte zum Rokh, holte die Krüge und lief zur Quelle zurück. »Hast du was dagegen, wenn ich etwas von deinem Elixier nehme?« fragte er rhetorisch.

»Und ob ich was dagegen habe!« erwiderte die Quelle. »Ihr kommt alle her und stehlt mir mein Wasser, das ich mit so viel Mühe verzaubere, und was erhalte ich für eine Gegenleistung?«

»Was für eine Gegenleistung?« wiederholte Dor. »Du verlangst doch den höchsten Preis von allen!«

»Wovon redest du da? Ich verlange nie was.«

Irgend etwas stimmte hier nicht. Doch dann begriff Dor, was los war: wieder der Achthundertjahrefaktor! Die Quelle hatte noch nicht ihren Gegenleistungszauber entwickelt. Na ja, vielleicht konnte Dor ihr ja einen Gefallen tun. »Paß mal auf, Quelle, ich werde für dein Wasser bezahlen. Gib mir zwei Krüge Elixier ab, dann sag' ich dir, wie du von den anderen, die etwas von dir wollen, eine gerechte Gegenleistung bekommst.«

»Topp!« rief die Quelle.

Dor tauchte die Krüge ins Wasser, bis sie voll waren, und er sah, wie die Kratzer auf seiner Haut bei der Berührung mit dem Wasser verschwanden. Das war wirklich der richtige Quell! »Du brauchst nur noch einen Zusatzzauber, der von jedem, der von deinem Elixier profitiert, verlangt, daß er danach nicht mehr gegen deine Interessen verstoßen kann. Je mehr von deinem Wasser verbraucht wird, um so größer wird dann deine Macht.«

»Aber wenn jemand nicht auf meinen Bluff hereinfällt?«

»Es wird gar kein Bluff sein. Du wirst einfach deine Magie zurücknehmen. Es wird so sein, als wäre er niemals von dir geheilt worden.«

»He, klar, das ginge!« rief die Quelle aufgeregt. »Es würde zwar ein Weilchen dauern, vielleicht ein paar Jahrhunderte, bis ich diesen Zusatzzauber entwickelt habe, aber da das ja nur eine Verfeinerung meiner ursprünglichen Magie ist, sozusagen eine Endklausel — ja, das wird gehen. O danke, danke, Fremder!«

»Ich hab' dir doch gesagt, daß ich dich bezahlen würde«, sagte Dor zufrieden. Dann fiel ihm etwas ein. »Äh . . . ich bin nur ein Besucher in diesem Land, und alles, was ich hier tue, könnte nach meinem Verschwinden ebenfalls wieder verschwinden. Also machst du dich besser sofort an diesen Zauber, damit du ihn nicht wieder verlierst, wenn ich fort bin.«

»Wieviel Zeit habe ich?«

Dor rechnete es schnell durch. »Vielleicht zehn Tage.«

»Ich werde es mir einprägen«, sagte die Quelle. »Ich werde es mir so genau merken, daß es durch nichts mehr erschüttert werden kann.«

»Prima. Mach's gut«, sagte Dor.

»Tschö!« verabschiedete die Quelle ihn.

Kurz darauf hatte Dor die Flügel des Rokh geheilt und befand sich auf dem Rückflug. Der Vogel blieb zwar immer noch ein Zombie, war aber kräftiger als zuvor. Kein Wunder, daß der Zombiemeister das Elixier haben wollte! Damit würden seine Zombies doppelt so gut werden, wie sie es jetzt schon waren.

Doch nun zeigte sich ein neues Problem. Dor sah von oben, daß sich die Mundanier wieder zusammengerottet hatten und nun das Schloß belagerten. Offenbar hatten sie ihre gesamte Vorstoßarmee zu diesem Zweck zusammengezogen. Es waren ganz offensichtlich keine Feiglinge. Sie waren zwar vor dem heftigen Angriff der Zombies in Panik geraten, doch nun waren sie wütend wegen ihrer drei Toten und wollten Rache nehmen. Außerdem glaubten sie wahrscheinlich, daß ein derart gut bewachtes Schloß gewaltige Reichtümer verbergen mußte, deshalb war nun auch ihre Gier geweckt. Indem er seinem Freund Hüpfer half, hatte Dor den Zombiemeister in ernste Gefahr gebracht.

Der Rokh landete im Innenhof des Schlosses. Es war eine harte Landung, weil seine Füße nicht geheilt worden waren, und das Geräusch erschütterte das ganze Schloß.

Der Zombiemeister kam mit Millie herbeigestürzt. »Du hast es!« rief Millie und klatschte in die Hände.

»Ich hab' es«, bejahte Dor. Er reichte dem Magier einen der beiden Krüge und behielt den zweiten. »Führt mich zu Hüpfer.«

Millie zeigte ihm das Gästezimmer. Dort lag die große Spinne, und das Blutwasser tropfte aus ihren Stummeln. Sie war zwar bei Bewußtsein, hatte aber große Schmerzen und konnte nur leise schnattern. »Schön, dich wiederzusehen, Freund! Ich fürchte, die Verwundungen sind doch zu schlimm. Beine können nachwachsen, aber zerquetschte innere Organe . . . Ich kann nicht mehr —«

»O doch, du kannst, Freund!« rief Dor. »Nimm das!« Und er schüttete ein großzügig bemessenes Quantum Elixier über Hüpfers bebenden Leib.

Wie durch Magie — was ja nicht weiter verwunderlich war — war die Spinne plötzlich wieder geheilt. Als die Flüssigkeit über das Pelzgesicht troff, bekamen das Grün, das Weiß und das Schwarz wieder neuen Glanz, bis sie schimmerten. Kurz darauf war nichts mehr von Hüpfers Verwundungen zu sehen.

»Erstaunlich!« schnatterte er. »So wohl habe ich mich nicht mehr gefühlt, seit ich ausgebrütet wurde! Was ist das für eine Medizin?«

»Heilelixier«, erklärte Dor. »Ich kannte da eine Quelle, die —« Er brach ab, von Rührung überkommen. »O Hüpfer, wenn du gestorben wärst —« Und er umarmte die Spinne, so gut er konnte, und weinte ungeniert. Zum Teufel mit dem Erwachsenwerden!

»Ich glaube, das war die Tortur wert«, schnatterte Hüpfer und nibbelte an Dors Ohr. »Paß auf, daß ich dir deine Antenne nicht abbeiße!«

»Mach nur! Ich hab' genug Heilelixier, um mir ein neues Ohr wachsen zu lassen!«

»Und abgesehen davon«, warf Millie ein, »schmeckt Menschenfleisch fürchterlich. Vielleicht sogar noch schlimmer als Koboldfleisch.«

Der Zombiemeister war ihnen gefolgt. »Ihr seid Menschen, und doch schätzt ihr dieses fremde Wesen so sehr, daß ihr um es weint.«

»Und was wäre daran verkehrt?« wollte Millie wissen.

»Gar nichts«, meinte der Magier betrübt. »Absolut gar nichts. Um mich hat noch nie jemand geweint.«

Sogar auf dem Höhepunkt seiner Erleichterung merkte Dor, was der Zombiemeister damit eigentlich sagte. Der Mann war durch sein magisches Talent von seiner eigenen Art entfremdet worden, ein Paria. Er identifizierte sich mit Hüpfer, einem Wesen, das ebenfalls ein Fremder war. Deshalb hatte er sich auch bereit erklärt, sich um Hüpfer zu kümmern. Der Magier wollte offenbar mehr als alles andere, daß man sich ebensolche Sorgen um ihn machte, wie Dor und Millie es wegen Hüpfer taten.

»Werdet Ihr König Roogna helfen?« fragte Dor und löste sich von seinem Freund.

»Ich lasse mich nicht auf Politik ein«, erwiderte der Zombiemeister wieder mit gewohnter Kälte.

Weil der König kein Paria war. Dieser Magier würde wohl jemandem helfen, der ihm menschliche Anteilnahme entgegenbrachte, aber das hatte König Roogna nicht getan. »Würdet Ihr wenigstens mitkommen, um mit dem König zu reden? Wenn Ihr ihm helft, würde er sicherlich dafür sorgen, daß Ihr entsprechend geehrt würdet —«

»Ehre auf Befehl? Niemals!«

Dem konnte Dor nicht widersprechen. Diese Art von Ehre hätte er auch nicht gewollt. Wenn es so etwas wie unehrenhafte Ehre geben sollte, dann diese. Wieder war er dumm und undiplomatisch vorgegangen und hatte seine eigenen Chancen verspielt. Was für ein Botschafter er nur war!

Aber da war noch ein anderes Problem. »Ihr wißt, daß die Mundanier der Fünften Welle sich bereitmachen, dieses Schloß anzugreifen?«

»Das weiß ich«, sagte der Zombiemeister. »Meine Zombieaugenfliegen haben mir gemeldet, daß es Hunderte sind. Zu viele, als daß man sie mit meinen gegenwärtig zur Verfügung stehenden Truppen zurückschlagen könnte. Ich habe den Rokh losgeschickt, weitere Körper zu holen, um meine Verteidigung zu stärken. Damit es schneller geht, wird er nicht einmal hier im Schloß landen, sondern die Körper herabfallen lassen, um sofort wieder loszufliegen und weitere zu beschaffen.«

»Die Mundanier sind wütend auf uns«, sagte Dor, »weil wir

drei von ihnen getötet haben. Wenn wir vielleicht fortgingen —«

»Meine Zombies haben euch geholfen«, wandte der Zombiemeister ein. »Wenn ihr jetzt geht, dann führt das nur zu eurem sicheren Tod. Die Mundanier haben das ganze Schloß umzingelt. Für sie ist es ein Hort unvorstellbarer Reichtümer. Mit Vernunft sind sie nicht mehr zum Einlenken zu bewegen.«

»Vielleicht, wenn sie uns gehen sähen«, sagte Dor. »Der Rokh könnte uns hinaustragen. Ach nein, der ist ja unterwegs.«

»Sieht so aus, als müßten wir zumindest für eine Weile hierbleiben«, schnatterte Hüpfer. »Vielleicht können wir ja bei der Verteidigung des Schlosses helfen.«

»Äh, ja, das tun wir wohl besser«, meinte Dor. »Da wir offenbar an der ganzen Belagerung die Schuld tragen.« Doch dann stellte er fest, daß er ohne ersichtlichen Grund seine Bitte wiederholte. »Äh, Magier — würdet Ihr vielleicht noch einmal über die Sache mit dem Wiederherstellungselixier für Zombies nachdenken? Das ist schließlich keine politische Angelegenheit, und —«

Der Zombiemeister blickte ihn kalt an. Bevor er etwas erwidern konnte, legte Millie ihre süße kleine Hand auf seinen hageren Arm. »Bitte«, hauchte sie. Sie war wirklich schrecklich anziehend, wenn sie so hauchte.

Der kalte Gesichtsausdruck milderte sich und verschwand. »Da sie darum bittet und weil Ihr ein guter und loyaler Mann seid, denke ich noch einmal darüber nach. Ich werde das gewünschte Elixier entwickeln.« Doch es war offensichtlich, daß es vor allem Millie gewesen war, die dafür verantwortlich war. Und ihr Hauchen.

Dor merkte, daß das eine Art Sieg war — aber ein unvollständiger. Denn nun hatte er Erfolg bei seiner eigenen Mission, scheiterte aber gleichzeitig bei seiner Mission für den König. War das richtig so? Er wußte es nicht, aber er mußte nehmen, was er bekam. »Danke, Magier«, sagte er demütig.

7
Die Belagerung

Die Belagerung stellte eine ernste Gefahr dar. Die Mundanier verstanden sich recht gut auf derartige Unternehmungen, da sie ja eine Armee bildeten. Von Rachlust und Gier angestachelt und in dem Bewußtsein, daß in der Festung mindestens ein maßlos schönes Mädchen weilte, kannten sie keine Schranken mehr. Sie zogen ihren Belagerungsring zusammen und bereiteten sich auf den Ansturm vor.

Zuerst marschierten die Mundanier einfach über die morsche Zugbrücke auf das Haupttor zu. Doch da stürzte der vom Elixier gekräftigte Zombieoger hervor und warf sie in den Graben, wo das wiederbelebte Schlammungeheuer sie verschlang. Es fraß sie zwar nicht wirklich auf, da Zombies keinen Appetit hatten, aber seine Kaubewegungen verfehlten ihre Wirkung nicht. Danach waren die Mundanier etwas vorsichtiger.

»Wir müssen die Abfälle aus dem Graben holen«, sagte Dor. »Sie können einfach herüberstiefeln, und das Ungeheuer kann sie unmöglich alle auf einmal erwischen. Wenn wir es jetzt tun, während sie sich von dem Schock der Begegnung mit Egor dem Oger erholen —«

»Ihr könntet einen ausgezeichneten Taktiker abgeben«,

bemerkte der Zombiemeister. »Kümmert Euch ruhig darum. Ich arbeite inzwischen die Zombiewiederherstellungsformel aus, die doch ziemlich verzwickt ist.«

Also führte Dor einen Trupp Zombies hinaus. »Ich bin sterblich, darf mich also nicht exponieren«, sagte er ihnen, während er das Schlammungeheuer beäugte. Es war zwar darauf abgerichtet, anderen Zombies nichts zu tun, aber das nützte ihm wenig. »Pfeile können euch nichts anhaben. Also bleibe ich auf der Befestigungsmauer und rufe euch Anweisungen zu. Ihr begebt euch in den Graben und holt die Abfälle raus.« Er fühlte sich nicht sonderlich heldenhaft in dieser Rolle, aber er wußte, daß es die vernünftigste Vorgehensweise war. Die Mundanier waren mit Sicherheit ausgezeichnete Bogenschützen. Schließlich war er hier, um seine Aufgabe zu lösen, und nicht dazu, einen guten Eindruck zu machen.

Die Zombies marschierten hinunter. Unschlüssig schlenderten sie umher. Sie waren nicht besonders schlau, da ihre Gehirne zum größten Teil verwest waren. Das Heilelixier konnte zwar wahre Wunder wirken, wenn es um ihre Körper ging, aber es konnte nicht das Leben und den Intellekt wiederherstellen, die sie zu Menschen und Tieren gemacht hatten.

»Du da, mit dem Totenschädel!« rief Dor. »Hol die Wasserpflanzen heraus und wirf sie ans Ufer.« Die Zombies stapften mühsam ins Wasser. »Du da, mit den narbigen Beinen — zerr den Baumstamm raus und bring ihn ans Haupttor. Wir können es damit reparieren.« Es war so gut wie sinnlos, den Zombies solche Dinge zu erklären, aber er tat es trotzdem, weil er sich damit zum Teil vor sich selbst rechtfertigen konnte.

Wenn das, was er in dieser Wandteppichwelt tat, keinen Bestand hatte, wie sah es dann mit der Gegenwart aus? Ohne ihn hätten die Mundanier das Schloß des Zombiemeisters nicht belagert. Angenommen, der Magier würde getötet werden, würde er dann wieder zum Leben erwachen, sobald Dor die Szenerie verlassen hatte? Oder war diese Belagerung ohnehin unausweichlich gewesen, weil die Fünfte Welle bereits im Vormarsch war? Es war eine historische Frage, aber Dor konnte sich nicht an alle Einzelheiten erinnern, immer vorausgesetzt, daß er sie jemals gelernt haben sollte. Es gab Aspekte der Geschichte, die die Zentaurenlehrer ihre menschlichen Schüler nicht lehrten, und Dor war sowieso nie ein sonderlich aufmerksamer Schüler gewesen. Wenn er wieder zu Hause war, würde er das jedenfalls ändern.

Wenn er jemals wieder nach Hause kam.

Aus dem Wald wurden ein paar Pfeile auf die Zombies abgeschossen, ohne jedoch Schaden anzurichten. Das ließ die Mundanier erneut nachdenklich werden. Kurz darauf schickte sich ein Stoßtrupp an, die Zombies mit erhobenen Schwertern anzugreifen. Dor nahm einen alten, aber immer noch funktionstüchtigen Bogen auf, den er aus der Waffenkammer des Schlosses entnommen hatte. Er war zwar kein Experte im Bogenschießen, doch sein Körper war auch darin offensichtlich geübt, ganz der vollendete Krieger. Er schoß einen Pfeil auf einen Mundanier ab, traf aber dessen Nachbarn. »Ein guter Schuß!« rief Millie, und Dor genierte sich, die Wahrheit einzugestehen. Es bestand kein Zweifel, daß sein Körper die Sache gut von alleine erledigt hätte, wenn er nicht versucht hätte, sich sein Ziel selbst auszusuchen. In Zukunft hielt er sich wohl besser an Schwerter . . .

Doch genügte dies, um den Angriff zurückzuschlagen; denn es war nur ein Vorfühlen der Mundanier gewesen, keine ernstgemeinte Attacke. Außerdem wußten sie ja nicht, daß sich hinter den Mauern nur ein einziger Bogenschütze verbarg. Die Mundanier zogen sich zurück, und die Arbeit des Grabensäuberns konnte fortgesetzt werden.

Dor war es zufrieden: Er hatte etwas Nützliches zustande gebracht. Wenn der Graben tief und klar war, wäre es zehnmal so schwierig, das Schloß zu stürmen. Na ja, vielleicht auch nur achtmal so schwierig.

Hüpfer machte sich unterdessen anderweitig nützlich. Er kletterte an den Mauern herum und verstärkte die morschen und brüchigen Befestigungsmauern mit Holz- und Gesteinsbrocken, die er mit Seidenfäden verzurrte. Dann spannte er Alarmseile über die Schießscharten und Leibungen, die sie vor etwaigen Eindringlingen warnen sollten. Es war ein kleines

Schloß, das eine ziemlich improvisierte Bauweise aufwies und nur ein einziges Spitzdach besaß, so daß die Spinne in kurzer Zeit eine ganze Menge schaffen konnte.

Millie machte sich daran, etwas Nahrhaftes zu kochen. Im Keller entdeckte sie Trockenobst und getrocknetes Gemüse, alles säuberlich verzaubert, um haltbar zu bleiben, und kochte daraus einen echten, selbstgemachten Eintopf aus Pfirsichpüree und Kopfsteinkartoffeln. Es war unglaublich.

Der Zombiemeister experimentierte in seinem Labor herum und wartete schließlich mit einem kleinen Fläschchen Wiederherstellungselixier für Dor auf, das er mit Hilfe seines Talents aus dem Heilwasser zusammengebraut hatte. »Verliert das nicht und wendet es vernünftig an«, warnte er ihn. »Die Dosis reicht nur für einen.«

»Danke«, sagte Dor. »Das ist überhaupt der einzige Grund, weshalb ich in dieses . . . dieses Land gekommen bin. Ich kann Euch gar nicht sagen, wie wichtig mir dieses Fläschchen ist.«

»Vielleicht könnt Ihr mir ja einen Fingerzeig geben«, meinte der Magier. »Da wir uns einer recht heftigen Belagerung gegenübersehen, aus der wir vielleicht nicht siegreich hervorkommen werden, kann ich nicht umhin, eine gewisse Neugier zuzugeben.«

Elegant ausgedrückt! »Das tut mir sehr leid«, sagte Dor. »Ich weiß ja, daß Ihr lieber alleine lebt, und wenn ich gewußt hätte, daß wir Euch derart viele Umstände machen würden . . . «

»Ich habe nicht gesagt, daß ich Einwände gegen eure Gesellschaft oder gegen die Umstände habe«, erwiderte der Zombiemeister. »Ich stelle fest, daß beides mir durchaus zusagt. Ihr drei seid vergleichsweise schlichte Gemüter, die ohne Arglist zu reden pflegen, und schon die bloße Situation einer Herausforderung zum Überleben ruft in mir eine Wertschätzung des Lebens wach, die mir bis jetzt abgegangen ist.«

»Äh, ja, natürlich«, stammelte Dor überrascht. Der Magier wurde ja richtig umgänglich! »Ihr habt das Recht, es zu erfahren. Ich stamme aus einer Zeit, die achthundert Jahre in Eurer Zukunft liegt. In meiner Zeit gibt es einen Zombie, den ich gerne zum vollen Leben erwecken möchte. Es ist ein Gefallen, den ich . . . äh . . . jemandem tue. Ihr seid derjenige, der die Formel für derartige Wiederherstellungen kennt. Deshalb bin ich mit magischer Hilfe zu Euch gekommen.«

»Ein höchst interessanter Ursprung. Ich bin mir nicht ganz sicher, ob ich das glauben kann. Für wen tut Ihr das?«

»Für ein . . . für eine Dame.« Er konnte Millie unmöglich etwas über ihr zukünftiges Schicksal erzählen und durfte deshalb auch ihren Namen nicht nennen. Nicht auszudenken, was ein solches Wissen bei einem derart unschuldigen Geschöpf anrichten könnte!

»Und wer ist dieser Zombie?« beharrte der Magier sanft. »Ich will mich ja in nichts einmischen, was mich nichts angeht, aber Zombies gehen mich nun einmal etwas an, denn jeder Zombie, der in Euren Tagen existiert, ist ein Produkt meiner Magie. Folglich sorge ich mich natürlich auch um sein Wohlergehen.«

Dor wäre lieber ausgewichen, aber er kam zu dem Schluß, daß er dem Zombiemeister dieses Wissen kaum verwehren durfte. »Sie . . . diese Dame nennt ihn Jonathan. Mehr weiß ich auch nicht.«

Der Mann versteifte sich. »Ah, der Lohn der eitlen Neugier.« hauchte er.

»Ihr kennt diesen Zombie?«

»Ich — vielleicht. Das wird für mich zu einer Lektion in Sachen Menschenliebe. Ich hätte nie gedacht, daß ich diesem Individuum einmal einen solchen Gefallen tun würde.«

»Ist es einer der Zombies hier in Eurem Schloß?« Schon spürte Dor das leise Pieksen der Eifersucht.

»Zur Zeit nicht. Ich habe keinen Zweifel, daß Ihr ihm bald begegnen werdet.«

»Ich *will* ihm gar nicht —« Nein, das konnte er unmöglich sagen. Was geschehen mußte, mußte eben geschehen. »Ich weiß nicht, ob es sehr ratsam wäre, ihm davon zu erzählen . . . Ich meine, achthundert Jahre sind schließlich eine lange Zeit, um auf eine Wiederherstellung zu warten. Vielleicht würde er die Medizin lieber jetzt nehmen und wäre dann nicht mehr für die Dame da —« Was natürlich ein teuflisch verführerischer Gedanke war, den es schleunigst zu unterdrücken galt.

»Eine äußerst lange Zeit«, stimmte der Zombiemeister ihm zu. »Macht Euch keine Sorgen, ich werde Euer Geheimnis niemandem verraten.« Er wischte das Thema mit einem brüsken Kopfschütteln beiseite. »Jetzt müssen wir uns um die Verteidigungsanlagen des Schlosses kümmern. Meine Beobachtungskäfer melden mir, daß die Mundanier sich zu einem massiven Angriff zusammenziehen.«

Die Verteidiger bildeten eine Kette, um diesem Angriff zu widerstehen. Hüpfer bewachte die Ostmauer und das Dach. Er spannte eine Reihe von Stolperleinen für etwaige Eindringlinge. Der Zombiemeister übernahm die Südmauer, die den Innenhof einfaßte. Dor übernahm die Westseite, und der Oger bewachte natürlich das Nordtor. Alle wurden sie von Zombietrupps unterstützt. Millie blieb im Schloß — um auf feindliche Magie, Zauber und so weiter achtzugeben, wie sie ihr sagten. Niemand wollte sie während der Kampfhandlungen auf den Bollwerken sehen, wo ihre niedlichen Reaktionen auf die Mundanier wie ein Magnet wirken würden. Außerdem bewachte sie das Heilelixier, so daß sie sich um die Verwundeten kümmern konnte.

Die Zombiekäfer mußten ihre vom Elixier wiederhergestellten Augen vorzüglich zu nutzen gewußt haben, denn der Angriff kam pünktlich auf die Minute. Eine Welle von Mundaniern griff die Flanke des Schlosses an. Nicht das Haupttor, wo Egors Ruf zur Verteidigung vollauf zu genügen schien, sondern die schwächste Mauer — und das war zufällig Dors Bereich.

Sie warfen Holzbohlen aus, um eine provisorische Brücke zu bauen, postierten Männer mit riesigen Schilden auf beiden Seiten, um das Grabenungeheuer abzuhalten, und brachten etwa die Hälfte ihrer Truppen auf die Schloßseite. Das Schloß war äußerst unklug konstruiert worden: Über den beiden ersten Stockwerken befand sich ein Mauervorsprung, der geradezu ideal für das Einhaken von Enterleitern war. Der Vorsprung endete zwar abrupt an der Ecke, wo der Innenhof begann, führte dafür aber auf eine kleine Tür an der nördlichen Kante zu. Dieser Zugang sollte wohl dazu dienen, die Reinigung der Regenrinnen zu erleichtern, aber er stellte eine Schwachstelle in den Verteidigungsanlagen des Schlosses dar, die geradezu fatal war. Eine kahle Wand ohne Vorsprünge und Türen wäre wirklich viel besser gewesen!

Dor postierte sich vor der Tür und wartete in der Hoffnung, bereit zu sein. Sein Magen war recht unruhig. Tatsächlich hatte er plötzlich das dringende Bedürfnis, zur Toilette zu gehen, aber natürlich konnte er jetzt nicht weg. Keiner durfte während des Angriffs seinen Posten verlassen, das war so abgesprochen.

Die Männer kletterten die Leitern empor. Oben stellten sich ihnen Zombietiere in den Weg: ein zweiköpfiger Wolf mit verfaulenden Kiefern, aber ausgezeichneten, wiederhergestellten Fängen; eine Schlange mit schaurig heraustretenden Windungen; und schließlich ein Satyr mit spitzen Hörnern und harten Hufen.

Die ersten Männer waren offensichtlich auf menschliche Zombies gefaßt gewesen. Diese Tiere brachten sie durcheinander, so daß sie zu einer leichten Beute wurden. Dann kam Dor mit einem langen Stemmeisen herbeigelaufen und drückte die erste Leiter von der Mauer ab, so daß sie mitsamt ihrer Last in den Graben zurückstürzte. Die fallenden Mundanier schrien auf. Dor spürte einen Stich des Bedauerns. An dieses Töten würde er sich nie gewöhnen! Tatsächlich, so sagte er sich, war der Sturz nicht einmal besonders tief, und unten im Wasser landeten die Männer doch recht weich. Aber sie trugen auch Rüstungsteile, die ihr Schwimmen beeinträchtigten.

Dor lief zur nächsten Leiter hinüber, doch die war bereits fest eingehakt. Die Zombieschlange hatte Schwierigkeiten, die Angreifer zurückzudrängen. »Was hält dich hier eigentlich?« rief Dor verzweifelt, während er versuchte, die Leiter hochzustemmen.

»Ich bin eine verzauberte Leiter«, erwiderte sie. »Die blöden Mundanier haben mich aus dem Arsenal eines Stakets geklaut. Sie wissen nichts um meine Eigenschaften.«

»Welche Eigenschaften?«

»Ich verankere mich unwiderruflich, wenn man mich erst einmal festgemacht hat — bis jemand den Befehl ›Anker lichten!‹ ausspricht. Dann springe ich heftig zurück. Das ist gut für Rückzüge.«

»Anker lichten?«

»Nein, mit mehr Autorität.«

»Anker lichten!« rief Dor mit Autorität.

»Huuuh, jetzt hast du's aber!« rief die Leiter und sprang heftig zurück, wobei sie ihre Besteiger in den Graben warf.

Dor machte sich an die nächste Leiter, doch die Verzögerung hatte ihn wertvolle Zeit gekostet. Der oberste Krieger hatte seinen Schock überwunden und den Satyr in Stücke geschlagen. Nun standen bereits drei Angreifer auf der Mauer, und von unten drängten weitere nach. Zum Glück war der Vorsprung so schmal, daß sie nicht nebeneinander stehen konnten. Also standen sie in einer Reihe hintereinander, und bevor sie sich vorwärts bewegt hatten, konnte der nächste nicht nachklettern.

Der erste Mundanier stieß einen lauten Schrei aus und ließ sein Schwert auf Dor niedersausen, als wollte er Holz hacken. Dors Körper parierte automatisch mit dem Stemmeisen, sprang im selben Augenblick vor und traf den ungedeckten Mann mit der linken Faust in die Eingeweide. Der Mann krümmte sich zusammen, und Dor riß sein rechtes Bein hoch und beförderte ihn über die Mauer nach unten in den Graben. Mit einer fließenden Bewegung richtete er sich wieder auf, um den nächsten Mundanier anzugreifen.

Dieser Mann war schlauer. Er streckte sein Schwert vorsichtig vor wie einen Speer und zwang ihn, ein Stück zurückzuweichen. Der Mundanier wußte, daß er Dor noch nicht zu töten brauchte. Alles, was die Gegner brauchten, war mehr Platz, damit weitere Krieger nachrücken konnten.

Dor hingegen mußte den Mann aufhalten, bis er ihn und den nächsten Mann erledigt hatte, um sich dann an die Leiter zu machen. Also weigerte er sich, zurückzuweichen, sondern parierte den Stoß des Mundaniers mit seinem Stemmeisen, das sich auf diesem engen Raum als vorzügliche Waffe erwies.

Die Augen des Mundaniers weiteten sich erstaunt. »Mike!« rief er. »Du hast überlebt. Wir dachten schon, daß du in diesem verdammten magischen Urwald umgekommen wärst!«

Er schien mit Dor zu sprechen, doch das konnte auch eine Finte sein. »Paß auf dich selbst auf, Mundanier!« sagte Dor und drückte das Schwert des Gegners beiseite, damit er ihn mit Arm und Schulter nach außen schieben konnte.

Der Mundanier versuchte kaum, sich zu wehren. »Man hat mir von einem Mann erzählt, der so aussähe wie du, aber ich hab's nicht glauben wollen! Ich hätte es doch wissen müssen, daß der beste Nahkämpfer der ganzen Truppe es schaffen würde. Mein Gott, bei deiner Kraft und deinem Gleichgewichtssinn —«

»Gleichgewichtssinn?« fragte Dor und mußte daran denken, wie sein Körper auf Hüpfers Seil über den Fluß marschiert war.

»Klar, Mann, du hättest doch glatt zum Zirkus gehen können! Aber du hast dein Glück immer zu sehr herausgefordert. Was tust du hier, Mike? Als ich dich das letzte Mal sah, wurden wir von Koboldbanden auseinandergetrieben. Wir mußten uns bis zur Küste durchschlagen, dachten, du würdest dich uns wieder anschließen — und jetzt bist du hier! Hast du dein Gedächtnis verloren oder so was?«

Da hatte Dor schließlich Erfolg, und der Mundanier stürzte verblüfft von der Mauer. Sofort rammte Dor dem dritten Mann sein Stemmeisen in den Bauch, bevor der sich decken konnte, und auch dieser Gegner fiel in den Graben hinab. Dann gab er der Leiter mit dem Stemmeisen einen solch gewaltigen Ruck, daß ein ganzes Mauerstück abbrach und die Leiter ihren Halt verlor. Schreiend stürzten die Männer in die Tiefe. Das war erledigt.

Siegreich und doch wegen des Tötens deprimiert, blickte er hinunter. Der Mundanier hatte ihn oder vielmehr seinen Körper erkannt und ihn Mike genannt. Was war nur mit dem richtigen Mike geschehen, dessen Körper er jetzt bewohnte?

Darauf wußte Dor keine Antwort. Er vermutete, daß der richtige Mike wieder zurückkehren würde, wenn Dor den Körper verließ. Was ihn wesentlich mehr bekümmerte, war die Tatsache, daß er das Wiedererkennen durch den Mundanier ausgenutzt hatte, um den Mann von der Mauer zu stürzen. Der Mundanier hatte gezögert, wollte keinen Freund töten — und hatte für diesen verständlichen Anstand mit seiner Stellung und vielleicht sogar mit seinem Leben bezahlt. Wie wäre Dor sich wohl vorgekommen, wenn er Hüpfer begegnet wäre und dieser ihn niedergestreckt hätte? Das war wirklich grausam gewesen!

Immerhin hatte er die Stellung gehalten. Er hoffte, daß die anderen ebenso erfolgreich geblieben waren. Er wagte es nicht, sich selbst davon zu überzeugen, denn dies hier war sein Verteidigungsabschnitt, und sobald er seinen Posten verließ, konnte ein weiterer Leitertrupp den Aufstieg riskieren.

Krieg war gar nicht schön. Sollte Dor jemals König werden, würde er dafür Sorge tragen, daß man Probleme, wenn irgend möglich, auf andere Weise löste. Niemand würde ihn jemals davon überzeugen können, daß es so etwas wie Schlachtenruhm gab. Langsam ging die Sonne unter. Die Mundanier krabbelten aus dem Schloßgraben und zerrten ihre Verwundeten und Toten davon. Ihre Leitern nahmen sie auch mit, auch wenn es nur noch zerbrochene, traurige Gestelle waren.

Schließlich kam Millie zu ihm. »Du kannst jetzt runterkommen, Dor«, sagte sie zögernd. »Die Zombiekäfer sagen, daß die Mundanier viel zu sehr damit beschäftigt sind, sich um ihre Verwundeten zu kümmern, um heute noch einen weiteren Angriff zu unternehmen. Und bei Nacht werden sie das nicht wagen, weil sie das hier für ein Spukschloß halten und sich außerdem vorm Dunkel fürchten.«

Erleichtert folgte Dor ihr die Wendeltreppe hinunter in den Saal. Er bemerkte das angenehme Schaukeln ihrer Hüften, wie sie so vor ihm ging. In letzter Zeit bemerkte er immer häufiger solche Dinge. Sie organisierten ein System von Nachtwachen. Die anderen Seiten des Schlosses waren nicht angegriffen worden. Dor hatte alles allein bewältigt. »Wir wären dir ja gerne zu Hilfe geeilt«, schnatterte Hüpfer, »aber wir mußten befürchten, daß der Angriff eine Finte war.«

»Ganz genau«, meinte Dor. »Ich wäre euch auch nicht zu Hilfe gekommen.«

»Wenn wir keine Disziplin haben, haben wir gar nichts«, bemerkte der Zombiemeister. »Wir sind ohnehin in der Minderzahl.«

»Aber heute nacht mußt du dich ausruhen«, sagte Millie zu Dor. »Du hast es dir wirklich verdient.«

Dor widersprach nicht. Erstens war er wirklich müde, und dann diese Sache mit dem Mundanier, der ihn wiedererkannt hatte . . .

Hüpfer übernahm die erste Wache und kletterte innen und außen über Decken und Mauern. Der Zombiemeister zog sich zurück, um etwas zu schlafen, bevor er die Spinne ablösen wollte. So blieb nur Millie übrig — die darauf bestand, Dor Gesellschaft zu leisten, während er aß und sich ausruhte.

»Du hast wirklich tapfer gekämpft, Dor«, sagte sie und drängte ihm eine Suppennuß auf.

»Mir ist schlecht.« Als er merkte, daß sie etwas verletzt war, erklärte er das genauer. »Nicht von deinem Essen, Millie. Von dem ganzen Töten. Menschen mit einer Waffe niederzustrecken. Sie in den Graben zu schmeißen. Einer von ihnen hat mich wiedererkannt. Den habe ich auch in die Tiefe gestürzt.«

»Er hat dich wiedererkannt?«

Wie sollte er das erklären? »Das dachte er, ja. Also hat er mich nicht angegriffen. Es war unfair, ihn zu schlagen.«

»Aber sie wollten doch das Schloß stürmen! Du mußtest einfach kämpfen! Sonst wären wir doch alle —« Sie zappelte umher und versuchte, irgend etwas Scheußliches anzudeuten. Doch das gelang ihr nicht. Sie war einfach entzückend.

»Aber ich bin kein Killer!« protestierte Dor heftig. »Ich bin erst zwölf Jahre —« Er brach ab, wußte aber nicht, wie er seinen Versprecher rückgängig machen konnte.

»Seit zwölf Jahren Kriegsveteran!« rief sie aus. »Da hast du doch bestimmt schon öfter getötet!«

Das war zwar ein gewaltiges Mißverständnis, aber ihre Sympathie war ihm reichliche Entlohnung. Sein ermüdeter Körper reagierte: Sein linker Arm umarmte ihre Hüfte und drückte sie an seine Seite. Oh, welch ein Po!

»Aber Dor!« sagte sie, erstaunt und erfreut. »Du magst mich ja!«

Dor zwang sich, seinen Arm wieder sinken zu lassen. Was hatte er da vor, sie derart zu berühren? Vor allem in der Gegend ihres kissenweichen Hinterteils? »Mehr, als ich dir sagen kann.«

»Ich mag dich auch, Dor.« Sie setzte sich auf seinen Schoß,

und ihr Hinterteil fühlte sich plötzlich doppelt so weich und nachgiebig an wie vorher. Wieder reagierte sein Körper und umarmte sie. Noch nie hatte Dor so etwas erlebt und spüren können. Plötzlich begriff er, daß sein Körper schon wissen würde, was er tun mußte, sofern er ihm nur freien Lauf ließ. Und daß sie willig war. Daß dies eine Erfahrung sein könnte, wie er sie sich in seinem jungen Leben nie hätte vorstellen können. Er selbst war zwölf Jahre alt, doch sein Körper war älter. *Der konnte es tun.*

»O Dor«, murmelte sie und beugte den Kopf vor, um ihn auf den Mund zu küssen. Ihre Lippen waren so köstlich, daß er —

Der Floh hieb ihn kräftig aufs linke Ohr. Dor schlug nach ihm — und patschte sich selbst aufs Ohr. Es war ein kurzer, aber heftiger Schmerz.

Er stand auf und stellte Millie grob auf die Beine.

»Ich muß mich ausruhen«, sagte er.

Sie gab keinen Ton von sich, sondern stand einfach nur mit gesenkten Augen da. Er wußte, daß er ihr entsetzlich weh getan hatte. Sie hatte die Todsünde eines jungen Mädchens begangen: sich anzubieten und zurückgestoßen zu werden. Doch was sollte er tun? *Er existierte doch gar nicht in ihrer Welt!* Schon bald würde er wieder fortgehen und sie achthundert Jahre lang allein lassen. Und wenn sie einander dann wieder begegneten, war er ein zwölfjähriger Junge. Er hatte kein Recht auf sie!

Aber, ach, was hätte doch sein können, wenn er mehr von einem Mann an sich gehabt hätte!

Es erfolgte kein Angriff, weder in der Nacht noch am Morgen — doch die Belagerung war keineswegs aufgehoben worden. Die Mundanier bereiteten einen erneuten Sturm vor, und die Verteidiger mußten einfach darauf warten. Während die kostbare Zeit verstrich und die Situation für König Roogna immer schlimmer wurde. Der Magier Murphy lachte sich bestimmt eins ins Fäustchen.

Dor stellte fest, daß Millie und der Zombiemeister beim gemeinsamen Frühstück saßen. Sie schnatterten fröhlich vor sich hin, hörten aber abrupt auf, als er sich zu ihnen gesellte. Millie errötete und wandte das Gesicht ab.

Der Zombiemeister furchte die Stirn. Wenn man sich erst einmal an sein hageres Aussehen gewöhnt hatte, war er sogar halbwegs attraktiv. »Dor, unsere Unterhaltung war völlig harmlos, aber es sieht so aus, als wäre zwischen Euch und dieser Dame irgend etwas im argen. Soll ich lieber den Raum verlassen?«

»Nein!« sagten Dor und Millie wie aus einem Munde.

Der Magier sah sie verblüfft an. »Ich habe lange keine Gesellschaft mehr gehabt. Vielleicht habe ich meine Umgangsformen verlernt. Deshalb muß ich eine etwas direkte Frage stellen: Würde es Euch etwas ausmachen, Dor, wenn ich mich für die Dame interessieren sollte?«

Wie von einem gelben Eiszapfen der Eifersucht gestochen, zuckte Dor zusammen. Er wehrte ihn ab, war aber unfähig zu sprechen.

Millie richtete ihre großen Augen mit einem stummen Flehen auf ihn, das er beinahe verstehen konnte. »Nein!« sagte er. Millie senkte verletzt den Blick. Nun hatte er sie bereits zum zweiten Mal von sich gestoßen.

Der Zombiemeister zuckte die knochigen Schultern. »Ich weiß nicht, was ich sonst noch sagen soll. Fahren wir mit der Mahlzeit fort.«

Ein Zombie trat ein. »Nnngrrrrffff«, rasselte er. »Stnnnnddd.«

»Danke, Bruce«, sagte der Zombiemeister. Er drehte sich zu Dor und Millie um. »Die Mundanier bereiteten sich darauf vor, in einer Stunde anzugreifen. Wir begeben uns wohl am besten auf unsere Posten.«

Diesmal griffen sie auf Hüpfers Seite an. Die Mundanier hatten einen massiven Rammbock gebaut. Keinen echten Bock; diese Tierart schien sich noch nicht entwickelt zu haben. Es war vielmehr ein falscher Bock, der aus einem schweren Eisenholzstamm konstruiert und auf Rädern befestigt worden war. Dor hörte das Dröhnen und Stampfen, als er über die von den Gegnern über den Graben gelegte Brücke donnerte und auf das alte

Mauergestein prallte. Er hoffte, daß die Mauer dem standhalten würde, doch er selbst mußte auf seinem Posten bleiben und durfte nicht nachsehen.

Ein Pfeil ging auf seinem Vorsprung nieder. Er war vom Dach abgerutscht. »Wie sieht's da drüben aus?« fragte Dor ihn.

»Wir versuchen, ein Loch in die Mauer zu rammen«, erwiderte der Pfeil. »Aber dieser verdammte Käfer reißt mit seinen klebrigen Seilen dauernd die Planken hoch, die wir über den Graben gelegt haben. Wir versuchen, diese Spinne abzuschießen, aber sie schlägt viel zu schnell Haken. Das Ding huscht einfach eine kahle Ziegelmauer hoch! Ich dachte, ich hätte ihn erwischt —« Der Pfeil seufzte. »Hab' ich aber nicht, nur knapp.«

»Zu schade«, sagte Dor lächelnd.

»Nun spiel bloß nicht den großen Gönner!« rief der Pfeil spitz. »Ich bin eine erstklassige Waffe!«

»Vielleicht brauchst du einen etwas zielsichereren Bogenschützen.«

»Da sagst du was! Von schlechten Schützen werden mehr Pfeile ruiniert als — ach, herrje, was soll's! Wenn Pfeile die Welt regieren würden und nicht diese dämlichen Leute —«

Das Leben war wirklich überall schwer, dachte Dor, selbst für nichtlebendige Dinge. Nach einer Weile ließ das Getöse nach, und Dor wußte, daß es Hüpfer gelungen war, den Angriff abzuwehren. Er überlegte, ob er vorsichtshalber nachsehen sollte, da die Bedrohung ja nun nachgelassen hatte, entschied sich aber dafür, auf seinem Posten zu bleiben. Seine Neugier war zwar überwältigend, aber Disziplin blib Disziplin, selbst dann noch, wenn sie so gut wie sinnlos geworden war.

Da schlich sich leise ein Leitertrupp an seine Seite. Da versuchte jemand, heimlich einzudringen! Dor wartete lautlos ab und ließ sie sich ihren Weg über den Graben bahnen und die Leiter leise einhaken. Sie dachten wohl, daß er fortgegangen oder eingeschlafen oder zumindest achtlos geworden sei. Wie recht sie um ein Haar gehabt hätten!

Dann, als der erste Mundanier gerade auf die Brüstung steigen wollte, rannte Dor mit seinem Stemmeisen auf die Leiter zu und stieß sie mit einem Ruck von der Mauer ab. Er beachtete die Schreie und das Geplatsche der stürzenden Männer kaum. Durch seine Standhaftigkeit hatte er den heimlichen Überfall abgewehrt und dazu beigetragen, das Schloß zu retten! Hätte er der Versuchung nachgegeben und seinen Posten vorzeitig verlassen . . .

Diesmal fühlte er sich schon etwas mehr wie ein Held als beim letzten Mal.

Endlich meldete das Zombiespionauge, daß die Mundanier ihre Hauptstreitmacht abgezogen hatten, und Dor stieg wieder hinab zu den anderen. Es war Mittag. Sie aßen und vertrieben sich den langen Nachmittag mit einem Laubsägepuzzle, das Millie beim Putzen des Salons aufgestöbert hatte.

Es war natürlich ein magisches Puzzle, denn Lauben und Sägen waren magische Wesen, die sich an ihrer eigenen Kunstfertigkeit erfreuten. Wenn sie alle richtig beisammen waren, würden sie ein entzückendes Bild ergeben, doch im Augenblick bestand das Puzzle aus Abertausenden von kleinen Teilen, die erst zusammengefügt werden mußten. Keine zwei Teile paßten zusammen, wenn man sie nicht zuerst mit der richtigen Bitte verzauberte, und das war recht umständlich, zumal sich die Teile des Bildes, die bereits fertig zu sein schienen, ständig veränderten. Das Prinzip schien dem des magischen Wandteppichs in Dors eigener Zeit zu ähneln, auf dem sich die Figuren ja auch wie im richtigen Leben bewegten. Genaugenommen —

»Das ist es!« rief Dor. »Wir weben den Teppich!«

Die anderen blickten hoch, mit Ausnahme von Hüpfer, dessen Augen ja stets nach oben, nach unten und zur Seite blickten, ohne sich zu bewegen. »Welcher Teppich?« fragte Millie etwas kühl. Sie war immer noch auf ihre süße Weise wütend auf ihn, weil er sie abgewiesen hatte.

»Der . . . ich, äh, das kann ich nicht richtig erklären« sagte er lahm.

Hüpfer begriff es plötzlich. »Freund, ich glaube, ich weiß, welchen Teppich du meinst«, schnatterte er. »Der König hat davon gesprochen. Er sucht nach einem geeigneten Bild, das er auf Schloß Roogna an der Wand aufhängen kann. Ein Bild, das seine Betrachter unterhält und das versinnbildlicht, was er zu erreichen versucht. Das hier ist genau das Richtige, sofern der Zombiemeister es hergeben sollte.«

»Ich überlasse es dir«, erwiderte der Magier. »Weil ich dein Wesen achte. Nimm es mit, wenn ihr zu Schloß Roogna zurückkehrt.«

»Das ist wirklich sehr großzügig«, schnatterte Hüpfer und legte ein weiteres Teil aus. Mit seinen vielen Augen war er für diese Aufgabe wie geschaffen, da er alles auf einmal im Blick behalten konnte. »Aber wenn wir dem König nicht zu Hilfe eilen, wird das Schloß niemals ganz erbaut werden.«

Der Zombiemeister gab keine Antwort, doch Millie blickte erschrocken auf. Ihr Blick kreuzte sich mit Dors, und er nickte ihr zu. Sie hatten begriffen!

Doch sie furchte die Stirn. Dor wußte, welches Problem hier vorlag: Sie interessierte sich für ihn und wollte ihre Reize nicht auf den Magier richten. Sie konnte nicht verstehen, weshalb Dor sie ablehnte und nicht selbst für die Sache von Schloß Roogna sprach. Also konzentrierte sie sich mürrisch wieder auf das Puzzle. So schleppte sich der Nachmittag dahin.

»Ich mochte schon immer Puzzles«, bemerkte der Zombiemeister, und er war auch tatsächlich der beste menschliche Teilnehmer. Seine Skeletthand huschte nur so über die Teile und fügte sie zusammen. Hager und abgemagert, aber doch recht gesund und wachsam wie er war, wirkte der Magier mit jeder Stunde, die er in Millies Gesellschaft verbrachte, immer menschlicher. »Das Abenteuer der Entdeckung, ohne jede Gefahr. Als ich noch ein Kind war, bevor mein Talent bekannt war, habe ich Steinblöcke mit einem Hammer zerschmettert und die Stücke wieder zusammengesetzt. Natürlich fehlte da der innere Zusammenhalt, die Kohäsion —«

»War das nicht auch ein Aspekt Eures Talents?« schnatterte Hüpfer. »Jetzt setzt Ihr Wesen zusammen, aber es fehlt ihnen der Zusammenhalt des Lebens.«

Der Magier lachte, zum ersten Mal in ihrer Gegenwart. Er warf sein zottiges braunes Haar zurück, so daß seine Augenhöhlen und Backenknochen noch schärfer hervortraten. »Eine höchst beachtliche Erkenntnis! Ja, ich vermute, das Zusammensetzen von Zombies unterscheidet sich wohl kaum sonderlich vom Wiederherstellen von Steinen. Und doch wird daraus eine einsame Kunst; denn die anderen —«

»Ich verstehe«, schnatterte Hüpfer. »Ihr seid ein normales Wesen, genau wie ich, aber diese Welt hier sieht das anders. Ich habe meine eigene Welt, in die ich zurückkehren kann, aber Euch bleibt nur diese hier.«

»Ich wünschte, ich könnte mit in Eure Welt kommen«, sagte der Magier wie nebenbei, aber doch mit einem sehnsuchtsvollen Unterton. »Ein neuer Anfang, ohne Vorurteile. Selbst unter Spinnen würde ich mich mehr zu Hause fühlen.«

Millie sagte zwar nichts, aber ihr Gesichtsausdruck wurde weicher. Sie machten sich wieder an das Puzzle.

»Als ich noch jung war«, bemerkte der Zombiemeister nach einer Weile, »träumte ich davon, zu heiraten und mich ganz normal niederzulassen, um eine Familie zu gründen. Ich hatte keinerlei Absicht, so zu werden — wie ihr mich jetzt vor euch seht. Ich hatte einen wesentlich besseren Appetit, mehr Fleisch auf den Knochen und war von normalen Jungen kaum zu unterscheiden. Dann fand ich eines Tages einen toten Flugfrosch, hatte Mitleid mit ihm und versuchte, ihn mit Willenskraft wiederzubeleben, und . . . «

»Der erste Zombie!« rief Millie.

»Genau. Von da an verlief meine Karriere in festgelegten Bahnen. Gegen meine eigenen Neigungen erreichte ich viel mehr und wurde viel einsamer als alle meine Zeitgenossen. Viele Leute wollten zwar gerne meine Dienste in Anspruch nehmen — damit ich ihnen Zombietiere machte, die ihre Häuser bewachten oder ihre Schlachten schlugen oder ihre Arbeit taten –, aber niemand wollte persönlich etwas mit mir zu tun haben. Das hat mich angewidert. Ich mag es nicht, wenn man mich ohne jede Achtung ausnutzen will.«

Millies Gesichtsausdruck wurde immer sanfter. »Was seid Ihr für ein armer Mann!« rief sie.

»Ihr drei seid die ersten, die sich mit mir abgegeben haben, ohne von mir abgestoßen zu sein«, fuhr der Zombiemeister fort. »Nun ja, auch ihr seid gekommen, um um einen Gefallen zu betteln —«

»Aber das wußten wir doch nicht!« rief Millie. »Die beiden hier sind aus einem fernen, fremden Land, und ich bin nur eine unschuldige Maid —«

»Ja«, meinte der Magier und blickte sie etwas besänftigt an. »Unschuldig, aber mit einem Talent, das andere zu gewissen Reaktionen bewegt.«

»Außer euch dreien«, sagte sie. »Alle anderen Männer wollten immer nach mir grabschen. Dor hat mich sogar auf den Boden geschubst.« Sie warf ihm einen finsteren Blick zu.

»Dein Freund hält sich nur zurück, weil er nicht aus deiner Welt ist und bald zurückkehren muß. Er kann dich nicht mitnehmen«, sagte der Zombiemeister. Dor war erstaunt und froh über das Verständnis, das der Mann ihm entgegenbrachte. »Folglich kann er dir gegenüber keinerlei Verpflichtungen eingehen und ist zu sehr ein Gentleman, um dich für eine nur flüchtige Affäre auszunutzen.«

»Aber ich würde doch mit ihm gehen!« rief sie naiv.

Hüpfer warf schnatternd ein: »Das ist unmöglich, Maid. Da ist Magie mit im Spiel.«

Sie reckte das Kinn in lieblicher Rebellion vor.

»Doch wenn du in meinem Schloß bleiben willst, Millie, dann könntest du ein achtbares Leben führen —« fing der Magier an, doch dann zügelte er sich wieder. »Aber auch ein einsames. Das muß ich zugeben.«

»Ihr habt eigentlich eine ganze Menge Gesellschaft«, meinte Millie. »Die Zombies sind gar nicht so übel, wenn man sie erst einmal näher kennt. Sie haben recht eigene Persönlichkeiten. Sie . . . sie können doch auch nichts dafür, daß sie nicht ganz lebendig sind.«

»Oft sind sie eine wesentlich angenehmere Gesellschaft als lebende Wesen«, stimmte der Zombiemeister ihr zu.

Dor hörte zu, wie Millie und der Magier einander näherkamen, und zwang sich dazu, sich nicht einzumischen.

»Ich glaube, es würde mir nichts ausmachen, unter Zombies zu leben«, sagte Millie. »Im Garten habe ich ein Zombiemädchen getroffen. Ich glaube, als sie noch lebte, muß sie fast so hübsch gewesen sein wie ich.«

»Fast«, stimmte der Zombiemeister lächelnd zu. »Sie wurde von einem Lungenentzündungszauber dahingerafft, der jemand anders gegolten hatte. Aber als ich sie wiederhergestellt hatte, hat ihre Familie sich geweigert, sie wieder aufzunehmen, deshalb lebt sie jetzt hier. Ich bedaure es, daß ich meine Magie nicht rückgängig machen kann, wenn ich sie erst einmal eingesetzt habe. Sie ist dazu verdammt, wie die anderen für immer ein Halbleben zu führen.«

»Ich habe geschrien, als ich zum ersten Mal einem Zombie begegnet bin. Aber jetzt —«

»Ich weiß sehr wohl, daß dein Hauptinteresse anderswo liegt«, sagte der Magier und warf Dor einen undurchsichtigen Blick zu. »Aber wenn du die Tatsache akzeptieren kannst, daß du ihn nicht wirst begleiten können, und wenn du dann hier bleiben willst —«

»Ich muß dem König helfen«, sagte sie. »Wir haben es ihm versprochen —«

Der Zombie beugte sich dem Unausweichlichen. »Für dich würde ich mich sogar in die Politik einmischen. Ad hoc. Meine Zombies einsetzen, um —«

»Nein!« rief Dor zu seinem eigenen Erstaunen. »Das ist nicht recht!«

Der Zombiemeister musterte ihn ausdruckslos. »Heißt das, daß Ihr nun doch Euer Interesse an der Dame in die Waagschale werfen wollt?«

»Nein! Ich kann sie nicht haben, das weiß ich wohl. Aber wir sind nur hier, weil wir belagert werden, und sobald die Belagerung zu Ende ist, kehren wir zu König Roogna zurück. Es ist unehrenhaft, daß sie Eure Einsamkeit ausnutzt, nur damit dem König geholfen wird. Der Zweck heiligt nicht die Mittel.« Das hatte er König Trent einmal sagen hören, aber bis jetzt hatte er die Bedeutung des Satzes nie so richtig begriffen. »Ihr seid sehr großzügig zu Hüpfer und mir gewesen, weil Ihr unsere Bedürfnisse erkannt und respektiert habt. Wie könntet Ihr Millie jemals respektieren, wenn —«

Zum ersten Mal sahen sie, wie Millie richtig zornig wurde. »Ich habe gar nicht versucht, ihn auszunutzen! Er ist ein netter Mann! Es ist nur so, daß ich dem König ein Versprechen gegeben habe, und da kann ich doch nicht einfach davonlaufen und irgend etwas anderes tun und das Königreich im Stich lassen!«

Dor war tief bekümmert. Er hatte ihre Unschuld doch nicht richtig verstanden. »Es tut mir leid, Millie. Ich dachte —«

»Du denkst zu viel!« fauchte sie.

»Und doch ehrt Euch Euer Denken«, sagte der Zombiemeister zu Dor. »Und deine Naivität ehrt dich ebenfalls, Millie«, fuhr er, zu Millie gewandt, fort. »Ich war mir der Haken schon bewußt. Ich bin es gewohnt, für jeden Gefallen eine Gegenleistung zu erhalten. Daran ist ja auch nichts Schlimmes, solange die Bedingungen offen ausgehandelt werden. Ich bin ganz einfach dazu bereit, unter diesen Umständen einen Kompromiß einzugehen. Wenn es notwendig sein sollte, das Königreich zu retten, damit die Dame glücklich ist, bin ich eben dazu bereit, das Königreich zu retten. Quid pro quo. Ich bin erfreut, daß die Mamsell ihr Versprechen gegenüber dem König so treu hält. Ich kann mit einiger Berechtigung davon ausgehen, daß sie auch Euch gegenüber Wort halten würde, Dor. Oder auch mir gegenüber, sofern sie es mir geben sollte.«

»Das habe ich aber noch nicht!« protestierte Millie. »Niemandem! Nicht so!« Aber sie schien sich doch recht geschmeichelt zu fühlen.

»Vielleicht ist das Ganze doch nur eine rein akademische Frage«, schnatterte Hüpfer. »Wir werden hier belagert und können kaum mehr tun, als uns zu verteidigen, mit Hilfe der loyalen Zombies. Wir können dem König sowieso nicht helfen.«

»Und selbst wenn wir nicht belagert würden«, meinte der Magier, »sind viele meiner Zombies schon aufgerieben worden. Sie sind zwar unsterblich, aber wenn man sie körperlich vernichtet und ihre Teile verlorengehen, sind sie nutzlos. Ich könnte dem König sowieso allenfalls eine symbolische Truppe zuführen. Nicht genug, um den Fluch, der auf Schloß Roogna liegt, zu bannen.«

»Ihr könntet doch neue Zombies machen«, sagte Dor. »Wenn Ihr nur mehr Leichname hättet.«

»O ja, in unbegrenzter Anzahl. Aber ich brauche intakte Körper, und je frischer, desto besser.«

»Wenn wir die Mundanier besiegen könnten«, schnatterte Hüpfer, »könnten wir mit ihren Körpern eine mächtige Armee aufbauen.«

»Wenn wir eine mächtige Armee hätten, könnten wir auch die Mundanier besiegen«, warf Dor ein. »Das ist ein Zirkelschluß.«

»Ich will mich ja nicht in menschliche Angelegenheiten einmischen«, meinte Hüpfer, »aber ich glaube, daß ich einen Ausweg wüßte. Er ist etwas riskant . . .«

»Riskant ist es auch, weiterhin belagert zu werden«, versetzte der Zombiemeister.

»Es geht um eine Reihe von Abkommen«, schnatterte Hüpfer. »Der Zombiemeister und Millie müssen das Schloß eine Weile allein verteidigen, während ich Dor im Dunkeln mit meinen Leinen nach draußen hinter die feindlichen Linien befördere. Dort muß er mit seinem Talent ein paar richtige Ungeheuer aus der Wildnis — Drachen und so — ausfindig machen und sich ihrer Hilfe versichern.«

»Aber Drachen helfen keinen Menschen!« protestierte Dor.

»Sollen sie ja auch gar nicht. Sie sollen ja gegen Menschen kämpfen — gegen Mundanier. Ich werde Dor begleiten«, fuhr Hüpfer schnatternd fort. »Mich werden sie als Ungeheuer anerkennen und ihn als Magier. Im Schloß befindet sich ein weiterer Magier mit einer Frau und vielen Zombietieren. Also keine gewöhnlichen Menschen. Wir werden ihnen folgendes versprechen: Jedes Ungeheuer, das im Kampf sterben sollte, wird hinterher als Zombie wiederhergestellt. Aber vor allem werden sie das Vergnügen haben, Menschen ungestraft umbringen zu dürfen, denn der König wird ihnen nichts antun, wenn sie in seinem Dienst handeln.«

»Das könnte klappen!« rief Dor. »Gehen wir!«

»Nicht, bevor es dunkel geworden ist«, schnatterte Hüpfer.

»Und nicht, bevor ihr gegessen habt«, fügte Millie hinzu und lief zur Kirche.

Hüpfer legte ein letztes Puzzleteil und verschwand, um sich oben noch etwas auszuruhen, und ließ Dor mit dem Zombiemeister allein.

»Wollt Ihr dem König wirklich helfen?« fragte Dor. »Ich meine, wenn wir die Belagerung überstehen sollten?«

»Ja. Um der Dame einen Gefallen zu tun. Und Euch auch.«

Doch Dor war immer noch bekümmert. »Ich muß Euch noch etwas anderes sagen. Die Dame . . . ist dazu verdammt, jung zu sterben. Das weiß ich aus der Geschichte.«

Die Hand des Zombiemeisters, die soeben ein durchsichtiges Puzzleteil an seinen Platz legen wollte, gefror mitten in der Bewegung. Die Farbe des Teils wechselte von einem warmen Rot zu einem eisigen Blau. »Ich weiß, daß Ihr mich nicht bewußt täuschen würdet.«

»Ich . . . ich würde Euch täuschen, wenn ich es versäumen würde. Euch zu warnen. Sie . . . vielleicht ist sterben nicht das richtige Wort. Aber sie wird jahrhundertelang ein Gespenst sein. Also werdet Ihr nicht dazu in der Lage sein . . .« Dor merkte, wie ihn die Trauer über das, was er nicht verhindern konnte, überkam. »Ich glaube, daß irgend jemand sie ermorden wird. Oder es versuchen wird. Im Alter von siebzehn Jahren.«

»Wie alt ist sie jetzt?«

»Siebzehn.«

Der Magier legte die Hand gegen die Stirn. Das Puzzleteil wurde weiß. »Ich vermute, daß ich einen Zombie aus ihr machen und sie bei mir behalten könnte. Aber das wäre nicht dasselbe.«

»Sie . . . wenn Ihr dem König helfen wollt, um ihr einen Gefallen zu tun — oder überhaupt irgendeinem von uns . . . na ja, wir werden alle fort sein, bevor das Jahr verstrichen ist. Also ist es die Sache vielleicht doch nicht wert, zu . . .«

»Eure Ehrlichkeit wird langsam schmerzhaft«, erwiderte der Zombiemeister. »Aber es sieht wohl ganz danach aus, als müßte ich mich beeilen, wenn ich Euch noch einen Gefallen tun will. Es ist möglich, daß ich in meinem ganzen Leben keine

Gelegenheit mehr bekommen werde, jemandem einen Gefallen zu tun, der dies auch wert ist.«

Dor wußte nicht, was er darauf erwidern sollte, also streckte er dem Magier einfach seine Hand entgegen. Der Magier legte das Puzzleteil, das inzwischen schwarz geworden war, beiseite und nahm ernst seine Hand, um sie zu schütteln. Dann machten sie sich wortlos wieder an das Puzzle.

8
Eine Verpflichtung

In der Nacht verließen Dor und Hüpfer das Schloß mit Hilfe der von der Spinne gespannten Seile. Dor verließ sich auf Hüpfers Fähigkeit, auch bei Nacht zu sehen, und so gelang es ihnen, unbemerkt an den Wachposten der Mundanier vorbeizukommen. Bald befanden sie sich weit hinter den feindlichen Linien im Urwald.

»Am besten beginnen wir mit dem Herrn des Dschungels«, meinte Dor. »Wenn der mitmacht, machen die meisten anderen auch mit. So ist das immer in Dschungeln.«

»Und wenn nicht?«

»Dann zerrst du mich möglichst schnell mit deiner Sicherheitsleine weg.«

Hüpfer befestigte eine Leine an Dor und hielt das andere Ende fest. Dann suchte die Spinne im Dunkeln einen Stein.

»Wo ist der örtliche Drachenkönig?« fragte Dor ihn.

Der Stein beschrieb ihm den Weg zu einem schmalen Loch in einem felsigen Hügel. »Ist es hier?« fragte Dor zweifelnd.

»Das solltest du lieber mal glauben«, erwiderte die Höhle.

»O doch, doch, ich glaub's ja«, sagte Dor, der sich nicht mit der Wohnung eines Ungeheuers anlegen wollte, mit dem er schließlich noch einen Handel abschließen wollte.

»Und wenn du Wert darauf legen solltest, ungebraten davonzukommen, weckst du den Monarchen lieber nicht auf«, meinte die Höhle.

Hüpfer schnatterte. »Diese kleine Höhle hat ein recht großes Maul!«

»Wie?« fragte die Höhle.

Dor mußte heftig schlucken. »Ich muß ihn aber wecken.« Dann legte er die Hände an den Mund und rief: »Drache! Ich muß mit dir reden. Ich habe interessante Neuigkeiten für dich.«

Aus dem Inneren der Höhle ertönte ein Schnauben. Dann kam eine weiße Rauchwolke hervor, gefolgt von einem rollenden Grollen. Es roch recht verbrannt.

»Was meint er?« fragte Dor die Höhle.

»Er sagt, daß du in sein Wohnzimmer kommen sollst, wenn du interessante Neuigkeiten haben solltest. Dein Leben hängt von der Richtigkeit deiner Behauptung ab.«

Damit hatte Dor nicht gerechnet. »Dort hinein? In die Höhle des Drachen?«

»Siehst du hier vielleicht irgendwelche anderen Drachenhöhlen, Menschenbraten?« fragte die Höhle.

Hüpfer schnatterte wieder leise. »Ein richtiges Großmaul.«

»Ich schätze, ich muß wohl hinuntersteigen«, meinte Dor.

»Ich kann im Dunkeln besser sehen. Laß mich gehen«, erwiderte Hüpfer.

»Nein. Du kannst keine Gegenstände befragen, um den Drachen zu verstehen, und ich kann nicht auf Bäume hüpfen und eine Leine an der Schloßmauer befestigen. Ich muß mit dem Drachen reden, und du mußt dich bereithalten, um die Neuigkeiten weiterzugeben.« Wieder mußte er schlucken. »Für den Fall, daß meine Mission scheitern sollte. Du kannst schon jetzt mit Millie Signale austauschen.«

Hüpfer berührte ihn vielsagend mit einem Vorderbein. »Deine Logik ist unangreifbar, Dor-Mensch. Ich werde an diesem Eingang hier lauschen und zur Not allein zurückkehren.

Wenn du mich rufst, ziehe ich dich schnell mit der Leine hoch. Nur Mut, Freund!«

»Ich mach' mir fast in die Hosen.« Aber er mußte an das denken, was die Gorgone über Tapferkeit gesagt hatte: daß die sich darin zeige, daß man etwas tut, obwohl man Angst davor hat. Vielleicht würde er, rein technisch gesehen, nun ein toter Held werden und kein toter Feigling. »Wenn . . . wenn irgend etwas passieren sollte, dann versuch, irgendein Teil von mir zu retten, und behalte es bei dir. Ich glaube, daß der Rückkehrzauber sich darauf konzentrieren und dich nach Hause befördern wird, wenn die Zeit um ist. Ich will nicht, daß du in dieser Welt gefangen bleibst.«

»Das wäre auch keine Katastrophe«, meinte Hüpfer. »Diese Welt ist eine völlig neue Erfahrung.«

Eine umfassendere Erfahrung, als Dor sich erhofft hatte! Er atmete tief durch und ließ sich schließlich in die Höhle gleiten. Innen war es ziemlich niedrig, so daß er nicht aufrecht stehen konnte, aber das mußte nicht unbedingt heißen, daß der Drache klein war. Drachen waren meistens lang und geschmeidig.

Der Gang verlief sich in immer weiteren Kurven, und es war so dunkel, daß er absolut nichts erkennen konnte. »Warnt mich vor irgendwelchen Löchern, Steinpilzen oder anderen geographischen Gefahren«, sagte Dor.

»Es gibt keine, nur den Drachen«, erwiderte eine Wand. »Das ist aber auch mehr als genug.«

»Ich wünschte, es wäre etwas heller«, brummte Dor. »Wirklich zu schade, daß ich meinen Wunschring verschenkt habe.«

Von unten grollte der Drache ihn an. »Licht willst du?« übersetzte die Wand. »Das kannst du haben!« Und grelle Flammen züngelten den Gang entlang.

»Nicht so viel!« rief Dor und wich vor der Hitze zurück.

Die Flammen ließen nach. Es war offensichtlich, daß der Drache Menschensprache verstand und nicht einfach so auf ihn feuerte. Das war sowohl beruhigend als auch beunruhigend. Wenn es irgend etwas Gefährlicheres als einen Drachen gab, dann war es ein intelligenter Drache. Andererseits war es ja nur natürlich, daß der intelligenteste Drache zum Führer in der komplizierten Hierarchie der Wildnis aufsteigen mußte. Immer vorausgesetzt, daß er auch hinreichend wild war.

Schließlich gelangte Dor in den eigentlichen Bauch der Höhle, wo der Drache hauste. Das Licht flackerte im Rhythmus des Feueratems. Wenn das Feuer größer wurde, glitzerte die ganze Höhle, denn das Nest bestand natürlich aus Diamanten, die das Licht tausendfach brachen.

Und dann der Drache selbst: Seine Schuppen waren spiegelglatt poliert und hätten jedem Kettenpanzer Ehre gemacht. Die großen Vorderkrallen bestanden aus spitz gefeilten Messingklauen. Die Schnauze war vergoldet, die Augen glichen Vollmonden.

»Du bist ja richtig schön!« rief Dor. »Soviel Glanz habe ich noch nie gesehen!«

»Ein schwaches Lob, fürwahr!« knurrte der Drache.

»Äh, ja, mein Herr, ich . . . äh . . . ich bin gekommen, um –«

»Schon gut. Was will ein Menschenmagier von mir, einem einfachen Ungeheuermonarchen?«

»Ich komme, äh, um einen Handel vorzuschlagen. Du weißt ja, daß es für dich nicht sicher . . . äh, ratsam ist, Menschen zu fressen, und –«

Der Drache schnaubte eine Flamme hervor, die ungemütlich nahe an Dors Stiefeln den Boden entlangzüngelte.

»Ich fresse, wen ich fressen will! Ich bin der Herr des Dschungels.«

»Äh, ja, natürlich. Aber Menschen gehören nun mal nicht zum Dschungel. Wenn du zu viele von ihnen frißt, fangen sie an . . . äh . . . Schwierigkeiten zu machen. Dann benutzen sie besondere Magie, um —«

»Darüber will ich lieber nicht sprechen!« Diesmal schnaubte er beißenden Qualm aus.

»Äh, natürlich. Was ich nur sagen will, äh, ist, daß es da ein paar Menschen gibt, die, öh, gefressen werden sollten. Mundanier, ohne Magie. Wenn du und deine Begleiter Lust hättet, äh —«

»Ich beginne langsam zu verstehen, worauf du hinaus willst«, meinte der Drache. »Wenn wir uns, sagen wir mal, etwas Spaß gönnen würden, dann würden eure Magier nichts dagegen sagen, ja? Euer König, Wieheißterdochgleich —«

»König Roogna. Nein, der hätte wohl auch nichts dagegen. Dieses Mal. Immer vorausgesetzt, ihr würdet ausschließlich Mundanier auffressen.«

»Es ist nicht immer leicht, auf einen Blick festzustellen, ob ein Mensch aus Xanth oder aus Mundania stammt. Für uns schmeckt ihr alle gleich.«

Das war nicht von der Hand zu weisen. »Nun . . . wir werden grüne Tücher tragen«, sagte Dor, dem einige Bettücher einfielen, die er im Schloß des Zombiemeisters gesehen hatte. Die ließen sich zu Binden zerreißen. »Das würde im übrigen nur für dieses Gebiet hier gelten. Ihr dürft euch also nicht Schloß Roogna nähern.«

»Schloß Roogna befindet sich im Revier meines Vetters, der ziemlich empfindlich reagieren kann, wenn man es verletzt«, sagte der Drache. »In dieser Gegend gibt es genug zu fressen. Diese Mundanier sind ganz besonders groß und saftig. Ich verstehe. Gibt es irgendeine Einschränkung?«

»Öh, wären zwei Tage genug?«

»Mehr als genug. Sagen wir, daß wir morgen gegen Sonnenaufgang anfangen?«

»Prima.«

»Wie kann ich sichergehen, daß du für euren König sprichst?«

»Nun, ich —« Dor brach unsicher ab. »Ich glaube, es wäre wohl besser, eine Bestätigung einzuholen. Hast du einen schnellen Boten zur Verfügung?«

Der Drache klatschte mit dem Schwanz. Die Spitze befand sich zwar tief unten im Innern der Höhle, gänzlich außer Sichtweite, aber das Geräusch war nicht zu überhören. Kurz darauf hörte Dor ein Krächzen, und ein huhnähnlicher Vogel flatterte in die Höhle. Es war eine Wollhenne, und Dor wußte zwar nicht viel über diese Rasse, hatte aber gehört, daß sie recht scheu und schnell war.

»Äh, gut« sagte er. »Öh, habt ihr hier irgend etwas zum Schreiben?« Er war wirklich schlecht vorbereitet gekommen.

Der Drache stieß etwas Dampf gegen die Wand. Dor blickte hin und sah eine Nische, in der einige Papiermuschelpekane und ein Tintenholzast lagen. »Ich habe einen Sekretärvogel«, knurrte der Drache zur Erklärung. »Ganz nützlich, wenn man auf dem laufenden bleiben will, welches Ungeheuer aufgefressen und welches noch versengt werden muß, wann der nächste Regen kommt und so weiter. Er ist gerade auf der anderen Seite der Spalte. Er wird zwar mächtig unheilig herumkrächzen, wenn er feststellt, daß jemand an seinen Kram gegangen ist, aber bitte: bedien dich.«

Etwas mühsam schrieb Dor:

KÖNIG ROOGNA: BITTE GENEHMIGUNG BESTÄTIGEN, DASS UNGEHEUER ZWEI TAGE LANG MUNDANIER STRAFLOS VERTILGEN DÜRFEN. ERFORDERLICH, UM MUNDANIER VON BELAGERUNG DES SCHLOSSES DES ZOMBIEMEISTERS ABZUSCHRECKEN, DER EUCH DANACH ZU HILFE KOMMEN WIRD. ALLE BÜRGER VON XANTH IN DER UMGEBUNG SOLLEN GRÜNE TÜCHER TRAGEN, UM VERWECHSLUNG MIT MUNDANIERN AUSZUSCHLIESSEN. GEZEICHNET, MAGIER DOR

Er faltete das Blatt zusammen und reichte es der Wollhenne. »Bring dies dem König, und komm sofort mit der Antwort zurück.« Der Vogel nahm den Brief in den Schnabel und war mit einem Aufstieben von Wollstaub verschwunden, bevor Dor auch nur richtig hinsehen konnte.

Bald darauf kehrte die Wollhenne in einer neuen Staubwolke zurück und brachte die Antwort. Dor entfaltete den Zettel und las die Nachricht laut vor:

GENEHMIGUNG BESTÄTIGT. NUR ZU. GEZEICHNET, DER KÖNIG

Er zeigte den Zettel dem Drachen, der zufrieden Dampf schnaubt. »Das wär's wohl. He, Henne, ruf meine Untertanen zusammen zu einem Raubzug. Sag ihnen, sie sollen gefälligst die Flügel schwingen, sonst brenne ich sie ihnen ab. Ich erwarte sie in einer Stunde zum Rapport.« Er reckte Dor seine Schnauze entgegen. »Es war mir eine Freude, mit Ihnen Geschäfte zu machen, mein Herr.«

Doch Dor war beunruhigt. Er erinnerte sich an den Fluch, den der Magier Murphy auf Schloß Roogna gelegt hatte: alles, was irgendwie schieflaufen konnte, würde auch tatsächlich schieflaufen. Diese Botschaft stand in direktem Zusammenhang mit dem Projekt. Warum hatte der Fluch nicht gewirkt? Das ging alles zu glatt.

»Es ist wohl besser, wenn du verschwindest, bevor meine Kohorte eintrifft«, meinte der Drache. »Bis ich sie eines Besseren belehre, werden sie dich und die Spinne für Freiwild halten.«

»Äh, ich —« Da hatte Dor einen Einfall. »Ich will nur eben etwas überprüfen. Eine reine Formalität, aber . . .« Er blickte den Zettel an, den er in der Hand hielt. »Kommst du vom König?«

»Ja«, sagte das Papier.

»Und diese Nachricht ist wirklich von ihm?«

»Ist sie.«

»Deine Magie scheint die Nachricht zu bestätigen«, sagte der Drache. »Aber ich bin es bereits zufrieden. Wozu die Fragerei?«

»Ich bin nur . . . vorsichtig. Ich hatte befürchtet, daß irgend etwas schiefgelaufen wäre.«

Der Drache dachte nach. »Du bist offenbar nicht mit den Verschwörungen und bürokratischen Verwicklungen vertraut, mit denen wir hier in der Wildnis zu tun haben. Frage den Zettel, von welchem König er kommt.«

»Von welchem König?« wiederholte Dor verwundert.

»Vom Koboldkönig«, erwiderte das Papier.

Dor und der Drache wechselten entsetzte Blicke. »Vom Koboldkönig? Nicht vom König Roogna?«

»Nein«, meinte der Zettel.

»Dieser dämliche Vogel!« tobte der Drache und hätte Dor beinahe mit seinem Feueratem verkohlt. »Du schickst ihn zum König, ohne zu sagen, welchen König du meinst, und da fliegt er zum Koboldkönig, weil der wahrscheinlich näher ist. Hätte ich mir doch denken können, da die Antwort viel zu schnell zurückgekommen ist.!«

»Und der Koboldkönig hat natürlich versucht, uns reinzulegen«, fuhrt Dor fort. »Murphys Fluch hat also doch funktioniert —«

»Soll das heißen, daß wir nun gar kein Abkommen haben?« fragte der Drache unheilvoll dampfend.

»Es heißt, daß unser Abkommen nicht vom König bestätigt worden ist«, erwiderte Dor. »Ich bin mir zwar sicher, daß er einverstanden wäre, aber wenn wir ihm keine Nachricht übermitteln können —«

»Warum sollte der Koboldkönig es bestätigen? Ich kenne mich ein bißchen mit Kobolden aus, das sind keine besonders netten Wesen. Die schmecken ja nicht mal nett. Die Kobolde müßten doch viel eher daran interessiert sein, unser Abkommen zu sabotieren, anstatt es zu bestätigen. Die mögen doch weder Menschen noch Drachen.«

»Das ist wirklich seltsam«, meinte Dor.

Rauchend dachte der Drache nach. »Was für einen Ärger würde es denn geben, wenn die Tiere anfingen, Menschen ohne Genehmigung in großer Zahl aufzufressen?«

Dor überlegte. »Eine ganze Menge Ärger. Es wäre irgendwann eine Prinzipienfrage. Der König kann kein ungenehmigtes Gemetzel dulden, er ist gegen die Anarchie. Ein solcher Akt würde wahrscheinlich zu einem Krieg zwischen den Ungeheuern und den Mannen des Königs führen.«

»Was zu einem gegenseitigen Abschlachten führen und die Kobolde zur Vormacht auf dem Land machen würde«, beendete der Drache diese Schlußfolgerungen. »Sie sind schon immer sehr stark gewesen; richtige kleine Bestien! Ich glaube, eure Art würde wirklich Schwierigkeiten mit den Kobolden bekommen, wenn die Harpyien sie nicht so sehr ablenken würden. Das einzige, was diese Wesen wirklich gut können, ist, sich fortzupflanzen. Es gibt schon verdammt viele von ihnen.«

»Na ja, ein Mensch kann immerhin fünf Kobolde erledigen«, meinte Dor.

»Ja, und ein Drache fünfzig. Aber es gibt schon mehr von ihnen, als Drachen und Menschen in Schach halten könnten.«

»Hm.«

»Weißt du was? Wenn du das Papier nicht befragt hättest, hätte mich diese Nachricht tatsächlich zum Narren gehalten«, bemerkte der Drache. »Ich mag aber nicht zum Narren gehalten werden.« Diesmal gab er einen Rauchring von sich.

»Ich auch nicht«, erwiderte Dor und wünschte sich, er könnte auch Feuer speien.

»Hätte euer König wohl etwas dagegen, wenn während des Raubzugs auch noch, so ganz zufällig und nebenbei, ein paar Kobolde dran glauben müßten?«

»Ich glaube nicht. Aber wir lassen ihm wohl besser eine neue Nachricht zukommen.«

»Während wir die Kobolde in dem Glauben lassen, daß sie uns in einen Krieg zwischen den Arten hineingelockt haben.«

Dor lächelte grimmig. »Hast du noch andere Boten — zuverlässigere?«

»Ich habe andere Boten — aber diesmal wollen wir dein Talent einsetzen. Wir werden eurem König einen Diamanten aus meinem Nest zukommen lassen, zusammen mit dem Zettel. Er muß den Diamanten mit seiner gesprochenen Antwort zurückschicken. Kein geringerer Mann würde einen solchen Edelstein wieder preisgeben, und nur du kannst ihn zum Sprechen bringen.«

»Wunderbar!« rief Dor. »Man kann sich kaum vorstellen, daß ein Kobold eine solche Nachricht *auch* fälscht! Du bist ja ein Genie!«

»Ein schwaches Lob, fürwahr!« knurrte der Drache.

Als Dor wieder zu Hüpfer zurückgekehrt war, dämmerte es fast. Hastig kehrten sie ins Schloß zurück.

Millie und der Zombiemeister begrüßten sie voller Erleichterung. »Zuerst müßt Ihr erst einmal *unsere* Nachrichten hören!« sagte der Magier. »Millie die Maid hat mir die Ehre erwiesen, darin einzuwilligen, meine Frau zu werden.«

»Dann werdet Ihr uns also helfen«, schnatterte Hüpfer.
»Gratuliere«, sagte Dor mit recht gemischten Gefühlen.
Millie machte für alle grüne Tücher, auch für die Spinne, die sich damit zufriedengab, ihren Unterleib mit einem Lappen zu bedecken. Dann machte sie Frühstück. Der Zombiemeister hatte die Nacht damit zugebracht, neue Zombies aus den Leichnamen anzufertigen, die der Rokh aufgetrieben hatte, so daß sie wieder in voller Verteidigungsstärke waren.

Im Morgengrauen griffen die Mundanier erneut an. Diesmal rollten sie einen riesigen Wagen an den Grabenrand. Er besaß einen großen Balken, der vorne herausragte und hoch genug war, um die Außenmauer des Schlosses zu überragen. Er war außerdem lang genug, um den Graben zu überbrücken. Damit konnten die ihre Soldaten ja direkt ins Schloß spazieren lassen. Sie mußten die ganze Nacht daran gearbeitet haben. Das war wirklich gefährlich.

Da schlugen die Ungeheuer zu. Der Herr des Dschungels hatte wirklich etwas auf die Beine gestellt! Er führte den Angriff selbst an und kam mit einem entsetzlichen Gebrüll aus dem tiefen Wald gestürmt. Seine Feuerrülpser umhüllten sofort den Holzturm. Hinter ihm kamen ein Greif, ein vierbeiniger Wal, mehrere fleischfressende Hasen, ein paar Trolle, ein Donnervogel, eine Schlitzkatze, ein Hippogreif, ein Flügelpferd, ein Satyr, ein Pantheon, ein Monoceros, eine Feuerschlange, drei Schlingpflanzen, ein Doppeladler, ein Zyklop, eine Schar Klettengänse, eine Schimäre und einige weniger bekannte Wesen, die Dor in der Eile nicht identifizieren konnte.

Die Mundanier waren allerdings alles andere als feige, und sie waren in der Überzahl. Sie stellten sich in neuer Schlachtformation auf, um sich dem Angriff zu stellen: die Schwertträger in vorderster Reihe, die Bogenschützen dahinter. Dor, Millie, Hüpfer und der Zombiemeister blickten von den Zinnen aus verwundert und zufrieden zu, als die Schlacht um das Schloß herum tobte, ohne sie miteinzubeziehen. Gelegentlich brummte ein Flugungeheuer sie an, wich aber sofort aus, sobald es ihre grünen Binden erblickte. Die Armee des Drachenkönigs war offensichtlich hervorragend diszipliniert! Dor war froh, daß er einmal mehr den Wert der Zusammenarbeit vor Augen geführt bekam. Diese Ungeheuer waren ja nicht einmal mit Gold aufzuwiegen!

Doch war dies nicht ein Ergebnis seines eigenen Vorgehens und nicht Millies? Würde es sich am Ende doch noch als ungültig herausstellen? Millie hatte den Zombiemeister dazu bewegt, König Roogna zu unterstützen, das war also auch gültig — doch wenn dieser nur mit Dors Hilfe rechtzeitig am Ziel eintraf? Galt es auch dann noch etwas? Schwer zu sagen.

In der Zwischenzeit konnte er nur darauf hoffen, daß Murphy sich irrte, während er die Schlacht genoß. Der Drachenkönig setzte den hölzernen Wagenturm vollends in Flammen und zermalmte den Balken mit einem einzigen Biß. Es ging doch nichts über einen Drachen, wenn es ums Kämpfen ging! Die mundanischen Bogenschützen ließen einen wahren Pfeilregen auf seine polierten Schuppen niedergehen, doch die Pfeile glitten harmlos ab, ohne sichtbaren Schaden anzurichten. Die Schwertkämpfer hieben auf die gepanzerte Haut ein, doch damit stumpften sie nur ihre Waffen ab. Der Drache ließ seinen glitzernden Schwanz herumwirbeln und fegte die Männer brutal zu einem Gewirr von Armen und Beinen zusammen. Die Schnauze drehte er dabei zur Seite, um einen anderen Gegner braun zu rösten.

Doch auch die anderen Ungeheuer waren nicht faul. Das Flügelpferd stampfte und trat wild um sich. Die Hasen bissen sich in Beine fest, der Doppeladler pickte säuberlich Augäpfel aus ihren Höhlen und schluckte sie einfach herunter, während der Satyr — Dor starrte ihn einen Augenblick lang wie angewurzelt an, dann zwang er sich, den Blick abzuwenden. Das hätte er sich nicht mal im Traum vorgestellt, daß man jemanden auf *diese* Weise umbringen konnte! Die größeren Ungeheuer ließen es sich ebenfalls gut gehen und genossen die Metzelorgie. Jahrhundertelang hatten sie sich bremsen müssen, um sich nicht allzu heftig auf Menschen zu stürzen, weil diese recht rachsüchtige und sture Wesen sein konnten. Jetzt hatten sie endlich die

Erlaubnis, zu tun, was sie schon immer wollten. Und vielleicht war es das einzige Mal!

Doch die Mundanier waren zäh. Sie besaßen zwar keine eigene Magie, machten dies aber durch extreme Kampfdisziplin und durch ihren hervorragenden Umgang mit ihren Waffen wieder wett. Als sie schon bald erkannt hatten, daß sie auf dem offenen Schlachtfeld weder siegen noch fliehen konnten, suchten sie natürliche Hindernisse als Deckung. Der brennende Wagen gab eine ausgezeichnete Barrikade ab, und dahinter war gleich der Graben. Der Drache hatte mit seinem peitschenden Schwanz Dreck und Erdreich aufgewirbelt, und hinter diesen Erdklumpen ließ es sich gut in Deckung gehen. Von dort aus machten die Bogenschützen den kleineren Ungeheuern den Garaus: den Klettengänsen und den Hasen, während sie den Donnervogel und die Schlitzkatze verwundeten. Die Schwertkämpfer hatten mittlerweile gelernt, wie sie ihre Klingen unter die Schuppen der gepanzerten Wesen schieben mußten, um bis zu ihren lebenswichtigen Organen vorzustoßen. In den ersten Augenblicken der Überraschung war vielleicht ein Viertel der Mundanier gefallen, doch nun war bereits die Hälfte der Ungeheuer tot oder verwundet, und das Blatt schien sich zu wenden. Damit hatte Dor wirklich nicht gerechnet. Was waren die Menschen doch für erstaunliche Bestien!

»Jetzt müssen wir unseren Verbündeten beistehen«, entschied der Zombiemeister schließlich.

Er schickte einen Trupp mit grünen Bändern gezeichneter Zombies los. Sowohl die Ungeheuer als auch die Mundanier waren äußerst verblüfft, doch die Ungeheuer ließen die Zombies ungehindert passieren. Die Untoten fielen in die Stellungen der Mundanier ein, nahmen herabgefallene Waffen auf und hackten mit ungleichmäßiger, aber schauriger Entschlossenheit auf ihre Gegner ein.

Die Mundanier waren zwar ursprünglich gekommen, um gegen Zombies zu kämpfen, doch nun packte sie doch der Schreck, als sie von ihnen angegriffen wurden. Das abstoßende Aussehen dieser halbtoten Wesen jagte ihnen Schauer über den Rücken, und so kam es zu Überreaktionen: Wild hackten die lebenden Menschen auf die Dinger in ihrer Mitte ein — und trafen dabei ihre eigenen Kampfgenossen.

Da stießen die Ungeheuer wieder zu. Die Zombies hatten den Ausschlag gegeben. Nun wurden die Verteidigungsstellungen der Mundanier überrannt, und das Gemetzel begann erneut.

Doch die Ungeheuer waren ermüdet, und einige begannen bereits damit, sich an den Gefallenen sattzufressen. Die Ungeheuer waren zwar von gewaltiger Wildheit, aber nicht groß an Zahl gewesen, und einige von ihnen waren nun tot. Die Mundanier waren noch immer in der Überzahl, und nachdem sie sich von der Begegnung mit den Zombies erholt hatten, trat ihre ausgezeichnete Kampfdisziplin wieder zum Vorschein. Erneut wendete sich das Blatt, trotz der Anstrengungen der Zombies. Es waren zu wenige, als daß sie noch viel länger hätten durchhalten können.

Dann begriff irgendein teuflisch schlauer Mundanier, was es mit den grünen Bändern auf sich hatte. Er riß eines davon von einem zerstückelten Zombie ab und legte es selbst an. Natürlich griffen die Ungeheuer nun nicht mehr an.

»Eine Katastrophe!« schrie Dor, dem Murphy wieder in den Sinn kam. »Gleich werden sie alle Grün tragen!« Er wollte zum Haupttor stürzen, doch da hielt Hüpfer ihn auf.

»Ich werde uns hinabschwingen, das geht schneller.«

Die Spinne befestigte ein Zugseil an Dors Hüfte, und Dor sprang über die Brüstung. Hüpfer gab mehr Leine und ließ ihn schnell, aber sicher im Graben landen.

Millie stieß einen erstickten Schrei aus, doch Dor war nicht zu Schaden gekommen. Bei dem ganzen Lärm wurde er nicht einmal von dem Grabenungeheuer bemerkt. Er platschte an Land. Hüpfer sprang hinab und glitt über die Wasseroberfläche hinter ihm her.

Niemand schenkte ihm Beachtung. Sie kamen an dem Greif vorbei, der gerade damit beschäftigt war, einem Mundanier die Eingeweide herauszureißen. Das Wesen blickte auf, bemerkte die grünen Bänder und machte sich wieder an die Arbeit. Dor und Hüpfer liefen zu dem nächsten mit einem grünen Band bestückten Mundanier. Der Mann wirbelte mit seinem Schwert umher und hieb auf die Schimäre ein, die verunsichert zurückwich. Das Ungeheuer wußte einfach nicht, ob es richtig war, diesen grüngekleideten Gegner zu vertilgen, so unangenehm er sich auch benehmen mochte.

Dor hatte keinerlei Skrupel mehr. Er lief mit gezücktem Schwert zu dem Mann. Der Mundanier erblickte ihn. »Komm, Freund, kaufen wir uns dieses dumme Vieh!« Da wurde er auch schon von Dors Klinge durchstoßen. Seine einzige Reaktion beim Sterben war Erstaunen.

»Los, Schimäre, an die Arbeit!« drängte Dor das Ungeheuer, das sich beunruhigt wieder daran machte, Mundanier ohne grünes Band anzugreifen.

Dor näherte sich dem nächsten mit einem grünen Band gezeichneten Mundanier. Doch nun überkamen ihn Skrupel, und er fühlte sich hinterhältig, bis ihm einfiel, daß die Mundanier ja genau dasselbe taten: sich als Freunde zu verkleiden. Die Skrupel verschwanden wieder. Ein Schlachtfeld war ohnehin kein geeigneter Ort für Skrupel . . .

Hüpfer wickelte Seide um einen grünmarkierten Mundanier und schlug ihm auf den Kopf. Die Spinne genoß die Schlacht, aber das war auch nicht weiter verwunderlich: Schließlich hatten die Mundanier Hüpfer auch vier Beine ausgerissen.

Dank Dors und Hüpfers Eingreifen wendete sich das Blatt erneut. Diesmal konnten die Mundanier den Ansturm nicht aufhalten. Sie wichen zu ihrem Lager zurück, erlitten große Verluste und wurden von den Ungeheuern, den Zombies sowie von Dor und Hüpfer immer weiter bedrängt. Die Schlacht war schon fast geschlagen.

Da trat plötzlich ein weiterer schlauer Mundanier in Aktion. Schlaue Mundanier waren wirklich Ekel! Der Mann duckte unter Dors Klingenhieb hervor und riß ihm das grüne Tuch vom Leib. »Und jetzt kämpfe!« schrie er.

Dor durchbohrte ihn zwar sofort mit einem zweiten Stich, aber der Schaden war angerichtet. Das grüne Tuch wurde vom Leichnam des Soldaten verdeckt, und der Hippogreif kam gerade auf ihn zu. Dor konnte ihm nicht mehr klarmachen, daß er nicht zu den Mundaniern gehörte.

Der Hippogreif hatte das Vorderteil eines Greifs und das Hinterteil eines Pferdes, was ihm eine enorme Kampfkraft und Schnelligkeit verlieh. Der Adlerschnabel und die Krallen packten gefährlich nach Dor. Dor tänzelte beiseite und hieb mit dem Schwert gegen einen der Flügel. Er schlug nicht allzu stark zu, weil er kein Wesen verwunden oder gar töten wollte, das eigentlich auf seiner Seite kämpfte, aber verteidigen mußte er sich doch. Nun war der Hippogreif an der Reihe, auszuweichen, doch da faltete er die Flügel auch schon zusammen und griff erneut an, und Dor mußte erkennen, daß er das nicht mehr lange durchhalten würde. Das Ungeheuer war viel zu groß, zu schnell und zu kräftig. Es fürchtete sich zwar vor Dors Schwert, konnte ihm aber immer wieder ausweichen. Der Hippogreif war wohl schon ermüdet, aber Dor ebenfalls.

»Hüpfer!« rief Dor. Doch dann sah er, daß Hüpfer gerade mit drei Mundaniern kämpfte und ihm nicht zu Hilfe eilen konnte. Der vierbeinige Wal erhob sich zwischen ihnen und sperrte sein gewaltiges Maul auf, um einen Mundanier zu verschlingen. Damit versperrte er jeden Zugang zu Hüpfer. Das war ja entsetzlich!

Doch da rief der Zombiemeister auf den Zinnen: »Egor!«, und der Zombieoger stampfte, mit einer gigantischen Keule bewaffnet, aus dem Haupttor und stieß Mundanier wie Ungeheuer beiseite, um auf Dor zuzueilen.

Bis er auf den Landwal traf. Dieses Ungeheuer war einfach zu groß, um es beiseite zu schieben, und einem Oger wollte es schon gar nicht nachgeben, selbst wenn er ein grünes Abzeichen trug. Der Wal griff nicht an, sondern blieb einfach schmollend stehen. Er hatte den Kopf und die Hauer eines Ebers, und sein mit Löwenbeinen versehener Körper war mit Reihen von Stacheln übersät: ein langsames, aber gewaltiges Wesen. Der Oger mußte an ihm vorbeigehen — und in diesem kritischen Augenblick breitete der Hippogreif die Schwingen aus, wedelte Dor eine Schlachtstaubwolke ins Gesicht, die ihn sofort blendete, und schlug ihm mit seinen Klauen das Schwert aus der Hand. Dor riß die Arme schützend hoch, eine nutzlose Geste —

Da spürte er plötzlich, wie er hochgezogen wurde, völlig unverletzt. Verblüfft klimperte er sich mit den Wimpern die staubigen Augen wieder frei und entdeckte, daß er von der Schwanzspitze des Drachenkönigs herabhing. In fünfzig Fuß Entfernung puffte die Schnauze des Drachen Rauchwolken hervor.

»Was sagt er da?« fragte Dor einen Stein, an dem er vorbeigetragen wurde.

»Du sollst besser auf dein grünes Band achten, Magier!« übersetzte der Stein.

Der Drachenkönig hatte Dor erkannt und gerettet. Einen Augenblick später plumpste Dor neben den Graben, in sicherer Entfernung vom Kampfgeschehen. Der Schwanz wurde zurückgenommen und kehrte mit Hüpfer wieder. »Wenn ihr einverstanden seid«, röhrte der Drache, »werde ich persönlich ein paar grünmarkierte Männer übernehmen. Es ist hier niemand mehr von eurer Seite, außer den Zombies, nicht wahr?«

»Stimmt!« rief Dor und war dankbar für die Umsicht des Drachen. Die gemeinen Ungeheuer mochten den Unterschied wohl nicht erkennen, doch der Drachenkönig wußte Bescheid.

»Kein Wunder, daß er König ist«, schnatterte Hüpfer. Die Spinne hatte einen Fuß verloren, war aber sonst unversehrt. »Wir müssen wieder ins Schloß. Die Ungeheuer werden jetzt wohl siegen.«

»Richtig. Sollen wir Egor zurückrufen?«

»Er amüsiert sich so! Lassen wir ihn prügeln.«

Sie kehrten ins Schloß zurück und waren mit Hilfe des Elixiers schon bald wiederhergestellt. Dann begaben sie sich erneut auf die Brüstung, um dem Ende der Schlacht zuzuschauen. Die Ungeheuer waren gerade dabei, die Gegner vollends aufzureiben. Der Widerstand der Mundanier wurde immer schwächer, und schließlich machten sie kehrt und flohen. Die Ungeheuer jagten ihnen nach und machten sie gnadenlos nieder. Bald war das Gebiet vor dem Schloß wieder ruhig: Der Boden war mit Menschen und Ungeheuern und zuckenden Zombieteilen bedeckt.

»So, jetzt muß ich an die Arbeit«, sagte der Zombiemeister.

»Dor, Ihr beaufsichtigt bitte den Transport der Körper in mein Labor, wo ich loyale Zombies aus ihnen machen werde. Das dauert immer ein Weilchen, also braucht Ihr Euch nicht zu hetzen, aber je schneller wir sind, um so kräftiger werden die Zombies sein. Außerdem müssen wir in spätestens einem Tag aufbrechen, um rechtzeitig auf König Roognas Schloß einzutreffen, wenn wir ihm noch helfen sollen.«

Dor nickte und machte sich an die Arbeit. Millie suchte die besten Menschen- und Tierleichen aus. Sie hatte sich inzwischen derart an die grausige Szenerie gewöhnt, daß sie nicht einmal mehr symbolische Schreie ausstieß. Dor schleppte die Körper ans Ufer des Grabens, wo sie von Hüpfer mit Seilen über den Graben ins Schloß gezogen wurden. Sie konzentrierten sich zuerst auf die Mundanier. Als einige von ihnen wiederbelebt worden waren, übernahmen die neuen Zombies den Transport der Leichen, und nun kamen sie schneller voran. Schon bald kam es zu einem Leichenstau.

Da kehrte der Drachenkönig zurück. Er war blutbespritzt, und viele seiner Spiegelschuppen waren abgehackt worden, aber ansonsten war er noch recht gut in Form. »Das war ein Spaß!« knurrte er. »Hier lebt kein einziger Mensch mehr!« Er spuckte kein Feuer mehr beim Sprechen. Offenbar hatte er seinen Vorrat verbraucht.

»Oh, ich geb' dir was von dem Elixier!« rief Millie. Sie besprenkelte ihn damit, und sofort war er wieder kerngesund. Dann machte sie sich daran, die anderen zurückkehrenden Ungeheuer zu behandeln.

»Ein solches Wesen könnte man direkt mögen, auch wenn sie ein Mensch ist«, meinte der Drache nachdenklich. »Sie hat so was an sich —«

»Wir werden die Toten wieder zu Zombies machen, genau wie versprochen«, unterbrach Dor ihn hastig.

»Nicht nötig. Die Überlebenden werden die Toten auffressen, wie es bei uns Sitte ist. Wir legen keinen Wert darauf, Zombies zu werden.«

»Wir haben die intakten Leichname herausgepickt. Wenn euch die zerfetzten recht sind —«

»Wunderbar, wunderbar.« Und die Ungeheuer machten sich an ihre Mahlzeit. Es war eine grausige Szene: Drache und Greif und Schlange, die in Leichen hineinbissen, während Zombies in Totenstille weitere Leichen herumschleppten und die schöne Maid Millie dazwischen umherwandelte und Heilelixier versprühte.

»Wo ist Egor?« schnatterte Hüpfer.

Eine gute Frage! Der Zombieoger, der so tapfer gekämpft hatte, um sie zu befreien, war nirgendwo zu sehen.

»Den Oger meint ihr?« fragte der Drachenkönig, als er einem Mundanier gerade die köstlichen Eingeweide herausriß und sich die langen Lippen leckte. »Als ich ihn zuletzt gesehen habe, steckte er unten am Mundanierlager ein bißchen in Schwierigkeiten.«

Sie rannten zu dem verlassenen Lager hinab. Da lag Egor der Oger, vom letzten überlebenden Mundanier in zuckende Stücke zerhauen.

»Vielleicht können wir ihm immer noch helfen«, sagte Dor, dem sich der Magen umdrehte. Er hatte sich zwar an das ganze Gemetzel und an das Blutbad gewöhnt, aber das hier war ein Freund! »Wir sammeln alles zusammen, was wir von ihm finden können, setzen es zusammen und benetzen ihn mit Elixier.«

Gesagt, getan — und der Oger war wiederhergestellt, wenn man davon absah, daß ihm von einer Hand und einem Fuß sowie von seinem Gesicht je ein Stück fehlte, das sie nicht gefunden hatten. Der Zombie konnte nicht mehr sprechen und hinkte, doch in seinem Zustand merkte man das ohnehin kaum. Gemeinsam kehrten sie zum Schloß zurück.

»Wollt ihr Ungeheuer uns vielleicht zum Schloß Roogna begleiten?« fragte Dor. »Ich bin sicher, daß der König — der Menschenkönig — für eure Hilfe dankbar wäre.«

»Gegen wen sollen wir denn kämpfen?« fragte der Drachenkönig, an einer leckeren Leber schmatzend.

»Hauptsächlich gegen Kobolde und Harpyien.«

Der Drache schnaubte eine Rauchspirale aus. »Ich hab' ja wirklich was gegen den Koboldkönig, aber wir wollen es nicht übertreiben. Menschen umzubringen macht einen Haufen

Spaß; andere Ungeheuer umzubringen ist Verrat. Da können wir uns euch nicht anschließen.«

»Oh. Na ja, mein Herr, dann danken wir für —«

»Ich habe zu danken, mein Herr.« Er hieb mit seinen Zähnen in ein saftiges Herz. »So gut habe ich seit fünfzig Jahren nicht mehr gefressen. Werd' mir noch eine Magenverstimmung holen.«

»Äh, ja«, meinte Dor.

»Da wir Ungeheuer zwar nicht an eurem Kampf teilnehmen werden, aber durchaus etwas gegen Kobolde und für Harpyien auch nichts übrig haben, nehme ich mir die Freiheit heraus, eine Bemerkung zu machen«, sagte der Drache und blickte Dor mit einem funkelnden Auge an. »Diese Schlacht um das Zombieschloß war nur eine Vorübung für die eigentliche Belagerung. Die Kobolde sind zäher als Menschen. Bereitet euch gut darauf vor — besser als diesmal, sonst seid ihr verloren.«

»Zäher als Mundanier? Aber die Kobolde sind doch so klein —«

»Schlag meine Warnung nicht in den Wind. Wiedersehen.« Der Drachenkönig machte sich auf die Suche nach einer weiteren saftigen Leiche.

Dor schüttelte beunruhigt den Kopf. Wenn der Drache die nächste Schlacht für *noch schlimmer* hielt . . .

Sie kehrten ins Schloß zurück, wo der Zombiemeister unermüdlich damit beschäftigt war, eine neue Zombiearmee aufzustellen. Er arbeitete bis zur Erschöpfung, bis schließlich auch die letzte Leiche umgewandelt worden war. Dann fiel er in einen totenähnlichen Schlaf, und auch Dor und Hüpfer legten sich zur Ruhe.

9
Die Reise

Am nächsten Morgen machten sie sich auf den Weg zu Schloß Roogna. Der Zombiemeister hatte derart lange als Einsiedler gelebt, daß er die Gegend nur ungenau kannte, und Dor hatte bei seiner Hinreise das Gelände nicht im Hinblick auf seine Passierbarkeit für eine Zombiearmee begutachtet. Die Zombies neigten dazu, die Füße über den Boden zu schleifen, was dazu führte, daß sie ständig über Wurzeln und Unterholz stolperten und sich zum Teil sogar die Füße dabei abrissen. Die meisten waren zwar intaktere Mundanierzombies, aber wenn sie auch kräftiger waren als die anderen, waren sie doch auch ungeübter und unfallanfälliger. Deshalb mußten sie zuerst passende Wege erkunden: möglichst flache, ohne gefährliche Magie und einigermaßen kurz.

Dor und Hüpfer übernahmen die Aufgabe des Kundschaftens, wobei Dor die Bodenbeschaffenheit überprüfte und die Spinne das Gelände aus den Baumwipfeln begutachtete. Wenn sie eine geeignete Strecke ausgemacht hatten, stellten sie magische Markierungen auf, denen die Zombiearmee folgen konnte. Dabei mußten sie nur darauf achten, daß sie hinreichend Vorsprung behielten, um gegebenenfalls die Route noch nachträglich abzuändern.

Eines der ersten Hindernisse, auf das sie stießen, war Stinkende Hundskamille. Die Pflanzen hatten offenbar ein Nickerchen gehalten, doch als Dor in sie hineinstolperte, wurden sie schnell wach. Zuerst bellten sie ihn nur an, doch dann wurden sie mutiger und schnappten nach ihm. Wütend schlug Dor mit seinem Schwert um sich und säuberte ein kreisförmiges Stück Gelände. Doch als die Wesen dann heulten und winselten, tat es ihm leid, denn für ihn stellten sie ja gar keine wirkliche Gefahr dar. Jeder der Hunde wuchs an einem im Boden verwurzelten Stengel und konnte sich kaum frei bewegen. Die Zähne der Wesen waren zu klein, um echten Schaden anrichten zu können.

»Aber ein Tier, das Fremde beißt, muß eben auch die Konsequenzen tragen«, schnatterte Hüpfer tröstend.

Da fühlte Dor sich schon besser. Irgendwie schaffte Hüpfer es immer, ihn aus mißlichen Lagen zu retten, aus körperlichen wie geistigen. »Weißt du, Hüpfer, wenn diese Suche vorbei ist und wir in unsere Welten zurückkehren —«

»Das wird ein trauriger Abschied«, schnatterte Hüpfer. »Aber du mußt eben dein Leben leben und ich meins.«

»Ja, natürlich. Aber wenn wir irgendwie in Kontakt bleiben könnten —«

Dor brach ab, denn plötzlich stießen sie auf die größte Pflanze von allen. Sie war ebenso umfangreich wie Dor selbst, besaß einen stammartigen Stengel und hielt den gehörnten Kopf gesenkt, um auf der nahegelegenen Wiese zu grasen.

»Oh, ein vegetabiles Lamm«, sagte Dor. »Ein historisches Tier, das bei uns ausgestorben ist. Es bringt Wolle hervor, aus der man Decken herstellen kann. In meiner Zeit züchten wir natürlich Deckenbäume.«

»Aber was passiert denn, wenn es alles in seinem Stengelumkreis abgegrast hat?« wollte Hüpfer wissen.

»Keine Ahnung. Vielleicht sind sie deswegen ausgestorben.«

Sie gingen weiter. Die Gegend hier war einigermaßen eben, so daß die Zombies keine Probleme mit dem Gelände haben dürften. Dor markierte den Weg, überzeugt, daß die Strecke ungefährlich war. Sie gelangten an einen Wald, dessen Bäume große bunte Blüten trugen, die angenehm, aber keineswegs betäubend dufteten.

»Achte auf giftige Dünste!« warnte Dor.

»Ich glaube kaum, daß für mich dieselben Chemikalien giftig sind wie für dich«, schnatterte die Spinne.

Doch die Düfte erwiesen sich als harmlos. Bienen summten zwischen den Blumen umher und ernteten ihre Pollen. Unbehelligt schritten und krabbelten sie unter dem Geäst weiter, bis sie auf eine hübsche Lichtung stießen.

Sie sahen eine wohlgeformte junge Frau vor sich, die gerade damit beschäftigt war, ihr Haar zu bürsten. »Oh, Verzeihung«, sagte Dor.

Sie lächelte. »Du bist ein Mann!«

»Na ja —«

»Fühlst du dich einsam?« Sie machte einen Schritt vor. Hüpfer ließ sich etwas abseits von einem Baum herab.

Was Dor zuerst für Kleidung gehalten hatte, erwies sich beim näheren Hinsehen als überlappende grüne Blätter, wie die Schuppen eines Drachen. Sie war eine sanfte, süß duftende Kreatur mit einem hübschen Gesicht.

»Ich . . . äh . . . wir sind bloß auf dem Weg zum . . .«

»Ich lebe für einsame Männer«, sagte sie und breitete die Arme aus, um ihn zu umfangen. Dor, der nicht genau wußte, wie er sich in einer solchen Situation verhalten sollte, tat lieber gar nichts. Deshalb gelang es ihr auch mühelos, ihn zu umarmen. Ihr Leib war kühl und fest, ihre Lippen betörend. Sein Körper begann genauso zu reagieren wie bei Millie. Er wollte —

»Freund«, schnatterte Hüpfer, der hinter der grünblättrigen Frau stand, »ist das üblich?«

»Ich . . . ich weiß nicht«, gestand Dor, als ihre Lippen begierig nach seinen tasteten.

»Ich meinte die Figur des Weibchens«, meinte die Spinne. »Sie ist sehr merkwürdig.«

»Ja, für eine Spinne vielleicht! »Scheint mir . . .« Dor wurde unterbrochen, denn nun hatten ihre Lippen die seinen gefunden. Oh, sie war aber wirklich einnehmend! ». . . eine ganz gute Figur zu sein«, fuhr er einen Augenblick später fort. Diese Brüste, diese schlanke Taille, diese fleischigen Schenkel —

»Ich möchte euer Begrüßungsritual ja nicht unterbrechen. Aber wenn du dir mal ihre Hinterseite ansehen würdest —«

»Äh, ja, natürlich.« Ihr Vorderseite war eigentlich interessant genug, aber er hatte durchaus nichts dagegen, auch den Rest zu begutachten. Sein Körper wußte recht genau, daß eine attraktive Frau von allen Seiten interessant war. Dor löste sich sanft aus der Umarmung und drehte die Frau um.

Von hinten war sie hohl, wie ein Gipsabdruck — lediglich eine feste Schale. Sie besaß keinerlei innere Organe, und durch die Öffnungen ihrer Augen, ihrer Nase und ihres Mundes an der Vorderseite schimmerte Licht.

»Was bist du?« fragte Dor und drehte sie wieder um. Von vorne war sie immer noch äußerst weiblich anzusehen.

»Ich bin eine Waldfrau«, erwiderte sie. »Ich dachte, du wüßtest das. Ich tröste einsame Männer.«

Eine bloße Fassade, die eine absolute Leere verhüllte! Ein Mann, der mit einem solchen Wesen Liebe machte —

»Ich . . . äh, ich schätze, solchen Trost brauche ich nicht«, sagte Dor.

»Oh.«

Sie wirkte enttäuscht. Dann löste sie sich in Dunst auf und schwebte davon.

»War ich das etwa?« fragte Dor entsetzt. »Habe ich sie in Nichts aufgelöst? Das wollte ich nun auch wieder nicht!«

»Ich glaube, sie existiert nur für den jeweiligen Mann, dem sie begegnet«, meinte Hüpfer. »Für den nächsten Reisenden wird sie sicherlich wieder Gestalt annehmen.«

»Das wird aller Wahrscheinlichkeit nach ein Zombie sein.« Dor mußte lachen. »Ein Zombiegeliebter!« Doch dann fiel ihm Millies Geliebter aus seiner eigenen Zeitperiode ein, Jonathan. So komisch war das gar nicht!

Sie schritten weiter und kamen in ein felsiges Tal mit unregelmäßigen, scharfen Steinen: eine Katastrophe für jeden Zombie.

Doch es gab auch einen freien Pfad, der lediglich von einer kleinen Krone blockiert wurde, die von vier hornähnlichen Zweigen gestützt wurde. Sie mußten nur diesen Gegenstand beiseite räumen, dann wäre der Pfad frei.

Dor schritt darauf zu — und blieb stehen. Das war äußerst verdächtig. »Irgend etwas will, daß wir diese Krone anfassen«, sagte er.

»Laß mich mal.« Hüpfer befestigte einen kleinen Stein an einem Seidenfaden und warf ihn auf die Krone.

Der Boden brach auf, und eine Schlange zischte hervor, auf dem Kopf vier Hörner. Das Reptil schnappte nach dem Stein, den Hüpfer mit dem Faden weiterschleuderte, so daß er lebendig wirkte. »Ein Glück, daß wir auf Nummer Sicher gegangen sind!« sagte Dor erschüttert. »Besser du als wir, Stein.«

Der Stein erschauerte. »Dieses Gift!« jammerte er, dann zerbrach er in zahllose Geröllstücke.

»Das muß aber wirklich ein ganz schön starkes Gift gewesen sein!« rief Dor.

»War es auch«, stimmte das Geröll ihm zu und wurde zu einem Haufen Sand.

»Was könnte Gift einem Zombie anhaben?« fragte Hüpfer.

»Wahrscheinlich nichts. Wie kann man ein Ding töten, das bereits tot ist?«

»Dann können wir den Hornwurm getrost ignorieren.«

Verblüfft mußte Dor zustimmen. »Wir müssen nur eine Warnung für Millie und den Zombiemeister hinterlassen, damit sie einen Zombie als Vorhut losschicken.« Er schritt zurück und stellte eine magische Warnmarkierung auf. Wenn sie die wahrnahmen, würden sie Egor den Oger losschicken, um die Falle auszulösen. Wenn der Hornwurm schlau war, dann machte er, daß er dann möglichst schnell verschwand!

Das Tal erstreckte sich in ein Feld, das mit grasähnlichem Gewächs und vereinzelten mundanischen Bäumen übersät war. Es war eine hübsche Landschaft, die immer schöner wurde, je weiter sie kamen.

Da erkannte er die Pflanzen. »Flockenhafer!« rief er froh. »Wenn er reif sein sollte —«

»Was ist denn Flockenhafer?« schnatterte Hüpfer.

»Eine Getreideart. Wenn man die Flocken in Wasser oder Milchkraut einweicht, dann wird daraus ein ausgezeichneter Haferflockenbrei.« Er schüttelte einige Ähren und fing die flachen Körner auf. Dann sammelte er noch einige Nüsse von einem Mischnußbaum. »Jetzt brauche ich nur noch Wasser.«

Das Feld neigte sich zu einem Fluß hinab, in dem fröhlich miauende Katzenfische herumschwammen, bis sie von einem Rudel Seehunden gewittert wurden, die bellend hinter ihnen her jagten. Das Wasser war also offenbar genießbar.

Dor tauchte seine Mischung ins Wasser und erhielt sofort eine teigige Masse. Er bot Hüpfer etwas davon an, doch die Spinne lehnte dankend ab und zog es vor, den Fluß nach Krebsen abzusuchen. Zufrieden aß Dor seine Haferflocken.

Dieser ausgezeichnete Pfad wurde allerdings von eben diesem Fluß unterbrochen. Der Strom war zwar schmal, aber tief: für Hüpfer und Dor kein Problem, für die marschierenden Zombies jedoch verheerend.

Zwar wäre es möglich gewesen, einige Bäume zu fällen, um den Fluß damit zu überbrücken, aber das hätte Zeit gekostet und möglicherweise feindselige Magie auf den Plan gerufen. Also folgten sie lieber dem Flußlauf und suchten nach einer geeigneteren Furt.

Doch anstatt an eine Brücke oder einen Übergang zu kommen, erreichten sie einen Hügel. Der Fluß floß fröhlich die Steigung empor und strömte auf der anderen Seite wieder hinab. Ratlos musterten Dor und Hüpfer die Szene.

»Vielleicht könnte ich sie ja nacheinander mit einem Seidenseil auf die andere Seite schwingen«, meinte Hüpfer.

»Das würde dich völlig auslaugen und ewig dauern«, wandte Dor ein. »Und außerdem müßten wir dann hier auf die Zombies warten, anstatt die vor uns liegenden Gefahren auszukundschaften. Nein, wir brauchen eine Brücke oder eine Furt.«

Sie folgten dem Fluß den Hügel empor. »Ob wir ihn wohl für eine Weile umleiten könnten?« schnatterte Hüpfer.

»Die Zombies müßten wir trotzdem irgendwie ans andere Ufer bringen«, warf Dor ein. »Es sei denn, wir könnten ihn dazu bringen, eine Schlaufe zu machen und sein eigenes Bett wieder hochzuströmen — und das erscheint mir doch ziemlich unwahrscheinlich.«

Auf dem Hügel krähte ein Hahnfisch. »Ach, halt's Maul!« sagte Dor. Doch es war ein Lebewesen und gehorchte ihm folglich auch nicht.

Auf der anderen Seite des Hügels erblickten sie unten einen Pruster: ein riesiges fettes Wasserungeheuer, dessen Maul von Zähnen geradezu überquoll. Also auch keine geeignete Stelle!

Sie kehrten zur Spitze des Hügels zurück. »Das ist an sich ein ausgezeichneter Weg für Zombies, wir müssen nur eine Möglichkeit für sie finden, ans andere Ufer zu gelangen«, sagte Dor.

»Wie fließt der hügelaufwärts?« wollte die Spinne wissen.

»Durch Magie natürlich. Irgend etwas hier im Boden läßt ihn scheinbar herabstürzen, während er in Wirklichkeit steigt.«

»Der Fels hier hat eine andere Struktur. Ist es das?«

»Möglich. Verzaubertes Gestein. Die Magie kann nicht im Wasser selbst sein, sonst würde es direkt in den Himmel emporströmen. Aber wenn wir das Gestein entfernen, sucht der Fluß sich einfach nur ein neues Bett, und der Pruster da sitzt auf dem Trockenen. Das wird ihm gar nicht passen, und er wird uns einen Besuch abstatten wollen. Das einzige, was noch wütender werden kann als eine nasse Henne ist ein trockener Pruster. Wir müssen den Fluß überqueren, nicht umlenken.«

»Na ja, man kann's ja trotzdem mal versuchen.« Hüpfer steckte einen Fuß ins Wasser und schichtete ein paar Steine um. Das Wasser reagierte, indem es höher stieg, einen kleinen Bogen in der Luft machte und schließlich wieder in sein Bett hinabstürzte.

»He, wenn wir es dazu bringen könnten, hoch genug zu springen, könnten wir unten drunter durchgehen!« rief Dor. Er stürzte sich in die Fluten und half Hüpfer beim Auftürmen der verzauberten Steine.

Der Fluß stieg immer höher, und schließlich strömte er in einem hohen Bogen über dem Boden und gab ein Stück seines Betts frei. »Wenn wir ihn nur noch ein Stückchen höher bekommen, damit sie unten drunter hindurchgehen können, ohne sich bücken zu müssen«, sagte Dor eifrig. Er nahm eine weitere Handvoll Steine auf.

»Vielleicht sollten wir lieber nicht —« warnte Hüpfer.

»Unsinn! Es funktioniert doch prima! Die Zombies sollten möglichst überhaupt nicht in Berührung mit dem Wasser kommen, denn es würde sie ausspülen, und sie sind zu doof, um sich richtig zu bücken.« Dor machte weiter.

Da kippte der Fluß auch schon um und bildete plötzlich eine Rückwärtsschlaufe in der Luft und floß dann wieder den Hügel empor. Anstatt eine Übergangsstelle zu schaffen, hatten sie den Strom verdoppelt.

»Wir müssen ihn noch einmal umleiten.«

»Nein«, schnatterte Hüpfer. »Damit schaffen wir uns unter Umständen nur noch weitere Schwierigkeiten. Wir können ihn auch so überqueren.« Und er zeigte Dor einen schmalen Pfad, der zwischen den parallelen Wasserläufen hindurchführte.

Dor stellte eine magische Markierung auf, und sie machten sich wieder auf den Weg. Die Landschaft jenseits des Flusses war weiterhin sehr schön, das Schönste, was er je gesehen hatte. Er genoß diese Reise, denn sie stellte eine willkommene Abwechslung zu der Gewalttätigkeit der letzten Zeit dar. Nur zu bald würden sie beim Schloß eintreffen und ihre Mission beendet haben. Dann hieß es wieder heimkehren, doch damit hatte Dor im Augenblick keine große Eile.

Sie folgten dem gewundenen Pfad in ein Tal hinab, wo der Fluß in einen stattlichen See strömte. Neben dem See befand sich ein Berg, dessen Grundfläche denselben Durchmesser wie der See zu haben schien, etwa tausend Fuß breit. Doch der See sah sehr tief und der Berg sehr hoch aus. Der Gipfel war schneebedeckt. Diese beiden Geländemerkmale schienen durch Magie etwas überbetont zu wirken, waren also in Wirklichkeit wahrscheinlich viel kleiner, als sie aussahen.

Im See und auch auf dem Berg und dem zwischen beiden liegenden Verbindungsstück waren Leute zu sehen: wunderschöne nackte Frauen und zartzottige Männer. »Ich schätze, wir sind auf eine Kolonie von Nymphen und Faunen gestoßen«, meinte Dor. »Die dürften zwar harmlos, aber auch unzuverlässig sein.

Ist wohl besser, wenn man sie in Ruhe läßt. Das Problem ist nur, daß unser Weg zwischen Berg und See hindurchführt — gerade dort, wo die Kolonie am dichtesten ist.«

»Ist es denn unratsam, diesen Weg zu nehmen?« wollte Hüpfer schnatternd wissen.

»Na ja, Nymphen eben — du weißt schon.« Aber die Spinne wußte natürlich nicht, da sie vor diesem Abenteuer keine Erfahrungen mit Menschen hatte sammeln können. »Nymphen . . . die —« Dor merkte, daß er es nicht erklären konnte, weil er sich selbst nicht ganz sicher war. »Wir werden's schon noch feststellen. Vielleicht passiert ja auch nichts.«

Die Nymphen erspähten Dor und riefen ihm freudig Begrüßungen zu. »Freudige Begrüßung!« Sie erblickten Hüpfer und kreischten entsetzt auf. »Entsetzen!« Die behuften Faune kamen kampfbereit auf sie zu.

»Beruhigt euch!« rief Dor.

»Ich bin ein Mensch, und das hier ist mein Freund. Wir wollen euch nichts Böses.«

»Ach so. Na, dann ist ja alles in Ordnung«, rief eine der Nymphen. »Jeder Freund eines Menschen ist auch unser Freund.« Prasselndes Händeklatschen und spontanes Getanze, das wunderbare Dinge mit der Anatomie der Nymphen anstellte.

Nicht schlecht. »Ich heiße Dor, mein Freund heißt Hüpfer. Möchtet ihr mal sehen, wie gut er hüpfen kann?«

»Au ja!« riefen sie. Also sprang Hüpfer fünfzehn Fuß hoch, was sie sehr erstaunte. Dabei war das noch längst nicht seine Höchstleistung. Es war offensichtlich, daß er Vorsicht walten ließ, damit sie seine Grenzen nicht sofort erkannten — für alle Fälle. Langsam begriff Dor, wie Erwachsene dachten. Es war wesentlich komplizierter als bei Jugendlichen. Aber er war froh, daß ihm das mit dem Springen eingefallen war: Dadurch machte die Spinne auf diese Leute einen freundlichen, harmlosen Eindruck.

Während die Nymphen sich an Hüpfer heranmachten und er für sie über das Wasser schlitterte und auf Bäume kletterte, kam einer der Faune auf Dor zu. »Ich sehe, daß du für die Mädchen nicht so viel übrig zu haben scheinst. Willst du dich uns Jungen anschließen?«

»Ich versuche nur, einen Weg für eine Armee auszukundschaften«, erwiderte Dor kurzangebunden.

»Eine Armee! Mit Armeen haben wir nichts zu schaffen!«

»Womit habt ihr *denn* was zu schaffen?«

»Wir tanzen und spielen auf unseren Flöten, jagen die Nymphen, essen, schlafen und lachen. Ich bin ein Erzfaun und gehöre zum Berg, aber du kannst dich auch den Baumfaunen anschließen, wenn dir das lieber ist, oder den Teichfaunen. Eigentlich gibt es keine allzu großen Unterschiede zwischen uns.«

In der Tat. »Ich will mich euch nicht anschließen«, sagte Dor. »Ich bin nur auf der Durchreise.«

»Dann komm doch trotzdem auf unsere Party«, drängte der Faun. »Vielleicht überlegst du es dir noch, wenn du erst mal siehst, wie glücklich wir sind.«

Dor wollte ausweichen, doch dann wurde ihm klar, wie spät es schon war.

»Also gut. Laßt mich nur noch die Gegend ein wenig erkunden, dann kehre ich zurück, um auf eure Party zu kommen.«

Die Faune tanzten fröhlich um ihn herum und spielten auf ihren kleinen Flöten, während er den See und den Berg umschritt. Sie hatten hornähnliche kleine Haarbüschel auf dem Kopf, und ihre Zehennägel waren so dick gewesen, daß sie Hufen glichen, aber sie waren dennoch menschlich geblieben. In den darauffolgenden Jahrhunderten würden sich die Hörner und Hufe richtig entwickeln, während die Faune ihre ureigene magische Identität erhielten.

Dor blickte sich um und stellte fest, daß er sich in einem von Büschen und Gestrüpp bewachsenen Gebiet befand. Die Pflanzen schienen harmlos zu sein, wuchsen gegen Westen jedoch immer höher und dichter. Einige wiesen Äste auf, die völlig kahl aus ihren Wipfeln emporragten. Im rechten Winkel zweigten weitere Äste von diesen kleinen Stämmen ab. Irgendwie kamen sie Dor bekannt vor, aber er konnte sie nicht richtig einordnen. Wenn sie eine Gefahr darstellen sollten, um was für eine konnte es sich dann handeln? Es waren weder Gewirrbäume noch Giftsträucher oder Nadelkakteen. Was störte ihn daran nur so?

Er dachte daran, vereinzelt herumliegende Steine zu befragen, doch er wollte sein magisches Talent nicht in Gegenwart der Faune preisgeben. Wenn er in Schwierigkeiten geriet, konnte er es immer noch einsetzen; im Augenblick wollte er sich lediglich orientieren.

»Was sind das für Sträucher?« fragte Dor den Erzfaun, dem es hier auf ebenem Boden nicht sonderlich zu gefallen schien. »Sind die gefährlich?«

»Wir gehen nie so weit weg«, gab der Erzfaun zu. »Wir wissen, daß es jenseits unseres Reviers Gefahren gibt, deshalb streunen wir auch nie umher. Wozu auch?«

»Na ja, die ganze Welt ist doch interessant!« sagte Dor erstaunt.

»Nicht für uns. Uns gefällt's hier, wo wir sind. Das hier ist der schönste Ort in ganz Xanth. Hier kommen keine Ungeheuer hin, das Wetter ist immer gut, und es gibt genug zu essen. Du solltest mal unseren Bergtau probieren!«

»Aber . . . aber es erweitert doch den Horizont, wenn man reist!« protestierte Dor.

»Wer will denn den Horizont erweitern?«

Dor war verblüfft. Wenn diese Wesen wirklich keinerlei Interesse —

»Angenommen, diesem Ort stößt irgend etwas zu, so daß ihr abwandern müßtet. Dann solltet ihr doch wenigstens die Umgebung erkunden, um darauf vorbereitet zu sein.«

»Wozu denn vorbereitet sein?« fragte der Erzfaun verwirrt.

Dor merkte, daß er sich von diesen Wesen nicht nur körperlich unterschied — sie hatten eine völlig andere Einstellung. Die Notwendigkeit des Vorbereitetseins in Frage zu stellen, das war ja kindisch!

Als er merkte, wie der Erzfaun sich immer unwohler fühlte, gab Dor nach und kehrte wieder um. »Ich glaube, dieser Weg ist ganz gut. Den Rest werde ich morgen mit Hüpfer erkunden gehen.«

Der Erzfaun war deutlich erleichtert. Er tänzelte zum Berg zurück, wo er von seinen weniger abenteuerlustigen Kameraden begrüßt wurde. »Zeit für die Party!« rief er hüpfend. Die anderen nahmen das Stichwort auf: »Party! Party!«

Zwischen Berg und See machten sie ein Freudenfeuer: Sie schichteten Freudenbuschwerk auf und entzündeten es mit einem kleinen, zornigen Salamander. In Dors Epoche erzeugten die Salamander Feuer, die alles bis auf den Boden niederbrannten, aber der hier war ein primitiver Vorfahr, der nur ein ganz gewöhnliches Feuer in Brand setzte — zum Glück! Dieses Feuer verzehrte lediglich Holz und ließ sich auch wieder löschen.

Die Seenymphen und -faune brachten frische Seegurken und echte Krebse für Hüpfer herbei. An einer Seite des Sees blubberte heiße Schokolade, die sich als ein köstliches Getränk erwies. Die Baumwesen brachten Nüsse und Früchte herbei, und die Bergwesen rollten einen riesigen Schneeball für die kalten Getränke heran. Dor kostete den Bergtau: Er schmeckte wunderbar und leicht berauschend.

Die Nymphen und Faune ließen sich in einem großen Kreis nieder und machten sich über die Delikatessen her. Dor und Hüpfer schlossen sich ihnen an, entspannten sich und genossen das Ganze.

Als sie sich vollgestopft hatten, holten die Faune ihre Flöten und spielten betörende Melodien, während die Nymphen tanzten.

Schon bald reagierten die Faune auf die anatomischen Signale ihrer Begleiterinnen und schlossen sich auf ganz und gar unraffinierte Weise ihrem Tanz an. Kurz darauf war es gar kein Tanz mehr, sondern die Verwirklichung des Rituals, das der Tanz lediglich angedeutet hatte. Diese Wesen taten alles in völliger Offenheit, was die Erwachsenen in Dors Zeitalter nur privat zu tun pflegten!

»Ist das üblich?« fragte Hüpfer. »Verzeiht mir meine Frage, aber ich kenne mich mit den Sitten Eurer Art nicht sonderlich gut aus.«

»Ja, das ist das übliche Fest, bei dem die Riten des Frühlings gefeiert werden«, sagte der Erzfaun.

»Gibt es auch Feste für die anderen Jahreszeiten?« wollte Dor wissen.

»Was für andere Jahreszeiten? Hier herrscht immer Frühling. Natürlich führen diese Riten nicht zur Zeugung von Babys. Es hat etwas mit unserer Unsterblichkeit zu tun. Aber es macht trotzdem Spaß, sie zu begehen. Ihr könnt gerne mitmachen.«

»Danke. Ich bedaure, daß dies nicht meine Rasse ist«, lehnte Hüpfer das Angebot ab.

»Ich . . . äh . . . ich werde einfach nur warten«, sagte Dor. Sein Körper spürte die Verlockung durchaus, aber er wollte sich diesem Leben nicht voreilig verschreiben. Wieder sah er vor seinem geistigen Auge das Bild der Waldfrau.

»Wie ihr wollt. Hier wird niemand zu irgend etwas gezwungen, niemals. Wir tun alle nur, was wir wollen.« Der Erzfaun musterte das Geschehen. »Da wir schon gerade dabei sind — entschuldigt mich.« Er sprang vor und griff nach einer vorbeihuschenden Nymphe. Die stieß einen niedlichen Schrei aus, warf ihr Haar umher und stampfte mit ihren winzigen Füßen auf.

»Wenn sie unsterblich sind und keinen Nachwuchs bekommen, wie entwickeln sie sich dann weiter?« fragte Hüpfer.

Daran hatte Dor noch gar nicht gedacht. »Vielleicht verändern sie sich selbst. Mit Magie ist doch —«

Da ertönte ein ohrenbetäubendes Getöse. Eine Welle dunkler Leiber ergoß sich über die Feiernden. Es war eine Koboldhorde!

»Preßpatrouille! Preßpatrouille!« schrie der Anführer der Kobolde und bleckte in höhnischem Grinsen seine Zahnlücken. »Jeder, den wir erwischen, wird hiermit zum Dienst in der Koboldarmee gepreßt!« Schreiend stoben Nymphen und Faune davon. Keinem kam es in den Sinn, Widerstand zu leisten. Dor bemerkte, daß es nur acht Kobolde waren, die über hundert Faune und Nymphen angriffen. Wo lag eigentlich das Problem? Verbreiteten die Kobolde schon durch ihr bloßes Aussehen Entsetzen?

Dor griff nach seinem Schwert. *Ihm* flößten die Kobolde jedenfalls kein Entsetzen ein! »Warte, Freund!« schnatterte Hüpfer. »Das hier ist nicht unsere Angelegenheit.«

»Wir können doch nicht einfach hier herumsitzen und zusehen, wie sie unsere Freunde entführen!«

»Es gibt vieles, was wir über diese Situation noch nicht wissen«, schnatterte die Spinne.

Unruhig, aber Hüpfers Urteil achtend, ließ Dor sich besänftigen. Die Kobolde erwischten fünf der gesündesten Faune, warfen sie zu Boden und fesselten sie mit Schlingpflanzen. Sie eroberten nur und töteten nicht: Sie wollten die Männer gesund für ihre Armee haben. Also hatte Hüpfer mit seiner Vorsicht recht behalten, wie immer. Dor hätte nichts gewonnen, wenn er mit seiner Klinge eingegriffen hätte. Zumindest nichts, was sich gelohnt hätte.

Und doch war er wütend. Was waren diese Faune nur für Wesen? Sie hießen Fremde willkommen, weigerten sich jedoch, einander im Notfall beizustehen. Wenn sie nicht einmal für ihre eigene Sache kämpfen mochten —

»Fünf Stück«, sagte der Koboldunteroffizier. »Wir brauchen noch einen.« Sein dunkler Blick richtete sich auf den regungslosen Dor. »Macht das Ungeziefer nieder und nehmt den Mann.«

Die Kobolde kamen auf sie zu. »Ich glaube, jetzt ist es doch zu unserer Angelegenheit geworden«, sagte Dor grimmig.

»Sieht so aus, als ob du recht hättest. Vielleicht solltest du mit ihnen reden.«

»Mit ihnen reden!« rief Dor empört. »Die wollen dich umbringen und mich in ihren Dienst pressen!«

»Wir sind doch wohl zivilisierter als sie, oder?«

Dor seufzte.

Er blickte den Unteroffizier an. »Bitte hört auf. Wir haben nichts mit eurem Krieg zu tun. Wir wollen nicht —«

»Packt ihn!« befahl der Kobold. Offenbar begriffen diese Kobolde nicht, daß Dor keineswegs nur ein etwas größerer Faun war, sondern ein Wesen, das es im Nahkampf mit fünf Kobolden aufnehmen konnte. Die sieben anderen stürzten auf Dor zu.

Hüpfer sprang über ihre Köpfe, während Dors Schwert einen bösartigen Bogen schlug. Das konnte sein Schwert wirklich gut. Zwei Kobolde stürzten zu Boden; ihr hervorquellendes Blut färbte sich schwarz. Da hatte Hüpfer schon den Unteroffizier mit einer Leine erwischt und im Nu mit seinen acht geübten Beinen gefesselt.

»Schaut euch mal euren Führer an!« schrie Dor und streckte einen weiteren Kobold nieder.

Die vier Übriggebliebenen folgten seiner Aufforderung. Der Unteroffizier war wie eine Raupe völlig hilflos in Seide eingesponnen. »Holt mich hier raus!« schnauzte er.

Die anderen rannten auf ihn zu. Seit sich das Verhältnis von sieben zu eins auf vier zu eins verschlechtert hatte, waren sie ohnehin nicht mehr sonderlich erpicht darauf, gegen Dor zu kämpfen. Sie hatten begriffen, daß ihnen ein echter Kampf ins dreckige Haus stand.

Da stürzten Gestalten vom Himmel: Harpyien. »Frisches Fleisch!« kreischte die Sergeantin der Harpyien. Dor erkannte ihren Dienstgrad an den Streifen auf ihrem schmutzigen, fettigen Flügel. »Immer ab damit!«

Die schmutzigen Vögel stürzten sich auf die bereitliegenden Körper: fünf Faune, drei verwundete Kobolde und der eingesponnene Koboldunteroffizier. Große, häßliche Flügel wirbelten flatternd den Staub auf.

»Nicht die Faune!« brüllte Dor und packte seinen Freund, den Erzfaun, an den herunterbaumelnden Hufen und riß ihn wieder zu Boden.

Hüpfer schleuderte eine Schlinge empor und entriß ebenfalls einen Faun den Klauen einer Harpyie. Die anderen drei verschwanden jedoch — ebenso wie die vier Kobolde — sofort am Himmel. Die anderen Kobolde nahmen Reißaus.

Als alles vorüber war, kehrten die Nymphen und Faune zurück. Der zweifache Überfall durch Kobolde und Harpyien hatte sie erschüttert. Drei ihrer Gefährten waren entführt worden. Es war offensichtlich, daß ihre Illusion der Sicherheit arg ins Wanken geraten war.

Natürlich war die Party damit beendet. Sie löschten das Freudenfeuer und zogen sich in ihre verschiedenen Unterkünfte zurück. Dor und Hüpfer ließen sich von einem großen Baum herabhängen. Düster senkte sich die Nacht über sie.

Am Morgen waren Dor und Hüpfer ernüchtert — mußten jedoch eine Überraschung erleben. Die erste Nymphe, die Hüpfer erblickte, stieß einen Schrei des Entsetzens aus und tauchte im See unter — wo sie beinahe ertrank, weil es keine See-, sondern eine Bergnymphe war. Die Faune umringten sie aggressiv. Dor mußte sich und Hüpfer aufs neue vorstellen, denn es konnte sich niemand an sie erinnern.

Dor hieß Hüpfer wieder hüpfen, und sie freundeten sich erneut mit der ganzen Gemeinschaft an — zum zweiten Mal. Sie erwähnten den Überfall der Preßpatrouille nicht, und der Erzfaun, den Dor gerettet hatte, hatte offenbar völlig vergessen, wie knapp er dem Unheil entgangen war. Die ganze Gemeinschaft wußte lediglich eines: daß Ungeheuer niemals an *diesen* Ort kamen.

Denn das war Teil des Geheimnisses um die ewige Jugend: Die Faune und Nymphen konnten es sich einfach nicht leisten, sich mit den harten Realitäten früherer Erfahrungen zu belasten. Sie waren jung für alle Zeiten und deshalb auch notwendigerweise unschuldig. Es war die Erfahrung, die die Menschen altern ließ. So wie sie auch Dor älter machte . . .

»Wenigstens werden die Kobolde hier keine besonders erfolgversprechende Beute machen«, murmelte Dor, während sie die Kolonie hinter sich ließen und in Richtung Westen weitergingen. »Man kann sich nicht auf Truppen verlassen, denen man jeden Tag alles aufs neue beibringen muß.«

Sie markierten den Weg, der immer tiefer ins dichte Buschwerk führte. Die Zombiearmee mußte innerhalb eines Tages hier durchkommen. Dor schätzte, daß sie etwa die Hälfte der Strecke markiert hatten. Das Schlimmste hatten sie wohl hinter sich, und bei Einbruch der Nacht würden er und Hüpfer bereits am Ziel sein, um dem König die frohe Nachricht zu überbringen.

»Diese Pflanzen beunruhigen mich«, schnatterte Hüpfer.

»Mich auch. Aber sie sind anscheinend harmlos. Nur etwas seltsam.«

Hüpfer musterte die Gegend. »Gibt wohl keine bessere Strecke. Der Boden ist eben und frei, und es sind auch keine feindseligen Wesen zu sehen. Und doch traue ich ihm nicht.«

»Die vielversprechendsten Pfade sind oft die gefährlichsten. Wir sollten diesem Weg mißtrauen, gerade *weil* es keine gefährlichen Wesen hier gibt«, warf Dor ein.

»Ich will mir die Sache mal aus einer anderen Perspektive ansehen. Geh du weiter und tu ganz unschuldig«, schnatterte Hüpfer. Er sprang über einen Busch und verschwand.

Dor ging weiter, als sei nichts geschehen. Die Sträucher waren inzwischen mehr als kopfhoch und schienen sich um sie zu drängen, obwohl sie sich nicht bewegten.

Wie wäre sein Abenteuer wohl verlaufen, wenn Hüpfer nicht dabeigewesen wäre? Dor erschauerte bei dem Gedanken. Er war sich sicher, daß seine Begegnung mit der großen Spinne ein Zufall und nicht vom Guten Magier Humfrey geplant oder bei seinen Vorbereitungen mit einkalkuliert worden war. Doch hätte Dor ohne diesen Zufall seine erste Begegnung mit den Kobolden überlebt? Was wäre mit seinem Körper zu Hause geschehen, wenn er hier im Wandteppich gestorben wäre? Vielleicht besaß Humfrey ja eine Möglichkeit, den Wandteppich zu zerreißen und aufs neue zu weben, so daß Dors Tod rückgängig gemacht wurde und er selbst wieder sicher zurückkehren konnte. Doch das wäre dann immer noch ein demütigender Mißerfolg. Es war viel besser, auf eigene Faust zu überleben — und Hüpfer hatte ihm das ermöglicht.

Bisher.

Noch wichtiger waren eigentlich die Reife und der große Überblick, die die große Spinne mit einbrachte. Dor lernte ständig von ihr und wurde selbst dadurch reifer.

Da unterbrach irgend etwas seine Gedanken, das ihn erschauern ließ. Er blickte sich um, konnte jedoch nichts entdecken. Da waren nur die Gewächse, die inzwischen nur noch halb so groß waren wie er selbst. Was hatte ihn nur so beunruhigt? Irgendwie hatte er es nicht richtig wahrgenommen.

Er zuckte die Schultern und schritt weiter. Einen Augenblick später fing er an zu pfeifen — um seine Sorglosigkeit besser zur Schau zu stellen und um sicherzugehen (für alle Fälle!), daß Hüpfer auch wußte, wo er sich befand. Er war zwar kein besonders guter Pfeifer, wußte aber durchaus, eine Melodie zu flöten.

Und da geschah es erneut. Dor blieb abrupt stehen und blickte sich zum zweiten Mal um. Hatte er vielleicht Hüpfer im Augenwinkel wahrgenommen? Nein, seinen Freund hätte er auch erkannt, ohne besonders darauf zu achten. Wie gerne er jetzt doch ein paar zusätzliche Augen gehabt hätte! Aber zum Teufel mit der Vorsicht — er hatte irgend etwas bemerkt, und jetzt wollte er wissen, was es war.

Nichts zu sehen. Die hohen Sträucher standen einfach da: mundanische Gewächse, deren Blätter periodisch vom Wind bewegt wurden. Der untere Teil war sehr dicht belaubt, so daß ihre Stämme kaum zu erkennen waren. Nach oben zu waren sie dünner bewachsen, die Blätter waren kleiner, und die eigentlichen Wipfel waren kahl. Manche besaßen einen Mittelstamm, der mehrere Fuß emporragte und zahlreiche kahle Äste aufwies. Für eine Pflanze war das zwar etwas seltsam, aber keineswegs bedrohlich. Vielleicht waren es Fühler, die die Sonne oder den Wind wahrnahmen und die Informationen an den Hauptteil des Gewächses weiterleiteten. Viele Pflanzen wußten gerne, was los war; denn schon geringfügige Wetteränderungen konnten über ihr Wohl und Wehe entscheiden.

Dor gab es auf. Es war einfach nichts da, was er hätte wahrnehmen können. Er hätte natürlich einen der auf dem Boden herumliegenden Stöcke fragen können, doch irgendwie schreckte er davor zurück. Es war etwas an der Naivität der Faune und Nymphen, das ihn dazu bewegte, auf dieses Mittel zu verzichten. Die Faune und Nymphen verließen sich töricht auf ihr Unwissen, auf ihren Berg, ihre Bäume, ihren See — anstatt auf ihre eigene Intelligenz, ihre Wachheit und Tatkraft. Wenn er sich auf seine Magie verließe und nicht auf seine Beobachtungs- und Kombinationsgabe, würde er nie zu dem Mann werden, der er einmal sein sollte. Er erinnerte sich daran, wie selten König Trent seine Verwandlungskraft einsetzte. Jetzt leuchtete ihm das ein. Die Magie war immer da — aber nur als letzte Zuflucht. Die anderen Lebensfähigkeiten waren es, die einer Stärkung bedurften. Also hielt er sich zurück, mied den Weg des geringsten Widerstandes und blieb entschlossen, dieses Problem ganz allein zu lösen.

Vielleicht war es ja etwas Unsichtbares? In seiner eigenen Zeitperiode hieß es, daß es unsichtbare Riesen gebe, obwohl niemand je einen gesehen hatte. Aber wie auch? Er lachte leise in sich hinein.

Wieder geschah es, fast so, als wäre es von seinem Geräusch ausgelöst worden. Und diesmal erwischte er es: Der Wipfel eines der Gewächse hatte sich bewegt! Nicht durch den Wind, sondern von allein. Er hatte sich willkürlich herumgedreht und sich auf seiner Stammachse gewendet, um ihn anzuvisieren.

Dor überlegte. Er ging ein paar Schritte vor, wobei er weiter vor sich hin pfiff, aber genau aufpaßte. Die Antenne drehte sich, um auf ihn gerichtet zu bleiben. Jetzt gab es keinen Zweifel mehr: Das Ding hatte ihn im Visier.

Nun ja, Pflanzen waren eben schlau genug, auch auf bewegliche Wesen zu achten, denn ein nahendes Ungeheuer oder ein Mensch konnte ihre sofortige Vernichtung bedeuten — vor allem, wenn es sich dabei um einen schlechtgelaunten Salamander handelte oder um einen Mann, der nach Holz für einen Hausbau suchte. Wie konnten sie besser informiert bleiben als durch eine Drehantenne! Es war also wahrscheinlich harmlos.

Beruhigt und von neuer Zuversicht erfüllt, marschierte er weiter, immer noch pfeifend. Jetzt erkannte er noch weitere Antennenpflanzen. Offenbar stellten sie die Reifungsstufe der Sträucher dar. Die kleinen Sträucher am Rande besaßen keine Antennen; die mittleren besaßen zwar welche, konnten sie aber nicht drehen; die großen hingegen waren voll funktionsfähig.

Solange sie ihn nur beobachteten . . . Immer vorausgetzt, daß sie ohne Augen sehen konnten. Wahrscheinlich konnten sie das. Dor wußte, daß es auch andere Sinnesorgane gab, die ebenso effektiv waren wie die menschlichen. Vielleicht reagierten die Gewächse auf Klänge, weshalb sie auch auf sein Lachen reagiert hatten, was ihnen wahrscheinlich als äußerst seltsam erschienen sein mußte. Oder auf seine Körperwärme. Oder auf den Geruch seines Schweißes. Wie sie wohl auf die Zombies reagieren würden? Er lächelte. Die Zombies würden wohl überall einigen Aufruhr erzeugen, wo sie vorbeikamen!

Der Wald — denn nun war es einer — öffnete sich zu einer

grasbewachsenen Lichtung. Dort war eine Vertiefung mit einem kleinen Hügel in der Mitte zu erkennen, der anscheinend aus Holz bestand, aber weder Zweige noch Blätter aufwies. Was war das nur?

Die Antennenbäume sahen nur zu, sie handelten nicht. Das allein würde den Wald nicht vor Bedrohungen retten, wenn es nicht noch etwas anderes gab. Etwas, das handeln konnte, sobald die Bäume die Gefahr geortet hatten. Ob dies wohl so etwas war?

Normalerweise hätte Dor es in Ruhe gelassen; denn es war töricht, sich mit Dingen einzulassen, die man nicht verstand. Doch nun erkundete er den Weg für die Zombiearmee und wollte sie nicht in eine heimtückische Falle laufen lassen. Wahrscheinlich war dieses Gewächs ganz harmlos, da es unbeweglich zu sein schien, aber er mußte dennoch sichergehen.

Natürlich war er nicht so dumm, darauf zu treten. Er stöberte einen alten, trockenen Ast auf und stocherte damit nach dem Ding, das er, am Rande der Kuhle stehend, gerade noch erreichen konnte.

Doch nichts geschah. Offenbar war es harmlos: Die Zombies konnten hier vorbeiziehen. Dor drehte sich um und erblickte Hüpfer.

»Scheint keine Gefahren hier zu geben«, schnatterte die Spinne. »Hast du festgestellt, was das hier ist?«

Dors Körper versteifte sich. Die Spinne hatte sich lautlos von hinten an ihn herangeschlichen; offenbar führte sie etwas Böses im Schilde. Dor hatte sich nur durch Zufall gerade noch rechtzeitig umgedreht. Jetzt tat das unheilvolle Wesen so, als sei es harmlos, bis es sich Dor weit genug genähert hatte, um ihm mit seinen grauenvollen Scherenzangen den Kopf abzukneifen.

»Stimmt irgendwas nicht?« schnatterte Hüpfer, und seine häßlichen grünen Vorderaugen glitzerten bösartig. »Du siehst so aus, als ginge es dir nicht gut. Kann ich dir helfen?« Und das Ungeheuer machte mit seinen haarigen langen Beinen einen Schritt auf ihn zu.

Dor riß sein Schwert hoch. »Zurück, Verräter!« rief er. »Weiche von mir!«

Die Spinne wich geschickt zurück, als sei sie verwirrt, doch gerade nur weit genug, um außer Hiebweite zu sein. »Freund, was soll das bedeuten? Ich will dir doch nur helfen.«

Von der Falschheit des Dings über alle Maßen gereizt, sprang Dor vor. Das Schwert fuhr mit einer Präzision in die richtige Richtung, die Dors eigenem Körper unmöglich gewesen wäre. Doch das haarige Insekt sprang mit einem Satz über seinen Kopf in Sicherheit.

Dor wirbelte herum. Hüpfer war auf dem Holzknäuel gelandet. Selbst in seinem gerechten Zorn blieb Dor noch vorsichtig: Er wollte nicht auf diesen mysteriösen Hügel treten. Also stellte er sich am Rand auf, blieb wachsam und beobachtete die feindliche Spinne.

Hüpfers Verhalten hatte sich verändert. Er hielt geschickt mit sechs Beinen sein Gleichgewicht aufrecht und streichelte mit seinen beiden Vorderbeinen sanft die Luft. Dor wußte, daß dies eine Kampfhaltung war. »Dann greifst du mich also grundlos an?« fragte das Ding mit rauhem Schnattern. »Ich hätte doch wissen sollen, daß ich keinem fremden Wesen trauen darf.«

Ungelenk hob Dor mit der Linken den Stock auf, mit dem er in dem Haufen herumgestochert hatte, das Schwert in der Rechten kampfbereit haltend. »Du warst es, der mein Vertrauen mißbraucht hat!« rief er und stocherte nach der Spinne.

Das erwies sich als taktischer Fehler. Hüpfer warf eine Leine um das Stockende und riß daran. Dor wurde fast in die Kuhle hineingezogen, bevor er endlich losließ. Er taumelte zurück.

Die Spinne nutzte ihren Tempovorteil: Sie sprang über die Vertiefung und landete neben Dor. Dann schleuderte sie eine weitere Schlinge nach ihm, erwischte Dor am Schwertarm und brachte ihn aus dem Gleichgewicht. Doch Dor reagierte mit den Kampfreflexen seines kraftvollen Körpers und riß den Arm zurück. Sein Körper war derart stark und schwer, daß es nun die Spinne war, die das Gleichgewicht verlor. Mit keinem ihrer Beine war sie Dors Arm gewachsen, dafür reichten ihre Muskeln einfach nicht aus. Hüpfer stürzte vor. Er fiel nicht, denn ein Wesen mit acht Beinen konnte einfach nicht fallen, aber er stürzte auf Dor zu. Dor fuhr mit dem Arm zurück und hieb mit seinem Schwert heimtückisch auf die Spinne ein.

Hüpfer sprang empor und entging mit knapper Mühe dem Hieb. Über ihm befanden sich keinerlei Äste. Was hinaufsprang, mußte also notgedrungen wieder herabfallen, und Dor stellte sich mit aufgerichtetem Schwert auf, um die Spinne aufzuspießen.

Doch er hatte nicht mit der ungeheuren Wendigkeit des Wesens gerechnet. Hüpfer landete zwar auf dem Schwert — doch mit allen acht Füßen, die sich um die Spitze klammerten. Sein Gewicht drückte Klinge und Arm hinab, und Dor brach zusammen. Sofort hatte die Spinne ihn mit ihren widerlichen Fäden eingesponnen.

Dor ballte die Linke zur Faust und hieb der Spinne in den weichen Unterleib. Auf ekelerregende Weise gab das Fleisch nach, und mehrere Seidenstränge wurden zerfetzt und abgerissen. Dann packte Dor das Schwert mit beiden Händen und riß es hoch, wobei die Spinne halb mit emporgetragen wurde. Dor trat mit einem Fuß nach seinem Gegner, um ihn vom Schwert zu stürzen — doch das war wieder ein Fehler. Die Spinne warf eine Schlinge um das Bein, zog die Leine straff, und schon waren Dors Handgelenke an sein Bein gefesselt. Diese spindeldürren Spinnenbeine waren wirklich teuflisch schnell!

Dor fiel auf den Rücken und versuchte krampfhaft, seine Gliedmaßen zu befreien. Doch nun hatte die Spinne die Oberhand und warf ein Seil nach dem anderen über ihn, um die Leinen schließlich fest zu verzurren. Dor bäumte sich heftig auf, und er zerriß auch tatsächlich einige der Seile, doch seine Kräfte ließen nach. Bald darauf war er hoffnungslos verschnürt.

Das Ungeheuer näherte sich mit häßlichen grünen, behaarten Scherenzangen, bereit, Dors hilfloses Gesicht zu zerquetschen. Dor schrie und strampelte hilflos. Wie war es nur dazu gekommen? Doch selbst angesichts der sicheren Vernichtung behielt er noch seine menschliche Sehweise. »Warum hast du eigentlich jemals vorgegeben, mein Freund zu sein?« fragte er.

Hüpfer faltete seine Kauwerkzeuge zusammen. »Eine ausgezeichnete Frage«, schnatterte er. Dann wich er zurück und zerrte Dor an seinen Leinen über den Boden, auf einen hohen Baum zu. Die Wipfelantenne drehte sich auf ihn zu, konnte aber auch nichts ausrichten. Die Spinne sprang auf einen dicken Ast, befestigte eine Leine und hievte den wehrlosen Dor in die Luft, wo er frei hängenblieb. Dann ließ sich Hüpfer zu ihm hinunter.

»Die Antwort lautet, daß ich keineswegs vorgegeben habe, dein Freund zu sein«, schnatterte Hüpfer. »Ich habe einen Pakt mit dir geschlossen und dich fair behandelt, wie ich es von dir umgekehrt ebenfalls erwartet habe. Dann hast du mich plötzlich, ohne jede Vorwarnung, mit deinem Schwert angegriffen, und ich mußte mich wehren. Du warst es, der so getan hat als ob.«

»Hab' ich nicht!« rief Dor und kämpfte vergebens gegen seine Fesseln an. »Du hast dich von hinten angeschlichen.«

»So hätte man es vielleicht deuten können, ja. Aber du hast mich angegriffen, und nicht umgekehrt.«

»Du bist doch auf mich zugesprungen und hast mein Schwert gepackt. *Das* war ein Angriff!«

»Das war aber erst, nachdem du mit deiner Klinge nach mir geschlagen und mich mit dem Stock gepiekst hast. Da erkannte ich, daß du mir Böses wolltest, und habe entsprechend gehandelt.« Doch die Spinne hielt nachdenklich inne. »Bis zu diesem Augenblick hatte ich dir gegenüber keinerlei feindliche Gefühle. Warum sollte mich ein bloßer Stock provozieren, wo ein Schwert es nicht getan hat?«

»Verstehst du jetzt etwa dein eigenes fremdartiges Wesen nicht mehr?« wollte Dor wissen.

»Da fehlt wohl ein Stück. Wann bist du mir gegenüber denn feindselig geworden?«

»Als du versucht hast, dich von hinten anzuschleichen und mich umzubringen, natürlich!«

»Und wann war das?«

»Sag mal, was für ein blödes Spielchen willst du denn jetzt hier abziehen?« fragte Dor. »Du weißt doch ganz genau, daß ich die Holzknolle angesehen habe.«

»Die Holzknolle«, wiederholte die Spinne nachdenklich. »Ich

wurde mir meiner Feindseligkeit erst bewußt, als ich auf dieser Knolle gelandet bin. Ob das ein Zufall sein kann?«

»Wen kümmert das schon?« schrie Dor. »Du hast dich als erster angeschlichen!«

»Denk doch mal nach: Du hast in der Knolle herumgestochert. Du hast sie berührt, indirekt, und wurdest zu meinem Gegner. Dann habe ich sie berührt und wurde zu deinem Gegner. Diese Knolle muß irgend etwas damit zu tun haben!«

Endlich wurde Dor sich der Logik des Ganzen bewußt. Er hatte tatsächlich die Knolle berührt, bevor . . .

»Magie macht vieles möglich«, fuhr Hüpfer fort. »Ob sie wohl Freundschaft in Feindschaft verkehren kann?«

»Sie kann ja auch Wildfremde dazu bringen, sich ineinander zu verlieben«, mußte Dor eingestehen. »Warum sollte dann das Gegenteil unmöglich sein?«

»Die Antennengewächse haben unser Vordringen beobachtet. Wie hätte sich dieser Wald geschützt, wenn wir ihm feindlich gesonnen wären?«

»Er hätte natürlich irgendeinen Zauber verhängt, weil diese Bäume nicht so frei agieren können wie etwa Greifer. Er hätte uns vielleicht eingeschläfert, uns einen Juckreiz verpaßt oder so was.«

»Oder dafür gesorgt, daß wir aufeinander böse werden?«

»Ja, das auch. Alles ist möglich —« Dor hielt inne. »Dann war unser Kampf — ein Zauber?«

»Die Antennen haben uns beobachtet. Wenn wir ohne anzuhalten weitergegangen wären, wäre wohl nichts passiert. Aber wir haben zu lange verweilt, haben in Dingen herumgestochert. Deshalb hat der Wald zurückgeschlagen, indem er unsere Gefühle füreinander in ihr Gegenteil verkehrt und uns gegeneinander aufgehetzt hat. Wäre das nicht eine ausgezeichnete Methode der Selbstverteidigung?«

»Gefühlsumkehrung? Das würde ja heißen, daß, je stärker die Freundschaft ist, um so schlimmer —«

»Ich bin äußerst wütend auf dich«, schnatterte Hüpfer.

»Und du bringst mich zur Weißglut.«

»Sind wir beide so wütend, wie es nur geht? Das würde dann eine sehr tiefe Freundschaft bedeuten.«

»Ja!« rief Dor und hatte ein Gefühl, als sei ihm ein schwerer Fels vom Herzen gerollt. »Dieser Zauber — der könnte ja ganze Armeen gegeneinander aufbringen!« rief er. »Sobald jemand die Knolle berührt, wird sie aktiviert.« Also alles nur ein Zauber!

»Kann ich dich jetzt freilassen?« schnatterte Hüpfer.

»Ja. Ich habe erkannt, was geschehen ist. Es war ein vorübergehender Zauber, der mit der Zeit an Macht verliert.«

»Die Vernunft kann mancherlei Magie besiegen«, stimmte Hüpfer ihm zu. Er schwang sich zu ihm herüber und hatte ihn mit wenigen geschickten Bewegungen befreit. »Tut mir leid, daß es so weit gekommen ist«, schnatterte er.

»Mir auch. Ach, Hüpfer, es tut mir ja so leid! Ich hätte erkennen müssen —«

»Ich war ja auch davon gefangen. Das Gefühl hat die Vernunft überwältigt — beinahe, jedenfalls.«

»Aber sag mal — warum hast du mir denn nicht den Kopf abgebissen? Ich dachte schon, du wolltest damit anfangen.«

»Die Versuchung war recht groß. Aber in der Regel bringt man keinen wehrlosen Gegner um, es sei denn, man hat Hunger. Man lagert das Fleisch lebend, bis man es braucht. Und ich mag auch den Geschmack deiner Fleischart nicht besonders. Also verstieß es gegen alle Logik, dich zu töten, und das war es auch, was mich störte. Ich ziehe es vor, der Logik zu gehorchen. Ich versuche, eine Situation als Ganzes zu verstehen, zu jeder Zeit zu einer übergeordneten Perspektive zu finden. Alle acht Augen offen zu halten, wie wir Spinnen schnattern.«

»Ich habe gar nicht erst versucht, nachzudenken«, gestand Dor. »Ich habe einfach drauflosgekämpft.«

»Du bist ja auch jünger als ich!«

Ja, wieder hatte Hüpfers Reife das Schlimmste verhindert.

»Wie alt bist du eigentlich, Hüpfer?«

»Ich bin vor einem halben Jahr ausgeschlüpft, im Frühling.«

»Vor einem halben Jahr!« rief Dor. »*Ich* bin vor zwölf Jahren ausgeschlüpft, äh, ich meine, geboren worden. Also bin ich wesentlich älter als du!«

»Wahrscheinlich haben wir andere Lebensrhythmen«, meinte

Hüpfer diplomatisch. »Noch ein Vierteljahr, und ich werde an Altersschwäche sterben.«

Dor war schockiert. »Aber ich hab' doch kaum Gelegenheit gehabt, dich kennenzulernen!«

»Es geht nicht darum, wie lange man lebt, sondern wie gut man lebt«, schnatterte Hüpfer.

Sie ließen sich vom Baum herab und stellten ihre Markierungen im weiten Umkreis um die Zauberknolle auf. Diese Waldverteidigung erschien ihnen zwar als ziemlich umständlich, aber andererseits ließ sich eine offensichtliche Falle natürlich auch leichter umgehen.

Dor war ziemlich ernüchtert, und dies nicht nur wegen der feindseligen Magie. Hüpfer — in drei Monaten war er schon tot!

10
Die Schlacht

Am Nachmittag kamen sie ohne weitere Zwischenfälle auf Schloß Roogna an. Der König freute sich sehr über ihre Meldung. »Dann habt ihr also den Zombiemeister überredet! Wie habt ihr das nur geschafft?«

»Millie hat es eigentlich getan«, sagte Dor und erinnerte sich an die möglichen Grenzen seines Eingreifens. »Sie wird den Zombiemeister heiraten.«

»Wann werden die Zombies eintreffen?«

»Morgen, wenn nichts dazwischenkommt.« Dor bedeckte den Mund mit der Hand.

»Aber wir haben den Weg so markiert, daß einfach nichts dazwischenkommen *kann*!«

»Wir wollen's hoffen«, meinte der König trocken. »Es ist wohl besser, wenn wir ein geregeltes Meldesystem auf die Beine stellen. Das wird nicht leicht sein, denn die Koboldkräfte haben die Boden- und die Harpyien die Lufthoheit. Ich habe meine Truppen nicht von zu Hause herbeizitiert, weil ein Marsch durch ein von Ungeheuern beherrschtes Gebiet unverhältnismäßig riskant gewesen wäre. Mal überlegen.« Er dachte kurz nach, während Dor entsetzt begriff, daß Schloß Roogna keinerlei Verteidigungskräfte besaß. »Schade, daß zwischen uns kein Fluß fließt. Wir müssen also Bodenverbindungen herstellen.«

»Aber das Drachenpferd!« rief Dor.

»Nein, ich habe auch meinen Drachen freigegeben, damit sie ihre Heime verteidigen können, die wesentlich angreifbarer sind als dieses große Schloß. Mal sehen, was für Fische wir haben.«

»Fische?« fragte Dor verständnislos. »Aber die können doch gar nicht —«

Der König führte sie an den königlichen Fischteich, während Dor immer bekümmerter wurde. Keine Truppen, keine Drachen — und da wollte der König sich jetzt auf Fische verlassen?

König Roogna holte einen hell schimmernden Goldfisch mit dem Netz ein. »Mal sehen«, sagte er konzentriert.

Der Fisch wurde blau, und die Wasseroberfläche vereiste. »Hoppla, jetzt habe ich ihn in einen Eisfisch verwandelt«, sagte Roogna. »Das nützt uns nicht viel.« Er konzentrierte sich erneut. Der Fisch wurde feuerrot, und das Wasser begann unter seinen heftigen Schwanzschlägen zu brodeln. »Nein, jetzt ist er ein Kampffisch. Ist aber auch wirklich schwierig zur Zeit!«

Schließlich wurde der Fisch braun, und seine Haut glich der eines Wurmes. »Ah ja! Da ist ja mein Erdfisch!« rief der König zufrieden. Er kritzelte eine Nachricht, knüllte das Papier zu einem Ball und steckte es dem Fisch ins Maul. Dann sagte er zu ihm: »Sieh nach der Zombiearmee und melde dich dann mit der Antwort des Zombiemeisters bei mir.«

Der Fisch nickte, schwamm durch die Netzmaschen in die Teichwand hinein und verschwand. »So, und jetzt schauen wir mal, was sich sonst noch so anbietet«, sagte der König. Sie schritten zum königlichen Vogelhaus, wo er einen Vogel mit seinem Netz einfing, der wie ein Ball geformt war. Seine Flügel waren so stummelig, daß er kaum fliegen konnte, und Schnabel und Klauen waren kaum ausgebildet. »Diese Taube nützt uns in dieser Gestalt nicht viel.« Er konzentrierte sich.

Plötzlich erschien ein häßliches grünes Band, das den Körper der Taube umschlang. »Nein, nein!« knurrte der König verärgert. »Muß mir Murphys Fluch denn auch noch bei den winzigsten Kleinigkeiten einen Knüppel zwischen die Beine werfen? Keine Lodentaube — eine Bodentaube will ich!« Da bekam der Vogel die Farbe des Erdfischs. »Na also! So, du wartest jetzt hier, bis ich eine Nachricht habe, die du wegbringen kannst. Dann fliegst du durch die Erde und bringst sie ans Ziel.«

Er drehte sich wieder zu Dor um. »Magier, Sie sind mir noch relativ fremd, und doch vertraue ich Ihnen und Ihrem Freund Hüpfer. Im Augenblick habe ich ziemlichen Personalmangel. Würden Sie in meine Dienste treten?«

Dor war verblüfft. »Majestät, ich bin nur zu Besuch hier. Ich muß schon bald, sehr sehr bald, heimkehren.«

Der König lächelte grimmig. »Ich würde Ihnen ja gerne ein Reittier zur Verfügung stellen, wie beim ersten Mal, wenn ich nur könnte. Aber nicht mal das habe ich zur Vergügung, und die Kobolde haben das Schloß umzingelt. Ihr einziger Fluchtweg führt in Richtung des Schlosses des Zombiemeisters, und selbst diese Route ist inzwischen keineswegs mehr sicher. Es wäre mir lieber, wenn Sie die Belagerung hier auf Schloß Roogna durchstehen würden, selbst wenn Sie nicht daran teilnehmen wollen.«

»Noch eine Belagerung! Ich habe gerade erst eine hinter mich gebracht!«

»Diese hier wird noch schlimmer, das kann ich Ihnen getrost versichern. Wir haben zwar mehr zur Verfügung als der Zombiemeister, aber dafür ist die Situation auch wesentlich komplizierter. Ich würde lieber gegen Mundanier als gegen Kobolde und Harpyien kämpfen.«

»Hm, na ja, ein paar Tage bleiben mir ja noch. Da kann ich mich ruhig ein wenig nützlich machen, so gut es geht.«

»Ausgezeichnet! Ich werde Ihnen die Befestigungsanlagen auf der Nordseite zuweisen. Die Zentauren dort müssen Sie zwar ordentlich an die Kandare nehmen, aber wenn die Sie respektieren, werden sie Ihnen schon gehorchen. Sie müssen so lange wie möglich an der Mauer arbeiten. Jeder Stein dort verstärkt unsere Verteidigung.«

»Aber ich bin doch kein Führer!« protestierte Dor. »Ich bin bloß —«

»Meine Läufer haben mich über Ihre Fortschritte auf dem laufenden gehalten, solange der Feind uns noch nicht belagert hat. Es stimmt zwar, daß Sie kein erfahrener Führer sind, aber Sie scheinen die Fähigkeit dazu zu haben. Als die Mundanier das Schloß des Zombiemeisters angegriffen haben, haben Sie hervorragend reagiert.«

»Das haben Eure Spione gesehen? Ich dachte, daß Ihr nichts davon wußtet, was dort vor sich ging!«

Der König lachte. »Für einen König ist es immer ratsam, mehr Informationen zur Verfügung zu haben, als er sich anmerken läßt. Meine Spione konnten sich zwar nicht nahe ans Kampfgetümmel heranwagen, aber mir wurde von einem Mann berichtet, auf den Ihre Beschreibung zutrifft, der einen Pakt mit Ungeheuern schloß. Dann war da noch etwas über grüne Bänder und natürlich die Nachricht des Drachenkönigs. Daraus schloß ich, daß Sie schon ganz gut wußten, was Sie taten. Allerdings habe ich keine Informationen aus erster Hand — und deshalb war ich auch auf Ihren Bericht begierig.«

Aber die Information aus zweiter Hand war ziemlich gut! In mancher Weise glich König Roogna dem König Trent. Vielleicht besaßen alle Könige eine gewisse Ähnlichkeit miteinander. Irgend etwas hatten sie an sich. War es vielleicht eine bestimme Art von Reife?

»Eines Tages werden Sie das schon verstehen, Dor«, sagte Roogna. »Es ist offensichtlich, daß Ihr Land Sie für das Amt ausbildet, und auf diese Weise kann ich mich in gewissem Umfang für Ihre Dienste erkenntlich zeigen. Wenn Sie erst einmal hinreichend Erfahrung gesammelt haben, dürfte aus Ihnen ein ganz ansehnlicher König werden.«

Dor hatte da zwar seine Zweifel, wollte aber nicht widersprechen. Er verstand auch nicht, wieso sein eigener Dienst für Roogna dessen Schuld für seinen ihm früher erwiesenen Dienst abtragen sollte. Wenn das Erwachsenenlogik sein sollte, dann war er ihr wohl kaum gewachsen.

Der Erdfisch steckte den Kopf aus dem Boden zu ihren

Füßen. Der König beugte sich vor und nahm ihm das Papier aus dem Maul. »Danke, Kurier«, sagte er. »Du kannst jetzt in deinen Teich zurückkehren, um dich etwas frisch zu machen.« Er entfaltete das Papier und furchte die Stirn. »Das hier ist vom Zombiemeister persönlich. Der von Euch markierte Pfad ist zwar gut, aber jetzt werden sie von Kobolden umzingelt und kommen nicht weiter voran.

»Wie weit entfernt sind sie?«

»Direkt hinter dem Antennenwäldchen.«

»Wenn die Kobolde sich an der Mitte dieses Waldes zu schaffen machen sollten —«

»Dazu sind sie zu schlau. Sie warten darauf, daß die Zombies den Wald verlassen, bevor sie eingreifen.«

»Was kümmern die Kobolde sich eigentlich um die Zombies? Sie kämpfen doch eigentlich gegen die Harpyien, nicht wahr?«

»Ein ausgezeichneter Einwand. Die Zombies sollten eigentlich ungehindert weiterziehen können, es sei denn, daß da irgend etwas faul ist.«

»Offensichtlich ist da irgend etwas *ziemlich* faul«, meinte Dor. »Langsam ärgert mich dieser Magier Murphy.«

»Mit Dingen dieser Art plage ich mich schon ab, seit unser Wettstreit begonnen hat. Oder meinen Sie etwa, ich würde sonst immer erst mehrere Anläufe brauchen, um mir die Magie zu Diensten zu machen? Andererseits ist es eine ganz gute Übung in Disziplin.«

»Ja«, sagte Dor. »Wenn das hier vorbei ist, werde ich alles wesentlich sorgfältiger angehen, weil ich weiß, daß die Dinge nicht unbedingt von allein richtig funktionieren.«

Der König blickte gen Osten, obwohl das Problem zu weit entfernt lag, als daß man es mit bloßem Auge hätte erkennen können. »Es ist durchaus wahrscheinlich, daß der Antennenwald von der Anwesenheit derart vieler Truppen so irritiert worden ist, daß er es den Kobolden in den Kopf gesetzt hat, die Zombies als Feinde anzusehen.«

»Aber wenn die Kobolde gar nicht in den Wald eingedrungen sind —«

»Ihre Armee ist nicht eingedrungen. Aber ihre Kundschafter

haben wahrscheinlich in allem herumgestochert, genau wie Sie. Wenn einer dieser Kundschafter die Nachricht von feindlichen Streitkräften mitgebracht haben sollte —«

»Wir müssen sie retten!« rief Dor.

»Wir haben wirklich Personalmangel«, sagte der König bedauernd. »Wir haben nur die Zentauren zur Verfügung, und die müssen an der Befestigung arbeiten. Deshalb brauchen wir ja auch die Hilfe der Zombies.«

»Aber die kommen doch. Ohne sie würdet Ihr doch die Schlacht verlieren!«

»Ja. Das ist ein Problem, für das ich auch keine Lösung habe. Noch nicht. Murphys Fluch erweist sich als äußerst mächtig. Er legt mir bei allem, was ich tue, Steine in den Weg.«

»Nun, ich habe mir nicht diese ganze Mühe gemacht, damit der Zombiemeister und Millie den Kobolden in die Hände fallen!« sagte Dor hitzig. »Ich werde selbst hinausgehen und sie retten.«

»Es wäre mir lieber, wenn Sie nicht Ihr Leben riskierten«, meinte Roogna mit gefurchter Stirn. »Nicht, daß mir ihr Schicksal gleichgültig wäre — aber ich muß mir Sorgen um die große Mehrheit meiner Untertanen machen. Wenn wir ihnen überhaupt helfen können, dann von Schloß Roogna aus.«

Dor wollte eine heftige Antwort geben, erinnerte sich aber daran, wie Hüpfer sich im Antennenwald beherrscht und damit die Situation gerettet hatte. Hier mußte die Logik das oberste Gebot sein, nicht die Emotion. »Und wie?«

»Wenn es möglich wäre, einen Trupp Harpyien in das Gebiet zu locken . . .«

»Genau!« rief Dor. »Die würden dann gegen die Kobolde kämpfen, so daß beide Seiten sich nicht mehr um die Zombies kümmern können. Aber wie schaffen wir das? Die Harpyien werden ja wohl kaum auf unsere Bitten eingehen.«

»Meiner Meinung nach ist das eine Frage des Lockmittels. Wir müssen sie irgendwie in das Gebiet locken, ohne eigenes Personal dabei zu opfern.«

»Das ist doch kein Problem!« sagte Dor aufgeregt. »Habt Ihr ein Katapult?«

»Ja, das haben wir. Aber die Harpyien jagen keinen fliegenden Steinen nach.«

»Vielleicht doch — wenn ich die Geschosse verzaubert habe. Laßt mich mit der Munition sprechen.«

»Auf der Nordmauer liegt welche. Dort, wo ich Sie ohnehin einsetzen wollte.«

»Wie? Sagt bloß, daß ausnahmsweise mal etwas klappt?« fragte Dor lächelnd.

»Die Situation wird immer komplizierter. Murphy kann nicht jede Kleinigkeit im Auge behalten. Sein Talent wird, wie meines auch, im Augenblick bis aufs äußerste gefordert. Wir werden bald wissen, wer sich schließlich als der mächtigste Magier herausstellt.«

»Ja, das will ich glauben. Und wir haben gleich mehrere Magier auf unserer Seite.«

»Aber ein einziges schlimmes Mißgeschick kann unsere ganzen Anstrengungen zunichte machen. Ich diesem Sinne ist Murphy jeder beliebigen Anzahl von Magiern gewachsen.«

»Ich gehe wohl besser zu dem Katapult. Wissen wir, wo sich die Streitkräfte der Harpyien aufhalten?«

»Die Zentauren dürften es wissen. Sie mögen weder Harpyien noch Kobolde, und ihre Sinne sind sehr geschärft.« Der König wandte sich ab. »Ich werden dem Zombiemeister eine Nachricht übermitteln und ihn dazu auffordern, weiter vorzustoßen, sobald die Harpyien auftauchen.«

Dor eilte zur Nordmauer. So unvollendet sie auch sein mochte, war sie immer noch wesentlich stärker als alle anderen. Auf der Innenseite führten kleine Treppen empor, die auf den oberen Zinnen endeten.

Die Zentauren hasteten nervös hin und her. Sie waren noch keine Gelehrten wie zu Dors Zeit und auch keine Krieger wie in einer anderen Epoche: Es waren vergleichsweise einfache Arbeiter, die für einen Krieg nicht sonderlich gut geeignet waren. Immerhin trug jeder Zentaur einen Bogen und einen Köcher voller Pfeile mit sich. Ausgezeichnete Bogenschützen waren die Zentauren schon immer gewesen.

»Der König hat mir den Befehl über diesen Mauerabschnitt

übertragen«, verkündete Dor, um ihre Aufmerksamkeit zu erregen. »Wir müssen dreierlei tun: Als erstes müssen wir die Mauer so weit vervollständigen, wie es nur geht, bevor die Kampfhandlungen beginnen. Zweitens müssen wir sie verteidigen, wenn die Ungeheuer eintreffen. Und drittens haben wir noch eine besondere Aufgabe. Ich werde die Munition dieses Katapults verzaubern und —«

»Wer bist du?« fragte der Zentaur, der sich schon einmal geweigert hatte, Dor zu verraten, wo König Roogna war. Er war es auch, der die anderen Zentauren gegen Hüpfer aufgebracht hatte. Was für ein Unglück, ausgerechnet mit diesem Wesen und dieser Mannschaft zusammenarbeiten zu müssen.

Unglück? Das war Murphys Einfluß! Der Fluch wurde immer stärker und nicht schwächer, während sich das Ende nahte. Doch er mußte ihn überwinden. Schließlich war er selbst ja auch ein Magier, und wenn das irgend etwas bedeuten sollte . . .

»Zentaur, ich bin der Magier Dor«, erwiderte er kühl. »Du wirst mir gefälligst mit dem Respekt begegnen, der mir zusteht.«

»Der Ungezieferfreund!« rief der Zentaur und stemmte die Arme in die Hüften.

Was sollte Dor jetzt tun? Jetzt war nicht die Zeit, höfliche Umgangsformen zu pflegen, und er konnte das Vertrauen oder den Respekt des Zentauren nicht erst in mühseliger Kleinarbeit erringen. Dor mußte sofort handeln.

Also — also würde er sein Talent einsetzen müssen. »Komm mal mit an die Seite, Zentaur«, sagte er. »Ich muß mit dir unter vier Augen reden.«

»Mit dir Ungezieferfreund an die Seite gehen?« fragte der Zentaur ungläubig. Er trat vor und tat so, als wolle er seine Faust schwingen — doch da hatte Dor ihm bereits die Schwertspitze an den Hals gesetzt. Wieder einmal hatte Dors Körper gehandelt, bevor er nachdenken konnte. Doch diesmal war es die richtige Reaktion gewesen. Der Zentaur zuckte zusammen. Dor hatte ihn auf beeindruckende Weise gekontert. Die glitzernde Klinge hätte seine Schlagader durchtrennen können, bevor er zurückgewichen wäre — und das konnte sie noch immer. Also entschloß er sich, auf das Gespräch unter vier Augen einzugehen. Wenigstens so lange, bis er seine Hufe in eine gute Kampfposition gebracht hatte.

Dor schob abrupt sein Schwert zurück in die Scheide und drehte dem Zentauren beinahe achtlos den Rücken zu. Wenn dieser jetzt zuschlagen sollte, dann würde er vor versammelter Mannschaft als Feigling dastehen. Also folgte er Dor ans etwas abseits gelegene Katapult, das sich hinter einer Brüstung befand.

Dor drehte sich um und betrachtete das Arbeitsgeschirr des Zentauren. »Wie heißt er?« fragte er es.

»Cedric Zentaur«, erwiderte das Geschirr. Der Zentaur machte einen Satz. Er war erschrocken, sagte aber kein Wort.

»Was hat er für ein Problem?« fragte Dor.

»Er ist impotent«, gab das Geschirr zur Antwort.

»He, du kannst doch nicht einfach —« begann Cedric. Doch es war schon zu spät: Sein Geheimnis war preisgegeben.

Dor verstand das nicht richtig — aber das mußte er in diesem Fall. »Was ist impotent?«

»Er ist es.«

»Ich meine, was heißt impotent?«

»Impotenz.«

»Was?«

»Du hättest fragen müssen: ›Was ist Impotenz?‹« sagte das Geschirr.

»Schon gut!« rief der Zentaur erregt. »Ich werde das Katapult bedienen.«

»Ich will dich nicht ärgern«, sagte Dor ihm. »Ich versuche, dein Problem zu lösen.«

»Ha!« sagte das Geschirr abfällig.

»Und du schenkst dir deine schlauen Bemerkungen, ist das klar?« fauchte Dor es an. »Erklär gefälligst, was Impotenz ist.«

»Dieser Abdecker kann nicht abdecken. Jedesmal, wenn er es versucht —«

»Genug!« rief Cedric. »Ich hab' dir doch gesagt, daß ich das Katapult bediene oder sonst was tue! Und ich werde dich auch nie wieder Ungezieferfreund nennen! Was verlangst du denn noch?«

Langsam begriff Dor das Problem. Es war etwas Ähnliches, wie es sein Körper empfand, wenn er ihn daran hinderte, auf Millie oder auf eine einladende Nymphe zu reagieren. »Ich verlange gar nichts. Ich will nur —«

»Führ ihn doch mal zu einer Stute. Das ist ein Schlappschwanz«, höhnte das Geschirr. »So was hat die Welt noch nicht gesehen —.«

Cedric riß sich mit rotem Kopf das Geschirr vom Leib.

»Das reicht«, sagte Dor. »Ich will nur, daß zwischen uns Eintracht herrscht. Ich werde niemandem etwas davon verraten.« Er sprach das zerrissene Geschirr an. »Du bist zwar kaputt, kannst aber immer noch reden.«

»Aua, mir tut alles weh!« stöhnte das Geschirr.

»Dann verstehst du jetzt auch, wie sich Cedric fühlt. Es ist nicht nett, andere Leute mit ihren Unvollkommenheiten aufzuziehen.« Dor mußte an die größeren Jungen in seiner eigenen Epoche denken, die ihn so häufig aufgezogen hatten.

»Allerdings!« stimmte der Zentaur ihm zu.

»Was ist schuld an Cedrics Impotenz?«

»Ein Zauber natürlich«, sagte das gedemütigte Geschirr.

Jetzt war der Zentaur verwundert.

»Ein Zauber?«

»Was für ein Zauber?« fragte Dor.

»Ein Impotenzzauber, Blödian!«

»Wag es nicht, in diesem Ton mit einem Magier zu reden!« bellte der Zentaur und schüttelte das Geschirr durch.

»Ich meine, wie funktioniert er?«

»Er kehrt die normalen Triebe im kritischen Augenblick um —«

»So daß die Blockade also immer stärker wird, je stärker die Triebe sind«, sagte Dor und dachte an seine Erfahrungen im Antennenwald. Das war wirklich eine gemeine Art von Zauber!

»Ja, und wenn er sich dann seiner scharfen graugescheckten Stute nähert —«

»Ich werde dieses Geschirr verbrennen!« rief Cedric. Aber er schien nicht gänzlich unbefriedigt zu sein. Offenbar hatte er geglaubt, daß sein Zustand seine Schuld war, und die Erkenntnis, daß es an einem äußeren Zauber lag, war eine gute Nachricht für ihn.

»Wie kann der Zauber wieder aufgehoben werden?« wollte Dor wissen.

»Das weiß ich nicht«, erwiderte das Geschirr. »Ich bin schließlich bloß ein Kleidungsstück. Ich weiß nur, was ich beobachtet habe.«

»Woher weißt du dann von dem Zauber?«

»Weil dieser Knallkopf am Schlafen war, als der Zauber verhängt wurde. Aber *ich* habe nicht geschlafen. Ich schlafe nie.«

»Wie kannst du auch schlafen, wenn du gar nicht lebendig bist?« fragte Cedric. Seine Kämpfernatur kam wieder durch. »Wer hat den Zauber verhängt?« Doch das Geschirr gab ihm keine Antwort. »War es mein Rivale Schönmaul? Dem werde ich seinen Schweif durch die Schnauze flechten!«

»Wer hat den Zauber verhängt?« fragte Dor.

»Celeste«, erwiderte das Geschirr hämisch.

»Das ist ja meine Stute!« rief Cedric. »Warum sollte sie —« Er hielt inne, und in seinem unschönen Gesicht arbeitete es heftig. »Dieses kleine Pferdeluder! Kein Wunder, daß sie immer so viel Verständnis gezeigt hat! Kein Wunder, daß sie immer so viel Aufhebens darum gemacht hat, wie treu sie mir doch ist! Sie *wußte,* warum ich nicht —«

»Es tut mir leid, daß ich das Gegenmittel nicht herausfinden kann«, sagte Dor.

»Da macht Euch mal keine Sorgen, Magier!« sagte Cedric. »Zentauren arbeiten nicht mit Magie. Sie muß den verdammten Zauber von irgendeiner menschlichen Hexe haben. Ich muß nur zu so einem Winkelhexenmeister gehen und mir einen Gegenzauber kaufen. Aber das werde ich Celeste nicht verraten —« Er lächelte voll grimmiger Zufriedenheit. »O nein, kein Wort sage ich ihr davon! Ich lasse mich einfach weiterhin von ihr hänseln, wie bisher, und werde so tun als ob, bis — oh, die wird aber eine Überraschung erleben!«

Sie kehrten zur Arbeitsmannschaft zurück. »Wie geht's dem

Ungezieferfreund?« fragte einer der anderen Zentauren wiehernd.

Cedric blickte ihn stählern an. »Mir geht's prima«, sagte er. »Und dem Magier auch. Wir werden ihm helfen, so gut wir nur können. Und wir werden genau das tun, was er verlangt, nicht wahr?« Es war keine wirkliche Frage.

Dor tat so, als würde er den Ärger der anderen Zentauren nicht bemerken. Die waren wirklich ganz schön zurechtgestaucht worden! »Wo fliegen Harpyien in Katapultreichweite herum?« fragte er.

Ein Zentaur auf der Brüstung legte den Kopf schräg.

»Dort drüben!« sagte er schließlich und zeigte nach Norden.

»Dort drüben, *mein Herr*!« berichtigte Cedric ihn und verpaßte ihm einen schnellen Hieb auf die Flanke.

»Sprich den Magier gefälligst mit dem ihm gebührenden Respekt an!«

»Äh, nennt mich einfach Dor«, sagte Dor. Er hatte sich zwar gewaltsam Respekt verschafft, aber nun legte er auf solche Äußerlichkeiten keinen Wert mehr.

»Sie kommen von der Spalte her geflogen, Herr Dor«, sagte der Zentaur auf der Brüstung.

»Könnt ihr einen Schuß südwestlich von ihnen plazieren?«

»Ich kann der Anführerin einen Schuß direkt in ihren Schnabel verpassen!« sagte Cedric.

»Na ja, ich möchte ihn aber lieber südwestlich von ihnen haben.«

Cedric zuckte die Schultern. »Ein Fohlenspiel.« Die Zentauren scharten sich um das Katapult, legten es um, befestigten den Spannbalken und legten einen großen Stein in die Schlinge. Dann richteten sie es nach Nordosten aus und stellten die Schlingenhöhe ein.

»So, und jetzt sagst du andauernd, bis du auf den Boden aufprallst: ›Harpyien sind stinkende Spatzenhirne!‹« sagte Dor zu dem Stein.

»Harpyien sind stinkende Spatzenhirne!« wiederholte der Stein fröhlich.

»Feuer!« befahl Dor.

Cedric löste die Sperre, der Katapultarm schnellte empor, das Geschoß jagte im hohen Bogen über den Wald hinweg, und der Stein schrie: »Harpyien sind stinnnnnn —« und war auch schon außer Hörweite.

»So, und jetzt muß der nächste südöstlich davon plaziert werden«, sagte Dor. »Bis wir eine ganze Kette haben, die die Harpyien von uns aus gesehen in Richtung Osten lockt, in die Nähe des Antennenwaldes.«

»Ich verstehe, Magier«, antwortete Cedric. »Und dann?«

»Dann werden sie auf die Koboldbande dort treffen.«

Der Zentaur lächelte. »Ich hoffe, die putzen sich gegenseitig von der Platte!«

Das hoffte Dor auch. Wenn es zu wenige Harpyien sein sollten, würden die Kobolde den Zombies weiterhin den Weg versperren. Waren es aber zu viele Harpyien, dann würden *sie* die Zombies aufhalten. Vielleicht kam auch alles schon zu spät.

»Magier«, sagte eine liebliche Stimme hinter Dor. Er drehte sich um und entdeckte eine reife Frau, die auf der Brustwehr stand.

»Ich bin die Neo-Zauberin Vadne und bin gekommen, um bei der Verteidigung dieser Mauer behilflich zu sein. Was kann ich tun?«

»Neo-Zauberin?« fragte Dor undiplomatisch direkt. Er erinnerte sich daran, daß Murphy irgend etwas über eine Zauberin gesagt hatte, die dem König half, aber Einzelheiten wußte er nicht mehr.

»Mein Talent entspricht fast, aber nicht ganz dem Zauberinnenkaliber«, gestand sie.

»Was habt Ihr denn für ein Talent?«

»Topologie.«

»Was?«

»Topologie. Gestaltverwandlung.«

»Ihr könnt Eure Gestalt verwandeln? Wie ein Werwolf?«

»Nicht meine eigene«, sagte sie. »Andere Gestalten.«

»Zum Beispiel aus Steinen Pfannkuchen machen?«

»Nein, mein Talent beschränkt sich auf belebte Gestalten, und ich kann auch ihr Wesen nicht verwandeln.«

»Das verstehe ich nicht. Wenn Ihr einen Mann in einen Wolf verwandeln würdet —«

»Dann würde er zwar die Gestalt eines Wolfs haben, würde aber immer noch ein Mann bleiben. Kein dichter Pelz, keine empfindliche, scharfe Wolfsnase. Topologie ist keine echte Verwandlung.«

Dor dachte an König Trent, der einen Mann in einen Wolf verwandeln konnte — in einen Wolf, der alles konnte, was ein echter Wolf vermochte, und der auch Wolfsnachkommen hervorbringen konnte. Das war ein viel gewaltigeres Talent als bloße Gestaltverwandlung. »Da habt Ihr wohl recht. Ihr seid keine Zauberin. Aber trotzdem, hört sich wie recht gute Magie an.«

»Danke«, sagte sie distanziert.

»Wir wissen erst, inwieweit Ihr uns helfen könnt, nachdem wir gesehen haben, welche Seite angreift. Die Kobolde müssen die Mauer erklimmen, also können wir sie von ihren Leitern stoßen, aber die Harpyien können einen Luftangriff starten. Könnt Ihr auch auf größere Entfernungen top- . . . topolo . . . könnt Ihr auch dann arbeiten?«

»Nein, nur bei Berührung.«

»Das nützt uns nicht viel.« Er dachte nach und bemerkte ihre Grimasse nicht. »Vielleicht stellt Ihr Euch am besten an der Brüstungskante auf und verwandelt die Kobolde beim Entern in Felsgestalten.«

»Wir könnten sie als Katapultgeschosse verwenden!« rief Cedric.

»Gute Idee!« meinte Dor. »Ich werde jetzt die Steine der Befestigungen zum Sprechen bringen, damit sie die Feinde ablenken, also laßt euch nicht davon verwirren. Es geht darum, die Feinde dazu zu bringen, die falschen Dinge anzugreifen, so daß sie ihre Waffen zerbrechen oder sich die Köpfe einrennen, damit ihr Zeit gewinnt, um sie euch vorzunehmen. Natürlich hoffen wir, daß weder die Kobolde noch die Harpyien das Schloß angreifen, denn eigentlich haben sie ja auch keinen Grund dazu, und wenn sie uns in Ruhe lassen, werden wir ihnen auch nichts tun. Aber ihr kennt ja Murphys Fluch. In der

Zwischenzeit zieht ihr Zentauren die Mauer so hoch, wie es nur geht. Schon ein einziger Steinblock könnte den Ausschlag geben.« Die Zentauren machten sich willig ans Werk. Bald darauf rief der König Dor und Vadne zu einer Stabsbesprechung. Auch Hüpfer war anwesend. Ihm war die Verteidigung der Ostmauer überantwortet worden. Zu Dors Überraschung war auch der Magier Murphy dabei.

»Die Kobolde haben einen Unterhändler geschickt«, verkündete König Roogna. »Ich dachte, daß Sie alle an dieser Konferenz teilnehmen sollten.« Noch während er sprach, trat ein knorriger, untersetzter Kobold ein. Er trug schwarze Hosen, ein kleines schwarzes Hemd und gewaltige Schuhe. Sein Gesicht war, wie bei allen Kobolden, mürrisch verzogen.

»Wir brauchen euer Schloß als Lagerstätte«, sagte der Kobold und bleckte seine verfärbten, schartigen Zähne. »Wir geben euch eine müde Stunde, um zu verschwinden.«

»Ich weiß Ihre Höflichkeit zu schätzen«, erwiderte König Roogna. »Doch ist das Schloß noch nicht fertiggestellt. Ich bezweifle, daß es Ihnen von großem Nutzen sein könnte.«

»Bist du taub oder nur blöd?« fragte der Kobold. »Ich habe gesagt, ihr sollt verschwinden!«

»Ich bedaure, daß uns gerade danach nicht der Sinn steht. Im Osten gibt es allerdings ein hübsches, flaches Gelände, das Sie benutzen könnten —«

»Nützt nichts gegen Flugungeheuer. Wir brauchen hohe Brüstungen, Deckung — und große Nahrungsvorräte. Wir kommen in einer Stunde. Wenn ihr dann nicht weg seid, werden wir euch auffressen.« Der Kobold machte unbeholfen auf seinen riesigen Füßen kehrt und verschwand.

»Und jetzt kommt ein Unterhändler der Harpyien«, sagte der König und unterdrückte ein leises Lächeln. Die älteste und häßlichste der Harpyienhennen flatterte herein.

»Ich hab' den Kobold genau gesehen!« kreischte sie. »Ihr steckt mit dem Feind unter einer Decke. Dafür werdet ihr noch bluten!«

»Wir haben den Kobolden die Benutzung unserer Anlage verwehrt«, erwiderte König Roogna.

»Das will ich meinen! *Wir* werden nämlich eure Anlage benutzen!« keifte sie. »Wir brauchen Brutplätze, Zellen für die Gefangenen und Küchen für rohes Fleisch!«

»Ich bedaure, daß ich Ihnen unsere Räumlichkeiten nicht zur Verfügung stellen kann. Wir sind unparteiisch.«

»Wir werden euch zu zitternden Häufchen zerfetzen!« kreischte sie. »Mit den Kobolden Abkommen zu schließen! Verrat! Verrat! Verrat!« Sie flatterte hinaus.

»Soweit die Nettigkeiten«, meinte König Roogna. »Sind die Brüstungen fertig?«

»So fertig, wie wir es geschafft haben«, schnatterte Hüpfer. »Die Lage ist nicht gerade rosig.«

»Stimmt.« Der König runzelte die Stirn. »Vielleicht verstehen nicht alle von Ihnen den vollen Ernst der Lage. Kobolde und Harpyien sind äußerst schwierige Geschöpfe. Sie sind zahlreicher als wir und haben sich zu großen Massen zusammengetan, während unsere Art über ganz Xanth verstreut ist. Ohne die Zombies werden wir wohl kaum einer Belagerung standhalten können, und selbst dann dürfte es noch sehr schwierig werden. Der Zombiemeister ist aufgehalten worden —« Er warf Magier Murphy einen Blick zu. »Aber er ist jetzt wieder auf dem Marsch.« Dann sah er Dor an. »Die Frage ist nur, ob er noch rechtzeitig eintrifft oder nicht.«

»Eine ausgezeichnete Frage«, meinte Murphy. »Sollten wir uns darauf einigen, daß, falls der Zombiemeister nicht vor Beginn der Schlacht eintreffen sollte —«

Der König blickte die anderen fragend an.

»Was geschieht, wenn die Zombies nicht vor Beginn der Schlacht eintreffen?« wollte Dor wissen.

»Es wäre eine Schande, wenn dieses prächtige Gebäude zu Schaden käme oder gar Menschenleben!« erklärte Murphy. »Es ist nur vernünftig, den Fluch aufzuheben, bevor die Lage wirklich unangenehm wird.«

»Wollt Ihr damit sagen, daß Ihr diese Kobold-Harpyien-Schlacht einfach so beenden könnt? Und die Belagerung?«

»Nicht einfach so. Aber ich kann sie aufhalten, ja.«

»Das fällt mir schwer zu glauben«, sagte Dor. »Diese Armeen

sind bereits weit auf dem Vormarsch. Sie werden nicht einfach kehrtmachen und nach Hause gehen, nur weil Ihr —«

»Das Talent des Königs besteht darin, die Magie zu seinen Zwecken zu gestalten. Mein Talent ist es, die Umstände so zu gestalten, daß sie den Vorhaben anderer zuwiderlaufen. Das sind zwei verschiedene Seiten derselben Medaille. Wir müssen uns nur einigen, wessen Talent die Oberhand bekommen soll. Vernichtung und Blutvergießen gehören nicht unbedingt dazu. Tatsächlich verabscheue ich —«

»Es ist bereits Blut vergossen worden!« rief Dor zornig. »Was für ein makabres Spiel ist das hier überhaupt?«

»Ein Spiel der Machtpolitik«, erwiderte Murphy unbeeindruckt.

»Ein Spiel, in dessen Verlauf mein Freund von Mundaniern gefoltert, mein eigenes Leben bedroht und wir beide gegeneinander aufgehetzt wurden«, sagte Dor und ließ seiner Wut freien Lauf. »Und Millie muß den Zombiemeister heiraten, damit —« Verärgert unterbrach er sich selbst.

»Dann interessiert Ihr Euch also für die Maid«, murmelte Vadne.

»Und Ihr mußtet sie aufgeben.«

»Darum geht es doch gar nicht!« Aber Dor merkte, daß er rot geworden war.

»Wollen wir wenigstens fair bleiben?« fragte Murphy bedeutungsvoll. »Euer Problem mit dem Mädchen geht nicht auf mein Konto.«

»Nein, das nicht«, räumte Dor mürrisch ein. »Ich . . . ich entschuldige mich, Magier.« Erwachsene konnten sich wenigstens mit Würde entschuldigen! »Aber was den Rest angeht —«

»Mir tun diese Dinge ebenso leid wie Euch«, erwiderte Murphy glatt. »Dieser Wettstreit um das Schloß war eigentlich als harmloser Wettbewerb um unsere jeweiligen Vorrechte gedacht gewesen. Ich wäre nur zu glücklich, den Fluch aufheben zu können und die Ungeheuer ihrem eigenen Schicksal zu überlassen. Dazu bedarf es lediglich des Einverständnisses des Königs.«

König Roogna schwieg.

»Wenn ich mal eine Frage stellen darf«, schnatterte Hüpfer,

und Dors Netz übersetzte es für alle. »Welche langfristigen Konsequenzen hätte der Sieg des Magiers Murphy?«

»Das würde einen Rückfall ins Chaos bedeuten«, antwortete Vadne. »Ungeheuer, die sich ungestraft über Menschen hermachen, Menschen, die kein Gesetz kennen außer dem Schwert und der Zauberei, der Zusammenbruch aller Kommunikation, Verlust allen Wissens, Anfälligkeit für mundanische Einfälle, ein Rückgang der Bedeutung der menschlichen Rasse in Xanth.«

»Und ist das wünschenswert?« beharrte Hüpfer.

»Es ist der natürliche Urzustand«, warf Murphy ein. »Die Stärksten werden überleben!«

»Die *Ungeheuer* werden überleben!« rief Dor. »Es wird noch sieben, acht oder noch mehr Wellen mundanischer Eroberung geben, eine blutiger als die andere. Die Wildnis wird derart dicht wuchern, daß die Menschen nur noch auf verzauberten Pfaden in Sicherheit reisen können. Zappler werden das Land verwüsten. In meiner Epoche wird es weniger echte Menschen geben als in Eurer —« Hoppla. Er hatte es schon wieder getan!

»Magier, woher stammt Ihr genau?« verlangte Vadne zu wissen.

»Oh, das könnt Ihr ruhig erfahren. Murphy weiß es auch.«

»Und hat es nicht weitererzählt«, warf Murphy ein.

»Murphy ist ein Mann von Ehre, wenn man seine Art erst einmal versteht«, sagte Vadne und blickte den Magier undurchsichtig an. »Ich bemühte mich einmal um seine Hand, aber er zog das Chaos einem geordneten Haushalt vor. Also habe ich keinen Magier, den ich heiraten könnte.«

»Du wolltest über deinem Stand heiraten«, sagte Murphy ihr.

Vadne zeigte die Zähne, eine seltsame Kreuzung zwischen Grimasse und Lächeln. »Nach Eurer Definition, Magier!« Dann drehte sie sich wieder zu Dor um. »Aber ich habe mich von meinen Leidenschaften beherrschen lassen. Wo, sagtet Ihr, kommt Ihr her, Magier?«

Dor begriff ihr plötzliches Interese an ihm — und war froh, daß er als Heiratskandidat nicht in Frage kam. »Ich entstamme einer Zeit, die achthundert Jahre in der Zukunft liegt. Und Hüpfer auch.«

»Aus der Zukunft!« rief König Roogna. »Sind Sie von einem Magierrivalen ins Exil geschickt worden?«

»Nein, in meiner Generation gibt es keinen weiteren Magier. Ich befinde mich auf einer Suche. Ich . . . ich glaube, ich werde wohl einmal König werden, wie Ihr früher schon einmal vermutet habt. Der König meiner Epoche will, daß ich Erfahrung sammle. Ich bin erst zwölf Jahre alt und —«

»Aha, Sie befinden sich in einem geliehenen Körper!«

»Ja. Das war die beste Methode, hierher zu gelangen. Zu Hause ist ein anderes Wesen, das meinen eigenen Körper am Leben erhält. Aber ich weiß nicht, ob das, was ich hier tue, Bestand hat, deshalb will ich mich nicht allzu sehr einmischen.«

»Dann wissen Sie also, wie die Wette Roogna gegen Murphy ausgeht?« fragte der König.

»Nein. Ich glaubte erst, es zu wissen, aber jetzt habe ich begriffen, daß dies nicht der Fall ist. In meiner Epoche ist Schloß Roogna fertiggestellt — aber es war jahrhundertelang verlassen und in Vergessenheit geraten. Es wäre auch möglich, daß ein anderer König es zu Ende gebaut hat. Und dann hat es all diese Wellen gegeben, die ich erwähnt habe, und all die üblen Dinge, und den Rückgang des menschlichen Einflusses in Xanth. Also könnte Murphy durchaus gewonnen haben.«

»Oder ich könnte gewonnen und das Chaos ein paar Jahrzehnte aufgehalten haben«, meinte Roogna.

»Ja. Aus meiner Perspektive in acht Jahrhunderten kann ich nicht feststellen, ob das Chaos in diesem Jahr oder erst in fünfzig Jahren begonnen hat. Und es gibt noch weitere Dinge, die nicht zusammenpassen, zum Beispiel die Tatsache, daß es in meiner Zeit keine Kobolde auf der Erdoberfläche und auch nur recht wenige Harpyien gibt — ich weiß nicht, wie sich das alles zusammenfügt.«

»Na ja, was geschehen soll, wird auch geschehen«, sagte Roogna. »Ich vermute, daß das, was wir hier tun, aus dieser historischen Perspektive kaum Gewicht hat. Trotzdem will ich versuchen, zu tun, was ich in diesem Jahrhundert erreichen kann, damit Schloß Roogna als Monument meiner Hoffnung für ein besseres Xanth bestehen bleibt.« Er ließ seinen Blick durch die Runde schweifen. »Wir sollten unsere Entscheidungen im Einklang mit unseren Prinzipien fällen.«

»Dann sollten wir auch dafür kämpfen, die Ordnung aufrechtzuhalten — so lange, wie es nur geht!« sagte Dor. »Für ein Jahrzehnt, für ein Jahr oder auch nur für einen Monat — was immer wir erreichen, ist gut.«

Murphy spreizte die Hände. »Wir werden zu gegebener Zeit feststellen, ob auch nur ein Monat realistisch ist.«

»Ich glaube, wir sind uns einig«, sagte König Roogna. »Wir werden das Schloß verteidigen. Und darauf hoffen, daß der Zombiemeister rechtzeitig eintrifft.«

Sie kehrten wieder an ihre Posten zurück. Fast sofort begann auch der Ärger. Im Süden waren die dunklen Banner der nahenden Koboldarmee zu sehen, deren Gleichschritt das Fundament der Schloßmauern erbeben ließ. Trommeln wurden geschlagen, und auch Hörner hielten den Rhythmus. Wie ein monströser schwarzer Teppich wälzte sich die Armee über das Feld vor dem Schloß. Die kleinen Waffen der Kobolde glitzerten, und über dem ganzen Lärm war ein leiser Singsang zu hören: »*Eins*, zwei, drei vier, *Tod*, zwei, drei, vier. *Eins*, zwei, drei, vier, *Tod*, zwei, drei, vier«, immer und immer wieder, endlos weiter.

Die Kobolde hatten auch Verbündete mitgebracht: Gnome, Trolle, Elfe, Zwerge, Ghule und andere. Alle Gruppen hatten eine eigene Standarte und einen eigenen Singsang. Langsam bildete sich ein grobes Webmuster, ein Flickenteppich aus verschiedenen Kontingenten: Elfe in Grün, Zwerge in Braun, Gnome in Rot, Trolle in Schwarz, und sie marschierten und marschierten. Es waren so viele Wesen, daß sie schon von ihrer reinen Menge her das Schloß mühelos unter sich hätten begraben können. Doch mit bloßer Masse ließen sich Befestigungsmauern auch nicht erklimmen.

Dann kamen die Harpyien aus dem Norden herbeigeflogen und warfen ihre unheilverkündenden Schatten über Land und Schloß. Es waren Kontingente von Raben, Vampiren, Flugechsen und anderen Wesen darunter, die Dor nicht erkennen konnte. Sie verfinsterten den Himmel, so daß nur noch ihre Umrisse zu sehen waren.

Sie würden natürlich bei Schloß Roogna aufeinandertreffen. Die beiden Armeen konnten sich wohl gegenseitig den Garaus machen — doch dabei würden sie auch das ganze Schloß zerstören, sofern es ihnen gelingen sollte, die Mauern zu bezwingen. Und wenn nicht, würden die Verteidiger, von der Luft und vom Boden aus unter Beschuß genommen, mit der Zeit aufgerieben werden, wenn die Schlacht zu lange dauerte.

Die schiere Übermacht des Feindes machte das Eingreifen des Zombiemeisters unbedingt erforderlich: Solange die Schlacht tobte, gab es genug Zombiematerial, das die Anlage vor den Angriffen der Lebewesen schützen würde.

Und doch waren die Zombies nirgendwo in Sicht. Selbst wenn sie jetzt noch kämen, würden sie nicht mehr vor den Kobolden am Schloß eintreffen. Der Zombiemeister kam zu spät. Hatte Dors Katapultlist versagt? Oder hatte sie nicht genügt?

Der Magier Murphy kam vorbei. Er schien sich frei auf dem Gelände bewegen zu dürfen. »Tz! Wirklich zu schade. Vernünftige Leute würden sich die Unannehmlichkeiten des Fluchs lieber ersparen.«

Cedric Zentaur funkelte ihn wütend an. »Wenn Ihr kein Magier wärt, würde ich Euch eine rotzflügelige Bastardkotfliege nennen.«

Dor sagte nichts. Der Zentaur hatte es schon recht treffend formuliert. Dor erspähte einen Bumerang, der an der Wand hing. »Bist du magisch?« fragte er ihn.

»Natürlich. Ich kehre immer in die Hand meines Werfers zurück.«

Der Magier Murphy schüttelte den Kopf und ging achselzuckend davon.

»Also gut«, sagte Dor zu dem Bumerang. »Dann sieh mal nach, ob du die Zombiearmee ausfindig machen kannst.« Er schleuderte den Bumerang weit in Richtung Nordosten. Blitzend zischte die Waffe durch den kärglichen Rest des verbliebenen Sonnenlichts und beschrieb einen schiefen Bogen. Kurz darauf klatschte sie wieder in Dors Hand.

»Viele Kobolde«, meldete sie. »Keine Zombies.«

Dor seufzte. »Dann müssen wir eben durchhalten, bis sie kommen.«

Es gab ja so viele Ungeheuer!

Doch zuerst mußte er sich um die Harpyien kümmern, denn die näherten sich wesentlich schneller dem Schloß, ein häßlicher Sturm, der sich bald über die Nordmauer ergießen würde. »Bauarbeiten einstellen. Bögen spannen!« befahl Dor den fieberhaft emsigen Arbeitern. Sie gehorchten sofort. Doch da erkannte er auch schon, daß es mehr Flugungeheuer gab, als die Zentauren Pfeile in ihren Köchern hatten.

»Nicht schießen!« befahl er. »Ich will erst mit jedem Pfeil sprechen, bevor ihr ihn abschießt.«

Ein Vampirgeschwader kam mit riesigen, flatternden Lederschwingen auf sie zu. Die Fänge glitzerten schreckenerregend. »Sprich mir nach«, sagte Dor dem ersten Pfeil Cedrics. »Mein lieber Nachbar, du könntest doch nicht mal eine verfaulte Tomate zerbeißen!«

Der Pfeil wiederholte den Satz. Unbelebte Gegenstände liebten schlichte Beleidigungen. »Sag das immer wieder«, sagte Dor und nickte dem Zentauren zu. »Über ihre Köpfe zielen«, befahl er Cedric.

Cedric blickte ihn erstaunt an, widersprach jedoch nicht. Er hob den Bogen und ließ den Pfeil davonsurren.

Der Pfeil zischte knapp über die Köpfe der Vampire hinweg. Plötzlich bemerkten sie Unruhe in den vordersten Angriffsreihen. »Ach ja?« rief ein Vampir — jedenfalls hörte sich sein Kreischen genauso an — und wirbelte mitten in der Luft herum, um seine langen Zähne in die Flügelspitze seines Nachbarn zu versenken. Das Opfer reagierte zornig und biß in die nächstgelegene Flügelspitze, wodurch ein dritter Vampir miteinbezogen wurde. Die Formation war derart dicht, daß schon bald ein hoffnungsloses Chaos herrschte und die Vampire munter aufeinander einbissen, ohne sich noch um das Schloß oder die Kobolde zu kümmern.

»Das war wirklich eine nette List, Magier«, sagte Cedric. Dor war froh, daß er das mürrische Wesen auf seine Seite gebracht hatte, anstatt mit ihm zu kämpfen. Das hatte Hüpfer ihm beigebracht. Wenn es nur möglich wäre, sich mit den Kobolden und Harpyien anzufreunden —

Ob das jetzt noch denkbar war? Mit einer Massenverzauberung der Kobolde und Harpyien . . . Nördlich der Spalte gab es einen Liebesquell —

Aber den konnte man jetzt auch nicht erreichen. Außerdem würde Murphys Fluch das Ganze wieder zunichte machen. Nein, Schloß Roogna mußte dem Ansturm auch so standhalten.

Jetzt kam eine Koboldhorde von Osten heran und umringte das Schloß. Die Armee war zwar von Süden aus heranmarschiert, hatte sich aber nach Osten und Westen ausgebreitet. Jetzt herrschte kein geregelter Marschrhythmus mehr: Die Armee brandete wieder wie eine riesige Horde heran. Die Verbündeten der Kobolde griffen offenbar die anderen Mauern an. Hier an der Nordseite waren nur reinblütige Kobolde zu sehen, und Dor fürchtete, daß dies wohl die verbissensten Gegner sein würden.

Die verwirrte Vampirschar griff nun die Brüstung an. Schnell lief Dor auf der Mauer hin und her und sprach mit den vorragenden Steinen der fertiggestellten Bauabschnitte. »Sprecht mir nach: Nimm das hier, Fangfresse! Meine Pfeile werden dich hübsch pieken, ich hab' dich im Visier! Vorsicht, ein Feuerpfeil!« Bald hatte er ein ganzes Potpourri solcher Bemerkungen ausgestreut, die dazu dienten, die Vampire beim Angriff zu verwirren. Er hoffte, daß sie zu dumm waren, um zu merken, daß sich hier gar keine Bogenschützen befanden. Das gestattete ihm, seine Zentauren am unfertigen Abschnitt einzusetzen, der noch keine Brüstung besaß.

Die Zentauren auf der Ostmauer warfen Kirschbomben auf die Angreifer. Peng! Ein Kobold brach zusammen. Peng! Noch einer. Doch es waren mehr Kobolde als Kirschbomben. Dann ein Krachen! Ein Granatapfel sprengte einen Krater in den Boden, und die Körper wurden wie Strohpuppen umhergeschleudert.

Doch die Kobolde ließen sich nicht einmal Zeit für eine

Schrecksekunde. Sie preschten durch das rauchende Loch, über die frischen Leichen ihrer Gefährten hinweg, bis sie zum Graben kamen. Die Grabenungeheuer nahmen sie prompt in Empfang und verschlangen sie unzerkaut. Doch noch immer drängten die Kobolde weiter.

»Ich wußte gar nicht, daß Kobolde schwimmen können«, sagte Dor überrascht.

»Können sie auch nicht«, erwiderte Vadne.

Die Kobolde umringten die Grabenungeheuer und hieben, krallten und bissen auf sie ein. Die Ungeheuer schnappten schnell zu und stopften sich unentwegt voll. Doch während jedes der Ungeheuer ein gutes Dutzend Kobolde verschlang, drängten Tausende der Wesen immer weiter heran. Die Ungeheuer wichen in tieferes Gewässer zurück, doch die Kobolde verfolgten sie planschend, hielten sich wie die Ameisen an ihnen fest und zwickten sie wie Nickelfüßler. Viele von ihnen wurden abgeschüttelt und versanken in der schlammigen Tiefe, doch unaufhörlich folgten weitere Feinde.

»Was soll das überhaupt?« fragte Dor ungläubig. »Wollen die denn überhaupt keine Brücke oder so was bauen? Die sterben doch alle ohne jeden Sinn und Zweck!«

»Dieser ganze Krieg ist sinnlos«, sagte Vadne.

»Kobolde sind keine Baumeister, also besitzen sie auch keine Brücken.«

»Leitern scheinen sie auch keine zu haben«, bemerkte Dor. »Also können sie auch die Mauern nicht besteigen. Das ist doch der blanke Wahnsinn!«

Inzwischen trat das Wasser über seine Ufer: die Kobolde stürmten über eine aus Leichen aufgehäufte Furt, die die Grabenungeheuer erdrückt hatte. Endlich gelangten die Gegner an den Fuß der Befestigungsmauern.

Sie handelten ohne erkennbare Strategie: Sie kletterten einfach übereinander hinweg, um die senkrecht emporragenden Mauern zu erstürmen. Dor sah mit morbider Faszination zu. Immer heftiger drängten die Horden gegen die Schloßmauern. Als die ersten Reihen niedergetrampelt worden waren, kletterten die Nachfolger auf die Körper. So entstand bald eine zweite, dritte und sogar vierte Schicht aus Leichen — und schon bald hatten die Kobolde ein Drittel der Mauer erklommen.

Cedric stand neben Dor und blickte mit ihm auf das unter ihnen tobende Grauen hinab. »Hätte nie gedacht, daß ich einmal Mitleid für Kobolde empfinden könnte«, meinte er. »Nicht wir bringen sie um, sie töten sich gegenseitig — um die Mauern eines Schlosses zu erstürmen, das sie nicht brauchen!«

»Vielleicht ist das der Unterschied zwischen Menschen und Koboiden«, sagte Dor. »Und Zentauren.« Doch er war sich seiner Sache keineswegs sicher. Die Mundanier hatten sich vor dem Schloß des Zombiemeisters ebenso sinnlos verhalten, und auch die Zentauren waren vor Dors Privatgespräch mit Cedric alles andere als einsichtig gewesen. Wenn eine Gesellschaft erst einmal vom Kriegsfieber gepackt wurde . . .

Die Flut der Leiber stieg unentwegt an, jetzt hatten die Kobolde bereits die halbe Höhe der Mauer erklommen und kletterten immer weiter, und Dor mußte entsetzt erkennen, daß sie gegen eine solche Leiberflut keinerlei Verteidigungsmöglichkeiten besaßen.

Inzwischen hatten die Streitkräfte der Harpyien eine einigermaßen strukturierte Formation angenommen. Dor hatte eine Reihe von Pfeilen vorbereitet, und diese hatten die trägen Vampire eine Weile lang tatsächlich in die Irre führen können. Auch die sprechenden Brüstungen waren eine große Hilfe gewesen, doch nun zogen sich die Harpyien zu einem Großangriff zusammen. Sie besaßen eine beinahe menschliche Intelligenz und ließen sich von derlei Listen sicherlich nicht ständig hinters Licht führen. Es sah so aus, als würden ihre Scharen genau in dem Augenblick am Schloß eintreffen, da die Kobolde endlich über die Brüstungen strömen würden. Das war wohl weder ein Zufall noch das Ergebnis von Murphys Fluch: Die schmierigen Vögel wollten lediglich verhindern, daß die Kobolde ihnen zuvorkamen und das Schloß einnahmen.

Dor und die Zentauren würden ebenso erdrückt werden wie die Grabenungeheuer. Das schlimmste daran war, daß man offenbar nicht das geringste dagegen unternehmen konnte. Die feindlichen Kräfte waren einfach zu zahlreich und zu geistlos.

»Jetzt bin ich wohl an der Reihe«, sagte Vadne, obwohl ihre Lippen etwas verkniffen wirkten. »Ich kann die Kobolde aufhalten — glaube ich.«

Dor hoffte es. Nervös spähte er zu den anderen Mauern hinüber. Sie waren höher als seine und besaßen auch explosivere Waffen, schienen also weniger in Schwierigkeiten zu sein als sein Abschnitt. Er fragte sich, wie es wohl Hüpfer ergehen mochte. Von seinem Standort aus konnte er die Spinne nicht ausmachen. Selbst die gewaltige Kunstfertigkeit der Arachnide beim Spinnen ihrer Seide würde diese Abertausende von Kobolden wohl kaum aufhalten können.

Da krallte sich auch schon die erste Koboldklaue in die obere Kante der Brüstung. Genauer gesagt, ergriff sie den Rand des noch nicht fertiggestellten Teils.

Vadne war darauf vorbereitet: Sie berührte die Hand — und der Kobold wurde zu einem Ball, der den Abhang der aufgetürmten Körper hinabrollte.

Wieder erschien eine Hand, und der zweite Kobold wurde zu einem Ball umgeformt. Inzwischen ragte der Leichenturm zu beiden Seiten des unfertigen Mauerabschnitts empor, so daß Vadne hin und her eilen mußte, als gleich eine ganze Schar von Händen erschien. Bald würde sie der Lage nicht mehr gewachsen sein. Sie konnte die Mauer unmöglich allein halten, das konnte niemand.

»Laßt die Harpyien herankommen!« rief Dor den Bogenschützen zu, die sich darauf konzentriert hatten, die Anführer jedes potentiellen Stoßtrupps abzuschießen. Damit hatten sie den Angriff etwas aufhalten können.

Als die Pfeile nicht mehr auf sie niederhagelten, stürzten die Harpyien und Vampire herbei. Die Vampire waren zwar nicht gerade schlau, hatten aber doch gemerkt, daß man sie ausgetrickst hatte, und nun dürstete es sie nach dem Blut ihrer Gegner. Doch ihr offensichtlichster Feind waren die Kobolde, und so fielen die Flugwesen über sie her und hackten mit Klauen und Zähnen auf sie ein. Die Kobolde wehrten sich verbissen und rammten ihre Fäuste in die Schnauzen der Angreifer, stachen ihnen mit ihren Fingern in die Augen und drehten ihnen die Hälse um. Sie schienen ihre Waffen bei dem hektischen Aufstieg verloren zu haben. Vielleicht zogen sie es aber auch einfach nur vor, ihre Gegner mit bloßen Händen zu zerreißen.

Für die Verteidiger des Schlosses stellte dies eine kurze Verschnaufpause dar, doch nun türmten sich die Leiber noch schneller auf, immer und immer höher, bis an die oberste Kante der Brüstung. Schon bald würde es den Kobolden gelingen, in den Schloßhof hinunter zu rollen, und Vadnes Magie wäre weitgehend wirkungslos geworden. Es hatte keinen Sinn, sich von Bällen beerdigen zu lassen!

»Könnt Ihr sie kleiner machen, so groß wie Sandkörner zum Beispiel?« schrie Dor ihr über das Schlachtengetöse zu.

»Nein. Sie behalten immer die gleiche Masse, egal, welche Gestalt ich ihnen gebe. Ich kann es nicht verhindern, daß sich die Leiber aufhäufen.«

Zu schade. König Trent hätte sie aufhalten können, indem er sie entweder in Mücken verwandelt oder sie so klein gemacht hätte, daß sie die Mauer niemals hätten erklimmen können. Oder er hätte einen Zentaur in einen Salamander verwandelt, um damit die Leiber in Augenschnelle zu Asche zu verbrennen. Vadne war wirklich keine richtige Zauberin. Nicht, daß Dor mehr hätte ausrichten können: Er hatte die Gegner zwar ein wenig aufhalten können, doch jetzt konnte er nicht einmal mehr das.

Da hatte er einen Geistesblitz. »Verwandelt sie in Blöcke!« rief er.

Sie nickte und begab sich in die Nähe des Mauerlochs, während Dor ihr mit seinem Schwert Flankenschutz gab. Bald darauf erschienen die Koboldblöcke. Sie waren viel kleiner als die Steinblöcke, die zum Bau des Schlosses verwendet wurden, aber größer als gewöhnliche Ziegel. Die Zentauren rückten sie auf der Mauer zurecht und machten diese damit merklich höher. Nun schützten die Koboldblöcke sie vor dem Ansturm der Kobolde!

»Das nenne ich einen sympathischen Kobold!« rief Cedric. »Ein stummer Quadratschädel!«

Doch selbst die Quadratschädel genügten nicht. Sie neigten

dazu, zu zappeln und abzugleiten, obwohl Vadne einige von ihnen mit ineinandergreifenden Kanten hergestellt hatte. Sie waren nicht so fest und hart wie Steine und wurden etwas vom Gewicht der über ihnen liegenden Blöcke zusammengedrückt.

Dor dachte fieberhaft nach. Wie ließ sich Schloß Roogna nur gegen diese schrecklichen Angreifermassen halten? Selbst die Leichen der Gegner genügten schon, um es zu begraben!

Eine Bodentaube steckte den Kopf aus dem Boden, und Dor entnahm ihrem Schnabel die Botschaft, während er weiterhin sein Schwert umherwirbeln ließ, um Vadne den Rücken freizuhalten. WIE LÄUFT ES? fragte der Zettel.

»Wiederhole folgenden Text ununterbrochen, bis der König ihn gehört hat«, sagte Dor zu dem Papier. Er konnte es sich nicht leisten, sich die Zeit für eine schriftliche Nachricht zu nehmen. »Wir halten höchstens noch fünf Minuten durch. Die Lage ist verzweifelt.« Er legte der Taube die Nachricht in den Schnabel und sah zu, wie sie wieder im Gestein verschwand. Es machte ihm keine Freude, eine derart hoffnungslose Meldung zu machen, aber er mußte realistisch bleiben. Er, Vadne und die Zentauren hatten getan, was sie nur konnten, aber es hatte nicht genügt. Wenn diese Mauer fiel, fiel auch das ganze Schloß. Ob ein Eingreifen der Zombies diese Gefahr noch bannen könnte?

Ja, das könnte es, entschied Dor. Weil der Zombiemeister die aufgetürmten Leichen nämlich in Zombies verwandeln könnte, die dann die lebendigen Kobolde und auch viele tote von der Brüstung zerren würden. Wenn er doch nur schon hier wäre!

Kurz darauf erschien der König persönlich auf der Mauer. »Ach du liebe Güte!« rief Roogna. »Ich wußte ja gar nicht, daß es derartig schlimm ist! Sie hätten mich schon früher rufen müssen.«

»Wir waren zu sehr damit beschäftigt, gegen Kobolde zu kämpfen«, erwiderte Dor. Dann schubste er den König beiseite, als eine Harpyie sich im Sturzflug auf ihn fallen lassen wollte. Sie verfehlte ihr Ziel und fluchte.

»Ja, das ist wohl wirklich der kritischste Abschnitt«, sagte der König, während mehrere Koboldbälle über die Mauer rollten und in den Schloßhof plumpsten. Er beugte sich zu einem der Koboldblöcke hinab, der seinen Blick mißmutig abblockte. »Die höchste Angriffswelle, die niedrigste Mauer: Sie haben gute Arbeit geleistet.«

»Nicht gut genug«, sagte Dor und spießte eine weitere Harpyie auf. »Wir werden von ihnen bald überrollt.« Als wenn das nicht offensichtlich genug gewesen wäre!

»Ich besitze noch ein paar Notzauber in meiner Waffenkammer«, sagte Roogna. »Sie sind gesundheitsgefährdend, deshalb wollte ich sie nicht einsetzen, aber ich fürchte, daß uns nicht mehr viel anderes übrigbleibt.« Er wich einem Vampir aus.

»Holt sie!« schrie Dor und verzweifelte an dieser Verzögerung. Warum hatte der König ihm nicht gesagt, daß noch weitere Magie zur Verfügung stand? »Euer Majestät!«

»Oh, ich habe sie schon mitgebracht. Für alle Fälle.« Der König holte ein Fläschchen mit einer klaren Flüssigkeit hervor. »Das ist das Konzentrat der Magensäfte eines Drachen. Man muß es leewärts vom Ziel versprühen. Sollte der Wind jedoch wechseln —« Er schüttelte mißmutig den Kopf. »Murphys Fluch könnte uns noch einen König kosten. Bitte gehen Sie in Deckung.«

»Euer Majestät!« protestierte Vadne. »Ihr könnt doch nicht Euer Leben aufs Spiel setzen!«

»Natürlich kann ich das!« entgegnete der König. »Das hier ist schließlich meine Schlacht, für die ihr alle Kopf und Kragen riskiert. Wenn wir sie verlieren, bin ich sowieso verloren.« Er befeuchtete einen Finger und prüfte den Wind. »Gut, er weht gen Westen. Ich kann die Mauer also freimachen. Aber kommt bloß nicht näher, bevor sie freigemacht worden ist!« Er stellte sich in der Nordostecke auf.

»Aber der Fluch wird den Wind zum Drehen bringen!« wandte Dor ein.

»Der Fluch ist bereits bis aufs äußerste strapaziert«, erwiderte der König. »Diese Magie hier wird nicht lange brauchen, und ich glaube kaum, daß der Wind rechtzeitig drehen kann.«

Die Kobolde krabbelten inzwischen auf die Mauer, wo sie von kreischenden Harpyien empfangen wurden. Dor, Vadne und die Zentauren zogen sich an die innere Befestigungskante zurück und drängten sich auf der Ostseite zusammen, um nicht vom Wind erwischt zu werden.

Der König öffnete sein Fläschchen. Gelblicher Rauch puffte hervor, wurde vom Wind gepackt und trieb die äußere Mauerkante entlang. Er senkte sich auf die pulsierenden Leiber der Kobolde — und sie schmolzen zu einer schwarzen Masse zusammen. Sie schrien nicht einmal, sondern lösten sich auf und flossen in kleinen Strömen über die Zinnen und verschwanden. Harpyien schnappten nach den sich auflösenden Kobolden, berührten dabei den Saft und wurden selbst zu Saft. Ein stechender Gestank stieg von der Flüssigkeit auf: der Gestank von heißem Erbrochenen.

Der Wind drehte plötzlich seitwärts und trug einen Hauch des magischen Rauchs zurück auf die Mauer. »Der Fluch!« schrie Dor entsetzt. Die Zentauren, die dem Rauch am nächsten waren, wichen tänzelnd aus, doch der Rauch verfolgte sie grimmig. Er löste einem der Zentauren den Schweif auf. »Wedelt ihn fort!« rief Dor. »Wir brauchen Fächer!«

Vadne berührte den nächstgelegenen Kobold, und er wurde zu einem riesigen Fächer. Dor riß ihn ihr aus den Händen und wedelte damit gegen den Wind an. Vadne stellte einen weiteren Fächer her, dann noch einen, und die Zentauren machten sich ebenfalls ans Werk. Der Rauch bäumte sich auf, als wollte er ihren Gegenwind umgehen.

»Wohin willst du?« fragte Dor ihn laut.

»Sechs Fuß nach Osten und dann in nördlicher Richtung über die Mauer«, erwiderte er. »Dort sind die leckersten Opfer.«

Sie wichen aus seiner Bahn, und bald war er verschwunden.

»Tja, Murphy!« sagte Vadne. »Es bedurfte zwar der Magie eines Magiers, um Euch mattzusetzen, aber immerhin haben wir Euch doch noch mattgesetzt.«

Dor stimmte ihr matt zu. König Roogna, der dem Rauch mit knapper Not entgangen war, trat wieder aus dem Schatten der schützenden Brüstung. »Er hat zwar versucht, in die falsche Richtung zu treiben, aber es ist ihm nicht gelungen. Jedenfalls nicht ganz.«

Dor spähte hinunter. Dort sackten die aufgelösten Leiber langsam ab. Bald darauf war keine Sturmmauer mehr zu sehen — nur ein Meer aus schwarzer, blubbernder Masse.

»Wenn wir das Zeug auch auf den anderen Seiten einsetzen, wird es die ganze Koboldarmee auslöschen!« bemerkte Dor mit weichen Knien und einem flauen Gefühl im Magen.

»Da gibt es mehrere Probleme«, erwiderte der König. »Erstens steht der Wind nicht richtig, so daß der Rauch uns mindestens ebensosehr schaden würde wie unseren Gegnern. Zweitens neigt er dazu, nach unten zu steigen, und nützt deshalb nichts gegen die Luftstreitkräfte der Harpyien. Und drittens hatte ich nur dieses eine Fläschchen. Ich hielt das Zeug für zu gefährlich, um es in größeren Mengen zu lagern.«

»Das sind wirklich ziemlich schwerwiegende Probleme«, gab Dor zu. »Was habt Ihr denn noch für Magie in Eurem Arsenal?«

»Leider nichts, was sich sofort einsetzen ließe. Es gibt da eine Rattenfänger-Flöte, die ich mal als Experiment aus einem Flötenbaum gemacht habe. Sie spielt von alleine, wenn man einmal hineinbläst, und alle Wesen folgen ihr bis ans Ende der Welt, solange sie aktiviert ist. Aber wir wollen die Harpyien und Kobolde schließlich nicht hierher führen, sondern sie abschlagen. Außerdem besitze ich einen magischen Reif. Alles, was durch ihn hindurchgeht, verschwindet für alle Zeiten. Aber er hat einen Durchmesser von nur zwei Zoll, so daß man lediglich kleine Gegenstände hindurchziehen kann. Außerdem ist da noch ein starker Vergessenszauber.«

Dor überlegte. »Könntet Ihr die Wirkung der Flöte umkehren, so daß sie die Lebewesen forttreibt?«

»Möglich, sofern der Fluch es nicht zunichte macht. Aber dann würde sie uns ebenfalls davonjagen.«

»Hm. Das war's dann wohl. Könnte Vadne den Reif vielleicht strecken, so daß er größer wird?«

Der König nestelte in einer Tasche. »Das können wir schnell feststellen.« Er holte den goldenen Ring hervor und reichte ihn Vadne.

»Mit unbelebten Gegenständen bin ich eigentlich nicht so gut«, sagte sie. Doch sie nahm ihn und konzentrierte sich darauf. Einen Augenblick lang geschah überhaupt nichts. Dann dehnte sich der Ring immer mehr, doch gleichzeitig wurde das Gold immer dünner. Schließlich war es ein Reif von zwei Fuß Durchmesser, aus feinstem Golddraht. »Besser geht's nicht«, sagte sie. »Sonst reißt er noch.« Sie wirkte ausgelaugt. Es hatte sie offenbar sehr angestrengt.

»Das genügt wohl auch«, meinte Dor, hob den Leib eines Kobolds auf und schob ihn durch den Reif. Er verschwand. »Ja, ich glaube, das ist ganz nützlich.« Er reichte ihn wieder dem König, dessen Finger verschwanden, als er ihn ergriff. Doch dann wechselte Roogna seinen Griff, und die Finger erschienen wieder. Der Reif war also offenbar recht ungefährlich zu bedienen.

»Was ist mit diesem Vergessenszauber?« fuhr Dor fort. »Könnte der die Kobolde und Harpyien dazu bringen, zu vergessen, weshalb sie eigentlich hier kämpfen?«

»O ja, er ist äußerst mächtig. Aber wenn wir ihn hier im Schloß losließen, würden auch wir alle vergessen, warum wir hier sind. Wir würden uns dann nicht einmal mehr daran erinnern, wer wir sind. Dann hätte Magier Murphy seinen Sieg errungen, denn so würde das Schloß niemals fertiggebaut werden. Außerdem könnten die Kobolde und Harpyien trotzdem noch weiterkämpfen. Solche Wesen bedürfen kaum eines Vorwands. Sie handeln ganz instinktiv.«

»Aber der Magier Murphy würde ebenfalls alles vergessen!«

»Zweifellos. Dennoch wäre der Sieg sein. Er strebt ja gar nicht nach der Macht, sondern will nur verhindern, daß sie mir zufällt.«

Dor blickte auf die tote Nordseite und musterte dann die Schlacht, die auf den anderen Seiten rund um das Schloß tobte. Eine Flöte, ein magischer Ring-Reif und ein Vergessenszauber. Eine Menge ausgezeichneter, machtvoller Magie — die wegen der perversen Lage jedoch nichts am Lauf der Geschehnisse ändern konnte . . .

»Murphy, ich finde schon einen Weg!« fluchte er leise in sich hinein. »Diese Schlacht ist noch nicht zu Ende!« Das hoffte er jedenfalls.

11 Die Katastrophe

»Zombies ahoi!« rief ein Zentaur und zeigte gen Osten.

Da waren sie ja endlich: Am Waldrand, im Rücken der Koboldhorden, standen die Zombies. Der Drachenmagen-Rauch hatte zwar den monströsen Koboldhaufen am Nordabschnitt aufgelöst, aber jetzt ließ seine Wirkung nach, und nun strömten sie vom Ost- und vom Westflügel herbei, um die Lücke zu schließen. Entweder würden die aufs neue vorstoßenden Kobolde ebenfalls aufgelöst werden — in diesem Fall war das Terrain auch für die Zombies gefährlich —, oder sie würden den Zombies den Weg versperren. Wie sollte der Zombiemeister also zum Schloß durchkommen?

»Der Zombiemeister muß auf jeden Fall ins Schloß, damit er hier sein magisches Labor errichten und ohne Ablenkung arbeiten kann«, sagte Dor. »Jetzt, wo er schon in Sichtweite ist, müssen wir einfach einen Ausweg finden.«

»Ja, ich glaube, daß dies im Augenblick den Ausschlag geben würde«, stimmte Roogna ihm zu. »Aber das Transportproblem bleibt dennoch unlösbar. Es ist schon schwierig genug, die Ungeheuer aus dem Schloß herauszuhalten. Jede Aktion vor den Mauern wäre tödlich.«

»Wenn wir das glauben, glauben es die anderen ebenfalls«, meinte Dor. »Vielleicht könnten wir sie also überrumpeln. Cedric — würdest du mit mir auf ein gefährliches Kommandounternehmen ausziehen?«

»Ja«, sagte der Zentaur sofort.

Der König blickte ihn kurz an, überrascht von seinem plötzlichen Gesinnungswandel. Offenbar war Dor besser mit den Zentauren zurechtgekommen, als Roogna erwartet hatte.

»Ich will die Flöte des Königs nehmen und die Wesen aus der Nähe der Zombies locken, an irgendeinen Ort, wo wir den Vergessenszauber ohne Gefahr zünden können. Das wird die Kobolde daran hindern, rechtzeitig zurückzukommen, um den Zombiemeister abzufangen. Könntest du den Reif so halten, daß alle Angreifer aus der Luft hindurchmüssen, während wir vor den Bodentruppen flüchten?«

»Ich bin ein Zentaur!« sagte Cedric. Antwort genug!

»Also wirklich«, meinte der König, »das ist aber ein reichlich riskantes Unterfangen!«

»Das Nichtstun aber auch«, wandte Dor ein. »Die Kobolde türmen sich immer noch vor den anderen Mauern. Bevor die Nacht anbricht, haben sie die Zinnen erreicht, und Ihr habt keinen Drachensaft mehr, um sie einzuschmelzen. Wir brauchen einfach die Zombies!«

Der Magier Murphy hatte sich wieder zu ihnen gesellt. »Ihr liebäugelt mit der Katastrophe«, sagte er.

»Ich respektiere Euren Mut, Dor — aber ich muß Euch eindringlich davor warnen, derart närrisch in die Koboldhorde zu laufen.«

»Hör mal, Rotzlöffel —« fing Cedric an.

Dor schnitt ihm das Wort ab. »Wenn es Euch wirklich bekümmerte, Magier, würdet Ihr den Fluch aufheben. Befürchtet Ihr in Wirklichkeit vielleicht nur, daß diese List Erfolg haben könnte?«

Der feindliche Magier schwieg.

»Ihr werdet jemanden brauchen, der die Zombies hierher führt«, sagte Vadne.

»Na ja, ich dachte, daß Hüpfer vielleicht —«

»Die große Spinne? Die solltet Ihr besser als Flankenschutz mitnehmen«, sagte sie. »Ich werde die Zombies herführen.«

»Das ist wirklich sehr großzügig«, sagte Dor erfreut. »Ihr könnt jedes Wesen umwandeln, das die Zombielinien durchstößt. Der Zombiemeister selbst bedarf des größten Schutzes. Begebt Euch so weit in seine Nähe, wie es nur geht, und —«

»Das werde ich auch. Fangen wir an, bevor es zu spät ist.«

Der König und der Magier Murphy schüttelten beide resigniert den Kopf. Sie sahen sich merkwürdig ähnlich dabei. Doch Roogna holte die Flöte und den Vergessenszauber. Dann stellten sie sich am Haupttor auf. Dor bestieg Cedric, Hüpfer vertäute ihn sicher auf dem Rücken des Zentauren, und Vadne bestieg einen weiteren. Mit schußbereiten Bogen stellten sich die Zentauren der Nordwand am inneren Rand der Ostmauer auf. Dann stürzte sich die kleine Truppe auch schon in das Gemenge der Kobolde und Harpyien hinaus.

Mit ihren Brandpfeilen gaben die Zentauren eine vernichtende Feuersalve auf die Gegner ab, und die Kobolde, Trolle, Gnome und Ghule wichen zurück. Damit war eine vorübergehende Bresche in die feindlichen Reihen geschlagen. Noch immer bombardierten die Verteidiger die feindlichen Verbündeten mit Kirschbomben und Granatäpfeln. Das schien weder die Kobolde noch ihre Kohorten zu beeindrucken, machte Dor aber äußerst nervös. Wenn nun eine Granate unmittelbar neben ihm explodieren sollte? Wenn man an Murphys Fluch dachte —

»Kurswechsel!« schrie er.

Verblüfft sprang Cedric zur Seite, mitten durch ein Kontingent Elfen hindurch. Vor ihnen explodierte ein Geschoß. Schrapnelle flogen Dor um die Ohren, und das Getöse schmerzte sein Gehör. Elf-Körper wurden davongewirbelt. Cedric machte einen Ausfallschritt, um dem dicht rauchenden Krater auszuweichen.

»He!« schrie ein Zentaur von der Mauer. »Bleibt bloß auf Kurs! Ich hätte fast eine Ananas in eure Richtung katapultiert!«

Geschickt nahm Cedric wieder die alte Richtung auf. »Zentauren haben scharfe Augen und schnelle Reflexe«, bemerkte er. »Sonst wär' das schiefgegangen.«

Immerhin hatte Murphys Fluch versucht, Dor dazu zu bringen, die Zielsorgfalt der Zentauren zunichte zu machen. Dor erkannte, daß er wohl am besten bei seinem Leisten blieb.

Er setzte die Flöte an die Lippen, dankbar, daß Hüpfer bei ihm war und es ihm ermöglichte, die Hände freizuhalten. Er blies probeweise in das Rohr. Die Flöte spielte eine gespenstische, unterschwellige Melodie, die über den Schlachtenlärm kroch und plötzlich alles andere dämpfte. Da schwärmten die Zwerge, Kobolde, Vampire und Harpyien auch schon hinter ihm her, von den Zentauren verfolgt, die ebenfalls vom Zauber dieser Musik eingefangen worden waren.

Die geflügelten Wesen näherten sich Dor immer schneller, während Cedric seinen menschlichen Oberkörper aufbäumte und mit rückwärts gewandtem Gesicht vorgaloppierte. Er schwang die Hufe in hohem Bogen durch die Luft und fing die schmutzigen Vögel nacheinander ein — und sie verschwanden durch den Reif. Dor fragte sich zwar, wo sie wohl hin verschwanden, war aber zu sehr damit beschäftigt, die Flöte zu spielen — und sich so tief zu ducken, daß er nicht selbst versehentlich von dem Reif erwischt wurde.

Während Hüpfer in zwei Beinen einen Speer hielt und Kobolde aufspießte, die ihm zu nahe kamen, verwandelte Vadne die Kobolde, die sie berühren konnte, in Pfannkuchenscheiben, während ihr Zentaur die Luftwesen mit seinen Fäusten traktierte.

Schon bald hatten sie das Zombiekontingent erreicht. »Folgt der Frau ins Schloß!« rief Dor ihnen zu. »Ich führe die Ungeheuer davon! Haltet euch die Ohren zu, bis ich außer Hörweite bin!«

Da lockte er die feindlichen Wesen auch schon weiter.

»Zur Spalte!« rief er Cedric zu. »Richtung Norden!«

Der Zentaur beschleunigte sein Tempo, und die Luft heulte ihnen um die Ohren. Dor hielt die Flöte versuchsweise in den Wind — tatsächlich, dann spielte sie auch. Das verschaffte ihm etwas mehr Puste. Die Kobolde, Elfe und Zwerge fielen zurück, doch die Trolle konnten das Tempo halten. Cedric galoppierte noch schneller, und nun wurden sogar die Vampire abgehängt.

Doch Dor spielte unentwegt weiter, und die Wesen folgten ihm auch. Es blieb ihnen nichts anderes übrig.

Schon bald befanden sie sich am Rande der Spalte und mußten warten, bis die Boden- und Lufttruppen sie einholten.

»So, jetzt will ich sie direkt an den Rand locken und den Vergessenszauber auslösen«, sagte Dor und ließ die Flöte einen Augenblick sinken. »Wenn wir Glück haben, werden die Harpyien über die Spalte fliegen und sich verirren, dann können die Kobolde sie nicht mehr verfolgen und also auch nicht gegen sie kämpfen.«

»Lobenswertes Mitgefühl«, schnatterte Hüpfer. »Aber damit möglichst viele hier zusammenkommen und der Zauber optimal wirken kann, mußt du die Flöte noch eine Weile spielen. Wie sollen *wir* eigentlich entkommen?«

»Oh! Daran habe ich ja noch gar nicht gedacht! Wir stecken in der eigenen Falle!«

»Ich glaube, ich habe die Lösung. Wenn wir ballonfahren und über die —«

»Nein!« schrie Dor. »Es gibt tausend schrecklich Dinge, die dabei schiefgehen könnten. Beim letzten Mal —«

»Dann kann ich uns statt dessen über den Rand hinablassen, so daß die Kobolde uns nicht verfolgen können«, sagte Hüpfer. »Vor den Harpyien können wir uns mit dem Reif schützen.«

Die Vorstellung, in die Spalte hinabzusteigen, gefiel Dor zwar auch nicht, doch inzwischen strömten die Harpyien, die Kobolde und die anderen Wesen herbei und suchten nach der fehlenden Flötenmusik. Er mußte sich schnell entscheiden. »Also gut, Cedric. Du galoppierst davon. Du bist zu schwer für Spinnenseide.«

»Will ich meinen!« rief Cedric. »Aber wo soll ich hin? Ich glaube kaum, daß ich es bis zum Schloß schaffe. Da müßte ich gegen die ganze Flut der Millionen von Monstern ankämpfen.«

»Geh zu Celeste«, schlug Dor ihm vor. »Du hast deinen Auftrag hier ehrenvoll erfüllt, und sie wird sich freuen, dich wiederzusehen.«

»Zuerst muß ich aber einen Hexer finden!« wieherte Cedric. Dann galoppierte er in westlicher Richtung davon.

Hüpfer befestigte die Zugleine wieder an Dor und krabbelte über die Klippenkante. Dor setzte die Flöte erneut an die Lippen, weil die Kobolde schon begannen, das Interesse zu verlieren. Die Musik ließ sie sofort wieder herbeistürzen. Sie drängten sich so sehr gegeneinander, daß sie kaum noch vorwärts kamen. Doch sie schoben so heftig voran, daß die Blockade kaum von Dauer sein dürfte. Doch Dor spielte immer weiter und wartete auf Hüpfers Signal.

Schließlich wurde er nervös. »Fertig?« rief er — und da brach die Koboldblockade auch schon zusammen, und Dor griff nach seinem Schwert, obwohl er genau wußte, daß er gegen diese Massen keinerlei Chancen hatte.

Aber was war denn nur mit ihm los? Er mußte doch den magischen Reif benutzen, den Cedric zurückgelassen hatte. Er hob ihn auf und hielt ihn vor sich. Der erste Kobold sprang ihn an, und Dor hätte beinahe vor Schreck den Reif fallen lassen — doch da verschwand der Gegner auch schon.

»Fertig!« schnatterte Hüpfer von unten. Das war gerade noch rechtzeitig, denn nun stürzten sich gleich drei Kobolde auf einmal auf Dor, und er war sich nicht sicher, daß er die alle genau durch seinen Reif springen lassen konnte. »Spring!«

Dor vertraute seinem Freund und sprang rückwärts von der Klippe. Er segelte in den Abgrund hinab und entkam auf diese Weise den gierigen Händen der heranstürmenden Kobolde. Er schwang gleichzeitig hinab und zur Seite, denn Hüpfer hatte mit einer Seitenleine dafür gesorgt, daß er nicht sofort an der Wand zerschellte. Die Spinne dachte immer an alles, was schiefgehen konnte, bevor sie handelte, und vermied es im vorhinein. Daher besaß Murphys Fluch auch kaum Macht über sie. Deshalb hatte Hüpfer sich auch gerade so viel Zeit gelassen, obwohl er genau gewußt hatte, in welch verzweifelter Lage Dor war. Er war sichergegangen, daß Dor nicht durch seinen Fehler Unheil zustieß.

Natürlich, das war es ja auch! Die Antwort auf den Fluch hieß Reife. Nur ein achtloser oder gedankenloser Mensch konnte dem Fluch ins Messer laufen, indem er ihm nämlich hinreichende Angriffsmöglichkeiten anbot.

Nun stürzten sich die Vampire und Harpyien auf sie hinab, obwohl sie in der Mehrzahl damit beschäftigt waren, gegen die Kobolde oben am Spaltenrand zu kämpfen. »Schnapp! Schnapp!« krächzten sie. Wie treffend!

Dor merkte, wie er wieder zurückschwang. Er hielt sich den Reif vor den Leib und sauste durch die häßliche Schar — und wo der Ring hindurchfuhr, blieben keine Harpyien übrig. Doch sie schnappten auch von der Seite nach ihm —

Da hievte Hüpfer ihn gegen die Wand, so daß er Rückendeckung bekam und den Reif vor sich halten konnte.

»Gib mir den Ring!« schnatterte Hüpfer. »Spiel du die Flöte.«

Genau. Sie mußten so viele Wesen an diese Stelle locken wie möglich. Dor reichte der Spinne den Reif und setzte die Flöte wieder an die Lippen. Hüpfer manövrierte den Ring so geschickt, daß er sie beide schützte.

Jetzt stürzten sich die Harpyien, von der Musik wieder angelockt, ohne jeden Verstand hinab. Sie jagten durch den Reif, klatschten neben ihm gegen die Wand, stießen sich gegenseitig aus der Luft und stürzten mit verbogenen Leibern und wehendem, schmutzigem Gefieder hinab in die Tiefe. Den Vampiren erging es auch nicht besser.

Dann begannen auch die Kobolde und Trolle, von der Klippe zu stürzen, vom Klang der Flöte angelockt.

Dor brach sein Spiel ab. »Wir schlachten sie ja regelrecht ab! Das wollte ich nicht! Es ist Zeit, den Vergessenszauber auszulösen.«

»Der würde uns auch einfangen«, erinnerte Hüpfer ihn. »Sprich mit ihm.«

»Mit ihm sprechen? Ach so.« Dor hielt die Glaskugel vor seinen Augen. »Zauber, wie wirst du ausgelöst?«

»Ich explodiere, sobald eine Stimme mir das befiehlt«, erwiderte die Kugel.

»Jede beliebige Stimme?«

»Sag' ich doch.«

Jetzt wußte Dor einen Ausweg. Er stellte die Kugel in einer Felsnische ab. »Zähl bis tausend und befiehlt dir dann selbst, zu explodieren«, befahl er.

»He, das ist aber gerissen!« meinte der Zauber. »Eins, zwei, drei-vier-fünf —«

»Langsam!« knurrte Dor. »Eine Zahl pro Sekunde!«

»Oooch!« Aber der Zauber zählte tatsächlich langsamer. »Sieben, acht — du bist ein Spielverderber — neun, zehn, du dumme Henn'!«

»Was?« kreischte eine nahe Harpyie, die den kindischen Reim auf sich bezog, und kam im Sturzflug auf sie zu. Doch Hüpfer fing sie mit dem Reif auf. Wieder ein Mißgeschick abgewendet!

»Und sag bloß nichts, was die Harpyien beleidigt!« befahl Dor dem Zauber.

»Herrje! Elf, zwölf —«

Hüpfer hastete seitwärts davon und zerrte Dor an einer neuen Leine weiter in Richtung Westen, weg vom Zauber. Dor spielte ununterbrochen seine Flöte, damit die Kobolde am Schluchtenrand blieben und nicht zu zahlreich in die Tiefe stürzten. Er merkte, wie sie langsam außer Hörweite des Zaubers kamen. Nun hieß es richtig handeln: Er mußte sich mit Hüpfer außer Reichweite des Zaubers bringen, ohne die Harpyien und Kobolde ebenfalls fortzulocken. Es war unvermeidlich, daß ziemlich viel Ungeheuer entkommen würden, doch die von der Detonation verstörten Wesen würden das Ganze hoffentlich derart in Unordnung bringen, daß die anderen nicht zum Schloß zurückkehren konnten. Eine richtige Strategie schien es für ihn nicht zu geben. Er konnte nur improvisieren und hoffen, daß er dem Schloß einen hinreichenden Zeitgewinn verschaffte.

»Hundertsechs, hundertsieben, wo ist der Zentaur geblieben?« rief der Zauber im Singsang. »Hundertacht, hundertneun, wird bei der Zentaurin sein!« Das war aber wirklich ein schlichtes Gemüt!

Dor fragte sich, wie groß der Detonationsradius wohl sein mochte. Ob die Spalte den Stoß kanalisieren würde? Dann würde alles hierhergedrückt werden, anstatt die Kobolde am Spaltenrand zu treffen. Vielleicht sollten er und Hüpfer hinaufklettern, bevor der Zauber losging, um dort Deckung zu suchen. Doch sie durften sich auch nicht den Kobolden zu sehr nähern, die sich am Rand scharten. Die Harpyien kamen immer noch im Sturzflug auf ihn zu, so daß Hüpfer ihm mit dem Reif zu Hilfe eilen mußte. Zum Glück konzentrierte sich die Mehrzahl der Flugwesen auf den Kampf gegen die Kobolde. Dor und Hüpfer waren reine Zufallsziele, die nur angegriffen wurden, weil sie eben da waren.

»Dreihundertvierunddreißig, dreihundertfünfunddreißig, geh nach Haus'! und sput dich fleißig«, reimte der Zauber weit entfernt. Solange er ihn noch hören konnte, mußte er auch davon ausgehen, daß er sich noch in seinem Wirkungsbereich befand.

»Geht's nicht schneller?« fragte Dor nervös. Er hatte geglaubt, daß sie sich in recht ordentlichem Tempo aus der Gefahrenzone bewegten, doch die Zahlen waren recht plötzlich von ungefähr hundert auf dreihundert gesprungen. Es sei denn, der Zauber schummelte und ließ einfach Zahlen aus — nein, unbelebte Gegenstände waren gar nicht intelligent genug, um zu schummeln.

»Nur unter großer Gefahr, Freund«, schnatterte Hüpfer.

»Dann gibt mir den Reif«, sagte Dor. »Dann kannst du deine Leinen schneller spannen.«

Hüpfer reichte ihm den Reif, und schon hatte Dor eine weitere herankreischende Harpyie erwischt, während die Spinne gerade die Ankerleine für den nächsten Seitenschwung befestigte. Da hatte Dor Zeit für ein eigenes Experiment. Er steckte einen Finger von der seinem Körper abgewandten Seite in den Reif und sah zu, wie er, von seiner Seite aus betrachtet, verschwand. Er sah seinen Finger im Querschnitt, als wäre er von einem scharfen Schwert durchschnitten worden: die Haut, die kleinen Blutgefäße, die Sehnen, den Knochen. Doch es war völlig schmerzlos. Sein Finger fühlte sich kühl an, nicht einmal kalt. Kein flammendes Inferno und auch kein Eisklima. Er zog ihn wieder hervor und stellte zur eigenen Erleichterung fest, daß er noch ganz war. Dann steckte er ihn von der anderen Seite hinein und erhielt den gleichen Effekt, nur daß er diesmal nicht den Querschnitt sehen konnte. Es sah ganz danach aus, als würde der Ring von beiden Seiten irgendwohin führen — doch wohin war das nur? In eine andere Welt vielleicht?

Hüpfer zog am Seil, und Dor schwang herum.

»Wir wollen mal sehen, ob die Kobolde weg sind«, sagte Dor. Er hatte seine Flöte schon eine ganze Weile nicht mehr gespielt.

Hüpfer kletterte über den Rand der Schlucht, um mit zwei bis drei Augen Ausschau zu halten, während er seinen restlichen Körper in sicherer Deckung hielt.

»Massenweise sind sie da«, schnatterte er. »Ich glaube, sie jagen die Harpyien — und die jagen uns.«

»O nein! Dann hat Murphy wieder zugeschlagen! Wir können die Spalte nicht verlassen, wenn sie uns verfolgen!«

»Inzwischen dürften wir eigentlich außerhalb des Vergessensradius sein«, meinte Hüpfer tröstend.

»Dann sind es die Kobolde und Harpyien aber auch! Das nützt uns nichts!« Dor merkte, wie seine Stimme sich immer hysterischer anzuhören begann.

»Wir dürften dennoch eine ganze Menge der Kampfwesen abgelenkt haben«, meinte Hüpfer recht einleuchtend.

»Unser Ziel war es, sie abzulenken, damit der Zombiemeister ins Schloß kann. Wenn er es geschafft hat, dann haben wir ebenfalls Erfolg gehabt.«

»Wird wohl so sein«, sagte Dor und beruhigte sich etwas. »Also macht es eigentlich keinen wirklichen Unterschied, ob die Harpyien und Kobolde von dem Vergessenszauber getroffen werden oder nicht. Aber trotzdem — wie sollen wir hier jemals wieder herauskommen? Es ist zu spät, um den Zauber abzustellen.«

»Beharrlichkeit dürfte sich jetzt auszahlen. Wenn wir bis zur Nacht weitermachen —« Hüpfers Leib spannte sich, und er hob seine beiden Vorderbeine, um besser hören zu können. »Was ist das denn?«

»Was?«

Dann hörte Dor es auch. »Neunhundertvierundachtzig, neunhundertfünfundachtzig, auch der beste Zauber macht sich; neunhundertsechsundachtzig —«

Eine Harpyie trug den Zauber auf sie zu — und er stand kurz vor der Explosion! »O Murphy!« jammerte Dor. »Jetzt hast du uns aber wirklich festgenagelt!«

»Was ist bloß mit dieser sprechenden Kugel los?« kreischte die Harpyie.

»Neunhundertunddreiundneunzig, die Harpyie ist geschnäuzig«, sagte der Zauber.

»Hör auf zu zählen!« schrie Dor ihn an.

»Wenn der Countdown erst einmal läuft, kann er nicht mehr gestoppt werden«, meinte der Zauber hämisch.

»Schnell!« schnatterte Hüpfer. »Ich werde die Zugleinen so befestigen, daß wir zurückkehren können. Wir müssen durch den magischen Reif fliehen.«

»O nein!« rief Dor.

»Das müßte ungefährlich sein. Ich habe zugesehen, wie du ihn geprüft hast.«

»Neunhundertachtundneunzig, neunhundertneunundneunzig«, sagte der Zauber unerbittlich weiter, »wer jetzt zu spät kommt, jeder freut sich.«

Hüpfer krabbelte durch den Reif. Dor zögerte, er war entsetzt. Konnten sie wirklich jemals wieder zurückkehren? Doch wenn er jetzt hierblieb —

»Eintausend!« rief der Zauber freudig. »Jetzt kann ich's endlich sagen!«

Dor hechtete durch den Reif. Das letzte Wort, was er noch hörte, war: »Zündu —«

Um ihn war Finsternis, angenehm, neutral. Sein Körper schien völlig losgelöst zu schweben. Eine gewisse Zeitlosigkeit umgab ihn, eine ewige Geborgenheit. Er brauchte nur einzuschlafen.

Du bist nicht wie die anderen, sagte ein Gedanke zu ihm.

»Natürlich nicht«, dachte Dor zurück. Was immer es sein mochte, in dem er schwebte, es gestattete auf jeden Fall kein physisches Sprechen, weil es keine Bewegung gab. »Ich stamme aus einer anderen Zeit. Mein Freund Hüpfer übrigens auch. Wer bist du?«

Ich bin die Gehirnkoralle, die Hüterin der Quelle der Magie.

»Die Gehirnkoralle! Ich kenne dich doch! Du sollst doch meinen Körper am Leben erhalten.«

Wann denn?

»Ich achthundert Jahren. Erinnerst du dich denn nicht daran?«

Das kann ich nicht, denn ich bin immer noch ein Wesen meiner eigenen Epoche.

»Na ja, in meiner Epoche bist du jedenfalls — äh, das wird jetzt aber ziemlich kompliziert. Aber ich glaube, es ist wohl besser, wenn Hüpfer und ich wieder von hier verschwinden, sobald der Vergessenszauber nachläßt.«

Du hast einen Vergessenszauber ausgelöst?

»Ja, und zwar einen ziemlich kräftigen, im Inneren der Spalte. Um die Kobolde und Harpyien und ihre Hilfstruppen dazu zu bringen, die Kämpfe einzustellen. Sie —«

Vergessenszauber währen ewig, bis man einen Gegenzauber verhängt.

»Ja, für die Betroffenen wohl, aber —«

Du hast gerade dafür gesorgt, daß die Spalte selbst vergessen wird.

»Die Spalte? Aber die ist doch gar nicht belebt! Der Zauber beeinflußt doch nur Lebewesen, Dinge, die Erinnerungsvermögen besitzen.«

Deshalb werden auch alle Lebewesen die Spalte vergessen.

Wie vor den Kopf gestoßen, erkannte Dor, daß das stimmte. Er hatte dafür gesorgt, daß die Spalte von allen Leuten vergessen würde, mit Ausnahme jener, für die ein solches Vergessen paradox wäre. Wie, zum Beispiel, die Lebewesen, die in ihrer Nähe lebten und sonst hineinfallen und sterben würden. Ihr Tod würde ihren Freunden und Verwandten Rätsel aufgeben, die wiederum zu endlosen Komplikationen führen und den Zauber schon bald neutralisieren würden. Das Paradox war wirklich ein mächtiger Gegenzauber! Doch alle anderen Leute, die keiner unmittelbaren Kenntnis von der Spalte bedurften, würden sich an sie einfach nicht mehr erinnern. Das galt für seine eigene Epoche — und jetzt wußte er auch, wie es dazu gekommen war. Er selbst hatte es mit seiner Ungeschicklichkeit ausgelöst.

Aber wenn das, was er hier tat, keinerlei Bestand hatte, wie konnte dann . . .? Doch jetzt hatte er keine Zeit, um darüber nachzugrübeln. »Wir müssen zu Schloß Roogna zurück. Das heißt, auf jeden Fall können wir nicht hierbleiben. Sonst kommt es zu einem Paradox, wenn wir von unserer eigenen Epoche eingeholt werden.«

Ja, so sieht es aus. Ich werde dich aus meiner Konservierungsflüssigkeit befreien. Die Hauptstrahlung des Zaubers dürfte dich eigentlich nicht beeinflussen, die Nebenstrahlung vielleicht doch. Ihr werdet zwar nicht vergessen, wer ihr seid und was eure Mission ist, aber es kann sein, daß ihr die Spalte vergeßt, sobald ihr euch von ihr entfernt habt.

»Dagegen bin ich sowieso ziemlich immun«, meinte Dor. »Ich gehöre zu den Anrainern der Spalte. Hauptsache, ich behalte den Rest.«

Noch eine Frage, bevor ich euch freilasse. Durch was für eine Öffnung seid ihr und all die anderen eigentlich in mein Reich eingedrungen? Ich dachte, der letzte große Ring wäre vor fünfzig Jahren zerstört worden.

»Nun ja, wir haben einen zweizölligen Ring auf einen Durchmesser von zwei Fuß ausgedehnt. Wir können ihn ja wieder zurückverwandeln, wenn wir damit fertig sind.«

Das wäre nett. Vielleicht begegnen wir einander ja irgendwann mal wieder — in achthundert Jahren, dachte die Koralle ihn an.

Da schoß Dor wieder aus dem Ring und hing an seiner Zugleine. Hüpfer folgte ihm.

»Mit Unbeweglichkeit habe ich nicht gerechnet«, schnatterte die Spinne bedauernd.

»Macht nichts. Wir können schließlich nicht immer an alles denken.«

Hüpfer war nicht beleidigt. »Stimmt.«

Weit entfernt waren die Harpyien zu sehen, doch sie beachteten Dor und Hüpfer nicht weiter. Sie flatterten ziellos umher und versuchten, sich daran zu erinnern, was sie hier eigentlich wollten. Genau das hatte Dor ja auch erreichen wollen. Den Kobolden erging es jedoch wesentlich schlimmer: Auch sie hasteten ziellos umher — hatten aber vergessen, daß steile

Abhänge gesundheitsgefährdend waren, und stürzten in großer Anzahl in die Spalte hinab. Dors Aktion hatte die Koboldhorde bereits gehörig dezimiert.

»Kann man nichts machen«, schnatterte Hüpfer, der Dors Betroffenheit bemerkte. »Wir können unmöglich alle Konsequenzen unseres Tuns vorhersehen.«

»Hm, ja.« Doch noch immer bekümmerte Dor das Gemetzel, das er angerichtet hatte. Ob er dagegen wohl abstumpfen würde, wenn er reifer wurde?

Er hoffte es nicht.

Sie kletterten aus der Spalte und schauten sich um. Die Kobolde beachteten sie nicht, weil sie sich nicht mehr an sie erinnern konnten.

Dor entdeckte eine Glasscherbe, die auf dem Boden lag, und hob sie auf. Sie gehörte zu der geplatzten Kugel. »Da hast du aber voll zugeschlagen, was?« fragte er sie.

»Das war vielleicht eine Explosion!« stimmte die Scherbe ihm zu. »Das heißt — war es das wirklich? Ich kann mich nicht erinnern.«

Dor ließ sie fallen und ging weiter. »Ich hoffe, daß Cedric sich rechtzeitig in Sicherheit bringen konnte. Dieser Zauber war gewaltiger, als ich erwartet hatte.«

»Hat er bestimmt.«

Sie eilten zum Schloß zurück und ignorierten die herumirrenden Horden.

Die Schlacht um Schloß Roogna war noch nicht zu Ende, aber es war offensichtlich, daß sich das Blatt gewendet hatte. Je weiter sie sich vom Detonationspunkt des Vergessenszaubers entfernten, um so mehr ließ seine Wirkung nach, und hier am Schloß herrschte nur wenig Verwirrung — nur daß jetzt ungefähr nur noch ein Drittel der Kobolde und Harpyien das Schloß angriffen. Und die Zinnen waren mit Zombies bemannt. Der Zombiemeister hatte es also geschafft!

Die Verteidiger entdeckten sie und legten einen Kirschbombenteppich aus, um ihnen den Weg zum Schloß zu bahnen. Dennoch mußten sie sich mit Schwert und Reif ihren Weg freikämpfen, denn die Kobolde und Harpyien haßten Fremde, die sich in ihre Kämpfe einmischten. Wieder mußte Dor also töten. Der Krieg war wirklich die Hölle, dachte er.

König Roogna empfing sie persönlich am Tor. »Ausgezeichnet!« rief er. »Ihr habt die Hälfte der Ungeheuer vom Schlachtfeld gelockt und sie den Kampf vergessen lassen. Vadne hat den Zombiemeister hereingeführt, und seitdem stellt er aus den Opfern ununterbrochen frische Zombies her. Das einzige Problem besteht nun darin, die Opfer hereinzuholen.«

»Dann gibt es also Arbeit für mich«, erwiderte Dor knapp. Er wollte sich nicht auch noch dafür gratulieren lassen, an einem Massenmord teilgenommen zu haben.

Der König, jeder Zoll ein huldvoller Herrscher, widersprach ihm nicht. »Ihre Hingabe ehrt Sie.«

Natürlich war Hüpfer bei den Bergungsarbeiten behilflich. Gedeckt von den Zentauren, die mit ihren Bogen auf den Brüstungen standen, suchten sie die besten Körper aus, umwickelten sie mit Seide und rannten wieder zurück in die Deckung. Dann zerrten sie die Leichen mit den Leinen heran. Darin hatten sie ja bereits massenhaft Übung. Als sie ein gutes Dutzend beisammen hatten, schleppten sie sie ins Labor des Zombiemeisters.

Millie war auch da, etwas matt und zerzaust, aber als Dor eintrat, lächelte sie ihn an. »O Dor, du bist unversehrt. Ich hatte mir solche Sorgen gemacht!«

»Mach dir mal lieber Sorgen um deinen Verlobten«, erwiderte er knapp. »Er ist es, der hier die ganze Arbeit leistet.«

»Kann man wohl sagen«, meinte Vadne. Sie war damit beschäftigt, die Leichname zurechtzurücken, indem sie sie in große, leicht zu befördernde Bälle umformte und diese an Ort und Stelle wieder zurückverwandelte. So konnte er dreimal so schnell produzieren wie in seinem eigenen Schloß. Der größte Zeitverlust entstand bei diesem Verfahren durch die Beschaffung der Leichen und nicht durch ihre eigentliche Umwandlung zu Zombies. »Er stellt eine ganze Armee auf die Beine, um dieses Schloß zu verteidigen!«

»Dor tut aber auch eine ganze Menge!« beharrte Millie.

Gegen seinen eigenen Willen fühlte Dor sich geschmeichelt

und erkannte, daß Millie offenbar immer noch gewisse Gefühle für ihn hegte und vielleicht doch noch — doch das mußte er verdrängen.

»Wir tun alle, was wir nur können, zum Wohle Xanths«, sagte er, wenn auch etwas unsicher, und dachte über seinen Gedanken nach. Wieviel besser wäre es doch für ihn, wenn er ein Mädchen fände, das mehr seinem Alter und seiner Stellung entsprach und —

»Ich wünschte, ich wäre eine volle Zauberin von Eurem Kaliber«, sagte Vadne zu dem Zombiemeister, während sie gerade einen weiteren Leichnam umformte.

»Seid Ihr doch!« erwiderte der Zombiemeister überrascht.

»Nein, ich bin nur eine Neo-Zauberin.«

»Ich würde Euer topologisches Talent als Magie von Magierformat bezeichnen«, sagte er und verwandelte die Leiche in einen Zombie.

Sie errötete beinahe bei diesem Kompliment, das um so wirkungsvoller war, als er es ganz sachlich und ohne Hintergedanken geäußert hatte. Sie sah den Zombiemeister mit gesteigerter Bewunderung an. Welch eine Macht doch ein Kompliment haben konnte, dachte Dor und speicherte diese Information im Hinterkopf, um sie später bei Gelegenheit wieder abrufen zu können.

Gemeinsam mit Hüpfer zog er wieder aus, um neues Zombiematerial herbeizuschaffen, und sie arbeiteten ununterbrochen, bis sich der Tag seinem Ende zuneigte. Langsam wurden die Streitkräfte der Harpyien und Kobolde immer kleiner, die der Zombies hingegen immer größer. Nun übernahmen Zombieharpyien die Luftverteidigung, was die Lage spürbar entlastete.

Und doch war er unbefriedigt. Er war mit einer Mission in den Wandteppich eingedrungen, nämlich um das Elixier zu beschaffen, das einen Zombie zum Leben erwecken konnte. Inzwischen war er jedoch in eine weitere Mission verwickelt worden, nämlich den Zombiemeister für die Sache des Königs zu gewinnen. Nun hatte er auch das vollbracht — und suchte nach einer weiteren, neuen Aufgabe. Was war das nur?

Ach ja, jetzt hatte er es: dieser törichte Krieg zwischen den

Kobolden und Harpyien. Ob es wohl eine Möglichkeit gab, etwas dagegen zu unternehmen, anstatt Schloß Roogna dadurch zu retten, daß man beide Parteien auslöschte? Warum nicht einfach die Probleme lösen, die den Krieg überhaupt erst ausgelöst hatten?

Er hatte schon öfter darüber nachgedacht, jedesmal ohne Erfolg. Doch damals hatte die Zeit eine entscheidende Rolle gespielt. Jetzt war das Schloß im Begriff zu siegen, und er wußte auch mehr über die ihnen zur Verfügung stehende Magie. Zum Beispiel dieser magische Reif, der in den düsteren Lagertank der Gehirnkoralle führte —

»Ich hab's!«

Hüpfer richtete vier oder fünf Augen auf ihn. »Habe ich irgend etwas übersehen?«

»Befestige mich, damit ich nicht hinabstürze. Ich muß durch den Reif, um mit der Gehirnkoralle zu sprechen.«

Die Spinne stellte keinerlei Fragen und machte auch keine Einwände. Hüpfer befestigte eine starke Zugleine an Dor, und der lehnte den magischen Reif gegen eine Wand und steckte den Kopf hindurch.

»Gehirnkoralle!« dachte er. »Hier ist wieder Dor aus der Epoche in achthundert Jahren.«

»Was wünscht du?« fragte die Koralle geduldig.

»Hast du eine männliche Harpyie auf Lager?«

Ja. Eine unreife, die vor dreihundert Jahren von einem Rivalen um den Harpyienthron ins Exil verbannt wurde.

»Eine königliche Harpyie?« dachte Dor verblüfft.

Nach dem Harpyiengesetz darf ein Wesen von königlichem Geblüt nicht wie ein Bürgerlicher hingerichtet werden. Also hat man ihn sicher verstaut und den Zugangsring vernichtet.

»Würdest du ihn vielleicht freigeben? Das würde unsere jetzige Lage entscheidend verbessern.«

Ich lasse ihn frei. Vergiß nicht, daß du mir jetzt einen Gegendienst schuldig bist.

»Ja. Ich werde in achthundert Jahren noch einmal mit dir darüber reden.« Dor zog seinen Kopf aus dem Wirkungsbereich der Koralle heraus.

Kurz darauf kam eine Vogelgestalt aus dem Reif gekrochen. »Seid gegrüßt, Prinz!« sagte Dor förmlich.

Die Gestalt breitete die Schwingen aus und musterte ihn. »Und welch Geistes Kind seid Ihr, Menschen-Ding?«

»Ich bin der Magier Dor. Ich habe Euch aus dem Lagertank befreit.«

Die Harpyie warf ihm einen herrischen Blick zu. »Zeigt uns Eure Macht!«

Dor hob eine Feder auf, die zu Boden geflattert war. »Wie alt ist der Prinz, wenn man seine Lagerzeit nicht mitrechnet?« fragte er.

»Der Prinz ist zwölf Jahre alt«, erwiderte die Feder.

»Aber das ist ja genau mein Alter!« rief Dor.

»Dann wirst du aber ganz schön groß sein, wenn du ausgewachsen bist«, meinte die Feder.

Der Prinz schnitt ihr das Wort ab. »Also gut. Ich akzeptiere Euren Status und werde mit Euch zu reden geruhen. Ich bin Prinz Harold. Was ist es, dessen es Euch gelüstet?«

»Ihr seid die einzige lebende männliche Harpyie, die es noch gibt«, erklärte Dor. »Ihr müßt hinausziehen und Euren Thron besteigen, damit Eure Rasse erhalten bleibt. Ich verlange nur zwei Dinge von Euch: Erstens, daß Ihr Euch nur mit Eurer eigenen Rasse paart, und zweitens, daß Ihr mir den Gegenzauber zu dem Fluch überreicht, den Euer Volk über die Kobolde verhängt hat.«

Der Prinz versteifte sich kühl. »Einen Gefallen habt Ihr mir erwiesen, und nun wagt Ihr es, mir gleich zwei abzuverlangen! Was meine Paarung angeht, so bedarf ich keiner Einschränkungen, denn wenn ich mündig bin, habe ich einen ganzen Harem von Harpyien zur Verfügung. Was nun diesen Zauber betrifft, so habe ich davon keinerlei Kenntnis.«

»Er wurde nach Eurer Verbannung verhängt. Ihr könnt Euch von Euren Untertanen darüber informieren lassen.«

»Das werde ich auch tun«, erwiderte der Prinz. »Sobald ich ihn entdecke, werde ich Euch den Gegenzauber zur Verfügung stellen, wie Ihr es von mir verlangt, um meine Schuld bei Euch zu begleichen.«

Dor geleitete den Prinzen zu König Roogna, der Stielaugen machte, als er das Geschlecht der Harpyie wahrnahm. »Eine wahrlich seltene Magie!« murmelte er.

»Wir müssen Prinz Harold seinem Volk ohne Schaden übergeben«, sagte Dor dem König.

»Wenn die Harpyien ihn erst einmal haben, brauchen sie nicht mehr zu kämpfen.«

»Ich verstehe«, erwiderte der König. Er warf einen schrägen Blick auf den Magier Murphy, der neben ihm stand. »Wir werden einen absoluten Waffenstillstand ausrufen, bis er in Freiheit ist. Ich werde persönlich die Anlagen abschreiten, um sicherzugehen, daß nichts dazwischenkommt.«

»Ihr könnt den Prinzen vielleicht befreien«, meinte Murphy grimmig. »Aber mein Fluch wird sich an anderer Stelle auswirken. Noch habt Ihr nicht gesiegt.« Doch er wirkte matt. Sein Talent stand offenbar unter höchster Belastung. Kein einzelner Magier, so begabt er auch sein mochte, konnte es auf Dauer mit drei anderen aufnehmen. Beinahe hätte er Dor leid getan.

»Aber wir sind ja bald am Ziel«, entgegnete Roogna. Er geleitete den Prinzen auf die Mauer und befahl den Zentauren, nicht zu schießen. Prinz Harold breitete seine Flügel aus und schwang sich in die Lüfte.

Die nächste Harpyie stieß ein schrilles, erstauntes Krächzen aus. Dann umschwärmten die Harpyien ihren Prinzen, erkannten ihn sofort und waren schon einen Augenblick später davongeflattert, so daß den Kobolden nur noch ein paar müde Vampire als Gegner blieben.

Da kam eine einzelne Harpyie herangeflogen. Einer der Zentauren stieß einen Pfiff aus. »Helene!« rief Dor, als er sie erkannte.

»Im Namen des Prinzen Harold«, sagte Helene. »Der Gegenzauber.« Sie legte ein Steinchen in Dors Hand. Sie zwinkerte ihm zu. »Zu schade, daß du deine Chance nicht wahrgenommen hast, als es noch möglich war, schöner Mann, eine weitere wirst du nie bekommen. Ich habe den Ring, den du mir geschenkt hast, gebeten, mir die bestmögliche Partie zu verschaffen, und jetzt werde ich die erste Konkubine des Prinzen.« Sie klopfte auf ihre ringbewehrte Klaue.

Die Harpyien machten offenbar nie viel Federlesens! Immerhin war der Prinz erst wenige Minuten zuvor in die Lüfte gestiegen. »Schön für dich«, sagte Dor.

»Ich wußte doch, daß ich es könnte«, sagte der Ring in dem Glauben, Dor habe ihn angeredet. »Ich kann alles!«

Sie blickte zu ihm herab. »Ach, du redest ja wieder!«

»In Zukunft wird er schweigen«, sagte Dor. »Danke für den Gegenzauber.«

»Das war wohl das wenigste, was ich für dich tun konnte«, hauchte sie. Den Zentauren fielen fast die Augen aus dem Kopf.

Dann breitete die himmlische Helene die Flügel aus und verschwand, verfolgt von den Blicken aller männlichen Wesen auf der Brüstung. Selbst ein paar der gesünderen Zombies bewunderten ihre Formen.

Zufrieden blickte Dor den Steinchenzauber an. »Wie wirst du angerufen?« fragte er ihn.

»Ich werde nicht angerufen, sondern widerrufen«, erwiderte der Zauber fachmännisch. »Ich bin kein Gegenzauber, sondern der ursprüngliche Zauber. Wenn man mich widerruft, hört die Verzauberung auf.«

»Und wie widerruft man dich nun?«

»Man erhitzt mich, bis ich so heiß bin wie Feuer, dann verströmt sich meine Magie unsichtbar, bis sie verschwunden ist.«

Dor reichte den Stein an den König weiter. »Das sollte die Klagen der Kobolde besänftigen. Wenn sie keinen weiteren Grund zu kämpfen mehr haben, müßten sie eigentlich heimkehren. Dann kann auch Murphys Zauber die Schlacht hier nicht mehr fortsetzen.«

»Sie sind ein Phänomen, Magier!« sagte König Roogna. »Sie haben Ihren Verstand benutzt anstelle Ihres Körpers, und zwar auf höchst edle, königliche Weise.« Er eilte mit dem Zauber davon.

Der König kochte den Koboldzauber nach Anweisung aus, doch die Koboldhorde zeigte keine Änderung in ihrem Verhalten. Dennoch war er nicht enttäuscht. »Der ursprüngliche Zauber war recht subtiler Art«, erklärte er. »Er sorgte dafür, daß die Koboldweibchen auf negative Weise wählerisch wurden. Der Schaden wurde im Laufe von vielen Generationen angerichtet, und es wird wohl ebenso viele Generationen dauern, bis er wieder gutgemacht worden ist. Die weiblichen Kobolde befinden sich nicht hier auf dem Schlachtfeld, also wissen die Männer überhaupt noch nichts von der Veränderung. Deshalb sehen wir auch keine unmittelbaren Wirkungen und profitieren selbst auch nicht davon, aber es ist dennoch die Sache wert. Schließlich wollen wir ja nicht nur Schloß Roogna erhalten, sondern auch ein besseres Xanth aufbauen.« Er wedelte fröhlich mit der Hand. »Der Abend naht. Wir müssen uns ausruhen und schlafen, während die Zombies Wache halten. Ich glaube, daß der Sieg nun bald in Reichweite gerückt ist.«

So schien es tatsächlich. Der Magier Murphy sah wirklich recht mürrisch aus. Dor, der plötzlich müde wurde, aß ein wenig und ließ sich auf das Bett fallen, das im fertiggestellten Teil des Schlosses für ihn bereitstand, und schlief sofort ein. Am nächsten Morgen wachte er auf und entdeckte den Zombiemeister im Nebenbett und den Magier Murphy in einem anderen. Alle waren müde gewesen, und im Inneren des Schlosses gab es noch immer recht wenig Platz.

Die Kobolde hatten sich in der Nacht zurückgezogen und ihre zahllosen Toten auf dem Schlachtfeld liegenlassen. Die Zombies hielten weiterhin Wache, während die Zentauren mit ihren Bauarbeiten fortfuhren. Nun sah es doch so aus, als würde Schloß Roogna rechtzeitig fertiggestellt werden.

Im Speisesaal wurde ein Frühstücksbuffet serviert, inmitten von Erdklumpen, herumliegenden Zombieteilen und fortgeworfenen Waffen. König Roogna war anwesend, Magier Murphy, Vadne, Hüpfer und Dor. Murphy hatte kaum Appetit. Er wirkte fast so bleich wie der Zombiemeister.

»Ehrlich gesagt, glaube ich, daß wir jetzt die Oberhand haben«, meinte der König.

»Murphy, wollt Ihr nicht endlich einen ehrenvollen Rückzug antreten?«

»Es gibt da noch einen Aspekt des Fluchs«, sagte Murphy.

»Sollte der versagen, dann bin ich erledigt und ziehe mich zurück. Aber ich muß durchhalten, bis er sich manifestiert.«

»Das ist nur gerecht«, erwiderte Roogna. »Ich habe auch durchgehalten, als es so aussah, als hätte Euer Fluch gesiegt. Wenn der junge Dor nicht mit seinem Freund gekommen wäre, ich glaube, ich —«

»Von dem, was ich getan habe, hat doch bestimmt nichts das Ergebnis des Ganzen beeinflußt«, sagte Dor beunruhigt. Denn dort konnte Murphys eigentlicher Endsieg liegen.

»Meinen Sie immer noch, daß das, was Sie getan haben, keine Gültigkeit hat?« fragte der König. »Das können wir schnell feststellen. Ich habe irgendwo einen magischen Spiegel.«

»Nein, ich —« Doch der König suchte in seiner Dankbarkeit bereits nach dem Spiegel.

»Vielleicht ist es wirklich mal an der Zeit, das zu überprüfen«, meinte Murphy. »Eure Beteiligung, Dor, hat derart komplizierte und entscheidende Ausmaße angenommen, daß ich mir nur schwer vorstellen kann, wie sie wieder rückgängig zu machen wäre. Vielleicht habe ich mich mit meiner Vermutung auch völlig geirrt. Hat mein Fluch sich auch gegen Euch gestellt?«

»Ich glaube schon«, gab Dor zur Antwort. »Die Dinge liefen andauernd schief —«

»Dann müßt Ihr Gültigkeit haben, denn sonst hätte mein Fluch sich nicht mit Euch abgegeben. Wenn Eure Anstrengungen ungültig gewesen wären, hätte er sie eventuell sogar gefördert, damit sie eine größere Rolle bei einem falschen Erfolg spielen könnten. Wenn der König sich auf Euch verlassen hätte, anstatt auf sich selbst.«

»Aber wie kann ich denn meine eigene Vergangenheit ändern?« fragte Dor.

»Das weiß ich nicht«, erwiderte Murphy. »Ich glaubte, daß das ein Paradoxon wäre und demzufolge ungültig. Und doch gibt es in der Magie Aspekte, die kein Mensch ergründen kann. Vielleicht habe ich einen schweren Fehler begangen und mich dadurch um meinen eigenen Sieg gebracht. Vergißt man die Spalte in Eurer Epoche auch?«

»Ja.«

Darüber dachten sie eine Weile nach, während sie auf Waffeln vom königlichen Waffelbaum herumkauten. Dann sagte Murphy: »Es könnte sein, daß es Punkte in der Geschichte gibt, wo der Zeitstrom umgeleitet werden kann, solange das Endergebnis dasselbe bleibt. Wenn es König Roogna bestimmt ist, zu obsiegen, dann könnte es gleichgültig sein, wie er das erreicht haben würde oder mit wessen Hilfe. Also könnte Euer Eingreifen Gültigkeit haben und dennoch nichts bewirken. Dann würdet Ihr lediglich den Platz einnehmen, den ohne Euch ein anderer innehalten würde.«

»Möglich«, meinte Dor. Er blickte um sich. Die anderen schienen sich ebenfalls für die Diskussion zu interessieren, mit Ausnahme von Vadne, die in sich gekehrt wirkte. Irgend etwas an ihr beunruhigte ihn, aber er konnte es nicht genau ausmachen.

»Na ja, jedenfalls werden wir das bald erfahren. Meine Macht ist bis an ihre Grenzen strapaziert worden«, fuhr Murphy fort. »Wenn ich den Sieg nicht heute noch erringe, dann kann ich nichts mehr machen. Ich weiß zwar nicht genau, welche Form mein Fluch jetzt annehmen wird, aber er ist in Aktion, und ich glaube, daß er sich als verheerend herausstellen dürfte.«

Der König kehrte mit seinem Spiegel zurück. »Mal sehen . . . wie soll ich es formulieren?« murmelte er. »Spiegelfragen müssen sich immer reimen. Das hat der Magier, der diese Art von Glas hergestellt hat, mit eingebaut. Ah ja.« Er stellte den Spiegel auf den Boden. »Spieglein, Spieglein auf dem Estrich — kann Magier Dor anvertrauen ich mich?«

»Weia!« stöhnte Murphy.

Das Vorderteil eines stattlichen Zentaurs erschien im Spiegel. »Das bedeutet Bejahung«, sagte Roogna. »Das Hinterteil heißt nein.«

»Aber viele Zentauren sind von hinten viel hübscher«, wandte Dor ein.

»Warum nicht einfach fragen, welche Seite siegen wird?« brummte Murphy trocken.

»Ich bezweifle, daß das funktionieren würde«, meinte der König. »Denn wenn seine Antwort unser Tun beeinflussen sollte, wäre das paradox. Und da wir es hier mit äußerst kraftvoller Magie zu tun gehabt haben, könnte es sein, daß dies die begrenzten Fähigkeiten des Spiegels übersteigt.«

»Ach je, dann finden wir die Antwort eben doch selbst heraus«, sagte Murphy. »Jetzt haben wir uns schon bis hierher durchgekämpft, da können wir die Sache auch genausogut sauber zu Ende führen.«

»Einverstanden«, sagte Roogna.

Als sie sich wieder über die Waffeln hermachten, trat der Zombiemeister ein. Vadne richtete sich ruckartig auf. »Kommt, setzt Euch neben mich«, lud sie ihn ein.

Doch ihm stand nicht der Sinn nach Geselligkeit. »Wo ist Millie die Maid, meine Verlobte?«

Die anderen blickten sich verwundert an. »Ich dachte, sie wäre bei Euch«, sagte Dor.

»Nein. Ich habe letzte Nacht noch lange gearbeitet, und es hätte sich nicht geziemt, wenn sie mir als Maid ohne Anstandsdame Gesellschaft geleistet hätte. Also habe ich sie schlafen geschickt.«

»Das habt Ihr in Eurem eigenen Schloß aber nicht getan«, warf Dor ein.

»Da waren wir ja auch noch nicht miteinander verlobt. Nach der Verlobung haben wir einander nur in Gesellschaft anderer Gesellschaft geleistet.«

»Sie ist nicht zum Frühstück gekommen«, sagte der König. »Wahrscheinlich schläft sie länger.«

»Ich habe an ihre Tür geklopft, aber sie hat nicht geantwortet«, erwiderte der Zombiemeister.

»Vielleicht ist sie krank«, schlug Dor vor und bereute sofort seine direkte Art, denn der Zombiemeister zuckte wie von einer Tarantel gestochen zusammen.

Der König überspielte die Peinlichkeit elegant. »Vadne, schaut einmal in Millies Zimmer nach.«

Die Neo-Zauberin verließ den Raum.

Kurz darauf kehrte sie wieder. »Ihr Zimmer ist leer.«

Nun war der Zombiemeister erst recht beunruhigt. »Was ist mit ihr geschehen?«

»Macht Euch keine Sorgen«, sagte Vadne tröstend. »Vielleicht hat sie das Schloßleben gelangweilt, und sie ist in ihr Dorf zurückgekehrt. Ich werde Euch gerne während ihrer Abwesenheit zur Hand gehen.« Doch er ließ sich nicht beruhigen. »Sie ist meine Verlobte! Ich muß sie finden!«

»Wartet, ich werde den Spiegel befragen«, sagte der König. »Was reimt sich auf Maid?«

»Leid«, sagte Murphy.

»Danke, Magier«, erwiderte der König. »Spieglein, Spieglein ohne Leid — sag, was ist mit unsrer —«

Dor neigte sich vor, um das Spiegelbild besser zu erkennen. Sein Stuhl polterte auf den Boden, und der Spiegel schwankte, fiel um und zerbrach.

Der Zombiemeister starrte ihn an. »Murphys Fluch!« rief er. »Warum sollte der uns daran hindern, die Maid zu finden?« Zornig drehte er sich zu Murphy um.

Der Magier Murphy spreizte die Hände. »Das weiß ich nicht, mein Herr. Ich versichere Euch, daß ich keinerlei Ressentiments gegen Eure Verlobte hege. Sie scheint mir vielmehr eine höchst ansprechende junge Dame zu sein.«

»Das scheint sie für jeden«, sagte Vadne. »Ihr Talent ist —«

»Jetzt wage es keiner, etwas Schlechtes über sie zu sagen!« schrie der Zombiemeister. »Nur aus Dankbarkeit ihr gegenüber habe ich eingewilligt, meine Hände mit Politik zu beschmutzen! Wenn ihr irgend etwas zustoßen sollte —«

Er brach ab, und ein schwangeres Schweigen setzte ein. Plötzlich wurde allen klar, welcher Art der endgültige Fluch war: Ohne Millie hatte der Zombiemeister keinerlei Grund mehr, König Roogna noch zu beschützen, so daß das Schloß damit seine wichtigsten Verteidigungskräfte verlieren würde. Nun konnte alles mögliche geschehen und sich seiner Fertigstellung in den Weg stellen — und das würde es auch. Murphy würde gewinnen.

Und doch waren die Harpyien und Kobolde verschwunden, dachte Dor. Wer sollte jetzt noch das Schloß bedrohen? Und da wurde ihm mit einem gewaltigen Schrecken klar, daß es die Zombies selbst waren: Sie hatten alles auf Schloß Roogna in ihrer Gewalt. Wenn die sich gegen den König wenden sollten —

»Sieht so aus, als hätte Euer Fluch mit tadelloser Präzision getroffen«, sagte König Roogna schließlich. »Wir müssen Millie schnell finden, und ich fürchte, das dürfte nicht leicht werden.«

»Es war mein Stuhl, der den Spiegel zerbersten ließ«, sagte Dor niedergeschlagen. »Es ist meine Schuld.«

»Macht Euch keine Vorwürfe«, sagte Murphy. »Der Fluch schlägt immer dort zu, wo es am leichtesten ist. Ihr seid nur sein Werkzeug gewesen.«

»Dann werde ich sie auch finden!« rief Dor. »Ich bin ein Magier, genau wie Ihr!« Er blickte um sich. »Wand, wo ist sie?«

»Frag mich nicht«, antwortete die Wand. »Sie ist seit gestern abend nicht mehr hier im Speisesaal gewesen.«

Dor marschierte in den Gang hinaus, und die anderen folgten ihm. »Boden, wann war sie zuletzt hier?«

»Gestern abend nach dem Essen«, sagte der Fußboden. Weder die Wand noch der Boden machten Schwierigkeiten und beharrten auch nicht auf kleinlichen Einzelheiten: Sie wußten, wen Dor meinte, merkten, in welcher Stimmung er war, und antworteten ohne Umschweife.

Dor verfolgte Millies Spur ohne ein bestimmtes System und schritt durch die Gänge. Schon bald stellte sich ein entscheidendes Problem heraus: Millie hatte sich, wie die anderen auch, am Abend recht viel hin und her bewegt, und die Wände, die Böden und die spärlichen Möbel konnten das ganze Kommen und Gehen nicht genau unterscheiden. Es war eine Spur, die sich ständig selbst kreuzte, so daß ihr Ende nicht genau bestimmt werden konnte. Millie war hier gewesen, nachdem der Zombiemeister sie ins Bett geschickt hatte — und danach nicht mehr. In ihrem eigenen Zimmer war sie nicht angekommen. Wo war sie hin?

»Versuchen wir es einmal am Haupttor, um zu sehen, ob sie das Schloß verlassen hat«, schlug der König vor.

Dor bezweifelte zwar, daß Millie so sang- und klanglos verschwinden würde, überprüfte aber das Haupttor — ohne

Erfolg. Dort war sie nicht aus dem Schloß gegangen. Er überprüfte die Brüstungen — auch nicht. Sie war überhaupt nirgendwo hingegangen. Es war beinahe so, als habe sie sich mitten in der Burg in Luft aufgelöst.

»Könnte sie irgend jemand mit einem Zauber aus dem Schloß geholt haben?« fragte Dor sich laut.

»Die Zauberei ist kein weit verbreitetes Talent«, sagte König Roogna. »Ich kenne keine Zauberer unserer Zeit, die das schaffen würden.«

»Der magische Reif!« schnatterte Hüpfer.

O nein! Sie holten den großen Reif. »Ist Millie die Maid letzte Nacht durch dich gekrochen?« fragte Dor ihn.

»Ist sie nicht«, erwiderte der Reif eisig. »Niemand ist hier durchgekommen, seit du zuletzt deinen blöden Schädel hier durchgesteckt und den Harpyienprinzen rausgeholt hast. Wann läßt du mich endlich wieder in meine ursprüngliche Form zurückverwandeln? Das ist ziemlich ungemütlich, so ausgestreckt zu sein.«

»Später«, versprach Dor.

»Befrag die Flöte«, schlug Hüpfer vor. »Wenn jemand sie gespielt und sie fortgelockt haben sollte —«

Dor befragte die Flöte, doch auch die hatte nichts mit der Sache zu tun. »Kann es sein, daß sie lügt?« fragte Vadne.

»Nein«, antwortete Dor barsch.

Wieder durchquerten sie das Schloß, doch ohne Erfolg. Sie konnten nur eines feststellen, was sie aber bereits wußten: Millie hatte am Abend zuvor den Zombiemeister verlassen, um ihr Zimmer aufzusuchen — und war nie dort angekommen. Nichts und niemand hatte irgend etwas Auffälliges bemerkt.

Dann hatte Hüpfer eine Idee. »Wenn sie das Opfer einer faulen Sache geworden sein sollte, dann ist es sehr wahrscheinlich, daß irgend eine andere Person dafür verantwortlich ist. Also müssen wir feststellen, wo sich jede lebende Person zur Zeit ihres Verschwindens aufgehalten hat.«

»Sie haben eine ungewöhnlich scharfe Beobachtungs- und Kombinationsgabe«, sagte König Roogna zu der Spinne. »Sie gehen die Dinge von völlig neuen Richtungen her an.«

»Das ist nur zu natürlich, wenn man Augen im Hinterkopf hat«, meinte Hüpfer nüchtern.

Sie überprüften die anderen. Die Zentauren hatten die Zombies auf den Mauern bei der Wache unterstützt. Dor, Hüpfer und König Roogna hatten geschlafen. Der Zombiemeister hatte bis in die frühen Morgenstunden gearbeitet, war kurz auf die Toilette gegangen und hatte sich von dort zu seiner Pritsche begeben. Der Magier Murphy hatte einen harmlosen Rundgang auf dem Gelände gemacht, hatte ebenfalls die Toilette aufgesucht und sich dann schlafen gelegt. Die Neo-Zauberin Vadne hatte dem Zombiemeister geholfen, war aber kurz bevor er Millie entlassen hatte zur Damentoilette gegangen. Sie war zurückgekehrt, um noch lange mit dem Zombiemeister zu arbeiten, und hatte sich danach in ihrem Zimmer schlafen gelegt. Also nichts.

»War Millie auch auf der Damentoilette?« fragte Hüpfer.

»Oft. Junge Frauen gehen häufig an diesen Ort.«

»Ist sie beim letzten Mal wieder herausgekommen?«

Die Männer starrten ihn an. »Dort haben wir noch gar nicht nachgesehen!« rief Dor.

»Ihr Männer sollt bloß aufhören, an einem solchen Ort herumzuschnüffeln!« protestierte Vadne. »Das ist unanständig!«

»Wir werden nur reine Sachfragen stellen«, beruhigte der König sie. »Nichts Intimes.«

Vadne wirkte zwar immer noch nicht zufrieden, protestierte aber nicht weiter. Sie begaben sich zur Damentoilette, wo Dor die Tür betont beiläufig fragte: »Ist Millie gestern abend hier reingegangen?«

»Ist sie. Aber ich werde dir nicht verraten, wozu«, erwiderte die Tür geziert.

»Ist sie danach wieder herausgekommen?«

»Jetzt, wo du's erwähnst — nein«, sagte die Tür überrascht. »Die muß aber viel zu tun gehabt haben!«

Dor blickte hoch und sah, wie eines von Hüpfers grünen Augen ihn ansah. Jetzt hatten sie Millie gefunden! Fast.

Sie traten ein. Die Toilette war leer.

»Sie ist nicht hier«, sagte Dor enttäuscht.

»Dann ist sie auch hier verschwunden«, schloß der König. »Befragen Sie jeden Gegenstand hier, wenn es sein muß, bis wir genau wissen, wie sie verschwunden ist.«

Dor tat, wie ihm geheißen. Millie war hereingekommen, zu einem Waschbecken geschritten, hatte ihr hübsches, aber müdes Gesicht in einem mundanischen Spiegel betrachtet — und da war Vadne hereingekommen. Vadne hatte die magische Laterne ausgelöscht. In der Dunkelheit hatte Millie überrascht und entsetzt aufgeschrien, und es hatte ein Wischen wie von herumwirbelnden Haaren gegeben, ein Fußgetrappel auf dem Boden — und das war auch schon alles.

Vadne hatte den Raum allein verlassen. Das Licht war bis zum Morgen gelöscht geblieben — und am Morgen war kein Anzeichen von Millie zu sehen gewesen.

Vadne bewegte sich langsam auf die Tür zu. Hüpfer warf plötzlich eine Schlinge und hatte sie auch schon verzurrt und damit ihre Flucht verhindert. »Ihr wart das also!« rief der Zombiemeister, das hagere Gesicht vom Zorn verzerrt.

»Das habe ich nur für Euch getan«, sagte sie und versuchte zu bluffen.

»Sie hat Euch ohnehin nicht geliebt; sie liebte Dor. Und außerdem ist sie bloß eine Feld-Wald-und-Wiesen-Maid und kein Talent von Magierformat. Ihr braucht eine —«

»Sie ist meine Verlobte!« schrie der Zombiemeister. Dor konnte seine Gefühle gut verstehen. Der Mann liebte Millie — wie Dor auch. »Was hast du mit ihr gemacht, du Schlampe?«

»Ich habe sie dort aufbewahrt, wo du sie niemals finden wirst«, sagte Vadne wütend.

»Das ist Mord«, sagte König Roogna grimmig.

»Nein, ist es nicht!« rief Vadne. »Ich habe sie nicht umgebracht. Ich habe sie lediglich . . . umgewandelt.«

Dor erkannte ihre Strategie. Eine Tote hätte der Zombiemeister wieder als Zombie auferstehen lassen können. Doch so war er hilflos.

»Wir reißen den ganzen Laden in Stücke, bis wir sie gefunden haben!« rief der König.

»Und dann?« fragte Vadne. »Was wollt Ihr dann tun? Ohne

mich könnt Ihr sie nicht wieder in ihre dumme Sex-Appeal-Gestalt umwandeln.«

»Neo-Zauberin«, sagte König Roogna grimmig, »wir sind uns der gewaltigen Hilfe bewußt, die Ihr uns im jüngsten Krieg geleistet habt. Wir würden es vorziehen, Euch nicht aus unserer Gunst fallen zu sehen.«

»Ach, puh!« sagte sie. »Ich habe Euch nur geholfen, weil Murphy mich nicht haben wollte und ich unbedingt einen Magier heiraten will.«

»Ihr habt unklug gewählt. Wenn Ihr die Maid nicht wieder zurückverwandelt, werden wir Euch hinrichten lassen müssen.«

Sie war zwar etwas verblüfft, blieb aber störrisch. »Dann wird sie nie wieder umgewandelt werden, weil sich Talente niemals wiederholen.«

»Aber sie überschneiden sich«, erwiderte Roogna.

»Ja, im Laufe von Jahrzehnten oder Jahrhunderten! Ihr könnt sie nur retten, wenn Ihr auf meine Bedingungen eingeht.«

»Welche Bedingungen?« fragte der König, und seine Augen verengten sich.

»Laßt Dor Millie heiraten. Sie mag ihn sowieso mehr, die dumme Schlampe. Ich nehme den Zombiemeister.«

»Niemals!« rief der Zombiemeister, und seine Hände ballten sich zu Fäusten.

Vadne blickte ihn an. »Warum wollt Ihr ihr eine Ehe mit einem Mann aufzwingen, den sie nicht liebt?«

Das traf ihn schwer. »Im Laufe der Zeit würde sie —«

»Im Laufe welcher Zeit? In zwanzig Jahren, wenn sie nicht mehr so süß und jung ist? In zweihundert Jahren? Ich liebe Euch *jetzt*!«

Der Zombiemeister blickte Dor an. Sein Gesicht war schmerzverzerrt, doch seine Stimme war fest. »Mein Herr, es ist etwas Wahrheit in dem, was sie sagt. Ich wußte immer, daß Millie . . . wenn Ihr . . .« Er würgte, zwang sich aber, fortzufahren. »Ich würde es vorziehen, Millie mit Euch verheiratet zu sehen, als in einer schrecklichen Verwandlung eingeschlossen zu sein. Wenn Ihr —«

Dor begriff, daß ihm Millie erneut angeboten wurde. Er

mußte sie nur nehmen, dann würde sie wiederhergestellt, und Schloß Roogna war in Sicherheit, Murphys Zauber aufgehoben.

Es war eine große Versuchung. Doch er erkannte, daß diese Umwandlung das Schicksal war, das ihrer die ganze Zeit geharrt hatte. Wenn er Millie jetzt nahm, dann konnte er ihr später nichts mehr bieten. Schon bald mußte er in seine eigene Epoche zurückkehren. Vadne mochte das offenbar nicht glauben, aber es war wahr. Wenn er Millie verschmähte, würde sie verzaubert bleiben — achthundert Jahre als Gespenst, ein schlimmes, aber vorherbestimmtes Schicksal.

Wenn er jetzt eingriff, würde er wirklich den Lauf der Geschichte beeinflussen. Daran bestand kein Zweifel, denn das war sein persönliches, sein unmittelbares Wissen. Damit würde er ein Paradox erzeugen, und das war verbotene Magie. Und infolge der verqueren Situationslogik würde Murphy gewinnen. Endlich hatte der Fluch Dor dazu gezwungen, sich selbst mattzusetzen.

Doch wenn er auf Vadnes Bedingungen nicht einging, würde König Roogna ohnehin verlieren, weil sich dann der Zombiemeister gegen ihn stellen würde. Der Magier Murphy mußte also auf jeden Fall obsiegen.

Was sollte Dor tun? Da jede der beiden Möglichkeiten zu einer Katastrophe führen mußte, konnte er genausogut tun, was er für richtig hielt, so sehr es auch schmerzen mochte.

»Nein«, sagte Dor, wissend, daß er Millie damit dazu zwang, alle Schrecken eines Gespensterlebens zu erleiden. Acht Jahrhunderte lang — und welcher Lohn erwartete sie dann? Eine Stellung als Kinderschwester! Eine Verbindung zu einem Zombie! »Sie geht an ihren Verlobten oder an niemanden!«

»Aber *ich* bin doch ihr Verlobter!« rief der Zombiemeister. »Ich liebe sie — und weil ich sie liebe, überlasse ich sie Euch! Ich würde alles tun, damit sie nicht leiden muß.«

»Das ist wahre Liebe!« meinte der König. »Das ehrt Euch, mein Herr.«

»Es tut mir leid«, sagte Dor. Er begriff nun, daß seine Liebe zu Millie geringer als die des anderen war, denn er entschied sich dafür, sie leiden zu lassen. Ganz bewußt verhängte er schreckliches Leid über sie alle. Doch er hatte keine andere Wahl, sonst hätte er alles aufgeben müssen, wofür er gekämpft hatte. »Recht bleibt Recht, und Unrecht bleibt Unrecht. Ich —« Er spreizte die Hände, unfähig, seinen Gedanken den passenden Ausdruck zu verleihen.

Der Zombiemeister blickte ihn düster an. »Ich glaube, ich verstehe.« Dann bot er ihm überraschenderweise die Hand.

Dor nahm sie. Plötzlich fühlte er sich wie ein Mann.

»Wenn Ihr sie nicht wiederherstellt«, sagte der König zornig zu Vadne, »dann werdet Ihr durch den Reif geschoben!«

»Ihr blufft doch nur«, sagte Vadne. »Ihr werdet doch nicht Euer ganzes Königreich aufgeben, nur um mir eins auszuwischen.«

Doch der König bluffte keineswegs. Er gab ihr noch eine weitere Chance, dann ließ er den Reif holen.

»Ich verwandle ihn wieder in seine ursprüngliche Größe«, drohte sie. »Dann könnt Ihr ihn nicht mehr benutzen.«

»Es ist mehr als nur wahrscheinlich, daß man Euch auch dann noch hindurchschieben würde«, sagte der König mit einem Gesichtsausdruck, der zum Fürchten war. Sie trat durch den Reif und war verschwunden.

Der König wandte sich zu dem Zombiemeister um. »Es ist eine Frage des Prinzips«, erklärte er. »Ich kann keinem meiner Untertanen erlauben, ungestraft ein solches Verbrechen zu begehen. Wir werden das ganze Schloß durchsuchen, um Millie zu finden, egal, welche Gestalt sie haben mag. Und dann werden wir jede nur erdenkliche magische Möglichkeit ausschöpfen, die sie wiederherstellen könnte. Vielleicht können wir Vadne in periodischen Abständen aus dem Tank holen, um festzustellen, ob sie bereit ist, die Maid wiederherzustellen. Im Laufe der Zeit —«

»Zeit . . .« wiederholte der Zombiemeister geknickt. Alle wußten, daß ein solches Projekt ein ganzes Menschenalter lang dauern konnte.

»Inzwischen will ich Euch mein ehrlichstes Bedauern und meine Entschuldigungen für alles, was geschehen ist, aussprechen, und werde alles tun, was in meiner Macht steht, um Eure Rückkehr in Euer Schloß zu ermöglichen. Ich hoffe, daß wir uns einmal unter angenehmeren Begleitumständen wiedersehen werden.«

»Nein, wir sehen uns nie wieder.«

Dor gefiel der Unterton überhaupt nicht, aber er schwieg.

»Ich verstehe«, sagte König Roogna. »Ich möchte mich noch einmal entschuldigen. Ich hätte Euch nicht darum gebeten, Eure Zombies hierher zu führen, wenn ich gewußt hätte, welche Gestalt der Fluch annehmen würde. Es tut mir leid, sie gehen zu sehen.«

»Sie gehen nicht«, sagte der Zombiemeister.

Dor war beunruhigt. Was hatte der Zombiemeister in seinem Schmerz vor? Er konnte alles vernichten, und es gab keine Möglichkeit, ihn daran zu hindern, außer ihn zu töten. Dor hielt seine Arme angespannt und weigerte sich, sein Schwert zu ziehen.

»Aber Euch hält doch nun nichts mehr hier«, sagte König Roogna.

»Ich habe Millie nicht mit meiner Unterstützung gekauft, ich habe nicht um ihre Hand gehandelt!« rief der Zombiemeister. »Ich bin hierher gekommen, weil ich erkannte, daß ihr dies eine Freude machen würde, und ich würde ihr nicht einmal Leid zufügen wollen, wenn sie tot wäre. Meine Zombies bleiben so lange hier, wie sie benötigt werden, damit Schloß Roogna diese Krise und auch alle weiteren übersteht. Sie gehören Euch auf alle Zeiten, wenn Ihr sie wollt.«

Dors Unterkiefer klappte herunter.

»Oh, die will ich schon!« sagte der König. »Ich werde einen schönen Friedhof für sie anlegen, in dem sie ruhen können, wenn es keine Krisen gibt. Ich werde sie zu den ehrenvollen Hütern des Schlosses ernennen. Aber —«

»Genug«, sagte der Zombiemeister und drehte sich zu Dor hin. Doch er sagte kein Wort. Er warf Dor einen rätselhaften Blick zu, dann schritt er langsam aus dem Raum.

»Dann habe ich verloren«, sagte Murphy. »Mein Fluch hat zwar funktioniert, ist aber durch die Treue des Zombiemeisters ausgeschaltet worden. Die Zombies kann ich nicht mattsetzen.« Nun verließ auch er den Raum.

So blieben nur noch Dor, Hüpfer und der König im Raum. »Ein trauriger Sieg«, sagte Roogna.

Dor konnte ihm nur zustimmen. »Wir bleiben noch, um aufzuräumen, Euer Majestät. Danach müssen Hüpfer und ich in unser eigenes Land zurückkehren.«

Sie machten sich an die Aufräumarbeiten, beerdigten die Leichen, die nicht zu Zombies gemacht worden waren, trugen den Abfall hinaus und stellten heruntergefallene Bücher in der Bibliothek wieder in die Regale. Der Hauptpalast war zwar noch nicht errichtet worden, aber die Bibliothek stand bereits genau so, wie sie auch noch in achthundert Jahren existieren würde, wenn man von Details im Dekor absah. Irgendwie war ein großer Einzelband auf den Teewagen geraten. Dor hielt das Buch einen Augenblick in den Händen, von einem bohrenden Gefühl durchzogen, dann stellte er es ins Regal.

Am Nachmittag fanden sie den Zombiemeister erhängt an einem Balken. Er hatte Selbstmord begangen. Irgendwie hatte Dor gewußt — oder hätte es wissen müssen —, daß es dazu kommen würde. Der Mann hatte sich zu schnell verliebt, sein Verlust war zu ungerecht gewesen. Der Zombiemeister hatte gewußt, daß Millie sterben, hatte gewußt, was er dann tun würde.

Doch als sie ihn abnahmen, erkannten sie den erstaunlichsten und makabersten Aspekt der Katastrophe: Der Zombiemeister war nicht richtig tot. Irgendwie hatte er sich in einen Zombie umgewandelt.

Der Zombie schlurfte ziellos aus dem Schloß und ward nicht mehr gesehen. Und doch war Dor sich sicher, daß er leiden mußte — leiden für immer, denn Zombies starben nie. Welch eine schlimme Strafe der Zombiemeister in seinem Schmerz über sich selbst verhängt hatte!

»In gewisser Weise ist es angemessen«, murmelte König Roogna. »Nun ist er zu einem der Seinen geworden.«

Jetzt kehrte auch das Personal des Schlosses, das der König während der Krise fortgeschickt hatte, zurück: die Zofen und Köche, die Reittiere und Drachen. Emsiges Treiben begann, und doch erschienen Dor die Hallen kahl und leer. Welch einen zweifelhaften Sieg hatten sie da errungen!

Schließlich bereiteten sich Dor und Hüpfer auf ihre Heimkehr vor.

Sie wußten, daß der Zauber sie schon bald nach Hause zurückholen würde, und wollten fern von Schloß Roogna sein, wenn es geschah. »Regiert gut, König Roogna«, sagte Dor, als er die Hand des Monarchen zum letzten Mal ergriff.

»Ich werde mein Bestes geben, Magier Dor«, erwiderte Roogna. »Ich wünsche Ihnen jeden nur erdenklichen Erfolg und alles Glück in Ihrem eigenen Land, und ich weiß, daß, wenn die Zeit kommt, da Sie selbst den Thron besteigen werden . . .«

Dor machte eine abfällige Geste. Er hatte hier eine Menge gelernt — mehr als ihm lieb war. Er mochte nicht daran denken, daß er einmal König werden könnte.

»Ich habe ein Geschenk für Euch«, sagte Hüpfer und reichte dem König einen Kasten. »Es ist der Puzzle-Teppich, den der Zombiemeister mir geschenkt hat. Ich kann ihn nicht mitnehmen. Ich bitte Euch, ihn nach Belieben in Eurer Freizeit zusammenzusetzen und ihn dort an einer Wand aufzuhängen, wo es Euch geeignet erscheint. Er dürfte Euch viele frohe Stunden bescheren.«

»Er wird auf alle Zeiten einen Ehrenplatz zugewiesen bekommen«, sagte der König und nahm ihn an.

Da fiel Dor etwas ein. »Ich habe auch etwas sehr Wichtiges, das ich nicht mitnehmen kann. Aber ich könnte es nach achthundert Jahren wieder an mich nehmen, wenn Ihr so gütig wärt, es in den Wandteppich hineinzuzaubern.«

»Kein Problem«, sagte König Roogna. Dor reichte ihm das Fläschchen mit dem Zombiewiederherstellungselixier. »Ich werde dafür sorgen, daß es auf die Worte ›Retter von Xanth‹ reagiert.«

»Äh, vielen Dank«, sagte Dor verlegen.

Nachdem sie sich von den Zentauren und von Egor dem Oger verabschiedet hatten, verließen sie das Schloß und schritten über das verlassene, zerstörte Schlachtfeld — direkt in einen Flecken Sägegras hinein. Hüpfer, der wachsamer gewesen war als Dor, konnte sich gerade noch rechtzeitig mit einem Sprung vor dem Hieb der nächstgelegenen Säge in Sicherheit bringen.

Sie waren wieder im Urwald, in der deutlich sichtbaren, greifbaren Wildnis, wo das Böse kaum Raffinesse aufwies. Irgendwie war das wie zu Hause.

Doch während sie sich ihren Weg durch den Wald bahnten, Fallen auswichen und mit stumpfer Routine Gefahren meisterten, stellte Dor endlich den Grund für die Trauer fest, die an ihm nagte.

»Du bist es, Hüpfer«, sagte er. »Wir sind auf dem Heimweg. Aber ich bin nur ein Junge, und du bist eine winzige Spinne. Wir werden einander nie wiedersehen! Und —« Er spürte, wie ihm jungenhafte Tränen in die Augen traten. »Ach, Hüpfer, du bist mein bester Freund, du hast mich während des größten und schrecklichsten Abenteuers meines Lebens begleitet, und . . . und . . .«

»Ich danke dir für deine Besorgtheit«, schnatterte die Spinne. »Aber wir müssen nicht völlig getrennt bleiben. Mein Heim ist der Wandteppich. Dort gibt es zahllose fette, faule Insekten, die den Stoff auffressen möchten, und jetzt habe ich einen ganz besonderen Grund, sie daran zu hindern. Such mich dort, und du wirst mich gewiß finden.«

»Aber . . . aber in drei Monaten bin ich immer noch nichts als ein etwas älterer Junge — und du bist schon tot!«

»Das ist meine natürliche Lebensspanne«, versicherte Hüpfer ihm. »Ich werde in dieser Zeit genauso erfüllt leben, wie du in den nächsten dreißig Jahren. Ich werde meinen Nachkommen von dir berichten. Ich bin froh, daß der Zufall mir diese Gelegenheit beschert hat, etwas über euer Bezugssystem in Erfahrung zu bringen. Sonst hätte ich nie bemerkt, daß die Riesenrasse auch Intelligenz und Gefühle besitzt. Das war mir eine großartige und höchst befriedigende Lehre.«

»Mir aber auch!« rief Dor. Dann streckte er spontan die Hand aus.

Feierlich hob die Spinne einen Vorderfuß und schüttelte Dors Hand.

12
Rückkehr

Einen Augenblick lang schwang sich Dor gerade auf Spinnenseide über einen kleineren Abgrund — und im nächsten stand er auch schon im Salon von Schloß Roogna vor dem Wandteppich.

»Bist du es, Dor?« fragte eine vertraute Stimme.

Dor blickte sich um und entdeckte eine winzige humanoide Gestalt. »Natürlich bin ich es, Grundy«, sagte er zu dem Golem. »Wer denn sonst?«

»Die Gehirnkoralle, natürlich. Die war es jedenfalls die letzten zwei Wochen.«

Natürlich. Hastig orientierte Dor sich neu. Er war kein muskulöser Mundanier mehr, sondern ein kleiner, spindeldürrer Zwölfjähriger. Das war sein eigener Körper. Nun ja, mit der Zeit würde er schon noch wachsen.

Er konzentrierte sich auf den Wandteppich und suchte nach Hüpfer. Ah — da war die Spinne ja. Sie hob einen winzigen, haarigen Vorderfuß und winkte ihm zu.

»Sie sagt, daß du in deiner richtigen Gestalt recht seltsam aussiehst«, übersetzte Grundy. »Sie sagt —«

»Ich brauche keine Übersetzung!« fauchte Dor. Plötzlich

hatte er Tränen in den Augen, doch er wußte nicht so recht, ob es Tränen der Freude oder des Schmerzes waren. »Wir . . . wir sehen uns noch, Hüpfer! Schon bald. In ein paar Tagen . . . in ein paar Monaten deiner Zeit . . . ich meine . . . ach, Hüpfer!«

»Wer macht sich denn schon wegen so einem blöden Insekt Gedanken?« fragte Grundy.

Dor ballte eine Hand zur Faust und war einen kurzen Augenblick lang versucht, den Golem zu zerschmettern. Doch er riß sich zusammen. Woher sollte Grundy schon wissen, was Hüpfer für Dor bedeutete? Grundy gehörte zur alten Garde, er war völlig unaufgeklärt.

Dor konnte nichts unternehmen. Die Spinne mußte ihr eigenes Leben leben, und Dor auch. Ihre Freundschaft hatte nichts mit Körpergröße oder Zeit zu tun. Und dennoch — wie sich sein Herz verkrampfte!

Gehörte auch das zum Erwachsenwerden? War das die Sache wert?

Und doch besaß Dor ja auch hier Freunde. Er durfte nicht zulassen, daß sein Erlebnis im Wandteppich ihn von seiner eigenen Welt entfremdete. Er wandte sich von dem Teppich ab.

»Hallo Grundy. Wie steht's in der wirklichen Welt?«

»Frag mich bloß nicht!« rief der Golem. »Erinnerst du dich noch an die Gehirnkoralle, die deinen Körper übernommen hat? Das Ding hat sich aufgeführt wie ein Kind . . . ich meine, noch kindischer, als du es schon manchmal tust. Hat alles begrabbelt, sich lauter Fauxpasse geleistet —«

»Sich *was* geleistet?«

»Kulturelles Fehlverhalten. Wie, zum Beispiel, in die Suppe zu rülpsen. Das Viech hat mich wirklich auf Trab gehalten!«

»Klingt nach viel Spaß«, sagte Dor lächelnd. Er hatte sich schon fast wieder an seinen kleinen Körper gewöhnt. Er war zwar nicht so kräftig wie der des mundanischen Riesen, aber es war doch kein übler Körper. »Hör mal, ich muß mit der Koralle sprechen. Ich schulde ihr noch einen Gefallen.«

»Tust du nicht. Du schuldest ihr allenfalls einen Schlag auf die Schnauze! Wenn sie überhaupt eine Schnauze hat. Ist alles quitt — sie hatte den Spaß, deinen Körper benutzen zu dürfen, und du hast dafür einen netten kleinen Urlaub im Wandteppich gemacht.«

Welch ein Urlaub, in der Tat! »Ich schulde ihr einen Gefallen von vor achthundert Jahren.«

»Ach so. Na ja, erzähl's doch dem Gnom.«

»Wem? Ach ja, dem Guten Magier Humfrey. Werde ich auch. Jetzt muß ich erst mal zu Jonathan dem Zombie.«

»Mhm. Hast du das Zeugs?«

»Ja. Ich glaub' schon.«

»Das wird ein Paar geben! Der erste wiederhergestellte Zombie mit dem ersten wiederhergestellten Gespenst! Sie seit Jahrhunderten unberührbar und er nicht berührenswert! Eine wirklich schaurige Romanze!«

Dor wechselte lieber das Thema. »Vielleicht sollte ich die Sache doch erst mal mit König Roog — , ich meine König Trent besprechen. Er hat mir schließlich auch diesen Auftrag gegeben.«

Grundy zuckte die Schultern. »Hauptsache, ich brauche nicht noch ein einziges Wort mit der Koralle zu wechseln!«

»Das kommt als nächstes dran.« Dor konnte es sich nicht verkneifen, den Golem etwas zu ärgern.

»Hör mal, weiß du, was dieses Wesen mit deinem Körper und mit Irene gemacht hat?«

»Mit wem?« Dor war geistesabwesend; denn er grübelte gerade über sein bevorstehendes Gespräch mit der Gehirnkoralle. Was mochte die ihm wohl nach achthundert Jahren für einen Gefallen abverlangen?

»Prinzessin Irene, die Königstochter. Erinnerst du dich noch an die?«

»Na ja, in gewisser Hinsicht liegt ja alles schon acht Jahrhunderte zurück . . .« Da zuckte Dor zusammen. »*Was* hat mein Körper mit Prinzessin Irene getan?«

»Koralle war reichlich neugierig, wollte den Unterschied zwischen der männlichen und weiblichen Anatomie kennenlernen. Koralle ist irgendwie asexuell oder bisexuell oder so, mußt du wissen, und da —«

»Genug! Ist dir klar, daß ich gerade zu ihrem Vater will?«

»Was glaubst du wohl, weshalb ich es erwähne? Ich hab' zwar versucht, dich zu decken, aber König Trent ist ziemlich schlau, und Irene ist eine Petztante. Also bin ich nicht sicher, ob —«

»Wann habe ich . . . ich meine, mein Körper —?«

»Gestern.«

»Dann habe ich vielleicht noch eine Frist. Manchmal spricht sie tagelang nicht mit ihrem Vater.«

»In einem solchen Fall könnte sie gut mal eine Ausnahme machen.«

»Ja, das stimmt!« meinte Dor besorgt.

»Ach, herrje, was soll's? Der König weiß doch, daß sie ein Luder ist.«

»Ich dachte mehr an meinen eigenen Ruf.« In der Welt des Wandteppichs hatte man Dor den Respekt eines reifen Mannes erwiesen, und dieses Gefühl war ihm nun durchaus wichtig. Doch es war noch mehr als das. Auch andere Leute hatten Gefühle. Er dachte daran, wie Vadne aufgeblüht war, als der Zombiemeister ihr ein Kompliment über ihr Talent gemacht hatte — und wie Murphys Fluch dies zu ihrem Untergang umfunktioniert hatte. Und zu seinem eigenen. Und zu Millies. Gefühle waren wichtig — selbst die von Ludern und Gören.

Dor sprach mit dem Fußboden. »Wo ist Irene?«

»War schon tagelang nicht mehr hier.«

Er trat in den Gang und stellte weiterhin Fragen, bis er sie schließlich ausfindig gemacht hatte — in ihren eigenen Räumen im Schloß. »Hau du ab«, sagte er zu Grundy. »Das hier muß ich allein erledigen.«

»Och!« maulte der Golem. »Deine Raufereien mit Irene machen immer *soooo* viel Spaß!« Doch er machte sich gehorsam aus dem Staub. Dor atmete tief durch und klopfte höflich an die Tür. Sie öffnete schnell.

Irene war erst elf Jahre alt, doch mit seiner neugewonnenen Sehweise bemerkte er, daß sie ein äußerst hübsches Kind war, das schon bald zu einer schönen jungen Frau erblühen würde. Ihre Gesichtszüge waren ebenmäßig, und wenn sie auch noch keine weiblichen Formen entwickelt hatte, wies sie doch alle Anzeichen auf, die eine höchst betörende Verschönerung versprachen. Wenn man ihr noch zwei, drei Jahre Zeit ließ, konnte sie Millie der Maid durchaus Konkurrenz machen. Mit einer anderen Art von Talent, natürlich.

»Nun?« fragte sie in etwas nervösem Tonfall.

»Darf ich eintreten?«

»So wie gestern? Willst du wieder Vater und Mutter spielen?«

»Nein.« Dor trat ein und schloß leise die Tür hinter sich, während sie zurückwich. Wie sollte er nun vorgehen? Es war offensichtlich, daß sie ziemlich aufgebracht war und ihm mit Vorsicht begegnete, ohne ihn direkt zu fürchten. Sie hatte ihr ganzes Zimmer mit Topfpflanzen geschmückt, und es war auch ein Miniaturgreifer darunter, so daß sie niemanden zu fürchten brauchte. Ihrem Vater hatte sie noch nichts erzählt: Dor hatte bei der Suche nach ihr erfahren, daß sie am vorigen Tag nicht einmal in die Nähe der Bibliothek gegangen war.

Irene war eine Palastgöre, deren Talent durchaus nicht das Format eines Magiers hatte. Nie würde jemand sie Zauberin nennen. Sie besaß eine spitze Zunge und widerwärtige Angewohnheiten. Und doch war sie eine Persönlichkeit, dachte Dor. Er hatte immer etwas auf sie herabgesehen, weil ihr Talent so tief unter dem seinen stand — aber das galt auch für Millies Talent. Die Magie war sicherlich wichtig und in manchen Situationen sogar lebensnotwendig, doch andererseits machte sie auch oft keinerlei Unterschied. Das hatte der Zombiemeister auch erkannt.

Nun schämte sich Dor — nicht für das, was sein Körper gestern getan haben mochte, sondern für sein Verhalten vor einem Monat, ja vor einem Jahr. Er hatte auf den Gefühlen eines anderen Menschen herumgetrampelt. Es machte keinen Unterschied, daß er es nicht in böser Absicht getan hatte; als Vollblutmagier und Thronfolger Xanths hätte er die natürliche Abneigung und Frustration jener erkennen müssen, denen es an seinen Möglichkeiten gebrach. Wie zum Beispiel der Neid Irenes, der Tochter zweier der drei Haupttalente der älteren Generation, die als ein Nichts galt, weil sie nur über gewöhnliche Magie verfügte. Und weil sie weiblichen Geschlechts war. Wie hätte er sich an ihrer Stelle wohl gefühlt? Wie hatte sich sein

Vater Bink gefühlt, als er noch ein Kind ohne jedes erkennbare magische Talent gewesen war?

»Irene . . . ich . . . ich bin gekommen, um mich zu entschuldigen.« Er erinnerte sich daran, wie unverkrampft sich König Roogna beim Zombiemeister entschuldigt hatte, obwohl es nur indirekt seine Schuld gewesen war. Adel befreite keineswegs von Demut! »Ich hatte kein Recht, zu tun, was ich getan habe, und es tut mir leid. Es wird nicht wieder vorkommen.«

Sie musterte ihn fragend. »Sprichst du von gestern?«

»Ich spreche über mein ganzes Leben!« brach es aus ihm heraus. »Ich . . . ich besitze starke Magie, gewiß. Aber ich wurde damit geboren, es ist ein Zufall des Schicksals, nicht mein persönliches Verdienst. Du besitzt selbst Magie, gute Magie, die besser ist als der Durchschnitt. Ich bringe tote Dinge zum Sprechen, du bringst lebende Dinge zum Wachsen. Es gibt Situationen, in denen ist dein Talent viel nützlicher als meins. Ich . . . habe auf dich herabgeblickt, und das war falsch. Ich kann es dir nicht übelnehmen, daß du so ablehnend reagiert hast, ich hätte das gleiche getan. Du bist eine Persönlichkeit, Irene. Ein Kind, genau wie ich, ja, aber doch ein Mensch, dem Respekt gebührt. Gestern —« Er zögerte, denn er wußte nicht genau, was die Koralle getan hatte. Er hätte Grundy nach Einzelheiten fragen müssen. Er spreizte die Hände. »Es tut mir leid, und ich entschuldige mich und —«

Sie hob einen Finger — das war eine ihrer Angewohnheiten — und brachte ihn zum Schweigen. »Du nimmst zurück, was gestern gewesen ist?«

Dor mußte an sein eigenes Gestern denken, wie er die Kobolde und die Harpyien mit seiner magischen Flöte fortgelockt hatte, wie er sich auf Spinnenseide durch die Spalte gehangelt und den Vergessenszauber zur Explosion gebracht hatte, der die Schlucht noch immer überzog. Das Heranschleppen von Leichnamen ins Labor, damit aus ihnen Zombies hergestellt werden konnten — einmalige Abenteuer, die nun auf alle Zeiten der Vergangenheit angehörten. Gestern — das lag achthundert Jahre zurück. »Ich kann das Gestern nicht zurücknehmen, es ist Teil meines Lebens geworden. Aber —«

»Hör mal, glaubst du etwa, ich wäre ein naives Dummchen, das nicht weiß, was Sache ist?«

»Nein, Irene, *ich* war naiv. Ich —«

»Willst du etwa behaupten, daß du nicht wußtest, was du da tatest?«

Dor seufzte. Wie wahr! »Ich kann keine wirklichen Entschuldigungen vorbringen. Ich werde meine bittere Medizin schlucken. Du hast ein Recht darauf, wütend zu sein. Wenn du deinem Vater davon erzählen willst —«

»Zum Teufel mit meinem Vater!« fauchte sie. »Um das hier kümmere ich mich schon alleine! Ich werde dir genau das zurückgeben, was du mir gegeben hast!«

Dor war alles andere als beruhigt. »Wie du willst. Es ist dein gutes Recht.«

»Mach die Augen zu und rühr dich nicht!«

Sie würde ihm eine runterhauen, das wußte Dor. Aber es sah so aus, als wäre er jetzt tatsächlich an der Reihe, die Früchte seiner Untaten zu ernten. Er hatte der Gehirnkoralle gestattet, seinen Körper zu benutzen, also war er auch verantwortlich. Er schloß die Augen und bewegte sich nicht, zwang sich dazu, seine Arme hilflos herabhängen zu lassen. Vielleicht war das ja wirklich die beste Methode, die Sache zu klären.

Er hörte, wie sie näher kam, konnte die Bewegung ihres Körpers beinahe spüren. Sie hob gerade die Hand. Er hoffte, daß sie ihn nicht unter die Gürtellinie schlagen würde. Besser auf die Brust oder ins Gesicht, obwohl man dann hinterher Spuren würde sehen können.

Auf dem Mund. Aber seltsam weich. Eigentlich —

Sie küßte ihn ja!

Völlig verblüfft merkte Dor, wie er die Arme um sie legte, teils des Gleichgewichts wegen, zum größten Teil aber deswegen, weil es das war, was man wohl tun mußte, wenn man von einem Mädchen geküßt wurde. Er spürte, wie ihr Körper nachgab, wie ihr Haar ihm über die Hände strich. Sie duftete und schmeckte und fühlte sich angenehm an.

Dann wich sie, noch in seiner Umarmung, etwas zurück und blickte ihn an. »Was hältst du davon?« fragte sie.

»Wenn das eine Strafe gewesen sein soll, dann hat es nicht geklappt«, meinte er. »Ist ganz hübsch, dich zu küssen.«

»Dich auch«, erwiderte sie. »Du hast mich gestern überrascht. Ich dachte schon, du würdest mich hauen oder mir mein Höschen runterziehen oder so was, und wollte schon fürchterlich kreischen und schreien. Und dann war es so unbeholfen und holprig, und unsere Nasen waren uns andauernd im Weg und so. Also habe ich letzte Nacht an meiner großen Puppe geübt. War es diesmal besser?«

Ein Kuß? *Das* hatte er gestern getan? Dor spürte, wie seine Knie weich wurden. Das war doch typisch Grundy, die Sache derartig aufzubauschen! »Kein Vergleich!«

»Soll ich mich jetzt ausziehen?«

Dor zuckte zusammen. »Äh —«

Sie lachte auf. »Wußte ich doch, daß dich das durcheinanderbringt! Aber wenn ich es gestern schon nicht wollte, warum sollte ich es heute plötzlich wollen?«

»Äh, ja«, sagte Dor und entspannte sich wieder, wenn auch zitternd. Er hatte im Wandteppich haufenweise nackte Nymphen gesehen, aber das hier war echt.

»Willst du wissen, was gestern passiert ist?« fragte sie. »Es war das erste Mal, daß du dich überhaupt für mich interessiert hast. Das erste Mal, daß sich überhaupt *irgend jemand* für mich interessiert hat, abgesehen von den Leuten, die nicht wollen, daß irgendeine Pflanze schnell zum Wachsen gebracht wird, und die mich dann eine Palastgöre schimpfen, die eine Zauberin hätte werden müssen, aber bloß dummes Gemüse wachsen lassen kann. Kannst du dir vorstellen, wie das ist, zwei Magier-Eltern zu haben und eine Enttäuschung für sie zu sein, nicht nur, weil man als Mädchen geboren wird, sondern auch noch bloß so ein lausiges Talent hat?«

»Du hast ein gutes Talent!« protestierte er. »Und es ist auch nichts Schlimmes daran, ein Mädchen zu sein!«

»Na klar, na klar«, konterte sie. »Du bist ja auch nie talentlos gewesen. Du bist auch nie nicht-männlich gewesen. Du hast ja auch nie mit Leuten zu tun gehabt, die höflich tun, weil sie Angst haben, was dein Vater oder deine Mutter ihnen sonst antun könnten, während sie dich hinter deinem Rücken Stinkkohl nennen, ein Feld-Wald-und-Wiesen-Talent, eine Unkrauthexe und —«

»So habe ich dich nie genannt!« rief Dor.

»Nein, gesagt hast du es nicht. Aber gedacht hast du es, nicht wahr?«

Dor errötete, unfähig, es abzustreiten. »Ich . . . ich werde es nie wieder denken«, versprach er lahm.

»Und wenn man dann noch merkt«, fuhr sie grimmig fort, »daß deine Eltern nur deshalb zu einem stehen, weil sie es offiziell müssen, daß sie aber insgeheim genau dasselbe von einem halten wie alle anderen auch —«

»Aber nicht der König!« protestierte Dor. »Er ist nicht der Typ —«

»Halt den Mund!« rief sie mit Tränen in den Augen. Er schwieg, und sie beruhigte sich wieder etwas. »Na ja, und gestern warst du jedenfalls anders. Du hast mir Fragen gestellt und mich richtig beachtet, ganz so, als hättest du keine Sexbombe wie Millie in deiner Käsebude, hinter der du herlinsen kannst, um alles zu erfahren, was du wissen willst. Und du hast auch kein Wort über Magie verloren und nichts dazu gebracht, zu dir zu sprechen oder so. Es waren einfach nur wir beide, du und ich. Du wolltest nur wissen, wie das ist, ein Mädchen zu sein. Es war fast so, als würde irgendein anderes Wesen mit mir reden, irgend etwas fürchterlich Schlaues und doch Unwissendes. Zuerst dachte ich, du wolltest dich nur über mich lustig machen — aber du hast nicht einmal gelächelt. Dann wolltest du mich küssen, und ich dachte, *Jetzt wird er mir in die Lippe beißen oder mich kneifen und vor lauter Lachen umfallen,* aber du hast nicht gelacht. Also habe ich dich geküßt, und es war schrecklich, ich habe mir die Nase geschrammt, und zum Teufel auch, ich dachte ja, du wüßtest, wie das geht, aber das wußtest du gar nicht, und dann hast du bloß gesagt: ›Danke, Prinzessin‹ und bist gegangen, und ich lag lange auf meinem Bett und versuchte herauszufinden, was daran wohl alles komisch gewesen sein mußte und was du jetzt wohl den anderen Jungen alles petzen würdest —«

»Das habe ich nicht!« protestierte Dor.

»Weiß ich. Ich habe hinter dir her geschnüffelt, jedenfalls ein bißchen. Aber du hast nichts gesagt, und der Golem auch nicht. Also sah es plötzlich ganz so aus, als würdest du dich wirklich für mich interessieren, und —« Sie lächelte und sah wunderbar hübsch und süß aus. »Und es war die schönste Erfahrung meines Lebens! Du bist ein richtiger Magier und —«

»Nein, das hat überhaupt nichts damit zu —«

»Also habe ich das Küssen geübt, für alle Fälle. Dann bist du gerade reingekommen und hast dich entschuldigt, als wäre es irgend etwas Schmutziges gewesen. Also glaubte ich, du hättest es nicht ernst gemeint, daß du einfach nur herumgesumpft bist, und —«

»Nein!« rief Dor entsetzt. »So war das gar nicht!«

»Das weiß ich inzwischen auch! Du kannst es mir aber nicht übelnehmen, daß ich mir so meine Gedanken gemacht habe.« Wieder lächelte sie. »Hör zu, Dor, ich weiß, daß morgen wieder alles so sein wird wie früher, daß ich für dich bloß eine rotzige Palastgöre sein werde, aber — würdest du mich noch einmal küssen?«

Dor empfand es als großes Kompliment. »Gerne, Irene.« Er beugte sich vor, um sie erneut zu küssen. Er war noch jung und sie auch, aber es war ein erster Vorgeschmack auf das, was sie vielleicht einmal erwarten würde, wenn sie erst erwachsen wären.

»Machst du's irgendwann mal wieder?« fragte sie schmachtend. »Irgendwie mag ich es plötzlich, ein Mädchen zu sein.«

»Ein anderes Mal, ja«, erwiderte er. »Aber wir müssen uns auch ein bißchen streiten, sonst werden uns die anderen aufziehen. Wir sind noch zu jung, um —« Aber nicht mehr viel zu jung, dachte er. Nach seinen Erfahrungen im Wandteppich sah er jetzt ziemlich klar den vor ihnen liegenden Weg.

»Ich weiß.« Sie lösten sich voneinander, und es gab nichts mehr zu sagen, also schritt Dor zur Tür und öffnete sie. Er blieb stehen und dachte an das, was sie über die Enttäuschung ihrer Eltern gesagt hatte. Sie saß auf dem Bett, von einer etwas einsamen Freude umfangen.

»Der König nicht«, wiederholte er leise. »Daran glaube ich.«

Irene lächelte. »Nein, der König nicht.«

»Und ich auch nicht.«

»Ich glaub's dir«, sagte sie.

Er trat hinaus und schloß die Tür hinter sich. Er wußte, daß es mit ihnen noch nicht zu Ende war. Weder heute noch morgen und auch sonst noch eine ganze Weile nicht. Ganz und gar nicht. Grundy erwartete ihn. »Keine Veilchenaugen? Keine zertrümmerten Zähne? Würgemale vielleicht? Es war schrecklich ruhig da drin.«

»Sie ist ein nettes Mädchen«, sagte Dor und schritt in Richtung Bibliothek. »Merkwürdig, daß mir das noch nicht früher aufgefallen ist.«

»Junge, Junge!« rief der Golem. »Erst beachtet er Millie das Gespenst und dann Irene die Göre! Was soll bloß daraus werden?«

Reife, dachte Dor. Er wurde erwachsen, neue Horizonte erschlossen sich ihm, und er war froh darüber.

Sie kamen an die Bibliothekstür. »Herein«, rief König Trent, noch bevor Dor angeklopft hatte.

Dor trat ein und setzte sich, nachdem der König ihn dazu aufgefordert hatte. »Erinnert Ihr Euch, wie Ihr mich auf eine Suche geschickt habt, Euer Majestät? Ich bin heimgekehrt.«

Der König hob eine Hand, die Handfläche vorgereckt. Dor mußte an Hüpfers Grußweise denken. »Ich will dir nichts vormachen, Dor. Humfrey hat mich beraten, und ich konnte der Versuchung nicht widerstehen, den Wandteppich zu beobachten. Ich weiß recht genau, wie es dir ergangen ist.«

»Wollt Ihr damit sagen, daß der Wandteppich *mich* gezeigt hat — und das, was ich tat, noch während ich es tat?«

»Gewiß, nachdem ich erst festgestellt hatte, auf welche Figur ich achten mußte. Du und diese Spinne — ihr habt Glück gehabt, daß ihr in der Spalte nicht umgekommen seid! Aber ich konnte den Zauber nicht vor seinem vorgegebenen Ablauf rückgängig machen. Mir kam der kalte Schweiß, wenn ich daran denken mußte, was ich deinem Vater sagen sollte, falls dir etwas —«

Dor mußte lachen. »Und ich hab' mir Sorgen wegen Irenes Vater gemacht!«

König Trent lächelte. »Dor, ich schnüffele nicht gerne im Palast herum, aber die Königin tut es. Sie hat deine Veränderung schnell bemerkt, hat festgestellt, daß du nie dein Talent angewandt hast, und hat alles über die Gehirnkoralle in Erfahrung gebracht. Ihr Bild hängt in Irenes Zimmer. Die Königin hat einfach ihr Bild durch ihre Illusion ersetzt, und schon hatte sie das, was man in Mundania einen Logenplatz nennt. Sie hat alles mit angesehen, gestern und heute. Und sie hat mir gerade eben darüber berichtet.«

Dor zuckte die Schultern. »Ich stehe zu allem, was ich getan habe. Gestern wie heute.«

»Das weiß ich, Dor. Du wirst langsam zum Mann, und zwar auf recht ansprechende Weise. Du mußt nicht denken, daß die Königin deine Feindin ist. Sie möchte, daß ihre Tochter ihrem Weg folgt, und sie weiß, was dazu notwendig ist, auch wenn sie es vielleicht ganz und gar nicht mag. Ich bin mir bewußt, wie kitzlig die Situation im Schlafzimmer war. Du hast sie mit der Raffinesse eines echten Führers gemeistert.«

»Das war keine Raffinesse! Ich habe jedes Wort ernst und ehrlich gemeint.«

»Raffinesse und Ernsthaftigkeit sind durchaus miteinander vereinbar.«

»Irene ist gar nicht übel, wenn man sie erst einmal ein bißchen kennt. Sie —« Verlegen brach Dor ab. »Aber warum sage ich Euch das? Ihr seid schließlich ihr Vater.«

Der König klopfte ihm freundlich auf die Schulter. »Ihr habt mir Freude bereitet, Magier. Durch Euer Abenteuer habe ich nun das Geheimnis der Flöte und des Reifs im königlichen Waffenarsenal erfahren. Die könnten sich eines Tages als äußerst nützlich erweisen. Ich werde Euch nicht länger bei der Beendigung Eurer Suche aufhalten. Ihr müßt erst alles zu Ende abwickeln; denn in der Welt von heute wird es eine Menge Aufgaben für Euch geben, wenn Ihr nach und nach lernt, wie Xanth zu regieren ist.« Er schritt zu einem niedrigen Bücherregal und holte einen zusammengerollten Teppich hervor. »Das haben wir für Euch aufgehoben.« Es war der magische Teppich.

»Äh, danke, Euer Majestät. Ich muß tatsächlich noch ein Stück reisen.«

Dor stieg auf den Teppich. »Zur Gehirnkoralle«, sagte er, und der Teppich hob ab.

Während er über die Landschaft des neuzeitlichen Xanth flog, überkam Dor plötzlich eine Sehnsucht nach der Wandteppichwelt, die er verlassen hatte. Nicht daß diese Welt der seinen überlegen gewesen wäre; ihre Magie war im großen und ganzen wesentlich primitiver, und ihre politischen Verhältnisse waren gewalttätiger. Nein, es lag an seiner Erfahrung der Männlichkeit und an der Freundschaft zu Hüpfer. Er wußte, daß er den persönlichen Zauber dieser Erfahrung niemals würde wiedererleben können. Und doch hatte ihm sein Besuch bei Irene die Augen dafür geöffnet, daß es auch in dieser Welt unerwartete Magie gab. Er mußte sie nur wahrnehmen.

Hinunter in die Unterwelt, durch das Höhlengewirr. Dort herrschten immer noch die Kobolde, wie er wußte, obwohl sie von der Oberfläche Xanths beinahe völlig verschwunden waren. Was war ihnen zugestoßen? Sie waren nicht alle bei der Schlacht um Schloß Roogna niedergemetzelt worden, und der Vergessenszauber konnte sie auch nicht völlig ausgelöscht haben. Ob es später zu irgendeiner Koboldkatastrophe gekommen war?

Dann erreichte er auch schon den unterirdischen See. Die modernen Transportmöglichkeiten waren den alten zweifellos überlegen.

Keine Koboldkatastrophe, dachte die Gehirnkoralle ihn an. *Der Harpyienfluch, der auf dem Koboldfluch lag, wurde an der Oberfläche zwar aufgehoben, hielt sich in den Tiefen der Erde jedoch weiter. Deshalb wurden die Kobolde an der Oberfläche im Laufe der Generationen immer intelligenter, gutaussehender und edler, bis man sie nicht mehr als Ungeheuer betrachten konnte. Die einzigen wirklichen Kobolde heute sind jene, die in den Höhlen hausen.*

»Dann habe ich ja ihre Rasse ausradiert!« rief Dor. »Auf eine Weise, wie ich es mir nie hätte träumen lassen!«

Ihre Rasse war, wie du weißt, eine schreckliche Verzerrung. Sie waren sich selbst eine ebensolche Last wie anderen. Sie machten sich nichts aus sich selbst und waren froh, durch ihre Flutwellentaktik bei der Erstürmung von Schlössern umzukommen. Du hast wohl daran getan, sie von ihrem Fluch zu befreien, und auch daran, den Harpyien das männliche Exemplar ihrer Rasse wiederzugeben.

»Apropos«, sagte Dor. »Du hast Prinz Harold Harpyie freigegeben, um mir einen Gefallen zu tun, und jetzt bin ich gekommen, um diesen Gefallen zu erwidern, wie ich es versprochen habe.«

Nicht nötig, Magier. Als du vor zwei Wochen hierherkamst, habe ich die Zusammenhänge nicht erkannt. Schließlich hast du einen anderen Körper gehabt, als ich dich vor acht Jahrhunderten traf. Aber in den vergangenen zwei Wochen habe ich mir einiges zusammengereimt. Du hast mir diesen Gefallen schon vor achthundert Jahres erwidert.

»Nein, ich bin erst jetzt in meine eigene Epoche zurückgekehrt. Also —«

Du hast König Roogna den Sieg gebracht. Deshalb hat sein Rivale, der Magier Murphy, sich aus der Politik zurückgezogen, um auf eine bessere Gelegenheit zu warten. Er ist zu mir gekommen.

»Murphy ist verbannt worden?« fragte Dor überrascht.

Er ist freiwillig gegangen. König Roogna hätte es vorgezogen, seine Gesellschaft zu genießen, aber Murphy war rastlos. Er befindet sich jetzt in meinem Lager. Vielleicht werde ich ihn in irgendeinem Jahrhundert wieder freigeben, wenn Xanth seines Talents bedarf. Jetzt habe ich also für den Harpyienprinzen Murphy und Vadne bekommen, die eines Tages mal ein schönes Paar abgeben könnten. Du schuldest mir nichts.

»Ich . . .äh, na ja, wenn du das *so* siehst«, stammelte Dor. »Aber dennoch —«

Wenn du jemals wieder ohne deinen Körper reisen willst, laß es mich wissen, dachte die Koralle. *Ich habe sehr viel über das*

Leben gelernt, obwohl ich immer noch nicht richtig die Sexualität des Menschen begriffen habe.

»Die begreift keiner«, sagte Dor lächelnd.

Ich kenne sonst keine Gefühle, aber in deinem Körper habe ich sie erlebt. Die kleine Prinzessin hat mir recht gut gefallen.

»Sie ist auch nett«, pflichtete Dor ihr bei. »Äh, hör mal, ich hatte ja eigentlich versprochen, den Reif wieder auf Ringgröße kleinschrumpfen zu lassen, aber —«

Schon verziehen, Lebewohl, Magier.

»Lebewohl, Koralle.« Der Teppich hob ab und sauste durch die Höhlengänge. Als er wieder an der Oberfläche war, zögerte er, bis Dor einfiel, daß er ihm ja keine Fluganweisungen gegeben hatte. »Zum Schloß des Guten Magiers.«

Dor erinnerte sich daran, daß Humfreys Schloß dort stand, wo sich früher das Schloß des Zombiemeisters befunden hatte. Die beiden Schlösser waren völlig verschieden voneinander. Wahrscheinlich waren die Mauern schon mehr als einmal geschleift und wiedererrichtet worden.

Humfrey war, wie immer, damit beschäftigt, über einem dicken Buch zu brüten, und achtete auf nichts, was sich um ihn herum abspielte — scheinbar. »Wie, du schon wieder?« fragte er gereizt.

»Hör mal, Gnom —« fing Grundy an.

Der Gute Magier lächelte — ein seltenes Ereignis. »Warum soll ich zuhören, wenn ich doch lesen kann? Seht mal!« Und er bedeutete ihnen, über seine Schultern das Buch zu betrachten.

»Aber ich bin kein Killer«, protestierte Dor heftig. »Ich bin erst zwölf Jahre —« Er brach ab, wußte aber nicht, wie er seinen Versprecher rückgängig machen konnte.

»Seit zwölf Jahren Kriegsveteran!« rief sie aus. »Da hast du doch bestimmt schon öfter getötet!«

Das war zwar ein gewaltiges Mißverständnis, aber ihre Sympathie war ihm reichliche Entlohnung. Sein ermüdeter Körper reagierte: Sein linker Arm umarmte ihre Hüfte und drückte sie an seine Seite. Oh, welch ein Po!

»Aber Dor!« sagte sie, erstaunt und erfreut. »Du magst mich ja!«

Dor zwang sich, seinen Arm wieder sinken zu lassen. Was hatte er da vor, sie derart zu berühren? Vor allem in der Gegend ihres kissenweichen Hinterteils? »Mehr, als ich dir sagen kann.«

»Ich mag dich auch, Dor.« Sie setzte sich auf seinen Schoß, und ihr Hinterteil fühlte sich plötzlich doppelt so weich und nachgiebig an wie vorher. Wieder reagierte sein Körper und umarmte sie. Noch nie hatte Dor so etwas erlebt und spüren können. Plötzlich begriff er, daß sein Körper schon wissen würde, was er tun mußte, sofern er ihm nur freien Lauf ließ. Und daß sie willig war. Daß dies eine Erfahrung sein könnte, wie er sie sich in seinem jungen Leben nie hätte vorstellen können. Er selbst war zwölf Jahre alt, doch sein Körper war älter. *Der konnte es tun.*

»O Dor«, murmelte sie und beugte den Kopf vor, um ihn auf den Mund zu küssen. Ihre Lippen waren so köstlich, daß er —

Der Floh hieb ihn kräftig aufs linke Ohr. Dor schlug nach ihm — und patschte sich selbst aufs Ohr. Es war ein kurzer, aber heftiger Schmerz.

Er stand auf und stellte Millie grob auf die Beine.

»Ich muß mich ausruhen«, sagte er.

Sie gab keinen Ton von sich, sondern stand einfach nur mit gesenkten Augen da. Er wußte, daß er ihr entsetzlich weh getan hatte. Sie hatte die Todsünde eines jungen Mädchens begangen: sich anzubieten und zurückgestoßen zu werden. Doch was sollte er tun? *Er existierte doch gar nicht in ihrer Welt!* Schon bald würde er wieder fortgehen und sie achthundert Jahre lang allein lassen. Und wenn sie einander dann wieder begegneten, war er ein zwölfjähriger Junge. Er hatte kein Recht auf sie!

Aber, ach, was hätte doch sein können, wenn er mehr von einem Mann an sich gehabt hätte!

Dor merkte, wie er errötete. »Das ist ja . . . meint Ihr etwa, daß dieses Buch alles festhält, sogar meine innersten Gefühle?« Und doch sah es ganz danach aus.

»Wir wollten einen zukünftigen König von Xanth doch nicht unbewacht herumziehen lassen«, bemerkte Humfrey. »Vor allem nicht, da es um unsere Geschichte ging. Nicht, daß wir etwas dagegen hätten unternehmen können, nachdem der Wandteppichzauber erst einmal aktiviert worden war. Aber trotzdem, als Erfahrung aus zweiter Hand —«

»War es wirksam?« fragte Dor. »Ich meine, habe ich wirklich den Lauf der Geschichte verändert?«

»Diese Frage wird sich wohl nie völlig zufriedenstellend beantworten lassen. Ich würde sagen, du hast sie beeinflußt, und du hast es nicht.«

»Eine typische Gnomantwort«, meinte Grundy.

»Man muß dabei den Gesamtzusammenhang der Geschichte Xanths berücksichtigen«, fuhr der Magier fort. »Eine ganze Serie von mundanischen Eroberungswellen, bei denen die Bevölkerung immer wieder dezimiert wird. Wenn jeder Mensch ununterbrochen gelebt und sich fortgepflanzt hätte, dann hätte jede Unterbrechung dieses Vorgangs viele unserer heutigen Bewohner gar nicht zustande kommen lassen, nämlich alle Nachfahren dieser betreffenden Menschen. Aber wenn andererseits die nächste Welle sie sowieso ausgelöscht hätte — « Er zuckte mit den Achseln. »Das hätte gewaltige Veränderungen bewirken können, die schon ein oder zwei Generationen später wieder zunichte gemacht wurden. In einem solchen Fall gäbe es auch keine Paradoxie hinsichtlich unserer eigenen Epoche. Ich würde sagen, daß der Kampf um das ursprüngliche Schloß Roogna wirklich war und daß du diese Realität verändert hast. Du hast das Skript umgeschrieben. Aber du hast nur die Einzelheiten dieser betreffenden Episode verändert, nicht den Gesamtverlauf der Geschichte. Ist das überhaupt so wichtig?«

»Wahrscheinlich nicht«, sagte Dor.

»Was nun diese Seite betrifft, die ich gerade gelesen habe«, fuhr Humfrey fort.

»Es sieht so aus, als machtest du dir Gedanken über deine Mannbarkeit. Ist es dir mal in den Sinn gekommen, daß du vielleicht mehr von einem Mann an dir hattest, gerade *weil* du das Angebot der Maid abgelehnt hast, als wenn du es angenommen hättest?«

»Nein«, räumte Dor ein.

»Ein Mann zu sein bedeutet noch etwas mehr als bloß Sex.«

Wie auf ein Stichwort trat die Gorgone ins Zimmer, in ein wunderbar aufreizendes Kleid gehüllt, doch immer noch ohne Gesicht. »Das ist nichts als männliche Propaganda«, sagte sie in die Stille hinein. »Eine Frau zu sein bedeutet tatsächlich mehr als nur Sex, aber der Mann ist ein viel simplerer Organismus.«

»Ohoooo! Was faselst du denn da?« rief Grundy und rieb mit einer verdammenden Geste seine Zeigefinger aneinander.

»Organismus, habe ich gesagt«, antwortete sie. »Und du bist ein perfektes Fallbeispiel für das, was ich meine.«

»Raus hier, beide!« fauchte Humfrey. »Der Magier und ich versuchen gerade, ein ernstes Gespräch zu führen.«

»Ich dachte schon, du würdest es nie sagen«, erwiderte Grundy. Er sprang der Gorgone auf die Schulter und spähte in das von Schlangenlocken umrahmte Nichts. Eine der winzigen Schlangen zischte ihn an. »Schleich dich, du Schleiche!« bellte er, und die Schlange wich zurück. Er blickte die ehrfurchtgebietende Fülle ihres Körpers hinab. »Komm, Süße, gehen wir auf ein Häppchen in die Küche.«

Als Humfrey und Dor wieder allein waren, blätterte der Gute Magier geistesabwesend einige Seiten in seinem Buch um. »Ich war überrascht zu erfahren, daß das Schloß des Zombiemeisters sich genau an diesem Ort befunden hat«, sagte er. »Wenn er heute noch lebte, würde ich mein Schloß gern mit ihm teilen. Er war ein wirklich bemerkenswerter Magier und dazu noch ein feiner Mann.«

»Ja«, stimmte Dor ihm zu, »er war der eigentliche Schlüssel zu König Roognas Erfolg. Er hat etwas Besseres verdient als diese schlimme Tragödie.« Wieder durchflutete ihn ein Gefühl der Reue.

Humfrey seufzte. »Was geschehen ist, ist nun geschehen.«

»Äh, habt Ihr der Gorgone bereits Eure Antwort gegeben?«

»Noch nicht. Ihr Jahr ist noch nicht um.«

»Ihr seid wirklich der merkantilste Mensch, den ich kenne«,

sagte Dor bewundernd. »Jedesmal, wenn ich schon glaube, endlich Eure schlimmste Seite gesehen zu haben, steigert Ihr Euch noch. *Werdet* Ihr sie denn heiraten?«

»Was meinst du?«

Dor stellte sich wieder den Körper der Gorgone mit seinen wahrhaft geschichtsträchtigen Ausmaßen vor. »Sie ist ein absoluter Heuler. Wenn sie Euch haben will, seid Ihr sowieso verloren. Sie braucht gar kein Gesicht, um einen Mann zu Stein werden zu lassen, wie man so sagt.«

Der Gute Magier nickte. »Du hast dir eine neue Sprechweise angewöhnt. Die Schlüsselfrage lautet: ›Will sie?‹ Glaubst du das wirklich?«

»Warum sollte sie sonst hierhergekommen sein?« fragte Dor perplex.

»Ihr Grundmotiv war zunächst einmal Unwissenheit. Was glaubst du, wie sie die Sache sehen wird, wenn sie mich erst einmal näher kennt?«

»Öh —« Dor suchte nach etwas Diplomatischem. Der Gute Magier hatte durchaus seine guten Seiten, aber er war kein leicht zu nehmender Mensch.

»Also ist es doch wohl das liebevollste, wenn ich ihr hinreichend Gelegenheit gebe, mich kennenzulernen — und zwar gut genug«, schloß der Magier.

»Das Jahr!« rief Dor. »Das Warten auf die Antwort! Nicht für Euch — sondern für sie! Damit sie es sich noch einmal anders überlegen kann, falls —«

»Ganz genau.« Humfrey wirkte traurig. »Immerhin ist es für einen alten Gnom wie mich ein höchst verlockender Traum gewesen.«

Dor nickte und begriff, daß der Gute Magier gegen die Reize der Gorgone ebensowenig gefeit geblieben war wie der einsame Zombiemeister gegen Millie. In gewisser Weise waren sich die beiden Magier ähnlich — und wieder drohte eine ähnliche Katastrophe.

»Und jetzt müssen wir deinen Fall zum Abschluß bringen«, sagte Humfrey forsch, um nicht weiter über das Unvermeidbare zu brüten. »Du schuldest mir natürlich keinen weiteren Dienst mehr. Das Geschichtsbuch hat mir alles berichtet, und ich halte die Investition im nachhinein für recht rentabel. Ich habe Rätsel gelöst, die mich schon lange beschäftigt haben, wie etwa das des Vergessenszaubers, der über der Spalte hängt. Also kann ich dich wieder ziehen lassen, wir sind quitt.«

»Danke«, sagte Dor. »Ich habe Euch den magischen Teppich zurückgebracht.«

»Ach ja. Aber ich werde dich jetzt nicht hängenlassen. Ich meine, ich hätte irgendwo noch einen Beförderungszauber gelagert. Laß ihn von der Gorgone suchen, sobald du gehst. Der wird dich blitzschnell nach Hause befördern.«

»Danke.« Dor war erleichtert, daß er nicht noch einmal durch den ganzen Dschungel ziehen mußte. »Jetzt muß ich Jonathan das Wiederherstellungselixier verabreichen.«

Der Gute Magier furchte die Stirn. »Das war eine besonders schwierige Entscheidung für dich, Dor. Ich glaube, du hast richtig gehandelt. Wenn du einmal König geworden bist, wird sich die Disziplin des Fühlens und Denkens, die du auf deiner Suche gelernt hast, sehr gut auszahlen. Vielleicht wird sie dir sogar noch mehr nützen als dein magisches Talent. König Trents Zwischenspiel in Mundania hat ihn ähnlich reifen lassen. Es sieht ganz danach aus, als gäbe es Eigenschaften, die sich im Rahmen einer sicheren, vertrauten Umgebung nicht entwickeln lassen. Du hast schon jetzt mehr von einem Mann an dir, als viele Menschen in ihrem ganzen Leben jemals erreichen werden.«

»Äh, danke«, murmelte Dor. Er mußte erst noch die Kunst erlernen, Komplimente mit Anmut anzunehmen. Doch der Magier hatte sich bereits wieder über seine Lektüre gebeugt.

Dor schritt zur Tür. Als er gerade im Begriff war, das Zimmer zu verlassen, bemerkte Humfrey ohne aufzublicken: »Du erinnerst mich an deinen Vater.«

Plötzlich fühlte sich Dor sehr wohl.

Grundy und die Gorgone teilten sich ein Schelterwasser in der Küche; Dor konnte den Lärm schon von weitem hören.

»Ich brauche den Beförderungszauber. Den blitzschnellen«, sagte Dor.

Als sie aufstand, hörte das Wasser auf zu schimpfen. »Ich weiß genau, wo er liegt. Ich habe alle Zauber katalogisiert und ordentlich verstaut. Das erste Mal in hundert Jahren, daß in diesem Schloß hier Ordnung herrscht.« Sie griff mit langen Fingern an ein hohes Regalbrett. Was sie doch für eine Frau sein könnte, wenn sie nur ein sichtbares Gesicht hätte! Doch nein, das wäre eine Katastrophe!

»So«, sagte sie und holte einen Gegenstand hervor, der wie eine verschlossene Röhre aussah. An einem Ende befand sich eine Linse, am anderen ein Hebel. »Wenn du bereit bist, legst du einfach den Hebel um.«

»Ich bin bereit. Ich will in den Wandteppichsalon auf Schloß Roogna. Kommst du, Grundy?«

»Einen Augenblick.« Der Golem saugte die letzte Schelte durch seinen Strohhalm — tatsächlich war es nur noch ein leises Gruffeln.

»Willst du den Guten Magier wirklich heiraten — ich meine, jetzt, wo du ihn kennst?« fragte Dor die Gorgone neugierig.

»Wie sollte er ohne mich sonst mit seinen Socken und Zaubern zurechtkommen?« fragte sie. »Dieses Schloß hat eine Frau dringend nötig.«

»Äh, klar. Das haben alle Schlösser. Aber —«

»Welcher Mann wäre schon so gütig, einem Mädchen ein Jahr lang Kost und Logis zu gewähren, ohne sie auch nur anzufassen, nur damit sie sich die Sache noch einmal überlegen kann? Vor allem, wenn er weiß, daß sie wahrscheinlich zum Schluß doch nein sagen dürfte?«

»Ein guter Mann. Ein geduldiger Mann. Ein ernsthafter Mann.« Dann nickte Dor, als er verstand, worauf ihre Frage abzielte. »Ein Mann, der es wert ist, geheiratet zu werden.«

»Als ich kam, glaubte ich nur, daß ich ihn haben wollte. Jetzt weiß ich es mit Sicherheit. Unter seiner gruffigen Maske verbirgt sich ein hervorragender Magier und auch ein feiner Mensch.«

Beinahe dieselben Worte, mit denen Humfrey den Zombiemeister beschrieben hatte! Aber es sah so aus, als bliebe dem Gnom die Tragödie nun doch noch erspart. Parallelen hatten eben auch ihre Grenzen. »Ich wünsche euch jedes nur erdenkliche Glück.«

»Kannst du es fassen, daß sich auf diesem Regal dort drei Glückszauber befinden?« Sie zwinkerte ihm zu. »Und noch ein Potenzzauber — aber den wird er wohl kaum brauchen, schätze ich.«

Dor begutachtete sie noch einmal, die Erinnerung an seinen mundanischen Körper im Bewußtsein. »Stimmt«, meinte er.

»Was er eigentlich nur braucht, um glücklich zu sein, das ist ein gutes, billiges Buch mit historischen Abenteuern, wie das Ding, das er gerade liest, das vom alten Xanth handelt. Ich werde es auch mal lesen, sobald er es aus hat. Ich habe gehört, daß da unheimlich viel Sex drin ist und Zauberei und ein richtig dämlicher barbarischer Held —«

Hastig betätigte Dor den Hebel. Der Zauber blitzte auf — und da stand er auch schon vor dem Wandteppich. »Retter von Xanth«, sagte er und kam sich ziemlich albern vor. Sein Elixierfläschchen kam hervorgeschossen, und er mußte es rechtzeitig auffangen, bevor es auf dem Boden zerschellte. Doch er besaß nicht mehr die ausgezeichneten Reflexe seines mundanischen Körpers — und griff daneben. Das Fläschchen fiel herab . . .

Und blieb unversehrt an einem unsichtbaren Faden hägen, an einer seidenen Zugleine. »Diesmal nicht, Murphy!« rief Dor und ergriff es. Er suchte nach seinem Freund Hüpfer, dem es sicherlich zu verdanken war, daß er mal wieder gerettet worden war, konnte ihn aber nicht entdecken.

Als er das Fläschchen hatte, blieb er noch etwas vor dem Wandteppich stehen und beäugte ihn. Er sah, wie auf Schloß Roogna die letzten Spuren der Schlacht beseitigt wurden und wie das Personal sich anschickte, einen Zombiefriedhof hinter dem Graben anzulegen — dort, wo die Zombies noch heute wohnten. Sie hatten das Schloß all die vielen Jahrhunderte lang gut bewacht, aber im Augenblick war es nicht in Gefahr, also lagen sie still abseits. Bis auf Jonathan, die seltsame Ausnahme. Es schien, als gäbe es unter Zombies ebensolche verschiedenen Persönlichkeiten wie unter gewöhnlichen Menschen. »Einer ist immer anders als die anderen«, murmelte er.

Er lenkte seinen Blick auf die Stelle, die er verlassen hatte. Er und Hüpfer hatten versucht, so nahe an ihren ursprünglichen Eintrittsort in der Welt der Vierten Welle zurückzukehren wie möglich. Sie waren in den Dschungel vorgestoßen — und der Dschungel hatte mit seinem Sägegras versucht, in sie vorzustoßen —, hatten die Spalte mit Seidentauen überquert — zum Glück war der Spaltendrache zu diesem Zeitpunkt irgendwoanders gewesen, vielleicht unter dem Einfluß des Vergessenszaubers — und waren ins nördliche Xanth eingedrungen. Als sie sich der Stelle immer mehr genähert hatten, hatte ihre Anwesenheit den Zauber aktiviert, und sie waren zurückgekehrt.

Da, ganz in der Nähe, war auch der mundanische Riese. Nun hatte er keine große Spinne mehr als Gefährten. Er war zu einer hinter einer Umfriedung liegenden Hütte gewandert und hatte um Unterkunft für die Nacht gebeten.

Er stand vor der Hausherrin der Hütte, einer attraktiven jungen Frau. Während Dor zusah, begannen die Gestalten sich zu bewegen.

»Was sagen sie?« fragte er Grundy.

»Ich dachte, du brauchst keine Übersetzung?«

»Grundy!«

Hastig machte sich der Golem ans Werk: »Ich bin ein Barbar, der gerade erst von einem Zauber befreit wurde. Ich bin in einen Floh verwandelt worden, oder zumindest in seinen Körper hineingetrieben worden, während ein fremder Schatten meinen Körper bewohnte.«

»Der Floh!« rief Dor. »Der sich in meinem Haar verborgen hielt und mich andauernd piesackte! Das war also der Mundanier!«

»Halt die Klappe, solange ich übersetze!« schnauzte Grundy. »Dieses Lippenlesen ist ganz schön schwierig.« Er fuhr fort: »Dieses Wesen hat alles versucht, um mich zu vernichten. Es hat mich an einem Seil über die Spalte gezerrt, hat mich unter Zombies gesteckt, und ich mußte ganz allein gegen eine ganze Armee von Ungeheuern ankämpfen —«

»Also das ist aber wirklich erlogen!« rief Dor zornig.

»Und dann diese schreckliche Riesenspinne!« fuhr der Dolmetscher fort. »Ich habe Tag und Nacht in der Furcht gelebt, daß sie mal meinen Flohkörper entdecken würde und —« Der Barbar erschauerte. »Endlich habe ich mich befreien können. Doch ich bin müde und hungrig. Darf ich über Nacht bleiben?«

Die Frau musterte ihn von oben nach unten. »Für eine solche Geschichte kannst du gleich drei Nächte bleiben! Kennst du noch mehr davon?«

»Viele«, sagte der Barbar bescheiden.

»Niemand, der derart lügen kann, kann durch und durch schlecht sein.«

»Stimmt«, pflichtete er bereitwillig bei.

Sie lächelte. »Ich bin Witwe. Mein Mann wurde von einem Drachen geröstet. Ich brauche einen Mann, der den Hof bestellt — einen kräftigen, geduldigen Mann, nicht zu klug, der bereit ist . . .« Sie spreizte die Hände und drehte sich halb um, wobei sie tief einatmete.

Der Barbar bemerkte ihr Einatmen. Es war ein guter Atemzug, die Art, auf die Barbaren zu achten pflegten. Er lächelte. »Na ja, allzu geduldig bin ich nicht.«

»Das muß auch nicht sein«, sagte die Frau.

Dor wandte sich zufrieden ab. Sein früherer mundanischer Körper würde also so glücklich werden, wie er es verdiente.

Irgendwie erinnerte ihn die Szene an Cedric Zentaur. Wie er wohl mit Celeste, der frechen Stute, zurechtkam? Doch Dor verkniff es sich, nachzuschauen, schließlich war es ja nicht mehr seine Angelegenheit.

Da entdeckte er etwas anderes an einer Ecke des Wandteppichs. Dort war der winzige Hüpfer und winkte. Neben ihm war eine weitere kleine Spinne zu erkennen. »Du hast ja einen Freund gefunden!« rief Dor.

»Das ist kein Freund, das ist seine Partnerin«, sagte Grundy. »Sie will wissen, wo er die ganzen fünf Jahre gesteckt hat, die er fort war. Als er dann durch das Herausfallen des Elixierfläschchens auf dich aufmerksam wurde, hat er sie herbeigeholt, damit sie dich kennenlernt.«

»Sag ihr, daß es stimmt, daß alles stimmt«, sagte Dor. Und dann: »Fünf *Jahre*?«

»Zwei Wochen nach deiner Zeitrechnung. Ihm ist es auch nur wie zwei Wochen vorgekommen. Aber zu Hause —«

»Ah, verstehe.«

Dor wechselte ein paar Nettigkeiten mit der skeptischen Frau Hüpfer, verabschiedete sich von seinem Freund, versprach, den nächsten Tag-Monat wiederzukommen und verließ erleichtert den Salon.

»Du bewegst dich mit neuem Selbstvertrauen«, bemerkte Grundy. Er wirkte traurig. »Du wirst mich wohl nicht mehr lange brauchen.«

»Das ist der Preis des Erwachsenwerdens«, sagte Dor. »Eines Jahres werde ich heiraten, dann kannst du der Leibwächter meines Sohnes werden, genau wie bei mir.«

»He!« rief der Golem geschmeichelt.

Sie verließen das Schloß und begaben sich zu Dors Hüttenkäse. Als er sich seinem Zuhause näherte, fühlte er sich immer beunruhigter, aber auch von Sehnsucht erfüllt. Seine Eltern mußten sich eigentlich noch auf ihrer Mission in Mundania befinden; nur Millie würde dort sein. Millie die Maid, Millie das Gespenst, Millie die Kinderschwester. Was hatte die Gehirnkoralle in seinem Körper wohl zu ihr gesagt? Was sollte er jetzt sagen? Ob sie überhaupt eine Vorstellung davon hatte, was in den vergangenen beiden Wochen geschehen war?

Dor nahm sich zusammen und trat ein. Er klopfte nicht an, denn schließlich war es ja seine eigene Hütte. Er war nur der kleine Junge, um den Millie sich kümmerte; sie wußte nicht — und durfte es nie erfahren —, daß er auch der Magier war, der damals wie ein mundanischer Krieger ausgesehen hatte.

»Sag mal«, fragte Grundy, während sie durch das vertraut-unvertraute Haus auf die Küche zu schritten, »welchen Namen hast du eigentlich im Wandteppich benutzt?«

»Meinen eigenen, natürlich. Meinen Namen und mein Talent —«

O *nein!* Wenn es in Xanth zwei Dinge gab, an denen man jemanden zu erkennen pflegte, dann waren es sein Name und sein Talent. Er hatte sich mit seiner Gedankenlosigkeit selbst verraten!

»Bist du es, Dor?« rief Millie melodisch aus der Küche. Es war also zu spät, um noch davonzulaufen!

»Äh, ja.«

Er konnte es also nicht mehr ändern und mußte eben abwarten, ob sie ihn erkannte oder nicht. Ach, diese zahllosen Fehler zwölfjähriger Jungen! »Ich spreche gerade mit der Wand.« Er schnippte mit seinen Fingern und sagte zu der nächstgelegenen Wand: »Sag irgendwas, Wand!«

»Irgendwas«, sagte die Wand gehorsam.

Sie trat in den Küchentürrahmen, betörend schön und zwölf Jahre älter als neulich, aber beinahe von königlicher Haltung in ihrer plötzlichen Reife. Nun besaß sie Eleganz und Ausstrahlung. Sie war, beinahe über Nacht, über ein Jahrzehnt gealtert, während Dor ebensoviele Jahre verloren hatte. Ein Abgrund hatte sich zwischen ihnen aufgetan, ein abgrund aus Alter und Zeit, so riesig wie die Spalte.

Er liebte sie immer noch.

»He, du hast doch schon zwei Wochen lang nicht mehr mit den Wänden gesprochen!« sagte Millie. »Stimmt irgend etwas nicht? Warum starrst du mich so an?«

Dor zwang sich, seinen Blick zu senken. »Ich —« Was sollte er schon sagen. »Irgendwie . . . habe ich das Gefühl, dich schon einmal woanders gesehen zu haben!«

Sie lachte mit einem Abklang der Unschuld und Süße, die er bei der Maid im Wandteppich gekannt und geliebt hatte.

»Heute morgen, Dor, als ich dir dein Frühstück serviert habe!«

Doch jetzt ließ er sich nicht mehr davon abbringen. Das, was er am meisten fürchtete, war ein Wiedererkennen; er mußte sich jetzt sofort damit auseinandersetzen. »Millie . . . als du jung warst . . . bevor du zum Gespenst wurdest . . . hattest du da Freunde?«

Sie lachte, und diesmal bemerkte er die Fülle und die runden Formen ihres Körpers, der mit ihr lachte. »Natürlich hatte ich Freunde!«

»Wen denn? Du hast es mir nie erzählt.« Sein Herz pochte wie wild.

Sie furchte die Stirn. »Du meinst es wohl ernst, wie? Aber ich kann es dir nicht sagen. In der Nähe wurde ein Vergessenszauber gezündet, und als Gespenst habe ich mich ziemlich lange dort aufgehalten. Ich kann mich nicht mehr an meine Freunde erinnern.«

Der Vergessenszauber! Er hatte sie . . . *ihn* vergessen lassen. Und doch fuhr er fort, auf geradezu perverse Weise von einem Zwang angetrieben, über den er lieber nicht näher nachdenken mochte. »Wie . . . bist du gestorben?«

»Jemand hat mich verzaubert. Mich in ein Buch verwandelt —«

In ein Buch! Das Buch, das er auf dem Teewagen gefunden hatte! Vadne mußte sie darin verwandelt und das Werk unbemerkt ins obere Stockwerk getragen haben. Ein dummer Fehler, ein Gruß von Murphys Fluch! Er selbst hatte es in das Regal gestellt — wo es dann achthundert Jahre lang ungestört stehengeblieben war.

»Ich konnte mich nicht einmal mehr an meinen Körper erinnern und auch nicht daran, wo er sich befand«, fuhr Millie fort. »Vielleicht hing aber auch darüber ein Zauber. Alles war so unscharf, besonders am Anfang — und dann war ich auch schon ein Gespenst, und da war es einfach leichter, gar nicht darüber nachzudenken. Gespenster haben keinen sehr konkreten Verstand.« Sie hielt inne und musterte Dor. »Aber manchmal gibt es auch Erinnerungsblitze. Dein Vater hat mich an irgend jemanden erinnert, an jemanden, den ich wohl geliebt habe, aber ich kann mich nicht richtig erinnern. Jedenfalls ist er jetzt schon achthundert Jahre tot, und nun gibt es ja Jonathan. Den kenne ich schon seit Jahrhunderten, und er ist schrecklich nett. Als ich allein und völlig verwirrt war, besonders nachdem König Roogna starb und das Schloß in Vergessenheit geriet — er hat lange und gut regiert, aber irgendwann mußte ja auch das mal enden —, da ist Jonathan gekommen und hat mir geholfen, durchzuhalten. Es schien ihm überhaupt nichts auszumachen, daß ich nur ein Gespenst war. Wenn er doch nur —«

Sie hatte Dor also tatsächlich geliebt — und es durch ihre

Nähe zum Vergessenszauber vergessen. Also waren sein Name und sein Talent doch keine verräterischen Daten. Nichts an seiner Geburt und an seiner Kindheit in dieser Welt hatte ihre Erinnerung wachrufen können, da sie ja ohnehin nichts über die Herkunft dieses lange verblichenen Helden gewußt hatte, so daß sie auch kaum eine Verbindung hätte herstellen können.

Einzig Jonathan hatte sie während all dieser Jahrhunderte getröstet. Sie hatte Jonathan nicht vergessen, weil er stets dagewesen war. Ein Gespenst und ein ruheloser Zombie, die einander aufrichteten, als alle Welt sie vergessen hatte. Was sollte er sie dadurch quälen, daß er ihre Erinnerung an früheres Herzensleid wieder weckte?

Dor wußte, was er zu tun hatte.

»Millie, ich habe das Elixier beschaffen können, das Jonathan wiederherstellen kann.« Er hielt das Fläschchen hoch.

Sie starrte ihn ungläubig an. »Dor . . . jetzt fällt mir etwas ein . . . Dein Vater . . . er hat mich an *dich* erinnert. Nicht äußerlich, aber —«

»Ich war damals doch noch gar nicht geboren!« sagte Dor barsch und bereute seinen Drang, der sie dazu hatte bringen wollen, sich an genau dies zu erinnern. »Du hast alles durcheinandergebracht. Ich erinnere dich an meinen Vater — weil ich langsam erwachsen werde.«

»Ja, ja natürlich«, sagte sie unsicher. »Nur daß irgendwie . . . dein Talent des . . . ich erinnere mich daran, wie ich in einem großen Nest oder etwas Ähnlichem mit Perlen gesprochen habe —«

»Nimm das Elixier«, sagte er und reichte es ihr. »Ruf Jonathan.« *Ach, Jonathan,* dachte er. *Bist du dir bewußt, daß du in die Fußstapfen ihres Geliebten und ihres Verlobten trittst? Sei gut zu ihr — um all dessen willen, was nie hat sein dürfen!*

Millie war viel zu abgelenkt, um das Fläschchen entgegenzunehmen. »Ich . . . trotzdem irgendwas ist da noch. Ein großer Barbar namens —«

»Jonathan!« brüllte Dor so laut, wie es ihm sein gegenwärtiger Körper gestattete. »Komm her!«

Die Tür ging sofort auf; denn Jonathan befand sich stets in

Millies Nähe. Eine jahrhundertealte Treue! Er schlurfte in die Küche und verlor die üblichen Schmutz- und Schimmelklumpen. Egal, wieviel ein Zombie verlieren mochte, er besaß immer noch mehr Stückchen und Teile, die von ihm abfielen. Das war Teil des Zaubers. Sein Körper war ein Skelett, seine Augen bestanden nur aus verfaulten Höhlen, und der ekelerregende Gestank der Verwesung umgab ihn.

»Und doch weiß ich, daß es nur eine vorübergehende Faszination war«, fuhr Millie fort. »Der Barbar hat mich verlassen, während Jonathan geblieben ist.«

Dor riß den Korken aus der Flasche. »Nimm das!« rief er und besprenkelte den Zombie mit der kostbaren Flüssigkeit.

Sofort begann der Körper zu heilen: Das Fleisch wurde auf magische Weise wiederhergestellt, das Gewebe bildete sich neu und festigte sich, ebenso die Haut, die plötzlich rein und klar wurde. Die Figur verlor ihre gebückte Haltung, richtete sich auf und wurde voller und größer.

»Und deshalb ist Jonathan auch meine wahre Liebe«, schloß Millie. Dann blickte sie auf und erkannte, welche Verwandlung dort gerade vor sich ging. Wieder warf sie ihr Haar umher wie in alten Zeiten. »Jonathan!« schrie sie.

Schnell verschwanden auch die letzten Zombieanzeichen: Die Gestalt wurde zu einem hageren, aber gesunden, lebenden Mann.

»Der Zombiemeister!« rief Dor, der ihn endlich erkannte. »Ich habe ja nie Euren Vornamen erfahren!«

Dann wich er zurück, um der wahren Liebe den ihr zustehenden Platz einzuräumen. Jonathan und Millie traten aufeinander zu, und Dor wußte, daß seine Suche ein Ende gefunden hatte.

ENDE

Band 20 158

Piers Anthony

Zauber-Suche

Der junge Bink, der als einziges Wesen von Xanth gegen jede Magie immun zu sein scheint, erhält vom neuen König Trent einen äußerst schwierigen Auftrag. Er soll die Quelle der Magie in Xanth finden. Denn dem magischen Land droht eine unheimliche Gefahr. Der Zauber, der alles Leben erhält, beginnt sich zu verlieren. Voller Mut und Entschlossenheit begibt sich Bink auf die Suche. Er wird das Rätsel lösen, selbst wenn er dazu tausendundeine Gefahr durchstehen muß.

BASTEI LÜBBE

Sie erhalten diesen Band im Buchhandel, bei Ihrem Zeitschriftenhändler sowie im Bahnhofsbuchhandel.

Band 20 154

Piers Anthony

Welten-Reise

Deutsche Erstveröffentlichung

Daß sie viel klüger ist als ihr vorlauter Bruder Dolph, hat Prinzessin Ivy eigentlich schon immer gewußt, nun will sie es aller Welt beweisen. Denn sie wird das größte Rätsel von Xanth lösen, an dem ihr Bruder schier verzweifelt ist. Während er von seiner Qeste nur zwei Mädchen zurückbrachte, die sich mit ihm verlobten, wird sie auf ihrer Weltenreise den verschwundenen Magier Humphrey finden, damit die Dinge in Xanth endlich wieder ihren magischen Gang nehmen können.
Also nimmt sie den wunderbaren Himmelstaler hervor, der sie an jeden noch so versteckten Ort Xanths tragen kann. Wohin wird der Taler sie bringen? Auf den Zauberberg, wo sich die Flügelungeheuer treffen? Oder gar zu den furchtbaren Ogern von Ogersheim? Wie überrascht aber ist Ivy, als sie sich plötzlich in Mundania wiederfindet, dem Land der Wirklichkeit. Ausgerechnet hierhin soll der weise Magier verschwunden sein?

BASTEI LÜBBE

Sie erhalten diesen Band im Buchhandel, bei Ihrem Zeitschriftenhändler sowie im Bahnhofsbuchhandel.